한국 축제의 전통

박진태(朴鎭泰)

서울대학교 국어교육과를 졸업하고, 고려대학교에서 문학박사를 취득하고,
대구대학교 교수로 33년간 근무하다.
문화재위원(문화재청·경북·대구시)과 한국공연문화학회장을 역임하다.
『한국고전극사』(2009), 『전통공연문화의 이해』(2012), 『한국문학의 경계 넘어서기』(2012),
『한국 탈놀이의 미학』(2014) 등을 저술하다.

한국 축제의 전통

초판 1쇄 인쇄 | 2015년 12월 23일
초판 1쇄 발행 | 2015년 12월 30일

지은이 | 박진태
펴낸이 | 지현구
펴낸곳 | 태학사
등   록 | 제406-2006-00008호
주   소 | 경기도 파주시 광인사길 223
전   화 | 마케팅부 (031) 955-7580~82 편집부 (031) 955-7585~89
전   송 | (031) 955-0910
전자우편 | thaehak4@chol.com
홈페이지 | www.thaehaksa.com

ISBN 978-89-5966-733-8 93810

한국축제의 전통

박진태

태학사

① 병곡별신굿의 맞굿

② 병곡별신굿의 세존굿

③ 하회별신굿의 대내림

④ 하회별신굿의 서낭신맞이

⑤ 하회별신굿탈놀이의 백정마당

⑥ 하회별신굿탈놀이의 초랭이와 이매

⑦ 임실필봉농악의 길놀이

⑧ 임실필봉농악의 당산제

⑨ 양주별산대놀이의 공연

⑩ 양주별산대놀이탈의 제작 체험

⑪ 청도의 소싸움축제

⑫ 중국 용선경도의 세화(歲畵)

⑬ 강릉단오굿의 서낭신맞이 행렬

⑭ 강릉단오굿의 굿당

⑮ 강릉단오굿탈놀이의 장자마리마당

⑯ 강릉단오굿탈놀이의 양반마당

⑰ 자인단오굿의 화관무

⑱ 자인단오굿의 여원무

⑲ 법성포단오굿의 난장기

⑳ 법성포단오굿의 씨름대회

㉑ 백제 기악의 피리 부는 오공

㉒ 백제 기악의 바라문춤

㉓ 수륙재의 제단

㉔ 수륙재의 나비춤

㉕ 수륙재의 법고춤

㉖ 수륙재의 회향

㉗ 영산재의 제단

㉘ 영산재의 바라춤

㉙ 영산재의 타주춤

㉚ 영산재의 식당작법

㉛ 연등행렬(1)

㉜ 연등행렬(2)

머리말

축제(祝祭)는 무엇인가? 서구학자들은 신성과 세속의 이분법에 근거한 종교적 행사로 보거나, 일상적이고 노동하는 현실을 탈출하여 유희본능을 충족시키는 비일상적이고 비생산적인 표현문화로 본다.[1] 국내에서는 일반적으로 종교적인 제의(Ritual)와 유희적인 축제(Festival)로 구분한다. 그러나 신라·고려 시대의 연등회가 부처에게 연등공양을 하는 왕이 연회를 베풀어 군신동락(君臣同樂)을 꾀했듯이 제의 속에서 유희적 욕구를 충족시켰고, 지금 전승되는 별신굿을 보아도 오신(娛神) 행위로 가·무·악·희·극(歌舞樂戲劇)을 연행하기 때문에 제의와 축제를 엄밀하게 구분하기 어렵다. 따라서 제의가 주술종교성이 축소되고 오락유희성이 증대되면서 축제로 변하고, 축제 속에 제의적 요소가 잔존한다고 보는 관점을 취하는 것이 타당하며, 따라서 축제가 제의보다 광의적인 개념이라 할 수 있다. 여기서는 축제와 제의를 엄밀하게 구분하지 않고 제의를 포괄하는 개념으로 사용하여 축제의 개념을 특정 지역의 특정

---

1 표인주, 『축제민속학』, 태학사, 2007, 15~18쪽 참조. 축제에 대해 '신성성이 부여되는 시간', '사회적 통합을 위해 기능하는 일종의 종교 형태', '일상적 질서의 전도와 난장 트기', '인간의 유희본능의 문화적 표현', '일상으로부터 탈출하여 특별한 사건이나 존재를 경축하거나 기념하는 시간 갖기', '일상적인 시간과 공간을 탈출하여 특정한 시간과 공간에서 비일상적인 삶을 체험하여 인간을 갱신시키고 일상적인 삶을 고양시키는 각본화된 사건' 등 다양하게 정의하는데, 크게 두 가지 입장으로 갈린다.

집단이 주기적으로 행하는 종교·주술적이면서 오락적인 행사로 규정한다. 집단성(인간), 지역성(공간), 주기성(시간)이 축제의 3대 요건이 되는 것이다.

인간은 왜 축제를 할까? 첫째가 신앙적·종교적 기능 때문이다. 자연적·초인간적 존재의 힘에 의지해서 풍요 다산을 기원하고, 악귀와 질병을 퇴치하고, 인간의 공포심과 불안감을 해소하려고 한다. 둘째가 정치적·사회적 기능 때문이다. 역할을 분담하여 집단을 재조직하고, 공동체 의식과 유대감을 강화하고 협동심과 단결심을 고취하려고 한다. 셋째가 오락적·예술적 기능 때문이다. 생산 활동을 중단하고 예술적·오락적인 표현 욕구를 충족시키며, 금기와 억압과 규범을 벗어나 자유와 해방과 일탈의 세계로 들어가려 한다. 넷째가 경제적 기능 때문이다. 풍농과 풍어를 기원하고, 관광 수입을 올리고 토산품과 특산품의 판매량을 증대시키려 한다.

한국 축제의 기원은 고대 사회의 제천 의식에서 찾을 수 있다. 부여의 영고, 고구려의 동맹, 동예의 무천에서 날마다 밤낮으로 술을 마시고 춤추며 노래하였다고 하는데, 가무와 음주에 의해 신명풀이를 하였다. 삼한에서는 5월에 파종하고 귀신에 제사지내며 음주 가무할 때 수십 명의 춤꾼들이 땅을 밟으며 몸을 굽혔다 일으키면 손과 발이 서로 호응하여 장단에 맞았다고 하는데, 10월에 추수할 때도 똑같이 하였다고 한다. 오늘날의 지신밟기와 탈춤의 원형에 해당한다. 고구려에서는 나라 동쪽의 큰 동굴에서 신을 맞이하여 동쪽의 물가에 되돌아와 신대[神竿]를 모시고 제사를 지내는 식으로 '맞이굿-좌정'의 절차로 된 수혈신(隧穴神)굿을 하였다. 금관가야에서는 가락국사람들이 구지봉 위에서 흙을 파서 제단을 만들고 "거북아! 거북아! 머리를 내어라. 아니 내면은 불에 구워 먹겠다."는 노래를 부르고 춤을 추니, 하늘에서 김수로왕이 내려왔다고 하여 신맞이굿에서 신을 맞이하는 노래를 부르고 춤을 춘 사실을 전하는 바, 김해가락오광대의 덧배기춤의 연원을 찾을 수 있고, '어름새-베김새-풀음새'의 춤사위로 악귀를 어른 다음 위협하여 누르고, 풀어서 화해하고 포용하였음을 미루어 짐작할 수 있다.

이러한 토착신앙에 의한 나라굿은 불교의 전래 이후에는 신라에서 팔관회와 연등회로 대체되어 고려까지 계승된다. 팔관회는 신라 진흥왕 33(572)년에 전사한 병졸을 위한 위령제로 시작하여 고려 공양왕 3(1391)년까지 계속되었다. 불교와 토속신앙이 습합된 종교행사인데, 고려 태조(왕건)가 평양에서 팔관회를 베풀고, 팔공산 전투 때 전사한 신숭겸과 김락 장군이 자리에 없는 것을 한탄하여 허수아비를 만들어 조복을 입히고 자리에 앉힌 뒤 술과 음식을 하사하니, 술이 갑자기 없어지고 허수아비가 자리에서 일어나 흡사 산사람처럼 춤을 추었다고 하여 무속적인 위령제에서 제의적인 인형극이 연행되었음을 알 수 있다.

연등회는 신라 경문왕 6(866)년에 처음 실시하였는데, 고려 시대에는 궁중에서 가무백희를 공연한 바, 문종 31(1077)년에는 무희 55명이 춤을 추어 "군왕만세(君王萬歲)"나 "천하태평(天下泰平)"의 네 글자를 만들었다고 한다. 고려 태조 왕건은 훈요십조 제6조에서 "짐이 원하는 바는 연등과 팔관에 있는데, 연등은 부처를 섬기는 까닭이고, 팔관은 천령(天靈)과 오악(五嶽), 명산대천, 용신을 섬기는 까닭이었다. 후세에 간신들이 가감할 것을 건의해도 이를 막아야 한다."라고 유언을 남겨 팔관회와 연등회의 전통이 연면하게 지속될 기틀을 마련하였다. 그러나 유교를 숭상하고 불교를 배척한 조선이 건국됨에 따라 국가적인 축제의 전통은 단절되고, 연등회는 사찰행사로 명맥을 유지한 채 민속화 되었으며, 고을굿과 마을굿 형태의 지방축제가 중앙집권적·유교적 주류문화의 대항문화로서 활성화되었다. 그러다가 근대화와 산업화 시대에는 전통축제는 쇠퇴하고 관 주도의 문화제가 축제의 난장과 신명을 제대로 살리지 못하다가 지방자치와 지방화 시대를 맞이하여 바야흐로 민간 주도의 지역문화축제가 백화제방(百花齊放)하게 되었다. 특히 축제의 경제적 기능이 중시되어 이벤트성·비즈니스성 축제가 등장하였고, 지역민의 자족적인 축제에서 외지인에게도 개방하는 관광상품적인 축제로, '보고 감상하는 축제'에서 '참여하고 체험하는 축제'로 진화하였다.

그리하여 축제에 대한 연구도 민속학, 역사학, 연극학, 인류학을 넘어서서 행정학, 사회학, 공연학, 관광학으로 확장되었는데, 이 책에 수록한 논문들은 주로 민속학(또는 역사민속학)과 연극학(또는 예술학)의 관점에서 접근한 것들이다. 축제 자체에 대한 연구에 머물지 않고 축제와 예술의 관계에까지 관심을 기울였는데, 이는 제의에서 연극과 신화가 발생하였다는 제의주의의 입장을 취한 데서 근본적인 원인을 찾을 수 있다.

책의 체재는 4부로 나누어 구성하였다. 먼저 제1부에서는 지역축제, 제2부에서는 단오축제, 제3부에서는 불교축제, 제4부에서는 축제와 문학의 관계에 대해서 논의하였다. 그리고 부록을 네 편 수록하였다.

이 책은 한국축제의 전통성을 조명하는 작업의 산물이다. 그렇지만 축제학과 예술학의 접경지대도 주목하여 학문융합의 시대적 추세에도 부응하려 노력하였다. 축제는 현실의 질서를 파괴하였다가 회복함으로써 강화와 유지에 기여하기도 하지만, 일상과 노동과 통제에 지친 몸과 마음을 치유하고 생명력을 재충전하는 데도 기여한다. 따라서 이 책이 전통축제에 대한 체계적이고 심층적인 이해를 도울 뿐만 아니라 축제가 지나치게 이벤트 위주로 경도되는 현 시점에서 문화예술이 빛과 향기를 발산하는 현대축제를 창조하고 발전시키는 데도 방향타와 길잡이 역할을 해주길 소망해본다. 무엇보다 문화적 전통은 단절되거나 소멸되지 않고 시대의 변화 속에서 변형·생성되면서 현재까지 연면히 계승되어 왔고, 여전히 살아있는 문화유산으로서 보존하고 후대에 물려줄 가치가 있다는 사실을 널리 인식시키는 기폭제가 되길 기대해본다.

2015년 8월 17일

1억 년 전의 공룡발자국이 있는
대구의 욱수천변(旭水川邊)에서

박 진 태

차례

제3부 불교축제

제4부 고전문학과 축제

제1부

지역축제

제1장 고을·마을굿과 탈놀이

굿은 예술의 모태이며 원천이다. 문학·음악·무용·연극·연희가 굿에서 발생하여 분화·파생되었다. 굿은 제신(祭神)에 따라 천신굿, 시조굿, 산신굿, 용신굿, 지신굿, 성황굿(서낭굿), 당산굿, 도당굿 등으로 구분하고, 지역 공동체에 따라 나라굿, 고을굿, 마을굿으로 구분한다. 나라굿은 단편적인 문헌 자료만 남아 있지만, 고을·마을굿은 전승 자료가 풍부하다. 굿의 역사는 전문적이고 직업적인 무당이 사제하는 굿에서 비전문적이고 비직업적인 민간인이 사제 역할을 하는 굿으로 전환되었다. 다시 말해서 폐쇄적인 무당 집단에 의한 전문 문화인 샤머니즘이 민중의 생활 영역 속에서 생동하는 보다 더 민간적인 것 내지는 일반적인 민속 문화가 되는 것이 종교사의 보편적인 흐름인 것이다.[1] 고을·마을굿은 무당이 참여하는 경우와 민간인만이 사제가 되는 경우로 구분되는데, 제의적이고 원초적인 연극으로 탈놀이를 비롯하여 가장놀이나 인형놀이가 성립되어 있다.

---

1 김열규, 『한국민속과 문학연구』, 일조각, 1971, 266~267쪽 참조.

1. 고을·마을굿의 전승과 변모

1) 무격이 참여하는 굿

(1) 영산의 단오굿

경상남도 창녕군 영산의 단오굿은 일명 문호장굿이라고도 하는데, 다음과 같다.[2]

① 음력 5월 1일에 호장·수노(首奴)·무녀가 영취산의 서낭당에서 서낭대에 서낭신을 강신시킨다.(신내림)
② 서낭신(문호장신)의 '유적지─딸의 신당─현청'의 순서로 순방하고, 신청에 좌정시킨다.(신맞이 행렬과 신유)
③ 5월 3일에 서낭신이 신마를 타고 애첩의 신당을 방문한 후 부인(본처)의 신당을 방문한다.(화해굿; 신성결혼)
④ 무녀 집단이 첩 편과 본처 편으로 갈라져 싸우는데, 관중까지 합세하여 본처의 승리로 끝맺는다.(싸움굿)
⑤ 신청으로 되돌아오는 도중에 원님과 육방 관속의 집을 순방하며 축원한다.(신유)
⑥ 5월 6일에 서낭신을 영취산의 서낭당으로 배송한다.(송신)

무녀가 사제하는 서낭굿에서 무녀가 탈을 쓰지 않은 채 본처신과 첩

---

2 김광언, 「문호장굿」, 『한국문화인류학』 제2집, 한국문화인류학회, 1969, 99~109쪽의 보고서 참조.

신의 싸움을 제의극(祭儀劇)의 형태로 연행하는 것이 특징이다. 굿의 구성 구조는 대체로 '강신-신유(神遊)-화해굿-싸움굿-송신'이며, 화해굿이 싸움굿의 원인이 되는 점이 특이하다.

(2) 강릉의 단오굿

강원도 강릉시의 단오굿은 다음과 같다.[3]

① 음력 4월 15일에 대관령의 국사성황사에 가서 국사성황신이 빙의(憑依)된 단풍나무를 톱으로 잘라 받들고 내려온다.(신내림과 신맞이 행렬)

② 예전에는 성황신을 환영하던 고을사람들이 군수(중앙 조정에서 파견된 양반)와 좌수(지방의 토착 양반)의 편으로 갈라져 횃불싸움[거화전(炬火戰)]을 벌이었다.(싸움굿)

③ 성황신을 여국사성황신사에 화해·동침시킨다.(신성 결혼; 화해굿)

④ 예전에는 남녀성황신을 대성황사에 좌정시키고 그 앞마당에서 무굿과 탈놀이를 하였으나, 현재는 남대천 강변의 굿당[신청(神廳)]에 좌정시키고 한다.(신유; 오신(娛神) 행위)

⑤ 예전에는 괫대[화개(花蓋)]를 앞세우고 '약국성황-대창성황[육(肉)성황과 소(素)성황]-시장-관아'의 순서로 순방했는데, 그때 화개무(花蓋舞)를 추고 탈놀이를 했다.(신유)

⑥ 대성황사의 뒤뜰-현재는 남대천변의 굿당-에서 신대와 화개를 불태웠다.(송신)

⑦ 탈놀이는 관노(官奴)가 연희하였는데, 첫째마당에서는 장자마리(토지신

---

3 임동권, 『한국민속학논고』, 집문당, 1971, 225~228쪽의 보고서 참조.

과 동해신의 복합 신격) 2명이 골계적인 놀이를 하고, 장내의 질서를 정돈하며, 둘째마당에서는 왕광대와 소매각시가 대무(對舞)를 할 때 홍역신인 시시딱딱이 2명이 등장하여 소매각시를 희롱하면, 왕광대가 격분하여 시시딱딱이부터 소매각시를 되찾는다. 첫째마당은 놀이판을 정화시키는 개장 의식이고, 둘째마당은 남녀신의 성적 결합에 의해 풍요 다산을 기원하고, 남녀간의 삼각관계에 의해서 홍역을 예방하려는 유감주술적인 제의극이다.

무녀가 사제하는 서낭굿과 민간인 관노가 연행하는 제의적인 탈놀이가 결합되어 있는 것이 특징이다. 굿의 구성 구조는 대체로 '강신－싸움굿－화해굿－신유－송신'이며, 싸움굿과 화해굿이 신유보다 선행하는 점이 특이하다.

(3) 장말의 도당굿

경기도 부천시 장말의 도당굿은 다음과 같다.[4]

① 화랭이가 하당(당집과 당나무)의 부정을 제거하면, 도당할아버지(종신제 상임 제관)가 신의(神衣)를 입고 상당(바위와 당나무)에 가서 도당할아버지를 접신하여 되돌아와서 좌정시킨다.(신내림과 신맞이 행렬)
② 도당할아버지가 집집마다 돌거나 굿당[신청]에서 마을사람이 백미와 종이돈과 음식을 진설한 소반－화반(花盤)이라 부른다－위에 합죽선을

---

4 『경기도 도당굿』(열화당, 1983)에 수록된 황루시 교수의 보고서와 1987년 7월 4일에 지금은 고인이 된 장한복 도당할아버지와의 면담 조사에 근거함.

펴서 세워 길흉을 점친다. 그리고 이때 도당할아버지가 왜구와 싸우다가 한쪽 다리에 부상을 입었다는 전설에 근거하여 외다리춤을 춘다.(신유)

③ 무녀가 굿당에서 제석굿, 손님굿, 군웅굿 등의 굿거리를 한다.(신유)

④ 도당할아버지가 도당할아버지신을 접신하여 상당에 가서 송신한다.(송신)

무녀의 사제 기능이 축소되고 신이 빙의된(spirit-possession) 마을사람의 역할이 확대된 것이 특징이다. 굿의 구성 구조는 '강신-신유-송신'이며, 싸움굿과 화해굿이 없는 것이 특징이다.

(4) 고성의 군사신굿

강원도 고성군 읍내에서 행했던 군사신제(郡祀神祭)는 다음과 같다.[5]

① 비단으로 신탈을 만들어 사당에 안치하고, 매달 초하루와 보름날에 관아에서 제사를 지냈다.(신체가면)

② 12월 20일 무렵에 신이 고을사람 가운데 하나에게 강신했다.(신내림)

③ 접신된 고을사람은 신탈을 얼굴에 쓰고 춤을 추며 관아의 안과 읍내를 돌면서 놀았다.(신유)

④ 다음해 정월 15일에 사당에 송신시켰다.(송신)

신들린 민간인이 신탈을 쓰고서 신의 역할을 한 것이 특징이다. 굿의 구성 구조는 '강신-신유-송신'으로 화해굿과 싸움굿이 없다.

---

5 이석호 역, 『동국세시기(외)』(을유문고 25), 을유문화사, 1971, 136쪽 참조.

(5) 하회의 별신굿

경상북도 안동시 풍산면 하회마을의 별신굿과 탈놀이는 다음과 같다.[6]

① 음력 12월 그믐날에 산주(山主; 종신제 상임 제관)·광대패·동민이 화
산의 서낭당(상당)에 올라가 서낭대에 여서낭신을 강신시킨다.(신내림)
② 서낭대를 앞세우고 도령당(하당)과 삼신당(느티나무)을 순방한 뒤 동사
－임시 신당으로 산주와 광대패의 합숙소－에 와서 좌정시킨다.(신맞
이 행렬과 화해굿)
③ 동사의 앞마당에서 탈놀이를 노는데, 각시광대가 무동춤을 추고 걸립
(乞粒)을 하고 나면, 주지마당(벽사의식무)·백정마당(황소의 도살과 우
낭·염통 팔기; 천민의 한풀이; 희생 제의)·할미마당(할미의 베짜기와
청어에 대한 식탐; 생산 계급의 빈곤상; 겨울과 죽음의 추방의식)·중
마당(승려가 부네의 방뇨(放尿) 장면을 목격하고 약탈함; 파계승에 대
한 풍자; 여름과의 통합 의례 또는 천부신과 지모신의 신성 결혼)·양
반선비마당(늙은 양반과 젊은 선비가 지체와 학식의 우열을 다툰 뒤 부
네를 차지하려고 싸우다가 화해함; 사대부의 분열상과 위선에 대한 풍
자; 여름과의 통합을 위한 늙은 왕과 젊은 왕의 싸움)을 연희한다.(신유
와 오신)
④ 무녀와 광대들이 동민의 집을 돌면서 벽사(辟邪) 진경(進慶)의 지신밟
기를 했는데, 사대부의 집에서는 무녀는 지신밟기를 하고, 광대들은 양
반을 위해서 탈놀이를 놀았다.(신유와 오인)
⑤ 정월 보름날에 서낭당에 올라가 산주는 서낭당 안에서 제사를 지냈다.

---

6 박진태, 『탈놀이의 기원과 구조』, 새문사, 2000, 350~361쪽의 보고서 참조.

(당제)

⑥ 광대들은 서낭당의 앞에서 탈놀이를 놀았다.(신유)

⑦ 해질 무렵에 서낭대를 서낭당 처마에 걸쳐놓고, 하산했다.(송신)

⑧ 마을 어귀에 있는 밭에서 여서낭신과 도령신의 혼례식(초례와 신방; 해원 의식과 풍요 제의)을 비밀 의식으로 거행했다.

⑨ 광대들은 탈을 동사에 보관하고, 무격은 잡귀 잡신을 퇴송하는 허천거리굿을 하였다.(송신)

제관은 대내림을 하고 당제를 지내고, 무녀는 지신밟기를 하고, 광대들은 탈놀이를 하는 식으로 사제 집단의 역할이 분화된 것이 특징이다. 그리고 신내림에 의해서만이 아니고 동일화의 원리에 의해 광대가 탈을 쓰는 것이 특징이다. 굿의 구성 구조는 '강신－화해굿－신유－송신'이며, 각시광대놀이는 '강신－신유－화해굿－송신'으로 진행되는 제의극이다.

2) 무격이 참여하지 않는 굿

(1) 주곡동의 서낭굿

경상북도 영양군 일월면 주곡동의 서낭굿은 다음과 같다.[7]

① 음력 12월 그믐날에 풍물패가 서낭대를 조립하여 여서낭당(당나무)에 가서 신을 내린다.(신내림)

② 정월 3~5일까지 서낭대를 앞세우고 집집마다 돌면서 지신밟기를 했는

---

7 박진태, 『민속극 자료의 세 가지 문제』, 역락, 2000, 143~153쪽의 보고 자료 참조.

데, 탈꾼들도 따라다녔다.(신유)

③ 10일 무렵에 서북방에 위치한 가곡동의 풍물패가 남서낭신의 신대를 앞세우고 내방하면, 풍물을 연주하여 경연을 벌이는데, 이기는 마을에 풍년이 든다고 믿었다.(싸움굿)

④ 두 마을의 남녀 서낭신의 서낭대를 당나무에 기대어 나란히 세워 놓고, 풍물을 연주하는데, 두 서낭신의 치마─여서낭신의 붉은 치마와 남서낭신의 검은 치마─가 바람에 펄럭이어 휘감기면 부부신이 교구(交媾)한 것으로 간주하고, 두 마을의 풍작을 예측했다.(신성결혼식; 화해굿)

⑤ 보름날 밤에 제관의 집에서 풍물을 치며 탈놀이를 놀았다.(신유)

⑥ 자정이 되면 서낭당에 가서 제사를 지내고, 서낭대는 해체하여 월록서당의 처마 밑에 보관하였다.(송신)

풍물패가 신내림과 지신밟기와 탈놀이를 모두 담당하여 마을굿이 무격 집단과의 관계를 완전히 단절시킨 것이 특징이다. 굿의 구성 구조는 '강신─신유─싸움굿─화해굿─송신'이고, 따라서 전형적인 풍물굿이라 할 수 있다.

(2) 가산의 당산굿

경상남도 사천시 축동면 가산의 천룡제와 오광대놀이는 다음과 같다.[8]

① 음력 정월 2~3일에 동민 가운데서 생기(生氣) 복덕(福德)이 좋은 까닭

---

8 1986년 8월 7~8일 양일간 한윤영·한계홍·김오복 씨를 상대로 면담 조사한 바에 의거한다.

에 선임된 제관이 당산에서 천룡제를 지냈다.

② 풍물패가 당산(할미신)→장승→우물을 돌면서 축원했다.

③ 보름날 밤에 광대패가 탈놀이 "오광대"를 연희하였는데, 첫째마당 오방
신장무는 제의극적 기능이 잔존하여 있고, 나머지 마당들은 양반·
중·남성을 비판하고 풍자하는 세속적인 오락극이다.

마을사람들이 당제를 지내는 제관과 매구를 치는 풍물패와 탈놀이를
하는 광대패로 철저하게 역할을 분담하고, 세 제의가 비연속적인 관계인
것이 특징이다. 굿은 내림의 원리가 작용하지 않기 때문에 신대도 없고
송신의 절차도 없다.

(3) 수영의 산신제

부산시 수영의 산신제와 들놀음은 다음과 같다.[9]

① 음력 정월 초순에 야유계가 주동이 되어 지신밟기를 하여 걸립한 전곡
으로 경비를 조달하였다.(신유의 변형)

② 탈을 만들어 탈제를 지냈다.(신내림의 변형)

③ 보름날 낮에 광대패가 산신제·우물고사·최영장군묘제를 지냈다.(신
내림과 신유의 변형)

④ 달이 뜰 무렵에 강변이나 먼물샘에서 출발한 광대패의 행렬이 시장의
공연 장소로 이동했다.(신맞이 행렬의 변형)

---

9 강용권, 『야류·오광대』, 형설출판사, 1982, 36~38쪽과 강용권, 『한국민속극』, 동아
대학교출판부, 1986, 59~61쪽 참조.

⑤ 집단 난무에 이어서 탈놀이를 놀았다. 탈놀이는 양반과 남성을 비판하는 마당을 연행한 뒤 제의적인 사자무로 끝맺었다.(신유)

⑥ 탈들을 모두 불태우며 액을 물리고 만사형통하기를 축원하였다.(송신)

산신제는 단위굿이 변형되고, 변형된 신유가 변형된 강신과 신맞이 행렬보다 먼저 연행되는 식으로 전위된 것이 특징이다. 탈놀이는 '강신—영신 행렬—신유—송신'으로 진행되어 사자탈을 신체(神體)로 한 제의극이라 할 수 있다.

이상에서 살펴본 고을·마을굿들을 통시적 관점에서 보면, 대체로 다음과 같은 변모 과정을 거친 것으로 추정할 수 있다. 첫째로 무당굿에서 풍물굿과 광대굿이 분화된 것으로 추정할 수 있다. 굿의 사제는 무격, 풍물꾼, 광대로 구분되고, 굿의 구성 구조는 일반적으로 '영신—오신—송신'으로 지적되지만, '내림(맞이)—신유—싸움굿—화해굿—송신'과 같은 확대형도 적잖이 확인된다. 물론 지역에 따라서는 이들 다섯 단위굿의 순열과 조합이 다르게 발현되는 변이 양상을 보이기도 한다. 따라서 한국 굿의 역사는 무격이 사제하는 굿에서 악사가 주도적인 역할을 하고 광대가 종속적인 풍물굿과 광대가 주도적인 역할을 하고 악사가 종속적인 탈놀이굿이 분화·파생된 것으로 보인다.[10]

둘째로 고을·마을굿에서 단속화(斷續化) 현상이 발견된다. 하회별신굿탈놀이는 세 가지 형태의 제사 의식이 복합되어 있다. 곧 서낭신이 가가호호를 순방하며 사기(邪氣)와 악귀를 제거하고 명복을 주는 지신밟기와 당에서 제물을 바치고 축원하는 당제 및 신무를 추는 서낭신에게

---

10 이에 대해서는 박진태, 『한국민속극연구』, 새문사, 1998, 10~21쪽에서 집중적으로 다룬 바 있다.

동민은 공물을 헌납하고 직능신들은 놀이를 봉헌하는 탈놀이로 구성되어 있다. 수영들놀음도 음력 정월 3·4일경부터 13일까지 지신밟기를 하고, 보름날 낮에 산신제를 지내고, 밤에 탈놀이를 했는데, 사자탈을 산신탈로 의식하여 산신제와 탈놀이는 연속적인 관계이지만, 지신밟기는 하회처럼 빙의 원리에 의한 산신의 신유 의식이 아니라 풍물패의 음악과 언어의 주술성에 의한 축귀 초복의 의식인 점에서 차이가 생긴다. 주실마을의 서낭굿은 이와는 대조적으로 당제와 지신밟기가 연속적인 관계이지만, 탈놀이는 서낭신이 등장하지 않아 비연속적인 관계이다. 그런가하면 가산오광대는 천룡제와 지신밟기와 오광대놀이가 모두 비연속적인 관계이다. 이처럼 신내림과 신체가면의 유무에 따라 당제와 지신밟기와 탈놀이의 관계가 연속적이냐 비연속적이냐가 결정되는 바, 신내림 형태의 연속적인 굿에서 신내림의 원리가 사라지면서 비연속적인 굿으로 변모한 것으로 추정할 수 있다.

셋째로 길놀이와 판놀음의 형태적 분화가 일어났다. 무격이 사제하는 마을·고을굿에서 탈광대굿과 풍물굿이 분화되어 제각기 독자적인 방향으로 변모해왔기 때문에 무격이 당맞이굿과 지신밟기에 이어 마을이나 고을의 수호신의 신당이나 굿당에서 당굿을 하는 경우나, 탈광대가 신당에서 내림을 받아 집돌이를 하고 신성 결혼을 할 때 직능신의 탈놀이를 하는 경우나, 풍물패가 신당에서 대내림을 하여 지신밟기를 하거나, 대내림 없이 당산굿을 치거나 고사를 지낸 다음 지신밟기를 하고서 판굿을 치는 경우나 모두 신이나 굿패가 이동하면서 연출하는 형태의 굿과 정지 상태에서 굿판을 벌이는 형태의 굿이 결합되어 있다. 이들 세 가지 경우 모두 이동 형태의 길굿(또는 길놀이굿)은 '맞이-신유-싸움굿-화해굿-송신'의 절차로 진행되지만, 정지 형태의 판굿(또는 판놀음굿)도 동일한 절차로 진행된다.[11]

무당이 사제하는 동해안별신굿과 탈광대가 사제하는 하회별신놀이와 풍물패가 사제하는 풍물굿의 길굿과 판놀음굿에 나타나는 병행 관계를 도표로 나타내면 다음과 같다.

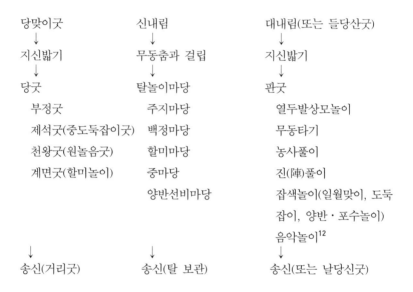

무당굿(동해안별신굿)	탈광대굿(하회별신놀이)	풍물굿
당맞이굿	신내림	대내림(또는 들당산굿)
↓	↓	↓
지신밟기	무동춤과 걸립	지신밟기
↓	↓	↓
당굿	탈놀이마당	판굿
부정굿	주지마당	열두발상모놀이
제석굿(중도둑잡이굿)	백정마당	무동타기
천왕굿(원놀음굿)	할미마당	농사풀이
계면굿(할미놀이)	중마당	진(陣)풀이
	양반선비마당	잡색놀이(일월맞이, 도둑잡이, 양반·포수놀이)
		음악놀이[12]
↓	↓	↓
송신(거리굿)	송신(탈 보관)	송신(또는 날당신굿)

동해안별신굿은 당에서 신을 맞이하여 마당밟이(지신밟기)를 하고, 당이나 임시 신당(굿청)에서 당굿을 하는데, 당굿은 굿당을 정화시키는 부

11 박진태, 『탈놀이의 기원과 구조』, 새문사, 1990, 41~49쪽에서는 천왕굿·세존굿·일월맞이굿과, 84~101쪽에서는 하회별신굿탈놀이의 주지마당·백정마당·할미마당·중마당·양반선비마당과, 319~337쪽에서는 봉산탈춤의 노장마당·양반마당·할미마당과 굿의 절차에 나타나는 병행 관계를 살핀 바 있다.

12 정병호, 『농악』, 열화당, 1986, 90~103쪽에서 5개 유형으로 분류하였으나, 농악의 가락을 변화시키는 채굿과 잽이들의 개인기 자랑을 음악풀이(놀이)로 유형화하여 6개 유형으로 만들어야만 판굿의 실상에 부합된다.

정굿으로 시작하여 제석신·천왕신·계면할머니 등을 차례로 청하여 놀린 다음 잡귀 잡신을 퇴송하는 거리굿으로 끝맺는다. 하회별신놀이는 서낭당에서 서낭대에 대내림을 할 때 각시광대의 몸에도 동시에 신을 내림받아 마을에 돌아와서 임시 신당인 동사의 마당이나 양반집 마당에서 각시광대(서낭신)의 무동춤과 걸립에 이어 놀이판을 정화시키는 주지마당을 비롯하여 다섯 마당의 탈놀이를 놀았다. 그리고 풍물굿은 당에서 대내림을 하거나 대내림 없이 당산굿만 치고서 집돌이를 하여 지신밟기를 한 다음 마을의 빈터에서 판굿을 하는데, 판굿은 지역에 따라 차이가 있지만, 중부 지방(충청, 경기, 강원)은 무동타기가, 호남 지방은 잡색놀이가, 영남 지방은 농사풀이가 발달했다.

무당의 당굿과 광대의 탈놀이 및 풍물패의 판굿이 병행 관계를 이룬다. 먼저 동해안 별신굿의 당굿과 하회별신놀이의 탈놀이 마당을 보면, 부정굿은 물력론(物力論; dynamism)에 의해 물과 불로 굿판을 정화시키는데, 주지마당은 물활론(物活論; animism)에 의해 주지(사자)탈을 쓰고서 탈판을 정화시키는 점에서 병행 관계이다. 제석굿은 세존스님이 속가에 내려와 당금아기와 인연을 맺어 아들을 낳는 서사무가 당금아기타령(제석본풀이)을 구연한 뒤 차사가 중도둑을 잡는 중도둑잡이굿을 하는데, 중마당은 천부신적 존재인 중이 지모신적 존재인 부네를 업어가는 성적 결합놀이이면서 중의 약탈성을 극화시킨 점에서 병행 관계이다. 천왕굿은 신관사또가 부임하여 호장을 치죄하는 원놀음굿을 하는 점에서 통치계급인 양반과 선비가 지체와 학식의 우열을 다투고 부네를 차지하려고 싸움을 벌이는 양반선비마당과 병행 관계를 이룬다. 계면굿은 무녀가 죽어서 신이 된 계면할머니가 생산력을 과시하는 점에서 베짜기를 하고 왕성한 식욕으로 떡다리영감과 갈등을 일으키는 할미마당과 병행 관계이다. 그리고 백정마당은 백정이 소를 도살하는 점에서 남한강

이북의 강신무의 굿에서 타살대감이 소나 돼지를 도살하여 희생으로 바치는 타살굿과 병행 관계를 이룬다.[13]

다음으로 풍물굿의 판굿과 관련지어 보면, 무동타기는 원래는 하회별신놀이의 서낭각시의 무동춤과 같은 성격의 신동(동남과 동녀)의 무동춤이 세속화·놀이화한 것이고, 무당굿이나 탈놀이에서는 남녀의 성적결합(세존과 당금아기, 중과 부네)이나 성적 결합을 위한 싸움(양반과 선비와 부네)을 통해 풍요 다산을 기원하는데, 판굿의 농사풀이는 농사짓는 과정을 모의하여 풍농을 기원하는 점에서 서로 병행 관계를 이룬다. 또 판굿의 진풀이는 원진, 사방진, 오방진, 을자진, 팔자진, 방울진 등과 같은 대형을 만들고 원형이나 나선형으로 행진하여 악귀의 침범을 막거나 이미 침범한 악귀를 내쫓는 축귀 의식[14]인 점에서 굿판이나 탈판의 잡귀를 물리고 정화시키는 부정굿이나 주지마당과 병행 관계이다.

그러나 무엇보다도 무당의 굿놀이와 광대의 탈놀이와 농악대의 잡색놀이가 제의적인 연극이라는 차원에서 대비되어야 하는데, 무당의 중도둑잡이에서는 생산신과 도둑의 양면성을 지닌 중이 등장하고, 탈광대의 중마당에서는 생산신과 파계승의 양면성을 지닌 중이 등장하고, 호남 지방 영광농악의 잡색놀이에서도 조리중이 등장하여 포수를 살리거나 양반의 딸인 각시와 어울리는 양면성을 지니는 공통점을 보인다. 그리고 무당의 원놀음굿에서는 신관사또의 권위에 도전하는 호장의 저항의식을 표출시키고, 탈광대의 양반마당에서도 사대부 계급의 분열상과 위선을 비판하는 민중적 시각을 초란이가 대변하고, 풍물굿의 잡색놀이에서도

---

13 이러한 대응성에 대해서 박진태, 『한국가면극연구』, 새문사, 1985, 17∼35쪽과 『탈놀이의 기원과 구조』, 152∼181쪽에서 이미 논의된 바 있다.

14 정병호, 앞의 책, 97쪽 참조.

양반의 각시를 포수가 빼앗거나 양반의 할미가 포수와 성적인 관계를 맺거나 양반의 딸을 뭇 사내들이 탐내거나 하여 하나같이 양반에 대한 반감과 도전 의식을 나타낸다.

2. 고을·마을굿 탈놀이의 형성과 유래설화

1) 고을·마을굿 탈놀이의 형성

(1) 빙의 원리에 의한 신탈놀이의 발생

주실마을의 서낭굿에서는 당나무와 서낭대에 신이 하강하지만, 경기도 부천시 장말의 도당굿에서는 마을의 상임 제관인 도당할아버지의 몸에 덕수 장씨 장군신이 내린다. 도당굿은 상당-바위와 당나무-에서 도당신을 강신시켜 하당-당집과 당나무-으로 모시고 오는데, 도당할아버지가 먼저 하당에서 신의를 입고 접신한 다음 상당에 가서 접신하여 모시고 하당에 와서 좌정시킨다. 도당할아버지는 가가호호를 순방하거나, 또는 굿당에서 마을사람들이 소반 위에 백미와 돈과 음식을 진설한 이른바 꽃반 위에 부채를 세워 길흉을 점친다. 이때 도당할아버지는 왜구와 싸우다 한 쪽 다리가 부러졌다는 전설에 근거하여 외다리춤을 추어 접신한다. 무녀가 하당에서 제석굿, 손님굿, 군웅굿 같은 굿거리를 하고 나면, 도당할아버지는 신을 내려 상당에 가서 좌정시키고 돌아온다. 이같이 장말의 도당굿은 도당신이 도당할아버지의 몸에 하강하여 마을사람들로부터 제물을 헌납받고 축원해주고 되돌아가는데, 도당할아버지가 신의를 입고 도당신에 빙의되는 것이 특징이다.

그런데 홍석모(1781~1850)가 1849년에 저술한 『동국세시기』에 의하면, 강원도 고성군에서는 비단으로 신의 탈을 만들어 사당에 안치해 두고 음력으로 매달 초하루와 보름에 관아에서 제사를 지냈다. 그리고 12월 20일 이후에 그 신이 고을사람에게 내리면, 그 사람은 신탈을 쓰고서 춤추며 관아의 안과 고을을 돌아다니며 놀다가 다음해 정월 보름 전에 다시 사당 안으로 돌려보냈다. 이처럼 고성의 신탈놀이에서는 신에 접신된 사람이 신의 탈을 착용함으로써 무교의 빙의(憑依) 원리가 탈의 동일화 원리보다 지배적으로 작용하였다.

(2) 탈놀이 마당의 순서

하회별신굿은 무격보다는 동민의 역할이 확대된 농촌형 마을굿이고, 동해안 지방 어촌형 마을굿에서는 동민은 당제만 지내고, 무격이 지신밟기를 할뿐만 아니라 무신을 위한 굿을 한다. 무굿은 굿당의 잡귀를 퇴치하여 정화시키는 의식으로 시작해서 제석신, 산신, 지신, 천왕신, 손님, 용왕신 등의 무신을 위한 굿을 한 다음 다시 잡귀를 퇴송시키는 굿으로 종결짓는다. 이러한 구성 원리는 탈놀이에 그대로 계승되어 오방신장무와 사자춤 같은 벽사의식무를 첫 번째와 마지막에 연행한다.[15] 그러나 굿의 제차(祭次)가 '정화-오신-정화'로 진행되는 것과는 대조적으로 탈놀이는 '정화-오신-정화'→'정화-오인(娛人)-정화'·'정화-오인'·'오인-정화'→'오인'의 양상을 보여 탈놀이가 제의적이고 주술·종교적인 연극에서 오락적이고 세속적인 연극으로 전환해온 과정을 시사한다.

---

15 이러한 사실은 정상박, 『오광대와 들놀음연구』, 집문당, 1986, 73~79쪽에서 지적된 바 있다.

(3) 탈놀이의 구성 원리

주실마을의 서낭굿에서는 남녀 서낭신의 싸움굿에 이어서 화해굿을 한다. 농악을 경연하는 싸움굿에서 이기는 마을은 풍년이 들고, 지는 마을은 흉년이 든다고 해서 갈등을 표출시키는 싸움굿에는 상극 원리가 작용한다. 그러나 남녀 서낭신의 성적 결합에 의해 갈등을 해소시키는 화해굿은 두 마을의 풍요 다산을 초래하기 때문에 상생 원리가 작용한다.

강릉단오굿에서 왕광대가 소매각시를 시시딱딱이에게 빼앗겼다가 되찾고 왕광대가 소매각시의 정조를 의심하여 갈등을 빚다가 화해하는 경우에는 홍역의 퇴치와 신들의 화합을 통하여 인간의 건강과 단합을 도모하려는 제의적 반란과 질서의 회복이다. 그러나 하회별신굿탈놀이에서 양반과 선비가 지체와 학식의 우열을 다투다가 화해하고 춤을 추고, 봉산탈춤에서 양반과 말뚝이가 신분 갈등을 일으키다가 계급적인 화해를 이룩하고서 춤을 추는 경우에는 계급적 화해와 통합을 이룩하는 주술 원리보다는 양반을 풍자하는 반어적 기법으로 기능한다. 이같이 탈놀이가 굿의 구성 원리를 계승했지만 주술적인 효험을 기대하는 것이 아니라 양반을 비하하고 조롱하는 풍자의 수단으로 전환되었다. 탈놀이가 굿에서 발생하였지만 마침내 굿을 극복하기에 이른 것이다.[16] 그리고 이러한 변화는 탈놀이 전승 집단이 주술 신앙과 신성주의적 세계관을 버리고 인간 중심적이고 세속주의적인 세계관을 가지게 된 데 기인한다.

---

16 이에 대해서는 일찍이 조동일, 『탈춤의 역사와 원리』, 홍성사, 1981, 199~209쪽에서 언급되었다.

2) 고을·마을굿 탈놀이의 유래설화

고을·마을굿 탈놀이의 유래설화는 탈이 강물에 떠내려 왔다는 표착형, 원혼을 위로하기 위하여 동신으로 모시고 탈놀이를 하였다는 해원형(解冤說), 공업을 세우고 죽은 사람을 추모하기 위하여 신격화하고 탈놀이를 하였다는 추모형이 확인된다.

(1) 표착설

표착설로는 경상남도 합천군 초계 밤마리의 오광대를 연행하게 된 동기를 말하는 전설이 대표적이다.

> 옛적 어느 해 대홍수 때의 일. 큰 나무 궤짝 하나가 초계 밤마을에 떠내려 왔다. 마을사람들이 이를 건져서 열어보니, 그 속에는 가면이 그득하게 들어 있고, 그것과 같이 「영노전 초권」이라고 하는 책이 한 권 들어 있었다. 그 당시 그 마을에는 여러 가지 전염병 기타 재앙이 그치지 않으므로 좋다는 방법은 다하여 보아도 별무신통 아무런 효과가 없었다. 그럴 때 마침 어떤 사람의 말대로 탈[가면]을 쓰고 그 책에 쓰여 있는 그대로 놀음[연희]을 하여 보았더니, 이상하게도 재앙이 없어졌다고 하며, 그런 뒤로 이 마을 사람들은 해마다 탈을 쓰고 연희하여 왔었던 것이라고 한다.[17]

홍수는 만상의 근원인 원수(源水)의 제2차적 표현이고,[18] '죽음과 재탄

---

17 최상수, 『야류·오광대가면극의 연구』, 성문각, 1984, 98쪽.
18 김열규, 『한국민속과 문학연구』, 일조각, 1972, 210쪽.

생', '소멸과 재생성', '파괴와 창조'를 상징하므로,[19] 홍수 때 탈이 떠내려 왔다는 것은 태초의 원수 상태 내지 혼돈을 재현함으로써 탈이 통치하는 새로운 세상과 질서가 창조되었음을 의미한다. 다시 말해서 초계의 밤마리는 전염병과 재앙으로 고통 받는 죽음의 땅에서 그것들이 소멸된 생명의 땅으로 부활하고, 역신(疫神)과 악령이 지배하는 암흑의 세계에서 영노탈 같은 선하고 강력한 탈신이 보호하는 광명의 세계로 재창조된 것이다.

이러한 설화는 밤마리가 지금은 비록 한산한 시골에 지나지 않지만, 과거에는 낙동강변에 위치하여 번창했던 사실에 연유한다. 1930년까지만 해도 낙동강의 수심이 깊어 장사배가 왕래하였는데, 밤마리는 초계, 합천, 의령, 고령 등 인근의 네 고장의 생산물을 거래하던 큰 장이 섰던 곳이다. 특히 여름철에는 가까운 고장의 쌀과 곡식뿐만 아니라 멀리 함양, 산청지방의 삼과 해안지방의 소금, 바다고기 등을 교역하기 위해 난장이 열리어 사람들이 많이 모였는데, 이처럼 밤마리는 농산물과 해산물의 교역이 활발하게 이루어지던 하항(河港) 내지 하시(河市)로서 낙동강의 수로를 이용하여 외부 세계와 교류하던 곳이었기 때문에 탈의 표착설화가 형성된 것으로 보인다. 그리고 낙동강의 하류인 김해의 가락과 남강의 하류에 위치한 가산에도 이와 동일한 유형의 표착설화가 전한다.

경상북도 영천의 신령에도 다음과 같은 탈의 표착설화가 전하였다.

옛적 신령 두실 부근의 시냇물 위에 나무궤짝 하나가 떠내려 오는 것을 한 노파가 건져서 열어보니, 그 속에는 탈이 가득히 들어 있었는데, 그 탈 속에

---

19 Jack Sage; trans. by J. E. Cirlot, *A Dictionary of Symbols*, New York; Philosophical Library, 1962, 345~346쪽.

는 이것을 모시고 제사를 지내면 풍년이 들고, 제사를 지내지 않으면 재앙이 있다고 씌어 있었으므로 그 노파는 이 탈을 부락의 집집마다 나누어주었다. 부락사람들은 집집마다 신막(神幕)을 마련하여 이 탈을 모시고 초하루와 보름에 반드시 고사를 지냈다고 한다.[20]

이러한 설화에 근거해서 20세기 초엽까지만 해도 신령의 무격들이 사당에 무서운 형상의 장군탈을 안치하고 고사와 제사를 지냈다.[21] 하천은 만상의 근원인 원수이므로 또 하나의 생명력의 근원인 여성과 결합될 수 있다. 따라서 하천에서 노파가 탈신을 영접하여 부락민으로 하여금 삭망일에 제사를 지내게 했다는 말은 탈신들이 생명·깊이·힘·지혜·모성을 상징하는 물의 세계[22]로부터 두실마을에 현신하여 곡식과 질병을 주재하며 신정(神政)을 실시했다는 의미이다. 이처럼 탈이 표착하였다는 설화는 물의 정령인 용신을 숭배하는 집단의 종교적 심성에서 생성된 설화라 할 수 있는데, 탈과 함께 표착한 문서『영노전 초권』에 나타나는 영노가 오광대와 들놀음에만 등장하면서 파충류에 속하는 사실이 시사적이다.[23]

(2) 해원설

하회탈 제작자는 전설상으로 허도령과 안도령으로 대립되는데, 허도

20 최상수,『한국가면의 연구』, 성문각, 1984, 39쪽.
21 위의 책, 39~40쪽 참조.
22 J. E. Cirlot, 앞의 책, 347쪽.
23 가산오광대의 영노는 사자의 모습이지만 나머지 지역의 영노는 모두 파충류에 속한다.

령설화가 마을굿 탈놀이의 유래담에 해당한다.

허도령이 서낭신의 계시를 받아 가면을 제작하였는데, 허도령을 사모하던 처녀가 몰래 엿보았기 때문에 허도령이 신벌을 받아 토혈을 하고 즉사했다. 그래서 허도령의 원령을 위로하기 위해 성황당 근처에 제단을 조성하고 매년 제사를 지낸다.[24]

허도령이 목욕재계하고 금줄을 둘러치고서 입신의 경지에서 탈을 제작하는데, 허도령을 연모하던 처녀가 몰래 엿보았다. 허도령은 토혈하고 즉사했으며, 처녀도 번민하다가 죽었다. 처녀가 죽은 뒤 신방울이 날아와 떨어진 지점에 서낭당을 건립하고, 매년 제사를 지내며, 10년마다 거행하는 별신굿에서는 여서낭신을 위로하기 위해 탈을 착용하고서 혼례식을 거행한다.[25]

첫 번째 설화는 성황신의 계시에 의해서 성황신의 신체인 각시탈이 제작되었다고 주장하고, 두 번째 설화는 각시탈이 먼저 제작되었고, 이것이 뒤에 여서낭신의 신체탈이 되었다고 주장한다. 또 첫 번째 설화는 허도령이 도령당(하당)의 신이 된 사실을 말하고, 두 번째 설화는 처녀가 서낭당(상당)의 서낭신이 된 사실을 주장한다. 이같이 설화의 각편은 허도령의 신격화에 초점을 맞추느냐? 아니면 처녀의 신격화에 초점을 맞추느냐에 따라서 분화되었지만, 탈의 제작 과정에서 신의 의지와 인간의 의지 중에서 어느 것이 우선하느냐 하는 문제와도 관련된다.

경상북도 예천의 청단놀음에는 다음과 같은 유래설화가 전한다.

---

24 박진태, 『탈놀이의 기원과 구조』, 새문사, 1990, 128쪽.
25 위의 책, 129쪽.

전라도 어느 부자집 노인이 가출한 각시(첩)를 찾기 위해 유랑 예술 단체를 조직하여 전국을 돌아다니다가 예천에서 그 여인을 찾았다. 그리하여 고향집으로 데려가려 했으나 끝내 말을 듣지 않으므로 각시를 죽여서 암매장하고 되돌아갔다. 그 후부터 예천에는 화재가 자주 발생하였는데, 사또의 꿈에 망령이 나타나서 억울하게 죽은 사연을 말하고, 자신을 위로하는 제사를 지내주고 청단놀음을 해주면 화를 면하게 된다고 말했다. 사또가 아전을 불러 사실 여부를 확인시킨 뒤 그녀의 원한을 풀어주기 위해 당을 조성하여 제사를 지내고, 청단놀음을 놓았더니, 다시는 화재가 발생하지 않았다. 그래서 그 후로 동본동에서 동제를 지내고 청단놀음을 하였다.[26]

젊은 여자의 원혼으로 인해 화재가 발생하므로 그 원혼을 동신으로 모시고 제사를 지내고 청단놀음을 하여 해원하였다는 내용은 청단놀음이 해원 기능이 있음을 시사한다. 그리고 설화의 전반부는 청단놀음이 토착적인 탈놀이가 아니라 외부에서 전래했을 개연성을 시사한다. 실제로 남사당패 같은 유랑광대의 탈놀이로부터 영향을 받은 흔적도 보이고, 탈의 종류나 극적인 내용 면에서는 지리적으로 인접한 하회탈놀이의 영향을 받은 것이 분명하다.[27]

(3) 추모설

경상북도 경산시 자인의 한장군놀이에서 여원무와 함께 공연하는 팔

---

26 정병호, 「청단놀음」, 『한국연극』 제12권 제7호(통권 146호), 한국연극협회, 1988.7, 46쪽의 내용을 재정리했음.

27 주지가면이 두 개이고, 양반과 사대부가 쪽박광대를 서로 차지하려고 다투고, 중과 쪽박광대와 초랭이가 함께 등장하는 것은 하회탈놀이의 영향이다. 그러나 광대들의 북놀이, 2무동(4조)과 3무동(2조)은 남사당패나 농악굿의 영향이라 할 수 있다.

광대놀이에는 다음과 같은 유래설화가 전한다.

　　왜구가 도천산에 숨어 있으므로 한장군이 여원무를 추기 위해 오색지로
장식한 화관을 2개 만들어 누이동생과 함께 여자로 변장을 하고서 화관을 머
리에 쓰고 산 아래 버드나무 언덕에서 춤을 추었다. 또 배우로 하여금 잡희를
놀게 하였다. 왜구가 산에서 내려와 구경할 때 장군이 칼을 휘둘러 왜구들을
무수히 죽이니, 제방에 아직도 칼 흔적이 있는 돌이 있는데, 속칭 참왜석(斬
倭石) 또는 검흔석(劍痕石)이라 부른다. 매년 이날이 되면 물빛이 붉은색이
된다고 말한다. 읍인들이 그 충의를 흠모하여 현(縣)의 서편 산기슭에 신당을
건립하고, 단옷날에 여원무의 제도를 본떠서 동남(童男) 둘이 여복을 입고 화
관을 머리에 쓰고서 춤을 추게 시켰다. 또 배우의 잡희를 베풀어 쇳소리를 내
고 북을 두드리었으며, 호장은 사모관대하고 제사를 지냈다.[28]

　　한장군 남매가 여원무와 잡희를 이용하여 왜구를 유인하여 섬멸하였
기 때문에 한장군 남매를 고을의 수호신으로 모시고 추모하면서 그때의
승전을 기념하기 위하여 단오날에 한묘(韓廟)에 제사를 지내고, 한장군
놀이와 함께 여원무와 팔광대놀이를 연행한다는 것이다. 신라의 황창이
검무(劍舞)를 추다가 백제왕을 살해한 이후로 신라 사람들이 황창의 탈
을 쓰고 칼춤을 추었다는 전설도 동일한 유형에 속한다.[29]

---

28 『영남읍지』, 「자인현」(1871년)의 〈풍속〉조.
29 물론 황창은 원사했기 때문에 황창가면검무가 해원 기능을 발휘한 것으로 해석할
수도 있다. 그러나 신라에서 황창가면검무를 추어 백제에 대한 적개심을 부추기고, 감투
정신을 고취시키려 했던 것으로 추정되기 때문에 황창의 죽음보다는 암살 성공에 초점을
맞추어 추모 기념한 것으로 볼 수도 있을 것 같다.

제2장 별신굿과 연극

민간 신앙을 신앙 집단을 기준으로 가족의 가신 신앙, 동민의 동신 신앙, 무당의 무신(巫神) 신앙으로 구분하는데, 동민이 동신 신앙에 의해서 마을공동체의 수호신을 대상으로 행하는 의례가 동제(洞祭)나 마을굿이다. 이 동제는 동민이 주재하기 때문에 향리 집단이 주재하는 읍제(邑祭)나 고을굿 및 나라의 통치 세력이 주재하는 국행 제의(國行祭儀)나 나라굿과 구별된다. 동제에서 인간이 다스리는 마을을 동신이 다스리는 마을로 전환하는데, 이는 신성계와 세속계의 이원적 대립을 극복하고, 세속계를 신성계로 전환시킴을 의미한다. 그리고 이러한 세속계의 성별화(聖別化; sanctification)는 네 가지 측면에서 이루어진다.

첫째가 시간의 성별화(聖別化)이다. 세속적인 시간을 신성한 시간으로 전환시키는데, 기간이 있고, 주기성을 지닌다. 시간의 신성성은 금기에 의해서 담보되는 바, 싸움, 살생, 출산, 초상, 노동, 성교, 개고기 먹기 등이 부정한 것으로 금기시된다. 부정을 기피하는 것만이 아니라 목욕 재계와 같이 적극적으로 부정을 제거하기도 한다.

둘째가 장소의 성별화이다. 마을 입구에 금줄을 치거나 신당과 제관(헌관·도가·축관)의 집에 금줄을 치고 황토를 뿌려 잡인과 잡귀를 막는다. 신당과 사제의 집 및 제물을 장만하는 집만이 아니라 마을 전체를 신성한 공간으로 만드는 것이다.

셋째는 인간의 성별화이다. 동신과 동민의 사이에서 중재자 역할을 할 인간을 신성한 사제로 정한다. 사제는 직업적으로 신성한 인간인 무당이나 승려 이외에 세속적인 동민이 신탁이나 선출에 의해서 선택되고 성별화되는데, 선택의 기준은 신앙심과 신기(神氣), 생기(生氣)와 복덕, 부정(不淨) 등이다. 사제의 신성성은 금기에 의해 담보되는 바, 대문에 금줄을 치고 외출을 삼가하고 잡인과의 접촉을 피하며, 소변을 보면 손을 씻고 대변을 보면 목욕을 하는 등 부정을 멀리해야 한다.[30]

넷째는 행위의 성별화이다. 동제의 신성한 행위는 제물의 장만과 진설, 신체(神體)−신수(神樹)·신석(神石)·신간(神竿)·신상(神像)−의 성별화나 제작, 제사와 굿 및 놀이 등이다. 이 가운데 당제(堂祭)와 당(堂)굿은 형태는 다르지만 의미와 기능은 동일한 이형태(異形態)의 관계인데, 당제는 제관과 도가, 유사와 축관이 행하고, 당굿은 무당패, 풍물패, 광대패가 행한다. 요컨대 동제는 제사 형태와 굿 형태로 양분되고, 굿 형태는 다시 무당굿, 풍물굿, 광대굿으로 삼분된다.

동신은 신성성(神聖性)의 권화(權化)이고, 동제는 신성성의 의례적 표현이다. 따라서 동제의 성별화는 동신의 신성성에 의해서 담보된다. 동신의 신성성은 동신 신화에 의하여 뒷받침되는데, 동해안별신굿의 골매기신처럼 마을의 개척자 곧 마을 공동체의 창조자이기 때문이거나, 경기도 장말의 도당할아버지처럼 왜적과 싸워 마을을 수호하였기 때문이거나, 하회의 서낭각시처럼 마을에 재앙을 가져오는 원혼이기 때문에 동신으로 신격화된다. 다시 말하자면, 마을의 형성과 유지 및 발전에 기여한 위대한 인물의 창조적 카리스마만이 아니라 질병이나 가뭄이나 비명횡사와 같은 재난을 일으키는 공포의 파괴적 카리스마도 신성성의 근원이

---

30 시간·장소·인간의 성별화(또는 성화)에 대해서는 최길성, 『한국민간신앙의 연구』, 계명대학교출판부, 1989, 204~207쪽 참조.

된다.

동제에 대한 연구는 동신의 기원, 신당의 형태, 동제의 구조와 기능, 동신 신화 등에 걸쳐서 이루어졌다.[31] 그러나 동제에서 무당이 굿을 하고 농악대가 농악놀이를 하고 광대패가 탈놀이를 하기 때문에 무가·음악·무용·연극에 대한 연구도 이루어졌다.[32] 그러나 전국적인 자료를 총괄하지 못하고 일부 지역에 국한하여 논의가 이루어진 한계가 있다. 따라서 동제의 전국적인 분포를 토대로 동제의 예술에 대한 체계적인 연구가 필요한데, 여기서는 별신굿에 국한하여 전승권을 구획하고 '별신굿의 신성한 예술적 공연'인 연극을 중점적으로 살펴본다.

1. 당제와 당굿의 차이

동제(부락제, 촌제)의 유형 분류는 아끼바 다까시(秋葉隆)를 필두로 유교식 당제와 무교식 당굿으로 양분하고, 남성의 유교문화와 여성의 무교문화로 분화된 사실을 강조하였지만,[33] 무당만이 아니라 농악대도 굿

---

31 위의 책, 196~197쪽과 황루시, 「동신신앙연구」, 『한국민속연구사』, 지식산업사, 1994, 249~266쪽 참조.
32 대표적 논저는 다음과 같다.
박진태, 「하회별신굿탈놀이의 형성과 구조 연구」, 고려대 박사학위논문, 1989.
김헌선, 『경기도 도당굿 무가의 현지연구』, 집문당, 1995.
이균옥, 『동해안지역 무극연구』, 박이정, 1998.
문무병, 『제주도 본향당신앙과 본풀이』, 민속원, 2008.
33 다음의 논저에서 이러한 관점을 보였다.
아끼바 다까시(秋葉隆), 「촌제의 두 유형」, 『조선민속지』, 육삼서원, 1954, 155~162쪽.
이두현, 동제와 당굿, 『한국민속학논고』, 학연사, 1984, 146~181쪽.
최길성, 앞의 책, 198쪽.
문무병, 앞의 책, 346~358쪽.

형태의 동제에서 사제의 역할을 하기 때문에 무라야마 지준(村山智順)은 당굿 형태의 동제를 무악(巫樂)−경기도의 도당굿·경상도의 도신굿과 별신굿·강원도의 단오굿·평안북도의 당굿−과 농악(農樂)−충청도의 별신굿과 농악·전라도의 농악·경상도의 지신밟기−으로 양분하여 농악을 신악(神樂)에 포함시켰다.[34] 그리고 류동식(柳東植)은 이러한 두 가지 견해를 종합하여 정숙한 분위기의 유례풍형(儒禮風型)과 가무악희(歌舞樂戲)를 동반하는 굿놀이형으로 대별하고, 전자는 전국적 분포를 보이는 데 반해서 후자는 호남 지방의 당산제형(제사와 농악대의 굿놀이)과 영남·충청 지방의 별신굿형(제사와 세습무의 굿놀이)과 중부 지방의 도당굿형(강신무의 굿놀이)으로 분포되어 있다고 보았다.[35] 그러나 여기에 황해도의 대동굿과 관서 지방의 당굿, 그리고 제주도의 본향당굿을 추가시키는 것이 타당하다.[36] 한편 이러한 분류 방식과 달리 굿의 분화 과정을 무당굿에서 농악굿과 탈광대굿이 분화된 것으로 보면,[37] 동민 중에서 선발된 광대가 탈을 쓰고 춤을 추거나 놀이를 하는 유형을 추가로 설정할 수 있다. 요컨대 동제의 사제로 제관(동민), 무당, 농악대(풍물패) 이외에 광대를 포함시켜야 한다.

당신(堂神)이 산신, 부군신(府君神), 장군신, 서낭신, 골매기신, 당산신, 본향신 중 어느 것인가는 상관없이 제사 형태와 굿 형태의 동제가 공통적으로 '영신−오신(娛神)−송신'의 구조로 되어 있다. 따라서 동제 명칭의 지역직 차이는 제신(祭神)의 신격에 따라 산신제나 산신굿, 서낭제나

---

34 무라야마 지준, 『부락제』, 조선총독부, 1937, 402~403쪽.

35 류동식, 『한국무교의 역사와 구조』, 연세대학교출판부, 1978, 243쪽.

36 이두현, 『한국민속학개설』, 학연사, 1987, 199~206쪽에서는 제주도의 본향당굿과 포제(酺祭), 영남의 골맥이동신제, 호남의 당산제, 강원도의 서낭제, 서울의 부군당제로 구분하였다.

37 박진태, 「굿의 절차와 분화 양상」, 『한국민속극연구』, 새문사, 1998, 10~21쪽 참조.

서낭굿, 부군당제나 부군당굿, 당산제나 당산굿으로 불리고, 제일(祭日)에 따라서 단오굿이나 별신굿으로 불리고, 사제에 따라서 무당굿, 농악굿(풍물굿), 광대놀이로 불릴 따름이다. 단오굿은 강원도의 강릉, 경상북도의 자인, 경상남도의 영산, 전라남도의 법성포가 대표적인데, 제신으로 보면 강릉·자인·영산은 서낭굿이고, 법성포는 용왕굿이다. 별신굿은 충청남도의 은산, 충청북도 제천의 오티와 충주의 목계와 단양의 갈천, 경상북도 안동의 하회, 동해안 일대의 어촌, 경상남도 남해안의 어촌과 섬에 분포되어 있다.

별신굿의 제신이 산신(은산), 서낭신(하회, 오티, 목계, 갈천), 골매기신(동해안), 당산신(남해안) 등인 것을 보면, 별신굿이란 명칭은 당신 또는 제신에 근거한 작명이 아니라 3년, 5년, 10년을 주기로 반복되는 '특별(特別) 신사(神事)'라는 의미를 지닌다고 보는 것이 타당하다. 별신굿을 당제와 달리 굿의 주기가 1년 이상의 시간 단위가 되는 큰굿을 가리키는 개념으로 보면, 경기도 도당굿이나 황해도 대동굿이나 평안도 당굿도 3년 주기로 행해지는 점에서는 별신굿에 해당한다. 그러나 도당굿·대동굿·당굿은 강신무가 사제가 되는 점에서 세습무나 동민이 사제가 되는 충청도·강원도·경상도의 별신굿과 구별된다. 그래서 별신굿을 특정 지역의 동제를 지칭하는 전승권의 용어로 사용한다.

당제는 일반적으로 '제물 진설－헌작(獻酌)－독축(讀祝)－소지(燒紙)－음복(飮福)'으로 진행되어 '강신－참신(參神)－진찬(進饌)－분향(焚香)－헌작－독축－사신(辭神)－음복'으로 진행되는 유교제사와 대동소이하다. 다만 당제는 강신과 송신의 절차가 약화되거나 생략되고, 분향을 하지 않고 소지를 올리는 점에서 뚜렷한 차이를 드러낸다. 소지는 한지를 불태우면서 "○○의 소지를 올립니다."라는 축언으로 마을과 동민의 안녕과 번영을 기원하는 의례적 행위인데, 유형의 물체를 불의 연소(燃燒)

작용에 의하여 무형으로 만드는 점에서 종묘 제례의 천조례(薦俎禮)에서 소·양·돼지의 모혈(毛血)과 간(肝), 좁쌀과 기장을 쑥과 함께 태우는 것과 마찬가지로 유형의 공물(供物)을 불태워 무형의 신령의 세계로 보내는 번제(燔祭)의 변형으로 보인다.[38]

당굿은 당제와 마찬가지로 '영신－오신－송신'의 구조로 되어 있지만, 본질적인 차이는 당제는 신이 타자화(他者化)되어 세속적인 인간과 분리되는 데 반해서 당굿은 무당이나 동민의 몸에 신이 빙의(憑依)됨으로써 신인합일이 이루어지는 사실이다. 당제에서는 신이 나무나 돌, 위패나 신상(神像)에 빙의되어 좌정한 채 인간의 공물 헌납과 기원의 대상이 되는데, 당굿에서는 신이 나무나 인간에게 빙의되어 이동하고, 제물만이 아니라 가무악희를 흠향하고, 직접 가무악희를 연행하기도 하고, 신명을 인간에게 감염시킨다. 예컨대 강릉단오굿에서는 서낭신이 대관령의 나무에 하강하면 그 나무를 톱으로 베어 들고서 하산하고, 하회별신굿에서는 소나무에 인공을 가하여 만든 서낭대에 서낭신을 강신시켜 지신밟기를 한다. 경기도 장말의 도당굿에서는 마을사람이 도당할아버지신에 접신되어 춤을 추고, 마을사람들이 바친 화반(花盤)에 부채를 세운다. 그리고 동해안별신굿에서는 무녀가 마을사람들과 어울려 노래를 부르고 춤을 추는 놀음굿을 하여 무녀의 신기를 동민에게 감염시켜 집단적 신명풀이를 연출한다.

당굿과 당제의 차이는 제의적 구조에서도 나타난다. 곧 당굿에서는 '강신－신유(神遊)－싸움굿－화해굿－송신'으로 오신 단계가 확장되기도 하는 바, 경상북도 영양군 일월면의 주실서낭굿이 전형적이다. 서낭대를

---

38 최길성, 『한국무속의 연구』, 아세아문화사, 1980, 221~225쪽에서 소지를 분향과 비교하면서 종교적 상징성을 분석하였다.

조립하여 서낭당(느티나무)에 가서 농악으로 각시신을 강신시켜 마을에
와서 지신밟기를 하고, 이웃마을 가마실의 남서낭신을 맞이하여 농악 경
연의 형식으로 여서낭신과 남서낭신의 싸움굿을 하고, 이어서 두 마을의
농악대가 어울려 농악을 연주하다가 남녀 서낭신의 치마(깃발)가 바람
에 휘감기면 합궁한 것으로 간주하는 화해굿을 한 뒤, 마지막으로 서낭
대를 해체하여 보관함으로써 송신시킨다.[39] 지신밟기는 서낭신이 집집마
다 돌아다니며 마당밟이를 통하여 악귀를 내쫓고 제물(술·음식·쌀)을
받는 의례인데, 이때 성주·조왕과 같은 가신(家神)들을 위한 굿을 곁들
이는 것이다. 주실서낭굿에서는 남녀 서낭신의 싸움을 통하여 풍흉을
점쳤다고 하지만, 영산의 문호장굿을 보면 문호장이 본처를 방문하기 전
에 첩을 먼저 방문하기 때문에 무녀들이 본처 편과 첩 편으로 나뉘어 싸
움을 하고 본처 편의 승리로 종결시킴으로써 본처신을 위로한다고 하여
싸움굿에도 오신 기능이 있음을 알 수 있다. 그리고 하회별신굿에서는
비명횡사한 처녀의 원혼을 위로하기 위하여 초례와 신방으로 이루어지
는 혼례식을 연행하고, 동해안별신굿에서는 산신과 용왕신, 골매기신과
성주신의 화합을 위해 화해굿을 하는 점에서 남녀신의 신성 결혼이든
신들의 화합 도모이든 모두 오신의 기능이 있다. 요컨대 집을 순방하는
신에게 공물을 바치는 지신밟기든 신들 사이의 갈등의 표출과 해소를
연출하는 싸움굿과 화해굿이든 모두 오신 의례인 것이다.

　주실서낭굿은 농악대가 사제가 되어 서낭굿을 하고, 제관은 당제를
지내는데, 동해안별신굿은 당제는 제관(동민)이 지내고 당굿은 무당이
사제가 되어 골매기신을 강신시켜 지신밟기를 하고 무신(巫神)을 위한
굿거리도 연행한다. 이처럼 무당이 동제의 사제가 되면 민간인이 섬기

---

39 『한국민속종합조사보고서』(경상북도편), 문화재관리국, 1977, 517~518쪽 참조.

는 동신과 가신만이 아니라 무당들이 섬기는 무신을 위한 굿이 연행된다. 이는 민간인이 동신 신앙과 가신 신앙만이 아니라 무신 신앙도 수용하여 믿는 것을 의미한다. 하회별신굿에서는 제관(산주)은 당제를 지내고, 당굿으로는 산주가 대내림을 하고, 무당은 서낭대를 앞세우고 지신밟기를 하는데, 이와 병행해서 각시광대가 각시탈을 쓰고서 무동춤을 추고 걸립을 하고 혼례식을 비밀 의식으로 거행함으로써 광대탈놀이를 성립시켰다. 그리고 수영에서는 탈광대패가 지신밟기를 하여 경비를 마련하고, 산신제를 지낸 뒤, 백산의 산신이 왜구를 퇴치하거나 백산의 산신에게 제물을 바치는 뜻으로 사자가 범을 잡아먹는 탈놀이를 하고, 마지막으로 탈을 소각하여 송신시킨다.

2. 별신굿의 유형과 지역적 차이

별신굿은 충청남도의 은산, 충청북도 제천의 오티와 충주의 목계 및 단양의 갈천, 경상북도 안동의 하회, 부산에서 주문진에 이르는 동해안 일대의 어촌, 경상남도 남해안의 어촌과 섬 등지에서 전승된다. 충청도와 강원도와 경상도에 걸쳐서 분포되어 있는 바, 세습무 전승권에 속한다. 별신굿의 주신은 산신(은산), 서낭신(하회, 오티, 목계, 갈천), 골매기신(동해안), 당산신(남해안)으로 지역에 따라 다른데, 당산신은 산신의 일종이고, 골매기신은 서낭신의 성격을 띠므로 산신 계통 별신굿과 서낭신 계통 별신굿으로 대별할 수 있다. 그러나 주신(主神)을 강신시키는 사제를 기준으로 보면, 은산별신굿과 갈천별신굿 및 동·남해안별신굿은 세습무이고, 하회별신굿과 오티별신굿은 동민에서 선임된 제관이다. 은산별신굿에서는 산신과 복신장군 및 토진대사(도침대사?)을 함께 모신 상당에서 제관의 당제에 이어서 무녀가 꼭대기에 방울을 매단 동기(洞旗)에 신을 강신시키는 상당굿을 한 다음 하당(느티나무)에서도 무녀가 농기에 신을 강신시키는 하당굿을 한다.[40] 그리고 갈천별신굿에서는 무녀가 안서낭당에서 소나무로 만든 서낭대에 할머니서낭신을 강신시켜 바깥서낭당(할아버지서낭신)에 가서 좌정시키고 당굿을 하였다.[41] 동해안별신굿에서는 골매기서낭당에서 무녀가 신대에 신을 강신시켜 제관과 도가의 집에 가서 마당밟이와 성주굿·조왕굿을 하고,[42] 남해안별신굿에서는 무녀가 당산에서 당산굿에 이어서 대내림을 하고, 제관(굿장모)의 집에 가서 부정굿을 한다.[43]

이러한 무녀의 강신 의식과는 대조적으로 하회별신굿과 오티별신굿에서는 제관이 축언으로 신을 신대에 강신시킨다. 좀 더 구체적으로 살펴보면, 하회별신굿의 경우 제관(산주)이 서낭당 안에서 당방울을 매단 내림대를 잡고서 "해동은 조선 경상북도 안동 하회 무진생 서낭님, 앉아 천 리 서서 만 리를 보시는 서낭님이 뭐를 모릅니까?" 하고 서낭신의 위대성과 영험을 찬양하고 "내리소서. 내리소서. 설설이 내리소서." 하고 하강을 기원하여 내림대가 흔들리고 당방울이 울리면 신이 하강한 것으로 간주한다.[44] 오티별신굿에서는 산신제를 지내고 '상당-작은재 서낭당-구실재 서낭당-흰티재·해너물재 서낭당'의 순서로 당제를 지낸 뒤 제관이 기원하여 서낭신들을 서낭대에 강신시켜 본당에 와서 좌정시키고

40 임동권, 「숭신(崇神)과 협동의 장-향토신제」, 『은산별신굿』, 열화당, 1986, 79~88쪽 참조.
41 이창식, 「남한강 유역 별신제의 분포와 의미」, 『지역문화연구』 제1집, 세명대학교 지역문화연구소, 2002, 68~69쪽 참조.
42 이두현, 「동해안별신굿」, 『한국민속학논고』, 학연사, 1984, 194~195쪽 참조.
43 김선풍, 『남해안별신굿』, 박이정, 1997, 8쪽 참조.
44 박진태, 『탈놀이의 기원과 구조』, 새문사, 1990, 353쪽 참조.

산신과 여섯 서낭신들에게 제사를 지낸다. 그리고 송신할 때 대내림을 하고, "여러 서낭님이 다 한마음 한뜻으로 이렇게 정성을 받들어 주시니 우리 동민은 뭐라고 얘기할 수 없습니다. 이렇게 반갑다고 감응해주시니 감사하고 이제 여러 서낭님도 자기 자리를 찾으셔야 합니다. …(중략)… 다 자기 자리로 돌아가십시오."하고 축언으로 송신시킨다.[45]

그런데 하회별신굿과 오티별신굿은 무녀가 아닌 제관이 강신 의식을 행하는 점만이 아니라 서낭신의 춤을 연행하는 점에서도 일치한다. 다만 하회별신굿에서는 각시광대가 각시탈을 쓰고서 무동을 타고 몽두리춤을 추는 데 반해서 오티별신굿에서는 송신 의식에서 대잡이가 서낭대를 놀리며 춤을 춘다. 이러한 사실은 강릉단오굿에서 국사성황신이 하강한 서낭대(단풍나무)와 병립 관계인 또다른 신체(神體)인 괫대[46]를 메고서 괫대춤을 춘 것과 유사하다. 신춤은 강신무이든 세습무이든 탈을 쓰지 않고 추는 것이 기본인데, 민간인도 장말도당굿처럼 제관이 도당할아버지에 접신된 상태를 갓과 두루마기만으로 분장하여 나타낸다. 그런데 『동국세시기』에 의하면 고성에서는 민간인에게 신이 내리면 신의 탈을 쓰고 춤을 추며 고을 안을 돌아다녔다고 하여 도당할아버지춤도 도당할아버지탈춤으로 발전할 수 있음을 시사한다. 그렇지만 하회별신굿의 경우는 서낭신이 하강한 서낭대와 각시탈을 쓴 각시광대가 동격이고, 각시탈도 서낭신의 또다른 신체이지만, 빙의원리는 약화되고 동일화의

---

45 이창식, 『마을축제 오티별신제』, 집문당, 2001, 261쪽 참조.
46 구전에 의하면, 괫대는 죽어서 대관령의 성황신이 된 범일국사의 석장(錫杖)의 머리를 모방한 것이라고 하거나, 죽어서 대관령 산신이 된 김유신이 대산(大傘)을 쓰고 적을 놀라게 하여 승리를 거두었기 때문에 대산을 모방한 것이라고 하거나, 이사부가 우산국을 정벌할 때 무거운 철봉을 해안에 놓고 자신은 배안에서 바가지로 만든 가벼운 몽둥이를 휘둘러 적이 놀라 달아나게 한 데서 유래한다고 한다. 임동권, 『한국민속학논고』, 집문당, 1982, 228쪽 참조.

원리에 의해서 각시광대가 서낭각시로 변신하는 것으로 봐야 할 것 같다. 한편 자인단오굿은 화관(花冠)이 한(韓)장군 남매신의 신체이므로 여원무는 신체를 놀리는 춤이고, 수영들놀음은 사자가 백산의 산신이라고 하여 사자탈춤이 산신탈춤일 개연성이 크다.

이처럼 오티별신굿과 하회별신굿은 제관이 강신 의식을 행하는 점에서는 일치하지만 전자는 신대를 손에 들고 신춤을 추는 데 반해서 후자는 신의 탈을 얼굴에 쓰고 추는 점에서 지역적 차이를 보인다. 물론 하회별신굿은 지신밟기를 무당이 함으로써 대내림을 하고 당제를 지내는 제관 및 탈놀이를 하는 광대패와 역할 분담을 하지만, 오티별신굿은 무당은 전혀 참여하지 않고 농악대와 잡색(여장남자와 무동)이 독자적으로 지신밟기를 하지 않고 대내림에서 제관의 보조적 역할만 하는 점이 다르다. 이러한 동이점은 동제가 역사적으로 무당이 사제가 되는 은산별신굿과 갈천별신굿 및 동·남해안별신굿의 단계에서 민간인이 사제가 되는 오티별신굿의 단계로 전환하였으며, 그 중간 단계가 하회별신굿일 개연성을 강력하게 시사한다.

3. 별신굿의 연극

별신굿의 신성한 공연 행위를 제의적 행위와 예술적 행위로 구분할 때 공연 예술은 음악, 무용, 문학, 연극, 곡예가 혼합되어 있다. 이 가운데 연극에 국한시키면, 탈놀이[가면극]·인형놀이[인형극]·가장(假裝)놀이[가장극]와 같은 세 가지 양식의 민속극이 성립되어 있다. 탈놀이는 무당이나 광대가 탈을 얼굴에 써서, 인형놀이는 무당이나 광대가 인형을 조종하여, 가장놀이는 무당이나 광대가 의관(衣冠)이나 도구를 사용하여 극중 인물로 인격 전환을 일으킨다. 이러한 세 종류의 민속극이 마을 공동체의 무사태평과 풍농·풍어를 기원하는 별신굿의 맥락에서 성립되어 있다. 곧 별신굿의 맥락에서 신성한 행위가 연극적으로 성별화되어 있다. 그리고 이러한 제의적 연극은 주술·종교적 의미를 지니면서 사회적 기능을 수행한다.

1) 탈놀이

별신굿의 탈놀이는 하회별신굿의 서낭각시탈놀이와 다섯 마당의 탈놀이, 동해안별신굿의 범탈굿과 탈놀음굿, 남해안별신굿의 할미광대와 중광대 등이 있다. 하회별신굿의 탈놀이는 동민 중에서 선임된 광대가 연행하고, 동·남해안별신굿의 탈놀이는 무당이 연행한다.

(1) 하회별신굿의 탈놀이

하회별신굿은 제관(산주)이 서낭당(상당) 안에서 축언으로 대내림을 하여 서낭신을 강신시켜 하당과 삼신당을 거쳐 마을로 내려와 임시 신당－동사(洞舍)였으나 소실됨－에 좌정시키면, 무당이 와서 서낭대를 앞세우고 지신밟기를 하고, 허천거리굿을 하여 잡귀잡신을 퇴송시키는 서낭굿에 병행해서 각시광대가 서낭각시의 탈을 쓰고 무동춤을 추고 걸립을 하다가 초례(醮禮)와 신방(新房)으로 진행되는 혼례식을 연출하는 탈놀이가 연행된다. 무당이 사제가 되는 지신밟기와 각시광대의 무동춤·걸립이 대응하고, 서낭대의 하당(도령당?) 방문은 혼례식에 대응하는 바, 서낭신이 하회마을에 강림하여 신정(神政)을 통해서는 제물을 받고 명복(命福)을 주고, 신성 결혼을 통해서는 해원(解冤)하고 풍요 다산을 보장해주는 것이다.[47] 그리고 서낭각시의 무동춤과 걸립에 이어서 주지마당·백정마당·할미마당·중마당·양반선비마당을 노는데, 이 다섯 마당의 탈놀이는 서낭각시에게 봉헌하는 연극이다. 주지마당에서 놀이판을 정화하고, 백정마당에서 황소를 희생으로 바치고, 할미마당에서 늙고 가난한 할미를 속죄양으로 추방하고, 중마당에서 성적 결합에 의해 풍요다산을 기원하고, 양반선비마당에서 양반과 선비가 지체와 학식의 우열을 다투고 부네를 차지하려는 싸움을 벌이다가 화해함으로써 갈등을 해소하고 통합을 이룩한다.[48] 이러한 탈놀이는 생명력이 고갈된 하회마을을 경신하고, 무사태평과 사람의 다산과 농작물의 풍작 및 가축의 번식을 가져오고, 공동체 사회 내부의 분열과 갈등을 해소하고 통합시키는 주술·종교적 기능을 발휘한다.

(2) 동해안별신굿의 탈놀이

① 범탈굿

범탈굿은 다음과 같이 진행된다.

창호지에 범 무늬를 그려 만든 탈과 옷을 입고 김복룡 양중이 소나무가 우거진 제상 밑을 어슬렁거리며 들어온다. 김용택 양중은 포수차림으로 굿당 안에서 막대기(총)를 들고 범사냥 간다고 설친다. 범은 들어오다가 닭을 발견

---

47 서낭각시의 혼례는 원사한 17살 처녀를 위로하기 위함이라고도 하고, 신랑의 역할을 하면 득남한다고 하는 점에서 해원의식과 풍요제의 연극적 연출이다.

48 박진태, 앞의 책, 190쪽과 박진태, 『하회별신굿탈놀이』, 피아, 2006, 133~164쪽 참조.

하고는 입에 물고 굿당 안으로 들어온다. 사냥꾼이 범을 발견하고 '땅'하고 입으로 총소리를 내면 범은 버둥거리다가 죽는다. 사냥꾼은 범의 가죽을 벗겨 동네사람들에게 판다. 동네사람들은 굿당 밖에 나가 호랑이 가죽을 태운다.[49]

호랑이는 남무가 탈을 써서 분장하고, 포수는 탈을 쓰지 않고 군복이나 상징적인 총으로 분장하여 탈놀이와 가장놀이의 혼합 형태이다. 연행 절차는 '호랑이 등장-포수 등장-호랑이 사냥-호랑이 가죽 매매-호랑이 가죽 소각'[50]의 순서로 진행되는데, '호랑이의 등장'은 마을 공동체에 자연적 재난이 발생한 것이고, '포수의 등장'은 재난을 소멸시킬 나신(儺神) 내지 퇴치자의 출현이고, '호랑이 사냥'은 퇴치자가 꼭두각시놀음의 홍동지처럼 완력(腕力)이 출중한 장사(壯士)가 아니고 살상력이 압도적인 총을 무기로 사용하는 사냥꾼임을 보여준다. 그리고 '호랑이 가죽 매매'는 무당이 계약금 이외에 굿판에서 동민에게서 받아내는 별비(別費)이면서 복을 사고파는 행위이기도 하다. '호랑이 가죽의 소각'은 재난을 소멸시키는 주술적 행위만이 아니라 불에 의한 부정 물림과 호신(虎神)의 송신이 복합된 행위이다. 별신굿이 끝나면 호랑이가 산에서 내려오다가 먹으라고 소를 잡아 산에 소머리를 묻는데, 이는 호랑이를 신격화해서 제물을 바치는 행위로 범탈굿이 호랑이를 사살함으로써 '호환의 예방'[51]이라는 효험을 일으키려는 유감주술(sympathetic magic) 행위라면, 소머리 봉헌은 호신 숭배에 근거한 종교적·의례적 행위가 된다.

---

49 『강사리 범굿』, 열화당, 1989, 52쪽.

50 이균옥, 『동해안지역 무극연구』, 박이정, 1998, 115~116쪽에서는 '호랑이 등장-포수 등장-호랑이 사냥-호랑이 가죽 매매'로 네 단락으로 구분하였는데, '호랑이 가죽 팔기'와 '호랑이 가죽 소각'은 의미와 기능이 다르기 때문에 '호랑이 가죽 소각'을 따로 설정한다.

51 하효길, 「호환의 예방과 어촌의 풍어기원제」, 『강사리 범굿』, 열화당, 1989, 80쪽 참조.

이처럼 호랑이는 숭배의 대상이면서 동시에 퇴치의 대상이 되고, 범탈굿은 주술 행위와 종교 의례가 미분화된 원초적 모습을 보인다.

그런데 범탈굿의 목적이 호환의 예방이 아니고, "옛날 호랑이에게 사람이 물려가 호환을 당한 마을에서 망자의 영혼이 들어오기 때문에 모셔야 한다고 한다."[52]는 진술은 범탈굿에 대한 다른 해석을 요구한다. 포수의 호랑이 사살이라는 행위가 호환이 발생하지 않는 결과를 가져오는 모방주술 행위가 아니고, 호환에 의해서 죽은 망자의 원혼을 위로하는 해원 기능을 수행함을 의미하기 때문이다. 해원의 방법에는 원혼에 대한 존숭, 원혼의 원수에 대한 대리인의 복수, 원혼의 좌절된 욕구의 충족 등 세 가지가 있는데,[53] 범탈굿이 호환당한 원혼을 해원하기 위해서 복수극을 연출한다는 해석이 가능한 것이다.

② 탈놀음굿

탈놀음굿은 화랭이와 무녀가 함께 연행하는데, 주요 인물인 영감의 일가족(영감·할미·첩·말뚝이·싹뿔이)은 마분지로 만든 종이탈을 쓰고, 부수적 인물인 의원·봉사·무당은 탈을 쓰지 않는다. 각편에 따라 차이가 있는데, 기본적인 내용은 영감이 집을 나와 서울애기와 첩살림을 꾸리고 살 때 할미가 영감을 찾아와 할미와 서울애기 사이에 싸움이 벌어지고 그 와중에 영감이 죽으면 할미가 무당을 불러 굿을 하여 회생시킨다. 갈등 구조는 '영감(본부)−할미(본처)−서울애기(첩)'의 삼각관계이

---

52 최길성, 앞의 책, 311쪽.

53 박진태, 「한국과 서양의 고전극에 나타난 해원 방식의 비교」, 『한국문학의 경계 넘어서기』, 태학사, 2012, 88~92쪽 참조.

고, 할미의 위세가 영감보다 우월하여 영감이 죽는다. 이러한 탈놀이를 하는 이유는 "옛날 옛적 오입장이 놀던 어르신네 귀신을 모시는 것입니다. 이 귀신을 불러줘야 동네에 잡성스런 일이 나타나지 않는다 하지요."[54]라는 남무(잽이)의 말에 의하면, 본처를 소박을 주고 가출하여 기녀와 바람을 피우다가 객사한 영감을 위로하여 마을에 이러한 불상사가 일어나지 않도록 하기 위한 것이다.

(3) 남해안별신굿의 탈놀이

① 할미광대놀이

남무가 한지(韓紙)로 만든 할미탈을 쓰고서 다른 남무(악사)와 대화를 주고받는다. 할미는 당산할머니라고 말하기도 하지만,[55] 굿판이 자기 당골이라 하고 장구를 메고 손님굿과 제석굿을 하는[56] 것으로 보아 무조신(巫祖神)이 분명하고, 오줌을 누고서 "내 오줌 가는 데마다 농사도 잘되고 해옥(김)도 잘되고, 내 오줌 간 데마다 일가 화목 없는 데는 화목하고 부부간에 원진살 걸린 데는 이도 좋고"[57]라고 말하는 것으로 보면, 풍농과 풍어 및 마을의 무사태평을 보장해주는 당산할머니이기도 하다. 무조신과 동신(洞神)의 복합 신격으로서 수호신과 생산신의 직능을 수행하는 것이다.

---

54 『한국민속대관』 제3권(민간신앙·종교), 고려대학교 민족문화연구소, 1982, 193쪽.

55 김선풍, 앞의 책, 205쪽.

56 위의 책, 206쪽에서는 선왕굿을 하는데, 『한국민속종합조사보고서』(무의식편), 문화재관리국, 1987, 74쪽에서는 손님굿을 한다.

57 김선풍, 앞의 책, 207쪽.

② 중광대놀이 박수(拍手)

남무가 탈을 쓰고 중과 소모(소무; 小巫)로 분장하여 악사 및 동민과
대화를 주고받으며 놀이를 진행한다. 중은 절에서 장 담글 콩을 사러 왔
다고 하면서 악사에게 소모의 행방을 물으면, 악사는 동석(洞席)에 물어
보라고 시키고, 마침내 중이 동민들 사이에서 소모를 찾아 수벽(수박; 手
拍)치기를 하며 논다. 그러나 소모광대는 다시 도망치고 중이 다시 소모
를 찾아서 이를 잡고 다리를 주무르게 한다. 그러다가 중이 잠이 들면
소모는 다시 도망치고, 중이 잠이 깨어 동석에 소모의 행방을 물으면,
동석은 중의 행실을 꾸짖고 매를 때리고, 중은 신세를 한탄하는 노래를
부른다.[58]

이처럼 중과 소모와 동석 사이에 삼각관계가 성립하는 바, 소모는 마
을에 내려와서 세속적인 삶을 살려고 하고, 중은 한사코 소모와 성적 관
계를 맺으려 한다. 이는 제석굿의 연극화로 제석본풀이의 세존스님(천
부신)과 당금아기(지모신)가 중과 소모로 설정된 것이니, 중과 소모의
성적 결합에 의하여 마을의 풍요 다산을 기원하는 것이다. 중광대놀이
는 심층적으로는 이러한 신성극인데, 중을 파계승으로 보는 비판적 시각
을 동석이 대변하게 하여 엄숙하고 진지한 굿판에서 우습고 즐거운 한
마당의 소극(笑劇)으로 연출한다.

2) 인형놀이

(1) 남해안별신굿

---

58 위의 책, 209~214쪽과 『한국민속종합조사보고서』(무의식편), 75~77쪽 참조.

① 비비각시·적덕이놀이

남무(산이)가 한 손에는 비비각시의 인형을, 다른 손에는 비비각시의 기둥서방인 적덕이의 인형을 들고 1인 2역의 역할을 하는 인형놀이다. 비비각시와 적덕이의 인형은 남무가 형겊이나 참종이로 만드는데, 비비각시는 머리에 족두리를 씌우고 색동저고리를 입힌다. 할미광대의 지팡이로도 대용되는 적덕이의 칼은 나무를 깎아 만든다. 비비각시가 온갖 교태를 부리어 마을의 지위가 높고 돈이 많은 남자들을 하나씩 유혹하여 불륜의 관계를 맺으면, 적덕이가 비비각시를 두들겨 패어 음행을 실토하게 만들고, 이때 마을의 여자들은 화냥질한 년을 죽이라고 성토한다. 적덕이는 마침내 비비각시의 실토와 다시는 음행을 저지르지 않겠다는 다짐을 받아내고 비비각시를 데리고 마을을 떠나가는데, 비비각시가 인연을 맺은 마을 남자들한테 차비를 달라고 하여 별비를 받는다.[59]

마을 유지들을 비비각시의 상대역으로 끌어들이고, 마을 여자들도 개입하는 점에서 마을사람들이 단순한 구경꾼이 아니라 극중 인물로 참여하는 개방적인 양식의 인형놀이가 된다. 그리고 적덕이(본부)와 비비각시(아내)와 마을 남자들(간부) 사이의 삼각관계에 마을 남자들(본부)과 마을 여자들(본처)과 비비각시(첩) 사이의 삼각관계를 결합하여 사각관계의 갈등 구조를 조직하고, 적덕이와 마을 여자들이 한 패가 되어 비비각시와 마을 남자들의 가정 파괴 행위를 응징하는 재판극을 연출한다. 비도덕적이고 반사회적인 행위를 한 비비각시를 치죄하고 추방함으로써 마을 남자들이 바람을 피우게 만드는 악귀를 퇴치하고 풍기 문란을 예방하려는 것이다.

---

59 김선풍, 앞의 책, 214~217쪽 참조.

② 적덕·적귀놀이

　적덕과 적귀는 남매 사이로 중국 당나라에서 피갈음(근친결혼)을 하여 처형된 원귀인데, 이 두 악귀가 우리나라에 와서 마을을 어지럽히기 때문에 신상(神像)－50cm 길이의 짚인형－을 만들어 인형놀이를 한다. 남무가 무녀의 원삼을 걸치고 머리에 수건을 매고 작은 대나무가지를 꽂아 적귀로 분장하고, 다른 남무는 평복에 종이모자를 써서 적덕으로 분장한다. 먼저 둘이서 한동안 수작을 한다. 그리고 이번에는 적덕으로 분장한 남무가 긴 막대기를 사타구니에 끼고 이리 뛰고 저리 뛰어다니면서 천하궁(天下宮)도시와 지하궁(地下宮)도시의 흉내를 내고, 적귀로 분장한 남무는 천하궁도시와 지하궁도시의 하인 역할을 하여 술잔을 들고 돌아다니며 마을 유지들한테서 돈을 뜯어내면서 우스갯짓을 한다. 그런 다음 천하궁도시와 지하궁도시가 잡은 적덕과 적귀의 인형을 들고 돌아다니면서 적귀의 인형을 유지들 뺨에 비벼대면서 돈을 뜯어내고 우스갯짓을 하면, 이윽고 천하궁도시와 지하궁도시가 덮쳐서 붙잡아 처형을 해서 짊어지고 다니다가 해변에 가서 소각한다.[60]
　이처럼 '적덕·적귀 남매의 가장놀이－천하궁·지하궁도시와 하인의 가장놀이－적덕·적귀의 인형놀이'의 순서로 진행되는데, 적덕의 역할을 하는 남무는 천하궁도시와 지하궁도시의 역할도 하여 1인 3역을 하고, 적귀의 역할을 하는 남무는 하인의 역할을 하여 1인 2역을 한다. 적덕·적귀인형놀이는 특히 적귀가 오빠와 근친결혼을 하고, 마을 남자들을 유혹하는 등 음욕이 강한 악귀이므로 적덕·적귀를 처형함으로써 마을을 정화하고 풍기문란을 예방하려는 것이니, 아마 추방 의식의 극화이

　60 『한국민속종합조사보고서』(경상남도편), 문화재관리국, 1980, 175쪽 참조.

다. 다시 말해서 '퇴치자(천하궁・지하궁도시)－악귀(적덕・적귀)－동민'
의 삼각관계를 갈등 구조로 하는 개방적인 연극 양식을 취하고, 가장놀
이와 인형놀이를 혼합하여 연출한 악마 추방의 놀이다.

(2) 오티별신굿

오티별신굿에서는 마을 바깥에 있는 '상당－작은재 서낭당－구실재
서낭당－한티와 해녀물재의 서낭당'에서 서낭신을 하나씩 차례로 강신
시켜 마을 중앙에 있는 본당(느티나무)에 와서 합석시키고 당제를 지낸
뒤 서낭대춤을 곁들인 송신굿을 함으로써 서낭굿을 모두 마치고, 마지막
으로 허재비놀이를 한다. 남녀의 허수아비는 볏짚으로 70cm 가량의 길
이로 만들고, 얼굴에는 한지를 바르고 눈・코・입을 그린다. 남자 허수
아비는 성기를 만들고, 여자 허수아비는 가슴을 볼록하게 만들어 치마와
저고리를 입힌다. 제관이 "자! 당나라야 …(중략)… 서낭님은 다 집으로
돌아가셨어. …(중략)… 떡에다가 저 술에 한잔 먹고 놀고서 썩 물러가
야지 …(중략)… 당나라야 술술 놀아라."라고 말하면, 그에 상응하여 놀
이꾼(신명꾼) 두 명이 남녀 허수아비를 조종하여 춤도 추고 어르기도 하
고 싸움도 벌이고 성행위도 모의한다. 그리고 다시 제관이 떡과 술을 먹
고 즐겁게 놀자고 말하면, 두 조종자가 농악에 맞추어 허수아비를 손에
들고 춤을 춘다. 그러나 제관이 "멈춰라! …(중략)… 당나라 너희들이 이
래 가지고는 안 되겠다. 매를 맞아야지."라고 말하면, 조종자들이 허수아
비를 땅에 눕혀 놓고 매질을 한다. 제관이 매질을 멈추게 하고 "이제 맞
을 대로 맞았으니께 한 번 더 놀려 봐."라고 말하면, 조종자들이 허수아
비를 들고 춤추고 어르다가 모의적인 성행위를 하며 한바탕 논다. 제관
은 다시 "이놈들이 먹었는지 안 먹었는지 알지도 못하고 …(중략)… 마

른 것은 싸 가지고 가고 진 것은 다 먹어야지. 그러지 않으면 칼로 배지(배)를 갈라버릴 테니 두말 들을 것 없이 오티에 있는 액이라는 것은 싹 끌어안고 썩 물러가야지 그러지 않으면 혼나."라고 당나라 부부에게 제물을 받고 액운과 재앙을 짊어지고 떠나가라고 호령하고 협박한다. 그래도 당나라가 복종하지 않으니 제관이 다시 "멈춰라! …(중략)… 당나라 너희들이 이래 가지고는 안 디겠다. …(중략)… 여(여기) 갖다 엎어라. 여 바닥에 내쳐야지 안 되겠다."라고 시키면, 조종자들이 허수아비를 땅바닥에 내려친다. 그리고 수수팥떡을 던지거나 수수팥떡을 화살에 꽂아 활로 쏜다. 또 술을 뿌리고 허수아비를 마을 바깥에 가져다 놓고 칼끝이 마을 밖을 향할 때까지 칼을 던진다. 마지막으로 제관이 "이제 니가 주위를 돌아보면 안 되어. 안 가고 어슬렁거리면 대번 배지를 갈라버려. 에이 퉤!" 하고 말하고 침을 뱉는다.[61]

당나라 부부는 마을에 액운과 재앙을 가져오는 악귀이므로 제물을 받고 즐겁게 놀다가 돌아가야 하는데, 악귀에 대한 태도는 서낭신에 대한 태도와 판이하게 다르다. 서낭신은 마을을 수호하고 명복을 주는 선신이므로 신성한 존재로 극진하게 대접하는데, 당나라 부부는 악귀이므로 강제적이고 위하적(威嚇的)인 언행으로 항복시켜 퇴송시킨다. 전자가 초복 의례라면, 후자는 축귀 의례의 극화이다. 제관이 퇴치자(退治者)가 되어 대사로 놀이꾼으로 하여금 악귀의 허수아비를 조종하게 시키는 인형놀이를 통하여 마을의 안녕과 태평을 기원하는 것이다.

이러한 허수아비놀이는 경기도 장말도당굿의 뒷전과 유사하다. 뒷전은 도당굿의 마지막 순서로 굿에 따라온 잡귀(수비영산)를 풀어먹이는 거리로 무녀가 어둥이가 되어 진행하는데, 도당할아버지의 행차를 만나

---

61 이창식, 앞의 책, 262~268쪽 참조.

마을의 잡귀들을 풀어먹이라는 명령을 받아 호환당한 수비, 해산하다 죽은 수비, 자살한 수비 등을 풀어먹이고 마지막으로 장님수비를 풀어먹일 때 온갖 재액의 원인이 되는 정애비를 처치해야 마을이 평안해진다는 점괘가 나온다. 그리하여 어둥이가 굿당 밖에 세워둔 정애비 허수아비와 씨름을 한 끝에 굿당 안으로 데리고 들어와 매를 때리며 치죄한 다음 정애비를 태우고 활을 쏜다.[62] 장말도당굿에서는 퇴치자를 극중 인물로 설정하여 무녀가 어둥이의 역할을 하는데, 오티별신굿에서는 제관이 극중 인물로 변신하지 않는 점에서 차이가 생긴다. 그러나 악귀의 허수아비를 만들어 재액(災厄)을 짊어지고 마을을 떠나도록 치죄하고 추방하는 점은 동일하다.

(3) 목계별신굿

목계별신굿은 서낭각시와 산신과 용신을 모신 서낭당[63]에서 정월 초하룻날 밤에 당제를 지내고, 당굿은 정월 10일에 하였다. 5일경에 당골무당이 광대를 데리고 3일 동안 광대놀이를 하여 경비를 벌고, 9일에는 집집마다 돌면서 축원을 해주고 돈과 곡식을 받았으며, 밤에는 제관의 집에서 안반굿을 하였다고 하지만, 이러한 당굿은 1960년대부터 단절되고, 지금은 당제(당고사)만 지낸다.[64] 목계별신굿의 광대놀이는 변종근(卞鍾根; 1943~생존)의 증언에 의하면 그의 부친 변덕성(변근수; 1909~?)이 제작하고 연행한 '마빡이'라는 꼭두놀이인데, 변씨가 목계리에서

---

62 『경기도도당굿』, 열화당, 1983, 106~107쪽 참조.
63 원래는 다리 앞 삼거리의 길옆에 있었으나 1968년 목계인도교 공사 때문에 부흥산(봉제산)의 현재의 위치로 이전되었고, 그래서 이름도 부흥당(富興堂)이라 불리는 것 같다.
64 이창식, 앞의 논문, 54~56쪽 참조.

집성촌을 이루고 전승시켜온 것으로 보인다.[65] 이처럼 광대놀이가 탈놀이가 아니고 꼭두놀이(인형놀이)라는 점에서 특이한데, 풍물패의 행렬에서는 "농자천하지대본(農者天下之大本)"이라 쓴 농기가 맨 앞에 서고 그 뒤에서 마빡이가 춤을 추고, 꽹과리·징·북·장고·소고와 무동패·중·각시가 그 뒤를 잇고, 새납(태평소)이 맨 뒤에서 따라갔다고 한다. 마빡이 인형은 나무를 깎아 머리를 조각하고 몸통과 팔다리를 만들고 옷을 입히는데, 머리에 구멍을 뚫고 팔다리와 줄로 연결하여 줄을 잡아당겨서 인형의 팔과 다리를 조종할 수 있도록 고안하여 제작한다.[66] 마빡이 인형은 현재는 지게에 짊어지고 다니지만, 원래는 손에 들고 다니다가 무거워서 지게 형태로 바뀌었다.[67]

마빡이 인형놀이의 형성과 극적 성격에 대해서는 더 정밀한 조사가 이루어져야 분석이 가능하므로 여기서는 걸립의 기능만 주목한다. 신상(神像) 인형을 모시고 걸립을 한 사례로는 황해도 대동굿의 당산맞이와 세경돌기가 있다. 막대기에 짚으로 얼굴 형태를 만들어 광목헝겊으로 덮고 이목구비를 그린 다음 수염을 달고 전립을 씌우고 옥색도포와 검은 쾌자를 입히고 옥색 실띠를 허리에 두르고 양손에 한삼을 끼워 부군(府君)할아버지의 인형을 만들어 당산에서 부군할아버지를 뚝대[신간(神

---

65 심우성, 「별신굿─꼭두놀이 푸짐한 목계나루터」,(『PAF』 83호(겨울), 현대미학사, 2013), 195쪽 참조. 2014년 5월 23~24일 양일간 한국공연문화학회가 주최한 별신굿과 목계별신굿에 관한 학술대회 기간에 변종근 씨에게서 확인한 바에 의하면 원래는 '마빡이'라고 불렀는데, '최돌이'라는 지체장애자가 마빡이의 흉내를 내어 자신의 마빡을 손으로 때려 마빡이 퉁퉁 부었기 때문에 '최돌이 마빡', '제 머리 마빡'이라 불렀다고 한다. 따라서 목계의 인형놀이는 '마빡이놀이', '마빡이 꼭두놀이', '마빡이 인형놀이'라 부르는 것이 합당하다.

66 심우성, 앞의 글, 189~195쪽의 제작 과정과 완성된 인형 및 조종 장면의 사진 자료 참조.

67 2014년 5월 23~4일 변종근 씨 증언.

竿)]에 강신하여 마을로 내려와 집집마다 돌아다니면서 축귀초복(逐鬼招福)하는 마당밟이를 하고 걸립을 하는데, 무당이 부군할아버지의 인형을 손에 들고 춤을 추어 놀린다.[68] 무당이 아닌 민간인 광대가 신상 인형을 모시고 걸립을 한 사례로는 경상남도 초계 밤마리 대광대패가 '울산 서낭당 각시'라는 인형을 오른손에 안고 집집마다 돌아다니면서 "초계 대광대 왔소."라고 하면, '서낭당 각시가 들어오면 재수가 있다'고 믿어서 돈을 주었다는 보고가 있다.[69] 목계별신굿의 마빡이인형놀이도 풍물패의 행렬로 보아 무당과 풍물패가 마빡이를 앞세우고 축귀초복(逐鬼招福)의 신성한 행위로서 두 발로 번갈아가며 이마를 차는 춤을 추면서 집집마다 돌면서 걸립을 한 것으로 추정된다.

3) 가장놀이

(1) 동해안별신굿

① 거리굿

거리굿은 동해안별신굿에서 동신인 골매기신이나 세존·산신·지신·천왕·심청·군웅·용왕·계면할머니와 같은 무신이 아니라 이들 존신(상위신)을 따라온 잡귀(하위신)를 떠나보내는 송신 의례를 극화한 굿거리다. 남무(화랭이)가 무조신(巫祖神)으로 인격 전환을 일으킬 뿐만 아니라 여러 잡귀들의 역할을 하는데, 의관이나 소도구에 의하여 극중

---

68 김금화, 『김금화의 무가집』, 문음사, 1995, 274~279쪽 참조.
69 최상수, 『야류·오광대가면극의 연구』, 성문각, 1984, 101쪽 참조.

인물로 분장한다. 이를테면 한복 차림의 평상복을 입은 남무가 치마를 입고 머리에 수건을 써서 할머니로 분장하거나 바가지를 머리에 쓰고 손에 막대기를 들어 철모를 쓰고 총을 든 군인으로 분장한다.

거리굿은 무당이 무조신의 내력을 말하는 전반부와 잡귀를 풀어먹여 퇴송시키는 후반부로 양분된다. 전반부의 사장거리에서는 옥황상제의 제자로 인간 세상에 귀양을 와서 훈장이 되어 제자들을 가르친 사실을 말하고, 과거거리에서는 과거에 응시하여 급제를 하였으나 벼슬을 못하는 이유를 대고 쫓겨나 자살을 하여 저승에 가서 과거에 응시하여 호구강감이 되어 환생한 사실을 말하고, 관례거리에서는 귀신이 아이라고 무시하므로 사촌이 먼저 관례를 치르고 어른이 되어 자신의 관례를 주관하게 시키는 과정을 시늉한다. 잡귀를 퇴송시키려면 귀신을 통제할 자격과 능력을 갖추어야 하는 바, 사장·과거·관례거리에서 저승에 가서 신직(神職)을 받아왔기 때문에 이승의 귀신을 저승으로 보낼 권능을 발휘할 수 있고, 이승에서는 관례를 치렀기 때문에 귀신들에게서 어른 대접을 받을 수 있게 되는 것이다.[70]

이렇게 무당으로서의 자격 획득 과정을 극화한 다음에 골매기할매·골매기할배·세존의 수부, 훈장의 수부, 어부·잠수부·해녀의 원귀, 김 따기·미역 따기·조개 줍기를 하다가 죽은 귀신, 화약 던지다 죽은 귀신, 칼 맞아 죽은 귀신, 군기 사고로 죽은 귀신, 목매달아 죽은 귀신, 약 먹고 죽은 귀신, 교통사고로 죽은 귀신, 군대 가서 죽은 귀신, 소아마비·꼽추의 귀신, 봉사 귀신, 해산하다 죽은 아이의 귀신 등을 퇴송시키는데,[71] 어촌 사회의 불행한 죽음들을 재현하여 원귀의 내력을 밝힌다.

---

70 최정여·서대석 편저, 『동해안무가』, 형설출판사, 1982, 284~316쪽 참조.
71 이균옥, 앞의 책, 93~100쪽 참조.

그리고 어촌에서 비명횡사한 원귀들만이 아니라 며느리 흉보는 시어머니(골매기할매의 수부), 오쟁이 진 남편(골매기할배의 수부), 신체적 장애로 소외당한 사람들(소아마비·꼽추·봉사)의 원귀도 포함하여 사회적 약자들에게 인간적인 연민과 동정심을 베풀고 위로하고 달래어 신의 세계로 떠나보낸다. 협박과 강제가 아니라 위무(慰撫)와 배려의 방법을 취하는 것이다.

② 중도둑잡이

동해안별신굿의 중도둑잡이는 세존굿에서 분화 파생되었기 때문에 반드시 세존굿 다음에 연행한다. 무녀는 세존신이 당금아기와 인연을 맺어 아들을 낳아 신직을 제수하는 내용의 서사무가 당금아기타령을 부르고 엎드렸다 일어서는 동작을 반복하다가 도무(跳舞)하여 세존신을 내린다. 그러나 무녀는 세습무이기 때문에 실질적으로 접신되는 것이 아니라 고깔을 쓰고 장삼(활옷)을 입어 세존으로 분장한다. 세존은 앉아서 잠에서 깨어 단장을 하고 짚신을 엮어 신고서 일어나 중춤을 추고, 이어서 바라춤을 춘다. 그런 뒤 절에서 하산하여 잃어버린 상좌(동민)를 찾아 세존의 고깔을 씌우고 장삼을 입히고서 함께 춤을 추다가 마을사람들한테서 시줏돈을 거둔다. 이때 화랭이 두 명이 차사와 얼사촌이 되어 도둑을 잡는다고 상좌의 바랑 속에서 여러 가지 물건을 꺼내면서 죄상을 폭로하면 무녀가 명복을 가져다주는 성물이라고 일일이 해명한다. 끝으로 무녀와 차사가 상좌를 마을에 명복을 실어오는 소라고 하면서 동민에게서 돈을 받고 판다. 이처럼 '중춤·바라춤－걸립－도둑잡이－소 팔기'의 순서로 연행되는데, 춤과 걸립은 무녀가 주도하지만, 도둑잡이는 남무가 주도하고, 소 팔기는 무녀와 남무가 공동으로 주도한다. 그리고 걸립은 신에 대한 신앙심의 증거로 공물을 바쳐 명복을 받으려는 행위이지만, 도둑잡이는 신에게서 강제로 복을 빼앗는 행위이고, 소 팔기는 사제와 동민이 대등한 관계에서 교환하는 행위이다.[72] 무녀와 남무가 동민을 상좌로 놀이에 참여시켜 마을의 풍어와 풍농을 기원하는 가운데, 도둑을 잡다가 다친 곳의 치료비 받기와 소값 받기와 같은 장면을 삽입하여 별비를 받아냄으로써 무당들의 경제적 욕망도 충족시킨다.[73]

③ 원님놀이

원님놀이도 동해안별신굿에서 천왕굿에 이어서 논다. 천왕은 본풀이가 없어서 신격이 애매하다. 그러나 천주왕은 지상의 수명장자를 다스리지 못하지만 백주할망의 딸이 낳은 소별왕이 대별왕과의 경쟁에서 이기고 이승을 차지하고 수명장자를 처형하였다는 제주도의 천주왕본풀이를 참고하면, 천왕은 생산의 신이면서 동시에 통치의 신임이 분명하다. 원놀이는 남무가 신관사또가 부임하여 호장(도리강관)·좌수·육방관속의 현신을 받는 전반부와 춘향이의 오라비가 춘향이로 하여금 신관사또의 수청을 들게 하는 후반부로 구분된다. 현신놀이는 무녀는 사또의 역할을, 남무 2명은 도리강관과 고딕이의 역할을 하고, 수청놀이는 남무 2명이 춘향과 오라비의 배역을 맡고, 동민에게 사또의 역할을 맡긴다. 현신놀이에서는 사또와 토착 세력(향리층) 사이의 갈등이 표출되고, 수청놀이에서는 춘향을 매개로 하여 사또와 토착 세력(오라비) 사이에 화합

---

72 박진태, 『탈놀이의 기원과 구조』, 43~46쪽과 박진태, 『한국민속극연구』, 86~88쪽 참조.
73 이균옥, 앞의 책, 125쪽 참조.

이 이루어진다. 곧 사또가 토착 세력의 반발과 저항을 무력화시키고 통치권을 확립하고 사회적 통합을 이룩하는 내용인데, 이러한 제의적 연극은 별신굿이 행해지는 마을을 국가적 통치 체재에 순응시킴으로써 마을의 무사태평을 이룩하려는 사고방식을 반영한다.[74]

이처럼 신과 인간의 관계를 사또와 향토 사회의 관계로 설정하여 갈등과 화합을 표현하는데, 도리강관(호장)과 고딕이(관노) 사이에서도 갈등이 표출되어 향토 사회의 내부 문제도 다룬다. 고딕이로 하여금 민중의식을 대변하여 향리층에 저항하고 공격하게 함으로써 향리층과 민중이 연합하여 사또로 대변되는 지배층(사또)에 대항할 가능성은 희박해진다.[75] 향리층이 지배층과 민중의 중간에서 협공을 당하는 형국인데, 이는 민중이 양반 지배층의 통치 질서는 수용하면서 향리층의 지배 질서에는 저항하는 것으로 향리층이 민중을 동원하여 무교적인 읍제(고을굿)를 행하여 양반 지배 체제와 유교문화에 대항한 전략과는 배치된다. 양주별산대놀이의 경우 민중적 인물인 말뚝이·쇠뚝이는 양반과 대결하고, 중인층에 속하는 포도부장은 양반과 대결하여 민중과 중인층이 양반을 공동의 적으로 삼아 연대할 가능성을 보이는 것과도 대조적이다. 무교적 세계관은 기본적으로 신과 인간의 관계를 지배와 복종의 관계로 설정하기 때문에 지배층과 민중의 수직적 주종 관계를 무비판적으로 정당한 것으로 수용할 소지가 충분하다. 고딕이가 보이는 이율배반적 행동은 무교적 세계관이 지배층의 세계관을 수용하기 때문에 반드시 민중적이지만은 않다는 사실을 의미한다.

---

74 박진태, 『탈놀이의 기원과 구조』, 41~43쪽과 175~181쪽 참조.

75 이균옥, 앞의 책, 194쪽 참조.

(2) 오티별신굿

오티별신굿의 농악대에는 남자가 꽃고깔을 쓰고 붉은 치마에 노랑 저
고리를 입고 허리에 흰 천을 둘러 여장(女裝)한 각시(6명)와 꽃고깔을 쓰
고 색동저고리를 입고 손에는 한삼을 든 무동(1명)과 검은 옷이나 사냥
꾼의 복장을 하고 토끼와 꿩이 든 망태를 메고 손에 총을 든 포수(1명)
가 있지만, 서낭굿이나 농악놀이에서 춤을 추고, 농악놀이에서 흥과 신
명이 절정에 이를 때 각시들과 무동이 3층탑을 쌓는 것[76] 이외에 서사적
내용이나 갈등 구조를 지닌 연극적인 행위를 하지 않는다. 다시 말해서
잡색만의 잡색놀이나 잡색이 악사들과 함께 연출하는 잡색놀이를 성립
시키지 않고, 농악의 음악에 맞추어 춤을 추어 흥과 신명을 고조시키고,
식물의 생장을 촉진하는 주술 행위로 3무동을 연행하기만 한다.

---

76 이창식, 앞의 책, 151쪽 참조.

제3장 축제의 서사문화적 특성과 구조

　서사를 '사건을 언어로 서술한 것'으로 규정하는 협의의 개념[77]에 따르면 축제는 서사 문화가 될 수 없다. 그러나 언어 매체를 음성 언어 매체와 문자 언어 매체로 구분하고 여기에 다매체까지 추가하여 음성 매체 서사, 문자 매체 서사, 다매체 서사로 분류하는 진전된 입장[78]을 더욱 발전시켜 광의적으로 장편소설·단편소설·영화·텔레비전 쇼·신화·일화·노래·뮤직비디오·만화·회화(繪畵)·광고·수필·전기·뉴스 기사·역사·편지·농담·대중 오락물·공적 행사 등을 모두 서사체로 인정하는 견해[79]를 수용하면 비로소 축제를 서사 문화의 관점에서 접근할 수 있다. 설령 서사를 '사건을 언어로 서술한 것'으로 보더라도 언어의 개념을 '의사소통의 수단이 되는 기호'라고 포괄적으로 규정하여 음성 언어·문자 언어·영상 언어·전자 언어·시각 언어·신체 언어를 모두 언어의 범주에 포함시키면, 서사의 개념을 최대한 확장시킬 수가 있다. 그리하여 서사를 서술하는 언어 매체에 따라 신화·전설·민담·일화 등과 같은 구어 서사, 장편소설·단편소설·수필·편지 등과 같은 문어

　77　우한용, 「서사의 위상과 서사교육의 지향」(우한용 외, 『서사교육론』, 동아시아, 2001), 5~6쪽 참조.

　78　류홍렬, 「서사현상의 구조와 체계」, 위의 책, 152~155쪽 참조.

　79　스티븐 코헨·린다 샤이어스, 임병권·이호 역, 『이야기하기의 이론: 소설과 영화의 문화기호학』, 한나래, 1997, 13쪽과 83쪽 참조.

서사, 영화·텔레비전 쇼·뮤직비디오·애니메이션 등과 같은 영상 서사, 회화·만화·벽화 등과 같은 이미지 서사, 공적 행사·스포츠 중계·축제와 같은 공연 서사로 분류할 수 있게 된다.

1. 축제의 서사 문화적 특성

전통 축제는 굿이었기 때문에 굿의 서사 문화적 성격을 조명하면 축제의 서사 문화적 특성을 파악할 수 있다. 따라서 하회별신굿, 강릉단오굿, 영산문호장굿, 자인단오굿을 중심으로 굿의 유래와 관련된 설화와 굿의 연행을 대비하여 언어 서사(구어 서사)와 공연 서사의 차이점을 통해서 축제의 서사 문화적 특성을 파악한다.

먼저 굿의 서사 문화적 성격에 대하여 살펴본다. 굿은 무녀나 민간인 사제가 신과 인간을 중재하는 의식이므로 무녀가 신을 서술 대상으로 삼아 서술자가 되는데, 이리하여 서사무가가 발생한다. 서사무가의 존재가 굿의 서사 문화성을 입증하는 것이다.

이 시님 거동 봐라.

오늘 해를 어찌하여 지울고. 아기씨를 보니 국색 같이 생겼지. 어른들 없다는 소리는 들었지. 삼한 세준을 점지해야 되는데, 오늘 해를 어찌 지울고. 돌아서서 자루 밑으로 타놓고, 위루는 시주를 주는데, 밑 빠진 자리로 받으니까네 밑으룬 대문전에 다 흘렀다.

참 당금애기 한다는 소리가

"앞문에 옥단춘아 비 가져 오너라. 쓸어 넣어 드리자. 체이(키) 가져 오너라. 까불러 넣어 드리자."

스님이 한다는 소리가

"아기씨! 우리 절에 공양 올릴 백미 쌀은 비 가지고 쓸믄 쓰스래가 나서 못 받고, 쳉이 가지고 까불면 버들내가 나서 못 받심니다."

그럼 어찌 하잔 말이요?

"뒷동산에 올라가 개똥나무를 꺾어다 절로(젓가락으로) 하여 우리 인불로 공불로 집어넣읍시다."

절루 하여 집어넣어야지 해가 갈게 아닙니꺼. 그러니 참 시님이 그 수단을 피우고 있단 말입니다. 그 소리를 듣고 아기씨가 또 뒷동산우루 개똥나무를 꺾으러 갑니다.[80]

동해안별신굿의 세존굿에서 구연되는 서사무가 '당금아기'에서 세존 스님이 당금아기에게서 시주를 받을 때 당금아기와 하룻밤 동침하기 위해서 수작을 거는 대목이다. 연속되는 사건들을 명제 형식으로 진술하면 다음과 같다.

① 무녀가 구경꾼에게 스님의 거동을 보라고 시킨다.
② 무녀가 스님이 해를 지게 할 방도를 궁리한 사실을 말한다.
③ 스님이 자루의 밑을 터놓았다.
④ 당금아기가 시주를 주었다.
⑤ 스님이 밑 빠진 자루로 받으니, 쌀이 자루 밑으로 흘렀다.
⑥ 당금아기가 옥단춘(시녀)에게 빗자루와 키를 가지고 와서 쓸어 담아 까불자고 말하였다.
⑦ 스님이 키로 까불면 버드나무 냄새가 난다고 반대하였다.

80 최정여·서대석, 『동해안무가』, 형설출판사, 1982, 89쪽.

⑧ 당금아기가 다른 방도를 물었다.

⑨ 스님이 뒷동산에 가서 개똥나무를 베어다 젓가락을 만들어 집어 담아
야 한다고 말하였다.

⑩ 무녀가 스님의 음흉한 속셈에 대해 말한다.

⑪ 당금아기가 스님의 말을 듣고 개똥나무를 꺾으러 뒷동산으로 갔다.

①②⑩은 무녀가 주체가 되는 사건이고, ③⑤⑦⑨는 스님이 주체가
된 사건이고, ④⑥⑧⑪은 당금아기가 주체가 된 사건이다. 무녀는 서
술자이고, 스님과 당금아기의 사건을 서술하고 있다. 무녀가 공간적으로
는 제단과 청중석 사이에서, 기능적으로는 신과 신도 사이에서 세존신과
당금아기 사이에 일어난 사건들에 관해 서술하는데, 이야기의 내용은 과
거에 발생한 것이지만, 서술 행위는 현재 이루어진다. 과거의 언어 서사
(구어 서사)가 굿판에서 무녀에 의해 구연되면서 공연 서사로 현재화되
는 것이다. 언어 서사가 시간적으로 과거성을 띤다면 공연 서사는 현재
성을 띠는 것이다. 그리하여 언어 서사는 사건의 시간과 서술의 시간이
불일치하고, 공연 서사는 사건의 시간과 서술의 시간이 일치한다. 이것
이 언어 서사와 공연 서사의 시간성의 차이다. 뿐만 아니라 공간적으로
보아도 언어 서사(서사무가의 이야기 자체)는 지도상에서는 불확실하지
만 어떤 산사와 마을을 배경으로 사건이 전개된다. 그러나 무녀가 서사
무가를 구연하는 것은 구체적인 장소, 곧 굿판에서 이루어진다. 무녀가
굿판에 있는 신도에게 이야기 속에 등장하는 인물들에 대해 설명한다.
곧 공간적으로도 언어 서사는 사건 장소와 서술 장소가 일치하지 않는
데, 공연 서사는 서술 장소와 사건 장소가 일치한다. 이것이 언어 서사
와 공연 서사의 공간성의 차이다. 공연 서사가 현지성(現地性)을 띤다면,
언어 서사는 타지성(他地性)을 띠는 것이다.

요컨대 언어 서사는 공간적으로는 타지를 무대로, 시간적으로는 과거의 사건이 조직화된다면, 공연 서사는 공간적으로는 현지를 무대로, 시간적으로는 현재의 사건을 조직화하는 점에서 다르다. 이처럼 언어 서사는 역사성을 띠는 데 반해서 공연 서사는 현장성을 띠기 때문에 전자가 단순히 기억의 재생이라면, 후자는 현전성(現前性)의 구현이다.

공연 서사의 현재성·현지성·현전성은 양식적으로 극문화에 접근한다. 이러한 양상을 제주도의 무당굿에서 살펴보자.

"계건 살아난 말이라도 굴읍서 듣저."

"살아난 말은 굴을 거 있수다."

오늘 오늘 오늘이여. 날도 좋아 오늘이여. 옛날 옛적…[이제까지 풀어온 본풀이, 즉 안맹이 되어 거지 된 과거 얘기를 노래함]

가믄장아기가 청감주 돈감주를 지리넘념 비와 들고

"이 술 흔 잔 들읍서. 천년주우다. 만년주우다. 설운 어머님 아바님아, 나 가믄장아기우다. 나 술 흔 잔 들읍서."

"이! 어느 거 가믄장아기~"

들럿단 술잔 탈랑 놓은 게 설운 아바님 설운 어머님 눈이 팔롱ㅎ게 붉아졌구나. 계명천지(開明天地)가 뒈였구나.

[이때 술잔을 탈랑 놓는다는 대목에 신방이 상잔을 덜렁 떨어뜨려 그 전패(顚沛)를 보고 길흉을 판단하여 분부 사룀][81]

제주도 서사무가 삼공본풀이의 끝부분이다. 삼공본풀이는 부부가 세 딸의 효심을 시험하였을 때 셋째 딸 가믄장아기가 제 복으로 먹고 산다

---

81 현용준, 『제주도무속자료사전』, 신구문화사, 1980, 203~204쪽.

고 말하여 추방당하였지만, 마퉁을 만나 혼인을 하고 금과 은의 탄광을 발견하여 거부가 되어 거지 잔치를 열고, 장님 거지가 된 부모가 찾아와서 눈을 뜨고 딸을 만났다는 이야기이다. 그런데 신방(무녀)이 가믄장아기의 이야기를 하는 가운데, 가믄장아기의 아버지가 가믄장아기에게 가믄장아기의 이야기를 함으로써 심방의 서사 행위 속에서 작중 인물의 서사 행위가 다시 수행된다. 서사 속의 서사라는 액자 구조인데, 액자 밖의 서사는 굿판에서 연행되는 공연 서사이고, 액자 안의 서사는 언어 서사다. 곧 공연 서사 속에 언어 서사가 내포되어 있다. 이처럼 서사 문화 삼공본풀이는 공연 서사와 언어 서사 두 가지 양식으로 표현된다.

이와는 대조적으로 삼공맞이에서는 연극 공연 속에서 서사 행위가 수행되어 서사 문화와 극문화가 결합된 양상을 보인다.

입무(立巫) : [사설] 계견, 살아난 말이나 골읍서 듣저.
봉사아비 : [사설] 계민 우리 살아난 옛말이나 골읍주. [장구를 치며 창]
오늘오늘 오늘이여
날도 좋아 오늘이여
성도 언만 가실서냐.
브름산도 놀고 가자
옛날 옛날 강이영성이서블과
아랫녘인 홍문소천
…(중략)…
[이하 삼공본풀이를 거지 잔치 먹으러 온 대목까지 창과 사설조를 섞어가며 부른다.]
입무 : [상잔에 술을 부어 봉사에게 주며 사설] 이 술 흔 잔 들읍서. 천녀주우다. 만년주우다. 아이고, 어머님아, 아버님아 내 가믄장아기우다. 나 술 한

즌 받읍서.

봉사아비 : [술잔을 들어 먹으려다가 이! 가믄장아기! [놀라며 상잔을 덜렁하게 떨어드려 놓으며 감았던 눈을 번쩍 뜬다. 상잔의 전패(顚沛)를 보아 길흉을 판단하고 청) 설운 어머님 아바님 다 츳았고나. 츳아 천하거부(天下巨富)로 살았고나.[82]

입무(立巫)가 봉사 부부와 대화를 주고받으며 진행하는 연극인데, 영감봉사(가믄장아기의 아버지)가 서사무가 삼공본풀이를 구연하여 극문화와 언어 서사—공연 서사가 아니다—가 결합되어 있다. 곧 연극 양식속에 서사 양식이 삽입되어 있다. 서사 문화와 극문화가 굿 문화 속에서절묘하게 결합되어 있는 것이다.

이번에는 하회의 서낭신 전설과 서낭굿을 대조하여 언어 서사와 공연서사의 차이점을 살펴보자. 서낭신 전설은 다음과 같은 사건들로 조직되어 있다.

① 허도령이 목욕재계하고 금줄을 치고 탈을 만들었다.
② 허도령을 연모하던 처녀가 몰래 엿보았다.
③ 허도령은 피를 토하고 죽었다.
④ 이매탈은 턱이 없게 되었다.
⑤ 처녀도 번민하다 죽었다.
⑥ 당방울이 떨어진 곳에 서낭당을 세웠다.
⑦ 해마다 당제를 지냈다.
⑧ 10년마다 별신굿을 하였다.[83]

---

82 위의 책, 375~376쪽.

처녀가 죽어서 서낭신이 된 사건이 과거의 사건으로 서술된다. 그러나 별신굿에서는 서낭신이 서낭대에 내림으로써 현재화된다. 산주가 서낭당 안에서 당방울을 매단 내림대에 서낭신을 내림받아 서낭당 밖으로 나와 당방울을 서낭대에 옮겨 매달고 하산하여 동사에 좌정시킴으로써 산주와 서낭신의 관계는 일종의 서술자와 초점자의 관계가 된다. 산주의 말과 행동에 의하여 서낭대에 내린 서낭신의 의지가 마을 사람들에게 간접적으로 제시된다. 이처럼 서낭굿은 서술 매개자(산주), 초점자(서낭신), 초점화 대상(서낭신의 신성 현시)의 삼각관계가 형성되므로 공연 서사가 된다. 구체적으로 말해서 산주가 섣달 보름날 동행자로 하여금 정화수를 받친 소반을 들게 하고서 신의를 물어 소반이 흔들리면, 마을에 내려와 양반과 각성받이 간부들에게 통보하길 '서낭신이 별신굿을 원하십니다'라고 말하였을 텐데, 산주가 서술자가 되고 서낭신이 초점자가 되고, 별신굿을 원함이 초점화의 대상이 되는 초점화가 이루어진 것이다. 이런 연유로 서낭굿을 공연 서사라 할 수 있다.

그러나 서낭신이 서낭대가 아니라 각시탈을 통하여 신성 현시를 하면, 각시광대가 직접적으로 사건을 제시하는 점에서 연극이 된다. 서낭각시광대놀이가 서사 문화가 아니라 극문화에 속함은 하회별신굿의 탈 전설과 탈놀이를 대비해 보면 분명해진다. 먼저 하회탈 전설에 나타난 사건들을 정리하면 다음과 같다.

① 허도령이 꿈에 신에게서 탈을 만들라는 계시를 받았다.
② 허도령이 목욕재계하고 금줄을 치고 황토를 뿌렸다.
③ 허도령이 탈을 만들었다.

---

83 박진태, 『탈놀이의 기원과 구조』, 새문사, 1991, 129쪽 참조.

④ 허도령을 사모하던 처녀가 허도령을 몰래 엿보았다.

⑤ 허도령이 피를 토하고 죽었다.

⑥ 열한 번째 이매탈이 턱이 없다.

하회탈은 각시탈, 주지탈(암수), 백정탈, 할미탈, 중탈, 부네탈, 양반탈, 선비탈, 초랭이탈, 이매탈이 있는데, 주지탈이 암수여서 10종 11개의 탈이 남아 있다. 하회탈 전설은 이매탈은 결손된 형태이고, 나머지 탈들은 온전한 형태로 전승되는 사실을 서술하는 데 역점을 두는 구비 서사다. 그런데 마지막 사건은 상태적 사건(stative event)이고, 앞의 다섯 사건은 행동적 사건(active event)이다.[84] 그리고 행동적 사건들이 상태적 사건의 원인이 되는 인과 관계를 이룬다. 하회탈 전설은 '이매탈의 턱이 없다'는 현재의 상태를 원인론적으로 설명하는 구비 서사인 것이다.

그러나 별신굿에서의 탈은 행동적 사건의 주요한 수단이 된다.

① 광대들이 동사의 섶에서 탈을 꺼낸다.

② 광대들이 탈을 향물로 씻고, 각시탈과 부네탈은 특별히 찹쌀가루를 바르고 연지와 곤지를 찍는다.

③ 광대들이 자기 배역의 탈을 쓴다.

④ 탈을 쓴 광대들이 춤을 추고 놀이를 한다.

⑤ 광대들이 탈을 반납하고 귀가한다.[85]

별신굿의 준비와 실행 단계에서 광대들이 수행하는 사건들로 탈과 관

---

84 서사체의 사건을 상태적인 것과 행동적인 것으로 한정하는 관점은 제랄드 프랭스, 최상규 역, 『서사학이란 무엇인가』, 예림기획, 1999, 97~98쪽 참조.

85 박진태, 앞의 책, 351, 354, 361쪽 참조.

련되어 있다. 하회별신굿이란 하회 마을의 수호신인 서낭각시신의 탈을 쓰고 신이 내방하였다가 떠나가는 과정을 연출하는데, 모두 별신굿의 현지인 하회마을 전체 공간(서낭당, 당사, 집)을 무대로 한다. 하회마을은 서낭신이 현신한 신성 공간으로 성화(聖化)되는 것이다. 그리고 산주를 통한 간접적인 방법이 아니라 각시광대가 직접적으로 서낭신의 행동을 한다. 곧 서낭신의 춤을 추고, 마을 사람들을 상대로 걸립을 하는 점에서 인격 전환을 원리로 하는 연극이다. 이처럼 서낭대를 매개체로 한 서낭굿은 공연 서사인 데 반해서 서낭각시탈을 매개체로 하는 각시광대놀이는 연극이 된다. 요컨대 공연 서사와 연극의 차이는 사건의 제시가 간접적이냐 직접적이냐에 의하여 결정된다.[86] 아무튼 하회별신굿은 구어 서사와 공연 서사와 같은 서사 문화만이 아니라 극문화와도 관련되는데, 이러한 현상이 강릉단오굿, 영산문호장굿, 자인단오굿에서도 확인되어 한국 축제의 한 특성을 이룬다.

강릉단오굿은 대관령에서 국사성황신을 서낭대에 강신시켜 홍제동 여국사성황당에 동침시킨 뒤 성황신 부부를 모시고 와서 강릉 남대천의 굿당에 좌정시켰다가 송신하는 과정으로 진행되는데, 대관령의 국사성황사에서 성황신에게 축원하는 노래 속에 무녀가 성황신의 행동을 서술하는 대목이 들어 있다.

오백 년을 내려오시는 성황님
오월 단영[단오]을 받으실라고
성황님 제단에 계시다가
강릉시로 장광을 늘어가실 때는[87]

86 안영길 외, 『미학·예술학사전』, 미진사, 1990, 495쪽 참조.

이 인용문에서 네 개의 사건들이 추출된다. '성황신이 오백 년을 내려왔다', '성황신이 제단에 계셨다', '성황신이 오월 단오를 받았다', '성황신이 강릉으로 갔다'와 같은 사건들이 발생하는 시간은 과거·현재·미래로 시차가 있지만, 서로 인과 관계를 이루면서 연결되어 있다. 서술자는 무녀이고, 초점자는 성황신이다. 그러나 다음 인용문에서는 서술자는 무녀이지만 초점자는 '제자들과 시민들'이다.

> 이 모도 신하 제자들이
> 여러 집사 시민이 모도 가서
> 성황님을 모셔다가
> 장광에도 독대석에 모세 놓고
> 이 단석에 모세 놓고[88]

이처럼 무녀가 서술자가 되어 성황신과 단오굿의 참가자들을 초점자로 하여 사건들을 서술하는 점에서 단오굿은 서사 문화에 해당한다. 단오굿의 서사 문화성은 대관령국사성황신 신화와 여국사성황신 신화 및 굿당에서 구연되는 서사무가들에서도 두루 발현된다.

그러나 탈놀이는 축제 문화 속에서 극문화가 발생한 사실을 보여 준다. 강릉단오굿탈놀이는 동해신과 토지신이 복합된 장자마리 2명이 배치기를 하며 싸우다가 성행위를 모의하는 대목에 이어서 양반광대(국사성황신)가 홍역을 신격화한 시시딱딱이(2명)에게 소매각시(여국사성황신)를 빼앗겼다가 되찾는다. 첫째 마당의 장자마리는 성이 모호하여 양

---

87 장정룡, 『강릉단오민속여행』, 두산, 1998, 237쪽.
88 위의 책, 같은 곳.

성구유(兩性具有)의 존재로 보이지만, 싸움굿과 화해굿에 의해 풍요 다산을 기원하는 것이며, 둘째 마당의 양반광대와 소매각시의 사랑춤도 남녀 결합에 의해 풍요 다산을 기원하는 것이고, 시시딱딱이의 퇴치는 질병을 예방하려는 주술적 행위이다.[89] 이처럼 강릉단오굿탈놀이는 단오굿을 모태로 하여 생성된 제의적인 연극이다. 강릉단오굿도 언어 서사와 공연 서사가 결합된 서사 문화에 극문화가 결합되어 있는 복합 문화체인 것이다.

영산단오굿(문호장굿)은 문호장(서낭신), 문호장의 본처(삼시랑 애기당), 문호장의 첩(남산믹이 지성국당), 문호장의 딸(두올각시 삼신당)을 제신(祭神)으로 하는 서낭굿이다. 문호장 전설을 사건의 순서대로 정리하면 다음과 같다.

① 문호장은 말타기와 무술을 연마하였다.
② 문호장은 독서와 명상을 하였다.
③ 관찰사가 문호장의 집 앞을 지나갔다.
④ 문호장이 도술로 말발굽이 땅에 붙어 떨어지지 않게 하였다.
⑤ 관찰사가 연유를 알아보았다.
⑥ 관찰사가 문호장의 짓임을 알아냈다.
⑦ 관찰사가 후환을 없애려고 문호장을 죽이려고 장형(杖刑)을 가하였다.
⑧ 관찰사가 칼로 문호장의 목을 치려고 하였으나 실패하였다.
⑨ 관찰사가 문호장에게 용서를 빌었다.
⑩ 문호장이 삼대로 겨드랑이 밑을 세 번 치라고 시켰다.
⑪ 문호장이 단오날을 잊지 말라고 유언하였다.

---

89 박진태, 앞의 책, 233~243쪽 참조.

⑫ 영산 사람들이 문호장의 사당을 짓고 제사를 지냈다.[90]

영산에서 단옷날 문호장굿을 하는 유래를 설명하는 설화인데, 서술자는 하나이지만 초점자는 문호장, 관찰사, 영산 사람들로 다수화하여 초점화함으로써 전지자적 시점에서 사건들이 서술되고 있다. 그런가 하면 다음과 같은 전설도 있다.

① 문호장이 미시(未時)에 삼대로 볼기를 세 번 때리라고 하였다.
② 문호장이 스스로 매를 맞고 죽었다.
③ 문호장의 외아들이 어려서 죽었다.
④ 문호장의 부인은 영일 정씨였다.
⑤ 문호장은 작은 마나님을 얻었다.
⑥ 문호장은 후사를 얻지 못하였다.[91]

이 전설은 문호장의 본처와 첩과 딸의 신당은 있지만, 아들의 신당이 없는 이유를 설명해 주고 있다. 또는 첩의 사당이 있는 이유를 설명한다고 볼 수도 있다.

단오굿에서 무녀는 자신과 함께 단오굿의 사제(司祭) 역을 수행하는 호장(실제적인 호장)과 수노(首奴)의 행동을 서술하는 노래를 부른다.

오월이라 단오날에
수노 호장 춤 잘 추네.

90 김광언, 「문호장굿」, 『문화인류학』 제2집, 한국문화인류학회, 1969, 101~102쪽 참조.
91 위의 논문, 102~103쪽 참조.

영산하고 영지(硯池?)못에

수양버들 춤 잘 추네.

서울이라 유담 아래

필라다리 꽃이 춤 잘 추네.[92]

문호장굿의 전승이 이미 단절되었고, 정밀한 보고서가 남아 있지 않기 때문에 단정하기는 어렵지만, 아마도 무녀가 수노와 호장을 초점자로 하여 사건을 서술하듯이 문호장신을 초점자로 하여서도 무가를 부르거나 축원을 하였을 개연성은 크다. 문호장 전설과 같은 구어 서사와 문호장굿과 같은 공연 서사 이외에 제의적인 연극놀이도 공연되었다. 호장신의 신령을 태운 말이 본처의 당집에서 출발하여 첩의 당집으로 갔다가 다시 본처의 당집으로 돌아온 후 무녀들이 본처 편과 첩 편으로 갈라서 싸움을 벌이고, 본처 편의 무녀 한 사람이 쓰러지면 구경꾼들까지 합세하여 첩 편을 공격하여 첩 편의 무녀 한 사람을 끌어다가 갖은 곤욕을 치르게 함으로써 본처신을 위로한다.[93] 이처럼 영산 문호장굿 역시 구어 서사와 공연 서사가 결합된 서사 문화에 극문화가 결합되어 있는 문화 복합체이다.

자인단오굿은 한(韓)장군 남매신을 제신으로 하는데, 무녀가 큰굿을 하였다고 하지만, 전승도 단절되고 정밀한 조사 보고서도 없기 때문에 무녀가 서술자가 되고 한장군을 초점자로 한 무가는 확인할 길이 없다. 따라서 공연 서사는 추정만이 가능하다. 그러나 구어 서사인 한장군 전설은 전승되고 있다.

---

92 위의 논문, 107쪽.

93 위의 논문, 107~108쪽 참조.

① 왜구가 도천산에 머물며 백성을 노략질하였다.

② 한(韓)장군 남매가 여원무와 잡희를 공연하였다.

③ 왜구가 그것을 구경하였다.

④ 한장군 남매가 왜구를 섬멸하였다.

⑤ 고을사람들이 한장군을 추모하여 신당을 세웠다.

⑥ 고을사람들이 단오날에 동남에게 여복을 입혀 여원무를 추게 하였다.

⑦ 고을사람들이 단오날에 배우들의 잡희를 베풀었다.

⑧ 호장이 단오날에 신당에 제사를 지냈다.[94]

서술자는 하나인데, 초점자는 다수화하여 초점화함으로써 전지자적 시점에서 사건들이 서술되고 있다. 구비 서사는 여원무·잡희·한묘제(韓廟祭)와 같은 공연 문화의 유래를 설명하고 있는데, 이 가운데 잡희는 팔광대놀이라는 탈놀이를 가리키므로 극문화가 단오굿 속에서 생성·전승되어 내려온 사실을 알 수 있게 한다. 이처럼 자인단오굿은 서사 문화와 공연 문화 및 극문화가 복합되어 있다.

요컨대 지역 공동체의 굿 문화, 곧 축제 문화는 그 속에 구비 서사와 공연 서사가 결합되어 있는 것이 첫 번째 서사 문화적 특성이고, 서사 문화가 공연 문화·극문화와 결합되어 있어서 복합 문화 현상을 보이는 것이 두 번째 특성이다. 물론 이러한 특성이 모든 굿 문화(축제 문화)의 보편적인 현상이라고 단정하기는 어렵다 할지라도 적어도 대표적인 선통 축제들의 경우에는 공통적인 현상인 것은 분명하다.

한편 현대 축제에서는 기존의 언어 서사체를 기반으로 하여 축제를 개발하는 사례들이 많다. 남원의 춘향제와 흥부 축제, 장성의 홍길동 축

---

94 박진태, 앞의 책, 277~278쪽 참조.

제, 영암의 심청 축제, 익산의 서동 축제 등 설화나 고전소설이나 판소리를 토대로 서사의 축제화가 활발하게 전개되었다. 따라서 전통 축제의 서사 문화적 특성만이 아니라 현대 축제의 서사 문화적 특성에 대해서도 논의가 이루어져야 하는데, 전통 서사체를 활용하여 현대 축제를 구성한 사실은 왕인 박사 전설을 축제화한 영암 왕인 축제, 도선 국사 전설을 축제화한 화순 운주대 축제, 뽕할머니 전설을 축제화한 진도 영등 축제 등에서 확인할 수 있다.[95] 이러한 서사체의 축제화 과정에 대한 면밀한 분석을 통하여 서사 문화와 공연 문화 및 극문화, 나아가선 전시 문화, 체험 문화가 축제 속에서 어떤 구조와 원리로 결합되고 기능하는지도 앞으로 구명되어야겠다.

2. 축제적 공연 서사의 구조

굿의 사제와 신의 관계를 서사의 서술자와 초점자의 관계로 보는 입장에서 굿, 곧 축제의 서사 문화적 구조를 분석하기 위해서 굿의 제의적 구조에 대한 기존의 이론을 원용한다. 그렇지만 굿의 서사 문법과 연극 문법이 다르기 때문에 연극적 관점에서 분석한 방법과 그 결과를 그대로 서사적 관점에서의 접근에 적용하는 데는 무리가 있을 것 같다. 그러므로 양자 간의 접점을 찾는 조정 작업이 선행되어야 하는데, 우선 서사 구조 분석에서 명제 형식으로 진술하는 사건의 단위보다 더 큰 '사건의 단위'를 설정할 필요가 있다. 이미 일반화된 서사 구조 분석 방법으로 설화나 소설을 서사 단락으로 구분하고, 이 서사 단락들을 묶어서 보다 더

---

95 표인주, 『축제민속학』, 태학사, 2007, 365~375쪽 참조.

큰 단위로 만들어 추상화하여 서사 구조를 파악하듯이, 또는 설화 연구에서 화소(모티프)보다 더 큰 단위로 단락소(모티핌)를 설정하듯이 '사건의 큰 단위'를 설정하면, 굿에서의 단위굿, 곧 '맞이굿', '신유(神遊) 의식', '싸움굿', '화해굿', '송신굿'과 같은 단위굿과 대응시킬 수 있을 것이다.[96]

경상북도 영양군 주실마을의 서낭굿은 서낭대를 조립하여 서낭당(느티나무)에서 서낭각시신을 서낭대에 내림받아 마을에 좌정시킨 뒤 서낭대를 앞세우고 집집마다 지신밟기를 하다가 이웃마을 가마실 마을의 남서낭신을 맞이할 때 남녀 서낭신의 싸움을 농악대의 경연(競演) 형식으로 하고, 이어서 두 서낭신의 신혼 의식을 거행하고서 서낭대를 해체하여 보관하였다. 이처럼 다섯 단위굿이 '맞이−신유(지신밟기)−싸움굿−화해굿−전송굿'의 순서로 연행되었는데, 싸움굿은 농악의 채수 경쟁에서 이기는 마을이 풍년이 든다고 점치는 굿이고, 화해굿은 남녀신의 성적 결합에 의해 풍요 다산을 기원하는 굿이어서 두 단위굿 사이에 직접적인 인과 관계가 없다. 다만 연행 순서에 의해서 '싸움' 뒤에 '화해'하는 것으로 인식할 수는 있다. 따라서 '내림−신유−싸움(갈등의 표출)−화해(갈등의 해소)−귀환'이라는 시간 순서가 논리적인 관계의 연결이라고 보면, 서낭굿은 서낭신이 내려와 직무를 수행하다가 적대자(또는 경쟁자)와 싸우고 화해한 후 되돌아가는 '연속적인 사건' 내지는 '사건들의 연속체'가 된다.

그러나 이러한 굿의 순차 구조는 지역에 따라 다양한 변형을 보인다. 먼저 경상남도 영산의 문호장굿의 진행 순서를 작은 사건 단위로 구분하면 다음과 같다.

---

96 굿의 순차 구조를 구성하는 단위굿에 대해서는 박진태, 앞의 책, 34~67쪽 참조.

① 음력 4월 25~30일 사이에 제물을 관가에서 사다가 세 사제(호장, 수노, 무녀)로 하여금 음식을 장만하게 하였다.

② 5월 1일에 서낭대와 함께 문호장신의 신마(神馬)와 세 사제가 탈 말을 준비하였다.

③ 세 사제는 굿청에서 기숙하였다.

④ 제물을 굿청에 모았다가 호장이 준비한 음식은 상봉당(문호장의 신당)에, 수노가 준비한 음식은 말재죽골(호장의 유적지)에, 무녀가 준비한 음식은 두룽각시 왕신당(문호장의 딸의 신당)에 진설하였다.

⑤ 악사들, 호장, 수노, 무녀, 무부(巫夫)들, 관속들, 읍민들의 순서로 상봉당에 올라가 세 사제가 배례하고, 무녀가 마당굿을 하였다.

⑥ 딸 사당으로 와서 마당굿을 놀았다.

⑦ 현청(縣廳)에서 마당굿을 하였다.

⑧ 5월 2일 밤에 세 사제가 딸의 신당에서 합숙을 하였다.

⑨ 5월 3일에 남산믹이 지성국당(문호장의 첩의 신당)에 호장집에서 준비한 제물을 차렸다.

⑩ 삼시랑 애기당(문호장의 부인당)에 수노집에서 준비한 제물을 차리고 가맹(感應)굿을 하였다.

⑪ 세 사제가 말을 타고서 호장신을 태운 신마를 앞세우고 남산믹이 지성국당으로 풍악을 죽이고 은밀하게 가는데, 구경꾼들이 말을 채찍으로 때려 재촉하면 세 사제는 호쾌한 호장춤을 추었다.

⑫ 첩신의 신당에서 제사를 지내고 마당굿을 하였다.

⑬ 본처신의 신당으로 돌아올 때는 풍악을 죽이고 오다가 가까워지면 시치미를 떼고 풍악을 울렸다.

⑭ 본처신의 신당에서 제사를 지내고 마당굿을 하였다.

⑮ 무녀들이 본처 편과 첩 편으로 나뉘어 싸움을 하였다.

⑯ 굿청으로 돌아가는 길에 원님과 육방관속의 집에 들려 굿을 하였다.

⑰ 5월 4일 (전날의 행사를 되풀이하고) 저녁에 성주풀이굿을 하였다.

⑱ 5월 5일에 상봉당(호장당)에 올라가 제사를 지내고 미꾸라지를 서낭나무에 던져 붙느냐 떨어지느냐로 서낭신의 만족 여부를 점쳤다.

⑲ 오전 행사는 3·4일과 같고, 오후에 지세골(번화 거리)에서 두룽각시 왕신당(딸의 신당)까지 세 사제가 말을 타고 호장춤을 추며 '열네 바퀴 돌이'를 하였다.

⑳ 5월 6일 숙댕이에서 호장신을 배송하는 굿을 하였다.[97]

준비(①②③)에 이어서 진행되는 문호장굿을 '큰 사건 단위'의 개념으로 정리하면 다음과 같다.

(가) 맞이굿[사제들과 읍민들이 문호장과 그의 딸을 맞이하는 굿을 하였다.(④, ⑤, ⑥)]

(나) 신유의식[굿패가 신유의식을 하였다.(⑦)]

(다) 화해굿[굿패가 문호장신과 첩신 및 본처신과의 화해굿을 하였다.(⑨~⑭)]

(라) 싸움굿[무녀들이 본처신과 첩신의 싸움굿을 하였다.(⑮)]

(마) 화해굿과 싸움굿의 반복(본처신과 첩신의 화해굿과 싸움굿을 다시 하였다.)

(바) 신유의식[신유의식을 하였다.(⑯, ⑰, ⑱)]

(사) 싸움굿[세 사제가 경마(競馬)로 싸움굿을 하였다.(⑲)]

(아) 전송굿[문호장신을 송신하였다.(⑳)]

---

97 김광언, 앞의 논문, 106~108쪽 참조.

단위굿의 순서는 사건의 시간적 순서인데, (가)와 (나) 사이의 인과 관계는 (다)와 (라) 사이의 인과 관계보다 덜 긴밀하다. 문호장신을 맞이했기 때문에 그 신을 모시고 신유를 하는 것이지만, 본처가 문호장신이 첩신과 화해 동침한 사실을 알고 첩신과 싸우는 것보다는 덜 필연적이고 덜 유기적이다. (바), (사), (아)도 상호 간에 덜 유기적이다. 그렇지만 배열 순서가 시간적 순서를 의미한다. 이처럼 단위굿들은 상호 간에 인과 관계가 긴밀하고 선후 순서를 바꾸면 논리 관계가 깨지는 경우도 있지만, 순서를 바꾸어도 무방할 정도로 상호 관계가 완만하기도 한다. 그러나 언어 서사에서는 시간적 순서에 의하여 논리적 인과 관계가 결정된다. 요컨대 공연 서사가 언어 서사에 비해 순서의 전치(轉置)가 일어날 가능성이 상대적으로 많다. 언어 서사가 계기적·논리적·인과적이라면, 공연 서사는 단속적(斷續的)·이율배반적·개방적이다. 이것이 축제가 산만한 인상을 주고, 기본 구조 이외에 다양한 공연 문화, 언어 문화, 전시 문화, 심지어 체육대회나 학술대회까지 삽입된 백화점식으로의 확장이 가능한 이유이기도 하다.

한편 공연 서사인 굿과 극문화(굿에서 파생된 제의적인 연극)는 구조적으로 대응된다. 하회별신굿의 서낭대굿은 '내림굿−화해굿(서낭신의 도령당·삼신당 방문)−신유(지신 밟기)−전송굿'의 순서로, 각시광대놀이는 '내림(탈을 씀)−신유(무동춤과 걸립)−화해굿(혼례식)−전송(탈 벗음)'의 순서로 조직된다. 서낭신에게 봉헌되는 다섯 마당의 탈놀이(주지마당·백정마당·할미마당·중마당·양반선비마당)도 단위굿의 실현 양상은 다르지만, 모두 제의적 구조를 보인다.[98]

---

98 박진태, 앞의 책, 78~101쪽 참조.

제2부

단오축제

제1장 한·중 단오제의 비교

한국과 중국은 세시 풍속 면에서 공유 지대가 넓다. 그러나 구체적인 내용을 들여다보면 동근이형(同根異形)의 관계임을 알 수 있게 된다. 어떤 경우에는 민족과 언어의 계통이 다르듯이 문화적 연원과 역사적 배경이 다를 수도 있다. 어쩌면 한자와 한글, 한문과 향찰의 차이만큼이나 차이와 거리가 절대적일 수도 있다. 단오절도 한국과 중국이 공유하고 있는 세시 풍속이지만, 세계 문화유산 등재를 계기로 선명하게 부각되었듯이 같으면서도 다르고 다르면서도 같다. 그리하여 2002년 6월 13~14일에 한·중·일 민속학자들이 모여 단오절에 대한 국제 학술대회를 가졌고, 그 결과물이 『아시아의 단오민속』(2002)으로 출간되었지만, 각 나라와 지역별로 연구사를 검토하고, 내용을 소개하는 논문들이 주류를 이루었고, 막상 비교연구 논문은 2편뿐이었다.[1] 더구나 이 두 논문도 한국·북한·중국조선족·일본의 단오절에 관심을 보여 한국과 중국의 단오절 비교는 여전히 과제로 남겼다.

한국의 단오절에 대한 연구는 현전하는 단오굿 위주로 이루어졌다. 학문적 체계화보다는 현재적 필요성에 의해서 연구가 촉발된 측면이 있는 것이다. 강릉단오굿의 조사 보고서는 임동권의 「강릉단오제」(『한국

---

1 유경재의 「단오절을 통해 본 문화변용」과 편무영의 「해방 전 평양의 단오」가 비교민속학적 관점을 취하였다.

민속학논고』, 1972)가 제일 먼저 나왔고 내용도 가장 정확하다. 그리고 연구서로는 김선풍·김경남의 『강릉단오제연구』(1998)와 장정룡의 『강릉단오민속여행』(1998)이 대표적이다. 자인단오굿의 자료집은 경산문화원에서 발간한 『자인단오』(1988)가 있고, 영산단오굿은 전승이 단절된 채 조사 보고서로 김광언의 「문호장굿」(『한국문화인류학』, 1969)이 남아 있는 실정이다. 이처럼 한국 단오절은 단오제(굿) 중심으로 조사되고 연구가 이루어졌으며, 그것도 단오굿 또는 단오문화의 전승권을 구획하여 포괄적으로 연구하지 않고 강릉단오굿에만 편중된 경향을 보였다.

중국의 경우는 자료 수집의 한계 때문에 결론을 유보할 수밖에 없지만, 대체로 기원 문제에 관심이 집중된 것 같다. 중국의 단오 연구는 민속학이 보급된 1930년대부터 시작되었는데, 문일다(聞一多; 1899~1946)는 『단오고(端午考)』에서 단오제가 오(吳)나라 민족이 용의 토템신앙을 바탕으로 형성시킨 '용(龍)의 절일(節日)'이라 주장하였고, 강소원(江紹原)은 「단오경도본의고(端午競渡本意考)」에서 용주(龍舟)경도(競渡)는 굴원(屈原; B.C.335·339?~B.C.278·296?)을 애도하기 위한 것이라는 입장을 취하였으며, 다른 연구자들도 이 두 관점에서 크게 벗어나지 못하고 있다.[2] 그런데 중국 단오제의 기원에 대해서 지역에 따라 다양한 전설이 전승되고 있어서 총체적인 검토가 필요하다.

여기서는 한국과 중국의 단오절을 단오제와 단오풍속으로 구분하고, 두 나라의 단오제를 비교하여 공통점을 통해서는 동북아시아문화권의 보편성을, 차이점을 통해서는 한중문화의 지역적·민족적 특징을 파악한다. 그렇지만 단순한 전파론을 지양하고 한국의 토착적인 제의문화가

---

2 도립번(陶立璠), 「중국의 단오풍속 및 그 변천」(장정룡 외, 『아시아의 단오민속－한국·중국·일본－』, 국학자료원, 2002), 14쪽 참조.

중국의 세시 풍속 문화와 접합하여 독자적인 단오문화의 역사를 전개시켜 온 사실을 부각시키는 데 주안점을 둔다.

1. 계절의례로서의 단오제

세시 풍속으로서의 단오제의 성격에 대해서는 『삼국지(三國志)』, 「위지(魏志)」의 〈동이전〉에 있는 기록이 단서가 된다.

> 상례로 오월에 씨뿌리기를 마치면 귀신에게 제사를 지냈다. 무리가 모여서 가무와 음주로 밤낮을 쉬지 않았다. 그 춤은 수십 명이 함께 일어서서 서로를 따르면서 땅을 밟으며 몸을 낮추었다가 들어올렸다가 하였는데, 손발이 상응하였으며, 절주는 탁무와 비슷하였다. 시월에 농사를 마치면 다시 이와 같이 하였다.[3]

오월의 파종기에 풍요 다산을 기원하고, 시월의 수확기에 신에게 감사하였으니, 농경 사회에 걸맞게 농사력(農事曆)에 맞추어 농경 의례를 거행한 것이다. 춤의 대형(隊形)은 강강술래처럼 줄을 지어 움직이는 원무(圓舞)인데, 이것은 안으로 공동체의 결속력을 다지고 밖으로는 외부의 적을 막아내는 것을 상징한다. 그리고 춤사위는 탈춤처럼 같은 쪽의 손발을 동시에 들었다 내렸다 하는 동작인데, 이것은 발로는 악귀를 밟

---

3 전해종, 『동이전의 문헌적 연구』, 일조각, 1982, 33쪽. 원문: "常以五月下種訖, 祭鬼神. 群聚歌舞飲酒, 晝夜無休. 其舞, 數十人, 俱起相應, 踏地低昂, 手足相應, 節奏有似鐸舞. 十月農功畢, 亦復如之."

고 손으로는 악귀를 베어버리는 덧배기춤[4]의 원형이 된다. 삼한에서는 성읍 국가마다 무당이 한 사람씩 있어서 제천 의식을 거행하였다[5]고 하는데, 천신과 대립되는 지신은 '선신－악귀'의 관계를 이루므로 천신(또는 서낭신)을 맞이하여 지신을 퇴치하는 것이 오늘날의 지신밟기이다.

5월 5일의 단오제는 중국에서 성립된 오월제(五月祭)이다. 고대 중국에서 음양 사상에 근거해서 홀수는 양수(陽數)이고 짝수는 음수(陰數)이므로 홀수의 달과 날이 겹치는 날, 곧 1월 1일(설날), 3월 3일(삼짇날), 5월 5일(단오), 7월 7일(칠석), 9월 9일(중양절)이 우주의 양기(陽氣)가 가장 충만한 날이라 믿고, 양기로 음기를 제어하려는 뜻에서 명절로 삼았다. 이 가운데서도 단오절은 낮이 가장 길어서 태양의 양기를 가장 많이 흡수하게 되는 하지(夏至)가 들어 있는 5월의 명절이므로 태양의 축제의 성격을 띠게 되었다. 그렇지만 음양 사상에 의해 이 '태양－불'의 축제의 시기에 '물－용(龍)'의 축제를 벌여 음양의 조화를 이루려고 하였다. 이것이 단오절에 물이나 용과 관련된 풍속이 집중된 이유이다.

중국은 '단오절'이라 부르고, 한국은 '수릿날'이라 부르는 이유는 무엇일까? 『태평어람(太平御覽)』31권에서 진(晋)나라 주처(周處)의 「풍토기(風土記)」에서 인용하여 "중하 단오(仲夏端午). 단(端), 초야(初也)."라고 하였는데, 이것은 단오절이 5월의 '첫 5일'이라는 뜻인 바, 고대에서는 "오(五)"와 "오(午)"가 통용되었다.[6] 단오절의 명칭은 다양하게 사용되는데, 먼저 단오절과 마찬가지로 시기와 관련된 경우－단오(端午), 단오(端

---

4 덧배기춤에 대해서는 김온경, 「경남 덧배기춤 고(攷)」(채희완 엮음, 『탈춤의 사상』, 현암사, 1984), 174～203쪽 참조.

5 전해종, 앞의 책, 33쪽. 원문: "信鬼神, 國邑各立一人, 主祭天神, 名之天君." 여기서 천군은 단군과 마찬가지로 '하늘에 제사지내는 제사장'을 가리킨다. 둘 다 'Tengri(하늘)'에 어원을 두고 있다.

6 『중국풍속사전』, 상해사서출판사, 1991, 98쪽 참조.

五), 중오(重午), 단양(端陽), 오월절(五月節), 천중절(天中節), 천장절(天長節)－, 그리고 창포와 관련된 경우－포절(蒲節), 목란절(沐蘭節)－, 여자의 친정 근친(覲親)과 관련된 경우－여아절(女兒節), 여와절(女媧節), 왜왜절(娃娃節)－, 시식(時食)과 관련된 경우－종포절(棕包節), 해종절(解粽節)－가 있고, 시인절(詩人節)은 굴원과, 용선절(龍船節)은 용선 경기(競技)와 관련된 명칭이다.

우리나라의 '수릿날'에 대해서는 『경도잡지』와 『동국세시기』에서는 수레바퀴 모양의 쑥떡을 해먹기 때문에 수릿날[戌衣日]이라고 하였고,[7] 『열양세시기』에서는 밥을 수뢰(水瀨)에 던져 굴원(屈原)에게 제사를 지내기 때문에 수뢰일(水瀨日), 곧 수릿날이라고 부른다고 하였는데,[8] '수리'란 '고(高)·상(上)·신(神)'을 가리키는 옛말이므로 '신의 날', '최고의 날'이라는 의미를 지닌다는 주장[9]도 있고, 몽골어 'Soro(높다, 솟다)'에서 유래한다는 설[10]도 있다.

그런데 제주도 심방굿(무당굿)에서 신이 내리도록 세우는 신대를 '수릿대'라고 부르고,[11] 마한에서 귀신에게 제사를 지내기 위해 방울과 북을 매달아 소도에 세운 커다란 나무장대가 솟대의 고형인 사실들을 감안하면, 수릿날은 마한시대의 오월제 내지 제천일(祭天日)이었고, 이 수릿날이 중국에서 유입된 단오절로 교체되면서 이름만 존속했을 개연성이 크다. 수릿날은 소도의 솟대, 곧 수릿대에 천신이 내린 날, 다시 말해서 하

7 이석호 역, 『동국세시기(외)』(을유문고 25), 을유문화사, 1971, 97쪽과 231쪽 참조.
8 위의 책, 163쪽 참조.
9 『한국민속대관』(4권), 고려대학교 민족문화연구소, 1982, 201쪽 참조. 이경복(李慶馥)이 집필한 「여름」편에서 처음 제시된 이러한 견해를 장정룡, 『강릉단오민속여행』, 두산, 1998, 23쪽에서 계승하고 있다.
10 김용덕 편저, 『한국민속문화대사전』(상권), 창솔, 2004, 414쪽 참조.
11 한글학회, 『우리말사전』(2권), 어문각, 2449쪽 참조.

지제(夏至祭)일 개연성이 큰 것이다. 중국에서도 남송(南宋)의 범엽(范曄)의 『후한서』, 「예의지(禮儀志)」에서 '한대의 5월 5일 풍속은 하·은·주의 하지절(夏至節)에 기인한다'라고 하여[12] 하지제가 단오제로 교체되었을 개연성을 강력하게 시사한다.

마한에서는 오월제와 함께 시월제도 거행하였다. 부여의 12월(태음력) −은력(殷曆)(태양력)으로는 정월−영고(迎鼓)는 신년 제의이고, 고구려의 10월 동맹(東盟)과 동예의 10월 무천(舞天)은 마한의 시월제와 마찬가지로 수확 의례였을 것이다. 이 시월제를 계승한 것이 신라·고려의 팔관회이다. 고려의 팔관회는 먼저 서경에서 10월 15일에 개최하고 11월 15일에 개경에서 개최하였다. 그리고 중국에서 상원절과 불교의식이 결합된 상원연등회(上元燃燈會)가 수용되어 1월 15일에 개최되다가 1011년 이후에는 2월 15일에 바뀌었다. 조선 시대에는 팔관회는 폐지되고 연등회는 불교계와 민간의 초파일로 교체되었다. 그리하여 국가적 제전으로서의 시월제와 오월제의 전통은 모두 단절되고 세시 풍속으로만 남게되었다. 그 결과 시월제는 '시월상달'이라는 말에 영광의 흔적을 남기고, 오월제는 단오로 부활하였다. 이것은 중국에서 음양 사상에 의해 1월 1일 설날, 3월 3일 삼짇날, 5월 5일 단오, 7월 7일 칠석, 9월 9일 중양절을 명절로 제정한 세시 풍속 제도를 수용하여 보름 명절(1월 15일 대보름, 6월 15일 유두, 8월 15일 한가위)과 조화시킨 사실과도 관련된다. 다시 말해서 설날(대보름 포함)은 묵은해를 보내고 새해를 맞이하는 신년 제의로, 단오는 오월제와 교체되어 파종 의례로, 한가위는 시월제를 대신해서 수확 의례의 기능을 담당하게 재조정된 것이다. 이런 연유에서 조

---

12 정전인(鄭傳寅)·장건(張健) 주편, 『중국민속사전』, 商務印書館·湖北辭書出版社, 1987; 민속원, 1988, 237쪽 참조.

선 시대 중종 13(1818)년에 설날·추석과 함께 단오를 3대 명절로 제정하였을 것이다.[13]

단오절 풍속으로 대표적인 것은 창포물로 머리를 감고 '수복(壽福)'을 새긴 창포비녀 꽂기, 쑥잎과 멥쌀가루로 수리떡 만들어 먹기, 부채 선물, 여자의 그네뛰기와 남자의 씨름 등이 있고, 지방에 따라서는 제의(축제)를 거행하거나 탈놀이를 공연하였다. 이러한 풍속은 신앙적·주술적 요소와 계절적·실용적 요소가 복합되어 있다. 창포를 이용한 단오장(端午粧)은 재액을 막기 위함이라고 하는데, 창포물의 세발(洗髮) 효과와 수온(水溫)의 상승과도 관련된다. 쑥떡도 재액을 예방한다고 하지만, 쑥이 약초이며 시기적으로 단오 무렵이 식용·약용·부싯돌용의 쑥을 채취할 수 있는 하한선인 사실과도 관련이 있다. 부채도 바야흐로 초여름의 더위가 시작되는 시기의 선물도 되지만, 바람을 일으켜 사기(邪氣)와 재액을 제거하는 주물(呪物)이기도 하다. 그네뛰기와 씨름도 각각 현기증놀이와 쟁투놀이이지만, 식물의 생장을 촉진하는 주술 행위에 연원을 두고 있다.

단오의 계절성은 다음의 글이 적절하게 지적해준다.

음력 5월은 대체로 하지(夏至) 절후(節侯)로 하지 전후 3일이 모심기에 가장 적합한 시기다. 이때를 놓치면 늦모로 들어가서 적기를 잃게 된다. 또 이때쯤이면 찔레꽃이 한창 만발할 때며, 이 무렵이면 비가 오지 않아 가뭄이 드는 경우가 많아 '찔레꽃가뭄'이라는 이름이 붙을 정도다. 이 고비가 대체로 음력 초순쯤인데, 조선왕조 3대 태종은 병상에 누워서 가뭄을 걱정하던 차 5월 10일에 승하하면서 '내가 죽은 뒤 상제(上帝)께 청하여 비를 내리게 하리라'

---

13 『한국민속대관』 4권, 199쪽 참조.

하였는데, 태종이 승하한 뒤 곧바로 소나기가 내려서 가뭄을 면하였다. 그 뒤에도 반드시 5월 10일이면 날이 흐리고 비가 내린다 하여 특히 이 날 내리는 비를 '태종우(太宗雨)'라 한다.[14]

남부·중부·북부·평야·산간이냐에 따라 차이는 있지만 볍씨를 논에 직파(直播)를 하는 경우이든, 못자리에서 논으로 이앙(移秧)을 하는 경우이든 단오나 하지 무렵에 충분한 강우(降雨)가 필수적이다. 그리고 감자·고추·콩·팥·조·깨와 같은 밭작물도 대체로 이때 심기 때문에 이 시기의 가뭄은 밭농사에도 치명적이다. 그래서 한국이나 중국이나 5월에 천신과 용신에게 기우제를 지냈다.

단오는 하지에 근접한 시점이므로 농사와 관련해서 성장 의례 내지 풍요 제의가 거행되는데, 동시에 기온의 급격한 상승에 따라 질병의 위험도 많아지고, 식욕의 저하로 체력이 약해질 위험이 있는 시기이므로, 특히 중국의 남부 지방은 여름철에 고온 다습(高溫多濕)으로 해충(害蟲)이 번식하고 질병이 유행하므로 재난을 막고 역귀(疫鬼)를 내쫓는 활동을 활발하게 하였다. 『형초세시기(荊楚歲時記)』에서 "오월은 속칭 악월(惡月)이고, 금기가 많다."[15]라고 한 것도 바로 이런 사정을 말한다. 그리하여 단오 풍속으로 식물의 생장을 촉진시키는 풍속만이 아니라 재난을 소멸하고 역질(疫疾)을 예방·퇴치하는 풍속도 풍부하게 발달하였다.

이상에서 살펴보았듯이 단오제의 배경으로 한국과 중국은 지리적 배경으로 저지대(低地帶)를, 기후적 배경으로 고온 다습을, 산업적 배경으로 농경을, 문화적 배경으로 음양 사상과 수리(數理) 철학을 공유하고

---

14 위의 책, 208쪽.
15 종름, 상기숙 역, 『형초세시기』, 집문당, 1996, 112쪽.

있는데, 신앙적 배경 면에서는 중국은 용(龍) 신앙이지만 한국은 서낭신 신앙과 관련이 깊고, 역사적 측면에서는 중국이 굴원, 오자서, 개자추와 같은 역사적 인물들과 관련이 있는 데 비해서 한국은 범일국사, 문호장, 한장군과 같은 역사적·전설적 인물들과 관련이 있다.

2. 중국의 단오제

중국 단오제의 유래에 대해서는 고대 문헌의 기록을 근거로 하여 7가지로 정리된 바 있다.

첫째는 단오절이 삼대(三代)의 난욕(蘭浴)에서 기원하였다는 설이다. 『대대예기(大戴禮記)』, 「하소정(夏小正)」에서 5월 "축란은 목욕하기 위함이다(蓄蘭爲沐浴也)."라고 하였다. 그래서 주대(周代) 이래로 주삭(朱索)과 도인(桃印)으로 문을 장식하고, 쑥으로 만든 인형을 지게문 위에 매달고, 오색실을 매고, 붉은 영부(靈符)를 거는 등 재난을 막고 사기(邪氣)를 피하는 풍속(風俗)이 대대로 전하였으며, 아직까지도 민간에서 유행이 되고 있다.

둘째는 단오절이 춘추 시대 월국(越國)에서 기원했다는 설이다. 구천(勾踐)이 5월 5일에 수군(水軍)을 훈련하였다. 송나라 고승(高承)은 『사물기원(事物紀原)』, 「경도(競渡)」에서 초나라 전운(傳雲)의 말을 인용하여 "월왕 구천에게서 기원한다(起于越王勾踐)."라고 하였다.

셋째는 개자추(介子推)를 기념하는 것이라는 설이다. 동한(東漢) 채옹(蔡邕)의 『금조(琴操)』에서 "개자수(介子綏)[즉 개자추(介子推)]는 허벅지살을 베어 중이(重耳)에게 먹이었다. 중이는 나라를 회복하였으나 자수만 얻는 바가 없었다. ……드디어 산속에 들어가 숨었다. 문공(文公)이 듣고 놀라 영입하려고 하였으나 나오지 않았다. 문공이 산에 불을 질러 나오게 만들려고 하였으나 자수는 나무를 끌어안은 채 불타 죽었다. 문공이 백성에게 5월 5일에는 불을 사용하지 못하도록 명령하였다."라고 기록되어 있다. 『업중기(鄴中記)』, 「부록(附錄)」에서는 "병주(並州)의 풍속에 5월 5일에 불타 죽은 개자추(介子推)를 위하여 세상 사람들이 매우 기휘(忌諱)하여 불에 익힌 음식을 먹지 않는다."라고 말하였다.

넷째는 애국(愛國)시인 굴원(屈原)을 기념한다는 설이다. 양(梁)나라 오균(吳均)의 『속제해기(續齊諧記)』에서 초(楚)나라 대부 굴원(屈原)이 참언(讒言) 때문에 왕에게 쫓겨났다. 5월 5일에 멱라수(汨羅水)에 뛰어들어 죽었다. 초나라 사람들이 슬퍼하여 해마다 이날에 대나무 통 안에 쌀을 담아 강물 속에 던져 제사를 지내고, 배를 띄우고 노를 저어 그를 건지도록 하였다. 그 후에 앞부분은 종자(粽子)먹기로 변하고, 뒷부분은 경도(競渡)로 변하였다.

다섯째는 오자서(伍子胥)를 기념한다는 설이다. 남조(南朝)의 양(梁)나라 종름(宗懍)은 『형초세시기(荊楚歲時記)』에 한단순(邯鄲淳)의 『조아비(曹娥碑)』를 인용하여 "5월 5일에 오자서를 맞이한다(五月五日, 時迎伍君)"라고 기록하였다. 역사 속에서 오자서(伍子胥)는 오국(吳國)에 충성을 다하지만, 훗날 오왕(吳王) 부차(夫差)에게 살해되어 시신이 강에 버려짐에 따라 도신(濤神)으로 화신한다. 민간의 전설 중에서도 오자서(伍子胥)는 5월 5일에 죽었기 때문에 강소성과 절강성 일대에서는 도신(濤神)을 맞이하는 풍속이 있다.

여섯째로 조아(曹娥)를 기념한다는 설이다. 『회계전록(會稽典錄)』에 "여자 조아는 회계(會稽)의 상우(上虞) 사람이다. 아비는 가악(歌樂)에 능하여 무당이 되었다. 한나라 안제(安帝) 2년 5월 5일에 현(縣)의 강 기수(沂水)에 파도가 심하므로 파신(波神)을 맞이하다가 익사하였으나 그 시신을 찾지 못하였다. 14살이던 조아가 강에 나가 아버지를 부르며 울기를 밤낮을 가리지 않고 7일 동안 하다가 마침내 강물에 몸을 던져 죽었다."라고 기록되어 있다. 그래서 절강성 일대에서 5월 5일에 조아(曹娥)를 기념한다.

일곱제 지랍(地臘)이라는 설이다. 『도서(道書)』에 "5월 5일은 지랍(地臘)을 하는 날이다. 오제(五帝)가 산사람의 관작, 혈육의 성쇠(盛衰), 만물의 번성, 수명의 연장, 장생(長生)의 기록 등을 교정(校定)하기 때문에 이날에 사죄하고, 관작을 바꿔달라고 요청하고, 조상에게 제사한다."라고 기록되어 있다.[16]

난욕설(蘭浴說)은 단오에 난초를 넣어 끓인 물로 목욕한 데서 유래한다는 주장이다. 일반적으로 창포(菖蒲)물에 몸을 씻거나 머리를 감는데, 창포물로 머리를 감는 이유는 창포 잎에 세발(洗髮) 성분이 함유되어 있고, 창포의 뿌리가 약재(藥材)인 과학적 이유 이전에 주술·종교적인 물의 축제─풍우를 관장하는 뱀이나 용에게 비를 빌거나, 물로써 정화하고 재액(災厄)을 씻거나, 상징적인 재생 의례를 행하거나─와 관련이 있다. 주삭(朱索)의 붉은 색은 벽사색(辟邪色)이고, 도인(桃印)의 복숭아나무도 벽사의 기능이 있다. 쑥과 오색, 그리고 적령부(赤靈符)도 모두 사기와 악귀를 내쫓는 구실을 한다. 그러나 벽사 행위의 원리는 머리감기와 다르다. 머리감기는 '유사(類似)는 유사를 낳는다'는 유감주술(類感呪術; Sympathetic magic)에 근거하지만, 적색·복숭아나무·쑥·오색은 그 안에 주력(呪力)이 깃들어 있다는 관념에 기초한다. 적령부는 붉은 색채와 함께 문자나 그림에 의해 주력이 발생한다. 단오의 머리감기는 원래는 3월 상사일(上巳日)이나 삼짇날[3월 3일]의 유배곡수(流杯曲水)[17]나 계욕

---

16 『중국풍속사전』, 98~99쪽.

17 나무술잔이나 도기(陶器)술잔─두 귀를 달아 우상(羽觴)이라 불렀고 무거우므로 연잎에 띄웠다─을 곡수의 상류에서 띄워 보내고 하류에서 기다렸다가 술잔이 앞에 멈추면 술을 마셔 복을 빌고 액땜을 하였다. 왕희지는 회계(소흥)에 난정(蘭亭)을 짓고 유상곡수를 하며 즉흥적으로 시부(詩賦)를 짓고 술을 마시는 시회로 발전시켰다. 『중국풍속사전』, 34쪽 참조.

(禊浴)[18] 및 6월 보름의 유두(流頭)와 마찬가지로 물로 재액을 제거하려는 주술 행위였는데, 이러한 원시 종교적 심성은 점차 퇴색하고 오락적이고 실용적인 세시 풍속으로 변질되었던 것이다.

개자추설[19] · 굴원설 · 오자서설 · 조아설은 분사(焚死)하거나 익사하거나 살해되어 원혼이 된 역사적 인물을 추모하는 기념행사에서 단오의 기원을 찾는 점에서 일치한다. 그런데 이러한 추모 행사는 충절이나 효심을 기리는 뜻만이 아니라 원혼이 재앙을 일으킨다는 원혼 관념과 관련이 있다. 원혼 설화는 '원혼의 발생 – 재난의 발생 – 원혼의 해소 – 재난의 소멸'의 구조[20]로 되어 있는 바, 해원(解冤)의 방법으로 추모제를 행하는 것이다. 한편 『절강풍속간지(浙江風俗簡志) · 온주편(溫州篇)』에 의하면, 절강성의 문성현(文成縣)과 청전현(靑田縣)에서는 5월 4일에 단오제를 지내는데, 이것은 주원장의 건국 공신 중의 하나인 청전 사람 유기(劉基)의 둘째아들 유경(劉璟)이 주원장의 넷째아들인 연왕(燕王) 주체(朱棣; 영락제)가 조카 건문제를 시해하고 황위를 찬탈한 데 반대하다가 이날에 체포되어 처형당한 사실을 추도하기 위함[21]이라고 하여 원혼설을 하나 더 추가시킬 수 있다. 그런데 단오제의 기원을 역사적으로 실재한

---

18 『삼국유사』, 「가락국기」의 김수로 신화에 의하면 가락국 사람들이 3월 계욕의 날에 김수로신을 맞이하는 천신맞이굿을 하였다.

19 『동국세시기』에 의하면 개자추는 한식(寒食)의 유래와도 관련된다. 개자추가 분사(焚死)하였기 때문에 불로 익힌 음식을 먹지 않는다는 것이다. 그러나 한식도 원래는 봄철에 불을 바꾸던 개화의례(改火儀禮)의 풍속인데, 개자추전설로 견강부회한 것이다. 『동국세시기』에는 청명절에 느릅나무와 버드나무로 불을 일으켜 각 관청에 나누어 주었다고 하였다. 청명은 24절기의 하나이고, 한식은 동지로부터 105일째 되는 날이지만 하루 사이여서 '청명에 죽으나 한식에 죽으나'라는 속담도 있다. 이두현 외, 『한국민속학개설』, 학연사, 1990, 249쪽 참조.

20 박진태, 『탈놀이의 기원과 구조』, 새문사, 1990, 111~123쪽 참조.

21 상기숙, 「'한·중 단오절의 비교연구'에 대한 토론」, 『아시아 세시풍속의 비교연구』, 비교민속학회 춘계학술대회 발표논문집, 2008, 137쪽 참조.

비극적인 영웅의 추모제에서 찾는 원혼형(冤魂型) 전설들과는 대조적으로 공적을 세워 신격화되는 영웅, 이른바 공업형(功業型) 기원 설화도 확인된다. 곧 귀주성(貴州省) 검현(黔縣)의 동남 지역에서는 자신의 몸을 희생하여 독룡(毒龍)을 죽인 노인을 위해서, 운남성(雲南省)의 태족(傣族)은 과거의 영웅 암홍와(岩紅窩)를 기념하기 위해서 단오제를 지낸다고 한다.[22]

지랍설은 도교와 결합된 단오를 설명하는 것인데, 지랍[23]은 민간의 단오가 도교화한 것으로 보는 것이 온당하다. 구천설은 군사 훈련으로 경주(競舟)를 실시한 사실과 연관된다. 그런데 이 경주도 경기(競技)라는 군사적·운동적·실용적 측면 이전에 주술적 쟁투 내지 싸움굿에서 그 연원을 찾아야 한다. 단오의 용선(龍船) 경도(競渡)는 용과 관련된 종교적 의미를 지녔음을 『논어』에서 그 단서를 찾을 수 있다. 『논어』의 「선진(先進)」편에서 증자가 공자에게 한 말 "暮春者(모춘자), 春服旣成(춘복기성), 冠者五六人(관자오륙인), 童者六七人(동자육칠인), 浴乎沂(욕호기), 風乎舞雩(풍호무우), 泳(詠)而歸(饋)[영(영)이귀(궤)]."를 동한의 왕충(王充)이 해석하길 '사월 늦은 봄에 봄옷을 지어입고 관을 쓴 5~6명과 동자 6~7명이 악무대(樂舞隊)를 구성하여 기수(沂水)를 건너 용(龍)이 물속에서 나오는 형상을 본뜨고, 비를 비는 춤을 추고 노래를 부르고 제사를 지냈다'라고 말하였다.[24] 따라서 용선 경도는 기원적으로는 용이 강물 속에서 육지로 올라가는 것을 모의(模擬)하는 모방 주술의 행위였고,

---

22 정전인(鄭傳寅)·장건(張健) 주편, 앞의 책, 238쪽 참조.

23 지랍은 도교의 오재제(五齋祭)의 하나이다. 『운급칠첨(雲笈七籤)』제37권에 "正月一日名天臘, 五月五日名地臘……此五臘日並宜修齋, 並祭祀祖先"(상기숙, 앞의 글, 같은 곳에서 재인용)이라고 기록되어 있다.

24 유지웅(劉志雄)·양정영(楊靜榮), 『용과 중국문화』, 중국 북경: 인민출판사, 1992, 247쪽 참조.

동시에 여러 마리 용들의 주술적 쟁투를 통해 풍흉을 점(占)쳤던 제의적인 경기(競技)였던 것이다.[25] 이는 벼농사의 풍작을 기원하기 위해서 수신(水神)인 뱀을 서로 차지하려고 줄다리기를 한 사실과 동궤에 속한다. 줄다리기의 줄이 뱀신의 신체(神體)에서 유래함은 앙코르(Angkor) 와트(Wat)의 제1회랑 동면의 부조(浮彫)에 신들과 아수라들이 양쪽에서 대사(大蛇)의 몸채를 당기는 줄다리기를 하고 그 중심에서 큰 거북이를 탄 비슈누(Vishnu)신이 심판을 보는 장면[26]을 통하여 확인할 수 있다.

중국에서는 상대(商代)부터 우제(雩祭)라는 기우제를 지냈는데, 무당이나 왕(尪)을 분소(焚燒)하여 하늘에 제사하였다. 무당은 가뭄을 직접 상제(上帝)에 알리기 위해 하늘로 올라가야 했기 때문에 불태웠고, 왕(尪)은 수척(瘦瘠)하여 얼굴이 하늘을 향하고 있기 때문에 상제가 그 병을 불쌍히 여겨서 빗물이 그의 콧구멍으로 들어갈까 염려해서 비를 내리지 않는다고 생각되어 불태웠다. 무당은 승천의 방법으로, 말라깽이는 희생양으로 불태웠던 것이다.[27]

그런데 이러한 제천 의식과 함께 용에게 제사하는 기우제도 상대(商代)부터 거행되었다. 용의 신상(神像)은 처음에는 흙으로 빚은 토룡(土

---

25 용선경도는 당나라 장건봉(張建封)의 「경도가(競渡歌)」에 의하면, 두 마리 용이 경쟁하는 싸움굿이었다. "五月五日天晴明, 楊花繞江啼曉鶯. 使君未出群齋外, 江上早聞其和聲. ……鼓聲三下紅旗開, 兩龍躍出浮水來, 棹影干波飛萬劍, 鼓聲劈浪鳴千雷, 鼓聲漸急標將近, 兩龍望相目如瞬." 정전인(鄭傳寅)·장건(張健) 주편, 앞의 책, 238쪽에서 재인용. 명나라 때의 용성경도에 대해서는 『무릉경도(武陵競渡)』에 유래, 용선 제조법, 경기 참가자, 기술 등이 상세히 기록되어 있다. 현재는 한족(漢族)과 소수민족 태(傣)족·묘(描)족이 전승하고 있다.

26 김택규, 『한국농경세시의 연구』, 영남대학교출판부, 1985, 235쪽의 사진 참조. 일본에서도 줄을 가지고 강이나 바다로 들어갔다가 다시 육지로 끌고 올라와서 줄다리기를 한다.

27 유지웅(劉志雄)·양정영(楊靜榮), 앞의 책, 245~246쪽 참조.

龍)이다가 당대(唐代)에 회화술(繪畵術)의 발달로 화룡(畵龍)이 출현하였는데, 용의 형상을 만들거나 그리면 구름이 용을 따라오고, 그리하여 비가 내린다고 믿었던 것이다. 당대에는 나무도마뱀을 만들어 흙을 가득 채운 항아리에 넣고 푸른 옷을 입은 아이들이 푸른 대나무를 들고서 "도마뱀아! 도마뱀아! 구름을 일으키고 안개를 토해라. 비가 만약 억수로 내리면, 너를 놓아 돌려보내마."라는 노래를 부르기도 하였다. 또 이러한 궁중의 기우제와는 달리 민간에서는 호랑이머리를 바쳤는데, 이는 음양 교합의 의미가 있다.[28] 한국의 경우에도 『동국여지승람』 제17권에 의하면 밀양의 동쪽 천화령(穿火嶺) 밑에 구연(臼淵)이 있었는데, 그 속에 용이 살고 있어서 가뭄 때 호랑이의 머리를 집어넣으면 물이 뿜어 나와서 비가 된다는 속신이 있었다.[29] 중국이나 한국이나 민간에서 양(陽)의 동물인 호랑이의 머리를 음(陰)의 동물인 용에게 바쳐 음양의 조화를 꾀했음을 알 수 있다.

문일다(聞一多)는 『단오고(端午考)』에서 용절(龍節)과 관련된 문헌 기록을 101개를 수집하여 소개하고, 『단오의 역사교육(端午的歷史教育)』에서 단오가 오월(吳越)의 토템제의 절일이라고 추정하였다.[30] 따라서 이러한 주장을 뒷받침하는 묘족(苗族)의 용선절(龍船節)을 살펴보기로 한다. 귀주성 동남부와 호남성 서부 지역에 거주하는 묘족은 고대에 악마를 죽인 늙은 영웅의 업적을 기념하기 위해서 5월 초5일, 아니면 5월 16일이나 24~27일 전후에 3일 동안 용선축제를 거행한다고 한다.

---

28 용과 관련된 기우제에 관해서는 위의 책, 246~254쪽 참조.

29 민족문화추진회, 『국역신증동국여지승람』(III)(고전국역총서 42), 민족문화문고간행회, 1985, 563, 564쪽 참조.

30 정전인(鄭傳寅)·장건(張健) 주편, 앞의 책, 237쪽 참조.

이날 사람들이 사방팔방으로부터 등에 노생(蘆笙)을 짊어지고 말을 타고 새장을 들고 집회장소로 온다. 용선은 세 개의 삼(杉)나무를 구유처럼 홈을 파서 앞에는 용머리를, 뒤에는 봉황새꼬리를 설치하는데, 중간의 배는 모선(母船)이고 양쪽의 배는 자선(子船)이다. 용머리는 버드나무로 조각하고, 위쪽에는 약 1m 길이의 뿔을 한 쌍 장식하는데, 용머리 색깔은 청룡, 적룡, 황룡 등으로 제각기 다르게 칠한다. 뱃머리에는 '풍조우순(風調雨順)', '오곡풍등(五穀豊登)'이라 쓴 깃발을 꽂는다. 배마다 20~30명씩 강건한 젊은이들이 타는데, 그들은 자색(紫色)과 청색의 옷섶이 달린 단의(短衣)를 입고, 머리에는 정교하게 수를 놓고 봉황새꼬리를 세 개 꽂은 말총갓을 쓰고, 허리에는 수를 놓은 화대(花帶)를 띠고, 손에 5척 길이의 나무상앗대를 들고, 용선의 양측에 앉는다. 소년 하나와 덕망이 있는 고수(鼓手)가 절도 있게 북을 치고, 용선의 전진을 지휘한다. 양쪽 언덕에는 여러 부족 사람들이 인산인해를 이루고 시합이 진행될 때에는 요란하게 환호와 갈채를 보낸다. 그리고 시합이 끝나면 남녀 젊은이들이 노생, 새납, 대나무피리의 반주에 맞추어 노래 부르며 춤춘다.[31]

용선의 구조와 제작 과정 및 용선 경기 참여자들의 복장과 구성, 그리고 시합 뒤의 집단가무에 대해 비교적 상세한 정보를 담고 있다. 이러한 용선 경기 대회는 용의 주술적 쟁투가 축제화한 것인데, 굴원의 고사와 결합되면서 본래의 의미와 기능이 퇴색하고 비극적인 영웅을 추모하는 행사로 재창조되었던 것이다. 그리고 여기에는 중국 민중의 영웅 숭배와 원혼 관념이 교묘하게 배합되어 있다.

그런데, 굴원의 추모제가 그 이전의 용신제와 관련이 있음을 시사하는 전설이 있어 주목된다.

---

31 『중국풍속사전』, 23쪽.

한(漢)나라 건무(建武) 연간에 장사(長沙) 사람 구회(歐回)가 백주에 홀연히 본즉 어떤 사람이 와서 말하길 '나는 옛적 삼려대부(三閭大夫)인데, 그대가 항상 나를 위하여 제사지내 주는 것은 감사한 일이나 그 제물을 항상 교룡(蛟龍)이 뺏어 먹으니 내가 얻어먹지를 못한다. 만일 지금 지내주려거든 동나무(棟樹; 梅檀, 檀香木)잎으로 그 제물을 싸서 오색(五色) 당사(唐絲)로 매어 주면 좋겠다. 이 두 물건은 모두 교룡이 꺼리는 것이다.'라 하고 사라졌다. 회가 이상히 여겨 그대로 하였더니, 그 뒤 사람들이 이내 그것을 한 풍속으로 삼아 단옷날에 주악(떡)을 만들 때에 오색 고명을 넣고 또 쑥이나 수리치 같은 것을 넣어서 떡을 만들게 되었다.[32]

이 전설에서는 종자(粽子), 곧 주악[33]을 교룡과 굴원이 다툰 것으로 진술하고 있다. 이것은 원래 교룡에게 주악을 바치며 기우제를 지냈으나, 굴원의 원혼을 위로하기 위한 추모제의 제물로 바뀐 사실을 반영할 것이다. 이것은 자연신에서 인신(人神)으로의 교체를 의미한다.[34] 이 전설은 오색, 쑥, 수리치가 악귀와 사기(邪氣)를 제거하는 주력(呪力)이 깃들어 있는 주물(呪物)인 사실도 알려준다. 그러나 주악은 실질적으로는 기온이 상승하고 더위로 입맛이 떨어지는 시기에 부패를 방지하고 영양분

---

32 차상찬(車相瓚), 『조선사외사(朝鮮史外史)』, 명성사, 144쪽; 『한국민속대관』 4권, 217쪽에서 재인용.

33 주악은 각서(角黍), 조각(糙角)이라고도 부르는데, 찹쌀가루에 대추를 이겨 섞어서 꿀에 반죽하여 팥소나 깨소를 넣고 송편과 같게 빚어서 기름에 지진 떡(한글학회, 『우리말큰사전』 3권, 어문각, 3802쪽), 또는 찹쌀에 대추 따위를 넣어 댓잎이나 갈잎에 싸서 쪄 먹는 음식(『중한사전』, 고려대학교 민족문화연구소, 3204쪽)으로 단오날의 절식(節食)이다.

34 유경재(劉京宰), 「단오절을 통해 본 문화변용」(장정룡 외, 앞의 책), 107쪽에서 "굴원, 오자서, 개자추 등 애국애민 사상이나 행위가 사람들을 감동시켜, 재앙 퇴치나 오곡풍양(五穀豐穰)의 기원 행사가 지역에 따라 이들을 추모하는 행사로도 변용되었다고 생각된다."고 하여 필자와 같은 견해를 밝힌 바 있다.

을 섭취하기 위해 절식(節食)으로 개발한 영양식(營養食)이고 시식(時食)이다. 여기에 굴원의 고사를 끌어다가 건강부회한 것이다.

도립번(陶立璠)은 단오의 기원설로 고대(古代) 무술설(巫術說)을 추가해서 소개했다. 단오 풍속이 무술 활동과 관련이 있으며, 단오 풍속의 본질이라고 하였다.[35] 오자서의 시체가 5월 5일에 강에 버려졌고, 조아의 아버지가 5월 5일에 강에 빠져 익사하고, 굴원이 5월 5일에 멱라수에 투신자살한 것도 5월 5일 용제일(龍祭日)에 제물로 바쳐졌거나, 사고사(事故死)한 것으로도 추정할 수 있다. 고대에 용제를 무당이 주재하였다고 보면 용제설도 무술설에 통합될 수 있을 것 같다. 그렇지만 단오는 역시 고대의 상사일(上巳日)이나 계욕(禊浴)과 같은 '물의 제의'가 핵심이라고 보아야 할 것 같다. 왜냐하면 대만에서 용선 경기를 하기 전에 강에 제사를 지내는 의식으로 지전(紙錢)을 태우는데, 제강(祭江)으로 시작하여 사강(謝江)으로 마치며, 용선 경기와 별도로 제사 의식을 행하기도 하기 때문이다.[36]

중국 한족(漢族)의 용선제로 호북성(湖北省)의 강릉(江陵)과 사시(沙市)에서 5월 5일에 거행하는 용주경도놀이가 있다. 그 진행 과정은 다음과 같다.

①용주를 제작하거나 기왕의 배를 개조한다. 그리고 8~10미터 길이의 노와 악기(징·북)를 준비한다.[습경(習競)] ②4월부터 연습에 들어간다.[습경(習競)] ③4월 말부터 5월 초까지 용주를 타고 돌면서 친구 및 친척과의 유대감을 강화한

---

35 도립번, 「중국의 단오풍속 및 그 변천」(장정룡 외, 위의 책), 11쪽 참조.
36 임미용(林美容), 「대만 단오민속 및 그 의미와 변모」(장정룡 외, 위의 책), 38~39쪽 참조.

다.[유선(遊船)] ④5일이 되면 진수전례(進水典禮)를 거행하는데, ㉠먼저 족장이나 지역 대표가 용머리 앞에 향을 피우고 지전을 태운 뒤 붉은 천을 용머리에 걸친다.[상홍(上紅)] ㉡족장이나 지역 대표가 제문을 낭독하고 용머리에 용안을 상징하는 등불을 밝히면, 모든 참가자들이 큰절을 세 번 하고 풍악을 올리고 폭죽을 터뜨린 뒤에 용머리를 들고 물속으로 들어간다.[용두제(龍頭祭) 또는 청룡(請龍)] ⑤경도(競渡)의 거리는 약 500~1000미터 거리다. ⑥우승하고 돌아오면 풍악을 울리고 노래하며, 또 환호성을 지르고 폭죽을 터뜨려 환영한다. 용주는 강을 한바퀴 돌고 용머리에 붉은 천을 걸쳐서 사당에 보관한다.[37]

이밖에 형주에서는 경기 참가자가 정식 경기에서는 모두 23명으로 기수 1명, 타수(舵手) 1명, 악사 4명(북1, 징1, 다른 타악기2), 노 젓는 서수 16명-배 양쪽에 8명씩 앉음-이고, 비정식 또는 소형 경기일 때는 15~17명으로 기수 겸 징 1명, 북 1명, 고물에 1명, 노 젓는 선수 12~14명이고, 복색은 옷과 두건과 허리띠를 한 색으로 통일하는데, 검정색은 기피한다.[38] 그리고 '용선호자(龍船號子)'라는 노래를 부르는데, 하수조(下水調)·간용선조(看龍船調)·유강조(遊江調)는 만속호자(慢速號子)로, 용선조(龍船調)·창표조(搶標調)·득두표조(得頭標調)는 쾌속호자(快速號子)로 구분하며, 그 가사에는 굴원에 대한 추모, 태평성대 찬양, 풍작 기원, 승리 염원을 담고 있다.[39] 한편 강서성(江西省)의 수심이 얕은 지역에서는 용선경도를 하지 못하므로 한룡주(旱龍舟)를 만들어 등고(登高)하고

37 맹상영(孟祥榮), 「중국 강릉지역 단오의 용주경도 고찰」(장정룡 외, 위의 책), 72~74쪽 참조.

38 왕배천(王培泉), 「중국 형주시 단오민속」(장정룡 외, 위의 책), 79~80쪽 참조.

39 위의 글, 80쪽 참조.

거리를 돌아다니며 논다고 하여[40] 지역적 편차를 보인다. 그리고 홍콩의 용선축제는 세계적인 축제로 소개되기도 한다.

3. 한국의 단오굿

『동국여지승람』과 『동국세시기』에는 다음과 같은 단오굿과 단오놀이가 기록되어 있다.

① 경상도 군위현(軍威縣)의 속현인 효령현의 서악(西岳)에 있는 김유신사(金庾信祠)는 속칭 삼장군당이라고도 하는데, 매년 단오에 그 고을의 우두머리 아전이 고을사람들을 데리고 말에 깃발을 세우고 북을 매달아 신을 맞이하여 동리를 누빈다.[41]

② 강원도 삼척부에서 오금잠(烏金簪)을 작은 상자에 담아 관아(官衙) 동쪽 모퉁이의 나무 밑에 감추어 두었다가 매년 단오에 아전이 꺼내어 제물을 갖추어 제사한 다음 이튿날 도로 감추는데, 전하는 말에 의하면 그 오금비녀는 고려 태조 때 것이라 한다.[42]

③ 함경도 안변부(安邊府)의 동쪽에 있는 진산 학성산(鶴城山)에 있는 성황사의 신은 선위(宣威)대왕이고, 상음현(霜陰縣)의 상음신사(霜陰神祠)의 신은 선위대왕의 부인인데, 고을사람들이 매년 단오에 선위대왕과 함께 제사를 지낸다.[43]

---

40 상기숙, 앞의 글, 138쪽 참조.
41 『국역신증동국여지승람』(III), 민족문화문고간행회, 1985, 527쪽.
42 『국역신증동국여지승람』(V), 민족문화문고간행회, 1985, 516쪽.
43 『국역신증동국여지승람』(VI), 민족문화문고간행회, 1985, 201쪽.

군위, 삼척, 안변의 단오굿은 향리층이 주재하는 고을굿이다. 단오굿의 제신(祭神)을 보면, 군위 효령의 삼장군은 김유신과 소정방·이무(李茂)[44]이므로 역사적 인물이 분명하지만, 삼척은 신체(神體)인 오금비녀가 고려 태조 때 것이라고 하지만, 신라 때부터 전해졌다는 설[45]도 있고, 안변의 선위대왕도 그 정체가 불확실하여 전설적인 인물로 추정된다. 고을굿의 제차(祭次)에 관한 내용도 지극히 소략하여 효령은 신당에서 신을 맞이하여 마을로 와서 신유 의식을 행한 사실만 겨우 확인되고, 삼척과 안변은 제사 의식에 관한 정보만 전하고 있다. 안변은 남녀신의 신당이 떨어져 있어서 부부신을 동침시키는 신혼 의례를 거행하였을 개연성을 시사한다.

한편 문헌에는 기록되지 못하였지만 20세기까지 초반까지 전승되었거나 지금도 전승되는 단오굿으로 영산·강릉·자인의 단오굿이 있어서 고을굿 형태의 단오굿의 실상을 온전하게 파악할 수 있다.[46]

(1) 영산의 단오굿[47]

경상남도 창녕군 영산의 단오굿은 일명 문호장굿이라고도 하는데, 문

---

44 『한국세시풍속사전』(여름편), 국립민속박물관, 2005, 146쪽 참조.

45 허목(許穆)의 『척주지(陟州誌)』에 신라 시대부터 전해진 것이라고 기록되어 있다. 『한국세시풍속사전』(여름편), 157쪽 참조.

46 현재 영산단오굿은 3·1문화제에 축소되어 통합되었고, 강릉단오굿은 유네스코로부터 세계 무형문화 유산으로 지정받는 것를 계기로 현대적 축제로 크게 변형되었고, 자인단오굿도 현대축제적 요소가 많이 가미되어 있다. 한편 영광군 법성포의 단오제도 전통적인 당산제와 용왕제를 기본골격으로 하여 현대화되었는데, 향리층이 주재한 고을굿이 아니라 어촌 마을굿의 유풍이고, 남녀(부부 또는 남매)신의 구조가 아닌 점에서 차이가 있다.

47 김광언, 「문호장굿」, 『한국문화인류학』 제2집, 한국문화인류학회, 1969, 99~109쪽의 보고서 참조.

호장(文戶長)은 아전으로서 임진왜란 당시 군공(軍功)을 세우고 향역(鄉役)을 면제받은 문예희(文禮熙)의 아들 문득화(文得化)이다.[48] 전설에서는 문호장이 어사(御使)나 관찰사와의 갈등 때문에 죽어서 서낭신이 되었다고 한다. 그리고 아들이 죽어서 작은 마누라를 얻었으나 아들을 낳지 못했다는 전설도 있다. 이러한 전설에 근거해서 문호장의 신당인 상봉당(上奉堂), 본처 신당인 삼시랑애기당, 딸의 신당인 두울각시 삼신당, 첩의 신당인 남산믹이 지성국당이 있다. 굿의 순차 구조를 정리하면 다음과 같다.

① 음력 5월 1일에 호장·수노(首奴)·무녀가 영취산의 서낭당에서 서낭대에 서낭신을 강신시킨다.(신내림)

② 서낭신(문호장신)의 유적지·딸의 신당·현청을 순방하고 신청에 좌정시킨다.(신맞이 행렬과 신유)

③ 5월 3일에 서낭신이 신마를 타고 애첩의 신당을 방문한(화해굿₁; 신성 결혼) 후 부인(본처)의 신당을 방문한다.(화해굿₂; 신성 결혼)

④ 무녀 집단이 첩 편과 본처 편으로 갈라져 싸우는데, 관중까지 합세하여 본처의 승리로 끝맺는다.(싸움굿₁; 처첩 갈등)

⑤ 신청으로 되돌아오는 도중에 원님과 육방 관속의 집을 순방하며 축원한다.(신유)

⑥ 5월 5일에 번화가(繁華街)인 지세골에서 두울각시 삼신당까지 약 1km의 거리를 문호장의 신마(神馬)를 앞세우고 호장, 수노, 무녀 셋이서 안장 없이 말을 타고서 호장춤을 추며 왕복하는 '열네 바퀴 돌이'를 한다.

48 이훈상, 「조선후기의 향리집단과 탈춤의 연행」, 『동아연구』 제17집, 서강대학교 동아연구소, 1989, 각주 50)과 박진태, 『탈놀이의 기원과 구조』, 새문사, 1990, 303쪽 참조.

(싸움굿2; 경마)

⑦ 5월 6일에 서낭신을 영취산의 서낭당으로 배송한다.(송신)

문호장굿은 '강신－신유(神遊)－화해굿－싸움굿－송신'의 구조로 되어 있으며, 문호장이 본처와 화해굿을 하기 전에 첩과 먼저 화해굿을 하는 연유로 처첩 사이에서 싸움굿이 벌어지는 점이 특징이다. 싸움굿은 무녀들이 탈을 쓰지 않은 채 두 편으로 나뉘어 본처신과 첩신의 싸움을 제의극(祭儀劇)의 형태로 연행한다. 그리고 마술(馬術)에 능하였던 문호장을 기리기 위해서 호장과 수노와 무녀가 경마 대회를 벌인다.

(2) 강릉의 단오굿[49]

강원도 강릉시의 단오굿은 대관령의 산신과 국사성황신, 그리고 홍제동의 여국사성황신을 제신으로 하는데, 산신은 김유신이고, 국사성황신은 범일국사(泛日國師)이며, 여국사성황신은 정씨 처녀라 한다. 범일국사(泛日國師)는 신라 시대 구산선문(九山禪門)의 사굴산과 창시자 범일(梵日; 810~889)이 신격화된 존재이다. 처녀가 해가 뜬 바가지의 물을 마시고 임신하여 낳아서 범일(泛日)이라 부른다고 하여 천부신과 지모신 사이에서 태어난 영웅으로 재창조되었다. 서낭굿은 향리층이 주재하여 국사성황신을 강릉으로 모시고 왔다가 다시 되돌려 보내는 고을굿인데, 국사성황신이 호랑이를 사자로 보내 정현덕의 딸을 데려다가 신처(神妻)로 삼은 음력 4월 15일부터 시작된다.

---

49 임동권,『한국민속학논고』, 집문당, 1971, 225~228쪽의 보고서 참조. 강릉단오굿과 탈놀이에 대해서는 박진태,『탈놀이의 기원과 구조』, 새문사, 223~244쪽에서 상론되었다.

① 음력 4월 15일에 대관령의 국사성황사에 가서 국사성황신이 빙의(憑依)된 단풍나무를 톱으로 잘라 받들고 내려온다.(신내림과 신맞이행렬)

② 예전에는 성황신을 환영하던 고을사람들이 군수(중앙조정에서 파견된 양반)와 좌수(지방의 토착 양반)의 편으로 갈라져 횃불싸움을 벌이었다.(싸움굿)

③ 성황신을 여국사성황신사에 화해·동침시킨다.(신성결혼; 화해굿)

④ 예전에는 남녀성황신을 대성황사에 좌정시키고 그 앞마당에서 무굿과 탈놀이를 하였으나, 현재는 남대천 강변의 굿당에 좌정시키고 한다.(신유; 오신 행위)

⑤ 예전에는 괫대[花蓋]를 앞세우고 약국성황과 대창성황－육(肉)성황과 소(素)성황－과 시장과 관아를 순방했는데, 그때 화개무(花蓋舞)를 추고 탈놀이를 했다.(신유)

⑥ 대성황사의 뒤뜰(현재는 남대천변의 굿당)에서 신대와 화개를 불태웠다.(송신)

⑦ 탈놀이는 관노가 연희하였다.

　강릉단오굿은 '맞이－싸움굿－화해굿－신유－송신'으로 구조화되어 있다. 남녀성황신의 신성결혼은 풍요 다산을 기원하는 화해굿이고, 싸움굿으로 하는 횃불싸움에 남녀성황신의 갈등을 군수와 좌수의 갈등과 중첩시켜 표출시켰다. 강릉단오굿은 무녀가 사제하는 서낭굿과 민간인 관노가 연행하는 제의적인 탈놀이가 결합되어 있다. 탈놀이는 첫째마당에서는 장자마리(토지신과 동해신의 복합 신격) 2명이 골계적인 놀이를 하고, 장내의 질서를 정돈하며, 둘째마당에서는 왕광대와 소매각시가 대무(對舞)를 할 때 홍역신인 시시딱딱이 2명이 등장하여 소매각시를 희롱하면, 왕광대가 격분하여 시시딱딱이부터 소매각시를 되찾는다. 다시 말해서 첫째마당은 놀이판을 정화시키는 개장 의식이고, 둘째마당은 남녀신의 성적 결합에 의해 풍요 다산을 기원하고, 남녀간의 삼각관계에 의해서는 홍역을 예방하려는 유감주술적인 제의극이다. 이처럼 탈놀이 속에도 화해굿과 싸움굿이 들어 있다.

(3) 자인의 단오굿

「영남읍지(嶺南邑誌)」의 기록에 의하면 한장군 남매가 여장(女裝)을 하고서 여원무와 잡희로 왜구를 유인하여 섬멸하였기 때문에 한장군의 충의를 흠모하여 신당을 조성하고, 단오일에 두 동남(童男)을 여장시켜 화관을 쓰고 춤을 추게 했으며, 또 배우들의 잡희를 베풀고, 풍물을 울렸다고 한다. 이러한 설화는 신화의 재연(再演)을 주기적으로 반복하는 것이 제의라는 사실을 환기시키며, 한묘제와 여원무 및 잡희의 유기적이고 연속적인 상호 관계를 시사한다.

그러나 단오굿의 진행 절차는 호장이 도원수로 분장하고, 장산사명기·여원화관·여장동남 등을 뒤따르는 가장 행렬이 현사(縣舍)가 있던 자리에 집결하여 진장터(개장지숲 뒤편)까지 가서 여원무를 연행하고, 한당(韓堂)으로 가서 제사를 올리고, 다시 고을 원한테 가서 여원무를 보이고 해산했다고 한다.[50] 또는 단오날 낮 사시(巳時)에 제일한묘(第一韓廟)에 제사를 지내고, 현사 자리에서 버들못 근처 참왜석(斬倭石)이 있는 곳으로 가서 여원무를 추고, 진장터에 가서 검정옷을 입은 장수(왜구)와 흰옷을 입은 장수(왜구)를 각각 선두로 하고 조랑말을 탄 군사들 여러 명이 뒤따르는 진을 양쪽에 치고서 목검으로 격전을 벌였으며, 팔

---

50 김택규, 『한국농경세시의 연구』, 영남대학교출판부, 1985, 269쪽.

광대놀이는 저녁에 서부의 장터에서 횃불을 밝히고 놀았다는 증언도 있다.[51] 한편 단오 전날 밤에 무당굿을 하였다는 말도 있다.[52] 이처럼 자인 단오굿은 제사 의식, 무용, 가장 행렬, 군사놀이, 탈놀이가 종합된 제전(祭典)이다.

4. 한·중 단오제의 차이

한국과 중국의 단오절은 풍속 면에서는 지리적으로 인접하고 문화적으로 교류가 활발하게 이루어졌고, 양기로 음기를 제압하려는 음양 사상 및 주술과 과학이 미분화된 사고방식을 공통적으로 지녔기 때문에 홍석모가 『동국세시기』에서 착안하였듯이 독자적인 지역성과 민족성을 보이기보다는 동북아시아 문화권 내의 유사성과 동질성을 더 많이 보인다. 그러나 종교적·제의적 측면에서는 그 배경과 역사적 체험이 달라 단오제의 생성 배경과 변모 과정에서 뚜렷한 차이점을 보인다.

먼저 생성 배경을 보면, 중국의 단오제는 '물-용-수신(水神)'과 관련이 깊다. 단오가 난욕(蘭浴)에서 기원하였다는 주장은 3월 3일의 유배곡수(流杯曲水)나 계욕(禊浴)처럼 물에 의한 불계(祓禊)의 풍속에서 단오가 발생하였다는 말이다. 그렇지만 유배곡수도 원래는 3월 상사일(上巳日)에 한[53] 사실은 물과 뱀 내지는 용과의 관련성을 강력하게 시사한다.

---

51 자인에 거주하는 이복숙(1912년 출생) 할머니에 의하면 진법놀이에선 싸움이 격렬하여 사망자가 하나씩 꼭 나왔다고 한다. 한편, 자인은 동부와 서부로 양분되어 시장이 따로 있었으며, 양편이 줄다리기를 했다고도 한다.

52 1989년 6월 8일(단오날)에 필자가 고(故) 김택규 교수한테서 들었음.

53 『형초세시기』에는 유상곡수(流觴曲水)를 3월 3일에 한다고 하였으나, 위진 이전에는 3월 상사일에 하였다. 『중국풍속사전』, 10쪽의 '상사절(上巳節)' 참조.

용선(龍船) 경기는 여러 마리의 용신이 물속에서 다투어 출현하는 것을 상징하므로 용신제를 연희화한 것이고, 따라서 우주의 양기가 가장 왕성한 시기에 물의 제전을 통하여 음기를 보강하여 음양의 균형과 조화를 이룩하려 했다는 해석이 가능하다. 이는 상대(商代)에 무당이 무(巫)·왕(尫)을 분소하여 제천(祭天)할 뿐만 아니라 토룡(土龍)을 만들어 기우제를 지낸 사실과도 맥락이 통한다. 요컨대 중국의 단오제는 용신제 중심으로 발달한 것이다. 그리고 춘추전국 시대를 거치면서 제신(祭神)이 용을 신격화한 동물신에서 주로 익사하거나 용신의 제물로 희생된 원혼으로 교체되었다. 굴원, 오자서, 조아, 개자추가 모두 파괴적 카리스마를 지닌 원혼에서 창조적 카리스마를 지닌 수호신으로 승화된 인물들이다. 물론 공업형 영웅의 기념제인 경우도 있지만 상대적으로 미약하다.

한국의 단오제는 고구려의 제천 의식과 수신제(隧神祭), 또는 단군신화·주몽신화·박혁거세신화·김수로신화의 천부신과 지모신(또는 수모신)의 신성 결혼의 전통을 계승하였다고 말할 수 있다. 곧 환웅과 웅녀, 해모수와 유화, 박혁거세와 알영, 김수로와 허황옥이 혼인하듯이 강릉단오굿·자인단오굿·영산문호장굿도 부부신 또는 남매신의 관계인데, 이는 단오굿이 음양의 조화에 의해 생명의 창조를 기원하는 제천 의식과 건국신화의 무교적 변증법[54]을 계승하였음을 의미한다. 한국의 굿은 제신(祭神)은 천신에서 시조신을 거쳐 산신으로, 다시 서낭신으로 교체되어 왔지만, 굿의 구성 구조는 '맞이굿—신유—싸움굿—화해굿—송신굿'을 원형으로 하고 있고, 화해굿으로 신성 결혼을 한다.[55]

---

54 류동식, 『한국무교의 역사와 구조』, 연세대학교출판부, 1978, 27~66쪽 참조.

55 박진태, 『탈놀이의 기원과 구조』, 새문사, 1991, 67~70쪽과 박진태, 「건국신화에 나타나는 굿의 절차」, 『한국민속극연구』, 새문사, 1998, 46~67쪽 참조.

안변의 성황제도 부부신의 신성 결혼 의식이 거행되었던 것 같고, 삼척의 오금비녀도 2개[56]로 고려 태조 것이라고도 하고 신라 공주의 것이라고 하여 부부신일 개연성이 크다. 그러나 군위의 단오굿은 삼장군신으로 남성 원리만 작용하여 예외적이다. 오늘날 마을굿에서 마을수호신을 모시고 집돌이를 하며 마당밟이를 하는 것은 "지신 지신 지신아 어허루여 지신아 만복은 문안으로 잡귀잡신은 물(뭍)아래로"에 나타나듯이 선신을 맞이하여 명(命)과 복(福)을 받고 지신을 지하로 내쫓는 것을 의미한다. 마을의 수호신(서낭신, 당산신)과 집의 지신이 선신과 악귀의 관계인 것이다. 그러나 건국시조 신화에서는 지모신이나 수모신이 승화되어[57] 천신과 혼인함으로써 음양의 조화를 완성시키며, 이러한 신화구조가 단오굿을 통하여 전승되어 온 것이다. 요컨대 한국의 단오굿에는 음양 조화의 무교적 변증법과 선·빛·하늘과 악·어둠·땅의 대립이라는 두 가지 원리가 작용한다. 구체적으로 강릉단오굿탈놀이의 경우 양반광대와 소매각시의 성적 결합을 통해서는 음양의 조화에 의한 풍요 다산을 기원하고, 양반광대와 시시딱딱이와의 갈등과 싸움을 통해서는 선신의 악신 퇴치에 의한 홍역의 예방을 시도하였다. 이러한 한국의 복합 구조는 하늘·태양·양기와 물·용·음기의 조화만을 추구하는 중국 용신제의 단일 구조와는 대조적이다.

다음으로 한·중 두 나라 단오제의 변모 과정이 다르다. 먼저 중국 단오제는 일차적으로는 하지제와 용신제가 결합하고, 이차적으로 자연신

---

56 허목(許穆)의 『척주지(陟州誌)』에 '금비녀 한 벌'이 있다고 하였다. 『한국세시풍속사전』(여름편), 157쪽 참조.

57 곰은 마늘과 쑥을 먹고 21일 동안 굴 안에서 햇빛을 보지 않고서야 인간이 되었고, 알영은 북천에서 목욕을 하니 닭의 부리 같은 입술이 떨어졌다고 한다. 성년식을 통과하면서 정신적으로 육체적으로 인간화·여성화한 것이다.

용신에서 원혼 계통 인신(굴원, 오자서, 개자추, 유경, 조아)으로 교체되었는데, 한국 단오굿은 일차적으로 고대 사회의 하지제 내지 오월제가 중국 단오제와 결합되고 이차적으로 자연신에서 인신으로 교체되었는데, 원혼형(문호장)보다 오히려 공업형(功業型; 한장군 남매, 범일국사, 김유신)이 더 많이 나타나는 게 중국과 대조적이다. 이는 중국의 남부 사람들이 춘추전국 시대의 각축전과 진시황의 통일, 그리고 초한전(楚漢戰)에서의 패배에 이은 오국(吳國)의 멸망으로 형성된 좌절감과 울분을 투사하는 대상으로 비극적 인물들을 선택한 데 연유한 것으로 해석된다.

다음으로 제의와 놀이의 관계에서 차이가 있다. 한국의 단오굿에서는 주술적 쟁투가 오락화한 집단놀이로 강릉단오굿의 횃불싸움, 영산단오굿의 말달리기, 자인단오굿의 군사놀이 등이 삽입되어 있는데, 중국의 단오제에서는 용선경도가 바로 용신맞이굿이 편싸움으로 연희화한 것이다. 그렇지만 한국은 집단놀이가 전체 굿 속의 일부이지만, 중국은 집단놀이가 확대되고 제의적 요소는 상대적으로 위축되어 있다. 단오제가 한국은 제의 중심이라면, 중국은 민속놀이 중심으로 전승되어 왔다. 이러한 차이는 한국 단오굿이 천신제와 지신제에 기원을 둔 데 반해 중국 단오제가 용신제에 기원을 둔 사실만이 아니라 한국의 단오굿이 향리 집단이 주재하는 고을굿이고, 무녀가 사제하였기 때문에 민중의 참여가 제한적이었지만, 중국의 단오제는 일찍이 민간이 주도하는 민중적인 지역 축제로 전환한 사실에도 기인한다고 볼 수 있겠다.

현대 사회에서 단오절도 다른 세시 풍속과 마찬가지로 전승의 위기를 맞고 있다. 이러한 위기는 산업화·도시화로 농촌과 농업의 비중이 약화되면서 세시 풍속의 사회경제적 토대가 와해되고, 과학주의나 사회주의가 세시 풍속의 신앙적·심리적 기반을 파괴하기 때문이다. 그러나 중앙집중화에 대한 반발과 지역축제의 관광 상품화 추세로 새로운 국면을 맞은 것도 사실이다. 한국 단오절은 벽사 진경의 풍속은 거의 소멸되었지만, 창포탕(菖蒲湯)의 경우에는 비누나 샴푸와 같은 일용품 세제(洗劑)로 변신하여 세시 풍속에 담긴 지혜는 계승되고 있다. 단오굿의 경우에는 강릉단오굿과 자인단오굿은 향리 집단의 붕괴에도 불구하고 지역축제로서 아직도 전승력을 유지하고 있으면서 무형문화재로 지정되어 국가 차원에서도 전통 문화유산으로 보호받고 있다. 특히 강릉단오굿은 세계 문화유산으로까지 등재되어 지역과 민족을 뛰어넘어서 국제적인 관심의 대상이 되었다. 그러나 그에 따른 대가와 후유증도 심각하다. 우주적·자연적 질서와 조화를 이루며, 지역민의 신앙적·오락적 욕구를 충족시키고 사회 통합에 기여하던 단오제가 인위적으로 재조직되고 볼거리와 돈벌이의 수단으로 전락한 것이다. 이러한 문제는 한국·중국이 다르지 않다. 다만 시각과 인식의 정도 차이는 감지된다.

현대의 단오는 대중매체 광고와 유명인의 무분별한 선전, 관광객의 범람 등 고대 조상신을 숭배하고 천지에 예(禮)를 올리는 의미와 상당한 차이를 보이며, 매년 쓰레기·소음·인력과 물자의 낭비를 초래하고 있다.[58]

관광 산업과 단오의 경제적 융합, 단일성에서 다원화로의 전환, 시장 원칙에 따른 지역 경제의 활성화 초래, 용주 경도를 통한 대외 교류의 확대, 문화적 측면에서는 시대적 다원화에 따라 문화오락, 유희·곡예·음식·상업·학술 등 다양한 양상으로 종합 발전했다.[59]

대만의 학자는 단오절의 현대화를 비판한 뒤 단오절의 자연 친화 사

---

58 임미용, 앞의 글, 40쪽.
59 맹상영, 앞의 글, 74쪽.

상을 계승하고 단오절의 약초를 서양 화학약품과 대체할 천연약품으로 개발할 것을 권한 데 비해서 중국의 학자는 형주의 '형주국제용주절(荊州國際龍舟節)'과 강릉의 용주경도놀이가 추진하는 현대화를 긍정적으로 평가하고 있다. 한국의 강릉단오제나 자인단오굿도 지역 축제에서 세계 축제로 발전한 안동국제탈춤페스티벌을 성공 모형으로 삼아 중국과 마찬가지로 현대화·세계화를 추진하고 있다.

축제의 세계화·관광화·오락화·이벤트화·탈맥락화는 세계적인 현상이다. 단오절을 비롯한 많은 세시 풍속들이 이러한 변화의 추세에 따라 소멸 위기에서 회생되고 있다. 그러나 한·중 단오제의 비교에서 구명되었듯이 단오제의 본질을 보존하고, 지역문화적·민족문화적 정체성을 살리는 방안을 모색하고, 현대 문명과 과학의 한계를 극복할 대안 사상·대안 문화와 대체 의학·대체 음식 등을 개발하는 지혜를 발휘할 필요가 있다. 이것은 세시 풍속의 연구가 과거 과학에서 현재 과학으로 거듭나야 하는 이유이고, 비교 연구로 시야를 넓히고 문제의식을 심화시켜 도달한 결론이기도 하다.

제2장 한·중 단오제와 용신제

중국의 『형초세시기』나 한국의 『동국세시기』에는 단옷날의 풍속으로 다양한 종류가 기록되어 있는데, 악귀와 재난을 예방하고, 강우(降雨)와 풍요다산을 기원함에 있어서 쑥, 익모초, 창포, 복숭아나무, 오색실, 부채 등과 같은 물질의 주력(呪力)을 이용하는 풍속과 씨름, 그네뛰기, 석전(石戰) 등과 같은 주술적 싸움놀이의 풍속, 그리고 천신, 산신, 용신, 서낭신 등과 같은 신령을 대상으로 제사를 지내고 굿을 하는 풍속 등이 있다. 절일(節日)로서의 단오절은 세 종류의 풍속을 모두 아우르는 개념이고, 축제로서의 단오제는 기본적으로 세 번째 개념으로 한정해야 한다. 물론 현대에 재구성된 광의의 단오 축제에서는 단오절 풍속을 총체적으로 재현하고 있지만, 협의의 단오제를 제의적이고 주술·종교적인 행사로 국한한다.

2012년에 법성포단오제가 중요 무형 문화재로 지정됨에 따라 한국 단오제의 범주에 남녀 신격 구조로 된 강릉·영산·자인단오제만이 아니라 배 위에서 용신굿만 하는 법성포단오제와 탈춤을 추고 씨름과 그네뛰기를 하는 봉산단오제도 포함시켜 논의해야 할 상황이 되었다. 앞 장에서 한국 단오제는 남녀신이 결합하는 음양 구조로 되어 있는 데 비해서 중국의 단오제는 용신(음기)을 맞이하여 태양의 양기를 완화시키는 음양 구조인 점에서 극명한 차이점을 보인다고 지적하였는데, 여기서는 법성포단오제의 용신굿이 중국 단오제의 용선 경도와 용신 신앙 의례라는 점에서 친연성을 보이는 사실을 주목하여 동북아시아 단오제 문화권을 설정하여 법성포 단오제의 위상과 정체성을 정립한다.

1. 중국 용신 기우제의 유형과 단오제의 용선 경도

고대 중국인이 농경문화 생활을 하면서 비를 기원하면서 숭배하고 제사지낸 신으로 천신, 용신, 우사, 풍신, 운신, 뇌신(雷神), 홍신(虹神), 섬광신(閃光神), 관운장, 마고 등이 있지만, 단오제의 기우제는 용신과 직접 관련이 있다. 따라서 용신과 관련된 단오 기우제의 유형을 우선적으로 살펴볼 필요가 있다. 은상(殷商) 시대의 기우제, 곧 우제(雩祭)로는 무당이나 왕(尫)―수척(瘦瘠)해지는 병에 걸린 사람―을 얼굴이 하늘을 향하도록 나무 위에 눕히고 불태워 죽이는 희생제의―문명의 발달로 동주(東周) 시대에 폭쇄(曝晒) 방식으로 변화하였다―가 있었지만, 용신과 관련해서는 토룡(土龍)을 제작하여 지낸 기우제가 있었다.[60] 토룡 기우제는 한나라에서도 계승되었는데, 음양오행 사상의 영향을 받아 오방색 토룡을 제작하여 사단(社壇)[61]에서 거행하였으며, 이것을 서한(西漢)의 동중서(董仲舒)가 『춘추번로(春秋繁露)』에 비교적 상세하게 기록하였다.

---

60 유지웅·양정영, 앞의 책, 245~247쪽 참조.

61 사(社)는 고대 중국의 토지신으로 곡물신인 직(稷)이 분리되어 사직(社稷)으로 병기된 것은 주나라 이후로 보이는데, 제단의 형태는 흙을 쌓은 것, 돌로 된 것, 총림(叢林) 등 세 가지이며, 대지를 상징하는 데 그치지 않고 하늘과 땅을 결합하는 기능이 있다. 토지신은 남신이어서 대지모신과 변별되고, 산 사람을 제물[生贄]로 바친 것이 특징이다. 溝口雄三·丸山松幸·池田知久 편저; 김석근·김용천·박규태 번역, 『중국사상문화사전』, 민족문화문고, 2003, 391~394쪽 참조.

봄철 가뭄에 기우할 때 고을에 물의 날에 사직(社稷)과 산천에 기도하도록 시키고, 가정에서도 제사를 지낸다. 유명한 나무를 베지 말고, 수풀도 훼손하지 말고, 폭쇄(曝曬)하는 무당은 뱀을 8일 동안 모은다. 고을 동문 밖에 길이가 8척이 되는 사방이 트인 제단을 만드는데, 푸른 비단 8폭을 달아매고, 그 신(神)도 정교하게 표현된다. 산 물고기 8마리, 검은 술, 맑은 술과 말린 고기로 제물을 마련하는데, 깨끗하고 말재주가 좋은 무당이 축관(祝官)이 된다. 축관이 3일 동안 재계하는데, 푸른 옷을 입고, 먼저 재배하고 늘어서고, 다 늘어서면 다시 재배하고 일어난다. 축문은 "크신 하늘이 오곡을 생육하여 사람을 양육하는데, 지금 오곡이 병들고 시들어가므로 결실을 맺지 못할까 두렵습니다. 그래서 맑은 술과 말린 고기를 바치며 재배하고 비를 청하는 바, 다행히 비가 억수로 내리면 희생을 바치겠나이다."

갑을(甲乙)의 날에 큰 청룡(靑龍) 한 마리를 만드는데, 길이가 여덟 길[丈]이고, 중앙에 배치한다. 작은 용 7마리는 각각 길이가 네 길이고, 동방에 모두 동향으로 배치하는데, 간격은 8척으로 한다. 어린 아이 8명이 모두 3일 동안 재계(齋戒)하는데, 푸른 옷을 입고 춤을 춘다. 농색부(農嗇夫)도 역시 3일 동안 재계하는데, 푸른 옷을 입고 선다. 사단(社壇)을 뚫어서 마을 밖의 못으로 통하게 하여 두꺼비 다섯 마리를 잡아 사단의 중앙에 뒤집어 놓는다. 못의 사방은 8척이고, 깊이는 1척이고, 물을 채워서 두꺼비를 넣는다. 맑은 술과 말린 고기를 갖추어 축관이 3일 동안 재계하는데, 푸른 옷을 입고, 무릎을 꿇고 처음처럼 축문을 읽는다. 세 살짜리 수탉과 세 살짜리 수돼지를 신당(神堂)에서 불태운다. 마을의 남문 밖에 못을 파고 물을 채우게 하고, 마을의 북문은 연 채 늙은 수돼지 한 마리를 마을에 둔다. 북문 밖 저자에도 역시 수돼지를 놓고, 북소리를 들으면 모두 수돼지의 꼬리를 불태운다. 사람 뼈를 수습하여 땅에 묻고, 산의 못에 땔나무를 쌓고 불을 피우며, 길이나 다리가 옹색해서 통행이 불편한 곳은 개통시킨다. 다행히 비가 오면, 새끼돼지 한 마리와 술,

소금, 기장 등으로 보답하는데, 띠방석을 만든다.

여름에 비 내리기를 빌 때 …(중략)… 병정(丙丁)의 날에 길이가 일곱 길이 되는 큰 적룡(赤龍) 한 마리를 중앙에 놓는다. …(중략)… 계하(季夏)에는 산과 구릉에 기도하여 돕는다 …(중략)… 무기(戊己)의 날에 길이가 다섯 길이 되는 큰 황룡(黃龍) 한 마리를 중앙에 놓는다. …(중략)… 경신(庚辛)의 날에 길이가 아홉 길이 되는 큰 백룡(白龍) 한 마리를 중앙에 놓는다. …(중략)… 겨울에는 용춤을 6일 동안 추는데, 개천에 기도하여 돕는다. …(중략)… 임계(壬癸)의 날에 길이가 여섯 길이 되는 큰 흑룡(黑龍) 한 마리를 중앙에 놓는다. …(중략)… 사계절에 모두 물의 날에 용을 위하는데, 반드시 깨끗한 흙으로 제조하였다. 사시사철에 모두 경자(庚子)의 날에 관리와 백성 부부가 모두 짝짓기를 하도록 시킨다. 무릇 비가 내리기를 빌 때 대체로 남자는 숨고, 여자는 좋아한다.[62]

토룡을 제작하고, 축문을 읽고, 용춤을 추는 것이 토룡 기우제의 핵심적인 내용이었고, 수탉과 수퇘지를 제물로 바치는 희생제의와 원혼을 해원시키는 장례식 및 연기를 피워 구름을 만드는 유감주술 행위도 곁들였다. 동한(東漢) 이후에는 불교의 전래와 도교의 성립으로 두 종교가 기우 활동에 적극적으로 개입하였지만, 조정에서는 전통적인 기우 방식을 채용하였다.[63] 그렇지만 무당과 말라깽이를 햇볕에 말리는 기우 방식은 기본적으로 단절되고, 다만 토룡 기우만 지속되었다. 당나라 때는 토룡 기우가 화룡(畵龍) 기우로 변형되었고, 석척(蜥蜴) 기우법이 유행하기

---

62 유지웅(劉志雄)・양정영(楊靜榮), 앞의 책, 248~249쪽 번역.

63 서주 시대부터 우제는 4월에 정기적으로 거행하는 상우(常雩)와 큰 가뭄이 있을 때만 특별히 하는 대우(大雩)로 제일이 정립되었는데, 춘추 시대 이후로 상우에 대한 기록은 일일이 하지 않고 대우만 기록하였다.

도 하였다. 송나라 때는 민간에서 하택(河澤)과 운우를 관장하는 신으로 용왕을 상상해내고 조정의 인가를 받음으로써 조정에서 용왕묘(龍王廟)에 관리를 파견하여 기우제를 지내게 하였다. 이와 동시에 지방관들은 토룡과 화룡으로 기우제를 지냈다. 그러나 송나라 때의 토룡 기우제에는 무당이 참여하지 않고 무술(巫術) 음악도 연주되지 않았으며, 장중하고 엄숙한 분위기가 강조되었다. 화룡 기우제도 용의 도상(圖像)이 엄격하게 규제되고, 부적(符籍)으로 변형되고 예술성이 강조되지 않았다. 청나라 때는 제사 형식 기우제와 무술 형식 기우제가 분리되어, 지방관은 제사 형식을 채택하고, 민간 사회에서는 무술 방식 기우제가 유행하였다.[64]

다음으로 토룡이나 화룡과 같은 용의 신상(神像)을 제작하여 제사지내는 기우제와 달리 유감주술의 원리에 의하여 사람이 용의 출현을 모방하는 기우제가 있었으니, 『논어』의 「선진(先進)」편에서 공자와 제자들의 대화 속에서 용을 맞이하는 의식이 언급되어 있다.

『논어』의 「선진(先進)」편에서 증자가 공자에게 한 말 "暮春者(모춘자), 春服旣成(춘복기성), 冠者五六人(관자오륙인), 童者六七人(동자육칠인), 浴乎沂(욕호기), 風乎舞雩(풍호무우), 泳(詠)而歸(饋)(영(영)이귀(궤))."를 동한의 왕충(王充)이 해석하길, '모(暮)'는 '만(晩)'이고, '춘(春)'은 4월을 이른다. '춘복기성(春服旣成)'은 4월의 옷이 완성된 것이다. '관자(冠者)', '무자(舞子)'는 우제(雩祭)의 악인(樂人)이다. '욕호기(浴乎沂)'는 기수를 건너서 용이 물속에서 나오는 것을 형상화하는 것이다. '풍호무우(風乎舞雩)'는 '풍(風)'은 노래를 부르는 것이다. '영이궤(咏而饋)'—『논어』에서는 '궤(饋)'가 '귀(歸)'로 되어 있다—는

---

64 「중화 기우문화」, 『중화문화와 물』, 5~6쪽 참조.

'영가궤제(咏歌饋祭)'로 노래를 부르며 제사를 지내는 것이다.[65]

공자가 살았던 춘추 시대의 기수에서의 욕기(浴沂)는 '사월 늦은 봄에 봄옷을 지어입고 관을 쓴 5~6명과 동자 6~7명이 악무대(樂舞隊)를 구성하여 기수(沂水)를 건너 용(龍)이 물속에서 나오는 형상을 본뜨고, 비를 비는 춤을 추고 노래를 부르고 제사를 지낸' 축제였다. 이는 사람들이 강을 건넘으로써 용이 물에서 육지로 올라오는 것을 시늉하여 실제로 용이 출현하는 효험을 기대하는 유감주술 행위인데, 용선을 만들어 용을 맞이하는 놀이로 변형된 것이 강서성(江西省) 일대에서 용선을 만들어 높은 곳에 오르고 시가지를 돌아다니는 '귀선(鬼船)맞이'와 같은 형태의 용선놀이일 것이다.[66]

기우제의 세 번째 유형이 주술적 쟁투나 경기(競技) 형태의 용선 경도(龍船競渡)이다.[67] 용선 경도의 발생 시기는 불분명하다. 다만 종름(宗懍; 498/502~561/565)의 『형초세시기(荊楚歲時記)』에 단오절 풍속으로 용선 경도가 기록되어 있는 것으로 보아 6세기 중엽에는 용선 경도가 중국 남부에서 이미 형성되어 전승되었음을 확인할 수 있을 뿐이다.

---

65 유지웅(劉志雄)·양정영(楊靜榮), 앞의 책, 247쪽.

66 강서성 일대는 수심이 얕아서 용선경도를 할 수 없어서 육지에서 용선놀이를 하는 것이지만, 용선경도로 발전하기 이전 단계의 용선놀이의 형태를 보인다고 말할 수 있다.

67 용선경도는 당나라 장건봉(張建封)의 「경도가(競渡歌)」에 의하면, 두 마리 용이 경쟁하는 싸움굿이었다. "五月五日天晴明, 楊花繞江啼曉鶯. 使君未出群齋外, 江上早聞其和聲. ……鼓聲三下紅旗開, 兩龍躍出浮水來, 棹影干波飛萬劍, 鼓聲劈浪鳴千雷, 鼓聲漸急標將近, 兩龍望相目如瞬." 정전인(鄭傳寅)·장건(張健) 주편, 앞의 책, 238쪽에서 재인용. 한국의 경우 영산 문호장굿에서는 번화가에서 문호장 딸의 신당(두룽각시왕신당)까지 호장과 수노(首奴)와 무녀가 열네바퀴돌이라는 경마를 벌이고, 완도의 장좌리 당제에서는 섬에 있는 송대장군의 신당에서 제사를 지내고 귀환할 때 4~5척의 배가 농악경연을 곁들여 경주(競舟)를 하였다.

5월 5일에 경도(競渡)하는데, 굴원이 멱라수에 투신하여 그의 시신이 손상되므로 배를 타고 노를 저어 건지려고 하는 것이라고 말한다. 큰 배가 가볍고 민첩하여 나는 물새라고 불리며, 수차(水車)라고도 하고, 수마(水馬)라고도 한다. 주군(州郡)의 장관(將官)에서 본토박이에 이르기까지 모두 물가에서 구경한다. 대개 월나라 사람들은 배를 수레라 하고, 노를 말이라 일컫는다. 한 단순이 〈조아비(曹娥碑)〉에서 말하길 5월 5일 오자서(伍子胥)를 맞이하는데, 파도에 거슬러 오르려다가 빠져죽었다. 이것 또한 동오(東吳)의 풍속으로 오자서와 관련된 일이며, 굴원과는 관련이 없다. 〈월지전(越地傳)〉에서는 월왕 구천에서 비롯되었다고 하나 상세하지 않다.[68]

여기서 주목되는 것은 용선 경도의 기원에 대해서 굴원 고사만이 아니라 오자서와 구천의 고사에서도 유래를 찾았다는 사실이다. 이뿐만 아니라 용선 경도의 기원 설화로 조아의 고사와 악룡 퇴치 설화도 있다.

(가) 『회계전록(會稽典錄)』에 의하면, 회계(會稽)의 상우(上虞) 사람 조아의 아버지가 가악(歌樂)에 능하여 무당이 되었는데, 한나라 안제(安帝) 2년 5월 5일에 현(縣)의 강 기수(沂水)에 파도가 심하므로 파신(波神)을 맞이하다가 익사하였으나 그 시신을 찾지 못하여 14살이던 조아가 강에 나가 아버지를 부르며 밤낮을 가리지 않고 7일 동안 울다가 마침내 강물에 몸을 던져 죽었다고 한다. 그래서 절강성 일대에서 5월 5일에 조아(曹娥)를 기념한다.[69]

(나) 외아들이 강에서 물고기를 잡는데, 용이 납치해서 동굴로 들어가 죽

---

68 종름; 상기숙 번역, 『형초세시기(荊楚歲時記)』, 집문당, 1996, 115쪽의 원문을 필자 번역.

69 『중국풍속사전』, 상해사서출판사, 1991, 98~99쪽 참조.

이므로 그의 아버지가 동굴 속으로 내려가 불을 질러서 용의 처소를 불태웠다. 뒤에 강을 따라 연기와 안개가 자욱하고 동시에 아홉 낮 아홉 밤을 큰비가 쏟아져서 사람들이 근심에 빠졌다. 이때 어린아이가 천으로 감싼 곤봉을 두드리면서 강에서 왔다 갔다 하면서 입으로 "둥둥타! 둥둥타!" 외쳤다. 잠시 뒤에 구름과 안개가 없어지고 죽은 용이 물 위로 떠올랐다. 뒤에 죽은 용이 사람의 꿈에 나타나 현몽하길, 용의 몸처럼 용선을 만들어 강 위에서 노닐면, 오곡이 풍성해질 것이라고 말하였다. 그래서 용선절(龍船節)을 지낸다. 용선 위에서 남자이면서 여자로 분장하고서 징을 치는 아이는 천으로 감싼 곤봉을 두드리던 아이를 상징한다.[70]

이밖에도 운남성 대리(大理)의 석족(石族)은 재색을 겸비한 백길부인(白洁夫人)의 전설이, 시산반나(西双版納)의 태족(傣族)은 현명한 새 영수(領袖) 신소맹(新召勐)의 전설이 전한다. 이러한 고사나 전설들은 용선 경도가 역사나 전설 속에서 비극적인 인물이나 영웅적 업적을 세운 인물을 지역 수호신으로 신격화하여 제사를 지내거나 추모 행사를 벌이면서 용선 경도를 연행한 사실을 의미하는데, 이는 풍우를 관장하는 동물인 용을 맞이하여 비를 기원하던 자연신 계통의 용신 숭배에서 원혼형(冤魂型)이나 공업형(功業型)의 인신 계통의 수신 숭배로 교체된 사실을 의미한다.[71] 그리고 이러한 용선 경도가 마침내 당나라 때 황궁으로 유입되어 황제의 구경거리가 되면서부터 용신의 보우(保佑), 구사소재

---

70 『중국민간절일문화사전』, 중국노동출판사, 1992, 215쪽.
71 제1·2단계의 용선경도에는 길상을 기원하고 재난을 막으려는 무술(巫術), 용의 토템신앙, 영웅조상숭배, 농경문화 의식, 생식숭배 의식 등의 종교심리가 반영된 것으로 보기도 한다. 황엽춘(黃葉邨), 「역사불회망기(歷史不會忘記): 시동(施洞)·용주(龍舟)·룡(龍)」(이서기(李瑞岐)·양배춘(楊培春) 등 공편, 앞의 책), 272쪽 참조.

(驅邪消災), 기우(祈雨)의 기능을 지닌 주술종교적인 의식에서 선유(船遊)나 조정(漕艇) 대회와 같은 관상용 오락 행사로 전환되었다.[72]

단오절의 세시 풍속으로 연행되는 용선 경도의 구체적인 제의 형태는 귀주성 동남부—태강(台江)과 시병(施秉) 사이로 흐르는 청수강(清水江) 일대—와 호남성 서부 지역에 거주하는 묘족의 용선절(龍船節)에 대한 조사 보고를 통해서 파악할 수 있다. 용선 경도는 고대에 악룡을 죽인 늙은 영웅의 업적을 기념하기 위해서 5월 초5일, 아니면 5월 16일이나 24~27일 전후에 3일 동안 거행한다.

이날 사람들이 사방팔방으로부터 등에 노생(蘆笙)을 짊어지고 말을 타고 새장을 들고 집회 장소로 온다. 용선은 세 개의 삼(杉)나무를 구유처럼 홈을 파서 앞에는 용머리를, 뒤에는 봉황새꼬리를 설치하는데, 중간의 배는 모선(母船)이고 양쪽의 배는 자선(子船)이다. 용머리는 버드나무로 조각하고, 위쪽에는 약 1m 길이의 뿔을 한 쌍 장식하는데, 용머리 색깔은 청룡, 적룡, 황룡 등으로 제각기 다르게 칠한다. 뱃머리에는 '풍조우순(風調雨順)', '오곡풍등(五穀豐登)'이라 쓴 깃발을 꽂는다. 배마다 20~30명씩 강건한 젊은이들이 타는데, 그들은 자색(紫色)과 청색의 옷섶이 달린 단의(短衣)를 입고, 머리에는 정교하게 수를 놓고 봉황새꼬리를 세 개 꽂은 말총갓을 쓰고, 허리에는 수를 놓은 화대(花帶)를 띠고, 손에 5척 길이의 나무상앗대를 들고, 용선의 양측에 앉는다. 소년 하나와 덕망이 있는 고수(鼓手)가 절도 있게 북을 치고, 용선의 전진을 지휘한다. 양쪽 언덕에는 여러 부족 사람들이 인산인해를 이루고 시합이 진행될 때에는 요란하게 환호와 갈채를 보낸다. 그리고 시합이 끝나면

---

72 유병과(劉秉果), 「용문화와 용주경도」(이서기(李瑞岐)·양배춘(楊培春) 등 공편, 앞의 책), 16~17쪽 참조.

남녀 젊은이들이 노생, 새납, 대나무피리의 반주에 맞추어 노래 부르며 춤춘다.[73]

이 용선경도에 대해서는 다른 조사 보고에 의해서 용선의 길이는 7척, 너비는 3척이며, 용머리는 7척 길이의 버드나무에 조각하고, 용선을 물에 띄우기 전에 흰 수탉을 잡아서 제사를 지내면서 신령이 용선을 안전하게 보우해주길 기원하며, 용선을 놀이하는 지점으로 끌고 가기 전에 물 위에서 세 바퀴 돌고, 징을 치는 남자아이는 여장을 한다는 사실도 추가로 확인된다.[74]

중국 한족(漢族)의 용선제로는 호북성(湖北省)의 강릉(江陵)과 사시(沙市)에서 5월 5일에 거행하는 용주경도놀이가 대표적이다. 그 진행 과정을 비교적 소상하게 기록한 자료를 정리해본다.

① 용주를 제작하거나 기왕의 배를 개조한다. 그리고 8~10미터 길이의 노와 악기(징·북)를 준비한다. ② 4월부터 연습에 들어간다.[습경(習競)] ③ 4월 말부터 5월 초까지 용주를 타고 돌면서 친구 및 친척과의 유대감을 강화한다.[유선(遊船)] ④ 5일이 되면 진수전례(進水典禮)를 거행하는데, ㉠ 먼저 족장이나 지역 대표가 용머리 앞에 향을 피우고 지전을 태운 뒤 붉은 천을 용머리에 걸친다.[상홍(上紅)] ㉡ 족장이나 지역 대표가 제문을 낭독하고 용머리에 용안(龍眼)을 상징하는 등불을 밝히면, 모든 참가자들이 큰절을 세 번 하고 풍악을 올리고 폭죽을 터뜨린 뒤에 용머리를 들고 물속으로 들어간다.[용두제(龍頭祭) 또는 청룡(請龍)] ⑤ 경도(競渡)의 거리는 약 500~1000미터 거리

---

73 『중국풍속사전』, 23쪽.
74 『중국민간절일문화사전』, 215쪽 참조.

다. ⑥ 우승하고 돌아오면 풍악을 울리고 노래하며, 또 환호성을 지르고 폭죽을 터뜨려 환영한다. 용주는 강을 한 바퀴 돌고 용머리에 붉은 천을 걸쳐서 사당에 보관한다.[75]

용선은 용의 신체(神體)에 해당하므로 용선 제조는 용신의 신상(神像)을 제조하는 것이다. 용신의 종류는 홍룡, 청룡, 백룡, 황룡, 자금룡(紫金龍)―일명 앙천룡(昂天龍), 자색―, 조룡(皁龍)―일명 투계룡(偸鷄龍), 청색―등이 있는데, 자연부락이나 씨족을 대표한다. 용머리는 용의 목까지 포함하는데, 버드나무로 만들고, 용의 꼬리도 마찬가지이다. 오공기(蜈蚣旗)를 배의 중심 부분에 세우는데, 깃발은 용의 색과 동일한 색의 천으로 지네의 모습과 비슷하게 만들고, "○○街(가) ○○龍(용)"이라고 쓴다. 상앗대에는 용의 비늘을 그리고, 용신은 배의 양 옆에 물결무늬나 용의 비늘 도안을 그린다. 이러한 용선을 제작하여 운항 연습을 하고 단옷날이 되면 용선에 용신을 접신시켜 용선 경도를 한 다음 용머리를 사당에 보관함으로써 '용신 맞이―용신의 싸움굿―용신의 전송'으로 진행되는 용신굿을 마치는 것이다.

이상에서 살펴본 바와 같이 중국의 용신 기우제는 토룡이나 화룡에게 제사를 지내고 용춤을 추는 형태, 사람이 직접 물에서 나옴으로써 용의 출현을 모방하는 형태, 용선을 타고서 경주를 하는 형태 등 세 가지 유형으로 분류되고, 이 가운데 용선 경도가 단오제의 용신 기우제이다.

---

75 맹상영(孟祥榮), 「중국 강릉지역 단오의 용주경도 고찰」(장정룡 외, 『아시아의 단오민속―한국·중국·일본』, 국학자료원, 2002), 72~74쪽 참조.

2. 한국 단오제의 유형과 용신굿의 전통

한국의 단오제는 문헌 자료와 전승 자료를 통틀어 다음과 같은 것들
이 파악된다.

(가) 경상도 군위현(軍威縣)의 속현인 효령현의 서악(西岳)에 있는 김유신
사(金庾信祠)는 속칭 삼장군당이라고도 하는데, 매년 단오에 그 고을의 우두
머리 아전이 고을사람들을 데리고 말에 깃발을 세우고 북을 매달아 신을 맞
이하여 동리를 누빈다.[76]

(나) 강원도 삼척부에서 오금잠(烏金簪)을 작은 상자에 담아 관아(官衙) 동
쪽 모퉁이의 나무 밑에 감추어 두었다가 매년 단오에 아전이 꺼내어 제물을
갖추어 제사한 다음 이튿날 도로 감추는데, 전하는 말에 의하면 그 오금비녀
는 고려 태조 때 것이라 한다.[77]

(다) 함경도 안변부(安邊府)의 동쪽에 있는 진산 학성산(鶴城山)에 있는 성
황사의 신은 선위(宣威)대왕이고, 상음현(霜陰縣)의 상음신사(霜陰神祠)의 신
은 선위대왕의 부인인데, 고을사람들이 매년 단오에 선위대왕과 함께 제사를
지낸다.[78]

(라) 경상남도 영산의 단오굿(서낭굿, 문호장굿)은 다음과 같은 절차로 진
행되었다. ① 음력 5월 1일에 호장·수노(首奴)·무녀가 영취산의 서낭당에서
서낭대에 강신시킨다.(신맞이) ② 서낭신(문호장신)의 유적지, 딸의 신당, 현
청을 순방하고, 신청에 좌정시킨다.(신맞이행렬) ③ 3일에 서낭신이 신마를

76 『국역신증동국여지승람』(Ⅲ), 민족문화문고간행회, 1985, 527쪽.
77 『국역신증동국여지승람』(Ⅴ), 민족문화문고간행회, 1985, 516쪽.
78 『국역신증동국여지승람』(Ⅵ), 민족문화문고간행회, 1985, 201쪽.

타고 애첩의 신당을 방문한(화해굿) 다음에 부인의 신당을 방문한다.(화해굿) ④ 무녀들이 첩 편과 본처 편으로 갈라져 싸운다.(싸움굿) ⑤ 원님과 육방 관속의 집을 순방하며 축원한다.(신유) ⑥ 5일에 번화가(지세골)에서 두울각시 삼신당까지 문호장의 신마(神馬)를 앞세우고 호장, 수노, 무녀 셋이서 말을 타고 왕복하는 '열네바퀴돌이'를 한다.(싸움굿) ⑦ 6일에 서낭신을 영취산의 서낭당으로 배송한다.(송신)

(마) 강원도 강릉의 단오굿(서낭굿)은 다음과 같은 절차로 진행된다. ① 음력 4월 15일에 대관령의 국사성황사에 가서 국사성황신이 빙의(憑依)된 단풍나무를 잘라 내려온다.(신내림과 신맞이행렬) ② 예전에는 고을사람들이 군수와 좌수의 편으로 갈라져 횃불싸움을 벌이었다.(싸움굿) ③ 성황신을 여국사성황신사에 화해·동침시킨다.(화해굿) ④ 예전에는 남녀성황신을 대성황사에 좌정시키고 그 앞마당에서 무굿과 탈놀이를 하였으나, 현재는 남대천 강변의 굿당에 좌정시킨 뒤 한다.(신유) ⑤ 예전에는 괫대[花蓋]를 앞세우고 약국성황, 대창성황, 시장, 관아를 순방하고, 화개무(花蓋舞)를 추고 탈놀이를 했다.(신유) ⑥ 대성황사의 뒤뜰(현재는 남대천변의 굿당)에서 신대와 화개를 불태웠다.(송신)

(바) 경상북도 자인의 단오굿은 한장군(韓將軍) 남매신을 대상으로 하는데, 원래는 호장이 도원수로 분장하고, 가장 행렬이 현사(縣舍)가 있던 자리에 집결하여 진장터(개장지숲 뒤편)까지 가서 여원무를 연행하고, 한당(韓堂)으로 가서 제사를 올리고, 다시 고을 원한테 가서 여원무를 보이고 해산했다고 한다. 또는 단오날 낮에 제1한묘(누이의 신당)에 제사를 지내고, 현사 자리에서 참왜석(斬倭石)이 있는 곳으로 가서 여원무를 추고, 팔광대놀이는 저녁에 서부의 장터에서 놀았다고도 한다.

(사) 황해도 봉산에서는 단오날 낮에는 남자는 씨름을, 여자는 그네뛰기를 하였다. 저녁에 탈놀이를 하였는데, 먼저 악공을 선두로 사자, 말뚝이, 취발

이, 포도부장, 소무, 양반, 영감, 상좌, 노장, 남강노인의 순서로 행렬을 지어 읍내를 일주하는 길놀이를 하고, 이어서 앞산 밑 강변의 경수대(競秀臺)―석벽 밑에 무릎 높이로 쌓은 돌축대―위에서 사방에 횃불을 밝히고 탈춤을 추었다. 탈춤 공연을 마치면, 탈을 불태우는 소제를 행하였는데, 부정을 타지 않게 하는 뜻과 함께 마을의 풍년과 무사태평을 빌기 위하여 제물로 바쳐지는 뜻도 있었다.[79]

(아) 전라남도 법성포에서는 단옷날 선상(船上)에서 용왕제를 거행하는데, 먼저 유교식으로 제사를 지낸 다음 무당이 '안당―초가망석―용신굿―용왕고풀이―선영굿―제숙―띠배띄우기―대동굿'의 순서로 굿을 하였다. 그리고 부대 행사로 난장트기, 국악경연대회, 선유놀이 등이 거행되었다.[80]

효령과 안변과 삼척의 단오제는 『동국여지승람』이나 『동국세시기』와 같은 문헌에 기록되어 있고, 강릉과 자인과 법성포의 단오제는 현재도 전승되고 있으며, 영산과 봉산의 단오제는 조사 보고서를 통해서만 확인된다. 법성포만 민간인이 주재하고, 나머지는 모두 향리층이 주재한 고을굿이었다. 효령과 안변과 삼척은 기록상으로는 무당의 참여가 불확실하지만, 강릉과 자인과 영산과 법성포와 마찬가지로 무당이 굿을 하였을 것으로 추정되고, 봉산만 무당굿이 없었다. 탈놀이는 강릉과 자인과 봉산에만 성립되었다.

따라서 주재 집단과 제신(祭神) 및 제의 방식을 기준으로 유형을 분류하면, 서낭굿형(효령, 안변, 삼척, 강릉, 영산, 자인), 탈놀이형(봉산, 강

---

79 이두현, 『한국의 가면극』, 일지사, 1979, 183~188쪽 참조. 강령탈춤, 은율탈춤 등 다른 황해도 탈춤이 모두 주로 단오의 세시풍속으로 연행되었다. 물론 4월 초파일이나 7월 백중에도 놀았다.

80 문화재청, 『법성포단오제 신규지정조사』, 2011.

령, 은율), 용왕제형(법성포)으로 3분되고, 서낭굿형은 다시 남녀신의 양성형(안변, 영산, 강릉, 자인)과 남신이나 여신만 있는 단성형(효령, 삼척)으로 양분된다. 서낭굿형은 지역 공동체나 국가 공동체의 굿이 '맞이굿(내림굿)−신유−싸움굿−화해굿−전송굿'을 구조적 원형으로 하고 제신만 교체시키면서 '천신굿−시조신굿−산신굿−서낭신굿'의 순서로 전개되어 온 사실을 감안하면, 서낭굿형 단오제는 용을 대상으로 한 기우제의 성격을 띠는 중국 단오제과 본질적인 차별성을 지닌다. 특히 중국의 단오제는 하지 축제에 기원을 두면서 양기가 최고로 극성할 때 음기를 보강하여 조화를 추구한 데 비해서 한국의 제천 의식이나 서낭굿은 대체로 남녀(부부, 남매)의 구조로 음양의 조화를 꾀한 점에서 대조적이다.[81]

그러나 법성포의 단오제는 용왕제가 핵심을 이루어서 중국의 용선 경도와 친연성 내지 유사성을 보인다. 그렇지만 용선 경도는 민간인들이 용의 속도 경쟁을 통해서 음기를 경쟁적으로 강화하려 하는 데 비해서 용왕제는 무당이 용신에게 해상 안전과 풍어를 기원하고(용왕굿), 익사자의 한을 풀어주고(용왕 고풀이), 재난과 악귀를 바다로 띄워 보내는(띠배띄우기) 점에서 차이를 보인다. 한편 봉산단오제는 탈의 주력(呪力)을 이용해서 지역의 풍년과 무사태평을 기원하는데, 단오제의 연극답게 음기를 경쟁하는 연극−영감을 차지하려는 할미와 덜머리집의 싸움−만이 아니라 양기를 경쟁하는 연극−소무를 차지하려는 노장과 취발이의 싸움−을 성립시켰다.[82]

---

81 이 책의 114~116쪽 참조.

82 박진태, 「시간민속론: 세시풍속으로 본 탈놀이」, 『한국고전희곡의 확장』, 태학사, 2006, 159~162쪽 참조.

법성포의 단오제는 신라의 만파식적설화에 나타나는 용신굿에서 고형을 찾을 수 있다. 다시 말해서 만파식적설화를 통해서 신라 시대의 용신굿을 복원할 수 있고, 그 연장선상에서 법성포의 단오 용왕제를 이해할 수 있을 것 같다. 『삼국유사』에 기록되어 있는 만파식적설화는 다음과 같다.

(가) 제31대 신문대왕의 이름은 정명(政明)이며, 성은 김씨다. 개요 원년 신사(辛巳, 681) 7월 7일에 왕위에 올랐다. 부왕인 문무대왕을 위해 동해 가에 감은사(感恩寺)를 세웠다. …(중략)… 이듬해 임오(壬午, 682) 5월 초하루에 해관(海官) 파진찬 박숙청(朴夙清)이 아뢰기를, "동해 중의 작은 산 하나가 물에 떠서 감은사로 향해 오는데, 물결을 따라서 왔다 갔다 합니다."라고 하였다.

(나) 왕은 이를 이상히 여겨 일관(日官) 김춘질(金春質)에게 점을 치도록 하였다. 그가 아뢰기를, "돌아가신 부왕께서 지금 바다의 용이 되어 삼한을 수호하고 있습니다. 또 김유신공도 33천의 한 아들로서 지금 인간 세상에 내려와 대신이 되었습니다. 두 성인이 덕을 같이 하여 나라를 지킬 보배를 내어주려 하시니, 만약 폐하께서 해변으로 나가시면 값으로 계산할 수 없는 큰 보배를 반드시 얻게 될 것입니다."라고 하였다.

(다) 왕이 기뻐하여 그달 7일에 이견대로 행차하여 그 산을 바라보면서 사자를 보내 살펴보도록 했더니, 산의 형세는 거북의 머리 같고, 그 위에는 한 줄기 대나무가 있는데, 낮에는 둘이 되고 밤에는 합하여 하나가 되었다. 〈일설에는 산도 역시 밤낮으로 합치고 갈라짐이 대나무와 같았다고 한다.〉 사자가 와서 그것을 아뢰니, 왕이 감은사로 가서 유숙하였다.

(라) 이튿날 오시(午時)에 대나무가 합하여 하나가 되고, 천지가 진동하며 비바람이 몰아쳐 7일 동안이나 어두웠다. 그달 16일이 되어서야 바람이 자자지고 물결도 평온해졌다.

(마) 왕이 배를 타고 그 산에 들어가니, 용이 검은 옥대(玉帶)를 가져다 바쳤다. 왕이 영접하여 함께 앉아서 묻기를, "이 산과 대나무가 혹은 갈라지기도 하고 혹은 합해지기도 하는 것은 무엇 때문인가?"라고 하였다. 용이 대답하기를, "이것은 비유하자면, 한 손으로 치면 소리가 나지 않고, 두 손으로 치면 소리가 나는 것과 같아서, 이 대나무라는 물건은 합한 후에야 소리가 납니다. 성왕께서는 소리로써 천하를 다스릴 좋은 징조입니다. 대왕께서 이 대나무를 가지고 피리를 만들어 불면 천하가 화평할 것입니다. 이제 대왕의 아버님께서는 바다 속의 큰 용이 되셨고, 유신은 다시 천신(天神)이 되셨는데, 두 성인이 같은 마음으로, 이처럼 값으로 따질 수 없는 보배를 보내 저를 시켜 이를 바치는 것입니다."라고 하였다.

(바) 왕은 놀라고 기뻐하여 오색 비단과 금과 옥으로 보답하고 사자를 시켜 대나무를 베어서 바다에서 나오자, 산과 용은 갑자기 사라져 나타나지 않았다. …(중략)… 왕이 행차에서 돌아와 그 대나무로 피리를 만들어 월성(月城)의 천존고(天尊庫)에 간직하였다.

(사) 이 피리를 불면, 적병이 물러가고 병이 나으며, 가뭄에는 비가 오고 장마는 개며, 바람이 자자지고 물결이 평온해졌다. 이를 만파식적(萬波息笛)으로 부르고 국보로 삼았다.

만파식적설화는 대왕암에서 동해 용신이 된 문무왕과 천신이 된 김유신이 신문왕에게 하사한 대나무를 접수하여 만파식적(萬波息笛)을 만든 점에서는 신적 존재가 인간에게 신기대보(神器大寶)를 증여하는 이야기이지만,[83] 682년 5월 1일에 해관이 신문왕에게 바위섬이 접근하고 있다

83 박진태, 「만파식적설화의 서사구조와 역사적 의미」, 『한국문학의 경계 넘어서기』, 태학사, 2012, 189~196쪽 참조. 증여담은 '예조₁-해석-정찰-예조₂-증여-귀환-기능-계승'의 서사구조 유형으로 되어 있다.

는 보고를 하고, 일관의 해석에 따라 신문왕이 7일에 이견대에 행차하고, 16일에 섬에서 옥대(玉帶)와 대나무를 수령하고, 17일에 서라벌로 귀환하여, 대나무로 피리를 만들었다고 하여, 오월 단오제와 시기적으로 일치하는 점에서 대왕암에서 천신과 용신의 화해굿의 형태로 연행한 단오제의 구술 상관물일 개연성이 크다. 이 대왕암은 용신이 출현하는 성소(聖所)인 점에서 울산의 처용암과 동일한데, 이 성소가 법성포 단오제에서는 선상(船上)으로 변형된 것으로 볼 수 있다. 자연적인 섬이나 인공적인 배나 모두 육지에서 가까운 공간으로서 용신굿의 제장이고, 용신의 출현 장소가 되는 것이다.

3. 동북아시아 단오제 문화권의 설정과 법성포 단오제의 위상

중국의 은상(殷商) 시대에 천신에게 희생을 바치는 기우제를 지내기도 하였지만 용과 관련된 기우제도 지냈는데, 이 용과 관련된 기우제를 계승한 것이 단오제의 용선 경도이다. 그러나 한국의 단오제는 고대의 용신굿에 연원을 둔 용왕제보다는 오히려 고대의 제천 의식에 연원을 둔 서낭굿 형태가 많고, 탈굿 형태도 성립시킨 점에서 차이를 보인다. 중국과 한국이 음양 사상을 공유하기 때문에 음양 사상의 관점에서 단오제를 보면, 양기가 최고조에 달하는 하지(夏至)가 임박한 5월 5일에 음기를 강화하여 비를 내리기를 기원하는 제의가 된다. 한국과 중국 두 나라의 기우제에 나타나는 양기와 음기의 관계는 다음과 같은 유형 체계와 하이어라키를 보인다.

① 양기의 경쟁과 양기의 극대화 : [중국의 천신제(남신)], 효령단오굿(김유

신과 두 장수).

② 양기의 경쟁과 음기와의 조화 : 봉산탈춤(노장/취발이－소무), 강릉단오
굿탈놀이(양반광대/시시딱딱이－소매각시)

③ 양기와 음기의 조화 : 강릉단오굿(남녀 서낭신의 신성결혼), 자인단오굿
(남매신의 여원무), 안변단오제(부부신), 만파식적(천신과 용신)

④ 음기의 경쟁과 양기와의 조화 : 영산단오굿(본처/첩－문호장), 봉산탈춤
(미얄/덜머리집－영감)

⑤ 음기의 경쟁과 음기의 극대화 : 삼척단오제(오금비녀의 여신), 법성포단
오굿(용왕제), 중국의 단오제(용선놀이, 용선경도).

중국의 단오제는 용을 통하는 음기의 극대화나 용을 경쟁시키는 음기
의 경쟁 원리를 보임으로써 천신에게 희생을 불태워 바치는 양기의 극
대화 원리와 양극화 현상을 보인다. 한국의 기우제는 양기의 경쟁과 음
기와의 조화, 양기와 음기의 조화, 음기의 경쟁과 양기와의 조화 등을
다양하게 보이는 점에서는 중국 단오제와 대조적이다. 그렇지만 법성포
단오제는 용신굿을 거행하고 음기의 극대화 원리를 보이는 점에서 용선
놀이를 하고 음기를 극대화하는 중국 단오제(강서성 일대)와 친연성 내
지 유사성을 보인다. 그리고 중국 단오제의 용선 경도와는 용신 신앙을
토대로 하는 점에서는 동일하지만, 음기의 경쟁 원리가 없는 점에서는
차이를 보인다. 그리하여 동북아시아의 단오제 문화권을 설정할 때 법
성포 단오제는 한국 단오제와 중국 단오제가 단옷날만이 아니라 용신
신앙까지를 연결고리로 하여 접점을 이루는 지점에 위치한다.

법성포에는 야반네, 영조네, 동식이네, 노리네 등의 세습무가 활동하
였고, 그 가운데 '김영조(金永祚; 1863~1932)－김학준(金學俊; 1889~
1959)－김대동(金大童; 1910~1984)'으로 이어지는 영조네의 활동이 가장

활발하였으나, 지금은 세습무의 맥이 완전히 단절된 상태이다. 따라서 법성포 단오제의 정체성을 회복하기 위해서는 서해안 무속 전승권 안에서 세습무와 용왕굿의 단절을 극복하기 위한 대안 마련에 전력을 기울여야겠다. 물론 서해안의 용왕굿 내지 용왕제에 대한 집중적이고 체계적인 조사와 연구도 이루어져야겠다.

제3장 자인단오굿의 역사

자인단오굿은 경상북도 경산시 자인면의 전통 축제이면서 중요 무형
문화재로 지정되어 있다. 자인면은 자인군이 1914년 경산군(현재의 경산
시)에 통합되면서 격하된 것이고, 자인군은 1895(고종 32)년에 자인현에
서 승격되었다. 자인현은 757(경덕왕 16)년에 노사화현(奴斯火縣)이 한
자식으로 개명된 것이다. 노사화현은 '노사(奴斯)=놋=놀=노루=獐
(장)'과 '火(화)=벌=벌판'이 합쳐진 것으로 '노루메=獐山(장산)'과 동일
한 뜻이라는 설[84]과 유성(儒城)의 옛 이름이 노사지(奴斯只)인 사실을 방
증으로 하여 '유(儒)=슈(需)=(놋)쇠=새(사이)'의 대응 관계를 설정하여 '奴
斯火(노사화)=노사벌=새벌', 곧 강과 강 사이에 형성된 새로운 고장의 뜻
이라는 설[85]이 있으나, '노사(奴斯)'는 '놋'이고, '놋'은 '놋—쇠=鍮(유)'의
'놋'으로 보아 '노사화(奴斯火)=놋벌'을 '놋쇠의 색인 노랑의 벌판', 곧 가
을이면 벌판의 벼가 익어 '누런 물결이 넘실대는 벌판'이라는 뜻으로 볼
수도 있겠다. 압량국(押梁國)이나 압독소국(押督小國)의 '압(押)'도 '압
(壓)'과 상통하여 '누르다[押]=노랗다[黃]'로 볼 수 있다.

기실 역사적으로 보면 자인 일대는 '신라의 서촌(西村)'이라 불리던 곡
창 지대로서 신라가 고령의 대가야를 정벌할 때 전초 기지와 병참 기지

---

84 김택규 외, 『자인단오』, 경산문화원, 1998, 21쪽 참조.
85 정호완, 『경산의 지명유래』, 태학사, 1998, 238쪽 참조.

의 역할을 하였으며, 지금도 농업 노동요인 계정들소리가 전승되고 있다. 신라 제6대 지마(祇摩)니사금(112~134년) 때 경산의 압량소국(押梁小國)-압독소국(押督小國)이라고도 한다-을 합병하였다고 하니, 자인 지역도 2세기 전반에 신라 영토가 되었을 것이다. 이처럼 자인은 삼한 시대에 진한의 소국이다가 신라에 통합되었기 때문에 자인단오굿은 삼한 시대 자인 일대에 거주한 씨족 집단이나 부족 집단이 전승시키던 굿에서 발원하여 신라·고려·조선 시대를 거치면서 변모되어 온 것으로 보인다.

1. 문헌 기록의 자인단오굿

자인단오굿의 한묘제와 여원무에 관한 기록은 『성재실기(省齋實記)』에 가장 먼저 나타난다. 성재 최문병(崔文炳; ?~1599)은 임진왜란 당시 의병장으로 활동하면서 1593(계사)년 5월에 〈판서 한종유 공이 왜구를 참수한 장소에서 제사를 지내는 감회(祭判書韓公宗愈斬倭處有感)〉라는 제목의 칠언절구(七言絶句) 2수를 남겼다.

길손이 말을 멈추고 성난 물결소리 들으니(行客停驂聽怒波)
장군이 왜구를 참살하고 있는 듯(將軍如在斬諸倭)
칼자국은 어제인 듯 반석에 남아 있네.(劍痕猶昨留盤石)
장하도다! 그 발자취, 길이 남으리.(壯跡千秋定(?)不磨)

전공은 그 해에 사방을 울리고(功烈當年動四方)
정충은 천년을 늠름하구나.(精忠不泯凜千霜)

지금껏 장군의 사적을 이었으니(至今不廢將軍事)

단오의 여원무는 길이 빛나리.(端午女圓永有光)

1871(고종 8)년에 제작된 『영남읍지(嶺南邑誌)』의 「자인현(慈仁縣)」조
에는 여원무와 잡희, 검흔석과 신당에 관한 비교적 상세하고 구체적인
내용이 기록되어 있다.

① 民俗質朴 有羅代之遺風 女圓舞 新羅時有韓將軍 失其名 或云宗愈

② 倭寇據到天山 將軍設女圓舞 剪彩紙爲花飾二圓冠 冠邊垂五色之條 與其
  妹皆粧女服 各戴一冠 舞於山下柳堤之內 又陳俳優雜戲 倭寇下山聚觀 將
  軍揮刀刺之 所殺甚衆

③ 堤坊有石 尙有劍痕 俗傳斬倭石 每當時日 堤水色赤

④ 云邑人慕其義 建神堂於縣西麓 端午日像女圓之制 使童男二人粧女服戴
  而舞之 又設俳優雜戲 鳴金擊鼓 戶長着帽帶以祭

⑤ 北面麻羅谷里 又立一神堂 一面之民 別祀將軍之妹 年年不廢 廢則必有災
  或有厲氣虎患則無時亦禱 禱必有應

⑥ 遺俗相傳至今 崇奉慓其旗 曰獐山司命 似是本縣屬獐山時 太守倡義有而
  無文可徵作一叢祠甚可慨已

⑦ 乾隆乙酉(1765)縣監鄭忠彦 重修神堂 官給祭物作祝文 使戶長脩禮祀之

이 기록에서 다음과 같은 몇 가지 사실을 주장하고 있다. 첫째로 여원
무는 신라 시대 한(韓)장군에 의하여 성립되었다고 주장하였다. 한장군
은 일설에는 한종유(韓宗愈)라고도 하여 제신(祭神)이 시대에 따라 교체
되어 왔음을 시사한다. 미상불 최문병이 참여한 1593년 5월 단옷날의 제
신은 병조판서가 추증된 한종유로 나타난다. 또 용성면 일대에서는 한

종유는 청도군 운문면 대천동(어설) 출생이며 17세 때 자인에서 공을 세우고 죽었는데, 자손이 없기 때문에 여섯 마을(대종, 괘일, 용천, 용전, 가척)에서 추렴하여 제사를 지낸다고 한다.[86] 그러나 고려 말엽의 한종유는 청주 한씨로 한양에서 1287(충렬왕 13)년에 출생하여 1354(공민왕 3)년에 사망한 문신[87]이기 때문에 혹 동명이인이 아닐까? 아니면 역사적 인물이 전설화되면서 원혼형 신으로 변용된 것일까? 대천에 청주 한씨의 선영이 있는 것을 보면, 한종유의 후손이 조선 전기에 청도나 자인 지방에 거주하면서 득세한 시기가 있었고, 그때 지역 수호신으로 신격화된 것일 수도 있다. 그렇지만 이를 입증할 단서는 없다. 이런 연유로 김택규는 '김유신장군=대장군(大將軍)=핸(大)장군=한(韓)장군'으로 변천해 왔을 것으로 추정하였다.[88] 그럼에도 불구하고 최문병이 1593년의 한장군은 한종유라고 증언하였기 때문에 '역사적 인물 한종유→전설적 인물 한장군'의 개연성은 인정하지 않을 수 없는 것도 사실이다. 그렇지만 한종유설은 여원무의 성립 시기를 13세기를 상한선으로 삼게 한다는 점에서 『영남읍지(嶺南邑誌)』에서 '신라시대의 유풍'이라는 지적과 모순된다. 과연 여원무는 언제 발생한 무용일까? 자인단오굿의 연원을 찾기 위해서 '한장군'보다는 '여원무'에서 단서를 찾아야 하지 않을까? 오히려 이러한 관점을 취할 때 생산적인 논의가 가능할 것도 같다.

둘째로 한장군이 여원무와 잡희로 도천산(到天山)의 왜구를 유인하여 섬멸하였다고 주장하였다. 도천산은 자인의 주산(主山)으로 이 산의 줄

---

86 김택규, 『한국농경세시의 연구』, 영남대학교출판부, 1985, 267쪽 참조.

87 한종유의 전기는 『고려사』, 「열전」(제110권)에 기록되어 있다. 북한 사회과학원 고전연구소 편찬, 『고려사』 제9권, 여강출판사, 1991, 534~537쪽과 한국정신문화연구원, 『한국인물대사전』, 1999, 2386쪽 참조.

88 김택규, 앞의 책, 273쪽 참조. '대장군=한(韓)장군=한장군'으로 변천 과정을 설정하였으나 '한장군'과 '한(韓)장군'의 순서를 바꾸는 것이 옳다고 본다.

기가 금호강의 지류인 오목천(烏沐川)을 향하여 뻗어 내린 끝자락인 계정숲에 한장군의 사당 진충사(盡忠祠)가 있다. 도천산에는 토성(土城)의 흔적이 있다. 자인을 실질적으로 방호(防護)할 산성이 있는 도천산의 서쪽 기슭에 자인의 지역수호신인 한장군의 신당이 있는 것이다. 토성의 축조 시기는 불분명하다. 삼한 시대에 변한의 일국인 압량소국(일면 압독국) 시기인지, 아니면 102(파사왕 23)년에 신라에 합병되고 노사화현(奴斯火縣)이 설치된 시기인지, 아니면 642(선덕여왕 11)년 압량주가 설치되고 김유신이 통치한 시기인지 불확실하다. 만일 여원무의 성립 시기가 신라 시대라면 도천산의 산성이 적대 세력의 본거지로 이야기되는 사실에 유념할 필요가 있다. 여기서 신라가 도천산성에서 농성하며 저항하던 토착 세력을 정복한 전승 기념으로 여원무를 공연하였을 개연성을 상정할 수 있다.

셋째로 버들못 가에 참왜석(斬倭石)이 남아 있다고 주장하였다. 참왜석은 위에서 아래로 균열이 가고 붉은 색을 띠고 있다. 붉은 색은 철(鐵) 성분이 산화된 것이다. 참왜석은 신석기 시대의 선돌일 개연성이 크므로 한장군 전설을 만들어낸 지역민의 상상력이 기존의 석기 유물을 증거물로 삼은 것이다.

넷째로 신당을 건립하여 호장이 제사를 지내고, 단오날에 여원무와 잡희를 공연한다고 주장하였다. 현재의 진충사는 조선 중기 때 송수현(宋秀賢)이 현감으로 부임하였을 때 조정에 고하여 한(韓)장군에게 병조판서를 추증하게 하고 진충사를 지었다고 한다.[89] 그 당시에는 자인면 북서리(면사무소 뒤편)에 누이를 모신 한묘(韓廟)만 있었고, 한(韓)장군을 모신 진충사가 새로 건립됨으로써 기존의 한묘가 제2한묘가 되고 진

---

89 위의 책, 266쪽 참조.

충사가 제1한묘가 되었다는 것이다. 그러나 제1한묘는 일제 강점기 때 훼철되고, 해방 이후에 제2한묘를 이전한 것이 지금의 진충사이다. 이처럼 한장군 신앙은 원래는 여장군 신앙이 우세하였으나 조선 중기에 병조판서 제수를 계기로 남장군 신앙 중심으로 굴절된 역사를 보인다. 왕이 신에게 관직을 제수한 사실은 『삼국유사』의 〈처용랑·망해사〉조에서 보이듯이 신라 헌강왕이 동해용자인 처용에게 급간을 제수하고, 동례전의 지신을 지백급간(地伯級干)으로 봉한 데서 확인된다. 그뿐만 아니라 조선의 태조도 1393년에 송악성황을 진국공(鎭國公)에, 이령·안변·완산의 성황을 계국백(啓國伯)에, 지리·무등·금성·계룡·감악·삼각·백악의 산신과 진주의 성황을 호국백(護國伯)에 봉하고, 뒤에 백악을 진국백에, 남산을 목멱대왕(木覓大王)에 봉하였다.[90] 하여튼 누이가 남동생보다 우위를 차지하는 신화가 '해와 달이 된 남매'의 이야기인 점을 감안하면 남동생 한(韓)장군이 '병조판서 한종유'가 되면서 누이의 위상이 격하된 사실을 알 수 있다. 자인단오굿은 호장과 향리층이 중심이 되는 고을굿으로 영산의 문호장굿, 강릉의 국사성황굿과 함께 고을굿 형태의 3대 단오굿이다. 단오는 절기상 하지에 가깝기 때문에 단오굿은 태양의 축제인 하지제의 성격을 띠며, 따라서 여원무는 남녀가 음양의 조화를 이룸으로써 풍요 다산을 기원하는 제의무용(ritual dance)으로 보아야 하는데, 이에 대해서는 뒤에서 상론한다.

　다섯째로 마라곡리에는 한(韓)장군 누님의 신당이 건립되었다는 주장과 "장산사명(獐山司命)"이 적힌 깃발은 자인현이 장산군의 속현이었던 사실과 관련이 있다는 주장 및 정충언(鄭忠彦) 현감이 1765년에 신당을 중수하고 축문을 지어 호장으로 하여금 제사지내도록 하였다는 주장을

---

90 이능화, 「조선무속고」, 『계명(啓明)』 제19호, 1927, 47~48쪽 참조.

하였다. 마라곡리는 현재의 진량읍 마곡리인데, 이 지역은 원자인(元慈仁)에 속하지 않고 구사부곡(仇史部曲)이라 불리던 작은 행정 구역이던 것이 경주부에서 벗어나 자인현에 통합되었다. 정충언 현감이 1763년에 부임하여 1765년에 사당을 수리하였는데, 장군의 누이 제사를 장군 제사와 함께 지냈으며, 제사를 중지하자 재앙이 생겨 다시 제사를 지냈다고 한다. 또 기(旗)는 "장산사명(獐山司命)"이라 하였는데, 이 지역이 장산에 속한 시기는 757~1018년이므로 '장산사명기'를 근거로 삼으면 한(韓)장군은 1018년 이전의 인물이 된다. 한묘에는 '증병조판서한장군(贈兵曹判書韓將軍)'과 '韓氏娘子神位(한씨낭자신위)'의 위패를 모시는데, 한장군에게 병조판서가 제수된 것은 조선 중기 송수현(宋秀賢) 현감이 한장군의 고사에 대하여 조정에 장계를 올린 결과였다.

정충언 현감은 도천산 기슭의 한묘(韓廟)를 중수하였을 뿐만 아니라 축문도 제작하였으니, 그 전문은 다음과 같다.

謀齊殲敵義炳術 (?)國祀文莫徵史 泯其蹟舞傳女圜 土有遺俗劍痕 不
모 제 섬 적 의 병 술　국 사 문 막 징 사　민 기 적 무 전 여 원　토 유 유 속 검 흔　불

磨宛彼堤石 一間古廟永安 毅魄端湯沮豆歲 以爲式旐 有煌金鼓迭作茲
마 완 피 제 석　일 간 고 묘 영 타　의 백 단 탕 저 두 세　이 위 식 조　유 황 금 고 질 작 자

修常典載具工祝御以長詞饎以廩粟 神其保佑永奠邑宅[91]
수 상 전 재 구 공 축 어 이 장 사 희 이 름 속　신 기 보 우 영 전 읍 택

그리고 정충언의 아우 진사(進士) 정충빈(鄭忠彬)은 영신사(迎神詞)를 제작하여 아이들로 하여금 암송하게 교육하여 제사를 지낼 때 제창(齊唱)하게 하였다고 한다. 영신사의 전문은 다음과 같다.

仁之山兮 古有廟將軍靈兮 連蜷留前塵邈兮 世已革大樹飄兮 經幾秋
인 지 산 혜　고 유 묘 장 군 령 혜　연 권 류 전 진 막 혜　세 이 혁 대 수 표 혜　경 기 추

91 『영남읍지』 〈자인현〉조.

南風競兮 腥氣幟微子功兮 民盡劉放若雲兮 螳臂怒女圓舞兮 神與謀華
남풍경혜 성기치미자공혜 민진유방약운혜 당비노여원무혜 신여모화

采冠兮 五色絃中有刃兮 騰靑虬蹲蹲來兮 狎可龍躍鯨鯢兮 躝犹狐石不
채관혜 오색현중유인혜 등청규준준래혜 압가용약경예혜 란비휴석불

磨兮 柳堤傍劒有痕兮 雲長愁端陽節兮 歲歲凹入至今兮 思不休靈旗紛
마혜 류제방검유흔혜 운장수단양절혜 세세요입지금혜 사불휴령기분

兮 像遺儀怳競渡兮 遵湘流英魂結兮 (?)(?)宙天陰雨兮 聲啾啾掾之長兮
혜 상유의황경도혜 준상류영혼결혜 주천음우혜 성추추연지장혜

掌時禋薦椒漿兮 供菲着古(?)州兮 今分縣官廨邃兮 邑里稠神於焉兮 永
장시인천초장혜 공미착고 주혜 금분현관해수혜 읍리조신어언혜 영

護持邖魔(?)兮 妖祅扠衆祈尊兮 俗乃成誠無射兮 通顯幽金鼓煌兮 迗(?)
호지방마 혜 요요문중기존혜 속내성성무사혜 통현유금고황혜 아

尻輪聊暇日兮 長優游[92]
고수료가일혜 장우유

송수현 현감이 계정숲의 진충사를 건립하고, 정충언 현감은 도천산 기슭의 한묘를 중수하고, 의병장 최문병은 한장군을 추모하는 한시를 짓는 등 관원과 유학자가 한묘와 자인단오굿 및 여원무의 보존과 선양을 위하여 노력하였다. 그렇지만 우리는 조선 시대가 척불숭유(斥佛崇儒)와 숭문경무(崇文輕武)의 정책을 쓴 나라이며, 사대부 계층이 정책을 입안하고 중인층 내지 향리층이 실무 기술을 담당하게 하여 민원의 방패막이로 이용한 사실과 아울러 중앙 집권 체제를 강화하기 위해서 향리층의 세력을 약화시키는 일환으로 호장제의 폐지를 비롯하여 고을굿을 탄압한 사실을 상기할 필요가 있다. 김연수(金延壽)는 청풍(淸風)군수로 부임하여 군민이 목우(木偶) 신상(神像)을 매년 5·6월 사이에 객사(客舍)에 안치하고 제사를 지내는 것을 금지한 바, 무당을 구금하고 목우신상은 소각하였으며 제사를 주장하는 사람들을 곤장으로 다스렸으며, 김효원 또한 삼척 부사로 부임하였을 때 신체(神體)인 오금(烏金)비녀와 신의(神衣)를 불태움으로써 무교식 제사를 금지하고 유교식 제사를 지냈다.[93] 고을굿은 "호장과 향리층이 백성들과의 지역적인 연대 의식을

---

92 위의 책, 같은 곳.

기반으로 하여 양반 사대부 계층의 유교문화에 맞서서 토착적인 무속문화를 보존·전승시키는 데 활용했던 제도적 장치"[94]였다. 따라서 자인단오굿도 지배 세력의 유교문화와 향리층의 무속문화 사이의 길항(拮抗) 관계를 고려해야 하는데, 다만 향토애와 호국 사상 및 충의 정신에서 접합점을 찾았기 때문에 관아의 적극적 관심과 지원을 받았을 것이다.

2. 자인단오굿의 원형(原形)과 제의적 의미

1) 신당

한(韓)장군 남매의 신당은 도합 7개가 확인된다. 첫째가 읍인들이 한장군이 죽은 뒤에 건립하였다는 도천산 기슭의 진충사(盡忠祠)로 원래는 한장군의 신당인데, 일제 강점기 때 일본인들에 의해 훼철되었기 때문에 해방 후에 북서1리 자인 면사무소 뒤편에 있었던 한묘(韓廟)—누님의 신당—를 이전하였다. 위패는 "증판서한장군(贈判書韓將軍)"이고, 자인단오제 때 여기서 제사를 지낸다.[95] 둘째는 북서1리 자인 면사무소 뒤편에 있었던 신당으로 원래는 한장군의 누님의 신당인데, 진충사의 자리에 이전되어 합당(合堂)되었다. 위패는 '한장군(韓將軍) 매씨(妹氏)'이다. 이 한묘는 1700년에 원당리에서 북서리로 현청이 이전됨에 따라 새로 조성된 신당일 것이다. 진충사를 제1한묘라 하고, 이 신당을 제2한묘라

---

93 두 사건은 각각 『동국여지승람』의 '청풍군 명관 김연수'조와 『남명선생별집』의 「김성암유사」에 기록되어 있다. 이능화, 앞의 책, 69·70쪽 참조.

94 박진태, 『탈놀이의 기원과 구조』, 새문사, 1990, 306쪽.

95 김택규 외, 앞의 책, 54~55쪽 참조.

하였다. 셋째는 원당리의 신당으로 1663년 자인 현청이 신관리에서 원당리로 이전됨에 따라 건립되었다. 한장군의 누님을 모신 신당이다. 넷째는 마곡리에 있는 한묘로 구사현(구사부곡) 시기에 단옷날 자시(子時)에 한장군 누님에게 제사를 지낸 후 자인단오제에 참가하였다고 한다. 그러나 위패에는 "증병조판서한장군(贈兵曹判書韓將軍) 한씨낭자신위(韓氏娘子神位)"라고 씌어 있다. 근래에는 진량읍 마곡리 등 몇 개 마을이 자인단오제와는 별도로 제사를 지낸다.[96] 다섯째는 용성면 대종리의 진충묘(盡忠廟)로 300여 년 전에 건립되었으나 일제 강점기 때 훼철되었다가 광복 후 정해년에 재건되었고, 1997년에 중건되었다. 한장군 누님의 신당이다. 그러나 위패에는 "증판서한장군종유신위(贈判書韓將軍宗愈神位)"라고 씌어 있다.[97] 여섯째가 용성면 송림리 버구나무숲에 있던 한장군 누님의 신당인데, 일본인들이 기독교인들을 동원하여 훼철하였다. 3년마다 무당을 불러 큰굿을 하였는데, 1920년부터 단절되었다고 한다.[98] 일곱째가 용성면 가척리의 한당으로 120여 년 전에 건립되었으며, 위패는 "증판서한장군신위"라 씌어 있다.

가척리는 불확실하지만, 진충사는 한장군의 신당이고, 나머지 넷은 한장군의 매씨(누님)의 신당이다. 그렇지만 위패는 북서리만 한장군의 누님이고, 마곡리는 남매신의 위패 둘 다 있고, 원당리와 대종리 모두 한장군의 위패를 모시고 있다. 이러한 현상은 비록 한장군 누님의 신당이지만 제사를 지낼 때에는 남매신 양위(兩位)에게 제사를 지내는 사실에 기인한 것으로 보인다. 도천산 기슭에 있는 진충사가 한장군의 신당으

---

96 위의 책, 55쪽 참조.
97 위의 책, 56~57쪽 참조.
98 위의 책, 56쪽 참조.

로 중심부를 이루고, 현청의 근처나 행정적·문화적으로 종속 관계에 있는 역내(域內)의 신당은 주변부로 누님의 신당이 위치하였던 것 같다. 이런 점에서는 강릉단오굿이 대관령의 국사성황신과 강릉 홍제동의 여국사성황을 합궁시키는 사실과 영산문호장굿이 영취산 중턱의 상봉당에서 문호장신을 맞이하여 산 아래에 있는 부인당과 첩당을 방문하는 사실과도 유사한 남녀신 구조의 공간적 표상을 보인다. 다만 자인단오굿은 남신을 강신시켜 여신의 신당으로 이동하여 화해·동침시키는 무속 원리를 버리고, '제사-신유(神遊)행렬-신무(神舞)-봉헌 연희'가 유기적인 연속체로 통합된 형태가 아니라 단속적(斷續的)인 관계를 보이는 형태인 점에서 차이를 보인다. 가장 행렬은 영신 행렬이나 신의 이동 행렬의 후대적 잔영인 것이다. 그리고 여원무는 한장군 남매의 신무(神舞)이다.

진충사에서 거행되는 묘제의 홀기(笏記)는 다음과 같다.

謁者謹具請行事
알 자 근 구 청 행 사

謁者引獻官及諸執事立就拜位
알 자 인 헌 관 급 제 집 사 입 취 배 위

迎神詞朗讀
영 신 사 낭 독

仁之山兮 古有廟하나 將軍靈兮 連蜷留라
인 지 산 혜 고 유 묘 장 군 영 혜 연 권 유

前塵邈兮 歲已華나 大樹飄兮 經幾秋요
전 진 막 혜 세 이 화 대 수 표 혜 경 기 추

南風競兮 醒氣穢하야 徵子功兮 民盡劉라
남 풍 경 혜 성 기 예 징 자 공 혜 민 진 유

敵若雲兮 螳臂怒하니 女圓舞兮 神與謀라
적 약 운 혜 당 비 노 여 원 무 혜 신 여 모

華彩冠兮 五色炫하고 中有刃兮 勝青叫라
화 채 관 혜 오 색 현 중 유 인 혜 승 청 규

蹲蹲來兮 押可亂하야 蹴鯨鯢兮 躙乳狖라
준 준 래 혜 압 가 관 축 경 예 혜 린 유 휴

石不磨兮 柳堤傍하니 劍有痕兮 雲長愁라
석 불 마 혜 유 제 방 검 유 흔 혜 운 장 수

端陽節兮 歲歲回하야 人至今兮 思不休라
단 양 절 혜 세 세 회 인 지 금 혜 사 불 휴

靈旗紛兮 像遺儀하니 恍競渡兮 邅湘流라
영기분혜 상유의 황경도혜 전상류

英魂結兮 負窮宙하니 天陰雨兮 聲啾啾라
영혼결혜 형궁주 천음우혜 성추추

橡之長兮 掌時禋하야 薦椒漿兮 供菲羞라
연지장혜 장시인 천초장혜 공비수

古屬州兮 今分縣하야 官廨遂兮 里吏捆라
고속주혜 금분현 관해수혜 이리조

神於焉兮 永護持하야 邪魔屛兮 妖侵收라
신어언혜 영호지 사마병혜 요침수

衆所尊兮 俗乃成하야 誠無射兮 通顯幽라
중소존혜 속내성 성무사혜 통현유

金鼓喤兮 牙尻輪하야 聊暇日兮 長優遊라
금고황혜 아고륜 료가일혜 장우유

獻官及諸執事 鞠躬再拜
헌관급제집사 국궁재배

初獻禮
초헌례

謁者引 初獻官詣盥洗位
알자인 초헌관예관세위

盥水洗手
관수세수

謁者引 初獻官 昇自東階
알자인 초헌관 승자동계

詣贈判書韓將軍神位前 跪三上香
예증판서한장군신위전 궤삼상향

祝取禮幣授獻官 獻官執幣獻幣
축취예폐수헌관 헌관집폐헌폐

司樽擧冪酌酒 授獻官 獻官執爵授奠爵 神位前
사준거멱작주 수헌관 헌관집작수전작 신위전

奠爵以爵受奠于 神位前
전작이작수전후 신위전

祝官取祝板東向跪 讀祝
축관취축판동향궤 독축

祝文
축문

維歲次00年五月(干支)朔初五月(干支)幼學某敢昭告于
유세차 년오월간지삭초오월간지유학모감소고후

贈判書將軍韓公伏以崇功鬼烈爲國著鄕立祠
증판서장군한공복이숭공외열위국적향립사

妥靈沒世不忘女圓神舞遺模尙則屬慈端午
타령몰세불망여원신무유모상즉속자단오

牲醴粢盛庶品式陳常薦 尙
생례자성서품식진상천 상

饗
향

獻官出東門 仍降復位 鞠躬再拜
현 관 출 동 문 잉 강 복 위 국 궁 재 배

亞獻禮
아 헌 례

謁者引亞獻官 詣盥洗位 盥水洗手
알 자 인 아 헌 관 예 관 세 위 관 수 세 수

謁者引亞獻官 昇自東階
알 자 인 아 헌 관 승 자 동 계

獻官樽所西向立
현 관 준 소 서 향 립

司樽擧冪酌酒 授獻官 獻官執爵授奠爵
사 준 거 멱 작 주 수 헌 관 현 관 집 작 수 전 작

獻官神位前
현 관 신 위 전

奠爵以爵受奠于 神位前
전 작 이 작 수 전 우 신 위 전

出東門 仍降復位 鞠躬再拜
출 동 문 잉 강 복 위 국 궁 재 배

終獻禮
종 헌 례

謁者引終獻官 詣盥洗位 盥水洗手
알 자 인 종 헌 관 예 관 세 위 관 수 세 수

謁者引終獻官 昇自東階 仍詣樽所 西向立
알 자 인 종 헌 관 승 자 동 계 잉 예 준 소 서 향 립

執事者 以爵授終獻官 司樽擧冪酌酒
집 사 자 이 작 수 종 헌 관 사 준 거 멱 작 주

終獻官 執爵授奠爵 神位前
종 헌 관 집 작 수 전 작 신 위 전

奠爵 以爵受奠于 神位前
전 작 이 작 수 전 우 신 위 전

獻官 出東門 仍降復位 鞠躬再拜
현 관 출 동 문 잉 강 복 위 국 궁 재 배

飮福受胙禮
음 복 수 조 례

謁者引初獻官 詣飮福位 西向跪
알 자 인 초 헌 관 예 음 복 위 서 향 궤

祝以爵福酒 詣初獻官之左
축 이 작 복 주 예 초 헌 관 지 좌

以爵授初獻官 初獻官飮卒酌
이 작 수 초 헌 관 초 헌 관 음 졸 작

執事進減神位前胙肉 詣初獻官之左 初獻官受
집 사 진 감 신 위 전 조 육 예 초 헌 관 지 좌 초 헌 관 수

授執事 引降復位
수 집 사 인 강 복 위

望燎禮
망 료 례

謁者引初獻官 詣望燎位
알 자 인 초 헌 관   예 망 료 위

祝取祝板 降自西階 置祝於坎
축 취 축 판   강 자 서 계   치 축 어 감

焚祝文
분 축 문

徹饌
철 찬

2) 무당굿

무당굿에 대해서는 여러 가지 이설들이 있는데, 송림동 사당터에서는 삼 년마다 무당을 불러서 굿을 하였다고 하고, 대종동 진충각에서는 제향 후에 단오굿을 하였다고 하는가 하면, 일제 강점기 이전에는 단오굿을 아전청 마당에서 무당들이 하였다고 한다.[99] 강릉단오굿에서는 대관령의 산신당(김유신)에서는 유교식 제사만 지내는데, 국사성황사에서는 유교식 제사에 이어서 무당굿을 한다. 홍제동의 여국사성황사에 와서는 유교식 제사를 먼저 지내고 무당굿을 하며, 남대천의 굿당에서도 유교식 제사와 무당굿을 병행한다. 은산별신굿도 유교식 제사와 무당굿이 결합되어 있다. 따라서 자인단오굿도 한묘에서의 유교식 제사와 무당굿이 병존하였을 것으로 쉽게 추정할 수 있다. 현재 무당굿을 복원하여 단오제에서 행하지만, 자인 지역 세습무의 맥이 단절된 상태라 정체성을 찾지 못하고 표류하고 있는 상태이다.

일찍이 무당이 주재하는 큰굿이 7거리로 복원된 적이 있다.[100]

---

99 위의 책, 73쪽 참조.
100 위의 책, 236~237쪽.

① 부정굿 : 제장을 정화하기 위한 절차

② 청배굿 : 일월성신을 비롯한 팔도산신과 천왕님 등 모든 신들에게 굿의 시작을 알리고, 그 신들을 불러들이는 절차이다. 이 거리는 징과 북을 사용하여 앉아서 행한다. 그 과정은 넋두리 형식이며, 가락은 경상도 덧뵈기가락을 사용한다. 장대를 들고 오방기를 들고 뛰면서(도무) 공수를 주고, 비는 것을 많이 한다.

③ 천왕굿 : 신들이 출입하는 곳을 지키는 수호신의 역할을 담당하는 신이다. K씨가 "천왕의 문이 열려야 성인이 들어온다"고 말한다.

④ 칠성굿(고풀이) : 천왕대를 잡고 행한다. 불사굿(또는 칠성굿, 용왕굿이라고도 한다.)에서는 덕담과 함께 경산 지역 일대에 널리 분포하고 있는 못의 용왕님을 청한다. 이들 대상신이 강신하고 나면 무녀에게 입신(入神)한다. 이 입신 과정에서 도무(跳舞)를 하기도 한다.

⑤ 도당·신장대감굿 : 도당굿은 경산 자인의 당산 천왕할아버지 불러서 행하는 굿이며, 신장대감굿은 악귀와 잡귀를 물리치기 위한 굿이다. 이 때 갓을 쓰고 도포를 입은 채 부채를 들고 덕담을 한다.

⑥ 장군굿 : 한장군의 영혼을 위로하기 위한 굿.

⑦ 사자거리굿 : 각 거리마다 등장했던 신들과 동행했던 많은 신들을 대접하면서 해원하기 위한 굿.

그런가 하면 무녀 최옥이(1927~?)와 김경분(1929~?)의 도움을 받아 다음과 같은 7거리로 다시 복원되기도 하였다.[101]

① 부정굿 : 본 굿으로 들어가기 전에 불결한 것을 쓸어버리려는 굿의 첫

위의 책, 237쪽.

순서.

② 산신맞이굿 : 삼황 제신을 봉청하여 공수를 내린다.

③ 천왕맞이굿 : 천왕을 모신다.

④ 칠성맞이굿 : 수명을 주관하는 칠성신을 모신다.

⑤ 조상축원굿 : 조상신을 공수하여 축원한다.

⑥ 장군맞이굿 : 한(韓)장군을 공수한다.

⑦ 사자(死者)풀이굿 : 죽은 사람들의 넋을 풀어준다.

부정굿, 천왕굿, 칠성굿, 장군굿, 사자거리굿 등 5개 거리가 일치한다. 이 가운데 장군굿이 한장군을 위한 거리이기 때문에 자인단오제의 큰굿으로서 손색이 없다. 다만 현재 이러한 거리들로 구성된 큰굿을 하는 주무(主巫)가 없다는 데 전승 문제의 심각성이 있다.

3) 가장 행렬

단오굿에서 현사(縣舍)가 있던 자리(현 우체국)에 집결하여 가장 행렬을 이루고 진장터로 이동하여 여원무를 연행하였으므로 이 가장 행렬은 한장군 일행의 행렬이다. 가장 이른 시기에 조사된 보고서에 따르면 행렬의 참가자와 순서는 다음과 같았다.[102]

① 장산사명기(獐山司命旗)

② 청룡기(靑龍旗)

③ 백호기(白虎旗)

---

102 김택규, 앞의 책, 270쪽과 김택규 외, 앞의 책, 85~87쪽 참조.

④ 영기(令旗)

⑤ 나대유풍기(羅代遺風旗)

⑥ 농기(農旗)

(옛날에는 현사에 있는 깃발 전부가 나왔으며, 기수는 자인 4동에서 나왔
　　다. 기의 끝에는 꿩털을 꽂았다. 청룡기, 백호기만이 아니라 황제기, 주
　　작기, 현무기 등 오방기가 다 동원되기도 하였다. 농기는 후대에 삽입
　　되었다.)

⑦ 여원화관(女圓花冠)

(화관 높이 10척(3m), 꽃가지 끝에 연꽃을 매달았다. '체메(치마)' 곧 채의
　　(彩衣)는 8색 색지로 만듦. 2인이 받들고 간다.)

⑧ 무부(巫夫)

(풍물을 치면서 따른다.)

⑨ 희꽹이

(얼굴에 검은 황칠을 하고, 머리에 패랭이를 쓰고, 칼을 잡았다.)

⑩ 여장(女裝) 동남(童男)

(화랭이의 아들로 13~14세, 2인이 춤추었다.)

⑪ 감사뚝

(소털 벙거지를 쓴 자가 귀신머리 같은 감사뚝을 기처럼 들고 따른다. 대
　　군중(大軍中)에서 법을 맡은 표시이며, 이것을 걸어야 인명을 좌우할
　　수 있었고, 희꽹이와 더불어 죄인의 목을 참수할 수 있었다.)

⑫ 군노(軍奴)

(2인, 벙거지를 쓰고, 가슴에 '勇(용)'자를 붙이고 곤장을 들었다.)

⑬ 사령(使令)

(2인, 나팔과 날라리(호적胡笛)를 불며, 말을 탔다.)

⑭ 포장(砲將)

(출발할 때 방포, 이동 중 6회 방포, 백의(白衣) 위에 두루마기 모양의 흑의 (黑衣)를 걸치고 승마했다.)

⑮ 무녀(巫女)

(4인이고 승마했다.)

⑯ 포군(砲軍)

(20명이 2열로 행진하였다.)

⑰ 영장(營將)

(투구를 쓰고 갑옷을 입고 화살을 꽂으며, 칼을 차고 승마했다.)

⑱ 기생(妓生) 전배(前陪)

(4명, 책전립을 쓰고 청홍옥(靑紅玉)의 갓끈을 드리우며, 흑쾌자에 남색띠 매고 승마했다.)

⑲ 중군(中軍)

(1인, 동다리옷 입고, 책전립 쓰고, 기를 들며 칼을 차고 승마했다.)

⑳ 삼재비

(세면 풍악, 피리와 젓대)

㉑ 전배통인(前陪通引)

(20명)

㉒ 일산(日傘) 및 파초선(芭蕉扇)

㉓ 도원수(都元帥)

(원에게서 차용한 관복을 입고 남여(藍輿)를 탔다. 호장이 도원수가 되었다.)

㉔ 인배통인(引陪通引)

㉕ 수배(隨陪)

(독축관 1인, 쾌자를 입고 수실띠를 띤다.)

이 가장 행렬은 도원수의 행렬과 여원화관의 행렬이 혼합되어 있다.

곧 장산사명기, 나대유풍기, 여원화관, 무부, 여장동남, 무녀, 수배는 한 장군굿과 직접 관련되고, 나머지는 도원수의 행렬과 직접 관련된다. 따라서 두 종류의 행렬이 어떤 이유로 결합되었는지를 이해하려면, 도원수의 신분과 역할을 정확하게 규정해야 된다. 도원수는 고려 때부터 정벌이나 전란이 있을 때 군무를 도맡은 장수, 또는 한 지방의 병권을 도맡은 장수를 가리키는데, 한장군에게 조선 중기(임진왜란 이전)에 송수현 현감에 의해 병조판서가 제수된 사실을 감안하면, 한장군의 명령 체계에 속한 장수일 개연성이 크다. 다시 말해서 도원수 행렬은 도원수가 한장군의 호위장수로 여원화관, 곧 한장군을 뒤에서 호위하며 수행(隨行)하는 것이다. 그런데 도원수 역할을 호장이 담당하고, 호장이 한묘제에서 초헌관이 된 사실을 고려하면, 도원수 행렬은 제사 참례자들의 행렬도 된다. 따라서 자인단오굿의 가장 행렬은 여원무를 중심으로 보면 한장 군의 행렬이고, 한묘제를 중심으로 보면 제사 참례자들의 행렬이 되는 이중성을 지닌다.

4) 여원무

여원무는 화랭이의 아들(13~14세) 둘이 여장(女裝)을 하고 화관을 들고 춤을 춘 점에서 양성구유(兩性具有)의 분위기를 풍긴다. 한장군 남매신은 남매가 한 부모에서 태어나듯이 양과 음이 태극(무극)에서 분화된 사실을 상징적으로 의미한다. 따라서 남매신의 춤은 양과 음의 조화를 의미하고, 음양이 융합되어 생명과 문화를 창조하는 무교적(巫敎的) 변증법[103]을 표상한다. 강릉단오굿과 영산문호장굿에서 남신이 여신을 방

---

103 류동식, 『한국무교의 역사와 구조』, 연세대학교출판부, 1978, 58~66쪽 참조.

문하는 양주(兩主) 합심(合心)굿이나 하회별신굿에서 서낭각시와 도령신이 초례와 신방을 모의적으로 연출하는 신혼(神婚) 의식과 동일한 의미와 기능을 지닌다. 풍요 다산의 기원 행위이고, 공동체의 무사태평을 기원하는 오신(娛神) 행위인 것이다. 이렇게 보면 하회별신굿탈놀이가 서낭각시놀이와 다섯 탈놀이마당으로 이원화 구조이고 주지마당·백정마당·할미마당·중마당·양반선비마당이 서낭신에게 봉헌하는 연극인 것처럼 팔광대놀이는 한장군 남매신에게 봉헌하는 연극이라는 해석이 가능해진다.

한편 음양 구조는 풍요 다산만이 아니라 벽사(辟邪)와도 관련이 있다. 전라북도 익산에서는 대보름에 둥글게 오린 종이에 각각 붉은 해와 파란 달을 그려서 막대기에 붙여 지붕 용마루 양 끝에 꽂아놓으면 나쁜 신수를 막을 수 있다고 믿었다.[104] 액막이의 방법으로 '해·적색(赤色)·양/달·청색·음'의 원리를 이용한 것이다. 청단(靑丹)이 벽사의 의미를 지니는 것은 행다법(行茶法)에서 청홍(靑紅)의 상포에서도 확인된다.[105] 예천 청단(靑丹)놀음도 '청(靑)·음/단(丹)·양'의 구조로 되어 있는데, 억울하게 죽은 각시의 원혼을 해원한다는 전설과 각종 재해를 방지하기 위함이라는 구전이 있다.[106] 강릉단오굿에서는 국사성황신과 여국사성황신의 신성 결혼 및 왕광대와 소매각시가 사랑춤을 추는 탈놀이를 통하여 풍요 다산을 기원하고, 여역신(厲疫神)에 대한 제사 및 왕광대가 시시딱딱이(2명)에게 소매각시를 빼앗겼다가 되찾는 탈놀이를 통하여 홍역을 예방하려고 하였다. 이처럼 음양에는 풍요 다산 기원과 벽사의 의

---

104 『전라북도 세시풍속』, 국립문화재연구소, 2003, 145~146쪽 참조.
105 강원희, 「예천 청단놀음」, 『공연문화연구』 제8집, 한국공연문화학회, 2004, 162쪽 참조.
106 위의 글, 155쪽 참조.

미가 있는데, 한장군 남매도 생산신과 벽사신의 양면이 있다. 그런데 이러한 벽사신 내지 나신적(儺神的) 성격과 여원무의 벽사의식무적 기능을 이해하는 데 아래에 소개하는 일본의 '천하일관백신사자개기유래기(天下一關白神獅子開起由來記)'가 도움이 된다.

제호천왕(醍醐天王) 시대에 장종(藏宗)과 장안(藏安)이 도당을 결성하여 고좌산(高座山) 기슭에 성을 축조하고, 인근 지역에 여러 성채를 지어 노략질을 일삼으니, 912년에 등원(藤原) 이인공(利仁公)이 도적떼를 토벌하였다. 그런데 이인공이 갑자기 발병하여 그해 10월 18일에 죽었다. 그때 부하 장수 청목각태부(青木角太夫)와 청목좌근장감일각(青木左近將監一角)이 장례를 지내려하는데, 천지가 암흑세계가 되었다. 그리하여 두 장수를 신격화하여 각각 1번 사자와 2번 사자를 만들어 악마를 물리쳤다. 또 이인공의 딸을 신격화하고 3번 사자를 만들었다. 그리고 이와 병행해서 귀무(鬼舞)를 연행하였다. 도적떼의 우두머리 장종과 장안을 귀신으로 본뜨고, 이인공의 부하인 대강치랑정행(大江治郎政行)과 세산오랑시영(笹山五郎時影) 둘이 사냥꾼이 되어 1번 사자로써 귀신을 퇴치하는 흉내를 내었다.[107]

토벌당한 도둑의 원귀가 토벌대장을 죽이고 재앙을 일으키므로 사자탈을 만들어 원귀를 퇴치하였으며, 토벌대장의 부하가 사자를 데리고 도둑의 원귀를 퇴치하는 무용극을 연출하였다는 것이다. 이러한 사실을 고려할 때 한장군 남매가 여원무를 추고 왜구를 섬멸하는 무용극도 가능한데, 한장군 남매가 왜구를 섬멸한 이후로 해마다 그날이 되면 버들

---

107 북청사자놀음보존회, 『북청사자놀음교본』, 태학사, 1996, 202~203쪽의 요약문을 다시 간략하게 정리하였다.

못의 물이 붉은 빛으로 물든다는 말은 여원무로 왜구의 원귀를 진혼한다는 풀이를 가능하게 한다.

이상에서 살펴본 바와 같이 여원무는 풍요 제의 무용과 벽사 의식무의 성격을 지니는데, 한장군 전설은 여원무가 군사 무용의 성격도 지님을 시사한다. 이러한 관점에 서면 통영의 승전무와의 관련성을 착안하게 된다. 승전무는 원래는 무희 4명과 춤은 추지 않고 창만 부르는 소리기녀 8인으로 구성되었으나, 나중에는 원무(元舞) 네 명이 청색·백색·홍색·흑색의 몽두리를 입고 족두리를 쓰고 한삼을 긴 손에 북채를 들고서 북을 가운데 두고 동서남북으로 나누어 서서 북을 치며 입춤·앉은춤·북춤·창사춤을 추면 협무(挾舞)들이 그 주위에서 창사를 부르며 입춤을 추는 형태로 변하였다고 하지만,[108] 장수가 중앙에서 사방의 군사들을 지휘하는 모습을 상징하는 본래적 의미에는 변함이 없다. 자인단오굿도 여장(女裝)한 동남 두 명이 화관을 쓰고 중앙에서 춤을 추고, 흑의(黑衣)를 입은 깐치사령들, 홍의(紅衣)를 입은 사령들, 청의(靑衣)를 입은 군노(軍奴)들이 둘러서서 원형을 이루고서 춤을 추는 대형(隊形)[109]이 한장군 남매가 군사들을 지휘하는 모습을 상징한다는 해석을 가능하게 한다.

그런데 이 여원무에는 보다 원형적(原型的)이고 상징적인 의미가 내포되어 있다.

오른쪽과 왼쪽의 대립이 안과 밖의 대립과 이어지고 있음을 지적했는데, 이는 옳은 지적이다. 한 공동체는 그 자체가 일종의 상상의 울타리에 갇혀 있

---

108 엄옥자, 『승전무』, 국립문화재연구소, 2004, 63쪽과 75~91쪽 참조.
109 김택규, 앞의 책, 271쪽의 〈여원무 복원도〉 참조.

는 것처럼 여긴다. 그 울타리 안쪽에는 모든 것이 빛이며 합법적이고 조화로우며, 이미 구획되고 정리된 배분된 공간이다. 또 중앙부에는 언약의 궤(櫃)나 제단이 성스러움에 대한 구체적이고도 생생한 활동의 근원을 나타내고 있으며, 그 성스러움은 주변으로 빛을 발하게 된다.

그러나 그 주변을 넘어서면 외곽의 음침한 지역이 펼쳐진다. 즉 계략과 함정의 세계로 권위도 법도 없으며 언제나 더러움과 질병과 파멸의 위험만이 불어오는 세계가 펼쳐진다. 성화(聖火) 주위를 도는 경우에도 신도들은 자신의 오른쪽 어깨를 지복(至福)이 나오는 이 중앙부를 향하게 하고, 인간 존재의 열등한 부분이며 방어적인 부분인 몸의 왼쪽 부분과 방패를 드는 왼쪽 팔은 어둡고 적의에 찬 혼동 상태인 외부로 향하게 한 채 움직인다. 이렇게 둥글게 주위를 도는 동작은 안쪽의 이로운 에너지를 빠져나가지 못하게 가두는 동시에 바깥으로부터 오는 끔찍한 공격에 대항하여 울타리를 형성하는 것이다.[110]

원형(圓形)은 '안·오른쪽·빛·성·선·능숙·순수/밖·왼쪽·어둠·속·악·실패·불결'의 상징체계가 성립한다. 그래서 원을 그리고 회전할 때는 시계 방향으로 도는 것이다. 여원무에서는 안에는 '생명·선·빛·정의·창조'를 상징하는 한장군 남매가 있고, 도천산성으로 표상되는 밖은 '죽음·악·어둠·불의·파괴'를 상징하는 왜구가 있었던 것이다. 그리하여 원무를 추면서 안으로 결속력을 강화하고 밖으로 수호 의지와 대결 정신을 고취하여 침략 세력을 섬멸할 수 있었던 것이다. 원무의 이러한 상징성 때문에 풍요 제의 무용인 여원무가 군사 무용으로 전환될 수 있었다.

---

110 로제 카으유와, 권은미 옮김, 『인간과 성(聖)』, 문학동네, 1996, 75쪽.

5) 팔광대놀이

팔광대놀이는 '양반과 말뚝이', '양반과 본처와 후처', '줄광대와 곱사' 등 세 마당으로 구성되어 있다. 양반과 말뚝이가 근본 다툼을 벌이는데, 양반이 팔도를 유람한 사실을 자랑하여 풍류를 즐길 줄 앎을 강조하고, 9대 조부가 경주부사라고 자랑하여 지체가 높음을 내세운다. 양반의 대사 속에 자인이 한때 경주부(慶州府)에 속한 사실이 반영되어 있는 것이다. 그리고 무엇보다 양반이 말뚝이의 반항을 제압하는 것으로 끝내는 종극법이 다른 지역 탈놀이에서 반어적인 양반의 승리(봉산탈춤) 또는 양반의 패망(양주별산대놀이, 수영들놀음)이나 항복(통영오광대)으로 끝내는 것과 현저히 다른 점으로 지역적 특성을 보인다. 양반과 본처와 후처 사이의 삼각관계도 영감이 기절하면 할미가 박수무당을 불러다가 주당(周堂)굿을 하여 회생시키고 화목한 가정을 이루는 점이 가산오광대나 김해가락오광대와 유사하다. 그리고 셋째마당은 줄광대 재담놀이를 모방한 탈놀이로 곱사를 등장시켜 해학적인 분위기를 살린다. 남사당패의 영향을 받아 형성시킨 놀이마당으로 보인다. 팔광대놀이는 양반 채씨(蔡氏), 본처 류씨(柳氏), 후처 뺄씨, 말뚝이(꼴씨), 참봉 김씨, 줄광대, 곱사, 무당 등 여덟 광대가 등장하기 때문에 팔광대놀이라고 하여 오광대가 다섯 광대(오방신장)가 등장하기 때문에 붙여진 명칭인 것과 동일한 작명법이다. 이러한 팔광대놀이는 하회별신굿탈놀이 및 예천 청단놀음과 함께 경북 지역의 탈놀이이지만 다음과 같은 지역적 차이를 보인다.

하회별신굿탈놀이는 서낭각시의 무동춤과 걸립에 이어서 서낭신에게 다섯 마당의 탈놀이(주지마당 · 백정마당 · 할미마당 · 중마당 · 양반선비마당)를 봉헌하는 공연 형태를 반복적으로 연행하고, 서낭각시신의 혼례식(초례와 신방)

을 비밀 의식으로 한번 연출하였다. 예천 청단놀음은 '광대판놀음－주지놀음 －행의놀음(양반마당)－지연광대놀음－얼래방아놀음(중마당)－무동놀음'의 순서로 놀았고, 자인 팔광대놀이는 양반마당·할미마당·줄광대마당 등 세 마당을 놀았다. 예천 청단놀음과 자인 팔광대놀이는 북놀이, 무동놀음, 줄타 기와 같은 곡예를 연극화한 것이 특징이다. 또한 하회별신굿탈놀이와 예천 청단놀음은 주지·지연광대와 같은 벽사탈이 등장하는 데 반해서 자인 팔광 대놀이는 벽사탈마당 없이 오락적인 탈놀이마당만으로 구성된 점이 특이하 다. 무엇보다 예천 청단놀음은 재담이 없는 무용무언극이라는 점에서 빈약하 지만 재담이 들어있는 하회별신굿탈놀이보다도 더 원초적인 형태로 보이고, 자인 팔광대놀이는 복원에 문제가 있어 단정 짓기 어렵지만 하회별신굿탈놀 이보다는 재담이 풍부하였다.[111]

자인단오굿은 여원무와 같은 무용, 팔광대놀이와 같은 연극의 생성 모태이면서 오랜 전승력을 지닌 종합 예술체이고 축제이다. 그리고 부 부신이 아니고 남매신이라는 사실만이 아니라 남신을 구심점으로 하여 여신의 신당을 파생시키면서 신앙권을 형성하고 확장해온 것도 특이하 다. 단오제가 본디 양기가 극성해지는 시점에 음기를 보강하여 음양의 조화와 균형을 이루려는 제의[112]인 사실을 감안하면, 자인단오굿은 한장 군 전설이 발생한 시원으로 돌아가 음양의 조화가 구현되고 세계의 중 심이 되는 체험을 반복적으로 학습시킨다. 그러나 이러한 신앙적 관점 과 달리 역사적 관점에서 보면, 한장군의 외적 퇴치 사건이 지역민의 지 역 수호 정신과 애향심의 원천이 되고, 오늘날의 역사의식과 문화의식

---

111 박진태, 『전환기의 탈놀이 접근법』, 민속원, 2004, 277쪽.
112 이 책의 115쪽 참조.

속에서 추체험되는 것이다. 한장군 남매의 충의 정신과 애민 사상이 알파이면서 오메가가 되는 것이다. 끝으로 한장군 남매 설화는 남매가 대립하고 심지어 생사를 걸고 경쟁하는 오뉘 힘내기 전설이나 자금자련 남매 전설과는 달리 조화와 협력을 강조하는데,[113] 그러한 상생 정신이 원만융통한 원무로 표현되었다는 해석도 할 수 있다.

3. 자인단오굿의 변모 과정

자인단오굿은 개화기 이후로 조선 시대의 신분제가 폐지됨에 따라 주재 집단인 향리층이 소멸하고, 아울러 관노층도 해체되고 무당층은 쇠퇴하는 등 사회적 기반이 와해되면서 일차적으로 심각한 고비를 맞이하였다. 지금은 민간단체인 '경산 자인 단오제 보존회'가 관장한다. 향리층이 주재하던 고을굿에서 지역 민간단체가 주최하는 지역 축제로 변한 것이다. 주재 집단이 바뀐 것이다.

둘째로 제관과 연희자가 호장을 비롯한 향리와 관노 및 무당(관노청 소속)에서 농민·상인·기술자와 교육인·공무원으로 바뀌었다. 자인 현청과 관련된 특정 신분층에서 신분과 직업에 상관없이 지역민 전체로 확대된 것이다.

셋째로 단오굿의 진행 절차와 구성 요소에서 변화가 일어났다. 문헌 자료에 나타난 자인단오굿은 한묘제(韓廟祭)와 여원무 및 잡희 등이 핵심적인 구성 요소들이다. 단오굿의 진행 절차는 호장이 도원수로 분장하고, 장산사명기·여원화관·여장동남 등을 뒤따르는 가장 행렬이 현

---

113 박진태, 『탈놀이의 기원과 구조』, 새문사, 1990, 281~282쪽 참조.

사(縣舍)가 있던 자리에 집결하여 진장터(개장지숲 뒤편)까지 가서 여원무를 연행하고, 한당(韓堂)으로 가서 제사를 올리고, 다시 고을 원한테 가서 여원무를 보이고 해산했다고 한다.[114] '현사−진장터−한묘−현사'로 이동하면서 '가장행렬−여원무−한묘제−여원무'의 순서로 연행하였던 것이다. 그러나 이와는 달리 단오날 낮 사시(巳時)에 제일한묘(第一韓廟)에 제사를 지내고, 현사 자리에서 버들못 근처 참왜석(斬倭石)이 있는 곳으로 가서 여원무를 추고, 진장터에 가서 검정옷을 입은 장수(왜구)와 흰옷을 입은 장수(왜구)를 각각 선두로 하고 조랑말을 탄 군사들 여러 명이 뒤따르는 진을 양쪽에 치고 목검으로 격전을 벌였으며, 팔광대놀이는 저녁에 서부의 장터에서 횃불을 밝히고 놀았다는 증언도 있다.[115] '한묘−참왜석−진장터−서부 장터'의 순서로 이동하면서 '한묘제−가장행렬과 여원무−군사놀이−잡희(팔광대놀이)'를 연행한 것이다. 한편 단오 전날 밤에 무당굿을 하였다는 말도 있다.[116]

그런데 자인단오굿의 제의 절차는 한묘(韓廟)의 변천사와도 결코 무관하지 않을 것이다. 곧 한묘가 누이의 신당만 있었던 시기에서 조선 중기에 송수현 현감이 건립한 진충사가 제1한묘(한장군의 사당)가 되고 기존의 한묘는 제2한묘(한장군 누님의 신당)가 되었던 시기를 거쳐 일제강점기 때 제1한묘가 일본인들에 의해 훼철된 까닭에 해방 이후에 제2한묘를 이전하여 진충사로 한 시기로 변천해오면서 제의 절차도 변화해왔을 것이다. 현재의 단오굿은 한묘제, 가장 행렬(호장굿), 여원무, 팔광

114 김택규, 앞의 책, 269쪽.

115 자인에 거주하는 이복숙(1912년 출생)에 의하면 진법놀이에선 싸움이 격렬하여 사망자가 하나씩 꼭 나왔다고 한다. 한편, 자인은 동부와 서부로 양분되어 시장이 따로 있었으며, 양편이 줄다리기를 했다고도 한다.

116 1989년 6월 8일(단오날)에 저자가 고(故) 김택규 교수한테서 들음.

대놀이, 큰굿(무당굿)이 기본 골격을 이루고, 다른 연희들이 부대 행사로 연행되고 있다.

1997년의 단오굿은 6월 8일에 백일장대회·지신밟기·시민노래자랑을 연행하고, 다음 날에 '한묘대제－농악놀이－탈춤－고적대퍼레이드－경축식－모심기노래－팔광대놀이－여원무－가장행렬'을 순서대로 연행하고, 큰굿·씨름·그네뛰기·윷놀이·널뛰기는 시간대를 병행해서 진행하였다. 한묘 대제는 진충사에서, 팔광대놀이와 여원무는 야외 공연장에서, 가장 행렬은 '경산여상→면사무소→서림숲 입구' 구간을 행진하였으며, 큰굿은 서림숲 시중당에서 거행하였다. 가장 행렬의 순서는 '군악대－장산사명기(獐山司命旗)－한장군기－청백황흑제기(靑白黃黑帝旗)－나대유풍기(羅代遺風旗)－검마도천산기(劍磨到天山旗)－영기－오방기－청룡기－감사뚝[監司纛]－호적－여원화－일산－사인교(헌관)－제관(초헌관, 아헌관, 종헌관, 집례, 대축)－장군－관기－팔광대－여원무－무녀굿패－모심기노래 참가팀－탈춤패－고적대－농악단－시민들'의 순서였다.[117] 그러나 1974년에 작성된 조사 보고서에는 '장산사명기－청룡기－백호기－영기－나대유풍기－농기－여원화관(女圓花冠)－무부(巫夫)－희광이－여장(女裝)동남(童男)－삼사뚝－군노－사령－포장(砲將)－영장(營將)－기생 전배(前陪)－중군(中軍)－삼재비(악사)－전배 통인－일산(日傘) 및 파초선(芭蕉扇)－도원수(都元帥)－인배(引陪) 통인－수배(隨陪)(독축관; 讀祝官)'의 순서였다.[118] 1997년에는 조선 후기의 가장 행렬에서 군노, 사령, 포장, 영장, 중군, 전배 통인, 일산, 파초선, 인배 통인 등과 같은 과거의 관직 인물들이 빠지고, 그 대신 모심기노래 참가팀,

---

117 1997년 단오단오굿에 관한 정보는 김택규 외, 앞의 책, 325~336쪽 자료 활용.
118 문화재관리국, 『한국민속종합조사보고서』(경상북도편), 1977, 573쪽 참조.

탈춤패, 고적대, 농악단 등과 같은 각종 현대 공연단이 참가하였다. 물론 도원수도 일반적인 장군으로 격하되었다.

특히 최근에는 현대축제화가 추진되어 2008년도 제33회 경산자인단오제(6월 7~10일)에서는 지정 문화재 행사와 지역문화·예술 행사 및 체험 행사로 범주화하고, 지정 문화재 행사로 호장굿(가장행렬), 한(韓)장군제, 여원무, 큰굿, 팔광대놀이를 하고, 지역문화·예술 행사로 학술세미나, 제등 행진, 원효성사 탄생 다례제, 원효와 요석공주, 계정들소리, 경산 향시 과거제, 무애춤, 압독국과 김유신장군, 그네뛰기 대회, 외국인 민속놀이 경연대회, 올림픽메달리스트 씨름 대회 등을 하고, 체험 행사로는 민속놀이 체험, 단오떡 만들기, 한(韓)장군 말타기, 단오부채 만들기, 단오등 달기, 경산문화재 탁본 체험, 창포머리 감기, 압독국 문화 체험, 불로차 달이기 체험 등을 하였다. 압독국과 원효 관련 행사를 포함시켜 지역문화 축제의 성격을 강화시키고, 단오민속(부채, 창포)을 체험 행사로 개발하여 단오민속의 종합체로 만들었으며, 경산의 향시와 탁본 관련 행사를 추가하여 자인과 경산의 행정적 통합에 상응하는 역사적·문화적 통합을 시도하였다. 그리고 2009년 제34회 경산자인단오제 (5.27/수~5.28/목)에서는 농업 특산물 직판장 운영, 중소기업 제품 직판장 운영, 자인시장 특산물 판매 등과 같은 경제 행사를 추가하였다.

넷째로 기능면에서도 변화가 일어났다. 먼저 신앙적 기능면을 보면, 원래는 한장군 신앙을 기반으로 하여 제사만이 아니라, 여원무와 팔광대놀이도 제의적·주술적 기능을 부여하여, 원귀와 재난 퇴치, 풍요 다산, 무사태평과 번영 등을 기원하였다. 그러나 한장군 신앙도 약화되었고, 특히 자인 이외의 경산시 거주자는 한장군을 지역수호신으로 숭배하기보다는 단순한 전설적 인물로 인식하기 때문에 단오제의 신앙적 기능은 급격하게 약화될 수밖에 없는 실정이다. 예전에는 단오제를 지내기 전에는 여원무의 화관에 함부로 접근하지 않았고, 파장이 되면 꽃송이를 따가려고 심하게 다투었다고 하는데, 이는 꽃송이를 품고 집에 가져다 두면 풍년·액막이·치병(治病) 등에 효험이 있다는 믿음 때문이었다.[119] 지금은 이러한 풍속이 사라졌다.

다음으로 정치적 기능면을 보면, 호장이 초헌관이 되고, 향리·관노·무당에게 가장행렬·여원무·팔광대놀이의 역할을 분담시켜 광의의 사제 집단을 조직하였다. 향리층은 향촌 사회의 중간 지배 세력이고, 관노는 향리층을 보조하였으며, 무당은 종교적으로 지배적 위치에 있었다. 지금의 경산자인단오제보존회는 이사장과 이사 및 사무국장, 그리고 연희자(예능보유자, 예능보유자 후보, 전수조교, 이수자, 전수장학생, 회원)로 구성된 문화 단체이기 때문에 정치적 기능은 대폭 약화되었다. 사회적 기능을 보면, 자인 지역민을 통합하여 지역적 유대감과 향토애를 고취시켰는데, 지금은 '경산자인단오제'로 명칭을 변경하였듯이 축제의 참여 지역을 자인면에서 경산시로 확장시켜 지역 공동체 의식을 강화하려고 한다.

오락적 기능면에서도 변화가 일어났으니, 예전에는 여원무(무용)와 팔광대놀이(연극)를 비롯하여 그네뛰기(여성놀이)·씨름(남성놀이)을 주요 종목으로 하여 예술적 표현을 추구하고 오락적 쾌락 욕구를 충족시키려 하였는데, 지금은 다양한 체험 행사를 하여 세시 풍속으로서의 단오굿을 넘어서서 공연문화만이 아니라 언어문화·조형문화·전시문화·영상문화가 혼합된 문화축제로 확대되는 축제문화의 변화 추세를 따라가려고 한다. 이밖에도 품질이 우수한 농산물을 판매하기 위해서 생산성을 제고하는 경제적 기능, 경산여자전산고등학교 학생들에게 여원무 전수를

---

119 김택규, 앞의 책, 272쪽 참조.

통하여 무용교육을 하는 교육적 기능에서도 새로운 변화가 일어났다.

이와 같이 자인단오굿은 제의적인 요소는 기본 골격으로 유지하면서도 한묘의 이전과 통합, 버들못의 공장 단지 개발, 참왜석의 지리적 고립 등과 같은 물리적 환경의 변화만이 아니라 향리층의 고을굿에서 민간단체의 지역축제로 주재 집단이 바뀌고, 향리·관노·기녀·무당 등과 같은 특수 계층이 사라지고, 일반인이나 학생이 역할을 담당하게 되었으며, 무형 문화재로 지정이 되고, 자인단오굿에서 경산자인단오제로 외연이 확장됨에 따라 신앙적·정치적·사회적·오락적 기능 전반에 걸쳐 변화가 필연적으로 발생하였으며, 세속화와 오락화가 가속화되었다.

4. 자인단오굿의 전망

역사의식이란 과거에서 현재를 찾고, 현재에서 미래를 전망함을 의미하는데, 자인단오굿의 정체성을 재확인하고 발전 방안을 모색하기 위해서는 이러한 역사의식이 필요하다. 자인단오굿의 미래를 전망할 때 무형 문화재의 보존, 지역 문화 축제의 활성화, 전통 축제의 현대화와 세계화 등 세 가지 측면으로 나누어 접근하는 것이 타당하다.

첫째 자인단오굿은 1971년 3월 16일에 중요무형문화재 제44호로 지정되어 지역문화 차원에서 민족문화 차원으로 그 역사성과 예술적 가치가 인정을 받았었는데, '한장군놀이'라는 명칭으로 지정됨으로써 '한(韓)장군의 가장행렬과 여원무' 중심으로 편협하게 인식되는 결과를 초래하고, 제의적 요소가 상대적으로 과소평가되었고, 팔광대놀이의 성격이 애매해졌다. 이러한 문제의식에서 2007년부터 '경산자인단오제'로 명칭을 변경하였다. 그리하여 한묘제, 큰굿, 여원무, 가장행렬, 팔광대놀이가 모두 한장군과 관련된 행사이며, 이 다섯 행사가 유기적인 통합체를 이루어야 자인단오굿의 정체성이 확립된다는 인식을 하기에 이르렀다. 그러나 큰 굿을 하는 무당이 이 지역의 무당이 아니기 때문에 무당과 무굿에 대한 고증이 거의 불가능한 상태이며, 팔광대놀이도 발굴과 재연 과정에서 생존한 연희자의 부재[120]로 원형성 시비에서 결코 자유롭지 못한 실정이다. 또한 여원무와 가장행렬도 인원 구성과 공연 내용을 비롯하여 원형에서 이탈하여 적지 않은 변모를 겪었다.

문화가 시대와 환경의 변화에 따라 변하는 것은 자연스럽다. 따라서 무형문화재를 화석화하는 것을 경계함이 마땅하다. 그러나 무지와 불성실로 인한 왜곡과 파괴 또한 막아야 한다. 명백한 오류는 시정되어야 한다. 그래서 자인단오굿은 왜곡화·화석화되기를 거부하고 현재도 지역민과 호흡을 함께 하는 지역축제문화를 지향한다. 그렇지만 중요무형문화재의 지위를 유지하는 한 원형성과 학술적 가치에 대한 논의에서 자유로울 수 없는 것도 문화재보호법의 논리이다.

둘째로 바야흐로 지역축제의 춘추전국시대를 맞이하여 자인단오굿도 경쟁력 있는 지역축제로 발전하기 위해서 혁명적인 변혁을 시도하고 있다. 오락적인 행사의 레퍼토리의 다양화만이 아니라 다양한 체험 행사를 개발하여 경산시민 전체의 축제로 확대시키려고 한다. 더 나아가서는 대구시민을 비롯한 인근 지역민만이 아니라 전국에서 구경꾼이 몰려오도록 하려고 한다. 한국인만이 아니라 외국인도 단순한 구경꾼을 넘어서서 참여하도록 유도한다. 그러나 이러한 외연 확장을 하면 할수록

---

120 팔광대놀이의 조사·재연은 이종대(1940~1992)의 공헌이 지대한데, 아쉽게도 연희자나 탈·복식 제작자가 생존자가 없는 상태에서 관찰자인 이복순(1912~?)을 상대로 조사하여 복원하였다.

이와는 반비례로 본래의 제의적 성격은 약화될 것이다. 왜냐하면 외지인들은 한장군 전설을 포함하여 한장군과 관련된 유적지와 제사·공연에 대한 지식이 없고, 한장군 남매신에 대한 숭배심과 신앙심이 없기 때문에 한묘나 묘제에 대해서는 관심도가 떨어지는 것이 당연하다. 그리고 여원무와 팔광대놀이도 제의적인 의미와 기능보다는 오락·예술적인 시각에서 감상할 것이다. 그리하여 자인단오굿의 구심점이 모호해지고, 최악의 경우에는 핵심 요소(묘제, 가장행렬, 큰굿, 여원무, 팔광대놀이)는 흥미와 관심의 권역에서 밀려나고 씨름 대회나 그네뛰기 대회나 각종 경연 대회에 구경꾼을 빼앗긴 채 심지어는 지역적 특성마저 퇴색해지고 어디에서나 볼 수 있는 백화점식 축제로 전락할 가능성도 있다.

현대축제는 탈지역성, 탈역사성, 이벤트성, 체험성이 특징이다. 전국적인 축제, 세계적인 축제일수록 지역성과 민족성이 탈색되기 마련이다. 그리하여 지역적인 유대감을 강화하고 지역민을 통합시키려는 전통적인 지역축제는 심각한 위기에 처했다. 전통적인 축제의 국제화에 성공한 사례로는 안동국제탈춤페스티벌과 강릉단오제를 들 수 있다. 전자는 하회별신굿에서 탈놀이만을 가져와 안동시의 국제적인 탈춤축제로 확대시킨 것이기 때문에 하회별신굿의 역사성과 제의성은 소거(掃去)되고 탈춤만 공연물로 전환시켜 대중적인 오락물 내지 관광상품으로 변질시킨 것이다. 그리고 강릉단오제도 대관령에서 국사성황신을 맞이하여 여국사성황과 신성결혼시키고 부부신을 남대천 굿당에 모시고 굿판을 벌이는 서낭굿의 기본골격은 주변부로 밀려나고, 전시문화와 공연문화가 혼합된 단오문화축제로 굴절되었다. 이처럼 축제의 참여자의 폭을 넓히고 수를 늘리려고 할수록 탈지역화와 탈역사화는 필연적이고, 이벤트화와 통속화는 축제의 국제화·세계화를 향하여 가속화된다.

그럼에도 불구하고 자인단오굿의 제의적인 핵심적 요소는 문화재로 보존·유지하면서 현대화·세계화하여 국제적인 축제로 도약하기 위해서는 이 두 가지 지향성을 조화·통일시키는 도리밖에 없다. 자인단오굿의 역사성과 전통성을 회복하고 축제의 공간을 확장하기 위해서라도 버들못의 복원과 검흔석 주변의 정비도 추진할 필요가 있다. 또한 중국 단오제의 핵심인 용선경도(龍船競渡)를 초청하여 오목천이나 삼정지에서 공연하여 단오축제의 국제교류를 추진하는 것도 시도해 볼 만하다. 이러한 자인단오굿의 현대화와 세계화는 자인과 경산 지역민이 해결해야 할 시대적 과제가 되고 있다. 결코 녹록치 않은 난제들을 하나하나 풀어나가기 위해서는 자인·경산 지역민이 '원무(圓舞)의 정신'을 새롭게 되새겨야 할 것이다.

제4장 자인단오굿과 여원무

자인단오굿의 여원무는 전설에 의하면 한(韓)장군 남매가 여원무와 잡희로 왜구를 유인하여 섬멸한 데서 유래한다. 시원의 여원무를 현재의 단오굿에서 재연하는 것은 모방의 원리에 의하여 반복적으로 재생함을 의미한다. 이는 주술의 효과를 극대화하기 위하여 주술이 발생한 시원을 재연함으로써 현재의 상황을 근원적 상황과 중첩시키는 것이다. 여원무의 시원은 어느 때 어떤 춤인가? 성재 최문병(崔文炳; ?~1599)이 1593(계사)년 5월에 지은 7언 절구의 "단오여원(端午女圓)"이 가장 오래된 기록이다.[121] 구체적인 내용은 230여 년이 지난 후 1831년에 자인 현감으로 부임한 채동직(蔡東直; 1786~?)이 작성한 『자인현읍지』[122]에 비로소 기록되었고, 이것이 1871(고종 8)년에 제작된 『영남읍지(嶺南邑誌)』의 「자인현(慈仁縣)」조에 약간의 수정을 거쳐 다시 수록되었다. 전승은 1936년에 중단되었다가[123] 1969년에 무보(舞譜)의 작성과 함께 재연되었으며, 무보는 1991년에 재정립되었다. 여원무는 이러한 우여곡절을 겪었는데, 1969년의 무보가 무동무(舞童舞)·화관무(花冠舞)·원무(圓舞) 중

---

121 이 책의 141~142쪽 참조.

122 한양명, 「자인단오제의 고형(固形)에 관한 탐색」, 『경산자인단오제의 정체성과 발전방안』, 한국공연문화학회 제37회 학술대회 논문집, 34쪽 참조.

123 최상수, 『한국민속놀이의 연구』, 성문각, 1988, 213쪽 참조. 그러나 김도근(金道根; 1915~?)은 자신이 13세 때인 1928년에 중단되었다고 증언하였다. 석대권, 『한장군놀이』, 국립문화재연구소, 1999, 179쪽 참조.

에서 원무가 세 겹 원무였으나 1991년의 무보는 두 겹 원무인 점 등이 대표적인 사례이다.[124] 그러나 1969년에 조사된 다른 보고서에는 40여 명의 춤꾼으로 구성된 홑 원무로 '여원무 추정 복원도'가 그려져 있다.[125] 그런가 하면 김희숙[126]에 의한 무보가 하나 더 추가되기도 하였다.

이런 연유로 여원무의 무보 작성과 복원 및 전승 과정에서 원형(原形)에 관한 의혹은 계속 제기되었고, 학문적 연구 또한 전무한 상황에서 최근에 여원무는 원무(圓舞)가 아니라 '여장 동남이 화관을 쓰고 추는 이인무(二人舞)'형태라는 새로운 주장이 제기되기도 하였다.[127] 그러나 1928년에 여장 동남의 역할을 맡았던 김도근이 생존해 있었고, 석영봉을 위시한 제보자들[128]이 1936년과 그 이전의 여원무 공연에 참여하였거나 구경한 사람들이라는 사실을 고려하면, 여원무가 원무 형태가 아니라는 주장은 설득력을 지니기 어렵다. 따라서 여원무를 강강술래, 놋다리밟기, 월월이 청청 등과 같은 원무 형태의 남성 집단무용으로 보는 것이 온당하다.

1. 여원무의 여장 동남과 신라의 원화

여원무의 무보를 보면, 1969년 제작본이든 1991년 제작본이든 원형(圓

---

124 김택규 외, 『자인단오』, 경산문화원, 1998, 88~208쪽에 두 종류의 무보가 수록되어 있다.

125 『한국민속종합조사보고서』, 문화재관리국, 1977, 574쪽 참조. 이 책의 569~577쪽에 기록되어 있는 '자인단오굿의 여원무와 한장군놀이'에 관한 보고서가 1969년에 조사된 것으로 확인된다.

126 김희숙, 『경북지방무용연구』(2), 영남대학교출판부, 2000, 20~115쪽.

127 한양명, 위의 논문, 35쪽 참조.

128 김택규에게 1969년에 제보한 증언자들은 석영봉(조사 당시 86세), 정재근(당시 71세), 정치준(당시 70세), 박정수(당시 78세) 등이었다. 『한국민속종합조사보고서』, 577쪽 참조.

形)의 대형(隊形)을 만들고 그 중앙에 화관(花冠)을 2개 배치한 다음 여장동남(女裝童男)이 먼저 화관을 향하여 전진하여 화관을 선회하며 춤을 추고, 이어서 화관무를 연행하고, 마지막으로 원무(圓舞)를 공연하였다. 다만 1991년 제작본에서는 춤꾼 전원이 집단난무를 추어 민속공연예술의 집단적인 신명풀이의 전통을 되살림으로써 1969년 제작본에서 세개의 원무패가 차례로 퇴장하는 마스게임식 굴절을 교정하였다. 아무튼 여원무는 '무동춤－화관무－원무－뒤풀이'의 순서로 연행되는데, 화관무는 화관이 한장군 남매신의 신체(神體)이기 때문에 장군신의 신무(神舞)이고, 무동춤은 신무 이전에 신에게 봉헌하는 춤 내지는 신을 즐겁게 하는 춤일 개연성이 크다. 그렇지만 왜 하필이면 13~4세의 화랭이 아들을 여장을 시켰을까하는 의문은 여전히 남는다. 여자가 참여할 수 없는 남성 집단무용[129]이기 때문에 남자가 여장할 수밖에 없다손 치더라도 한장군 남매신에게 바쳐지는 춤이 하필 2인 동녀무(童女舞)인가? 여기서 화관무와 동녀무 및 원무의 관계를 다음과 같이 수직 관계로 보면, 신라의 원화(源花)를 연상하게 된다.

신라의 원화에 관한 최초이면서 유일한 기록은 『삼국사기』의 진흥왕

---

129 여성은 탈놀이의 춤꾼이 될 수 없었다. 여자탈꾼의 등장은 20세기 들어와서야 가능하였다. 이 점은 판소리도 마찬가지여서 신재효가 진채선을 소리꾼으로 양성하기 전에는 남성광대뿐이었다.

37년의 사건 기록에 나타난다.

① 봄에 비로소 원화(源花)를 받들게 되었다. 처음에는 군신이 인재를 알지 못함을 유감으로 여기어 사람들을 끼리끼리 모으고 떼 지어 놀게 하여 그 행실을 보아 등용하려고 마침내 미녀 2인을 골랐다. 하나는 남모(南毛)라 하고 하나는 준정(俊貞)이라 하여 무리를 300여 인이나 모으더니 두 여자가 서로 어여쁨을 다투어 시기하여 준정이 남모를 자기 집으로 유인하여 억지로 술을 권하여 취하게 한 후 이를 끌어다 강물에 던져 죽였다. 준정도 사형에 처해지고 무리는 화목을 잃어 해산하였다.

② 그 후 다시 외양이 아름다운 남자를 뽑아 곱게 단장하여 이름을 화랑(花郞)이라 하여 받들게 하니 무리가 구름같이 모여들어, 혹은 서로 도의를 닦고, 혹은 서로 가악으로 즐겁게 하고, 명산과 대천을 돌아다니어 멀리 가보지 아니한 곳이 없으매, 이로 인하여 그들 중에 나쁘고 나쁘지 아니한 것을 알게 되어 착한 자를 가리어 조정에 추천하게 되었다.[130]

원화 제도의 창설과 화랑 제도로의 교체에 관한 내용이므로 사서에 기록이 되었을 텐데, 여기서 몇 가지 중요한 사실을 알 수 있다. 우선 두 원화를 공동 대표로 한 여성 조직이 한 화랑을 중심으로 한 남성 조직으로 바뀐 사실이다. 원화 제도는 균형과 견제의 원리를 바탕으로 하고, 화랑 제도는 집중과 효율의 원리에 의하여 조직되었다고 볼 때 원화 제도는 쌍두 체제의 견제 기능의 부작용으로 와해되었고, 화랑 제도는 단일 지도 체제의 장점이 극대화되어 삼국 통일의 원동력이 될 수 있었을 것이다. 한장군 남매가 오뉘힘내기 전설처럼 적대적인 경쟁 관계인 남

---

130 이병도, 『국역삼국사기』, 을유문화사, 61~62쪽의 번역문을 부분적으로 다듬었음.

매가 아니고 상보적인 협력 관계로 표현되는 것은 2인 체제의 순기능적인 측면, 곧 균형과 조화의 원리가 성공적으로 구현된 것을 의미한다. 그리고 이러한 조직 원리는 두 명의 여장 동남에게도 적용될 텐데, 이 동녀가 그 위치와 역할 면에서 사제(司祭) 신분의 원화에 연원을 두고 있는 것으로 추정된다.

원화의 여사제적 신분은 화랑에 대한 설명에서 유추할 수 있다. 명산과 대천을 순회하고 가악으로 즐겼다 하는 것은 김유신이 젊었을 때 대관령 산신에게서 검술을 배우고 강릉 남쪽에 있는 선지사(禪智寺)에서 명검을 주조하였으며,[131] 중악의 석굴에서 재계하고 하늘에 기도하니 난승(難勝)이란 신이 나타나 비법을 전수하였고,[132] 인박산(咽薄山)에 가서 하늘에 기도하니 천관신(天官神)이 보검에 영기를 내렸다는[133] 기록과 일치한다. 화랑이 명산대천을 찾아 천신과 산신 및 용신과 접신하여 초인적인 존재로 성화(聖化)된 것이다. 곧 화랑은 신과 직접 소통하는 인간, 신의 선택과 가호를 받는 인간[134]으로서 무당 내지는 토속 신앙의 사제와 동일한 역할과 지위를 지녔으며, 원화 또한 이러한 화랑의 전신인 것이다.

이처럼 원화 제도나 화랑 제도는 표면적으로 보면 인재 양성 제도이고 군사 조직이지만, 토속 신앙을 기저로 창설한 청소년 조직이었기에

131 허균, 『성소부부고(惺所覆瓿藁)』(II)(민족문화추진회 고전국역총서 227), 1989, 263쪽과 임동권, 『한국민속학논고』, 집문당, 1982, 215쪽 참조.

132 이병도 역주, 『국역삼국사기』(「열전」〈김유신〉조), 을유문화사, 1980, 614~615쪽 참조.

133 위의 책, 616쪽 참조.

134 김유신이 고구려의 첩자 백석에게 유인되어 갈 때 나림·혈례·골화 세 여신 산신들이 현신하여 백석의 정체와 계략을 가르쳐주어 김유신이 세 산신들에게 제사를 지냈다는 설화도 산신이 화랑을 수호하였으며, 화랑이 산신제의 사제 역할을 하였던 사실을 알려준다. 『삼국유사』, 「기이」〈김유신〉조 참조.

본질적으로 종교 조직이었다. 다만 화랑 제도는 원화 제도에 비하여 상대적으로 군사 조직의 성격이 강화된 것으로 보인다. 따라서 준정이 남모를 살해한 사건도 실제로 그와 같은 사건이 제도 변경의 계기가 되었을 수도 있지만, 그러한 제도 개혁을 합리적으로 설명하기 위하여 후대에 꾸며진 허구적인 이야기일 개연성도 있다.

하여튼 신라 시대의 유풍이라는 여원무의 시원을 원화무, 곧 준정과 남모가 추종하는 무리들과 함께 추었을 집단 무용에서 찾을 수 있는데, 두 원화가 신의 사제 역할을 하면서 신에게 봉헌하는 원무 형태의 원화무가 여원무로 잔존하고 있다고 추정하면, 남성 집단 무용인 여원무에서 13~4세의 동남이 여장을 하고 동녀춤을 춘 이유가 비로소 해명된다. 화랭이 아들의 나이가 13~4세인 것도 사춘기의 초기로 여자로 치면 초경이 오기 직전의 나이이기 때문에 신성시되었으며, 신라 원화의 나이에 맞추었을 개연성이 크다.[135] 비슷한 사례로 하회별신굿탈놀이의 경우 서낭각시가 17세의 처녀라는 전설에 근거하여 각시광대를 17세 총각으로 선임하였다. 요컨대 신라 시대에 원화 2명이 낭도들을 거느리고 신을 섬겼듯이 여원무에서도 동녀 2명이 원무패를 거느리고 한장군신에게 무용을 봉헌하는 것이라고 보면, 동남 여장의 동녀는 원화의 잔영이며 여원무는 원화무의 한 지류일 개연성은 매우 크다.

한편 신라는 제정일치 사회로 시작하였기 때문에 원화 제도와 원화무에서 보이듯이 종교원리가 예술의 구성원리만이 아니라 정치·사회적 조직 원리로도 전이·확장되었다. 『삼국유사』의 박혁거세 신화와 『삼국사기』의 〈유리왕〉조에 의하면 하늘에서 하강하는 박혁거세와 지상에서 맞이하는 6촌장은 신과 제관의 관계였는데, 3대 유리왕 때에 유리왕이 6

---

135 참고로 김유신이 화랑이 된 때는 『삼국사기』에는 15세, 『삼국유사』에는 18세이다.

부의 이름을 고치고 사성(賜姓)을 하고 관직을 제수하여 골품제를 형성시킴에 따라 군왕과 신하의 관계가 제도화되었다. 그런가 하면 『삼국유사』의 만파식적설화는 김춘추 세력과 김유신 세력의 수평적 연합이 용신과 천신의 화해굿으로 제의화한 사실을 전하고 있다.[136] 이처럼 제사 원리가 수직적인 통치 계급의 조직 원리나 수평적 사회 통합의 원리로 전이되었는데, 『삼국사기』에 의하면 유리왕 때에는 싸움굿의 원리에 의하여 여성 사회를 통합하려 하였다.

> 왕이 이미 6부를 정한 후 이를 두 편으로 나누어 왕녀(王女) 두 사람으로 하여금 각각 부내의 여자들을 거느리어 편을 짜고 패를 나누어 7월 16일부터 날마다 일찍이 대부(大部)의 마당에 모이어 길쌈을 시작하여 을야에 파하게 하고, 8월 15일에 이르러 그 공의 다소를 조사하여 진 편은 주식(酒食)을 장만하여 이긴 편에 사례하게 한 바, 이에 가무와 온갖 유희가 일어나니, 이를 가배(嘉俳)라 한다.

생산을 장려하기 위한 경연 대회 같지만, 6부의 남자들은 관직 제도로 위계화하여 성골 및 진골과 정치적인 통합을 꾀하고, 여자들은 일과 놀이를 결합하여 경쟁시킴으로써 사회적 통합을 꾀하였다. 그런데 이러한 사회적 통합 원리의 기저에는 싸움굿의 원리가 작용한다고 보아도 무방할 것이다.

이처럼 신라인들은 제사의 신과 제관의 관계 및 싸움굿이나 화해굿의 원리를 정치 조직의 원리나 사회 통합의 원리로 전이하고 확장시켰는데,

---

136 박진태, 「만파식적설화의 서사구조와 역사적 의미」, 『한국문학의 경계 넘어서기』, 태학사, 2012, 196~209쪽 참조.

이는 불교나 유교가 전래한 이후에도 지속되었다. 그리하여 경덕왕은 서라벌 중심의 오악 신앙[137]을 부악(父岳; 팔공산)을 중악으로 한 오악 신앙[138]으로 확장하고 대구로 천도를 하려고 하였던 것이다. 제사 체계의 원리를 정치 제도의 원리로 전이한 것이다. 신라의 원화 제도와 화랑 제도도 종교 조직의 원리를 군사 조직의 원리, 사회 조직의 원리로 전이하고 확장한 경우라 할 수 있다. '신-원화-낭도'의 관계는 '신-사제-신도'의 관계이고, 이것은 '왕-신하-백성'의 신분 제도 내지는 '성골-진골-육두품'의 관계에 대응된다. '신-화랑-낭도'의 관계도 마찬가지로 정치 조직의 공고화와 사회 통합에 기여하였다고 말할 수 있다. 일례로 '신-화랑-낭도'의 관계를 통하여 '왕-신하-백성'의 관계를 강화하려고 하였기에 효소왕(692~702년) 시대에 화랑 죽지랑이 자신의 낭도인 득오를 면회하는 과정에서 육두품에 속하는 모량부의 익선으로부터 수모를 당한 사건이 발생하였을 때 화랑 단체를 관장하는 화주(化主)와 효소왕이 무자비하게 응징하였다.[139]

2. 원화무와 여원무의 무용미학

여원무가 신라의 유풍이라는 말에 근거하여 자인단오굿의 여원무의

---

137 통일 신라 이전의 오악은 동쪽의 토함산, 남쪽의 남산, 서쪽의 선도산, 북쪽의 북악, 중앙에 중악(단석산?)이었다. 이기문, 「신라 오악의 성립과 그 의의」, 『신라정치사회사연구』, 일조각, 1981, 206쪽 참조.

138 통일 신라의 오악은 동의 토함산, 남의 지리산, 서의 계룡산, 북의 태백산, 중앙의 부악(팔공산)이고, 이에 대한 제사는 중사(中祀)에 해당하였다. 한편 대사(大祀)는 삼산의 산신(경주의 나림 또는 나력, 영천의 골화, 청도의 혈례)에 대한 제사였다.

139 『삼국유사』 〈효소왕대 죽지랑〉조 참조.

여장동남을 신라 원화의 후신으로 보면, 여원무를 통하여 원화무를 재구성할 수 있다. 이를테면 두 원화가 토착신에게 제사를 지낼 때 사제가되어 무리를 거느리고 원무를 추었을 개연성을 상정할 수 있는 것이다.곧 신의 춤, 두 원화의 이인무, 낭도들의 원무로 구성된 여원무 형태를복원할 수 있다. 그뿐만 아니라 화랑무도 재구성할 수 있다. 신의 춤, 화랑의 1인무, 낭도들의 원무로 구성된 남성 집단무용을 복원할 수 있는것이다. 여원무의 '원(圓)'을 '원무(圓舞)'의 '원'이 아니라 '원관(圓冠)'으로본다 하더라도[140] 어떤 연유로 남자가 여자로 변장하고서 원관무를 추는가 하는 문제는 여전히 수수께끼가 아닐 수 없다. 그러나 여원무가 신라의 원화무일 개연성을 상정하면, 그 같은 문제에 대한 해명이 가능해진다. 따라서 여원무가 원화무의 후대적 잔존물로 보는 관점에서 무용미학적 특성을 논의하기로 한다.

신춤에 대해서는 『악학궤범』에 처용무에 관한 소상한 기록이 있고,민속무용으로 전승되는 신춤으로는 하회별신굿탈놀이에서 서낭각시가무동을 탄 채 두 팔을 굽혀서 올렸다 내렸다 하는 몽두리춤과 강릉단오굿에서 대관령산신의 신체인 괫대를 놀리는 산신무, 그리고 부천시 장말의 도당굿에서 도당할아버지가 추는 외다리춤 등이 있는 형편이다. 자인단오굿의 경우에는 화관무가 장군신 남매의 신춤인데, 화관을 두 손으로 잡고 몸을 앞으로 구부려 화관의 끝이 땅에 닿게 하고서 몸을 우측으로 돌리면서 360° 회전하여 일어서고, 이번에는 같은 요령으로 좌측으로돌면서 일어난다.[141] 이러한 화관무의 춤사위는 두 가지 동작소(動作素)

---

140 한양명, 앞의 논문, 35쪽에서 이 사실을 지적하면서 여원무가 집단원무가 아니고이인무라고 주장하였다.

141 김택규 외, 앞의 책, 96~97쪽 참조.

로 구성되어 있다. 하나는 나선형으로 화관을 돌려 들어 올리는 동작이고, 다른 하나는 좌우측 방향의 회전의 동작이다. 전자는 여장군의 음기와 남장군의 양기가 상승 작용을 일으키며 우주로 확산하게 하는 운동이고, 후자는 좌측과 우측의 균형을 맞추어 음기와 양기의 조화를 이룩하려는 운동이다. 이러한 춤사위는 나선무의 역동성과 좌우 대칭의 안정성을 모두 구비한 무용으로서 태극의 원리를 형상화한 것이다. 그리고 두 화관의 동선(動線)에서도 좌우 대칭 원리가 구현되어 균형미를 창출한다.

단오는 하지에 가깝기 때문에 우주의 양기가 가장 왕성한 시기이다. 따라서 음기를 보강하여 양기와의 균형과 조화를 꾀하려고 중국에서는 단오날에 용선(龍船) 경도(競渡)를 통하여 용을 강이나 바다에서 육지로 올라오게 하였고, 우리나라의 강릉단오굿이나 영산단오굿에서는 남신을 맞이하여 여신과 신성결혼시킴으로써 음양의 조화를 꾀하여 풍조우순(風調雨順)과 풍요다산을 기원하였다.[142] 자인단오굿에서는 남매신이기 때문에 여장군의 음기와 남장군의 양기를 조화시키려 한다. 이러한 음양 사상이 남장군신과 여장군신의 화관무로 형상화되는 것이다.

다음으로 사제인 여장동남의 동녀춤은 양손으로 청색 끈의 양단(兩端)을 잡고 화관을 향하여 우측으로 들었다가 좌측으로 들었다가 하면서 전진하고, 화관을 돌면서는 양손을 좌우로 45° 가량 들어 올렸다가 내리고, 중앙으로 마주보며 다가갈 때에는 양팔을 높이 올려 좌우측으로 흔든다.[143] 동녀춤에는 상하(上下)의 대립과 좌우의 대립에 의해서 균형미와 우아미를 창출한다. 그리고 원무에서는 몸을 앞으로 숙인 다음에

---

142 이 책의 114~117쪽 참조.
143 김택규 외, 앞의 책, 89~94쪽의 무보 참조.

는 뒤로 젖히고, 양손을 우측으로 올리고(내리고) 좌측으로 올리고(내리고), 양팔을 양어깨와 일직선으로 들고 어깨춤을 추고, 원을 그리며 좌로 한 바퀴 돌다가 우로 한 바퀴 돌고, 왼손(오른손)을 이마 앞에 들고 오른손(왼손)을 허리 뒤로 뻗치고, 양팔을 높이 들고 좌우로 흔들고 하는 따위의 춤사위를 사용하여 안무하는데,[144] 좌우와 전후와 상하의 대립과 대칭에 의한 균형미와 안정감, 그리고 원형(圓形)의 통일성과 영원성에 의한 역동미와 동중정(動中靜)의 세계가 실현된다.

그런데 이러한 원무의 미학에 대해서는 다음과 같은 논고(論考)가 있다.

원은 달과 해 등 우주를 상징하기도 하고 정신세계를 상징하기도 하며 가장 단순한 출발점인 동시에 종착점이 되는 영원성을 상징하기도 한다. 또한 원은 무한대의 선과 면을 포섭한 완전한 형태인 것이다. 선, 면, 각이 궁극적으로 도달할 이상으로서 원이 존재하면서 선, 각, 면 등의 공존과 그들의 조화를 상징한다. 포섭이자 끌어안음이 곧 원이며, 모순에서의 완전한 지양(止揚), 대립과 갈등의 승화(昇華)를 상징한다. 구불구불한 선의 원이나 나선형의 원은 외향성과 원심력을 가진다. 이는 완벽한 원이 구심적이고 자체 내의 한정된 동력을 갖는 것과는 달리 발전과 전진을 상징한다. 이 같은 원의 움직임 중에서 가장 탄력적인 것은 나선형의 태극원이다.

천지신명과 일월성신은 민간신앙에서 가장 많이 등장하는 자연 신격들인데, 특히 해와 달이 갖는 종교적 신앙 대상으로서의 속성을 원이 나누어 갖고 있다. 우리의 민속춤 중 원의 구심적, 원심적 역동성을 동시에 가장 완벽하게 담아낸 것이 강강술래와 농악이다. 이 춤들은 원과 사행선(蛇行線)으로 이행하는 역동성을 가지고 있다. …(중략)… 자연의 우주적 운행 질서를 재현하는 한국 춤은 춤사위의 시작이 그 끝이 되고 그 끝이 다시 시작이 되는 무한연속의 반복, 즉 원운동을 나타내고 있으며, 이때 파생된 선들은 자연히 곡선을 이룬다.[145]

정월 대보름에 여성들이 노는 강강술래나 놋다리밟기나 월월이청청은 달의 운행을 모방하여 그 운행을 조절하고, 기울고 차는 달의 죽음과 재생을 통해서 영원한 생명으로 부활하고, 조수(潮水)와 월경을 일으키는 달의 여성원리에 의해 풍요와 다산을 이루려는 기원을 담은 집단 민속 원무들이다.[146] 그러나 자인단오굿의 여원무는 태양축제의 춤이다. 태양을 모방하고 태양에 기원하는 춤이다. 화관을 중심으로 구심력과 원심력이 작용하는 원무를 춘다. 곧 두 동녀는 중앙에서 화관을 돌면서 구심력을 일으켜 원무패를 통일체로 만들어 두 신(화관)을 중심으로 한 질서를 구축하고, 두 신은 나선형의 춤을 추고 사행선으로 이동하여 외부의 적과 재난에 대항하여 물리칠 외향성과 원심력을 생성시킨다. 원진(圓陣)에 작용하는 이러한 구심력과 원심력의 균형이 잡히는 순간 회전현상이 발생하고, 한 바퀴 돌아 제자리에 오면 처음이 끝이고 끝이 처음이 되어 영원회귀성이 원으로 도상화(圖像化)된다. 음과 양이 조화를 이루고 결합하여 생명과 문화를 창조하는 무교적 세계관[147]이 나선형 태극원의 집단적 신체 운동으로 의례화되는 것이다.

---

145 정병호, 『한국무용의 미학』, 집문당, 2004, 301~302쪽.
146 김열규, 『한국문학사』, 탐구당, 1983, 241~243쪽 참조.
147 류동식, 『한국무교의 역사와 구조』, 연세대학교출판부, 1978, 58~60쪽 참조.

3. 여원무의 화관과 꽃의 주술성

여원무의 화관(花冠)은 『영남읍지』에 "채색 종이를 오려서 꽃을 만들어 둥근 관을 장식하고 관의 둘레에는 오색의 띠를 달아 늘어뜨렸다(剪彩紙爲花飾二圓冠 冠邊垂五色之條)"라고 기록되어 있는데, 지금의 화관에 대해서는 다음과 같이 설명된다.

> 화관을 만들 때의 꽃은 5종이고, 꽃의 수는 500개, 꽃관의 지름이 60cm, 높이가 3m, 꽃가지는 8개, 관가에 드리운 치마가 오색이며, 길이는 1m 정도이다. 오색의 종이나 5종류의 꽃을 쓴 것은 오행 개념이 도입된 듯하고, 상단에 연화로 장식한 것은 불교와 유관할 것이다. 화관의 밑 부분이 통형인 것은 사람의 상체가 잘 들어가게 하기 위함이고, 오색 치마를 드리운 것은 사람의 하체를 숨기기 위함이다. 실제로 화관을 쓰면 사람의 형체는 없고, 주민들이 말하듯이 거창한 '꽃귀신'같이 하나의 꽃관으로만 보이며, 이것을 쓰고 춤출 때의 모양은 정말로 희귀한 모습이다. 화관은 정성스럽게 만들고 단옷날 여원무를 출 때까지는 성스럽게 보관했다. 행사가 끝나고 이 꽃을 집에 두면 벽사에 효험이 있다고 믿어 서로 가지려고 수라장을 이루었다고 한다.[148]

화관의 제작법, 오행 관념과 연화의 불교적 상징성, 신성성과 주술성에 대한 주민의 믿음 등에 대해 말하고 있는데, 화관을 만드는 이유와 꽃가지가 8개인 이유에 대해서는 언급이 없다. 우선 꽃가지가 8개인 것이 팔방(八方)을 가리킨다고 보면, 한장군이 팔방을 진호(鎭護)한다는 의미가 된다. 고려 처용가에서 십이제국이 모여 처용을 만들어 세웠다고

---

148 김택규 외, 앞의 책, 211쪽.

하여 처용이 십이방의 삼재팔난을 소멸하는 나신(儺神)임을 나타낸 것과 같은 이치이다. 다음으로 꽃으로 관을 장식한 이유는 신라의 원화(源花)가 쓴 관인 사실에서 찾을 수 있다. 원화라는 이름에 꽃이 들어가 있는 것은 원화의 본질이나 정체성과 깊은 관련이 있을 것이기 때문이다. 다시 말해서 원화는 꽃과 깊은 관련이 있거나, 또는 꽃으로 상징되는 존재였을 것이다. 그래서 원화가 화관을 썼고, 그것이 현재의 여원무에서 여장 동남이 쓰는 화관으로 남아 있는 것이다. 준정이 남모를 살인하는 사건이 발생한 이후로 여성 단체인 원화 제도를 폐지하고 남성 단체인 화랑 제도를 창설하면서도 여전히 꽃을 명칭에 포함시킨 이유가 무엇일까? '꽃과 같은 미녀'를 우두머리로 하는 단체이니까 원화(源花)라고 하였듯이 '꽃과 같은 미소년(美少年)'을 우두머리로 한 단체이므로 화랑(花郎)이라고 했을까? 진흥왕대가 태평성대라면 이러한 설명이 설득력을 지닐 수도 있다. 그러나 원화 제도이든 화랑 제도이든 정복 전쟁을 일으켜 한강 유역을 점령하고 대가야를 멸망시키고, 창녕·북한산·황초령·마운령에 순수비를 세운 진흥왕이 국운을 개척해나갈 인재를 양성하고 발굴하기 위해서 만든 제도라는 사실을 감안하면, 원화와 화랑의 명칭에는 심미적인 취향 이전에 보다 본질적인 종교적·철학적인 의미가 내포되어 있다고 보는 것이 타당하다.

여기서는 일단 신라 시대의 꽃과 관련된 설화와 향가 중심으로 접근해본다. 왜냐 하면 진흥왕 당시는 종교사와 정신사의 관점에서 보면 토착적인 신앙에서 불교로 교체되던 시기이므로 20세기까지도 남아 있던 꽃에 대한 주술 관념을 신라인들이 지녔을 것은 분명한 사실이기 때문이다. 먼저 『삼국유사』에 기록되어 있는 성덕왕(702~737) 시대의 수로부인 설화를 보면, 용신이 수로부인을 납치해 갔을 때에는 그녀의 남편 순정공이 해가(海歌)를 불러 되찾았지만, 산신이 나타나서 수로부인을 신처(神妻)로 삼을 때에는 헌화가(獻花歌)를 불렀다고 한다.

> 자줏빛 바위 가에
> 잡은 손의 암소를 놓게 하고
> 나를 아니 부끄러워한다면
> 꽃을 꺾어 바치오리다.

천 길 낭떠러지에 철쭉꽃이 피어 있는 것을 보고 수로부인이 그 꽃을 가지고 싶어 하였으나, 그곳에는 사람이 갈 수 없다고 하면서 아무도 나서지 않을 때 암소를 끌고 가던 노인이 꽃을 꺾어다 바치면서 노래까지 불렀다는 것이다. 이것을 산신굿의 구술 상관물로 보면, 산신이 암소를 타고 굿판에 들어와 수로부인에게 꽃을 바치면서 헌화가를 불렀을 것이다. 헌화가는 '조건-결과'의 통사 구조로 된 참요인데, 미래에 일어날 일이 현재에 이미 일어났으니, 현재가 미래이고, 미래가 현재라는 순환론적 사고를 보인다. 이것은 산신과 수로부인의 신성 결혼이 어떤 특정한 시기에만 국한되는 사건이 아니고 초시간적이고 초공간적이라는 것을 의미한다. 이렇듯이 산신과 수로부인의 양주합심(兩主合心)굿은 시간과 공간을 초월하여 연행될 수 있는 것이다. 그리고 그러한 산신굿에서 꽃이 산신과 수로부인을 결합시키는 주술 매체로 활용되며, 그 꽃은 오늘날 동해안 별신굿의 꽃거리에서처럼 생화(生花)가 아니라 지화(紙花)가 사용되는 것이다.

다음으로 『삼국유사』에는 경덕왕 19(760)년에 하늘에 해가 두 개가 나타났을 때 월명사가 도솔가를 불러 해결할 때 꽃을 주술 매체로 사용하였다는 기록도 있다.

오늘 이에 산화가(散花歌)를 불러

뿌린 꽃아! 너는

곧은 마음의 명(命)에 부리어져

미륵좌주를 모시어라.

발원자(發願者)가 곧은 마음을 지니고 꽃에게 미륵좌주를 모셔오라고 명령을 내리는 것이다. 산화공덕(散花功德)을 바치며 미륵부처에게 지상에 하생하길 기원하는 바, 꽃이 미륵하생을 실현시키는 데 주술 매체로 활용되는 것이다. 그런데 이 꽃은 도솔가를 번역한 한시를 보면 도화(桃花)가 분명하다.

대궐에서 오늘 산화가를 불러

(龍樓此日散花歌)
용 루 차 일 산 화 가

도화 가지 하나를 청운 속으로 보내니

(桃送靑雲一片花)
도 송 청 운 일 편 화

곧은 마음이 부리는 바대로

(殷重直心之所使)
은 중 직 심 지 소 사

멀리 도솔천의 미륵을 맞이하라.

(遠邀兜率大僊家)
원 요 두 솔 대 선 가

이처럼 헌화가에서는 철쭉꽃이, 도솔가에서는 복숭아꽃이 인간과 신사이에서 주술 매체로 사용되었는데, 이러한 사실은 원화와 화랑이 인간과 신 사이의 중재자 역할을 했을 개연성을 강력하게 시사한다. 원화와화랑 모두 토착 신앙과 긴밀하게 관련된 존재들인 것이다. 그러나 원화제도에서 화랑 제도로 전환되면서 여성적인 포용력과 자애심보다는 남성적인 정복과 권력의지가 강조되었을 텐데, 화랑상의 전형인 김유신의 목표지향적인 성격과 행동을 통해서 이러한 변화의 일단을 엿볼 수 있다.

하여튼 원화와 화랑이 신라 시대의 꽃에 대한 주술 관념에서 비롯된 명칭이라고 보면, 여원무의 화관도 마찬가지로 꽃에 대한 주술 신앙의 산물이다. 그런데 화관은 그 자체가 한장군의 신체(神體)이므로 헌화가와 도솔가의 꽃과 다른 측면이 있다. 화관에 한장군의 신이 빙의(憑依)되어 있다고 보아야 하는 것이다. 그런데 이러한 사례를 『시용향악보』의 무가 '대국(大國)3'에서 확인하게 된다.

> 大國(대국)도 小國(소국)이로다
> 小國(소국)도 大國(대국)이로다
> 小盤(소반)의 다ᄆᆞ산 紅牧丹(홍목단)
> 섯디여 노니져
> 얄리얄리얄라
> 얄라셩얄라

대국과 소국은 중국 계통의 신들이다.[149] 대국이 소국이고, 소국이 대국이라는 말은 굿이 신인합일(神人合一)의 세계를 구현하듯이 대국과 소국의 화해굿을 하여 두 신이 합일하였음을 의미한다. 태극에서 양과 음이 생성되듯이 대국과 소국이 분화되기 이전의 근원으로 회귀하는 것이다. 그리고 그 합일이 홍목단을 매개로 하여 실현되는 것이다. 곧 홍목단 한 송이에 대국과 소국이 모두 빙의되어 대화합을 이룩하는 것이다. 그리하여 홍목단은 소국과 대국이 동시에 빙의된 신체가 된다. 여원

---

149 김동욱, 『한국가요의 연구』, 을유문화사, 1976, 226쪽 참조.

무에서는 남녀신의 신체, 곧 화관이 두 개로 분리되어 있는 점이 대국의 홍목단과는 다를 뿐, 꽃을 신내림의 주술 매체로 하여 신체로 삼는다는 점에서는 동일하다.

제3부

불교축제

제1장 불교축제의 개관

'위대한 종교가 없는 민족은 위대한 예술도 없다'는 말은 신화와 연극이 제의를 모태로 하여 발생하였다는 제의학파의 명제와도 부합되는데, 샤머니즘을 비롯하여 힌두교, 불교, 기독교, 이슬람교, 도교, 심지어 유교까지도 종교예술이 있는 바, 모두 종교의식과 관련이 있다. 이러한 엄숙하고 경건한 종교의식이 인간의 오락적 욕구를 수용하여 축제로 발전하는데, 불교축제로는 스리랑카의 페라헤라축제가 세계적인 축제로 평가받고, 티베트 라마교사원의 참(chams; 法舞)도 사원 안에서 비밀의식으로 거행되다가 신도에게 공개되면서 축제화가 이루어졌다. 한국의 불교축제로는 기악과 팔관회는 문헌기록에만 남아 있지만, 연등회와 영산재 및 수륙재는 현재도 전승되고 있는 터, 살아 숨 쉬는 불교문화요, 불교예술의 종합체요, 관광화가 가능한 불교축제라 할 수 있다. 그리하여 그 문화적·예술적 가치가 인정되어 영산재(1973)[1]와 연등회(2012)에 이어서 수륙재(2014)도 국가에서 중요무형문화재로 지정하였다. 종교의례의 일반적 특징이 '성격적으로는 종교의식(宗敎意識)의 외적 표출이고, 기능적으로는 종교적 대상과의 합일의 상징작용'이라는 견해[2]에 의하면,

---

1 1973년에 '범패'로 지정되었다가 1987년 '영산재'로 명칭을 변경하였는데, 이는 불교의식이 불교음악만이 아니라 다른 불교예술(무용·문학·미술)도 모두 포괄하는 불교공연문화라는 인식에 근거하였다.

2 홍윤식, 『삼국유사와 한국고대문화』, 원광대학교출판국, 1985, 28쪽에서 竹中信常,

불교의례는 불교사상의 외적 표출이고, 속인이 부처와 합일하는 사회적이고 집단적인 상징작용이므로, 불법을 수행하고 실천하는 불교의례 속에서 연행되는 범패나 작법무 같은 공연예술도 불교의례적 성격과 기능을 지닌다.

1. 인도·중국의 불교축제와 기악

4세기 초엽부터 8세기 중엽까지 존속한 인도의 굽타왕조시대는 불교문화가 힌두화하던 시대였다.[3] 그리하여 중국 승려 법현(法顯)이 405~411년에 걸쳐 인도를 여행하고 저술한 견문록『법현전(法顯傳)』에는 동인도 파탈리푸트라에서 당시의 역(曆)으로 매년 첫 달 8일에 다음과 같은 행상(行像)이 거행된 사실이 기록되어 있다.

네 바퀴의 수레 위에 탑 모양의 건조물을 만들고, 그 위에 하얀 천으로 가리고는 여러 천(天)의 형상을 갖가지 색으로 그린다. 사방의 감(龕)에는 좌상불(坐像佛)이 안치되고 보살이 협시하고 있다. 이러한 수레가 20대가 있으며, 각각은 장식을 달리한다. 행불(行佛)의 날에는 많은 사람이 모여 음악과 무용을 봉헌하며, 갖가지 향과 꽃이 공양된다. 그 뒤 바라문이 와서 부처님을 초청하면 부처님은 천천히 성 안으로 들어와 성 안에서 이틀을 머무르신다. 그 밤에는 등불을 가득히 점화하고 기악을 봉헌한다.[4]

『宗敎儀禮の硏究』, 동경: 청산서원, 12쪽에서 인용한 것을 다시 인용한다.
3 나라야스아키(奈良康明), 정호영 옮김,『인도불교』, 민족사, 1990, 302~303쪽 참조.
4 위의 책, 302~303쪽.

행상의 행렬과 신상(神像)에 대한 기악의 봉헌에 관한 5세기 초의 기록을 통하여 불교가 힌두교의 제식(祭式)을 수용하였고, 힌두를 대표하는 바라문이 불교신도들의 행상을 성 안으로 초청함으로써 불교와 힌두 사이에 소통이 이루어졌으며, 세속적인 음악과 무용이 불교문화에 수용되는 계기가 되었음을 알 수 있다.

이러한 행상이 중국에 전래되어 북위(北魏)의 낙양(洛陽)에서는 왕도의 각 사찰의 불상 1000여 존(尊)을 경명사(景明寺)에 모았고, 4월 초파일에 그 불상들이 차례로 선양문(宣陽門)을 지나 황궁으로 들어가면 창합궁(閶闔宮) 앞에서 황제가 산화공양(散花供養)을 하였는데, 이때 범악(梵樂) 범음(梵音)만이 아니라 백희(百戱)를 공양하였으며, 장추사(長秋寺)의 백상(白象)이 석가상(釋迦像)을 태우고 나아갈 때에도 탄도(吞刀)와 토화(吐火) 같은 곡예를 연희하였다고 『낙양가람기(洛陽伽藍記)』에 기록되어 있다. 이처럼 오락이 불곡(佛曲)에 한정되지 않고 춤, 잡기, 환술 등의 분야에 확대되었으며, 연주자도 승려에 국한되지 않고 대부분이 전업적인 기인(伎人)들이었다. 그렇지만 남북조 시대에 이미 선창승려(宣唱僧侶)가 있었으며, 혜교(慧皎)의 『고승전』에는 선창승려가 갖추어야 할 조건으로 음량이 풍부하고, 변론을 잘하고, 문학적 재능이 있고, 박식해야 한다고 기록되어 있다.[5]

우란분회는 남조의 양(梁)나라 무제(武帝)(502~549) 때 『불설우란분경(佛說盂蘭盆經)』에 근거하여 매년 7월 15일에 역대 선조를 제도(濟度)하기 위해서 거행되었으며,[6] 송대 이후에는 모든 외로운 영혼을 제도하

---

5 온왕성(溫王成), 배진달 편역, 『중국석굴과 문화예술』(상), 경인문화사, 1996, 129쪽 참조.

6 위의 책, 128쪽 참조.

는 의미로 확대되었는데, 대회에 수반해서 대창불곡(大唱佛曲)이 제작되었다. 그리고 이런 불교 절일(節日)은 후대로 내려오면서 더욱 성대해졌고, 음악, 무용, 연극, 잡기 등이 흥을 북돋아주었다.

그런가 하면 북조에서는 불탄일의 행상 이외에도 육재일(六齋日)에 대창불곡을 연행하였는데, 육재일이란 매월 초8·14·15·23·29·30일에 사천왕이 인간 세상에 내려와 선악을 찰방(察訪)하는 날이기 때문에 6일을 재가신도들이 불경을 외고 소식(素食)을 하며, 5계－불살생(不殺生)·불망언(不妄言)·불란음(不亂淫)·불음주·불투도(不偸盜)－를 지켰다. 『낙양가람기』에 의하면 낙양성의 경락사(景樂寺)에서는 여악(女樂)을 상설하여 노래 부르고 춤추고 악기를 연주하여 입신(入神)의 경지에서 놀았는데, 남자는 출입이 금지되었다고 한다.[7]

이처럼 중국에서는 5세기부터 불교의식 속에서 가무백희가 연행되는 전통이 형성되어 오랫동안 지속되었고, 그러한 불교의식이 사회적인 행사로 변하면서 세속적인 공연문화도 더욱 발달하였다.

인도의 기악(伎樂)에 대해서는 『마가승기율(摩訶僧祇律)』, 『증일아함경(增壹阿含經)』 등과 같은 불경에 기록되어 있는데,[8] 앞에서도 언급하였듯이 중국에서는 남북조 시대에 선창승려가 있었다. 인도에서 전래한 범패(梵唄)가 아니라 한어(漢語)를 사용한 중국 불곡은 어산제범(魚山制梵)의 고사에 근거하면 위나라 조식(曹植)(192~232)에 의해서 처음으로 창작되었던 것으로 보인다. 전설에 의하면 '조식이 하루는 천태산(일명 어산)에 오르자 범천(梵天)에서 오묘한 소리가 났는데, 그 소리에 맞추어 고기떼가 춤을 추므로 그 소리를 모방해서 범패를 만들고 고기떼의

---

7 위의 책, 128~129쪽 참조.
8 법현, 『불교무용』, 운주사, 2002, 13~15쪽 참조.

노는 모양을 본떠서 승무(僧舞)를 만들었다'고 한다.[9]

그런데 이러한 유래담에서 소리와 춤의 관계 및 예술의 모방원리를 재확인하게 된다. 고구려 왕산악이 중국 진(晋)나라에서 전래한 칠현금(七絃琴)을 개조하여 음악을 연주하니 현학(玄鶴)이 날아와 춤을 추어서 그 악기를 현학금(玄鶴琴)으로 하였는데, 그 이름이 다시 현금(玄琴) 곧 거문고로 바뀌었다는 전설[10]은 신라의 월명사가 피리를 불면 달이 운행을 멈추었다는 전설[11]과 함께 음악으로 자연을 감응시킨다는 음악주력관(音樂呪力觀)을 의미하는데, 이러한 관점에서 범패의 유래담을 보면, '천상의 음악을 모방해서 천상의 춤을 모방하게 만든다'는 불교음악과 불교무용의 생성원리를 간파할 수 있다.

우리나라 범패는 하동 쌍계사의 진감선사(眞鑒禪師) 대공탑비문(大空塔碑文)에 의하면 804년에 재공사(才功使)로 당나라에 갔다가 830년에 귀국한 후 옥천사(현 쌍계사)에서 제자들을 가르친 데서 시작되었다.[12] 그러나 학계에서는 신라 경덕왕 19(760)년에 해가 두 개가 나타난 변괴를 없애기 위해서 월명사에게 범패를 부르라고 지시하니 범패 대신 향가 도솔가를 지어 불렀다는 이야기를 근거로 진감선사가 당풍의 범패를 전파하기 이전에 이미 범패가 수용되어 있었을 것으로 추정한다.[13]

불교무용의 경우에는 백제의 미마지(味摩之)가 612년 일본에 중국 오(吳)나라에서 배운 기악을 전해주었다고 하는데,[14] 『교훈초(教訓

---

9 위의 책, 15~16쪽 참조.
10 이병도 교감, 『삼국사기』(잡지 제1 악), 을유문화사, 1980, 316쪽 참조.
11 최남선, 『삼국유사』, 민중서관, 1971, 223쪽 참조.
12 한만영, 『한국불교음악연구』, 서울대학교출판부, 1984, 14쪽 참조.
13 위의 책, 14쪽 참조.
14 성은구 역주, 『일본서기』, 정음사, 1987, 350~351쪽 참조.

抄)』(1233)에 의하면 호법신(사자, 가루라)의 춤, 오공의 피리연주 공양, 호법신(금강과 역사)이 미녀(오녀)를 유혹한 음욕의 화신(곤륜)을 징계하는 무용극, 영감과 아들의 예불, 바라문의 환속과 속죄, 호왕(胡王)의 취태(醉態) 등으로 불교적인 내용과 골계적인 내용이 혼합되어 있다.[15] 곧 종교성과 오락성을 예술성 안에 용해시켰다.

하여튼 백제의 불교무용과 신라의 불교음악이 있었음에도 불구하고 그 이후의 기악은 문헌과 그림에 기록되지 못하다가 불교무용은 16세기에 와서야 감로탱화를 통해서 현재의 바라춤, 나비춤(착복무), 법고춤이 기록되었고,[16] 불교음악도 고려 시대를 건너뛰어 대휘화상(大輝和尙)이 쓴 『범음종보(梵音宗譜)』에 와서 비로소 상세한 계보가 기록되었다.[17] 이러한 불교음악과 불교무용이 현재 영산재와 수륙재 속에서 전승되고 있다.

2. 팔관회

팔관회(八關會) 또는 팔관재(八關齋)는 신라 시대에 성립되어 고려 시대까지 지속된 국가제전이었는데, 『삼국사기』와 『고려사』에 의하면 신라 진흥왕 33(572)년이 상한선이고, 고려 공양왕 3(1391)년이 하한선이다. 『삼국사기』, 「열전」 제4 〈거칠부〉조에 의하면, 진흥왕 12(551)년에 고구려에서 귀화한 혜량법사(惠亮法師)를 승통(僧統)으로 삼고 백좌강회

---

15 박진태, 『한국고전희곡의 역사』, 민속원, 2001, 19~20쪽 참조.
16 법현, 앞의 책, 17~19쪽 참조.
17 한만영, 앞의 책, 15쪽 참조.

(百座講會)와 팔관의 법을 베풀었다고 하니, 진흥왕 12년에 불교행사인 팔관회가 처음으로 시작된 것으로 보인다.

『삼국사기』, 「신라본기」 제4 〈진흥왕〉조에는 진흥왕 33년 10월 20일에 "전사한 병졸을 위하여 외사(外寺)에 팔관연회(八關筵會)를 열고 7일 만에 파하였다"라고 하여, 원래 출가하지 않은 평신도들이 부처님의 가르침에 따라 팔계(八戒), 곧 '① 오늘부터는 살생하지 말고, ② 도적질하지 말고, ③ 음행을 하지 말고, ④ 망언을 하지 말고, ⑤ 음주를 하지 마라. 그리고 ⑥ 오늘 하루 낮 하루 밤은 높고 넓은 자리를 독차지하지 말고, ⑦ 가무와 희락(戱樂)을 하지 말고 중단하라. 또 ⑧ 몸에 물감과 향료를 바르지 마라'[18]와 같은 여덟 가지 계율을 지키는 법회인 팔관회가 진흥왕 33년에 전사자들을 위한 위령제와 결합되고, 기간도 하루 낮 하루 밤에서 7일로 연장되어 국가제전으로 확대된 사실을 알 수 있다.

신라의 팔관회에 관한 세 번째 기록은 『삼국유사』, 「탑상」 제4 〈황룡사구층탑〉 조이다.

법사가 중국 대화지(大和池) 가를 지나는데, ……신인이 말했다. "황룡사의 호법룡(護法龍)은 바로 나의 큰아들이오. 범왕(梵王)의 명령을 받아 그 절에 와서 보호하고 있으니, 본국에 돌아가거든 절 안에 구층탑(九層塔)을 세우시오. 그러면 이웃 나라들은 항복할 것이며, 구한(九韓)이 와서 조공하여 왕업이 길이 편안할 것이오. 탑을 세운 뒤에는 팔관회를 열고 죄인을 용서하면 외적이 해치지 못할 것이오."

---

18 『불설팔관재경(佛說八關齋經)』의 원문: 自今日始隨意欲不復殺生, 隨意所欲不復盜竊, 自今已後不復淫妖, 自今已後不復妄語, 自今已後隨意所欲亦不飮酒, 今一日一夜不於高廣床坐不敎人使坐, 今一日一夜不習歌舞戱樂, 亦不著紋飾香薰塗身. 류동식, 『한국무교의 역사와 구조』, 연세대학교출판부, 1978, 133쪽 각주 27)에서 재인용.

자장법사의 주청에 따라 선덕왕 14(645)년 3월에 구층탑을 건립하였는데, 그 때에 팔관회를 거행한 것 같다. 이처럼 황룡사의 구층탑은 호국룡신앙과 관련이 있고, 팔관회 역시 외적의 방어를 목적으로 거행되었을 것이다. 불교의식과 용신굿의 통합은 고려 태조 왕건이 즉위한 후 26(943)년 4월에 훈요십조를 유언할 때 "짐이 원하는 바는 연등과 팔관에 있었는데, 연등은 부처를 섬기는 까닭이고, 팔관은 천령과 오악(五嶽), 명산대천, 용신을 섬기는 까닭이다"[19]고 말한 사실에서 재확인된다.

이처럼 신라 시대에 불교의 수법행사(修法行事)인 팔관회에 위령제와 용신제가 결합되어 무불습합적(巫佛褶合的)인 국가제전이 되었고, 이러한 전통이 후고구려를 거쳐 고려로 계승되었는데, 고려 시대의 팔관회에 관한 기록들을 『고려사』에서 추출하면 다음과 같다.

① 태조 원년(918) 11월에 해당 기관에서 "전 임금은 매년 중동(仲冬)에 팔관회를 크게 배설하여 복을 빌었습니다. 그 제도를 따르기를 바랍니다."라고 하니, 왕이 그의 말을 좇았다. 그리하여 구정(毬庭)에 윤등(輪燈) 하나를 달고 향등(香燈)을 사방에 달며, 또 두 개의 채붕(綵棚)을 각각 5장(丈) 이상의 높이로 매고 각종 잡기와 가무를 그 앞에서 놀리었다. 그 중 사선악부(四仙樂部)와 용, 봉(鳳), 상(象), 마차, 선(船) 등은 다 신라 때 옛 행사였다. 백관들은 도포를 입고 홀을 가지고 예식을 거행했는데, 구경꾼이 거리에 쏟아져 나왔다. 왕은 위봉루(威鳳樓)에 좌정하고 이것을 관람하였으며, 이로써 매년 상례(常例)로 하였다.[20]

② 정종(靖宗)이 즉위한 1034년 10월 경오일에 덕종(德宗)을 숙릉에 장사지

19 김종권 역, 『고려사』(범조사, 1963) 「세가」 권제2 〈1.태조2〉조.
20 사회과학원 고전연구실 편찬, 신서원편집부 편집, 『북역 고려사』 제6책, 425~426쪽.

냈는데, 이때 보신(輔臣)을 서경으로 파견하여 팔관회를 열고 2일 동안 큰 잔치를 베풀었다.[21] 그리고 11월 경자일에는 팔관회를 열어 왕은 신봉루(神鳳樓)에 나와 백관들에게 잔치를 베풀고, 저녁에는 법왕사에 행차하였다.[22] 그 다음날에 대회(大會)를 열어 다시 잔치를 베풀고 관람하였다. 이때 동서 이경(二京), 동북양로병마사, 사도호(四都護), 팔목(八牧)에서 각각 표문(表文)을 올려 하례를 하였고, 송의 상인과 동서 여진과 탐라국에서 또한 토산물을 바쳤다. 그들에게 좌석을 주어 의식에 참가하게 하였다. 그 후부터 이것이 상례가 되었다.

③ 문종 27(1073)년 11월 신해일에 팔관회를 베풀고 왕이 신봉루에 거동하여 교방악(教坊樂)을 감상하였는데, 여제자 초영(楚英)이 아뢰기를 "새로 전습한 가무는 포구락(抛毬樂)과 구장기별기(九張機別伎)인 바, 포구락에는 제자가 13명이요, 구장기에는 제자가 10명입니다."라고 하였다.[23]

④ 예종이 원년(1106) 11월 신축일에 팔관회를 열고, 왕이 법왕사의 신중원에 행차하였다가 돌아와 대궐의 뜰에서 백신(百神)에게 배례하였다. 10년 11월 경진일에 팔관회를 열고 구정에서 돌아오다가 합문(閤門) 앞에서 멈추고 창화(唱和)를 하고, 창우(倡優)에게 명하여 의장대 안에서 가무를 하게 했다. 또 15(1120)년 10월 신사일에 팔관회를 열고, 왕이 잡희(雜戱)를 관람하였는데, 그 속에 건국 초기의 공신 김낙(金樂)과 신숭겸(申崇謙)의 우상이 있었다. 왕이 감탄하여 시를 지었다.

---

21 『고려사』 제69권 「지(誌)」 제23권 〈예(禮)〉 11 "가례잡의(嘉禮雜儀)"에는 덕종 3년 이라고 했으나, 덕종은 9월 계묘일에 죽고, 그해 10월과 11월에 각각 서경과 개경에서 팔관회가 정종에 의해서 행해졌다. 원년의 계산법에 연유하는 표현의 차이이다.

22 태조 2(919)년 3월에 법왕사, 왕륜사 등 십사(十寺)를 도성 안에 창건하였다. 따라서 왕이 팔관회에서 법왕사에 행차하는 절차는 태조 2년의 제 2회 팔관회부터였을 것으로 추정된다.

23 『고려사』 제71권 「지(志)」 제25권 〈악(樂)〉 2 "용속악절도(用俗樂節度)"

팔관회는 10월 15일에는 서경에서, 11월 15일에는 개경에서 거행하였
는데, 왕이 법왕사—때로는 흥국사—에 가서 분향하는 불교행사, 천령과
오악과 명산대천 및 용신과 같은 백신에 대한 배례, 개국공신을 위한 위
령제 성격의 연극, 사선악부나 교방악이나 잡기가 연행된 궁궐의 잔치
등 네 종류 행사로 이루어진 복합적인 국가제전이었다. 이 가운데 궁궐
잔치는 11월 14일에는 소회(小會)를, 15일에는 대회(大會)를 거행하였다.
소회는 왕과 태자 및 내·외직의 신하들이 복을 상징하는 술을 주고받
으며 화합과 결속을 도모할 때 가무백희를 연행하는 데 비해서 대회는
복을 상징하는 물건이 술만이 아니라 꽃·과일·약으로 확대되고, 참가
자도 중국 상인이나 변방의 종족으로 확대된다. 소회가 국내적인 통합
의례라면, 대회는 국제적인 통합의례인 것이다. 그런데 이러한 궁궐잔치
는 팔관회를 오락화·유흥화하여 탈불교적인 축제로 변화시키는 방향으
로 작용하였다.

한편 태조 왕건이 927년 팔공산에서 후백제의 견훤과 대접전을 벌일 때
위기에 빠진 자기를 구하고 전사한 신숭겸과 김낙을 위해서 연극적인 위
령제를 거행하였으니, 그 구체적인 내용이 『장절공행장(壯節公行狀)』에
기록되어 전한다.[24] 신숭겸과 김낙의 가상희는 태조 시기에는 허수아비로
두 장수의 신상(神像)을 만들어 연행한 해원굿이었고, 예종 시기에는 두
장수의 가면을 쓰고 말을 타고서 역동적으로 연출한 제의극이었다. 이처
럼 신라 시대 진흥왕 때 전사자의 진혼의식으로 출발한 팔관회가 고려 시
대에는 개국공신의 추모행사로 변하여 하나의 전통을 이루었다.

---

24 가상희와 도이장가에 관한 기록은 『고려사』, 「예종세가」를 비롯하여 장절공의 행
장, 유사(遺事), 별전 등에 들어있는데, 행장에 예종이 창작한 한시(율시) 1수와 이두로
표기된 단가(短歌) 2장의 구체적인 내용이 기재되어 있다.

3. 연등회

팔관회는 태조 원년(918)에 개최한 이래 해마다 주기적으로 시행하였다고 하였으나, 연등회에 관한 기록은 나타나지 않은 채 다만 태조의 훈요십조(訓要十條)에서 언급되었을 뿐이다. 하지만 정황을 고려하면 연등회도 건국 초기부터 팔관회와 함께 행해졌던 것으로 추정된다. 그러나 성종의 한화정책(漢化政策)으로 인하여 중단되는 위기를 맞이하였다가 현종 원년(1010) 윤 2월에 복구되고, 11월에는 팔관회도 복구되었는데, 2(1011)년 2월에 청주의 행궁(行宮)에서 연등회를 베푼 것을 계기로 개최 시기가 1월 15일에서 2월 15일로 바뀌었다.

이러한 연등회가 중국으로부터 전래된 시기에 대해서는 이미 진흥왕 때 팔관회와 동시에 수용되었을 것이란 주장도 있지만, 그렇다고 단정할 근거는 희박하다.[25] 그렇지만 『삼국사기』에 경문왕 6(866)년 정월 보름에 왕이 황룡사에 행차하여 연등(燃燈)을 보고, 백관들에게 잔치를 베풀었다는 기록과 진성여왕 4(890)년 정월 보름에 왕이 황룡사에 거둥하여 연등을 관람하였다는 기록이 있는 것으로 보아 고려의 연등회가 신라의 연등회를 계승한 것은 틀림없다.

연등회도 원래는 부처님의 덕(德)을 찬양하기 위하여 등(燈)을 공양하는 행위를 의례화한 법회이던 것이 신라 경문왕 때 '연등을 보고 신하들

---

25 류동식, 앞의 책, 137~138쪽 참조. 고려 태조가 훈요십조에서 연등회와 팔관회를 묶어서 말하였고, 성종 원년에 최승로가 '우리나라에서는 봄에 연등회를 베풀고 겨울에 팔관회를 연다'고 말한 것을 근거로 연등회가 처음부터 팔관회와 짝을 이루고 시작되었을 것으로 추정하였다. 그러나 연등회와 팔관회가 국가적인 2대 제전이 되는 것은 고려 태조가 의례를 정비하고 유언을 남겨서 그리 된 것이지 신라 진흥왕 때부터라고 단정하는 것은 근거가 약하다. 왜냐하면 고려가 신라의 제사와 의례를 계승한 것은 사실이지만, 제사제도와 의례체계를 그대로 승계한 것은 아니기 때문이다.

에게 잔치를 베풀었다'고 하여 불교적인 공양의례에 임금과 신하를 화해시키고 결속력을 강화시키는 연회(宴會)가 결합된 사실을 알 수 있다. 그러다가 고려 정종(靖宗) 4(1038)년 2월의 연등회 때 광종 2(951)년에 태조의 원당(願堂)으로 창건한 봉은사(奉恩寺)에 정종이 행차하여 태조의 진전(眞殿)-진영(眞影)을 모신 전각-을 배알하고, 저녁 등불을 밝힐 때에는 친히 분향하고서 그후 상례로 삼았다고 하는 바, 연등회에 삼국시대 이래 내려오던 시조제(始祖祭)[26]가 복합되어 조상숭배의례의 성격이 추가되었다.

문종 31(1077)년 2월의 연등회 때는 중광전에 거둥하여 교방악을 감상하였는데, 그때 여제자 초영이 "왕모대(王母隊) 가무의 전체 대오 임원이 55명인 바 춤을 추면서 네 글자를 형성하는데 '군왕만세(君王萬歲)'나 혹은 '천하태평(天下泰平)'이란 글자를 나타냅니다."라고 말한[27] 사실에서 연등회에서 교방악을 연행하면서 나라의 태평과 임금의 만수무강을 송축한 사실도 확인된다. 또 숙종 10(1105)년 정월 연등회 때는 왕이 봉은사에 행차하고, 태자에게 명하여 구정(毬庭)에서 삼계(三界)의 영기(靈祇)에게 초제(醮祭)를 지내게 하였다. 그리고 고종 23(1236)년 2월 초하루에 내전에서 소재도량(消災道場)을 베푼 뒤 중순의 연등회 때는 봉은사에 행차하여 주연을 베풀고서 다시 내전에 와서 곡연(曲宴)을 베풀었

---

26 『삼국사기』 제32권 「잡지(雜志)」 제1 〈제사〉조에 의하면, 신라 2대 남해왕 3년에 시조 박혁거세의 사당을 세우고 누이 아로로 하여금 사계절에 제사를 지내게 하였으며, 고구려에서는 부여신, 곧 유화와 그의 아들인 고등신(高登神), 곧 건국시조 주몽을 모시는 신묘(神廟)를 각각 짓고, 관서를 설치하여 지키게 하였다고 하며, 백제에서도 시조 구이의 묘당을 도성에 짓고 사계절로 제사지냈다고 한다. 이러한 시조의 신묘와 시조제가 고려시대에 불교적으로 변용되었고, 조선시대에 와서는 유교적으로 변용되어 중국식 종묘와 제례로 변모하였다.

27 『고려사』 권제71 「악지(樂志)」 제2 〈용속악절도(用俗樂節度)〉조.

는데, 그때 송경인(宋景仁)이 벽사진경의 뜻을 지닌 처용무를 추었으며, 30(1243)년 2월의 연등회 때에는 왕이 친히 소재도량을 베풀었다고 한다. 이처럼 연등회의 식재(息災) 기능이 확대되면서 신라에서 전승된 무교적인 처용무만이 아니라 도교의 초제까지도 결합시켜 불교와 무교와 도교의 습합현상을 일으켰다.

요컨대 연등회는 신라시대에 등을 공양하는 불교적인 연등법회를 정월 대보름에 거행하면서 달맞이를 하며 복을 빌고 액을 물리는 상원절(上元節)의 풍속 및 술과 음식을 먹고 선물을 주고받으며 서로의 복을 빌어주는 기복의례적인 연회를 결합시킨 형태로 출발하였다가 고려시대에 와서는 조상숭배사상에 의한 시조제와 호국신앙적인 국가제전의 전통을 추가하고, 나아가서는 축귀초복(逐鬼招福)하는 도교의식까지 수용하는 방향으로 종합화·통합화하고 기능을 확장시켰다.[28]

연등회에서 개최되던 궁정연회의 절차는 『고려사』의 〈상원연등회의(上元燃燈會儀)〉에 기록되어 있는데,[29] 연등회도 팔관회와 마찬가지로 소회와 대회로 양일간에 걸쳐 행해졌다. 편전에서의 소회가 끝나면, 봉은사의 진전에 가서 왕이 친히 재배하고 헌작하고 음복하고서 다시 강안전(康安殿)으로 되돌아왔다. 대회에서는 소회와 마찬가지로 백희잡기를 연희하고, 교방이 음악을 연주하고, 무대(舞隊)가 춤을 추었을 뿐만 아니라 태자와 신하들이 왕에게 차와 음식과 꽃을 바치며 만수무강을 축원하고, 왕은 태자와 신하들에게 차·술·약봉지·과실을 하사함으로써 복을 빌어주는 헌수(獻壽)의례를 행하였는데, 팔관회에서도 이와 유사한 의례가 행해졌다.

---

28 류동식, 앞의 책, 140~141쪽 참조.
29 『북역 고려사』 제6책, 신서원, 1991, 396~406쪽 참조.

4. 영산재

영산재(靈山齋)는 석가모니가 인도의 영취산에서 대중을 상대로『법화경(法華經)』을 설법한 영산회상(靈山會上)을 재연하고, 이 영산회상에 설판재자(設辦齋者)와 대중이 참여하여 불법과 인연을 맺는 법회(法會)이다.[30] 주술의 효력을 극대화하기 위해서 주술이 발생한 시원을 재연함으로써 현재의 상황과 근원적 상황을 중첩시키듯이[31]『법화경』의 회삼귀일(會三歸一)과 구원성불(久遠成佛)의 가르침을 깨닫기 위해 과거의 영산회상을 현재화하고 거기에 동참하는 것이다.

영산재의 기원에 대해서는 문헌의 기록이 없어 발생 시기를 정확하게 알 수 없다. 다만 현재 전승되는 불교의식 가운데 생전예수재(生前豫修齋)는 인도적 색채가 강하고, 수륙재(水陸齋)는 중국 양(梁)나라 무제(武帝)(502~549)가『불설우란분경(佛說盂蘭盆經)』에 근거하여 창안한 것이라면, 영산재는 우리나라에서 영산회상의『법화경』고사에 근거하여 구성한 불교의식으로 보는 것이 일반적 견해이다. 그리고 발생 시기는 조선 중기에 편찬한『작법귀감(作法龜鑑)』이나『범음집(梵音集)』에 영산재의 내용이 들어있는 것으로 보아 그 이전에 형성되었다고 보기도 하고,[32] 구체적으로 고려 시대 의천(義天) 대각국사(大覺國師)(1055~1101)를 창

---

30 심상현,『영산재』, 국립문화재연구소, 2003, 8쪽 참조.

31 이를테면 고려 처용가에서 "버찌야! 오얏아! 푸른 오얏아! 빨리 나와 내 신코를 매어라. 아니 매면 내리겠노라. 험한 말을. 동경 밝은 달밤에/밤이 깊도록 놀다가/들어와 잠자리를 보니/가랑이가 넷이로구나. 둘은 내 것인데 둘은 누구 것인고? 이런 때에 처용 아버지가 보면/열병신은 횟감이다"라고 말하여 고려의 개경 또는 조선의 한양에서 열병신(熱病神)을 퇴치하는 상황을 신라의 서라벌에서 처용이 열병신을 퇴치하는 상황과 중첩시킨다.

32 법현,『영산재연구』, 운주사, 2001, 147쪽 참조.

안자로 추정하기도 한다.[33]

영산재는 괘불단(掛佛壇)과 영단(靈壇)을 조성하고, 장엄(莊嚴)으로 제단과 도량을 장식하며, 불보살(佛菩薩)과 영가(靈駕) 및 승려에게 공양물을 바치는 물질적인 요소와 범패(안채비소리·바깥채비소리·축원·화청)와 작법무(바라춤·나비춤·타주춤·법고춤)와 같은 언어적·행위적 요소가 결합하여 의식을 구성하는데, 의식은 '① 시련(侍輦) → ② 재대령(齋對靈) → ③ 관욕(灌浴) → ④ 조전점안(造錢點眼) → ⑤ 신중작법(神衆作法) → ⑥ 괘불이운(掛佛移運) → ⑦ 영산작법(靈山作法) → ⑧ 식당작법(食堂作法) → ⑨ 운수상단권공(雲水上壇勸供) → ⑩ 중단권공(中壇勸供) → ⑪ 관음시식(觀音施食) → ⑫ 봉송(奉送)과 회향(回向)'의 순서로 진행된다. 무당굿에서는 굿의 단위를 굿거리, 또는 작은 굿이라 하고, 탈놀이에서는 놀이의 단위를 마당이라고 부르는데, 영산재는 재의 단위를 가리키는 용어가 아직 확정되어 있지 않으므로 잠정적으로 '단위법회'라 부르기로 하는데, 단위법회의 기능을 먼저 살펴보기로 한다.

① 시련(侍輦) : 호법성중(護法聖衆)(여러 성현, 대범천, 제석천, 팔부신중) －불법과 도량의 수호를 서원하였다－을 중단(中壇)에 영접하는 의식이다.

② 재대령(齋對靈) : 해탈문 밖의 단에서 영가의 영정과 위패를 도량의 영단(靈壇)－하단(下壇)－으로 영접하는 의식이다.

③ 관욕(灌浴) : 영가의 번뇌와 업장을 물로 씻고, 해탈복을 입히는 의식이다.

④ 조전점안(造錢點眼) : 지전을 만들어 설판재자 자신의 저승빚을 갚거나 선망부모(先亡父母)의 극락왕생을 발원하여 명부(冥府) 시왕(十王)과

---

33 심상현, 앞의 책, 10~12쪽 참조.

권속에게 바치는 의식이다.

⑤ 신중작법(神衆作法) : 설판재자가 호법성중의 내림에 감사하고 그들의 서원에 공감하며, 성공적인 법회를 부탁하는 의식이다. 도량에 마련된 어산단(魚山壇)에서 대웅전의 신중단을 향하여, 또는 법당 안의 신중단에서 거행한다.

⑥ 괘불이운(掛佛移運) : 석가모니 부처가 영취산에서 법화경을 설법하는 장면을 그린 탱화, 곧 법화변상도(法華變相圖)를 감실(龕室)에서 영산단으로 옮겨 괘불대(掛佛臺)에 건다. 불보살을 도량에 모시는 의식이다.

⑦ 영산작법(靈山作法) : 석가모니 부처와 협시보살(문수와 보현) 등을 야단법석(野壇法席)에 강림시키는데, 다음과 같은 절차로 한다.

　　㉮ 결계(結界) : 도량을 정토화(淨土化)하는 의식이다.

　　㉯ 소청(召請) : 석가모니 본존에게 법회의 시작을 알리고 도량으로의 강림을 청한다.

　　㉰ 설법(說法) : 법사(法師)가 석가모니를 대신하여 설법한다.

　　㉱ 권공(勸供) : 석가모니 부처에게 공양한다.

　　㉲ 회향(回向) : 석가모니 부처에게 공양한 공덕을 중생에게 회향한다.

⑧ 식당작법(食堂作法) : 승려(수행자)들이 설판재자로부터 공양을 받는다.

⑨ 운수상단권공(雲水上壇勸供) : 명부 시왕에게 공양을 바친다.

⑩ 중단권공(中壇勸供) : 신중단을 향하여 호법성중에게 공양을 바친다.

⑪ 관음시식(觀音施食) : 영가가 생전에 귀의한 관음보살의 신통력을 빌어 지옥고(地獄苦)의 중생을 불법승(佛法僧) 삼보에 귀의하게 만든다.

⑫ 봉송(奉送)과 회향(回向) : 불보살과 신중과 영가를 차례로 전송하고, 자신과 중생의 성불 및 영가의 극락왕생을 기원한다. 자신이 쌓은 공덕을 중생에게 회향한다. 영산회상에 동참하여 부처의 가르침을 깨닫고 실천하는 것이다.

영산재의 구성을 '도입부(시련·재대령·관욕·조전점안·신중작법·괘불이운) → 전개·절정부(영산작법·상단권공·식당작법·운수상단권공·중단권공·관음시식) → 결말부(봉송)'로 구분하는 견해가 있는데,[34] 이러한 삼분법은 단위법회의 개별적인 기능과 단위법회 상호간의 관계에 대해서 충분한 설명을 하지 못하는 한계가 있으므로 제의적 구조와 논리에 대한 보다 정밀한 분석이 필요하다. 영산재의 진행 절차에 나타나는 논리 구조는 영산작법의 세부적인 절차가 시사한다. '결계-소청-설법-권공-회향의 순서로 진행되는, 다시 말해서 결계는 도량을 정화하는 의식이고, 소청은 부처를 영접하는 의식이고, 설법은 부처가 중생 제도의 직무를 수행하는 의식이고, 권공은 중생이 부처에게 물질을 헌납하는 공양의식이고, 회향은 중생이 자신의 공덕을 다른 중생에게 돌려 부처의 중생 제도를 대행하는 행위이다. 이처럼 영산작법은 '정화-영신-교화의 직무 수행-제물 헌납-교화의 확산'라는 제의적 구조로 구성되어 있다. 마찬가지로 영산재도 '① 시련 → ⑤ 신중작법'은 호법성중의 '영신 → 직무 수행'이고, '② 재대령 → ③ 관욕 → ④ 조전점안'은 영가의 '영신 → 정화 → 제물 헌납'이 된다. 그리고 '⑥ 괘불이운'은 부처의 영신의식이고, '⑨ 운수상단권공 → ⑩ 중단권공 → ⑪ 관음시식'은 시왕과 호법성중과 지옥의 중생에게 음식을 공양하는 의식으로 제물 헌납에 해당하고, '⑫ 봉송'은 불보살과 호법성중과 영가의 송신의식이다. 이처럼 영산재의 전체 구조는 불보살과 호법성중을 맞이한 자리에 영가도 맞이하여 정화시켜 구제하는 '죽은 중생'을 위한 의식 속에 영산회상을 재연한 '산 중생과 죽은 중생 모두'를 위한 의식을 내포시킨 이중구조로 되어 있다. 그리고 식당작법을 영산작법 뒤에 삽입하여 '부처-중생'의 관계

---

34 심상현, 앞의 책, 137쪽 참조.

를 '승려-중생'의 관계로 전이하여 '부처-승려-중생'의 위계질서를 강화하고, 타주무(打柱舞)를 추어 일체 중생이 불성을 지니고 있기 때문에 수행하면 성불할 수 있음을 상징적으로 표현한다. 아무튼 영산재의 제의적 구조를 '정화·영신-직무 수행·공양·회향-송신'으로 단순화하면, 우리나라 굿의 '영신-오신-송신'의 구조[35]와 일치한다.

영산재에서 영산작법과 식당작법을 제외하면 수륙재가 된다. 그런데 수륙재의 절차는 1457년에 공주 계룡산 갑사(甲寺)에서 판각된 『천지명양수륙재의찬요(天地冥陽水陸齋儀纂要)』에 의하면 원래는 '개단-영신-공양-송신'으로 구성되어 상단·중단·하단의 순서로 영신하고, 공양도 동일한 순서로 하여 거행되었다.[36] 이처럼 불교신의 위계질서에 맞추어 거행되던 수륙재가 현재와 같이 영가 중심의 절차로 재구성되었는데, 이러한 변화는 15세기의 국행수륙재가 중단되고 16세기 이후로는 사찰 중심으로 전승되는 과정에서 무주고혼만이 아니라 유주고혼도 구원하는 수륙재로 개념이 확장됨에 따라 일어난 것으로 보인다. 더 나아가선 설판재자의 조상숭배 신앙을 수용하고, 지배이데올로기인 유교와 경쟁하여 신도를 포섭하기 위한 포교전략으로 수륙재에 영산작법과 식당작법을 추가하여 영산재를 새롭게 형성시킨 것으로 추정된다.

---

35 굿의 구조에 대해서는 현용준, 『제주도무속연구』, 집문당, 1986, 264쪽에서는 '청신-공연(供宴)·기원·오신-송신'으로, 김태곤, 『한국무속연구』, 집문당, 1981, 406쪽에서는 '청신-대접·기원-송신'으로 보았으나, 필자는 『탈놀이의 기원과 구조』, 새문사, 1990, 34~49쪽에서 '맞이굿-신유의식-싸움굿-화해굿-전송굿'으로 된 확장형을 제시한 바 있다.

36 이 책의 311~313쪽 참조.

제2장 팔관회와 가상희

 고려의 예종이 창작한 도이장가(悼二將歌)는 팔관회(八關會)[37]에서 연행되었던 가상희(假像戲)를 보고 지은 작품이기 때문에 관극시(觀劇詩)의 범주에 포함된다. 관극시란 '연극을 관람하고 지은 시'라고 정의를 내릴 수 있지만, 연극을 관람한 소감과 함께 연극의 내용을 소개하여, 그 자체로는 희곡이 아니면서도 고전희곡이나 고전극에 관한 중요한 단서를 제공하기도 한다. 관극시와 비슷한 용어로 연희시, 악부가 사용된다. 연희시는 연희를 기속악부(紀俗樂府)의 하위 개념이라고 규정하므로[38] 음악·무용·연극·잡기를 모두 포괄하는 가무백희(歌舞百戲)를 관람하고 지은 시를 가리키는 용어가 된다. 악부, 특히 소악부(小樂府)는 민간의 음악을 수집하여 기록한 한시이지만, 가무백희를 대상으로 한 점에서

---

 [37] 팔관회는 연등회와 함께 토착신앙(무교)과 불교의 습합에 의한 의례라는 것이 일반적인 통설이다. 유동식, 『한국무교의 역사와 구조』, 연세대학교출판부, 1978, 129~145쪽 참조.
 팔관회에 대해서는 다음의 논저들에서 논의되었다.
 安啓賢, 「八關會攷」, 『동국사학』 제4집, 동국대학교사학회, 1956.
 이혜구, 「의례상으로 본 팔관회」, 『예술논문집』 제1집, 예술원, 1962.12.
 홍윤식, 『韓國佛敎儀禮の硏究』, 일본: 隆文館, 1976.
 최근, 「팔관회에 대한 간단한 고찰」, 『역사과학』, 평양, 1987.5.
 최광식, 『한국고대의 제의연구』, 고려대 박사학위논문, 1989.
 홍윤식, 「고대 불교의 의례와 법회의 성격」(불교신문사 편, 『한국불교사의 재조명』, 불교시대사), 1994.
 [38] 윤광봉, 『한국연희시연구』(개정판), 박이정, 1997, "책머리에" 참조.

는 연희시와 별 차이가 없다. 다만 악부는 음악・무용에 중점을 두고, 연희시는 연극・잡기에 중점을 두고서 사용되는 경향이다. 도이장가는 서경의 팔관회에서 연행된 가상희를 소재로 한 관극시이기 때문에 도이장가를 통하여 가상희의 모습을 추적할 수 있다.

1. 팔관회의 성립과 변모

1) 고려 이전의 팔관회

팔관회(八關會)는 신라 시대에 성립되어 고려 시대까지 지속된 국가 제전이었는데, 『삼국사기』와 『고려사』에 의하면 신라 진흥왕 33(572)년이 상한선이고, 고려 공양왕 3(1391)년이 하한선이다. 『삼국사기』, 「신라본기」 제4 〈진흥왕〉조에 진흥왕 33년 10월 20일에 "전사한 병졸을 위하여 외사(外寺)에 팔관연회(八關筵會)를 열고 7일만에 파하였다."라고 기록되어, 팔관회가 사찰에서 거행한 불교 의식이고, 그 목적은 전사자를 진혼하기 위해서였으며, 기간은 7일 동안이었음을 알 수 있다. 팔관회는 팔관재(八關齋)라고도 하는 바, 출가하지 않은 평신도들이 부처님의 가르침에 따라 팔계(八戒), 곧 '① 오늘부터는 살생하지 말고, ② 도적질하지 말고, ③ 음행을 하지 말고, ④ 망언을 하지 말고, ⑤ 음주하지 마라. 그리고 ⑥ 오늘 하루 낮 하루 밤은 높고 넓은 자리를 독차지하지 말고, ⑦ 가무와 희락(戲樂)을 하지 말고 중단하라. 또 ⑧ 몸에 물감과 향료를 바르지 마라'[39]와 같은 여덟 가지 계율을 지키는 금욕적인 법회인데, 진

---

39 유동식, 앞의 책, 133쪽 각주 27)에 의하면, 「아사부불설팔관재경(阿舍部佛說八關

흥왕 때의 팔관회는 위령제적 성격을 띠고, 7일 동안 지속된 점에서 불교 본래의 팔관회가 아니라 당시의 정치적·군사적·사회적 필요성에 의해 변용시킨 새로운 형태의 팔관회였다. 그런데 『삼국사기』, 「열전」 제4 〈거칠부〉조에 의하면, 진흥왕 12(551)년에 고구려에서 귀화한 혜량법사(惠亮法師)를 승통(僧統)으로 삼고 백좌강회(百座講會)와 팔관의 법을 베풀었다고 하니, 진흥왕 33(572)년의 팔관회가 혜량법사의 주청에 의해 이루어졌을 개연성이 크다.

신라의 팔관회에 관한 세 번째 기록은 『삼국유사』, 「탑상」 제4 〈황룡사 구층탑〉조이다.

법사가 중국 대화지(大和池) 가를 지나는데, ……신인(神人)이 말했다. "지금 그대의 나라는 여자를 왕으로 삼아 덕은 있어도 위엄이 없기 때문에 이웃 나라에서 침략을 도모하는 것이니 그대는 빨리 본국으로 돌아가시오." 자장이 물었다. "고향에 돌아가면 무슨 유익한 일이 있겠습니까?" 신인이 말했다. "황룡사(皇龍寺)의 호법룡(護法龍)은 바로 나의 큰아들이오. 범왕(梵王)의 명령을 받아 그 절에 와서 보호하고 있으니, 본국에 돌아가거든 절 안에 구층탑(九層塔)을 세우시오. 그러면 이웃 나라들은 항복할 것이며, 구한(九韓)이 와서 조공하여 왕업이 길이 편안할 것이오. 탑을 세운 뒤에는 팔관회를 열고 죄인을 용서하면 외적이 해치지 못할 것이오."

자장법사는 선덕왕 5(636)년에 당나라에 유학하였다가 선덕왕 12(643)

齋經)」에서 팔계를 "① 自今日始隨意欲不復殺生, ② 隨意所欲不復盜竊, ③ 自今已後不復淫妖, ④ 自今已後不復妄語, ⑤ 自今已後隨意所欲亦不飮酒, ⑥ 今一日一夜不於高廣床坐不敎人使坐, ⑦ 今一日一夜不習歌舞戲樂, ⑧ 亦不著紋飾香薰塗身"이라고 하였다.

년에 당나라 황제가 준 불경, 불상, 가사, 폐백(幣帛)을 가지고 귀국하여, 황룡사에 구층탑을 건립할 것을 주청하였으며, 그에 따라 선덕왕 14(645) 년 3월에 구층탑을 건립한 바, 위 설화가 시사하듯이 그때에 팔관회도 거행했던 것으로 보인다. 황룡사의 구층탑은 신라에 적대적이었던 주변 국가들이 침공하는 재앙을 진압하기 위해서 세워졌으니, 제 1층은 일본, 제 2층은 중화(中華), 제 3층은 오월(吳越), 제 4층은 탁라, 제 5층은 응유, 제 6층은 말갈, 제 7층은 거란, 제 8층은 여진, 제 9층은 예맥을 진압시킨다는 신앙에 근거했다.[40] 이처럼 황룡사의 구층탑은 호국룡의 비호를 받아 국가적 위기를 극복하려는 신라인들의 염원과 의지의 표상인데, 구층탑의 건립에 이어서 팔관회를 개최하고 죄인을 용서하면 외적이 해치지 못할 것이라고 한 점에서 팔관회 역시 구층탑과 마찬가지로 외적의 방어를 목적으로 거행된 것으로 보아도 무방하다.

그런데 팔관회를 거행하면서 죄인을 용서하라는 대화지의 신인의 말은 고대의 부여에서 제천 의식인 영고를 거행할 때 "형옥(刑獄)을 중단하고 죄수들을 석방하였다"[41]고 한 『삼국지』, 「위지」〈동이전〉조의 기록을 연상시키는 바, 국민적 화합을 이룩하려는 통치 행위로서의 특별 사면이지만, 원혼(冤魂) 내지는 원한 관념을 간과할 수 없다. 마찬가지로 진흥왕 33년에 전사자들을 위한 위령제를 겸한 팔관회도 동일선상에 놓고 이해해야 한다. 원혼 또는 원한에 대한 공포심 때문에, 다시 말해서 원한을 품은 사자(死者)나 생인(生人)이 있으면 재앙이 발생한다는 믿음에 근거하여 해원(解冤)함으로써 질병이나 가뭄이나 죽음이나 외적의

---

40 『삼국유사』, 「탑상」〈황룡사 구층탑〉조에서 안홍(安弘)의 『동도성립기(東都成立記)』의 기록을 소개하고 있다.

41 전해종, 『동이전의 문헌적 연구』, 일조각, 1982, 12쪽 참조. "以殷正月祭天 國中大會 連日飲食歌舞 名曰迎鼓 於是斷刑獄解囚徒"

침범 같은 재앙을 없애거나 예방하려 한 것이니, 이러한 고대 사회의 관습을 이해할 때 비로소 신라 시대 팔관회의 성격을 제대로 파악할 수 있는 것이다. 그리고 부여의 영고, 고구려의 동맹, 동예의 무천 같은 고대 사회의 제천 의식이나 신라의 팔관회가 모두 국가 공동체·신앙 공동체를 화해·결속시키는 통합 의례였음도 그러한 국가 제전에 즈음해서 죄수를 석방시킨 이유를 분명하게 뒷받침한다. 이와 같이 신라 시대의 팔관회는 평신도들이 여덟 가지 계율을 실천하여 신심이 두터운 불자가 되는 불교적 재생 의례에 사회 통합 기능과 해원 기능 및 국가 수호 기능이 덧보태진 국가 제전으로 출발하였다.

선덕왕 이후에는 팔관회에 관한 문헌 기록이 없지만, 진흥왕 때의 팔관회와 선덕왕 때의 팔관회 사이에서 발견되는 차이점을 주목하면, 선덕왕 이후의 팔관회의 행방을 찾는 단서로 삼을 수 있다. 다시 말해서 선덕왕 때의 팔관회가 황룡사의 호국룡과 긴밀한 관계를 맺으면서 거행된 사실을 주목할 필요가 있는 것이다. 『삼국유사』, 「탑상」 제4 〈황룡사 장육(丈六)〉조에 의하면, 진흥왕 14(553)년 2월에 용궁 남쪽에 대궐을 지으려 할 때 황룡이 그곳에 나타나서 대궐 대신 절을 지어 황룡사라고 불렀다고 하는데, 이것은 천신 숭배족인 진흥왕이 용궁에 제사를 지내는 토착 세력을 제압하고 궁궐을 축조하려 했다가[42] 용궁의 용신을 조복(調伏)하여 일차적으로 호법룡으로 만들고, 이차적으로 호국룡을 만든 사실을 의미할 것이다. 그런데 이러한 호법·호국룡이 불교의 범왕(梵王)이 중국 대화지의 용의 아들을 파견한 것이라고 하여, 중국과 신라의 관계를

---

42 진흥왕은 하늘에서 하강한 김알지의 후손으로 용신신앙족인 석탈해의 후손들과의 왕권 경쟁에서 승리한 내물마립간(356~402) 이후 김씨족이 왕위 세습제를 정착시키고, 불교를 공인한 법흥왕(514~540) 이후 불교 국가로서의 국가 체제를 정비하고 영토를 확장하려고 했다.

주종 관계로 설정한 의식 구조를 보인 것은 비판의 여지가 있지만, 하여튼 황룡사의 호국룡을 위하여 구층탑을 건조했고, 그런 다음 팔관회를 개최한 사실은 선덕왕 때의 팔관회가 '국가 차원의 불교화된 용신제'였음을 시사한다. 요컨대 진흥왕 때의 팔관회가 '불교적인 국가 위령제'였다면, 선덕왕 때의 팔관회는 '국가적인 호법용신제'인 셈이니, 『삼국유사』, 「기이」 제2 〈만파식적〉조와 〈처용랑 망해사〉조에 의거할 때 그러한 호국·호법용신제가 제 31대 신문왕과 제 49대 헌강왕 때 재연된 사실을 간과할 수 없다.

문무왕이 왜병을 진압하고자 감은사를 창건하다가 끝내지 못하고 죽으므로 681년에 즉위한 신문왕이 682년에 완공시켰다. 그리고 5월 초하루에 동해에 거북의 머리처럼 생긴 산이 출현해서 신문왕이 7일에 이견대로 나가 사자를 시켜 살피니, 산 위의 대나무가 산과 함께 낮에는 둘이 되었다가 밤에는 하나로 합해지므로, 16일에 왕이 산에 가서 옥대를 바치는 용에게 그 연유를 물은 바, 다음과 같이 대답했다.

비유해 말씀드리면, 한 손으로 치면 소리가 나지 않고, 두 손으로 치면 소리가 나는 것과 같습니다. 이 대나무란 물건은 합쳐야 소리가 나는 것이오니, 성황(聖皇)께서는 소리로 천하를 다스리실 징조입니다. 왕께서는 이 대나무를 가지고 피리를 만들어 부시면 온 천하가 화평해질 것입니다. 이제 대왕의 아버님께서는 바다 속의 큰 용이 되셨고, 유신은 다시 천신이 되어, 두 성인이 마음을 같이하여 이런 값으로 칠 수 없는 큰 보물을 보내시어, 나로 하여금 바치게 한 것입니다.

대나무가 갈라지면 소리가 안 나고 합해지면 소리가 난다는 것은, 신라의 통일 과업이 서라벌의 김춘추 세력과 금관가야계의 김유신 세력의 연합에 의해서 성취된 사실을 감안할 때 문무왕 후손과 김유신 후손이 분열하면 나라가 위태로워지고 유대 관계를 공고히 하면 천하가 화평해진다는 말이 된다.[43] 그리고 그 같은 신의(神意)를 확인하는 상징적 의례로 용신이 된 문무왕과 천신이 된 김유신의 신령을 대나무에 내림받는 합심굿 내지는 화해굿을 대왕암 위에서 거행하고, 그 신대로 피리를 만들어 만파식적이라 이름을 붙인 것이다. 그리하여 신문왕 때에 왕권을 상징하는 신기대보(神器大寶)가 옥대와 만파식적 2개가 되었던 것이다. 이처럼 동해용이 된 문무왕의 능침사(陵寢寺)인 감은사와 대왕암 위에서의 용신제가 결합된 형태를 보이는데, 이와 비슷한 사례가 약 200년 뒤 헌강왕(875~886) 때에 다시 재연되었다.[44] 『삼국유사』의 〈처용랑·망해사〉조의 서사 단락을 정리하면 다음과 같다.

① 헌강왕이 학성에서 노닐 때 개운포에 갔다.

② 운무가 해를 가리므로 동해의 용을 위해 절을 짓기로 했다.

③ 용이 일곱 아들들을 거느리고 왕 앞에 나타나 무악을 바쳤다.

④ 용의 아들 하나가 왕을 따라 서라벌에 와서 왕정을 보좌했는데, 이름을 처용이라 불렀다.

---

43 기실 통일 이후 무열왕계의 전제주의적 경향이 강화되면서 무열왕계와 김유신계의 갈등의 골이 깊어져서 마침내 혜공왕 때에는 정면 대결의 양상까지 보였고, 무열왕계가 몰락한 이후에는 오히려 김유신이 추앙되고 흥무대왕으로 봉해졌다. 이기백, 『신라정치사회사연구』, 일조각, 1981, 248~252쪽 참조.

44 처용굿이 연행된 시기에 대해서는 『삼국사기』, 「신라 본기」 〈헌강왕〉조에 5년 3월에 "왕이 국동의 주군을 순행할새 어디서 왔는지를 모르는 네 사람이 어가 앞에 나타나 가무를 하였는데, 그 모양이 해괴하고 의관이 괴이하여 당시 사람들이 산해의 정령이라 하였다."는 기록과 관련지으면, 879년이 된다. 그러나 고기(古記)에는 헌강왕이 즉위한 원년의 일이라 기록되어 있다는 이설을 첨가한 바, 이에 따르면 875년이 된다. 어느 쪽이든 신문왕이 대왕암에서 용신굿을 행한 682년과는 200여 년의 거리가 있다.

⑤ 왕이 처용을 미녀와 결혼시켰다.

⑥ 왕이 처용에게 급간 벼슬을 내렸다.

⑦ 역신이 처용 아내를 도둑질하므로 처용이 가무를 하여 물러나게 하였다.

⑧ 나라사람들이 처용의 얼굴을 그려 문에 붙였다.

⑨ 헌강왕이 영취산에 망해사를 지었다.

⑩ 포석정의 남산신, 금강령의 북악신, 동례전의 지신이 나타나 가무를 했다.

⑪ 〈지리다도파곡(智理多都波曲)〉은 서라벌의 멸망을 예언한 산신의 노래였다.

개운포(현재의 울산)의 처용암에서 동해 용왕을 위한 용신제를 거행하고, 또 그를 조복하여 망해사의 호법룡으로 만들었는데, 동해 용왕의 아들인 처용과 서라벌 미녀와의 신성 결혼은 개운포에서 용신을 숭배하는 해양 세력과 서라벌의 헌강왕 세력을 결합시킨 통합 의례인 것이다.

이상에서 살펴본 바와 같이 진흥왕 때의 황룡사 창건과 선덕왕 때의 구층탑 건조 및 팔관회 거행, 문무왕 때의 감은사 창건과 신문왕 때의 대왕암에서의 용신굿 거행, 헌강왕 때의 망해사 창건과 처용암에서의 용신굿 거행이 모두 동일한 맥락을 이룸이 분명하다. 다만 대왕암에서의 용왕굿과 처용암에서의 용신굿은 황룡사에서의 팔관회에 비해 무교제의적 성격이 강하여,[45] 통일 이전의 주불종무적(主佛從巫的)인 팔관회가 통일 이후에는 주무종불적(主巫從佛的)인 용신굿으로 변모한 것으로 보아야 할 것 같다.

---

45 대왕암에서 신문왕에게 옥대를 바치고, 대나무피리의 이치를 설명하는 용은 실제로는 용신에 빙의된 무당이었을 것이다. 그리고 미녀와 결혼하고, 역신을 퇴치하는 처용도 처용신에 빙의된 무당이나 처용탈을 착용한 광대였을 것이다.

그런데 결코 간과할 수 없는 사실은 신문왕 때의 용신굿에는 천신굿이 복합되었고, 헌강왕 때의 용신굿에는 산신굿, 지신굿이 결합되어 있는 점이다. 다신교적인 특징이면서 용신굿의 확대 현상으로 풀이할 수 있는 바, 고려 태조 왕건이 즉위 26(943)년 4월에 훈요십조를 유언할 때 "짐이 원하는 바는 연등과 팔관에 있었는데, 연등은 부처를 섬기는 까닭이고, 팔관은 천령과 오악(五嶽), 명산대천, 용신을 섬기는 까닭이다"[46]고 말한 것도 팔관회를 용신제로만이 아니라 하늘·땅·물을 아우르는 우주 공간의 자연신들을 향한 제의의 총화로 인식했음을 의미한다.

다음으로 『삼국사기』, 「열전」 제10 〈궁예〉조에 의하면 궁예가 898년 2월에 송악에 도읍하고, 11월에 팔관회를 시작했다고 한다. 그렇지만 구체적인 내용에 대해서는 편린조차 남아 있지 않다. 다만 918년 6월에 고려를 건국한 태조 왕건이 "11월에 처음으로 팔관회를 베풀고 의봉루(儀鳳樓)에 나가서 이를 관람하고 이로부터 해마다 상례로 삼았다"[47]고 하였는데, 팔관회를 공양왕 3(1391)년까지 지속적으로 10월 맹동(孟冬)에는 서경에서, 11월 중동(仲冬)에는 개경에서 연중행사로 거행한 사실을 감안하면, 송악에서의 궁예에 의한 팔관회가 서라벌에서의 신라의 팔관회를 수용하여 고려의 국중행사가 되도록 교량 역할을 한 사실은 주목에 값한다.

또한 원래 금욕적인 법회였던 팔관회에서 진흥왕 때에는 전사자의 원혼을 호국영령으로 승화시킴으로써 민심을 위무하였으며, 선덕왕·문무왕·헌강왕 때에는 호법룡의 신격에 호국룡의 신격을 복합시켜[48] 국가적

---

46 『고려사』, 「세가」 〈태조 2〉조.

47 김중권(金種權) 역, 『고려사』, 범조사, 1963, 21쪽.

48 선덕왕 때에는 황룡사의 호법룡이 구층탑의 건조와 팔관회의 개최에 의해 호국룡으로 변용되었고, 문무왕 때에는 감은사에 안치된 호법룡이 만파식적을 바침으로서 호국

인 위기를 해결하려고 한 사실을 감안하면, 궁예가 팔관회를 거행한 것도 동일한 맥락에서 이해할 수 있을 것 같다. 궁예가 미륵불을 자칭하며 머리에 금정(金幀)을 쓰고 몸에 방포를 입었으며, 또 외출할 때에는 백마를 타고, 동남동녀가 일산과 향화를 받들고 앞에서 인도하고, 비구 200여 명은 범패를 부르며 뒤 뒤따르게 하였다고[49] 하는데, 백제의 무왕이 미륵삼존이 출현한 연못을 메우고 미륵사(왕흥사)를 창건한 사실[50]과 연관시킬 때 미륵삼존이 용신을 제압하고 미륵사에 좌정하였듯이 미륵불인 궁예는 왕륭(王隆)과 왕건 부자로 대변되는 패서(浿西; 황해도) 지방의 용신 숭배 집단인 해상 세력을 제압하고 송악에 도읍을 정한 것이라는 해석이 가능하다. 요컨대 궁예는 미륵불이 용신을 제압하였듯이 인간 세상에 하생(下生)한 미륵인 자신이 용신 신앙 집단인 왕건 세력을 제압할 수 있다고 믿었을 것이다. 그리하여 호법룡·호국룡 신앙의 전통을 이어받아 왕건 세력을 이용하여 삼한 통일이라는 대업을 이룩하려고 했던 것 같고, 그 같은 전략적 사고를 기저로 하여 팔관회를 개최하고 제도화했던 것으로 추정된다.

이처럼 팔관회는 원래는 팔계를 지키며 수행하는 법회였는데, 신라 진흥왕 때에는 위령제로, 선덕왕·신문왕·헌강왕 때에는 호국용신제로 변모하였다가 궁예에 의해 계승되었던 것이다. 따라서 궁예에 대한 왕건의 반역은 용이 더 이상 사이비 미륵불에게 조복당하는 신세가 될 수 없다는 각성에서 실행되었으며, 이 같은 맥락에서 왕건의 조상 작제건이 중국으로 가는 도중 부처로 둔갑한 여우를 퇴치하여 서해용왕을 돕고

룡으로 발전하였으며, 헌강왕 때에는 동해용왕은 망해사에 봉안되어 호법룡이 되고, 동해 용자 처용은 서라벌에 와서 왕정을 보좌하는 호국룡이 되었다.

49 이병도 역주, 『국역 삼국사기』, 을유문화사, 1980, 718쪽 참조.
50 『삼국유사』, 「기이」 〈무왕〉조 참조.

용녀를 아내로 삼는 신화[51]를 형성시킨 것으로 보인다. 그렇지만 고려 시대 팔관회는 궁궐에서 황룡대기(黃龍大旗)를 꽂아놓고 거행한 뒤 법회는 법왕사(法王寺)에서 거행하는 식으로 용신제와 불교 의식이 이원 화되는 변화를 일으켰다.

2) 고려의 팔관회

신라 시대에 불교의 수법행사(修法行事)인 팔관회에 위령제와 용신제 가 결합되어 무불습합적(巫佛褶合的)인 국가 제전이 되었고, 이러한 전 통이 궁예에 의해 계승되었지만, 궁예와의 권력 투쟁에서 승리한 왕건이 고려를 건국하고서 팔관회를 법회와 분리시킴으로써 팔관회는 토착무교 적 의례를 가리키는 탈불교화 현상을 일으켰다. 요컨대 팔관회는 그 이 름을 토착 제의에 넘겨주고, 불교 행사로는 상원(上元)—뒤에는 2월 보 름으로 바뀌었다—에 연등회(燃燈會)를 거행하여 연초의 연등회와 연말 의 팔관회를 고려의 양대 국중행사로 만들었던 것이다.

고려의 팔관회는 태조 왕건이 즉위한 918년에 시작되었지만, 943년 왕 건이 죽으면서 남긴 훈요십조의 여섯 번째 조항, 곧 "짐이 원하는 바는 연등과 팔관에 있었는데, 연등은 부처를 섬기는 까닭이고 팔관은 천령과 오악·명산대천·용신을 섬기는 까닭이었다. 후세에 간신들이 가감할 것을 건백(建白)하여도 마땅히 이를 금지할 것이다. 내 또한 당초에 마 음에 맹서하여 회일(會日)에 국기(國忌)를 범하지 않고, 군신동락(君臣同 樂)하였으니, 마땅히 공경하여 이를 행할 것이다"[52]라는 유지에 따라 고

---

51 『고려사』, 「고려세계(高麗世系)」 참조.
52 김종권 역, 앞의 책, 44쪽.

려가 멸망하기 직전인 1391(공양왕 3)년까지 역대 임금들에 의해 계승되었다.

그렇지만 도중에 중단되거나 변질되거나 변화를 겪기도 한 바, 이러한 사실들을 알려주는 자료들을 『고려사』의 「세가(世家)」를 중심으로 추출하여 소개하면 다음과 같다.

① 태조 원년(918) 11월에 해당 기관에서 "전 임금은 매년 중동(仲冬)에 팔관회를 크게 배설하여 복을 빌었습니다. 그 제도를 따르기를 바랍니다."라고 하니, 왕이 그의 말을 좇았다. 그리하여 구정(毬庭)에 윤등(輪燈) 하나를 달고 향등(香燈)을 사방에 달며, 또 두 개의 채붕(綵棚)을 각각 5장(丈) 이상의 높이로 매고 각종 잡기와 가무를 그 앞에서 놀리었다. 그 중 사선악부(四仙樂部)와 용, 봉, 상(象), 마차, 선(船) 등은 다 신라 때 옛 행사였다. 백관들은 도포를 입고 홀을 가지고 예식을 거행했는데, 구경꾼이 거리에 쏟아져 나왔다. 왕은 위봉루(威鳳樓)에 좌정하고 이것을 관람하였으며, 이로서 매년 상례로 하였다.[53]

② 성종이 즉위한 981년 11월에 왕은 팔관회의 잡기가 떳떳하지 못하고 또한 번요하므로 이를 없애게 하였다. 그 대신 2(983)년 정월 신미일(辛未日)에 왕은 원구(圓丘)에 풍년을 기원하고 태조의 신위를 원구에 모셨다. 을해일(乙亥日)에는 왕이 친히 적전(籍田)을 갈아 신농(神農)에게 제사 지내고 후직(后稷)을 배향하였는데, 풍년을 기원하고 적전을 친히 가는 의식이 이때부터 시작되었다.

③ 현종 원년(1010) 윤 2월 갑자일에 연등회를 복구시켰다. 그리고 11월 경진일에는 팔관회를 복구시키고, 왕은 위봉루에 나가 관람하였다.

---

53 『북역 고려사』 제6책, 425~426쪽.

④ 정종(靖宗)이 즉위한 1034년 10월 경오일에 덕종(德宗)을 숙릉에 장사지
냈는데, 이때 보신(輔臣)을 서경으로 파견하여 팔관회를 열고, 2일 동안
큰 잔치를 베풀었다.[54] 그리고 11월 경자일에는 팔관회를 열어 왕은 신
봉루(神鳳樓)에 나와 백관들에게 잔치를 베풀고, 저녁에는 법왕사[55]에
행차하였다. 그 다음날에 대회(大會)를 열어 다시 잔치를 베풀고 관람
하였다. 이때 동서 이경(二京), 동북양로병마사, 사도호(四都護), 팔목
(八牧)에서 각각 표문(表文)을 올려 하례(賀禮)를 하였고, 송의 상인과
동서 여진과 탐라국에서 또한 토산물을 바쳤다. 그들에게 좌석을 주어
의식에 참가하게 하였다. 그 후부터 이것이 상례가 되었다.

⑤ 문종 27(1073)년 11월 신해일에 팔관회를 베풀고 왕이 신봉루에 거동하
여 교방악(教坊樂)을 감상하였는데, 여제자 초영(楚英)이 아뢰기를 "새
로 전습한 가무는 포구락(抛毬樂)과 구장기별기(九張機別伎)인 바 포구
락에는 제자가 13명이요, 구장기에는 제자가 10명입니다."라고 하였
다.[56]

⑥ 선종 3(1086)년 11월 무진일에 팔관회를 베풀고, 왕은 친히 법왕사에 행
차하였다가 그길로 신중원(神衆院)에 행차하였다. 기사일 대회에는 눈
이 와서 참가한 신하들은 모두 옷을 적시었다. 밤에 돌아올 때는 하늘
이 맑고 보름달이 밝았다. 왕이 창덕문 밖에 수레를 멈추고 종친들로
하여금 왕에게 잔을 들어 장수를 축원하게 하였더니, 간의 김상기와 이

---

54 『고려사』, 「지(誌)」 〈예(禮)〉조 "가례잡의(嘉禮雜儀)"에는 덕종 3년이라고 했으나,
덕종은 9월 계묘일에 죽고, 그해 10월과 11월에 각각 서경과 개경에서 팔관회가 정종에
의해 행해졌다. 원년의 계산법에 연유하는 표현의 차이이다.
55 태조 2(919)년 3월에 법왕사, 왕륜사 등 십사(十寺)를 도성 안에 창건하였다. 따라
서 왕이 팔관회를 거행하고 법왕사에 행차하는 것은 태조 2년의 두 번째 팔관회부터였을
것으로 추정된다.
56 『고려사』, 「지(志)」 〈악(樂)〉조 "용속악절도(用俗樂節度)"

자인 및 보궐 위계정이 간하므로 이를 그만 두었다. 또 선종 4(1087)년 10월 임진일에는 팔관회를 열고 영봉루(靈鳳樓) 부계(浮階)에 가서 관람하고, 그길로 흥국사에 행차했다.

⑦ 예종이 원년(1106) 11월 신축일에 팔관회를 열고, 왕이 법왕사의 신중원에 행차하였다가 돌아와 대궐의 뜰에서 백신(百神)에게 배례하였다. 10년 11월 경진일에 팔관회를 열고 왕이 구정에서 돌아오다가 합문(閤門) 앞에서 멈추고 창화(唱和)를 하고, 창우(倡優)에게 명하여 의장대 안에서 가무를 하게 했다. 또 15(1120)년 10월 신사일에 팔관회를 열고, 왕이 잡희(雜戲)를 관람하였는데, 그 속에 건국 초기의 공신 김낙(金樂)과 신숭겸(申崇謙)의 우상이 있었다. 왕이 감탄하여 시를 지었다.

⑧ 의종이 즉위한 1146년 11월 경진일에 팔관회를 열고, 왕이 막차(幕次; 상청)에서 신하들의 하례를 받았는데, 전상(殿上)의 여악(女樂)을 철거하게 했으며, 마침내 법왕사에 행차했다.

⑨ 원종 원년(1260) 11월 정축일에 팔관회를 열고, 법왕사에 행차했다. 나라에 상사―고종의 복상 기간―가 있는 이때에 환궁악(還宮樂)을 연주하므로 식자들은 이를 조소했다.

⑩ 충렬왕 원년(1275) 11월 경진일에 본전에 행차하여 팔관회를 열었는데, 금오산(金鰲山)의 액자에 적힌 "성수만년(聖壽萬年)"이란 네 글자를 "경력천추(慶曆千秋)"로 고치고, "한 사람이 경사가 나니 팔방의 표문이 뜰에 이르고 천하가 태평하다." 등의 문자도 다 고치고, "만세(萬歲)"를 부르던 것을 "천세(千歲)"로 부르게 하고, 행차길에 황토를 펴는 것도 금하였다.[57]

⑪ 충선왕이 즉위한 1308년 11월 갑자일에 팔관회를 정지시켰다. 그리고

---

57 『고려사』, 「지」 〈가례잡의(嘉禮雜儀)〉조.

신미일에 교서를 내리어 ⊙ 시조왕과 역대 선조들에게 덕호를 올릴 것, ⓛ 성황당과 국내 명산대천으로서 사전(祀典)에 등록된 곳은 모두 칭호를 붙일 것, ⓒ 원구, 적전, 사직 등은 나라의 복을 비는 곳이니 유사에게 명하여 재실과 주방을 건조할 것, ⓔ 능침과 침원(寢園)과 선조들의 분묘를 수축할 것, ⓜ 대성지성문선왕(大成至聖文宣王; 공자)을 위해 춘추 석전(釋奠)과 삭망 제향에 제사지낼 것 등을 지시했다.

팔관회에 관해 비교적 구체성을 띤 정보를 전해주는 대표적인 기록들을 통해 다음과 같은 몇 가지 사실들을 확인할 수 있다. 첫째 팔관회는 10월 15일에는 서경에서, 11월 15일에는 개경에서 거행했는데, 개경에서는 왕이 의봉루(신봉루, 영봉루)에 가서 팔관회를 열고, 법왕사(때로는 흥국사)에 가서 분향했다. 태조 왕건은 훈요십조의 다섯 번째에서 "짐은 삼한 산천의 음우를 입어 대업을 이룩하였다. 서경은 수덕(水德)이 순조롭고 우리나라 지맥(地脈)의 근본이니, 마땅히 사중(四仲; 仲春·仲夏·仲秋·仲冬)을 당하면 순행하여 100일이 넘도록 머무르면 안녕을 이룩할 것이다"[58]라고 말하여, 풍수지리에 근거하여 서경을 중시한 것처럼 보이나, 고구려의 계승을 건국이념으로 하는 고려이기 때문에 고구려의 마지막 도읍지인 서경을 중시하고 고구려 계승 정신을 이어갈 것이며, 서경을 북방 정책의 전초 기지로 삼으라고 훈계를 한 것이다. 이런 맥락에서 보면 서경에서의 팔관회는 고구려의 국가 제전이었던 동맹(東盟)의 전통을 계승하는 측면이 있으며, 이런 까닭에 서긍(徐兢)이 인종 원년(1123)에 고려에 와서 10월 보름에 행해지는 서경의 팔관회를 보고서 고구려에서 거행하는 제천 의식인 동맹과 수신(隧神)맞이굿의 유풍이라고

---

58 『고려사』, 「세가」〈태조 2〉조.

『고려도경』에 기록했을 것이다.[59]

둘째로 팔관회는 11월 14일에는 소회(小會)를, 15일에는 대회(大會)를 거행했다. 『고려사』, 「지(志)」의 〈가례잡의(嘉禮雜儀)〉조의 기록을 통해 소회와 대회의 절차를 대략적으로 정리하면 다음과 같다.

《소회》

① 왕이 자황포(赭黃袍)를 입고 선인전(宣仁殿)을 나와 대관전(大觀殿)에 와서 수레[輦]를 타고 의봉문(儀鳳門)에 이르러 누(樓)에 올라 임시 휴게소에서 대기하고, 참례자들이 정해진 자리에 위치한다.

② 태자 이하 신하들이 내직(內職)과 외직(外職) 모두 왕에게 경축하고 축배를 바친다. 이를 헌수(獻壽)라고 한다.

③ 악관(樂官)들이 층계에 오르고, 태악령(太樂令)의 홀기(笏記)에 따라 백희(百戲)를 논다.

④ 왕과 신하들이 다식(茶食)을 한다.

⑤ 태악령이 "만방정주구성아악(萬邦呈奏九成雅樂)" 하고 홀기를 부르면, 음악을 절차에 맞추어 연주한다.

⑥ 왕과 신하들이 식사를 한다.

⑦ 태자와 신하들이 왕에게 배례한다.

⑧ 왕이 임시 휴게소에 들어갔다 나온다.

⑨ 왕과 신하들이 술을 마신다.

⑩ 왕이 신하들에게 술을 하사한다.

⑪ 무대(舞隊)가 등장하였다가 퇴장한다.

---

59 서긍, 『고려도경』, 아세아문화사, 1972. 〈사우(祠宇)〉조. "前史以謂其俗淫, 暮夜輒男女群衆爲倡樂. 好祠鬼神社稷靈星. 十月祭天大會名曰東盟, 其國東有穴號禭神亦以十月迎而祭之 …(중략)… 其十月東盟之會, 今則以其月望日具素饌謂之八關齋, 禮儀極盛"

⑫ 왕과 신하들이 음식을 들며 신하들이 왕에게 헌수한다.

《대회》

① 선인전에서 대관전을 거쳐 의봉루에 오른다.

② 태자, 공·후·백, 재신(宰臣), 추밀(樞密), 시신(侍臣), 문무백관이 헌수
하는 절차는 소회와 같다.

③ 송나라 강수(綱首; 상인 우두머리)와 동서 여진 및 탐라국의 토산물을
받고 풍악의 관람을 허용한다.

④ 왕과 태자 및 신하들이 다식(茶食)을 한다.

⑤ 왕과 태자 및 신하들이 식사를 한다.

⑥ 왕이 임시 휴게소에 들어갔다 나오면 태자를 비롯한 헌수자(獻壽者)들
이 왕에게 꽃과 축배를 드린다.

⑦ 왕이 태자와 신하들에게 꽃·술·과실·약을 하사한다.

⑧ 무대(舞隊)의 등·퇴장은 소회와 같다.

⑨ 왕이 수레에 올라 태정문(泰定門)을 통해 대관전으로 간다.

소회는 왕과 태자 및 내·외직의 신하들이 복을 상징하는 술을 주고
받으며 화합과 결속을 도모할 때 가무백희를 연행하는 데 비해서 대회
는 복을 상징하는 물건이 술만이 아니라 꽃·과실·약으로 확대되고, 참
가자도 중국 상인이나 변방의 종족으로 확대된다. 소회가 국내적인 통
합 의례라면, 대회는 국제적인 통합 의례인 것이다.

셋째로 두 개의 채붕(綵棚; 金鼇山)을 세우고, 그 앞에서 사선악부(四
仙樂部)[60]나 가상희(假像戲) 같은 가무백희를 연행했다. 소회에서 백희와

---

60 사선은 신라의 화랑 중에서 문도를 가장 많이 거느렸던 영랑(永郎)·술랑(述郎)·

음악과 무용을 나누어 따로따로 연행함으로써 양식적 차이를 분명히 인식했음을 알 수 있다.

넷째로 성종(981~997)과 충선왕(1308~1313) 때 유교주의 정책에 의해 팔관회와 연등회가 폐지되고, 원구·적전·사직 등에 제사를 지내 국가 의식이 중국화 현상을 일으켰다. 그러나 다음 왕에 의해 토착적인 제의문화가 곧바로 복구되었다.

다섯째로 팔관회의 오락화·유흥화 현상을 엿볼 수 있다. 특히 왕은 팔관회의 통합적 기능만이 아니라 오락적·예능적 기능을 높이 사서 탐닉하다가 신하들로부터 반발을 사기도 했다.

여섯째로 원 간섭기에는 팔관회도 간섭에 의해 금오산, 곧 채붕의 액자에 쓰인 "성수만년(聖壽萬年)"을 "경력천추(慶曆千秋)"로 바꾸어야 하는 등 국가의 위상이 원의 부마국으로 강등됨에 따라 팔관회도 격하되는 운명을 맞이하기도 했다.

고려 시대의 팔관회는 신라 시대에 비해 탈불교화되었지만, 고대 사회의 제천 의식이나 신라의 용신제에 비하면 제의적인 색채도 상당히 탈색되고, 임금과 신하, 임금과 외국인을 화합·결속시키고 임금의 지배자적 위상을 강화시키는 통합의례적 성격이 강하였다. 그리하여 신성결혼이나 화해굿에 의해 양(남)과 음(여), 지배층과 생산층, 외래 세력과

남랑(南郎)·안상(安祥)을 가리키는데, 양가의 자제 넷을 뽑아 선랑(仙郎)이라 하고, 그 선랑을 중심으로 악대(樂隊)를 이루게 했다. 김상기, 『고려시대사』, 서울대학교출판부, 1985, 793쪽 참조. 이 사선악부에 대해서는 최남선이 국선단(國仙團)의 악극부로 본 데 반해 이병기와 성경린은 조선조까지 내려온 사선무로 보았는데, 이두현은 화랑도들의 가악부 전반을 가리킨 것으로 확대 해석하였다. 이두현, 『한국연극사』, 학연사, 1999, 84쪽 참조. 신라 시대의 가무악극과 연등회와의 관계라는 측면만이 아니라 신라의 가무악극 내지 화랑 예술 그 자체에 대한 이해 및 그것들의 후대적 전승과 변모 과정 등에 대해서는 보다 집중적이고 심층적인 논의가 요망된다.

토착 세력의 화해와 통합을 꾀하려는 고려 이전의 제의 구조[61]와는 커다란 차이를 보인다.

한편 팔관회는 제의의 음복(飮福)이나 복잔(福盞)내리기가 확대된 가운데 가무와 백희와 음악(아악 포함)을 연행하여 공연문화가 발달할 수 있는 모태 구실을 했는데, 그 가운데 하나가 예종이 도이장가(悼二將歌)를 창작하는 동기가 되었던 가상희(假像戲)였다.

2. 가상희와 그 관극시

1) 가상희의 성립

고려의 태조 왕건이 927년 팔공산에서 후백제의 견훤과 대접전을 벌일 때 신숭겸(申崇謙)과 김락(金樂)이 위기에 빠진 왕건을 구하고 전사한 고사와 관련된 가상희(假像戲)에 관한 기록은 「장절공행장(壯節公行狀)」에 비교적 소상하게 전한다.[62]

(가) 태조가 상례로 팔관회를 베풀고, 신하들과 즐길 때 전사한 공신이 반열에 없는 것을 개탄하여 유사에게 명하여 결초(結草)하여 공(신숭겸)과 김락의 허수아비를 만들게 하고 조복을 입히어 반열에 앉히고 함께 즐기었다. 술

---

61 박진태, 『한국민속극연구』, 새문사, 1998, 46~67쪽과 유동식, 『한국무교의 역사와 구조』, 연세대학교출판부, 1978, 25~67쪽 참조.

62 가상희와 도이장가에 관한 기록은 『고려사』, 「예종세가」를 비롯해서 장절공(壯節公)의 행장(行狀), 유사(遺事), 별전(別傳) 등에 들어 있는데, 행장에 예종이 창작한 사운(四韻; 律詩) 1수와 단가(短歌) 2장의 구체적인 내용이 기재되어 있다.

과 음식을 하사하니, 술이 갑자기 마르고, 가상이 이내 일어나 마치 산사람처럼 춤을 추었다. 이로부터 악정(樂庭)에 배치하여 상례로 삼게 하였다.

(나) 예종이 재위 15년 가을에 서도(西都)를 순시하고 팔관회를 베풀 때 가상 두 사람이 비녀가 꽃힌 관모를 쓰고 자줏빛 관복을 입고, 금빛 홀(笏)을 들고서 말을 타고 날뛰며 뜰 안을 돌아다녔다. 왕이 기이하게 여겨 물으니 좌우의 사람들이 말하길, 이는 태조가 삼한을 통일할 때 대신해서 죽은 신숭겸과 김락이라고 하면서 자초지종을 아뢰었다. 왕이 슬프고도 감개무량하여 두 신하의 후손에 대해 물었다. 유사가 아뢰길 이곳에는 김락의 자손만 산다고 하니 즉시 불러 벼슬과 상을 하사했다. 송도에 돌아와서는 공의 고손인 경을 불러 보문각에 들어오게 하여 조상의 근본과 자손의 수를 묻고 주과와 비단을 하사했다. 그리고 친히 지은 사운시(四韻詩) 한 수와 단가(端歌) 2장을 하사했다.[63]

우선 위 기록에서 가상희는 태조 왕건 때 서경에서 팔관회를 계기로 성립되었으며, 예종 15(1120)년 10월의 팔관회에서도 연행된 사실을 알 수 있다. 그런데 그 성립 과정을 보면, 태조가 술잔을 주고받으며 신하들과 군신 관계를 강화시키는 팔관회에서 팔공산 전투에서 전사한 신숭겸과 김락의 원혼을 위로하기 위해 두 사람의 초제인형(草製人形)을 만

---

63 "太祖常設八關會, 與群臣交歡, 慨念戰死功臣獨不在列, 命有司結草造公與金樂像, 服以朝服隨坐班列, 上樂與共之. 命賜酒食, 酒輒焦乾, 假像起舞猶生之時. 自此排置樂庭, 以爲常式也. …(中略)… 至睿宗大王歲庚子秋, 省西都設八關會, 有假像二, 戴簪服紫, 執笏紆金, 騎馬踴躍, 周遊巡庭. 上奇而問之, 左右曰, 此神聖大王一合三韓時, 代死功臣大將軍申崇謙金樂也, 仍奏本末. 上悄然感慨, 問二臣之後. 有司奏曰, 此都惟有金樂之孫, 卽命召賜職賞. 曁還松都, 徵公之高孫勁, 引入寶文閣, 親問祖宗原始, 子孫男女之數, 宣賜酒果及綾羅而人各一十端. 仍賜御題四韻一節端歌二章." 평산신씨표충재종중, 『표충사지(表忠祠誌)』, 대구: 대보사, 1996, 432~433쪽.

들어 일종의 초혼제 내지 넋굿을 하였다. 허수아비가 단숨에 술을 들이켰다는 말이나, 일어나 춤추었다는 말은 무당이나 창우(倡優), 또는 다른 참례자에 의해 허수아비에 신숭겸과 김락의 혼이 빙의(憑依)된 것처럼 허수아비를 조종하여 술을 마시고 춤을 추는 행동을 연출했을 개연성을 시사한다. 그리고 그러한 진혼 의식이 잡희로 법제를 갖추어 서경에서 열리는 팔관회의 핵심적인 공연물이 되어 전승되어 오다가 예종 15년에 다시 한 번 획기적인 전기(轉機)를 맞이했던 것으로 보인다.

다시 말해서 신숭겸과 김락의 신체(神體)에 해당하는 인형을 좌정시키고 술을 바치는 제사 의식과 원한을 풀고 신명풀이를 하는 무용 형태에서, 신숭겸과 김락의 가수(假首)나 가면(假面)을 쓴 연희자가 관모를 쓰고 자줏빛 옷을 입고 손에는 홀을 들고 말을 타고서 뜰 안을 돌아다니는 연극 형태로 획기적인 변모를 일으킨 사실을 예종 15년의 팔관회 기록을 통해 확인할 수 있는 것이다. 이처럼 태조(918~943) 시기에서 예종(1105~1122) 시기로 전승되는 과정에서 인형춤에서 가면놀이로 양식적 변화를 일으켰는데, 그와 함께 제의적인 색채도 희박해지면서 오락화·예능화가 촉진된 것으로 보인다.[64] 요컨대 태조 왕건이 신라 진흥왕 때

---

64 이두현, 『한국연극사』, 학연사, 1999, 92쪽에서도 "꼭두극의 역사에서 볼 수 있는 바와 같이 이들 개국공신들의 가상이 처음에는 단순한 장치로서 팔다리를 움직이다가 예종 15(1120)년에 이르러서는 '기마하여 뜰에서 용약'하는 추념 가면희로까지 발진하였음을 짐작할 수 있다."고 말한 바 있다. 한편 예종 시대의 가상에 대해서는 김일출(「황해도 탈놀이와 그 인민성」, 『문화유산』 제1호, 평양: 과학원출판사, 1957, 29쪽)과 최상수(「탈」, 『한국민족문화대백과사전』 제22권, 882쪽)와 전경욱(『한국가면극-그 역사와 원리-』, 열화당, 1998, 60쪽)이 가면으로 본 데 반해서 서연호(『꼭두각시놀음의 역사』, 연극과 인간, 2000, 51쪽)는 인형으로 보았다. 한편 2000년 10월 28일에 대구의 팔공문화원에서 열린 한국고전희곡학회의 발표회 때 김학주 교수가 중국 『한서(漢書)』에서 '가상(假像)'은 '가면(假面)'을 가리킨다고 조언을 해주었는데, 오수경 교수는 이와 달리 중국의 경우 정교하게 만든 인형이 말을 탄 사실이 있음을 환기시켜 가상희를 괴뢰희로 보아야 한다는 상반된 견해를 보였다.

전사자를 진혼시키기 위해 팔관회를 창시했던 전통을 되살려 서경의 팔관회에서 신숭겸과 김낙의 가상(초제인형)을 만들어 해원굿을 거행했고, 그것이 계기가 되어 팔관회의 고정 종목이 되었으며, 그 후 전승 과정에서 인형놀이에서 가면놀이로 양식적 변모를 일으켰던 것이다.

2) 가상희의 관극시

예종은 즉위 15(1120)년 10월에 서경에서 개최된 팔관회에 참석했을 때 신숭겸과 김락의 가상희를 보고 감탄한 나머지 한시와 향가를 지어 그들의 후손에게 하사했는데, 한시는 다음과 같다.

見二功臣像　　두 공신의 가상을 보니
견 이 공 신 상

汎濫有所思　　사모의 마음 솟아 넘치네
범 람 유 소 사

公山蹤寂寞　　공산의 자취 아득하고
공 산 종 적 막

平壤事留遺　　평양의 옛일만 남아 있네
평 양 사 류 유

忠義明千古　　충의는 천고에 빛나고
충 의 명 천 고

死生惟一時　　살고 죽음은 한 때의 일
사 생 유 일 시

爲君蹄白刃　　주군 위해 칼날에 서니
위 군 제 백 인

從此保王基　　이것이 나라 터전 지키는 일
종 차 보 왕 기

첫째 수에서 팔관회가 열린 평양과 두 공신이 순절(殉節)한 팔공산이 공간적으로 대립된다. 팔공산은 두 공신이 전사하여 원혼이 된 역사적 장소이고, 평양은 팔관회에서 가상희를 연행하여 두 공신을 해원하고 화해하는 제의적 공간이다. 그러나 이러한 공간적 대립은 가상희가 촉발시킨 예종의 사모의 정에 의해 해소되고 국가공동체의 공간으로 통합된다.

둘째 수에서는 신숭겸과 김락이 목숨을 바쳐 구한 태조 왕건과 그 후손인 예종이 대립된다. 왕건은 충의의 신하 덕분에 생명을 보전할 수 있었는데, 예종은 신숭겸과 김락의 후손을 망각하고 방치한 상태였다. 그러나 예종 또한 충의의 신하의 보필을 받아야만 왕조를 보전할 수 있는 것이다. 태조와 예종은 충의 사상에 의해서 군신이 하나로 결속된 국가공동체를 건설할 수 있는 것이다. 이처럼 예종은 한시의 첫째 수에서는 서경에서 전승되던 가상희의 존재를 부각시키고, 둘째 수에서는 신숭겸과 김락이 실천적으로 전범을 보인 충의 정신을 강조하여 고려 왕조의 시간적·공간적 통합을 꾀하였다.

다음으로 향가에 대하여 살펴본다.

> 님을 온전케 하온
> 마음은 하늘 끝까지 미치니,
> 넋이 가셨으되
> 몸 세우고 하신 말씀,
> 직분 맡으려 활 잡는 이 마음 새로워지기를,
> 좋다, 두 공신이여,
> 오래 오래 곧은 자최는 나타내신저.[65]

이 노래를 이해하는 데 있어서는 무엇보다 사람을 몸[身]·마음[心]·넋[魂]으로 분리시킨 사실에 주목해야 한다.[66] 두 공신의 '님을 온전하게

---

65 김완진, 『향가해독법연구』, 서울대학교출판부, 1981, 216쪽.
66 조동일, 『한국문학통사』 제1권, 지식산업사, 1994, 319쪽 참조.

한 마음'이 '하늘 끝'까지 솟아 미치므로 '땅 끝'으로 가버린 '넋'을 다시 불러다 두 공신의 탈을 쓴 사람의 '몸'에 지피게 하니, '직분 맡으려 활 잡는 사람 마음 새로워지기를' 하고 말씀하는구나. 옳습니다. 두 공신이시여! 천고에 길이길이 '곧은 자취'를 나타내소서. 대략 이런 내용이다.

가상희를 전통적인 원혼 관념과 무교적 측면에서 보면, 신숭겸과 김락의 원한을 해원하여 원혼을 호국 영령으로 승화시키는 재생제의극인데, 무굿의 공수에 해당하는 대사가 있었던 것 같다. 두 공신의 가상이 손에 홀(笏)을 들고 있었다고 하므로 "직분 맡으려 활 잡는 이"가 두 공신을 가리킬 수도 있으나, "마음 새로워지기를"은 다른 사람을 대상으로 하는 어법이므로 "직분 맡으려 활 잡는 이 마음 새로워지기를"은 두 공신이 다른 사람들을 경계하는 말로 보는 것이 옳을 것 같다. 흡사『삼국유사』〈처용랑·망해사〉조에서 산신이 "지혜로 다스릴 많은 이들/ 나라를 떠나는구나/ 나라가 망하겠구나/ 나라가 망하겠구나(智理多都波都波)" 하고 신라인들에게 예언하며 경계한 것과 비슷하다.

이처럼 가상희는 신숭겸과 김락을 위한 단순한 해원굿만이 아니고, 고려 왕조에서 충의의 상징인 신숭겸과 김락이 나라를 방수(防守)할 직분을 맡으려 하는 사람들에게 목숨을 바칠 각오와 결의를 새롭게 다져야 한다고 훈계하고 독려하는 굿이요 놀이인 것이다. 이런 까닭에 예종이 두 공신에게 '오래오래 곧은 자취를 나타내 달라'고 축원한 것이다. 그리고 두 공신의 후손들을 찾아 국가적 차원에서 보상해주고, '충의의 후예'로 예우함으로써, 충의 사상을 널리 선양하려고 했다.

예종이 밖으로는 여진 정벌에 힘쓰는 한편 안으로는 사학의 융성으로 위축된 관학을 진흥시키기 위해 국학에 칠재(七齋)를 설치했는데, 그 칠재 안에 무학재(武學齋)를 포함시켜 문무 양학을 함께 일으키려 한 사실을 감안하면,[67] 예종이 서경의 팔관회에 참여했을 때 서경인들, 곧 서경의 무인 세력들이 자신들의 세력을 확장시키려는 의도에서 가상희를 획기적으로 개작했거나, 또는 전래해오던 가상희를 부각시켰을 개연성을 상정할 수 있는 바, 북방정책에 역점을 두던 예종으로서는 의당 민감한 반응을 보였던 것 같다.

끝으로 예종이 가상희를 관람하고서 왜 한시와 향가를 지었을까 하는 문제에 대해 생각해보기로 한다. 시(詩)는 사념의 표현이고, 가(歌)는 시보다 격앙된 감정의 표현이라고 본다면, 가상희에 대해 문학적 대응을 함에 있어서 현장에서의 생생한 감동을 표현할 때는 향가 갈래를 선택했고, 가상희의 유래와 팔관회의 전통 및 태조의 창업 과정과 충의 정신의 이데올로기까지 포괄하기 위해서는 보다 함축적이고 사념적인 한시가 적절하다고 판단했던 것 같다.

그러나 인종 4(1126)년에 개경의 조정이 금(金)나라에 대해 사대 정책을 채택한 데 불만을 품고, 인종 13(1135)년에 서경에서 묘청(妙淸)이 반란을 일으켰다가 개경의 문벌 귀족을 대표하던 사대주의자 김부식에 의해 진압된 사실과 예종이 여진 정벌 정책을 썼던 사실을 관련시키면,[68] 예종의 향가 창작은 자주 정신의 산물이라는 풀이가 가능해진다.[69] 다시 말해서 개경이 숭문적(崇文的)인 분위기인 데 반해 서경이 숭무적(崇武的)인 분위기였고, 김부식이 신라 계승 의식을 지닌 데 반해 묘청은 고구려 계승을 주장한 사실 등을 아울러 고려하면, 예종이 서경의 가상희

---

67 변태섭, 『한국사통론』, 삼영사, 1986, 208~209쪽 참조.

68 위의 책, 208~212쪽 참조.

69 일찍이 최행귀(崔行歸)는 967년 『균여전』, 「역가공덕분(譯歌功德分)」에 수록된 서문을 쓰고 균여대사의 보현십원가를 한시로 번역하였는데, 한시와 향가의 형식을 대비시켜 "詩搆唐辭磨琢於五言七字(시구당사마탁어오언칠자), 歌排鄉語切磋於三句六名(가배향어절차어삼구육명)"이라고 말하여, 향가의 민족문화적인 성격을 뚜렷이 인식했다. 혁련정 원저, 최철·안대회 역주, 『역주 균여전』, 새문사, 1986, 104~105쪽 참조.

를 보고서 관극시(觀劇詩)를 쓸 때 한시와 향가를 동시에 창작한 것은 단순한 갈래 선택의 차원을 넘어서서 자주적인 서경 세력과 모화사대적인 개경 세력을 함께 포용하려는 정치적인 배려도 작용했을 것이란 추정도 가능하다.

제3장 연등회의 지속과 변화

연등회는 9세기 신라 시대에 시작되어 고려 시대와 조선 시대를 거쳐 현재에도 전승되고 있는 불교 의식이고 전통 공연문화이기에, 특히 1990년대부터 축제 시대를 맞이하면서, 그리고 유네스코가 2001년부터 '인류 구전 및 무형 유산 걸작'을 선정하는 추세에 발맞추어 불교 축제나 무형 문화재로서 관심이 증폭되었다. 그리하여 학문적인 논의도 활발해지고, 2012년에 중요무형문화재 122호로 지정되었다. 연구는 대체로 기원과 수용, 의례적 형태와 성격, 관련 공연예술, 변천 과정, 민속성, 축제성, 장엄 등에 걸쳐 이루어졌다. 그러나 연등회가 아시아의 불교 문화권에 걸쳐 있고, 국내에서도 시대의 변천에 따라 변화와 굴절을 적잖게 일으켰기 때문에 사적 전개만 해도 아직껏 전 시대에 걸쳐 체계적으로 서술되지 못하였다.

특히 일각에서는 연등회가 곧 제등 행렬이라는 인식이 고착되고, 게다가 제등 행렬이 일본의 초파일축제의 영향이라는 친일불교론[70]까지 제기됨에 따라 현대 연등회의 역사성과 전통성이 의혹의 대상이 되기에 이르렀다. 이에 대해서 제등 행렬은 인도와 중국의 행상(行像) 및 고려 시대 연등회의 왕의 행차에서 그 연원을 찾아야 한다는 반론도 제기되었다.[71] 제등 행렬에 대한 비판론은 자료에 대한 판독에 오류가 있을 뿐

---

70 편무영, 『초파일민속론』, 민속원, 2002, 76~92쪽 참조.

만 아니라 일제의 강제 병합 이전의 자료가 발굴되었기 때문에 재고되어야겠고, 옹호론도 고려 시대 왕의 행차는 길가에 채붕과 등산(燈山)과 화수(火樹)를 설치하고 그 사이를 행진한 것이고, 호기(呼旗)놀이는 등(燈)을 만들 경비를 마련하기 위해서 깃발을 들고 돌아다니던 행렬이기 때문에 그러한 전통적인 가두 행렬과 근현대의 제등 행렬 사이의 연결 고리를 찾는 정밀한 논증 작업이 결여되었다는 비판을 면하기 어렵다. 따라서 연등회에 대한 역사적 관점을 예각화하여 기존 연구에서 밝혀진 연등의 기원과 연등회의 사적 전개에 관련된 자료들을 재검토할 필요가 있다. 다시 말해서 연대기적으로 연등회의 역사를 서술하는 방법을 지양하고, 연등회의 형태와 의미에 초점을 맞추어 핵심적인 구성 요소를 중심으로 그 지속과 변화의 과정을 고찰하여 현대 연등회의 정체성을 구명한다.[72]

---

71 미등, 「일제강점기 연등제 고찰」, 『연등제의 역사와 전통』, 대한불교조계종 총무원 문화부 주최 학술토론회 논문집, 2008, 87쪽 참조.

72 인터넷 『법보신문』(www.BEOPBO.com)에 연등회의 문화재 지정과 관련해 〈① 교계·학계 비판여론, ② 연등회 역사와 전통, ③ 연등회 문화재적 가치, ④ 외국인의 연등회 평가, ⑤ 한중일 연등회 비교, ⑥ 학자들이 본 연등회〉의 순서로 기사를 게재하여 뜨거운 관심을 보였는데, 특히 〈학자들이 본 연등회〉(2011.8.30 입력)에서 '천년 세월을 민중 사회에서 성행했기' 때문에(김상영), '천 년을 이어온 한국인의 문화적 자산'이기 때문에(김상현), '전통이란 새롭게 만들어지고 변해가므로 원형만을 고집해서는 안 되기' 때문에(전경욱), '문화는 화석이 아닌 생물이며, 생체일 때 성장할 수 있고 그 진면목이 드러나기' 때문에(김용덕), '전통을 토대로 현대의 예술적 감성이 녹아 있기' 때문에(이상일) 중요무형문화재로 지정되어야 한다는 당위론을 강변하였다. 그런 가운데, 유독 김상영(중앙승가대)만 '연등회의 전통적 요소와 현대적 요소를 연결시키는 연구를 하여 현대의 연등회가 전통적으로 계승돼 왔다는 점을 부각시킬 필요가 있다'라고 말하여 필자의 견해와 입장을 뒷받침하는 발언을 하였다.

1. 연등회의 기원과 전파

1) 인도와 중국에서의 연등의 의미

한국의 연등회는 중국과 인도의 연등회를 수용하여 시작되었다는 것은 학계의 통설이고, 20세기 이전에도 이규보의『동국이상국집』(봉은사연등도량문)이나 이규경의『오주연문장전산고』(제석연등변증설)를 비롯한 여러 문헌에서도 언급되었다. 따라서 불교의 발상지인 인도에서 연등과 연등회가 어떤 의미로 시작되었으며, 이것이 중국을 경유하면서 어떤 변화를 일으켰는지 재검토한다.

(1) 인도에서의 연등의 발생과 그 의미

연등의 발생과 관련된 불교 경전의 기록 내지 불교설화는 세 가지 각편(各篇; version) 형태로 남아 있다.

① 『현우경(賢愚經)』,「빈녀난타품(貧女難陀品)」의 〈가난한 여인의 등불〉이야기

어느 때 부처님께서는 아사세왕의 초청으로 공양을 받으시고 설법을 하시다가 시간이 늦었다. 왕과 대신들은 부처님께서 가시는 길을 밝히기 위하여 많은 등불을 길거리에 달았다. 이때 사위성에 살고 있던 아난타라는 한 가난한 여인이 이를 보고 발심(發心)하여 부처님께 등불을 공양(供養)하고자 동전한 닢으로 기름을 사서 등을 마련하여 부처님이 지나는 길목을 밝히고 마음속으로 "보잘것없는 등불이지만 이 공덕(功德)으로 내생(來生)에는 나도 부처님이 되어지이다."라고 빌었다. 밤이 깊어 다른 등불은 다 꺼졌으나 그 여인

의 등불만은 훤히 빛나고 있었다. 등불이 꺼지기 전에는 부처님께서 주무시지 않기 때문에 아난타가 아무리 불을 끄려 해도 그 불은 꺼지지 않았다. 이것을 보시고 부처님은 아난타에게 "아난타여, 부질없이 애쓰지 말라. 그 등불은 비록 가난하지만 마음 착한 여인의 넓고 큰 서원(誓願)과 정성으로 켜진 등불이다. 그러니 결코 꺼지지 않을 것이다. 그 등불의 공덕으로 아난타는 오는 세상에는 반드시 성불할 것이다."라고 말하였다.[73]

왕이 부처의 밤길을 밝히기 위해서 연등을 할 때 난타는 부처를 위하여 연등을 하면서 그 공덕으로 성불하게 해 달라고 서원을 하여 마침내 부처로부터 성불하게 될 것이라는 예언, 곧 수기(授記)를 받았다는 내용이다. 이처럼 연등 공양이 야행 조명을 넘어서서 성불 기원이라는 상징적 의미를 지닌다.

② 반녀일등(貧女一燈) 이야기

부처님께서 마가다국 영취산에 계실 때 이야기다. 그때 많은 사람들이 부처님께 등(燈) 공양을 했다. 그 나라에 가난한 난타할머니가 살고 있었다. 난타할머니는 구걸을 하며 사는 신세였으나, 구걸한 한 끼니의 돈으로 한 모금의 기름을 사서 부처님께 등을 밝혀 공양을 했다. 다음날 새벽, 밤 동안 불야성을 이루던 그 많은 등은 모두 꺼졌으나 난타할머니의 등은 더욱 빛나고 있었다. 목련존자가 나와 등을 차례로 껐으나 난타할머니의 등은 끄지 못했다. 이런 광경을 본 부처님은 난타의 불은 비록 가난한 이의 등불이지만 그 등은 정성으로 기름을 삼아 태우는 불이기 때문에 바닷물을 기울여도 끄지 못할 것이라고 설명해 주었다. 그리고 부처님은 난타할머니에게 후일 수미등광여

---

73 심우성, 『한국의 민속놀이』, 삼일각, 1975, 120쪽에서 번역문 인용.

래가 될 것이라는 수기(授記)를 주었다.[74]

『현우경(賢愚經)』에서는 난타가 연등 공양을 하면서 성불의 서원을 하였는데, 여기서는 난타의 연등 공양을 받고 부처가 성불할 것이라는 수기를 준다. 곧 난타의 적극적인 의지가 약화되고, 그 대신 부처의 자비심이 강조되었다. 그럼에도 불구하고 연등 공양이 성불의 수단임을 의미하는 점에서는 동일하다.

③ 당나라 의정이 번역한 『근본설일체유부비내야약사(根本說一切有部毗奈耶藥事)』(권12)

세존께서 교살라국(憍薩羅國)의 국왕을 위해 설법한 후, 왕이 감격과 존경의 마음을 표하며 "일구지(一俱胝; 千萬)의 여러 향유병(香油瓶)을 가지고 밤중에 연등회(燃燈會)를 하려 합니다."라고 말하였다. 세존께서 가난한 여인으로 탈바꿈하시어 등(燈) 하나를 구걸하였는데, 바람이 불어도 꺼지지 않았다. 이때 사방의 멀고 가까운 곳에 사는 군중들이 모두 이 일을 듣고 등 하나를 살라 세존을 공양하고, 부처의 수기(授記)를 받아 성불하였다.

바라문 장자(長者)와 거사(居士)가 듣고 모두 이 가난한 여인이 일체의 여러 덕을 원만히 갖추었다고 말하며 다 같이 옷과 재물 그리고 음식을 경쟁하듯이 공양하였다. 승광왕(勝光王)은 듣고서 평생 그만큼 생각지 못한 터이라 일천 가지의 향기 나는 기름이 담긴 커다란 병을 마련하고, 사종보(四種寶; 금·은·수정·유리)로 등잔을 만들었다. 불경이 전하는 곳마다 등 사르는 것이 배치되었다. 또 부처께 아뢰어 말하기를, "내 다시금 세존을 받들어 청

---

74 안길모, 『불교와 세시풍속』, 명상, 1993, 173~174쪽; 김명자, 「세시풍속으로서 연등회와 관등놀이」, 『연등제의 역사와 전통』, 대한불교조계종 총무원 문화부 주최 학술토론회 발표논문집, 2008, 55~56쪽에서 재인용.

하며 승가(僧伽)와 더불어 삼월(三月) 모일에 공양을 하니, 비구(苾芻;比丘) 하나하나가 모두 가치 있는 것을 베풀어 백천 가지의 의복과 일구지의 기름 병으로써 등회(燈會)를 한다."고 하였다.[75]

왕이 부처의 공덕을 찬양하기 위해서 연등 공양 행사를 할 때 부처가 가난한 여인으로 화신하여 등 공양을 해서 영험을 보이므로 세인들이 등 공양을 하고 수기를 받아 성불하였다고 하여 부처가 적극적으로 중생을 교화한 것으로 서술하였다. 그리고 부처에 대한 공양만이 아니라 가난한 자에 대한 의복·재물·음식의 공양도 공덕을 쌓는 일임을 강조하였다.

여기서 연등의 다중적 의미와 전이 현상을 파악할 수 있다. 먼저 의미의 다중성은 연등이 야간 조명이라는 실용적 기능에 머물지 않고 부처의 공덕을 찬양하는 행위이면서 동시에 연등 공양자의 성불 기원 행위인 사실이다. 그리고 부처에 대한 공양이 가난한 여자에 대한 공양으로 전이된 사실에서 연등 공양이 부처의 공덕을 찬양하는 행위이면서 동시에 지혜의 광명을 얻어 중생의 무명(無明)을 밝히는 상징적 행위임을 알수 있다. 이러한 연등 공양의 의미는 더욱 확장되고 진화되어 복합적인 상징성을 지니게 되었는데,『불위수가장자설업보차별경(佛爲首迦長者說業報差別經)』에서 "첫째 세상 비추기가 등불과 같고, 둘째 어디서 나든지 눈이 완전하며, 셋째 천안통(天眼通)을 얻으며, 넷째 선악법에 대해 좋은 지혜를 얻으며, 다섯째 큰 어둠을 없애며, 여섯째 밝은 지혜를 얻

---

75 『대정장(大正藏)』 제24책, 55쪽. 전경욱, 「연등의 기원과 역사적 전개양상」, 『연등제의 역사와 전통』, 대한불교조계종 총무원 문화부 주최 학술토론회 발표논문집, 2008, 5쪽에서 번역문 인용.

으며, 일곱째 세상을 돌아다니되 언제나 어두운 곳에서는 살지 않고, 여덟째 큰 복의 갚음을 갖추며, 아홉째 목숨을 마치고는 천상에 나고, 열번째 열반을 빨리 증득(證得)한다"[76]고 말하였다. 요컨대 연등 공양은 '빛·지혜·선·복덕·천상/어둠·무명·악·재앙·지하'의 대립 체계를 불교적 상징체계로 변형시킨 것이다.

그런데, 이러한 연등만이 아니라 연등한 것을 보는 관등(觀燈)도 공덕을 쌓는 행위가 되기 때문에 연등과 관등은 표리(表裏) 관계를 이룬다. 『불설시등공덕경(佛說施燈功德經)』에서 "부처 앞에 다른 사람이 보시한 등을 보고 신심이 청정해져 합장하고 기뻐하면, 이것만으로도 여덟 가지의 증상법(增上法)을 얻게 된다."[77]라고 말하여 연등 공양만이 아니라 관등도 공덕이 된다고 하였다. 곧 연등 공양자만이 아니라 관등하는 사람도 부처의 지혜를 깨달아 삼독(三毒;욕심·성냄·어리석음)을 없애고 청정한 마음을 얻으면 공덕이 된다. 이처럼 연등이 관등으로 확장됨으로써 연등놀이가 관등놀이를 파생시켰다. 따라서 관등놀이는 단순히 연등의 완상(玩賞) 행위가 아니고 불교적 수행이고 의례 행위가 된다.

(2) 중국 상원연등회의 의미

인도의 연등이 서역을 경유해서 중국에 전래되어서는 중국의 토착 신앙과 융합되었다. 이규경(李圭景; 1788~?)이 일찍이 중국의 상원 연등이 고대의 태일성제(泰一星祭)에서 행해진 사실을 언급하였다.

---

76 미등, 앞의 논문, 84쪽.
77 전경욱, 앞의 논문, 6쪽.

유서(類書)에 의하면, 연등 풍속은 한(漢)나라 무제가 태일성에게 제사를 지낸 데서 비롯되었는데, 밤을 새워 등을 밝혀 밝기를 대낮같이 함으로써 복을 빌었다.[78]

한나라 무제(武帝; B.C.141~87) 때의 태일성제에서 연등이 시작되었는데, 이러한 태일성제는 당나라 때에도 행해져 정월 15·16·17일 3일간 장안의 안복문(安福門) 밖에 5만의 등을 달고, 궁녀와 낭녀(娘女)들 2천여 명이 그 밑에서 가무하였다고 한다.[79] 한나라 무제 때는 비록 도교를 숭상하였으나 정월 상원(上元)에 지낸 태일성제는 지난해의 오곡풍양을 감사하고 새해의 풍작을 기원하는 농경의례의 성격도 지닌 것으로 보기도 한다.[80]

그런데, 이규경은 연등과 도교의 직접적인 관계에 대해 다음과 같은 언급도 하였다.

상원의 연등은 도가(道家)에서 정월 15일을 상원사복천관일(上元賜福天官日)로 삼고 등불을 밝혀 복은 비는 것이다. 2월 보름의 연등은 『내전(內典)』에 의하면, 석가여래가 2월 15일 밤에 입적(入寂)해서 연등하여 제사지내는 것이다. 부처의 기일(忌日)인 것이다. 4월 8일에 등을 매다는 것은 부처의

---

78 이규경(李圭景)의 『오주연문장전산고(五洲衍文長箋散稿)』의 「등석연등변증설(燈夕燃燈辨證說)」: "類書, 燃燈之俗, 自漢武祀泰一. 通宵燃燈, 明如白晝以祈福云." 한국학중앙연구원(http://www.ask.ac.kr)의 한국학정보화데이터베이스의 한국학자료센터(http://www.kostma.net)의 한국학자료포털의 한국고전종합DB 참조. 이하의 「등석연등변증설(燈夕燃燈辨證說)」은 모두 이와 동일.

79 안계현, 「연등회고」, 『불교학논문집』, 동국대학교, 1959, 506쪽 참조.

80 나카노(中野謙二), 『신북경세시기』, 동방서점, 1986, 55~62쪽과 편무영, 앞의 책, 49쪽 참조.

생신일이기 때문이다. 불가(佛家)에서는 욕불일(浴佛日)이라 부른다.[81]

풍요 제의의 성격을 지닌 태일성제가 도교적 천신인 사복천관[82]에게 복을 비는 연등의례로 변한 것이다. 이규경이 「등석연등변증설(燈夕燃燈辨證說)」에서도 "고려의 옛 풍속에 2월 보름에 등불을 밝히고 천신(天神)에게 제사를 지냈는데, 중국의 상원과 같다."라고 하여 고려의 상원 연등회를 중국의 태일성제(泰一星祭)를 수용한 것으로 인식하였다.

한나라 무제 때 시작된 도교적인 연등이 한나라 명제(明帝;57－75) 때에 와서는 불교적인 연등으로 변하였다.

원소절에 등불을 밝히는 풍속은 한나라 때에 시작되었다. 한나라 명제 때 불법(佛法)을 제창하여 매년 정월 15일 저녁에 점등(點燈)하도록 하였다. 아울러 몸소 사찰에 가서 등불을 밝히고 신에게 제사하여 신불(神佛)에게 존경을 표시하였다.[83]

불교 사원에서의 연등 의례를 부처가 탄생한 4월 초파일이나 입적한 2월 보름이 아니라 상원 연등회로 개최한 것은 도교적 연등과 불교적 연

<hr />

81 이규경(李圭景), 『오주연문장전산고(五洲衍文長箋散稿)』의 「등석연등변증설(燈夕燃燈辨證說)」: "上元燃燈者, 道家以正月十五日, 爲上元賜福天官日, 故張燈以祈福也. 二月望燃燈, 內典, 如來以二月十五日夜入寂, 爲之燃燈以祈者也. 乃佛忌日也. 四月八日揭燈者, 以佛生辰也, 釋家, 號浴佛日也."

82 도교에서 정월 보름은 상원사복천관일이고, 7월 보름은 중원사죄지관일(中元赦罪地官日)이고, 10월 보름은 하원해액수관일(下元解厄水官日)이다.

83 "元宵節放燈之俗始于漢朝. 漢明帝永平年間, 提倡佛法, 每到正月十五日晚卽令點燈, 幷親自到寺院張燈祭神, 表示對神佛尊敬." 양인훤(陽仁煊), 『중국연절(中國年節)』, 북경과학보급출판사, 1983, 52쪽; 편무영, 『초파일민속론』, 민속원, 2002, 48쪽의 각주 40)에서 재인용.

등의 융합 현상으로 이해된다. 그뿐만 아니라 섣달 그믐날 밤에 등불을 밝히고 밤을 새우듯이 정월 보름날 밤에도 그와 같이 하는 민속을 감안 하면, 불을 숭배하는 원시적인 불신앙과도 관련이 있다는 주장도 있다.

정월 15일의 연등 풍습은 단지 야제(夜祭)의 조명으로서만이 아니라 고대 적 관념인 불신앙과도 관련이 있다고 여겨진다. 즉, 망일(望日)은 태음(太陰) 이 충만한 날이므로 가장 음기(陰氣)가 충만한 시간이다. 따라서 이 날 밤의 연등회는 불의 힘으로 음기를 몰아내고 양기(陽氣)를 끌어들이려는 의미도 있었다.[84]

이처럼 인도의 불교적 연등이 중국에 와서 토착적인 불신앙과 천신신 앙 및 도교와 융합하여 상원 연등회의 전통을 형성시킨 것으로 보인다. 곧 중국의 상원 연등회는 불법을 제창하는 의례만이 아니라 원시적 불 신앙에 의해 양기로 음기를 몰아내는 의례, 태일성제에게 풍작을 기원하 는 의례, 도교의 상원사복천관(上元賜福天官)에게 복을 비는 의례라는 복합적 의미를 지닌다.

2) 인도와 중국에서의 연등회의 형태

인도에서 4세기 초엽부터 8세기 중엽까지 존속한 굽타왕조 시대는 불 교문화가 힌두교와 융합하던 시대여서[85] 힌두교적인 제식(祭式)을 수용

---

84 나카무라(中村喬), 『중국의 연중행사』, 일본: 평범사, 1988, 38쪽; 편무영, 앞의 책, 50쪽에서 번역문 인용.
85 나라야스아키(奈良康明), 정호영 번역, 『인도불교』, 민족사, 1990, 302~303쪽 참조.

하여 부처를 현신시켜 등을 공양하는 형태의 축제가 형성되었다. 중국 승려 법현(法顯)이 405~411년에 걸쳐 인도를 여행하고 저술한 견문록 『법현전』에는 동인도 파탈리푸트라에서 당시 역법으로 매년 첫 번째 달 8일에 행상(行像)놀이를 한 사실이 다음과 같이 기록되어 있다.

네 바퀴의 수레를 만들고 대나무를 엮어 5층을 만든 다음 승로(承櫨)와 알극(揠戟)을 세우면, 높이가 2필 남짓 되고, 모양은 탑과 같다. 흰 무명베로 묶은 뒤 채색으로 제천(諸天)의 형상을 그리고, 금은과 유리로 그 위를 장엄하게 꾸미고서 비단 깃발과 번개(幡蓋)를 세운다. 사방 벽면의 감실(龕室)에는 좌상불(坐像佛)과 협시보살이 안치되어 있는데, 수레가 20여 개나 되지만 수레마다 장식이 제각기 다르다. 이 날에 경내의 승려와 속인이 모두 모이고, 기악을 공연하고, 꽃과 향을 공양한다. 바라문이 와서 부처님을 초청하면, 부처님이 차례로 성 안으로 들어가서 성 안에서 머물며 이틀 밤을 지내는데, 밤중 내내 등불을 밝히고, 기악을 공양한다. 나라마다 모두 이같이 한다.[86]

힌두교식 영신제(迎神祭)를 수용하여 부처를 맞이하여 연등과 산화(散花)와 향(香)을 공양하고, 기악 공양으로 음악과 무용을 공양하였다. 신에게 제물과 가무악희(歌舞樂戲)를 바치듯이 부처에게 공양물을 바친 것이다.

이러한 인도의 행상놀이가 중국에 전래한 바, 법현이 인도를 가던 길

---

86 "作四輪車, 縛竹作五層, 有承櫨揠戟, 高二正餘許, 其狀如塔. 以白氎纏上, 然後彩畫, 作諸天形像, 以金銀琉璃, 莊校其上, 懸繒幡蓋. 四邊作龕, 皆有坐佛, 菩薩立侍, 可有二十車, 車車莊嚴各異. 當此日, 境內道俗皆集, 作倡伎樂, 華香供養. 婆羅門子來請佛, 佛次第入城, 入城內再宿, 通夜燃燈, 伎樂供養. 國國皆爾." 장손(章巽) 교주, 『법현전 교주』, 상해고적출판사, 1985, 103쪽; 전경욱, 앞의 논문, 7쪽에서 재인용.

에 우전국(호탄)에서 행상 의식을 보았다고 한 것을 보면, 서역에는 5세기 초엽에 이미 전래되어 있었고, 중국에도 남북조 시대에 전래되어 북위(北魏; 386~534)의 수도 낙양에서는 경명사에 모인 각 사찰의 불상 1000여 존(尊)이 4월 8일에 차례로 대궐에 들어가면 황제가 맞이하여 산화공양을 하였는데, 그때 범악(梵樂)과 법음(法音)만이 아니라 백희(百戲)도 공양하였으며, 장추사의 백상(白象)이 석가상(釋迦像)을 태우고 나아갈 때에도 칼삼키기와 불토하기 등의 잡희를 공연하였다고 한다.[87]

그 후 불상 앞이 아니고 독립적으로 조성된 등륜(燈輪) 밑에서의 가무악희의 공연은 부처에 대한 기악 공양보다는 인간의 쾌락을 추구하는 유락 행위의 성격을 띠게 되었다.

예종 선천 2년 정월 15일과 16일 밤에 도성의 안복문 밖에 등륜을 만들었는데, 높이가 20장으로 비단으로 감싸고 금과 옥으로 장식한 채 5만 개의 등잔을 달아매니 마치 화수(花樹)와 같았다. 궁녀 천 명이 …(중략)… 등륜 아래에서 3일 밤을 답가(踏歌)를 하니, 환락(歡樂)의 극치였다.[88]

이규경의 「등석연등변증설」에 의하면, 당나라 예종(710~712) 때 나무 기둥에 등을 매단 등간(燈竿)이 시작되었는데, 아무튼 공연예술만이 아니라 등의 형태에서도 조형 의식과 표현 욕구에 의해 당나라 현종(712~756) 때에는 꽃을 굴리는 백로, 물을 토하는 황룡, 황금빛 오리와 은빛

---

87 온옥성(溫玉成), 배진달 편역, 『중국석굴과 문화예술』(상), 경인문화사, 1996, 129쪽 참조.

88 장작(張鷟), 『조야첨재(朝野僉載)』, 중화서국(中華書局) 교점본(校點本), 1979, 69쪽; 전경욱, 앞의 논문, 13쪽 각주 21)에서 재인용. "睿宗先天二年正月十五十六夜, 於京師安福門外作燈輪, 高二十丈, 衣以錦綺, 飾以金玉, 燃五萬盞燈, 簇之如花樹. 宮女千數, …(중략)… 於燈輪下踏歌三日夜, 歡樂之極."

제비, 별들의 누각 따위를 형상화한 등이 제작되었다.[89]

2. 19세기 이전의 연등회

1) 사찰의 연등회

연등회가 중국으로부터 전래된 시기에 대해서는 이미 진흥왕 때(572) 팔관회와 동시에 수용되었을 것이라는 주장도 있지만, 그렇다고 단정할 만한 근거는 희박하다.[90] 그렇지만 『삼국사기』에 경문왕 6(866)년 정월 보름에 왕이 황룡사에 행차하여 연등(燃燈)을 보고 백관들에게 잔치를 베풀었으며, 진성왕 4(890)년 정월 보름에 왕이 황룡사에 거둥하여 연등을 관람하였다는 기록이 있는 것으로 보아 연등회가 신라에 전래되어 고려로 계승된 것은 분명하다. 신라 시대의 연등회는 개최 시기가 정월 보름인 점에서 중국의 상원 연등회를 수용한 것이 분명하지만, 왕이 황룡사에서 연등을 관람하고 신하들에게 연회를 베푼 점에서 도교적인 연

---

89 "上元燃燈, 唐玄宗時, 正月望. 胡人婆陀, 請燃百千燈. 帝御延喜門縱觀, 閱月不息, 嚴挺之上疏陳五不可. 玄宗, 上元夜, 於常春殿, 張臨光宴. 白鷺轉花, 黃龍吐水, 金鳧銀燕, 洞攢星閣, 皆燈光也. 奏月光分曲. 又散金荔支千果, 令宮女爭捨, 多者常紅圈綠暈衫."이규경, 『오주연문장전산고(五洲衍文長箋散稿)』의 「등석연등변증설(燈夕燃燈辨證說)」.

90 유동식, 『한국무교의 역사와 구조』, 연세대학교출판부, 1978, 137~138쪽 참조. 고려 태조가 훈요십조에서 연등회과 팔관회를 묶어서 말했고, 성종 원년에 최승로가 '우리나라에서는 봄에 연등을 베풀고 겨울에 팔관을 연다'고 말한 것을 근거로 연등회가 팔관회와 처음부터 짝을 이루고 시작되었을 것이라고 추정했다. 그러나 연등회와 팔관회가 국가적인 2대 제전이 되는 것은 고려 태조가 의례를 정비하고 유언을 남겨서 그리된 것이지 신라 진흥왕 때부터라고 단정짓기는 곤란하다고 본다. 왜냐하면 고려가 신라의 제사와 의례를 계승한 것은 사실이지만, 제사제도와 의례체계를 그대로 승계한 것은 아니기 때문이다.

등이 아니라 불교적인 연등회가 분명하다. 그렇지만 효성왕 2(738)년에 당나라에서 도덕경이 전해지고 경덕왕(742~765) 때 표훈대덕이 활동한 것을 보면 도교와 불교의 융합 개연성도 배제할 수는 없다.

고려 시대 사찰 연등회에 관해서는 고려 문종 27(1073)년에 "왕이 봉은사에 가서 특별히 연등회를 열고 새로 만든 불상을 경찬(慶讚)하였다."[91]는 기록이나, 백선연(白善淵)이 의종(1147~1170)의 40세 나이에 맞추어 "동불(銅佛) 40존을 주조하고 관음보살상 40개를 그려 부처의 생일날에 별원에서 점등하고 축원하였다."[92]는 기록이 구체적으로 전해준다. 그리고 사찰에서의 음식 공양의 연장선상에서 연회도 베풀어졌는데, 기악 공양에 대해서는 아직 문헌 기록이 발견되지 않았다.

조선 초기의 사찰 연등회는 초파일이 석가모니 탄신일이므로 욕불회(浴佛會)와 결합되었다. 욕불회는 관불회(灌佛會)라고도 하는데, 사찰에서 석가모니가 탄생하였을 때 용왕이 향수가 솟아나게 하여 몸을 씻어주었다는 『보요경(普曜經)』에 근거하여 연꽃 속에 동자불상(童子佛像)을 안치하고 욕불게(浴佛偈)를 외며 감로다(甘露茶)를 정수리에 붓는 의식이다.[93] 연등이 불의 의식이라면, 관불은 물의 의식인 것이다.

김종직(金宗直; 1431~1492)의 〈4월 8일 밤에 겸선과 함께 남산 기슭에 올라 관등을 하였는데, 이때 양궁과 세자가 원각사에서 법사를 열었다(四月八日夜與兼善登南山脚觀燈時兩宮與世子在圓覺寺作法事)〉라는 한시를 보면, "승려들은 다투어 향당의 물을 끼었고(禪寮競遣香糖水)"[94]

---

91 북한 사회과학원 고전연구소 편찬, 『고려사』(영인본)(제1책; 제9권), 여강출판사, 1991, 404쪽. 앞으로 이 영인본 『고려사』를 『북역 고려사』로 약칭한다. 원문: "王如奉恩寺, 特設燃燈會, 慶讚新造佛像."

92 『북역 고려사』(제11책; 제122권 열전35 백선연). 원문: "善淵嘗准王行年, 鑄銅佛四十, 畵觀音四十, 以佛生日, 點燈祝釐於別院, 王乘夜微行觀之."

93 김용덕, 『한국민속문화대사전』 상권, 창솔, 2004, 186쪽 참조.

라는 구절이 들어 있다. 이 한시는 세조 13(1467)년에 원각사의 탑을 세우고 연등회를 열어 낙성하였다는『조선왕조실록』의 기록과 관련이 있는 것으로 추정된다. 욕불회와 결합된 사찰의 연등회는 조선 시대를 거쳐 현재에도 지속되고 있다.

2) 궁중의 연등회

『고려사』의 '상원연등회의(上元燃燈會儀)'에 의하면 고려 시대 연등회는 궁중에서의 연회와 사찰에서의 의례가 결합된 형태였다. 곧 궁중에서 소회(小會)를 마친 다음 봉은사에 가서 시조제(始祖祭)를 지낸 후 다시 궁중에 되돌아와서 대회(大會)를 행하였다.

소회일에 왕이 강안전(康安殿)에 나오기 전에 도교서에서는 강안전의 층계 전면에 부계(浮階)를 설치하고, 상사국에서는 강안전에 장막을 설치하고 그 동편에 임시 휴게소를 만들고, 전중성에서는 등롱(燈籠)을 부계의 상하좌우에 진열하고, 전정(殿庭)에 채산(彩山)을 설치한다. 왕이 임시 휴게소에서 나와 강안전에 나와 앉으면 신하들이 만세를 부르고 재배하며, 이어서 백희잡기(百戲雜伎), 교방(敎坊)의 음악, 무대(舞隊)의 춤이 연행된다. 편전에서의 예식이 끝나면, 봉은사(奉恩寺)의 진전(眞殿)—선조의 영정(影幀)을 모신 전각—에 가서 왕이 친히 재배하고 헌작하고 복주를 음복하고서 다시 강안전으로 되돌아온다.

대회일에 편전에서 소회와 같은 예식을 마친 다음 태자와 신하들이 왕에게 차(茶)·술·음식·꽃·약·과일을 바치면, 왕이 다시 태자와 신하들에게

---

94 김종직,『점필재집』권1. 전경욱, 앞의 논문, 31쪽에서 재인용.

그것들을 하사한다.[95]

사찰이나 불단(佛壇) 앞에서는 부처를 대상으로 분향·헌작·배례를 하는 의식을 행하고, 연등과 음식과 기악을 공양하였다. 그러나 궁중에서는 왕에게 배례하고, 가무악희를 바치고, 차(茶)·술·음식·꽃·약·과일을 바치며 헌수(獻壽)하면, 왕도 태자와 신하들의 복을 빌어주었다. 따라서 공연예술도 부처를 대상으로 할 때에는 불교적 의미를 지니지만, 궁중에서는 왕의 덕을 찬양하고 만수무강을 축원하는 정재(呈才)의 성격을 띤다. 일례로 문종이 31(1077)년의 연등회에서 왕모대(王母隊) 가무단 55명이 "군왕만세(君王萬歲)"나 "천하태평(天下太平)"이란 글자를 만드는 춤을 추었다.[96] 이밖에도 궁중 연등회와 사찰 연등회의 차이로 주목해야 할 점은 등롱과 채붕(綵棚)의 관계이다. 등롱을 왕좌의 앞 부계에 진열함으로써 부처에 대한 연등 공양이라기보다는 왕의 관등(觀燈)을 위한 연등이다. 채붕은 인공적인 공연 무대로 등산(燈山)이나 등수(燈樹)나 등간(燈竿) 앞의 '놀이마당' 대신 가설무대를 제작하여 공연장을 고급화한 것이다.[97] 그리하여 '연등―채붕―공연'의 띠가 형성된 채왕의 관등(觀燈)과 관악(觀樂)이 이루어졌다.

이처럼 궁중 연등은 사찰 연등과 구별되는데, 궁중 연등도 연등과 공연은 불교 연등과 도교 연등의 공통적 요소이지만, 왕과 신하가 선물을 교환하며 복과 덕을 축원하는 의례는 주술적이고 도교적이다. 곧 궁중의 상원 연등회가 신년 의례로서의 원소가회(元宵嘉會)이고 기복 의례

---

95 『북역 고려사』(제6책; 제69권 지23 례11), 396~406쪽 요약정리.

96 『북역 고려사』(제6책; 제71권 지25 악2 〈用俗樂節度〉조), 541쪽 참조.

97 전경욱, 앞의 논문, 18~19쪽에서 채붕은 공연무대이고, 산대(山臺)는 오산(鰲山)을 모방한 구조물이라는 견해를 제시하였는데, 이에 대해서는 논의가 더 필요하다고 본다.

가 되는 점에서는 도교적인 의례가 된다. 그래서 이규경이 「등석연등변증설(燈夕燃燈辨證說)」에서 상원 연등회가 천신(天神)에 대한 제사라고 말한 것이다. 요컨대 고려 시대 궁중 연등은 불교와 도교가 융합된 연등회인 것이다. 그리고 봉은사에서의 의례는 불교 의례와 전통적인 시조제가 융합된 것이다.

한편 강안전에서의 관등과 관악은 대궐에서 봉은사로 이동하는 왕의 행렬 공간으로 확장되었다.

> 홍왕사에서 5주야에 걸친 연등 대회를 특별히 열고, 정부의 모든 관리들과 …(중략)… 명령하여 대궐 뜰에서부터 홍왕사 문간에 이르기까지의 사이에 5색 비단으로 감은 시렁대를 즐비하게 세워 비늘처럼 겹겹이 잇대이게 하고, 왕의 수레가 통과하는 큰 길 좌우에는 등 장대를 수풀처럼 세워 대낮과 같이 밝게 하였다.[98]

행차길 양쪽에 채붕(綵棚)과 연등을 설치하여 왕이 이동하면서 관등과 관악을 할 수 있도록 한 것이니, 대궐 연회의 정태적(情態的)인 관등·관악과는 다른 방식의 연등 행사를 연출하였다. 홍왕사에서의 연등 예불에 참석하러 가는 행렬과 '연등-채붕-공연'의 공연물을 결합한 것이니, 전자는 인도와 중국의 행상(行像)과는 다른 행렬이고, 후자는 정원 공연과는 다른 거리 공연이 된다. 그런데 왕이 상원 연등회 때 봉은사로 거동할 때의 위장(衛仗)을 의종(毅宗;1147~1170) 때 정한 것을 보면, 왕

---

98 『북역 고려사』(제1책 제8권 문종 21년 정월), 389쪽. 원문: "戊辰, 特設燃燈大會於興王寺, 五晝夜. 勅令百司及 …(중략)… 自闕庭至寺門, 結綵棚, 櫛比鱗次, 連垣相屬. 輦路左右, 又作燈山火樹, 光照如晝."

의 가마를 따르는 공연단은 교방(敎坊)의 악관, 안국기(安國伎), 잡기, 취각(吹角) 군사, 취라(吹螺) 군사 등으로 구성되었다.[99] 그렇지만 이러한 궁중의 연등회는 척불 숭유 정책을 실시한 조선의 건국과 함께 소멸되었다.

3) 민간의 연등회

연등회가 발생 초기부터 사찰과 궁중과 민간에서 동시에 실시되었는지, 처음에는 사찰과 궁중에서 시작되었다가 후대에 민간 사회로 확산되었는지는 현재로서는 단언하기 어렵다. 다만 민간의 연등회에 대한 문헌 기록은 고려 후기에야 나타나므로 후자일 개연성이 크다. 최이(崔怡; ?~1249)[100]가 고종 32(1244)년에, 그리고 신돈(辛旽; ?~1371)[101]이 공민왕 15(1366)년에 국가 행사인 2월 15일 연등회와 차별화된 4월 초파일 연등회를 사저(私邸)에서 행함으로써 초파일 연등회가 시작되었는데, 특히 신돈이 대규모 연등회를 하므로 도성 사람들이 본을 따서 등불을 켰으며, 가난한 사람들은 구걸을 하여서라도 등불을 켰다고 한 것으로 보아 사찰과 대궐과 관청 중심의 연등회가 민간 사회의 풍속으로 확산되는 전환이 그때 이루어진 것으로 추정된다. 더욱이 조선 왕조의 성립 이후에 척불 숭유 정책에 의하여 국가 제전으로서의 연등회가 폐지됨에 따라 연등회가 4월 초파일에 사찰과 민간 중심으로 행해지게 되면서 연등회의 민간 풍속화가 더욱 촉진되었던 것으로 보인다.

---

99 『북역 고려사』(제7책 제72권 지26), 32쪽 참조.
100 『북역 고려사』(제11책 제121권 열전42), 396쪽 참조.
101 『북역 고려사』(제11책 제132권 열전45), 506쪽 참조.

조선 시대 민간의 연등회에 대해서는 유득공(柳得恭; 1749~?)의 『경도잡지(京都雜誌)』, 김매순(金邁淳; 1776~1840)의 『열양세시기(洌陽歲時記)』(1819), 홍석모(洪錫謨)의 『동국세시기(東國歲時記)』(1849) 등에 기록되어 있는데, 『동국세시기』에 앞의 두 책의 내용이 집대성되었으므로 이를 검토하면 18~19세기의 민간 연등회의 실상을 파악할 수 있다.

(가) 여드렛날은 욕불일(浴佛日)로 우리나라 풍속에 이날 연등(燃燈)을 하는데, 등석(燈夕)이라고도 한다.

(나) 며칠 전에 민가에서 제각기 등간(燈竿)을 세우고, 장대 끝에 꿩의 꼬리털과 채색비단을 달아 깃발을 만드는데, 작은 집에서는 노송(老松) 가지를 매단다. 그리고 자녀의 수대로 등을 매달아 밝게 하여야 길한 것으로 여긴다. 아흐렛날에 마친다. 사치하는 사람은 큰 대나무를 수십 개를 묶고, 또 오강(五江)의 돛대를 싣고 와서 받침대를 만든다. 혹은 일월권(日月圈)을 꽂아서 바람 따라 어지럽게 돌고, 혹은 회전등(回轉燈)을 달아 도는 것이 총알이 날아가는 것 같고, 혹은 종이에 화약을 싸서 줄에 이어달아서 승기전(乘機箭)처럼 서로 부딪히면서 불꽃이 비처럼 아래로 흩어지고, 혹은 종이조각을 수십 개 이어달아 용처럼 바람에 휘날리고, 혹은 광주리를 매달고, 혹은 인형을 만들어 옷을 입혀 줄에 묶고 놀리기도 한다. 즐비한 가게에서는 다투어 장대를 높게 세우려고 수십 개의 밧줄을 묶어 끌어당기는데, 왜소한 사람은 모두가 비웃는다.

먼저 초파일은 관불(灌佛)하는 날임을 언급하고서, 이어서 등간의 제작과 설치 및 등의 기복적 의미를 기술하면서 불꽃놀이와 인형놀이 같은 민속놀이가 등간과 결합된 사실도 기록하였다. '연등-채붕-기악'의 전통을 등간 하나에 통합적으로 조형화하였는데, 이처럼 연등에 기악을 흡수하여 조형화한 사실에 대해서『동국세시기』에 북등[鼓燈]에 말을 탄 장군이나 중국 삼국지의 고사를 그리고, 영등(影燈)으로 말을 타고서 매와 개를 데리고 호랑이, 이리, 사슴, 노루, 꿩, 토끼를 사냥하는 장면을 연출하였다고 기록하였다. 그리고 김수장(金壽長; 1690~?)도 사설시조[102]를 통해서 '연꽃 속의 선동(仙童), 난봉(鸞鳳) 위의 천녀(天女), 사자(獅子)를 탄 체괄이, 호랑이를 탄 오랑캐' 등과 같은 18세기의 무용이나 연극이 등롱(燈籠)으로 조형화된 사실을 전해준다.

놀이와 관련해서『동국세시기』에는 초파일날 밤에 악기를 들고 거리를 돌아다니는 사람도 있고, 아이들은 수부희(水缶戲)를 하였다고 기록되어 있다. 그리고 호기(呼旗)놀이에 대해서도 기록하였다.

『고려사』를 보면, 나라 풍속에 4월 초파일이 석가모니의 생일이므로 집집마다 연등을 하였는데, 수십 일 전부터 아이들이 종이를 등대에 붙여 깃발을 만들어 도성 안의 거리를 외치고 돌아다니면서 쌀과 베를 얻어 그 비용을 마련하였으니, 이를 호기(呼旗)라 했다. 지금 풍속에 등간에 깃발을 매다는 것은 호기의 유풍이다.[103]

『고려사』에서 공민왕 13(1364)년에 '왕이 연등을 관등하고 궁전 뜰에서 호기놀이를 구경하고 포(布)를 준' 사실을 기록한 다음 호기에 관한 설명을 덧붙였는데,[104] 그 설명 부분이『동국세시기』에 그대로 전재되었다. 그런데, 여기서 주목되는 것은 당시에 등간에 깃발을 매다는 것이

---

102 정병욱 편저,『시조문학사전』, 신구문화사, 1979, 524쪽의 작품번호 2248 참조.
103 "按高麗史, 國俗以四月八日是釋迦生日, 家家燃燈, 前期數旬, 群童剪紙注竿爲旗, 周呼城中街里, 求米布, 爲其費, 謂之呼旗. 今俗燈竿揭旗者, 呼旗之遺也."
104『북역 고려사』(제4책 세가 제40권 공민왕3), 115쪽 참조.

고려 시대 호기의 유풍이라고만 하고 19세기 전반기에 호기놀이가 전승되고 있었다는 구체적 언급이 누락된 사실이다. 그럼에도 불구하고 행렬놀이의 형태인 호기놀이가 아동놀이로 이미 고려 말엽에 등장하여 조선 시대에 와서도 민간 연등회의 주요한 구성 요소가 되었을 것으로 추정된다.

3. 일제 강점기의 연등회

연등회는 19세기 후반부터 개화기를 거쳐 일제 강점기를 맞이하면서 사회문화적·정치적 변동 속에서 불가피한 변화를 겪었을 텐데, 특히 1928년 5월 19일자 매일신보의 "40년 만에 부활된 4월 8일 관등놀이"라는 기사는 19세기 후반부터 20세기 전반에 이르기까지의 연등회의 향방을 알려준다.

　－종로 네거리에 사월 팔일 등대를 세운다. 십 일간은 경품부(景品附) 판매－

　오는 26일은 음력으로 4월 8일이다. 이날은 석가모니의 탄신으로 옛날부터 우리의 명절에 하나이었으나, 근년에 와서는 우물쭈물해 오던 바 이날을 기회로 하여 북촌 일대의 활기를 돋우며 놀기 좋은 요새에 사람의 마음을 위로코자 중앙번영회에서는 오는 21일부터 31일까지 10일 동안 경품부 대매출을 하며, 한편으로는 26일(음 4월 8일)부터 견지동(堅志洞) 어구에는 수십 척의 등대(燈臺)를 세우고 종로통 큰거리에는 관등(觀燈)으로 꿰뚫어 불야성(不夜城)을 이루게 하여 수십 년 전의 옛일을 추상(追想)케 하며, 또 오랫동안 졸고 있던 종각(鐘閣)의 인경도 울려서 사람들의 고막을 찌르게 하리라 한다.

(1928.5.19. 2쪽. 현대어 번역은 필자)[105]

사월 초파일 행사로 '견지동 어구에 등대를 세우고 종로통 거리에는 등을 매달아 불야성을 만드는' 연등회의 행사 주최는 사찰이 아니라 '중앙번영회'라는 민간단체인 점에서 이러한 민간 연등회가 서울에서 40년 동안 중단되었다가 부활된 저간의 사정을 알 수 있다. 40년 전이라면 1890년경부터 서울 연등회가 중단되었다는 말인데, 갑오경장(1892년) 무렵이 된다. 그러면 서울에서 40년 동안 중단되었던 민간 연등회가 어떻게 해서 부활된 것일까? 위의 기사는 경제적 동기를 시사한다. 그러나 다음날인 20일자 매일신보의 기사는 내용이 보다 소상하여 연등회 부활의 경제적 동기와 축제적 형태를 보다 구체적으로 전해준다.

   −8일 관등놀이를 전경성적(全京城的)으로 봉찬(奉讚)−
   4월 8일 석가세존 탄일(誕日) 놀이는 종래에는 부내(府內)의 남촌(南村) 내지인(內地人) 측에서만 연년히 거행하고, 북촌(北村) 조선인 측에서는 사원(寺院)과 불교포교당에서 다만 간단한 식을 지낼 뿐이던 바, 금년에는 조선의 재래(在來)로 성히 거행한 4월 8일 관등놀이의 관습을 부활시키기로 하고, 특히 음력 4월 8일(5월 26일)에 남북촌 내선인(內鮮人) 각 단체 연합으로 대대적으로 거행하기로 하고, 목하 제반 준비에 분망중인데, 주최 단체로 8일 봉찬회 조선인 측의 중앙번영회 · 조선불교중앙교무원, 내지인 측의 경성상공조합연합회 · 경성불교청년동지회 등 5개 단체이며, 회장은 마야부윤(馬野府尹), 부회장 중앙번영회 이사장 박승하(朴承霞)씨, 간사와 위원들은 부내 내선인 주요 상점주(商店主) 선정되었고, 기타 각 정동(町洞) 총대(總代) 일동과 각

105 한국불교연구원, 『초파일 행사 100년』, 대한불교조계종 행사기획단, 2008, 73쪽.

신문사 간부급, 각 관공서·은행·회사의 주요 인물 40여 명을 고문으로 하여 전 경성 유지를 망라하여 역원(役員)으로 선정하였다.

그리고 그날에 거행할 실행 방법은 오전 8시부터 석가탄일 봉축 연화(煙火)를 빈발하여 전 시민에게 4월 8일이라는 것을 알리어 주고, 동(同) 10시경에는 공중에 봉축 비행을 하여 선전지 수십 만 장을 뿌리고, 오후 1시경에 불교일요학교 생도를 중심으로 어린이를 다수히 조선은행통 광장에 모아가지고 본정통과 장충단으로 기행렬(旗行列)을 하고, 또 광화문통 동아일보사 앞 광장, 조선은행 전 광장, 장충단의 세 곳에는 연화대(蓮花臺)를 설치하여 전기(電氣) 장식으로 불상을 만들어 모시고, 조선은행 전에서는 오전 11시, 광화문통 전에서는 오후 1시, 장충단에서는 오후 3시에 연화를 발하고, 장엄한 관불식(觀佛式)을 거행할 터이며, 부내 각 상점에서는 전기와 기타로 불당(佛堂)과 주마등(走馬燈)을 미려하게 점두(店頭)를 장식하여 전 시가를 불야성으로 장식하고, 또 당일 오후 3시 장충단 연화대 관불식에는 조선 명사 3백여 명을 초대하여 성연(盛宴)을 배치하고, 또 그날 저녁에 경성호텔에서 관민유지(官民有志) 봉축만찬회(奉祝晚餐會)를 개최할 터이라는데, 회비는 2원이라 더라.(1928.5.20. 2쪽. 현대어 번역은 필자)[106]

이 기사는 한국인과 일본인의 경제 단체와 불교 단체가 연합하여 연등회를 개최한다고 하여 양측이 종교적 동기만이 아니라 경제적 동기에서 공감을 느끼고 연합 행사를 거행한 사실을 알려주는데, 이밖에도 두 가지 중요한 사실을 전해준다. 첫째가 어린이는 기행렬을 하고, 성인은 관불식을 거행하고, 상점 앞에 등을 설치하는 연등회의 형태에 관한 사실이고, 다음이 일본인들은 축제 형식의 초파일 행사를 해마다 하였으나

---

106 위의 책, 73쪽.

한국인은 사찰과 불교포교당에서만 명맥을 유지한 사실이다. 이 시기 사찰과 불교포교당의 사찰 연등회는 1924년 6월에 발간된 『조선불교』 제2호에 의하면, 그해의 초파일에 함경도 안변 석왕사에서는 낮에는 시련괘불이운(侍輦掛佛移運)과 찬가합창(讚歌合唱)을 하고, 저녁에 승려와 학생이 제등 행렬을 하였으며, 예천 불교당에서는 오전의 의식에 이어서 오후에는 유일학원 여학생들에 의한 운동 경기와 제등 행렬이 있었다고 한다.[107] 편무영은 이에 대해 다음과 같이 말한 바 있다.

> 전통적인 초파일의 흔적도 보이지만, 관(官), 다시 말해서 조선총독부나 지방의 군, 면 단위의 기관에서 관여한 흔적을 엿보게 한다. 이러한 배경에는 동아공영권의 기조 위에 불교문화권을 얹어놓아 동아시아인을 순종시키려던 당시 일본의 전략이 있었다. …(중략)… 이런 와중에 전통적인 초파일 풍습에 일본판 사월초파일인 하나미츠리[花祭]가 뒤섞이게 될 가능성은 처음부터 매우 농후하였다.[108]

편무영은 한국인 초파일 행사가 일본인의 화제(花祭)와 결합하여 동화되어간 사실을 강조하였다. 특히 학생들의 제등 행렬을 일본 화제의 영향으로만 보는 시각을 견지하였다.[109] 그러나 이러한 관점과 주장은 더 이상 설득력을 지니기 어렵다. 왜냐하면, 일본식 초파일 행사의 행렬은 제등 행렬이 아니고 기행렬(旗行列)이었으며, 제등 행렬도 1928년 일본인의 화제와 한국인의 초파일 연등회가 결합되기 이전에 1924년의 안

---

107 편무영, 앞의 책, 76~77쪽 참조.
108 위의 책, 77쪽.
109 위의 책, 76~92쪽 참조.

변 석왕사와 예천 불교당의 초파일 행사에서 행해졌으며, 더욱이 한일 강제 병합 이전인 1909년 음력 4월 8일에 학생들이 '제등창가(提燈唱歌) 하였다'는 기록이 확인되기 때문이다. 지규식(池圭植)이 1911년에 저술한 『하재일기(荷齋日記)』(규장각 소장)에 다음과 같이 기록되어 있다.

병술. 맑고 바람. 보통학교 개교기념일이다. 모든 학생이 제등(提燈)하고 노래를 부르며 삼전궁을 위해 만세를 불렀다. 유쾌하게 운동하고 밤이 깊은 뒤 집회를 마쳤다. 김용진이 서울로 돌아갔다.(丙戌 晴風 普通學校開校紀念 日也. 諸學生提燈唱歌, 爲三殿呼萬歲. 愉快運動, 夜深罷會. 金甯鎭歸京.)[110]

하재 지규식은 평민 출신 도공으로 사옹원(司饔院)이 민영화된 번자 회사(燔磁會社)에 근무하며 1891년 1월 1일부터 1911년 윤6월 29일까지 일기를 기록하였는데, 1906년에 설립한 분원 보통학교[111]에서 1909년 4월 8일 개교 기념행사에서 제등하고 노래를 불렀다고 기록하였다. 이날은 『황성신문』(5.30)의 보도에 의하면, 순종(1907~1910)이 덕수궁에서 의친 왕(義親王; 1877~1955)을 비롯한 황족에게 주찬(酒饌)을 하사한 날이다. 따라서 이 '제등창가(提燈唱歌)'가 불교와 관련된 것인지, 황실과 관련된 것인지는 불분명하지만, 적어도 일본의 간섭을 받기 이전에 경축일에 학생들이 집단적으로 제등하고 노래를 부른 것만큼은 확실하다. 이뿐만 아니라 기독교 계통 이화학당에서 1910년에 설립한 대학과-현 이화여 자대학교의 전신-의 졸업식 행사로 교내에서 제등 행렬을 시행한 것을

---

110 지규식, 이종덕 번역, 『국역 하재일기』(8), 서울시사편찬위원회, 2009, 261쪽.
111 사옹원의 분원은 현재 경기도 남종면 분원리에 위치한 바, '분원리'라는 지명 속에 그 흔적을 남기고 있다. 현재의 분원초등학교가 1906년에 설립된 분원보통학교의 후신인지는 아직 미확인 상태이다.

보면,[112] 불교 재단 학교만이 아니라 기독교 재단 학교에서도 학생의 제등 행렬을 사회의 등불이 되어 진리의 빛을 밝히라는 교육적 목적을 상징하는 졸업 행사로 활용하였음을 알 수 있다.

그런가 하면, 1915년 5월 21일자 매일신보의 기사도 초파일 제등행렬이 1915년보다 훨씬 이전에 존재하였을 개연성을 시사한다.

오늘은 즉 음력으로 사월 팔일이라. 이날은 석가모니불의 탄생일이라. 그러므로 전(前)으로 치면, 각 사찰마다 볼 만하고, 이야기하기 적당한 관불회(灌佛會)가 있으며, 제일 지방의 성황은 물론 경성 대도회처된 종로 같은 것은 참 볼 만한 가치가 있어 각색등이 모두 색색이로 여기저기 달아 놓고 팔며, 더구나 막대에 걸어가지고 다니는 품이 더욱 색채를 이루어 만호장안이 그때는 낮이나 밤이나 영롱한 색채와 불빛이 굉장하였으나, 근래는 시대의 변천으로 인하여 그때와는 비교할 수 없겠으나 어제로부터 경성 시중을 돌아다니며 본즉 그래도 구관은 없어지지 않고 종로 각 전두(纏頭)마다 색색의 등이 달려 있음도 보겠고 …(후략)…(1915.5.21. 3쪽. 현대어 번역은 필자)[113]

예전의 사월 초파일에는 사찰의 관불회가 있었고, 종로에서는 등을 만들어 팔았으며, 등을 막대에 걸어가지고 다니는 풍속이 성행하였지만, 1915년에는 예전만은 못해도 그래도 종로의 상점 앞의 연등을 볼 수 있어 다행이라고 말하였다. 그런데, 이전에 '등을 막대에 걸어가지고 다니

---

112 이화학당은 1886년 5월에 미국인 선교사 스크랜톤 부인이 서울 정동에 설립하였는데, 1887년에 명성황후가 이화(梨花)의 당명을 하사하였으며, 1910년에 설립된 대학과가 1935년 현재의 신촌 교지로 이전하였다. 제등 행렬의 사진은 『민족의 사진첩』(Ⅰ), 서문당, 1994, 138쪽에 수록되어 있다.

113 한국불교연구원, 앞의 책, 54~55쪽.

는' 제등(提燈)이 제등 행렬에 관한 언급일 개연성이 크기 때문에 주목하지 않을 수 없다. 설령 이 기록을 등장수가 등을 막대에 걸고 다니며 팔았다고 해석해도 제등(提燈)임에는 분명하다. 더군다나 명나라 헌종(憲宗; 1464~1487)의 원소행락도(元宵行樂圖)에 제등을 한 사람들이 있는데,[114] 이것도 연등회에서의 제등의 방증으로 삼을 수 있겠다.

그뿐만 아니라 종전에는 제등은 야간 나들이에 길을 밝히거나 장례식의 저승길을 밝히는 용도로만 인식하고 연등회의 제등 행렬에 대해 회의적이었으나, 1894년 고종이 거둥할 때 호위 군사들이 어가의 좌우에서 제등 행렬을 벌였고,[115] 궁중 가례(嘉禮)의 의궤(儀軌)에서도 제등 행렬이 확인되는 것을 보면, 궁중 의례에서도 제등 행렬의 전통이 있었고, 이것이 개화기 이후의 연등회의 제등 행렬의 문화적 배경이 되었을 것이다.

기실 1929년 5월 16일자 매일신보 기사를 보면, 일본 축제의 행렬은 제등 행렬이 아니고 백상(白象)을 호위하는 기(旗) 행렬이었다.

－치아(稚兒)가 옹호하여 백상(白象)의 행렬 시내 세 곳에 화어당을 짓고 장춘단에선 관불회－

금일의 관불식은 광화문통 광장, 조선은행 전 광장, 장충단 3개소에서 거행할 터인데, 오전 11시에 광화문통, 오후 1시 조선은행 전 광장에서 재성내선(在城內鮮) 쌍방의 각 불교 단체가 총출동하여 식전을 거(擧)하고, 그로부터 큰 백상(白象)에 화어당(花御堂)을 봉안하고, 수백 명의 치아(稚兒)가 본정통을 지나 장춘당 식장에 이르러, 오후 4시 반부터 산리(山梨) 총독 이하 관

---

114 전경욱, 앞의 논문, 22쪽의 그림 참조.
115 김장춘 엮음, 『세밀한 일러스트와 희귀 사진으로 본 근대조선』, 살림, 2008, 43쪽 참조.

민 1천여 명을 초대하고 장엄한 관불식을 행할 터인데, 조선인을 주로 한 관불식장은 광화문통 광장이 되리라 하는 바, 당일이 우천(雨天)이면 순차 순연(順延)한다고.(1929.5.16. 2쪽. 현대어 번역은 필자)[116]

화어당은 탄생불(誕生佛)을 연화대에 안치한 것이니, 아기부처를 기행렬대가 시위(侍衛)하고, 관불식장으로 이동한 것이다. 따라서 일본인의 기행렬은 고려 시대부터 전승되던 걸립 성격의 호기(呼旗)놀이와 다르다. 특별히 주목해야 할 대목은 관불식을 일본인과 한국인이 별도로 거행한 사실이다. 일본인은 조선은행 앞 광장과 장충단에서, 한국인은 광화문통 광장에서 관불식을 하였다. 행렬의 출발점과 종착점은 물론이고, 행렬의 참여자와 방식도 달랐던 것이다.

부내(府內) 수송동(壽松洞) 각황사에서는 조선불교 중앙교무원의 주최로 대성(大聖) 석존(釋尊)의 성탄봉축법요(聖誕奉讚法要)를 거행한다는데, 그 순서는 아래와 같으며, …(중략)…
제2일 16일 오전 11시 봉불시련행렬(奉佛侍輦行列)이 안국동 사거리로 종로를 지나 광화문통 식장까지. 오후 1시 관불식. …(후략)…(1929.5.16. 2쪽. 현대어 번역은 필자)[117]

한국인은 각황사(覺皇寺)-현 조계사의 전신-에서 불교중앙교무원 주최로 초파일 연등회 행사를 독자적으로 진행하면서 각황사에서 먼저 법요식을 거행한 다음 봉불 시련 행렬을 지어서 종로를 거쳐 광화문통

---

116 한국불교연구원, 앞의 책, 81쪽.
117 위의 책, 81쪽.

에 가서 관불식을 거행한 것이다. 이때의 봉불 시련 행렬과 관불식은 한국 고유의 전통 방식이었을 것이다. 물론 1929년 5월 17일자 매일신보의 기사를 보면, "수송동 각황사에서 천여 명 남녀 신도가 봉불 시련을 뫼시고 봉축 군악대와 봉축 악대를 선두로"[118] 관불식장으로 행진하였다고 하여, 악대의 편성에서 군악대가 참여하는 변화가 일어나긴 하였어도 전통적인 사찰 연등회가 관불식의 식장만 광화문통 광장이라는 공공장소로 바뀐 것이라 보아도 무방할 것 같다.

전통적인 사찰 연등회에 대해서는 1921년 5월 15일자 매일신보의 기사가 전해준다.

시내 영성문(永成門) 안 해인사 불교포교소에서는 오늘 음력 사월 초파일에 석존강탄(釋尊降誕) 이천구백사십년의 기념식을 거행할 터인데, 초파일 즉 제 1일에는 오전 아홉 시에 개회하여 시련(侍輦), 관불(灌佛), 헌공(獻供), 창가(唱歌), 설법(說法)이 있은 후 열두 시에 폐식하고, 오후에는 두 시로부터 다섯 시까지에 고원훈씨와 송진우씨와 좌좌목청마(佐佐木淸麿)씨의 강연이 있고, 여섯 시 반부터는 팔상봉배(八相奉拜)가 있고, 일곱 시에는 정진순당(精進巡堂)이 있고, 일곱 시로부터 열한 시까지는 팔상연의(八相演義)가 있으며, 초구일 제 2일에는 오전 열 시에 개회하여 삼십 분에 송경(誦經)한 후 열한 시에 불상점안(佛像點眼)이 있고, 열두 시에 불상이운(佛像移運)의 장엄한 의식이 있으며, 오후에는 두 시로부터 이회광 선사의 설교가 있고, 세 시로부터 다섯 시까지에는 김병로씨 외 이삼 명사의 강연이 있으며, 여섯 시에는 팔상봉배가 있고, 일곱 시 반으로부터 열두 시까지에는 팔상연의가 있으며, 제 3일에도 그와 같이 기념식을 거행하는데, 특히 영산작법(靈山作法)이 있다더

---

118 위의 책, 81쪽.

라.(1921.5.16. 3쪽. 현대어 번역은 필자)[119]

20세기 전반기 사찰 연등회의 불교 의식과 불교 예술과 교양 문화 행사에 관한 정보를 비교적 상세하게 기록하였는데, 여기서는 시련과 관불이 연속적인 의례로 행해진 사실에 주목한다. 왜냐하면, 사찰의 초파일 연등회에서 행해진 이러한 전통적인 불교 의식이 한국인과 일본인의 연합 연등 축제로 재구성될 때에도 계승되었기 때문이다. 그런데 이러한 연합 연등회의 개최 목적은 경제적인 측면만이 아니라 1920년대에 일본이 무단정치 정책을 문화정치 정책으로 전환한 역사적 맥락 속에서 불교를 통한 종교적·문화적·사상적 통합을 추진한 데서 원인(遠因)을 찾을 수 있으니, 1928년 5월 26일자 매일신보의 기사가 명백한 증거가 된다.

석존강탄제(釋尊降誕祭)는 종래 조선에서도 관등절(觀燈節)이라 하여 경향을 물론하고 여러 가지 놀이가 있어서 자못 성대히 이날을 기념하였습니다. 조선의 불교는 이조 오백 년간 정책적 압박 하에 거의 사회와 격리가 되어 종교적 기능의 발휘가 저해되었었으나 그러나 민간에서는 석일(昔日)이나 다름없이 널리 석존의 강탄일을 기념하여 왔습니다. 이는 곧 불교가 동양문화에 기여한 바의 위대함과 또는 초인간적 방면의 신앙이 민중의 가슴에서 떠나지 않았던 증거인가 합니다. 그러다가 수십 년 전부터 정책적 제한이 개방되자 이래로 반(反)히 이 미풍이 쇠퇴하여진 것은 필경 사회 조직의 변화, 신사상의 혼란 등에 의하여 민중 심리의 황폐를 발하는 것이라 참으로 유감되는 바이었습니다.

---

119 위의 책, 62쪽.

생각컨대 종교라 하는 것은 선을 권(勸)하고 악을 징(懲)하는 진리에 어(於)하여는 일치되는 바이다. 구태여 갑을(甲乙)과 피아(彼我)를 가릴 바가 없는 것은 물론이나 불교는 전술한 바와 같이 동양 고유의 종교로 우리 중생의 뇌리에 깊이 박혀 있는 고로 조선의 사회를 종교적 방면으로 지도하는 데는 불교가 가장 첩경이라고 생각합니다. 그러하므로 조선에 있는 불교 단체의 사명은 실로 중대하다고 생각하는 동시에 그 활동상 급무로는 고래의 은둔고답주의(隱遁高踏主義)를 고쳐서 실사회와 화합하여 그 숭고한 정신과 광대한 교리(敎理)를 가장 통속적(通俗的)으로 보급시킬 방법을 강구하는 것이 마땅할 줄로 생각합니다.

금반 전선(全鮮) 각 불교 단체가 중심이 되어 전시(全市)의 관민이 일치 협력하여 대규모로 공전(空前)의 성의(盛儀)로서 강탄제(降誕祭)를 거행하게 된 것은 참으로 의의(意義) 있는 일로 우리 사회에 기여하는 바 호과(好果)가 클 것은 물론이며 조선 불교를 위하여 또는 사회를 위하여 크게 경축할 일이라 더라.(1928.5.26. 2쪽. 현대어 번역은 필자)[120]

동양 고유의 불교를 부흥시켜 한국인을 종교적으로 지도해야 할 필요가 있는데, 은둔고답주의의 사찰에서 민간 사회로 이끌어내는 데 효과적이고 통속적인 방법이 시가행진을 하고 관불하는 축제 형태라는 논리를 전개하였다. 1895(고종 32)년 4월에 승려의 도성 출입 금지령이 해제되고, 1899년에 동대문 밖에 원흥사(元興寺)가 창건되고, 1902(고종 49)년 조정에 사찰 관리를 담당할 관리서가 궁내부 소속으로 설치되고, 1906년 원흥사에 불교 연구회가 조직되고 근대적 불교 교육 기관인 명진학교(明進學校)가 설립되고, 1910년 5월에 한용운과 이회광이 각황사(현 중

---

120 위의 책, 75쪽.

동중학교 위치)를 창건하고, 불교의 개혁과 사회 참여를 촉구한 한용운의 『조선불교유신론』이 1913년에 출판된 것처럼 개화기에 억불 정책의 완화에 따라 불교계가 새로운 도약을 도모하였다. 그리고 1907년 초파일에 명진학교 교사가 학생을 인솔하여 봉원사에 가서 석가 탄신을 경축하였다는 대한매일신보(5.24)의 기사, 순종이 1909년 초파일에 덕수궁에서 의친왕을 비롯한 황족에게 주찬을 베풀어주었다는 황성신문(5.30)의 기사, 1913년 초파일에는 사동(寺洞)의 중앙포교당에서 석가 탄생 기념식을 하면서 군중의 복잡함을 피하기 위하여 입장권을 사용하여 참가자의 수효를 조정할거라는 매일신보(5.13)의 기사, 1915년 초파일에 종로의 전두(纏頭)마다 색색의 등이 달려 있었다는 매일신보(5.21)의 기사, 1920년 초파일에는 각황사에서 조선불교회 주최로 '개회사−강연−영산회상곡 연주−연극 수하항마상(樹下降魔像) 공연−환등기 상영'의 순서로 기념행사를 거행하였다는 매일신보(5.27)의 기사, 1922년의 초파일에는 '관불−독경−예불−식사(式辭)−삼보귀의−강연−취지 설명−남녀학생의 찬불가(讚佛歌)−활동사진 상영'의 순서로 기념식이 행해졌다는 매일신보(5.6)의 기사, 1923년에는 초파일에 한용운이 각황사에서 해탈에 대하여 강연을 하였다는 매일신보(5.23)의 기사 등등[121] 몇 가지 사례만 보더라도 19세기 말엽 억불 정책이 완화됨에 따라 불교가 활력을 되찾고 시대의 변화에 부응하여 초파일 행사를 연면히 계승하면서도 기념식 형태로 변형시켜 거행한 점에서 조선 시대의 전통적인 초파일 행사와는 상당히 달라진 모습을 보인다. 초파일 연등회의 경우에도 개화기부터 신문화 운동이 일어났던 것이다.

아무튼 1928년의 초파일 행사가 40년만에 부활된 것이라는 기사는

---

121 신문기사는 위의 책, 48・49・53・55・60・61・65・66쪽 참조.

1915년에 종로의 상점 앞에 연등하였다는 기사와도 상치되며, 한국 불교계의 주체적인 근대화 운동을 의도적으로 부정하고 폄하하려는 저의로 말미암은 왜곡이 아닐 수 없다. 이처럼 일본은 1928년 서울에서의 초파일 행사를 연합 행사로 추진하면서 '한국인의 종교적 지도와 한국 불교의 은둔고답주의의 극복'이라는 명분을 내걸었지만, 이는 일본의 국익을 위하여 한국 불교를 정책적으로 전략적으로 이용하려는 책략을 은폐하는 수사(修辭)에 불과하였다. 왜냐하면 서울 종로의 초파일의 연등은 1890년경에 중단된 것이 아니라 1928년 이전까지 서울에서 여전히 지속되고 있었으며, 불교의 근대화와 현실 참여도 한용운에 의해 일찍이 주창되었기 때문이다.

4. 해방 이후의 연등회

해방 이후는 일제 식민지 통치의 잔재를 청산하고 민족문화를 수립해야 하는 시대였기에 남북 분단, 좌우익 갈등, 6·25전쟁 등으로 점철되는 극도의 혼란 속에서도 새로운 질서가 태동되고 있었다. 그리하여 1946년 5월 8일자 동아일보의 기사에 의하면, 초파일에 태고사(현 조계사)에서 종로를 거쳐 창경원으로 향하는 시련-불상을 모신 가두행진-을 하였다.[122] 그리고 1954년 5월 10일자 동아일보의 기사에 의하면, 불교중앙총무원 주최로 태고사를 비롯한 32개 사찰에서 초파일 행사로 관등을 하고, 꽃버스 행렬을 하였다.[123] 사찰의 관등, 곧 연등은 전통적인

---

122 위의 책, 111쪽 참조.
123 위의 책, 127쪽 참조.

모습이지만, 꽃차의 시가행진은 1946년의 시련과도 다른 축제 형태였다. 그런가 하면 1954년 11월 5일 비구승이 대처승으로부터 태고사를 접수하고 조계사로 개명한 사건이 발생한 이후 1955년 초파일(5월 29일)에 전국 800개 사찰에서 만등(萬燈)을 밝히고 관불식을 하였으며, 특히 밤에 남녀 신도들이 조계사에서 출발하여 종로 3가, 을지로 3가, 시청 앞을 지나 안국동을 돌아서 조계사로 되돌아오는 제등 행렬을 하였다고 한다.[124] 이 제등 행렬은 불교계의 주도권을 장악한 비구승 집단－1962년에 대한불교조계종 결성－이 부처의 공덕을 찬양함과 아울러 지혜의 광명을 얻어 중생의 무명(無明)을 밝히는 연등의 본질을 의례적으로 구현한 것인데, 불교사적 관점에서 보면 성불하여 불교계를 정화하고 중생을 제도(濟度)하려는 비구승의 의지와 염원이 작용하였다고 볼 수 있다. 아무튼 이를 계기로 연등회가 제등 행렬 위주로 변형을 거듭하면서 현재까지 지속되는데, 초창기의 제등 행렬에 시련이 포함되었는지는 불분명하고, 1964년부터 연(輦)이 행렬의 선두에 위치한 사실은 확인된다.[125] 그리고 1996년부터는 과시적(誇示的)이고 시위적(示威的)인 제등행렬 위주의 행사를 지양하고, 문화 행사와 거리 행사를 확장한 불교문화축제로 재구성하였다.

제등 행렬이 1955년에 시작되어 현재까지 일관되게 초파일 연등회의 핵심적인 구성 요소가 된 것은 분명하지만, 1946년에 시련이 행해졌고, 1964년부터 제등 행렬에 아기부처를 봉안한 연(輦)이 포함된 점에서 제등 행렬은 시련(侍輦)의 변형이고, 신도들이 부처에게 공양할 꽃과 등을

---

124 위의 책, 132~133쪽의 동아일보 1955년 5월 30일자 기사와 135쪽의 조선일보 1955년 5월 30일자 기사 참조.

125 위의 책, 211쪽 참조.

들고 불상의 뒤를 따르는 공양 행렬로 인식해야 한다. 따라서 연등회의 등은 나무나 등간(燈竿)이나 처마에 높이 매달아 세상을 대낮처럼 밝게 하였고, 제등은 일반적으로 밤길을 밝히거나 장례식용으로 사용되었다는 고정 관념은 시정되어야 한다. 뿐만 아니라 학생이 참여하는 제등 행렬이 국가 기관이나 일본의 강제 동원에 의한 것이고, 일본의 초파일 축제인 화제의 영향에 의한 것이라는 주장도 철회되어야 마땅하다. 거듭 말하지만, 1928년 일본인 화제와 연합되기 이전인 1924년에 이미 지방의 사찰 연등회에서 학생의 제등 행렬이 행해졌으며, 심지어 강제 병합 이전인 1909년까지도 제등 행렬의 기원을 소급할 수가 있기 때문이다. 따라서 제등 행렬의 형성과 전개에 대한 면밀한 고증이 이루어져야 하며, 이러한 맥락 속에서 해방 이후의 제등 행렬을 재인식해야겠다.

제4장 연등회와 가무악희

팔관회와 더불어 고려 시대 양대 국가 제전이었던 연등회에서도 가무악 형태의 정재(呈才)가 연행되었다. 지금까지『고려사』, 「악지」의 당악과 속악에 대해서는 음악적, 무용적, 시가문학적 측면에서는 논의되었지만, 공연예술적, 연극학적, 희곡문학적 관점에서는 단편적인 언급에 머물고 심화된 논의는 이루어지지 않았다. 따라서 연등회에서 연행되었던 가무악희 중에서 연극에 해당하는 헌선도의 연극적·희곡적 구성 원리와 기능을 살펴본다. 그리하면 고려 시대의 당악과 속악에 대한 이해의 폭을 넓힐 수 있고, 연등회와 공연예술의 관계 및 궁중 가무극의 실체를 파악할 수 있다.

1. 연등회의 기능과 절차

1) 연등회의 기능

고려 시대는 연등회와 팔관회가 2대 국가 제전이었는데, 팔관회는 태조 원년(918)에 팔관회를 베풀고 의봉루(儀鳳樓)에 나가서 관람한 후 해마다 상례로 삼았다고 하였으나, 연등회에 관한 구체적인 기록은 나타나지 않은 채 다만 태조 26(943)년 4월에 훈요십조(訓要十條)를 유언으로 남길 때 여섯 번째에 "짐이 원하는 바는 연등과 팔관에 있었는데, 연등은 부처를 섬기는 까닭이고, 팔관은 천령과 오악, 명산대천, 용신을 섬기는 까닭이었다. 후세에 간신들이 가감할 것을 건의해도 이를 금지해야 할 것이다. 내 또한 당초에 마음에 맹세하여 회일(會日)에 국기(國忌)를 범하지 않고 군신동락(君臣同樂)하였으니 마땅히 공경하며 이를 행할 것이다."라고 말한 데서 비로소 연등회를 행한 사실만 확인된다. 따라서 연등회도 건국 초기부터 팔관회와 함께 행해졌던 것으로 보이는데, 성종이 유교 정책을 택하여 중국의 제사 제도를 수용함에 따라 성종 2(983)년 정월에 원구(圓丘)에 풍년을 기원하고, 태조를 배향하였으며, 또 적전(籍田)을 친히 하고 신농씨에게 제사지내고 후직(后稷)을 배향하여 기곡적전(祈穀籍田)의 예를 시작하였으며, 6(987)년 10월에는 서경과 개경의 팔관회를 정지시켰으니, 태조의 유훈을 정면으로 부정한 처사가 아닐 수 없다. 그럼에도 불구하고 성종의 중국화 정책은 계속되어 10(991)년 윤 2월에 사직단(社稷壇)을 세우고, 11(992)년 12월에는 대묘(大廟)를 건립하였다. 그렇지만 성종의 사후에 다시 복구 정책이 실시되어 현종 원년(1010) 윤 2월에 연등회를 복구하고, 11월에는 팔관회를 복구시켰는데, 2(1011)년 2월에 청주의 행궁(行宮)에서 연등회를 베푼 것을 계기로 연등회의 날짜가 정월 보름에서 2월 15일로 바뀌었다.

이러한 연등회가 중국으로부터 전래된 시기에 대해서는 이미 진흥왕 때 팔관회와 동시에 수용되었을 것이라는 주장도 있지만, 그렇다고 단정할 근거는 희박하다.[126] 그렇지만 『삼국사기』에 경문왕 6(866)년 정월 보

---

126 류동식, 『한국무교의 역사와 구조』, 연세대학교출판부, 1978, 137~138쪽 참조. 고려 태조가 훈요십조에서 연등회과 팔관회를 묶어서 말했고, 성종 원년에 최승로가 '우리나라에서는 봄에 연등을 베풀고 겨울에 팔관을 연다'고 말한 것을 근거로 연등회가 팔관회와 처음부터 짝을 이루고 시작되었을 것이라고 추정했다. 그러나 연등회와 팔관회가

름에 왕이 황룡사에 행차하여 연등(燃燈)을 보고, 백관들에게 잔치를 베풀었다는 기록과 진성왕 4(890)년 정월 보름에 왕이 황룡사에 거동하여 연등을 관람하였다는 기록이 있는 것으로 보아 고려의 연등회가 신라의 연등회를 계승한 것임은 분명하다.

팔관회는 원래는 출가하지 않은 평신도들이 팔계를 지키는 금욕적인 법회이던 것이 신라 진흥왕 때 전사자를 위한 위령제가 결합되고, 다시 선덕왕 때에는 호국용신제로 성격이 변하였다. 연등회도 원래는 부처님의 덕을 찬양하기 위하여 등을 공양하는 행위를 의례화한 법회이던 것이 신라 경문왕 때 "연등을 보고, 신하들에게 잔치를 베풀었다"고 하여 불교적인 공양 의례에 임금과 신하를 화해시키고 결속력을 강화시키는 음복(飮福) 연회(宴會)가 결합된 사실을 알 수 있다. 그러다가 정종(靖宗) 4(1038)년 2월의 연등회 때 광종 2(951)년에 태조의 원당(願堂)으로 창건한 봉은사(奉恩寺)에 정종이 행차하여 태조의 진전(眞殿)―진영(眞影)을 모신 전각―을 배알하고, 저녁 등불을 밝힐 때에 친히 분향하고서 그 후 상례로 삼았다고 하는 바, 연등회에 삼국 시대 이래 내려오던 시조제(始祖祭)[127]가 복합되어 조상 숭배 의례의 성격이 추가되었다.

그리고 성종 12(993)년에 거란이 침입하였을 때 성종이 서경 이북의 땅을 양보하고 중국의 풍속과 제도를 모방하는 것에 항의하여 이지백

국가적인 2대 제전이 되는 것은 고려 태조가 의례를 정비하고 유언을 남겨서 그리된 것이지 신라 진흥왕 때부터라고 단정을 짓기는 곤란하다고 본다. 왜냐하면 고려가 신라의 제사와 의례를 계승한 것은 사실이지만, 제사 제도와 의례 체계를 그대로 승계한 것은 아니기 때문이다.

127 『삼국사기』, 「잡지(雜志)」 〈제사〉조에 의하면, 신라 2대 남해왕 3년에 시조 박혁거세의 사당을 세우고 누이 아로로 하여금 사계절에 제사를 지내게 했으며, 고구려에서는 부여신과 그의 아들인 고등신(시조신)을 모시는 신묘(神廟)를 각각 짓고, 관서를 설치하여 지키게 하였다고 하며, 백제에서도 시조 구이의 묘당을 도성에 짓고 사계절로 제사 지냈다고 한다.

(李知白)이 "국토를 경솔히 적국에 할양하는 것보다는 차라리 선대로부터 전하여 오던 연등, 팔관, 선랑(仙郎) 등 행사를 다시금 거행하고, 타국의 색다른 풍습을 본받지 말며, 그리하여 국가를 보전하고 태평을 누리는 것이 좋지 않겠습니까?"[128]라고 말한 데에 이르러서는 연등회가 국가 통합을 이루어 외적의 침입을 막아내는 호국 신앙 제의의 구실도 하는 것으로 인식되었다.

그런가 하면, 문종 31(1077)년 2월의 연등회 때는 중광전에 거동하여 교방악을 감상하였는데, 그때 여제자 초영이 "왕모대(王母隊) 가무의 전체 대오 임원이 55명인 바 춤을 추면서 네 글자를 형성하는데, '군왕만세(君王萬歲)'나 혹은 '천하태평(天下太平)'이란 글자를 나타냅니다."라고 말한[129] 사실에서 연등회가 나라의 태평과 임금의 만수무강을 송축하는 기복 의례도 겸하였음이 확인된다.

또 숙종 10(1105)년 정월 연등회 때는 왕이 봉은사에 행차하고, 태자에게 명하여 구정(毬庭)에서 삼계(三界)의 영기(靈祇)에게 초제(醮祭)를 지내게 하였으며, 고종 23(1236)년 2월 초하루에 내전에서 소재도량(消災道場)을 베푼 뒤 중순의 연등회 때는 봉은사에 행차하여 주연을 베풀고서 다시 내전에 와서 곡연(曲宴)을 베푼 바, 그때 송경인(宋景仁)이 벽사진경의 뜻을 지닌 처용무를 추었다고 하며, 고종 30(1243)년 2월의 연등회 때도 왕이 친히 소재도량을 베풀었다고 하여 연등회의 식재(息災) 기능이 확대되면서 신라 이래의 처용무만이 아니라 도교의 초제까지도 수용하여 불교와 무교와 도교의 습합 현상을 일으켰다.

이와 같이 연등회는 원래는 등을 공양하는 순수한 불교적인 연등 법

---

128 『고려사』, 「열전」 〈서희(徐熙)〉조.
129 『고려사』, 「악지(樂志)」 〈용속악절도(用俗樂節度)〉조.

회였는데, 시기적으로 정월 보름을 택하여 달맞이를 하며 복을 빌고 액을 물리는 상원절의 풍속 및 술과 음식을 함께 먹으며 선물을 주고받으며 서로의 복을 빌어주는 기복 의례적인 연회가 결합되고, 여기에 다시 조상 숭배 사상에 의한 시조제와 호국 신앙적인 국가 제전의 전통이 추가로 결합되고, 나아가서는 축귀 초복을 하는 도교 의식까지 수용되는 방향으로 내용과 기능이 변모하고 규모가 확대되었던 것이다.[130]

그런데 이러한 현상은 불교 의식인 백고좌(百高座)에서도 일어났다. 신라 진평왕 35년 7월에 수나라 사신 왕세의(王世儀)가 황룡사에 와서 백고좌를 베풀고 원광 등의 법사를 맞아다가 불경을 강론하였고, 선덕왕 5년 3월에 왕의 몸이 불편한 데도 의약과 기도가 효력이 없으므로 황룡사에서 백고좌를 베풀고 인왕경을 강독하게 하였고, 혜공왕 15년 3월에는 태백성(太白星)이 달을 범하였으므로 백고법회를 열었고, 헌강왕 2년 2월에는 황룡사에서 승려에게 잔치를 베풀고 백고좌도 베풀어 불경을 강설하니 왕이 친행하여 보고 들었다고 한다. 요컨대 불경 강론 법회가 질병의 치료와 재액의 제거 및 군신의 화해 통합을 위하는 의식으로 변모한 것이다. 이처럼 팔관회와 연등회만이 아니라 백고좌까지도 순수한 불교 의식으로 지속되지 않고 토착 신앙이나 다른 종교의 관습이나 의식을 흡수하거나 복합시키면서 다양한 종교적 · 정치적 · 사회적 수요에 부응하였다.

2) 연등회의 절차

『고려사』의 〈상원연등회의(上元燃燈會儀)〉에 나타난 연등회의 절차

---

130 류동식, 앞의 책, 140~141쪽 참조.

를 대략적으로 정리해보기로 한다.[131] 연등회도 팔관회와 마찬가지로 소회와 대회로 양일간에 걸쳐 행해졌는데, 먼저 소회일(小會日)의 절차는 다음과 같다.

① 도교서(都校署)에서 강안전 층계 앞에 무대를 만들고, 상사국에서 강안전에 장막을 설치하고, 그 동편에 임시 휴게소를 만든다. 전중성에서 등롱(燈籠)을 진열하고, 뜰에 채산(彩山)을 설치한다. 왕이 임시 휴게소에서 나와 강안전(康安殿)에 나와 앉는다. 그리하면 경호원과 의장대가 만세를 부르고 재배한다.

② 승제원(承制員)과 근시관(近侍官)이 층계 위에 올라가 재배한다.

③ 합문원(閤門員)들이 들어와 재배한다.

④ 상장군(上將軍) 이하 경위원(警衛員)들이 들어와 재배한다.

⑤ 전중성(殿中省)의 육상국(六尙局)과 후전관(後殿官)들이 들어와 재배한다.

⑥ 백희잡기(百戲雜伎)를 연달아 연희한다.

⑦ 교방(敎坊)이 음악을 연주한다.

⑧ 무대(舞隊)가 춤을 춘다.

편전에서의 예식이 끝나면, 봉은사의 진전(眞殿)—선조의 영정(影幀)을 모신 전각—에 가서 왕이 친히 재배하고 헌작하고 음복한 뒤 다시 강안전으로 되돌아오면, 문무백관이 재배하고 가무백희를 연행하였다.

대회일의 절차를 정리하면 다음과 같다.

---

131 사회과학원 고전연구실 편찬, 신서원편집부 편집, 『북역 고려사』 제6책, 신서원, 1991, 396~406쪽 참조.

① 편전의 예식은 소회와 같다.

② 왕 앞에 과실상, 술상을 차린다.

③ 시신(侍臣)들이 정해진 위치에 자리한다.

④ 왕이 등장한다.

⑤ 시신들이 무도(舞蹈)하고 또 재배한다.

⑥ 차와 음식을 왕에게 올린다.

⑦ 태자 이하 시신들에게 차를 내린다.

⑧ 태자 이하 시신들이 왕에게 헌수(獻壽)한다.

⑨ 태자 이하 시신들에게 술을 하사한다.

⑩ 왕이 임시 휴게소에 갔다 나온다.

⑪ 태자 이하 헌수원들이 꽃을 바친다.

⑫ 태자 이하 헌수원들에게 꽃을 하사한다.

⑬ 태자 이하 헌수원들에게 약봉지를 하사한다.

⑭ 음식을 먹는다.

⑮ 왕이 임시 휴게소에 갔다 나온다.

⑯ 술, 약봉지, 과실을 하사한다.

⑰ 왕에게 음식을 드린다.

⑱ 태자와 시신들에게 음식을 차린다.

⑲ 예식이 끝나면 왕은 임시 휴게소로 간다.

⑳ 태자 이하 모두가 퇴장한다.

대회에서는 소회에서와 마찬가지로 가무백희를 연행할 뿐만 아니라 태자와 신하들이 왕에게 차와 음식과 꽃을 봉헌하며 만수무강을 축원하고, 왕은 태자와 신하들에게 차, 술, 약봉지, 과실을 하사함으로써 복을 빌어주는 기복 의례를 행하였다.

2. 연등회의 당악 정재

1) 당악 정재의 종류

고려의 가무악은 당악(唐樂)과 삼국 시대의 음악, 그리고 당대의 속악(俗樂)으로 삼분되는데, 이후에 예종 때 송나라에서 신악(新樂)인 대성악(大晟樂) - 송나라 아악부가 제작한 악기류 - 을 도입하고, 공민왕 때에 이르러서는 명나라 태조가 아악 - 왕이 친행하거나 관리가 대행하는 궁중제사의 음악 - 을 선사하여 고려의 음악이 풍부해졌다.

『고려사』의 「악지」에 들어있는 당악을 정리하면 다음과 같은 작품들이 나타난다.

헌선도(獻仙桃), 수연장(壽延長), 오양선(五羊仙), 포구락(抛毬樂), 연화대(蓮花臺), 석노교(惜奴嬌), 만년환(萬年歡), 억취소(憶吹簫), 낙양춘(洛陽春), 월화청(月華淸), 전화지(轉花枝), 감황은(感皇恩), 취태평(醉太平), 하운봉(夏雲峰), 취봉래(醉蓬萊), 황하청(黃河淸), 환궁악(還宮樂), 청평악(淸平樂), 예자단(荔子丹), 수룡음(水龍吟), 경배악(傾杯樂), 태평년(太平年), 금전악(金殿樂), 안평악(安平樂), 애월야면지(愛月夜眠遲), 석화조기(惜花早起), 제대춘(帝臺春), 천추세(千秋歲), 풍중류(風中柳), 한궁춘(漢宮春), 화심동(花心動), 우림령(雨淋鈴), 행향자(行香子), 우중화(雨中花), 영춘악(迎春樂), 낭도사(浪淘沙), 어가행(御街行), 서강월(西江月), 유월궁(遊月宮), 소년유(少年遊), 계지향(桂枝香), 경금지(慶金枝), 백실장(百實粧), 만조환(滿朝歡), 천하악(天下樂), 감은다(感恩多), 임강선(臨江仙), 선패(鮮佩).

모두 48개인데, 이러한 당악이 연등회와 팔관회 같은 국가 제전에서

연행된 사실이 『고려사』, 「악지」의 '속악을 사용하는 절차'에 기록되어 있다.[132]

> ① 문종(文宗) 27년 2월 을해(乙亥)에 교방(教坊)에서 여제자(女弟子) 진경(眞卿) 등 13인(人)에게 전습시킨 답사행(踏沙行) 가무를 연등회(燃燈會)에서 쓰기를 주청(奏請)했는데, 제문(制文)을 내려 그것에 따랐다.
>
> ② 문종 27년 11월 신해(辛亥)에 팔관회(八關會)를 차리고 국왕(國王)이 신봉루(神鳳樓)에 거동하여 악무(樂舞)를 관람하였는데, 교방(教坊) 여제자(女弟子) 초영(楚英)이 아뢰기를 "새로 전습한 포구락(抛毬樂)과 구장기(九張機) 별기(別伎)입니다. 포구락(抛毬樂)은 제자(弟子)가 13인(人)이고, 구장기(九張機)는 제자(弟子)가 10인(人)입니다"라고 하였다.
>
> ③ 문종 31년 2월 을미(乙未) 연등(燃燈) 때 국왕(國王)이 중광전(重光殿)에 거동하여 악무(樂舞)를 관람하였는데, 교방(教坊) 여제자(女弟子) 초영(楚英)이 아뢰기를 "왕모대(王母隊) 가무의 전체 대오가 55인(人)으로 춤을 추어 네 글자를 만드는 바, 혹은 "군왕만세(君王萬歲)", 혹은 "천하태평(天下太平)"이 됩니다."라고 하였다.

문종(1046~1083) 27(1073)년의 연등회에서는 답사행을 처음으로 연행했고, 같은 해 팔관회에서는 중국에서 새로 수용한 포구락과 구장기별기를 연행했으며, 문종 31(1077)년의 연등회에서는 왕모대의 가무를 연행했던 것으로 보아, 연등회와 팔관회 때 교방에서 기녀들에게 새로운 가무를 전습시켜 왕에게 봉헌한 사실을 확인할 수 있다.[133]

---

132 『북역 고려사』 제6책, 541쪽 참조.

133 차주환, 『고려당악의 연구』, 동화출판공사, 1983, 29쪽에서는 『송사(宋史)』, 「본기

2) 헌선도의 연극적·희곡적 구성

문종 31(1077)년의 연등회에서 연행한 왕모대의 가무가 헌선도와 오양선 중에서 어느 것인지 불분명하다. 여기서는 헌선도나 오양선이나 포구락·연화대와 함께 무희가 선녀의 역할을 하는 점에서 연극적인 가무악이므로 헌선도를 일례로 들어 연극적·희곡적 구성을 살펴본다. 헌선도[134]의 등장인물은 악관들과 기녀 3명(왕모 1인, 협무 2인), 개(蓋)차비 3명, 위의(威儀)차비 18명 － 인인장(引人仗) 2명, 봉선(鳳扇) 2명, 용선(龍扇) 2명, 작선(雀扇) 2명, 미선(尾扇) 2명, 정절(旌節)차비 8명 － 과 죽간자(竹竿子)차비 2명 등이다.

① 악관이 회팔선인자(會八仙引子)를 주악하면 죽간자차비 2명이 춤추면서 들어와 좌우로 갈라선다.

② 주악이 멎으면 구호치어(口號致語)를 말한다.

③ 악관이 회팔선인자를 주악하면 위의차비 18명이 춤추면서 앞으로 나와 좌우로 갈라선다.

④ 왕모 3명과 개차비가 춤추면서 앞으로 나와 정해진 자리에 선다.

⑤ 악관 1명이 선도반(仙桃盤)을 기녀 1명에게 주면, 기녀는 왕모에게 주고, 왕모는 소반을 받들고 헌선도원소가회사(獻仙桃元宵嘉會詞)를 부른다.

(本紀)」의 "고려래공(高麗來貢)", "고려입공(高麗入貢)"과 같은 기록을 근거로 답사행·포구락·구장기별기는 문종 26(1072)년에, 왕모대가무는 문종 28(1074)년에 수입한 것으로 추정하였다.

134 장사훈, 『한국전통무용연구』, 일지사, 1977, 98~105쪽; 차주환, 『고려당악의 연구』, 동화출판공사, 1983, 103~115쪽; 사회과학원 고전연구실 편찬, 신서원 편집부 편집, 『북역 고려사』 제6책, 신서원, 1991, 469~474쪽을 참조하여 진행 과정과 창사(唱詞)를 분석한다.

⑥ 악관이 헌천수(獻天壽)와 헌천수령(獻天壽令)을 주악하고, 왕모 일행 3명은 일난풍화사(日暖風和詞)를 부른다.

⑦ 악관이 금잔자(金盞子)를 주악하고, 왕모는 대열에서 춤춘다.

⑧ 왕모가 대열에서 앞으로 나와 여일서장사(麗日舒長詞)를 부른다.

⑨ 왕모가 물러서면 악관이 금잔자령(金盞子令)을 주악하고, 두 협무가 춤추며 나갔다가 물러서면 주악이 멎는다.

⑩ 두 협무가 동풍보난사(東風報暖詞)를 부른다.

⑪ 악관이 서자고(瑞鷓鴣)를 세 번 주악한다.

⑫ 왕모가 앞으로 나와 해동금일사(海東今日詞)를 부른다.

⑬ 악관이 서자고를 주악하고, 협무들이 춤추며 나갔다가 물러선다.

⑭ 주악이 멎으면 협무들이 북폭동완사(北暴東頑詞)를 부른다.

⑮ 악관이 천년만세인자(千年萬歲引子)를 주악하면 위의차비 18명이 세 바퀴 돌며 춤추고 제자리로 물러간다.

⑯ 죽간자차비가 치사(致詞)를 말한다.

⑰ 악관이 회팔선인자(會八仙引子)를 주악하고, 죽간자가 춤추며 물러간다.

⑱ 개차비와 왕모 3명도 뒤따라 춤추며 물러간다.

⑲ 위의차비 18명도 그와 같이 한다.

헌선도는 극의 진행 과정을 크게 세 단계로 구분할 수 있다. 첫째 단계는 죽간자가 등장하여(①) 왕모가 선계에서 반도(蟠桃)를 임금에게 바치러 오는 사실을 고하는 치어(致語)를 말하면(②), 왕모가 위의차비에 이어서 등장한다(③④). 둘째 단계에서는 왕모가 임금에게 반도를 바치며 노래한(⑤⑥) 다음 춤을 추고서(⑦) 노래를 부르면(⑧), 이번에는 협무가 춤을 추고서(⑨) 노래를 부르는데⑩), 이러한 왕모의 '춤ー노래'와 협무의 '춤ー노래'를 다시 한 번 반복하고 나면(⑪~⑭), 위의차비가 회무(回舞)를 춘다(⑮). 셋째 단계로 죽간자가 왕모의 떠나감을 고하고 퇴장하면(⑯ ⑰), 왕모에 이어서 위의차비도 퇴장한다(⑱ ⑲). 이처럼 헌선도는 '왕모의 등장→왕모의 춤과 노래→왕모의 퇴장'으로 진행되어 개장(開場) 부분·가무 부분·수장(收場) 부분으로 구성됨을 알 수 있다. 요컨대 헌선도는 서왕모가 선계에서 대궐로 와서 명복의 상징인 선도와 송축의 가무를 바치고 되돌아가는 순환 구조와 〈춤→노래〉를 되풀이하는 반복의 원리가 구성 원리로 작용한다. 그런데 이러한 '신선의 등장 ─ 가무 ─ 퇴장'은 굿의 '신의 내림 ─ 오신(娛神) ─ 송신'에 대응된다.

헌선도의 희곡적 구성은 죽간자가 모두(冒頭)에서 낭송하는 구호치어로 시작된다.

> 아득하게 먼 구대에 있다가(邈在龜臺)
>
> 궁궐에 와서(來朝鳳闕)
>
> 천년을 사시라 반도를 드리고(奉千年之美實)
>
> 만복을 누리시라 상서를 바치려고(呈萬福之休祥)
>
> 감히 폐하를 알현하옵고(敢冒宸顔)
>
> 삼가 구호를 올리나이다(謹進口號)

왕모 일행이 구대(龜臺)[135]에서 궁궐에 와서 군왕에게 반도를 바쳐 장수를 빌고, 상서를 바쳐 만복을 빈다는 내용이다. 장수와 복을 최상의

---

[135] 『열자(列子)』, 「탕문편(湯問篇)」의 설화에 의하면, 발해의 동쪽에 떠있는 오산(봉래산, 영주산, 방장산, 대여산, 원교산)이 서극(西極)으로 흘러가지 않도록 천제가 큰 바다거북이들로 하여금 머리에 이고 있게 시켰다는 것이다. 구대는 이 오산을 가리키는데, 구산(龜山)이라고도 하고, 신선이 산다 하여 오선산(五仙山)이라고도 한다. 차주환, 앞의 책, 103~104쪽 참조.

가치로 여기는 의식 구조를 보이는데, 왕모가 구대에서 궁궐에 온 목적이 군왕의 수복(壽福)을 축원하기 위함이라고 고한다. 그러나 왕모가 군왕의 수복을 비는 이유는 밝히지 않았다. 그 이유는 왕모가 창하는 헌선도원소가회사(獻仙桃元宵嘉會詞)에 나타난다.

① 정월 보름밤 좋은 잔치에 봄 경치 즐기니(元宵嘉會賞春光)

② 성대한 행사 있던 그해 상양궁 생각납니다(盛事當年憶上陽)

③ 요임금 이마에 기쁨 띠고 하늘의 북극 바라보시고(堯顙喜瞻天北極)

④ 순임금 옷소매 깊이 팔짱끼고 궁전 중앙에 계신다(舜衣深拱殿中央)

⑤ 환호성은 호탕하게 조곡에 뒤따르고(懽聲浩蕩連詔曲)

⑥ 화기는 향기롭게 어향의 냄새 풍긴다(和氣氤氳帶御香)

⑦ 장관 이룬 태평에 어찌 보답할건가(壯觀太平何以報)

⑧ 반도 한 떨기로 천 가지 상서 바친다(蟠桃一朶獻千祥)

상원절의 잔치를 베풀어 예악(禮樂) 사상을 실천한 금왕이 상양궁을 건립한 당의 고종이나 요순 같은 선왕의 태평성대를 재현한 사실을 말하고(①~⑥), 그러한 태평 시대를 연 성은에 보답하기 위해 반도를 바친다고 말함으로써(⑦⑧) 왕모가 군왕에게 반도와 상서를 바쳐 장수와 만복을 축원하는 이유를 밝힌다.

① 날씨 따뜻하고 바람 부드럽고 봄날 더욱 느리니(日暖風和春更遲)

② 이는 태평시절(是太平時)

③ 우리는 봉래섬에서 용모 가다듬고(我從蓬島整容姿)

④ 내려와 섬뜰에서 축하드립니다(來降賀丹墀)

⑤ 다행히 등석을 만나니 참으로 좋은 잔치(幸逢燈夕眞佳會)

⑥ 폐하의 위엄에 가까이함 기뻐하거니와(喜近天威)

⑦ 신선의 수명은 끝이 없나니(神仙壽算遠無期)

⑧ 임금님께 장수를 바치나이다(獻君壽)

⑨ 천만년의 장수를 바치나이다(萬千斯)

왕모와 두 협무가 함께 부르는 일난풍화사(日暖風和詞)인데, 금왕의 시대가 태평성대임을 송축하고(①②), 연등회 때 봉래산에서 궁궐에 와서 군왕의 장수를 축원한다고 말한다(③~⑨).

이어서 왕모가 여일서장사(麗日舒長詞)를 불러 상원에 거행되는 연등회의 잔치 장면을 묘사한다.

① 화려한 날 활짝 긴데(麗日舒長)

② 바로 싱싱한 서기가(正葱葱瑞氣)

③ 서울에 가득 찼다(遍滿神京)

④ 먼 하늘 위(九重天上)

⑤ 오색구름이 핀 곳에(五雲開處)

⑥ 단청한 누각 우뚝우뚝 솟아 있는데(丹樓碧閣峥嵘)

⑦ 성대한 잔치 갓 시작되고(盛宴初開)

⑧ 비단 휘장 수놓은 장막 엇갈려 처져 있다(錦帳繡幕交橫)

⑨ 상원 가절에(應上元佳節)

⑩ 임금님과 신하가 모여(君臣際會)

⑪ 함께 태평 즐긴다(共樂昇平)

⑫ 넓은 뜰에 비단옷차림 미희들 걸음 바쁘고(廣庭羅綺紛盈)

⑬ 한 떼의 생가대에서 울려나오는 것(動一部笙歌)

⑭ 다 새로운 가락이니(盡新聲)

⑮ 봉래산 궁전의 신선놀음이다(蓬萊宮殿神仙景)

⑯ 호탕한 봄빛은(浩蕩春光)

⑰ 왕성에 감돌고(邐迤王城)

⑱ 안개 걷히고 비 그친(煙收雨歇)

⑲ 밤 하늘빛 더욱 맑고(天色夜更澄淸)

⑳ 천 길 높이 등불 밝힌 산 같은 나무(又千尋火樹燈山)

㉑ 들쭉날쭉 달빛 띠고 선명하구나(參差帶月鮮明)

왕성에 봄날의 서기가 충만한 시간적 배경(①~③)과 누각이 솟아있고 장막이 쳐진 공간적 배경(④~⑥)을 묘사하고, 임금과 신하, 무희와 악사와 같은 참례자와 공연자(⑨~⑮)를 언급한 다음, 악과 죽음과 재난을 상징하는 겨울과 어둠을 물리치고 선과 풍요 다산과 안과태평을 상징하는 봄과 빛을 맞이하여 봄빛은 호탕하고, 밤하늘 빛은 청징하고, 달빛과 등불 빛은 선명한 사실을 노래한다(⑯~㉑).

두 협무가 부르는 동풍보난사(東風報暖詞)에서도 연등회의 공연 장면이 묘사된다.

① 동풍이 따뜻함 일러와(東風報暖)

② 도처에 좋은 기운 점점 부드럽고 즐거워진다(到頭嘉氣漸融怡)

③ 궁궐은 높디높게 솟아있고(巍峩鳳闕)

④ 오산은 만 길 되도록(起鰲山萬仞)

⑤ 구름 끝에 다투어 솟아있다(爭聳雲涯)

⑥ 이원의 제자들(梨園弟子)

⑦ 일제히 신곡을 연주하는데(齊奏新曲)

⑧ 그 반은 훈과 호이다(半是塤篪)

⑨ 잔치의 고관대작 취하고 배부르니(見滿筵簪紳醉飽)

⑩ 녹명시를 읊는다(頌鹿鳴詩)

동풍에 의해 봄기운이 온 누리에 퍼진 사실(①②), 궁궐에 선계의 오산(鼇山)을 모방하여 채붕(綵棚)을 가설한 사실(③~⑤), 이원(梨園) 곧 교방(教坊)에서는 훈과 호와 같은 악기로 새로운 곡을 연주하고 신하들은 『시경』의 「소아(小雅)」편에 들어있는 녹명시를 읊는 사실(⑥~⑩) 등을 차례로 말하여 시간적·공간적 배경과 가악의 연행자를 알 수 있게 하는 점에서 왕모가 먼저 부른 여일서장사와 동일하다.

다음으로 이어지는 해동금일사(海東今日詞)와 북폭동완사(北暴東頑詞)는 연등회의 참례자가 임금과 신하, 악사와 무희 이외에도 외국의 사신과 변방의 오랑캐로 확대된 사실을 노래한다. 왕모가 부르는 해동금일사는 다음과 같다.

① 해동 오늘 태평한 날에(海東今日太平天)

② 용운 밑 경축잔치 기뻐 바라보니(喜望龍雲慶會筵)

③ 미선이 갓 펴져 보좌가 밝아지고(尾扇初開明黼座)

④ 그림발 높이 말아 올린 곳 서기가 가득하다(畫簾高捲罩祥烟)

⑤ 먼 나라 사신들이 정전(正殿)의 정문 밖에 모여들어(梯航交湊端門外)

⑥ 폐백(幣帛)이 정전의 섬돌 앞에 그득하고(玉帛森羅殿陛前)

⑦ 첩이 황제께 천만 년의 장수를 바쳤으니(妾獻皇齡千萬歲)

⑧ 봉인이 무엇하러 또 장수를 빌 것인가(封人何更祝遐年)

옥좌에는 군왕이 앉아 있고, 그 곁에는 시녀가 미선을 들고 있고, 발을 말아 올려 군왕이 있는 공간을 개방적이고 포용하는 분위기로 만든 사실(①~④)에 이어서 외국 사신들이 군왕의 덕화(德化)에 보답하기 위해 공물을 바치고, 왕모는 장수를 축원하는 뜻으로 반도를 바치는 사실(⑤~⑧)을 노래한다.

① 북적(北狄)과 동이(東夷)가 성심으로 복종하여(北暴東頑納款)

② 의를 사모하여 다투어 오고(慕義爭來)

③ 나날이 새로워지는 임금님 덕 더욱 밝아지니(日新君德更明哉)

④ 노래하는 소리 거리에 가득하다(歌詠載衢街)

⑤ 맑고 안녕한 나라에 남은 일 없고(淸寧海宇無餘事)

⑥ 춘대에서 백성과 즐기기를 좋아하신다(樂與民同燕春臺)

⑦ 한 해에 한 번 상원절 돌아오나니(一年一度上元回)

⑧ 만년배에 취하기를 원하옵니다(願醉萬年杯)

두 협무가 부르는 북폭동완사(北暴東頑詞)에서는 사방의 오랑캐가 군왕의 왕화(王化)에 감복하여 군신의 의리관계를 맺으러 온 사실(①②), 백성들이 군왕의 만수무강을 송축하는 사실(③~⑥), 왕모 일행이 상원절 내지 연등회 때마다 찾아와서 군왕에게 술잔을 바치며 장수를 축원하는 사실(⑦⑧) 등을 차례로 노래한다.

그리고 마지막으로 죽간자가 다음과 같은 치어를 낭송한다.

노을빛 옷자락 여미고 조금 물러나(斂霞裾而少退)

구름길 지향하여 돌아가려 하나이다(指雲路以言旋)

계단 앞에서 재배하고(再拜階前)

서로 이끌고 떠나가렵니다(相將好去)

왕모 일행이 선계로 되돌아가며 군왕에게 하직 인사를 하는 내용인데, 이러한 치어를 왕모가 하지 않고 죽간자가 대신한다. 이처럼 헌선도는 왕모가 두 협무를 거느리고 구대에서 궁궐에 와서 군왕에게 반도를 바치고 되돌아가는 과정을 가무극 형태로 극화함에 있어서 첫 인사와 하직 인사에 해당하는 치어·구호·치어구호는 죽간자가 대신하여 낭송하고, 왕모와 협무는 따로 또는 함께 창사를 노래한다. 곧 먼저 군왕이 왕화 정책을 펴서 태평성대를 이룩한 데 보답하기 위해 수복을 송축하는 사실을 노래하고, 다음으로 군왕과 신하가 서로의 복을 빌어주며 화해 통합을 꾀할 때 교방의 악사와 무희가 가무악을 연행하는 사실을 노래하고, 마지막으로 군왕의 덕화에 사은하기 위해 외국 사신들과 사방의 오랑캐가 잔치마당에 참여하고, 백성들도 군왕을 위해 송도하는 사실을 노래하는 3단계 구성법을 취한다.

제5장 수륙재의 지속과 변화

수륙재는 영산재와 함께 불교의 대표적인 천도재(薦度齋)이다. 수륙재의 연구는 통시적·공시적인 방향에서 모두 이루어졌는데, 통시적 접근은 전파설에만 의존하고 평면적인 연대기적 서술에 치중되어 수륙재의 형태와 기능 및 다른 제의와의 통합과 분리 과정이 입체적으로 집중적으로 조명되지 못하였다. 따라서 수륙재의 변천 과정을 신라 시대에 팔관회에 통합된 이후 고려 시대까지 지속된 시기를 전기로, 조선 시대에 팔관회가 중단되고 독립적으로 실행된 시기를 후기로 구분하여 수륙재의 역사를 기술한다. 이러한 작업은 불교와 토착 신앙의 융합 현상 때문에 수륙재 자체의 변화를 포착할 뿐만 아니라 토착 제의와의 관계도 고려해야 한다는 기본 인식에서 출발한다. 아무튼 이러한 작업을 통하여 불교문화 유산의 문화재적 가치와 현대적 의미를 재발견하고, 한국 제의나 축제의 역사를 기술하는 데 필요한 발판을 마련할 수 있을 것이다.

1. 수륙재의 수용

1) 무당의 해원굿

원혼(冤魂)은 원한이 있는 귀신인데, 민속과 무속에서는 복수(複數)의 무리와 하위신의 개념이고, 탈이 나고, 장소에 집착하고, 죽음의 상태에 머무르는 속성이 있고, 신령성이 있는 것으로 여긴다.[136] 그리고 위계가 높은 신령과 구별해서 잡귀 잡신이라 부르는데, 원귀, 여귀(厲鬼), 객귀, 수비라고도 부른다. 탈이 나게 하지만, 해원(解冤)을 해주면 탈이 없어지고, 신으로 승격시키면 수호신이 되기도 한다. 한국인의 사생관은 천수를 누리고 죽으면 조상이 되어 저승이나 극락세계에 가는데, 비명횡사하면 부정(不淨)한 죽음이어서 원혼이 되고, 이승과 저승 사이에서 떠돌면서 산 사람에게 해코지를 한다. 그래서 원혼은 공포의 대상이 된다.

고대의 부여에서 제천 의식인 영고를 거행할 때 "형옥(刑獄)을 중단하고 죄수들을 석방하였다."[137]고 한 『삼국지』, 「위지」〈동이전〉조의 기록을 보면, 원한을 품은 사자(死者)나 생인(生人)이 재앙을 초래한다는 관념에 근거하여 국가적 차원에서 원혼의 발생을 예방하는 조치를 취하였다. 이러한 관습은 신라에도 이어져 진평왕과 흥덕왕 때에도 가뭄이 극심하므로 죄수를 사면하였다고 한다.[138] 그러나 원사한 원혼을 해원한 의식에 관한 기록은 고구려 유리왕 때 처음 나타난다.

19년 가을 8월에 교사(郊祀)에 쓸 돼지가 달아나므로 왕이 탁리와 사비로

---

136 최길성, 『한국의 조상숭배』, 예전사, 1986, 156~158쪽 참조.

137 전해종, 『동이전의 문헌적 연구』, 일조각, 1982, 12쪽 참조. "以殷正月祭天 國中大會 連日飮食歌舞 名曰迎鼓 於是斷刑獄解囚徒"

138 김부식, 이병도 교감, 『삼국사기』, 을유문화사, 41쪽의 "七年春三月, 旱, 王避正殿, 減常膳御, 南堂親錄囚"과 108쪽의 "七年春夏, 旱赤地, 王避正殿, 減常膳赦, 內外獄囚" 참조. 왕이 가뭄의 극복을 위해서 '정전을 피하고 반찬의 가짓수를 줄이는' 행위는 왕이 가뭄의 책임을 지고 스스로를 처벌하는 행위이지만, 죄수를 재심리하거나 석방하는 행위는 통치의 오류에 대해 자인하고 자책하는 행위이면서 동시에 원혼에 대한 공포심으로 인한 해원 행위이기도 하다. 가뭄 극복과 관련된 왕의 의례적 처벌에 대해서는 최종성, 『조선조 무속국행의례연구』, 일지사, 2002, 201~214쪽 참조.

하여금 뒤쫓게 하니 장옥택(長屋澤) 속에서 붙잡아 다리의 심줄을 끊었다. 왕이 듣고서 분노하여 "제천 의식에 쓸 희생을 어찌 손상하였느냐"라고 말하고 두 사람을 구덩이에 던져 죽였다. 9월에 왕이 병에 걸리니, 무당이 "탁리와 사비의 원귀가 붙었다"고 말하였다. 왕이 용서를 빌라고 시키니, 곧 쾌유되었다.[139]

제천 의식에서 희생으로 바쳐질 돼지를 손상시킨 죄를 물어 유리왕이 탁리와 사비를 처형하자 두 사람이 원귀가 되어 유리왕에 빙의되었기 때문에 무당을 시켜 용서를 빌라고 하였다는 말은 무교적인 치병 의식이기보다는 해원 의식이었을 개연성이 크다. 제천 의식은 국가적 차원의 행사인데, 왕의 질병을 치유하기 위한 해원 의식도 국가적 차원의 무당굿이다. 무당의 신분도 당연히 국무(國巫)였을 것이다.

유리왕의 무당굿이 어떤 형태였는지는 알 도리가 없다. 그렇지만 오늘날의 무당굿을 통하여 추정해볼 수는 있겠다. 넋굿[사령제(死靈祭)]은 지역에 따라 명칭과 내용이 다르지만, 일반적으로 맺힌 고를 풀기, 물로 씻기, 베를 가르기 등과 같은 상징 의례를 통하여 부정(不淨)·악·속박의 차원에서 정(淨)·선·자유의 차원으로 전환시킨다. 곧 부정하고 사악하고 이승에 집착하는 원혼의 원한을 풀어주고 정화하여 저승으로 천도한다.[140] 그리하여 이기적이고 파괴적인 원혼이 이타적이고 생산적인 조상으로 승화된다.

민간 신앙에서의 원혼의 해원 방식은 존숭(尊崇), 복수, 좌절된 욕구의 충족으로 나타난다. 존숭은 은산별신굿처럼 원혼을 마을의 수호신으

---

139 이병도 교감, 『삼국사기』, 133쪽 필자 번역. 원문 생략.
140 최길성, 『한국무속의 연구』, 아세아문화사, 1980, 274~285쪽 참조.

로 모시고 제사지낸다. 복수는 아랑의 전설처럼 원사하게 만든 장본인을 처형한다. 좌절된 욕구의 충족은 동해안 해랑당처럼 남근을 바쳐 처녀귀신을 위로한다. 덕물산 도당굿에서는 최영을 덕물산 산신으로 모시고 제물로 바친 쇠고기와 돼지고기를 삶아서 성계육(成桂肉)이라 하여 음복을 함으로써 이성계에게 살해된 최영의 원한을 풀어주었다고 한다.[141] 존숭과 복수가 결합된 특이한 사례이다.

2) 수륙재의 형태와 기능

수륙재는 무주고혼(無主孤魂)을 불도에 귀의시켜 극락에 왕생시키는 천도재인데, 무주고혼이 바로 비명횡사한 원혼이다. 수륙재는 인도에서 발생하여 중국을 경유하여 신라에 전래되었기 때문에 인도에서의 기원에 관한 설화를 분석하여 수륙재의 원초적 형태와 본질적 기능을 파악할 수 있다. 『불설구발염구아귀다라니경(佛說救拔焰口餓鬼陀羅尼經)』에 기록되어 있는 설화는 다음과 같다.

한 때 아난이 홀로 수행처에서 머물고 있던 밤, 염구(焰口)라고 하는 추악한 아귀(餓鬼)가 아난에게 나타나 이르기를, "3일 후에 너의 목숨이 다해 아귀가운데 떨어지리라" 하였다. 아난이 크게 놀라 "어떻게 하면 아귀에 태어날고통을 면할 수 있느냐?"고 물으니 아귀가 말하기를, "만약 능히 다음날 많은아귀들과 바라문 선인 등에게 각기 1곡(斛; 10말)의 음식을 보시하며, 또한 나를 위해 삼보께 공양 올리면 너의 수명 연장함을 얻게 될 것이고, 나로 하여

---

141 아끼바(秋葉隆), 최길성 역, 『조선무속의 현지연구』, 계명대학교출판부, 1987, 140쪽 참조.

금 아귀의 고통을 벗어나 천상에 태어남을 얻게 하리라" 하였다. …(중략)…
아난이 이 일을 부처님께 여쭙자 부처님께서는 「무량위덕자재광명수승묘력
(無量威德自在光明殊勝妙力)」이라는 다라니 및 '나모 살바다타 아다 바로기
제 옴 삼마라 삼마라 훔'이라는 진언구(眞言句)를 말씀하시면서, "선남자 선여
인이 장수(長壽)와 복덕(福德)이 증장케 되고자 하면, 매 새벽 및 일체시에 깨
끗한 그릇 하나에 정수(淨水)를 담고 약간의 음식과 떡 등을 둔 채 오른손을
그릇에 얹은 다음 이 다라니를 7번 왼 후 4여래의 명호(다보여래·묘색신여
래·광박신여래·이포외여래"를 욀 일이다. …(중략)… 또한 선남자 등이 4여
래의 명호를 칭하고 가지(加持)를 마친 다음 손가락을 7번 튕기고 난 후 식기
(食器)를 집어 깨끗한 땅에 팔을 펴 쏟아라. 이렇게 시식(施食)을 마치면 사방
의 아귀들 앞에 각각 77곡만큼의 음식이 있게 되어 이 음식을 받고 모두가 포
만케 되며, 귀(鬼)의 몸을 버리고 천상에 태어날 것이다. …(중략)… 만약 바
라문 선인 등에게 시식하고자 한다면 깨끗한 음식을 한 그릇 가득 채워 앞의
밀언(密言) 가지(加持)를 2·7번 행한 후 맑게 흐르는 물 가운데 던져라. 이렇
게 하여 천선(天仙)의 미묘한 음식이 되리니 …(중략)… 또한 만약 불·법·
승 삼보께 공양하고자 한다면 응당 향화(香華)와 깨끗한 음식으로 앞의 밀언
가지를 3·7번 삼보께 봉헌하라 …(중략)…"고 하셨다.[142]

아귀가 아난이 죽어서 아귀가 될 것이라 예언하고, 부처가 아난에게
장수와 복덕을 누리기 위해서 언밀(言密)과 신밀(身密)을 행하면서 아귀
와 바라문천[범천왕(梵天王)]에게는 보시하고 삼보에게는 공양하는 법식,
곧 의례적 행위와 절차를 가르쳐준 데서 수륙재가 기원하였다는 것이다.

---

142 『대정장(大正藏)』 21, 464~465쪽. 『한국의 수륙재』, 대한불교조계종총무원, 2010,
15~16쪽에서 재인용.

베다(Veda) 종교와 카스트 제도를 성립시킨 바라문 세력이 카스트를 부정하는 불교와 자이나교에 대항하여 삼신일체(三神一體; 브라흐만·비슈누·시바)의 힌두교를 형성시키자 이에 자극을 받아 불교에서도 재가신자(在家信者) 중심으로 부처를 대신하여 자비행(慈悲行)을 실천하여 중생을 제도(濟度)하는 보살을 이상적 인간상으로 삼는 신앙 운동, 곧 대승 불교가 성립되고, 기원전 1세기~기원후 1세기 사이에 반야경·법화경·화엄경·아미타경 등과 같은 대승 경전들이 찬술되었는데,[143] 수륙재는 이러한 대승 불교의 교리를 토대로 형성된 아귀의 천도 의식일 것이다.

불교에서는 중생이 선악의 인과에 의해서 육도(지옥도·아귀도·축생도·아수라도·인간도·천상도)를 윤회한다고 하는데, 아난이 수륙재를 설행하여 부처의 자비를 실천하면 아귀만이 아니라 아난도 천상계에 왕생한다는 것은 수륙재가 '모든 인간은 불성(佛性)을 지니고 있기 때문에 누구든지 부처의 지혜를 깨달으면 성불(成佛)할 수 있다'는 법화경의 평등사상[144]을 실천하는 의례임을 의미한다. 그런데, 아귀에 대한 시식과 신중 및 부처에 대한 공양이 선인(善因)이 되어 아귀와 설행자가 모두 구제받는 선과(善果)를 가져온다는 교리는 아귀도에 대한 공포심을 이용하여 중생이 자비행을 실천하게 하는 교화의 방편이고, 죄업으로 사후에 아귀도에 환생할지도 모른다는 불안감과 공포심에 사로잡힌 사람을 참회와 구원의 길로 인도하는 포교의 지혜이다.

---

143 佐々木教悟 외 3인 공저, 권오민 역, 『인도불교사』, 경서원, 1985, 28~36쪽과 98~108쪽 참조.

144 이운허 옮김, 『묘법연화경』, 동국역경원, 2010, 6~9쪽 참조.

2. 팔관회와 수륙재의 통합

1) 팔관회와 수륙재의 결합

불교가 전래한 이후에는 불교적인 해원 방식이 등장한다. 먼저『삼국유사』에 의하면 원혼을 위해서 사찰을 건립하였다.

① 〈장춘랑 파랑〉조: 백제와의 황상벌 싸움에서 전사한 장춘랑과 파랑이 훗날 백제를 침공할 때 태종의 꿈에 나타나 종군하고 싶다고 하므로, 모산정(牟山亭)에서 설경하고, 한산주에 장의사(壯義寺)를 창건했다.

② 〈원종흥법 염촉멸신〉조: 법흥왕 때 이차돈이 귀족들의 사찰건립 반대에 책임을 지고 참수되었을 때 그 목이 날아가 금강산 마루에 떨어져서 자추사(刺楸寺; 후대의 백율사)를 창건했다.

③ 〈혜통항룡〉조: 신문왕의 등창이 왕이 전생에서 신충의 재판을 잘못 판결하여 그의 원한을 산 데 기인하므로 그를 위해 절을 세우라는 혜통의 말을 좇아 신충봉성사(信忠奉聖寺)를 창건했다. 절이 완공되자 "왕이 절을 지어주셨기 때문에 괴로움에서 벗어나 하늘에 태어났으니 원한은 이미 풀렸습니다."라는 노래가 공중에서 들려서 그 자리에 절원당(折怨堂)을 지었다.

④ 〈대성효이세부모〉조: 김대성이 토함산에서 곰사냥을 한 뒤 꿈에 곰귀신이 나타나 환생하여 복수하겠다고 협박하고, 자기를 위해 절을 지어주면 용서하겠다고 해서 곰이 죽은 자리에 장수사(長壽寺)를 창건했다.[145]

---

145 박진태 외 5인 공저,『삼국유사의 종합적 연구』, 박이정, 2002, 131쪽.

해원 사찰 건립은 원혼을 부처에 귀의시켜 원혼을 불자로 전환시키는 것이다. 다시 말해서 원혼이 해코지를 하려는 복수심을 버리고 자비를 실천하는 부처의 마음을 수용하도록 하는 것이다. 불교적 세계관에 의하여, 원귀가 되어 지옥에 가는 대신 서방정토에 왕생하거나 도솔천에 승천하는 것이다.

두 번째 불교적 해원 방식으로 수륙재가 거행되었으니, 신라 진흥왕이 전사자들을 위한 수륙재를 팔관회와 함께 거행하였다. 『삼국사기』의 〈진흥왕〉조에는 진흥왕 33(572)년 10월 20일에 "전사한 병졸을 위하여 외사(外寺)에 팔관연회(八關筵會)를 열고 7일만에 파하였다"라고 기록되어 있다. 팔관회가 전사자를 진혼하기 위해서 거행되었음을 알 수 있다. 팔관회는 팔관재(八關齋)라고도 하여 출가하지 않은 평신도들이 부처님의 가르침에 따라 팔계(八戒), 곧 '오늘부터는 ① 살생하지 말고, ② 도적질하지 말고, ③ 음행을 하지 말고, ④ 망언을 하지 말고, ⑤ 음주하지 말라는 계율과 함께 오늘 하루 낮 하루 밤은 ⑥ 높고 넓은 자리를 독차지하지 말고, ⑦ 가무와 희락(戲樂)을 하지 말고, ⑧ 몸에 물감과 향료를 바르지 마라'[146]와 같은 계율들을 지키는 법회인데, 전사자는 살생금지 계율을 위반하고 죽었기 때문에 불교적 생사관에 의하면 아귀가 되어 아귀도(餓鬼道)에 떨어진다.

진흥왕 시대는 고구려·백제와 각축전을 벌이며 영토를 확장하던 시기였다.

---

146 류동식,『한국무교의 역사와 구조』, 연세대학교출판부, 1978, 133쪽 각주 27)에 의하면, 阿舍部 佛說八關齋經에서 1. 自今日始隨意欲不復殺生; 2. 隨意所欲不復盜竊 3. 自今已後不復淫妖; 4. 自今已後不復妄語; 5. 自今已後隨意所欲亦不飮酒; 6. 今一日一夜不於高廣床坐不教人使坐; 7. 一日一夜不習歌舞戲樂 8. 亦不著紋飾香薰塗身 등이 八戒라 했다.

신라의 대외 발전을 비약적으로 추진시킨 것은 진흥왕(540~576)이었다. 그는 12(551)년에 백제 중흥의 영주(英主) 성왕과의 공동 작전으로 고구려가 점유하고 있는 한강 유역을 공격하고, 한강 상류 지역의 10군을 점령하였다. 신라는 그러나 이어 한강 하류 지역을 점령한 백제군을 또 다시 축출한 뒤에 한강 지역 전부를 독점하였다. …(중략)… 진흥왕은 또 23(562)년에 고령의 대가야를 멸하여 기름진 낙동강 유역을 완전히 차지하였다. 그는 또 동북으로 멀리 함흥평야에까지 진출하였다. 이 같은 진흥왕의 정복 사업은 창녕·북한산·황초령·마운령에 있는 네 개의 순수비(巡狩碑)가 웅변으로 말하여 주고 있다.[147]

진흥왕의 정복 전쟁과 영토 확장은 수많은 전사자의 발생이라는 희생과 대가가 불가피했다. 그래서 12(551)년에 고구려에서 귀화한 혜량법사(惠亮法師)가 처음 팔관법회[148]를 열었고, 진흥왕 33(572)년에 팔관회와 전사자를 위한 법회를 복합시켰으니, 전사자의 위령제가 신라 최초의 수륙재가 된다.[149] 수륙재가 중국에서 505년 양(梁) 무제(武帝)가 처음 설행하였다[150]고 하니, 이 수륙재가 고구려를 경유하여 신라에 551년에 전해진 것으로 추정할 수 있다. 팔관회와 수륙재의 결합은 불교 국가의 수립과 영토 확장 전쟁이라는 두 마리의 토끼를 잡으려는 과정에서 발생하

---

147 이기백, 『한국사신론』, 일조각, 1985, 59쪽.

148 『삼국사기』, 「열전」 제4권 〈거칠부〉조 참조.

149 전경욱, 수륙재의 기원과 역사적 전개, 『법성포수륙재』(제2회 법성포단오제학술대회 논문집), 법성포단오제보존회, 2008, 7쪽에서도 전사자의 위령제인 점과 중국 수륙재가 7일간 행해진 점과 일치함을 들어 수륙재로 보았다. 다만 전경욱은 "신라에서는 토속적인 제사 전반을 담당한 팔관회가 설행되고 있었기 때문에 수륙재가 팔관회로 흡수되어 설행되었을 가능성이 높다"고 말하였으나, 필자는 불교법회 팔관회와 수륙재의 결합으로 본다.

150 志磐, 『佛祖統紀』 제33권, 「수륙재」

는 모순을 해결하는 종교적 전략이었다. 다시 말해서 살생을 금지하는 불교 계율과 죽음을 무릅쓰고 적을 살상해야 하는 호국 정신 사이의 모순을 해결하기 위하여 전사하여 아귀가 되더라도 수륙재에 의해서 구제될 수 있다는 신념을 의식화할 필요성을 느꼈을 것이다. 그리하여 수륙재는 살생 금지의 실천과 살생의 결행이라는 이율배반을 극복하는 불교적 방편이 되었다. 불교사적 관점에서 보면, 법흥왕 15(527)년의 이차돈의 순교를 계기로 23(535)년에 불교를 공인하고, 법흥왕이 착공한 흥륜사를 진흥왕이 준공하고, 왕궁을 지으려던 자리에 황룡사를 건립한 상태에서 거국적인 불교 의식을 거행함으로써 신라를 불교 국가로 재편하고 왕권의 강화를 도모한 것이다. 한편으로는 33(572)년 3월의 왕세자 동륜(銅輪)의 죽음도 하나의 요인으로 작용하였을 개연성도 있다.

이러한 관점에서 보면, 진흥왕의 수륙재 설행은 전사자의 원혼을 해원하고 극락왕생을 축원하는 측면과 영토 확장 과정에서 많은 전사자를 발생하게 한 자신의 죄업을 참회하고 구원받으려는 측면이 복합적으로 작용하였다고 볼 수 있다.

2) 수륙제의 공연예술화

자장법사가 중국 태화지(太和池) 신인(神人)의 계시대로 선덕왕 14(645)년 3월에 '황룡사의 호법룡을 위하여 구층탑을 건립하고 팔관회를 개최하고 죄인을 용서한'[151] 사실은 팔관회가 용신제와도 복합되었을 개연성을 시사한다. 미상불 태조가 943년에 죽으면서 남긴 훈요십조의 여섯 번째 조항에서 "짐이 원하는 바는 연등과 팔관에 있었는데, 연등은

---

151 『삼국유사』, 「탑상」편 〈황룡사·구층탑〉조 참조.

부처를 섬기는 까닭이고, 팔관은 천령(天靈)과 오악·명산대천·용신을 섬기는 까닭이었다. 후세에 간신들이 가감할 것을 건백(建白)하여도 마땅히 이를 금지할 것이다. 내 또한 당초에 마음에 맹서하여 회일(會日)에 국기(國忌)를 범하지 않고, 군신동락(君臣同樂)하였으니, 마땅히 공경하여 이를 행할 것이다"[152]라고 말한 것을 보면, 그 당시 팔관회는 이미 팔계 수행법회와 수륙재만이 아니라 제천의식과 산신제와 용신제가 복합된 국가제전으로 변모되어 있었다. 이와 같이 한국화·토착화된 팔관회(八關會)는 연등회와 함께 고려 시대 국가제전의 양대 축을 이루면서 계승되었는데, 태조 왕건이 즉위한 918년에 시작되어 멸망하기 직전인 1391(공양왕 3)년까지 지속되었다.

고려 초기에 팔관회의 위령제로 불교의 수륙재가 아니라 무속적 해원놀이가 연행된 사실이 「장절공행장(壯節公行狀)」에 기록되어 있다.

① 태조가 상례로 팔관회를 베풀고, 신하들과 즐길 때 전사한 공신이 반열에 없는 것을 개탄하여 유사에게 명하여 결초(結草)하여 공(신숭겸)과 김락의 허수아비를 만들게 하고 조복을 입히어 반열에 앉히고 함께 즐기었다. 술과 음식을 하사하니, 술이 갑자기 마르고, 가상이 이내 일어나 마치 산사람처럼 춤을 추었다. 이로부터 악정(樂庭)에 배치하여 상례로 삼게 하였다.

② 예종이 재위 15년 가을에 서도(西都)를 순시하고 팔관회를 베풀 때 가상 두 사람이 비녀가 꽂힌 관모를 쓰고 자줏빛 관복을 입고, 금빛 홀(笏)을 들고서 말을 타고 날뛰며 뜰 안을 돌아다녔다. 왕이 기이하게 여겨 물으니 좌우의 사람들이 말하길, 이는 태조가 삼한을 통일할 때 대

---

152 김종권 역, 『고려사』, 44쪽.

신해서 죽은 신숭겸과 김락이라고 하면서 자초지종을 아뢰었다. 왕이 슬프고도 감개무량하여 두 신하의 후손에 대해 물었다. 유사가 아뢰길 이곳에는 김락의 자손만 산다고 하니 즉시 불러 벼슬과 상을 하사했다. 송도에 돌아와서는 공의 고손인 경을 불러 보문각에 들어오게 하여 조상의 근본과 자손의 수를 묻고 주과와 비단을 하사했다. 그리고 친히 지은 사운시(四韻詩) 한 수와 단가(端歌) 2장을 하사했다.[153]

태조 왕건(918~943)이 서경의 팔관회에서 927년의 팔공산 전투에서 자신을 대신해서 전사한 신숭겸(申崇謙)과 김락(金樂)을 추모하기 위해서 가상희(假像戲)를 연행하였다고 하는 바, 태조 때의 가상희는 신숭겸과 김락의 신체(神體)인 허수아비를 사람이 손으로 붙잡고 조종한 인형놀이지만, 예종 15(1120)년 10월에 연행된 가상희는 탈을 쓴 사람이 말을 타고 '직분 맡으려 활 잡는 이, 마음 새로워지기를'라는 대사를 말한 탈놀이로 보인다.[154]

태조 때 서경의 팔관회에서의 가상희는 음복연(飮福宴)에서 태조가 신숭겸과 김락의 자리에 허수아비를 앉혀 놓고 술을 하사하고, 두 명의 조종자가 두 신상을 놀리어 춤을 춘 것으로 추정된다. 이는 왕을 신의 사제자 내지 대리자로 위상을 정립하고, '천신·산신·용신-왕-신하'

---

153 "太祖常設八關會, 與群臣交歡, 慨念戰死功臣獨不在列, 命有司結草造公與金樂像, 服以朝服隨坐班列, 上樂與共之. 命賜酒食, 酒輒焦乾, 假像起舞猶生之時. 自此排置樂庭, 以爲常式也. …(中略)… 至睿宗大王歲庚子秋, 省西都設八關會, 有假像二, 戴簪服紫, 執笏紆金, 騎馬踴躍, 周遊巡庭. 上奇而問之, 左右曰, 此神聖大王一合三韓時, 代死功臣大將軍申崇謙金樂也, 仍奏本末. 上悄然感慨, 問二臣之後. 有司奏曰, 此都惟有金樂之孫. 卽命召賜職賞. 暨還松都, 徵公之高孫勁, 引入寶文閣, 親問祖宗原始, 子孫男女之數, 宣賜酒果及綾羅而人各一十端. 仍賜御題四韻一節端歌二章." 평산신씨표충재종중, 『표충사지(表忠祠誌)』, 대구: 대보사, 1996, 432~433쪽.

154 박진태, 『전통공연문화의 이해』, 태학사, 2012, 366쪽 참조.

의 위계질서를 재확인하고 결속력을 강화하는 통합 의례에서 왕과 산 신하만이 아니라 죽은 신하와의 통합도 꾀함으로써 신숭겸과 김락의 원혼을 해원하여 호국영령으로 승화시킨 사실을 의미한다. 이처럼 신숭겸과 김락의 신상을 조종하여 춘 춤은 두 원혼을 해원시키는 춤이면서 동시에 태조의 만수무강을 축원하는 일종의 제의적인 정재(呈才)로 정형화되어 팔관회 음복연의 가무백희에 포함된 것으로 보인다.

3) 팔관회의 축제화와 정재의 수용

팔관회는 10월 15일에는 서경에서, 11월 15일에는 개경에서 거행했는데, 『고려사』 제69권 「지(志)」 제23권 〈예(禮)〉11의 '가례잡의(嘉禮雜儀)' 조에 의하면, 14일에는 소회(小會)를, 15일에는 대회(大會)를 열었다.[155]

소회는 왕과 태자 및 내・외직의 신하들이 복을 상징하는 술과 다식과 음식을 먹는데, 대회는 복을 상징하는 물건이 꽃・과실・약으로 확대되고, 참가자도 중국 상인이나 변방의 종족으로 확대된다. 소회가 국내적인 통합 의례라면, 대회는 국제적인 통합 의례인 것이다. 소회에서는 태자와 신하들이 왕에게 축배를 바치는 헌수(獻壽)를 하고 백희(百戱)를 공연하고, 다시 다식(茶食)과 식사를 한 뒤 왕에게 배례를 하면, 왕이 신하들에게 술을 하사(下賜)하고, 가무의 공연이 끝나면 신하들이 왕에게 헌수하였다. 대회(大會)는 15일에 행해졌는데, 절차는 대동소이하고 헌수자(獻壽者)의 규모가 커지고, 봉헌물(奉獻物)과 하사품의 종류가 다양해졌다. 이처럼 소회와 대회는 신하들이 왕에게 술과 차(茶)와 음식 및 가무백희를 바치며 왕의 덕화를 찬양하고 만수무강을 축원하는 기복의

---

155 소회와 대회의 구체적 절차에 대해서는 이 책의 228~229쪽 참조.

례(祈福儀禮)의 성격을 띤 음복연(飮福宴)[156]이다.

『고려사』의 「지(志)」편 〈악(樂)〉의 '용속악절도(用俗樂節度)'에 의하면, 문종 27(1073)년 11월의 팔관회에서 포구락(抛毬樂)과 구장기별기(九張機別伎)와 같은 교방악(敎坊樂)을 감상하였다고 하는 것으로 보아 음복연에서 당악 정재와 향악 정재가 연행되었음을 알 수 있다. 정재는 왕의 장수와 복덕을 송축하며 왕에게 바치는 가무악인 바, 이는 소회와 대회에서 신불(神佛)이 아니라 왕에게 술과 차와 음식을 바치고, 가무악도 왕을 위해서 연행된 사실을 의미한다. 다시 말해서 팔관회가 신불과 원혼을 위한 제의에서 왕과 인간을 위한 축제로 변모하고, 음복연과 공연 예술의 비중이 확대되는 방향으로 전개된 사실을 알 수 있다.

3. 수륙재의 독자적 전승

1) 국행수륙재의 성립

수륙재는 신라 시대에는 팔관회와 결합되어 거행되었고, 고려 시대에는 가상희라는 연극의 생성 배경이 되기도 하였지만, 불교적 천도재로서도 거행되었다. 『고려사』에 의하면, 고려 광종(光宗) 19(968)년에 귀법사(歸法寺)에서, 22(971)년에는 수원 갈양사에서, 충목왕 4(1348)년에는 강

---

156 이 음복연은 연등회에서도 행해졌다. 이 책의 279~280쪽 참조. 그런데 음복연은 조선 시대에도 '신의 은혜를 멈추지 않는다(不留神恩)'는 명분을 내세워 가례(嘉禮)의 한 절차로 계승되었다. 조선의 음복연에 대해서는 송지원, 「조선시대 음복연의 의례와 음악」, 『공연문화연구』 제16집, 한국공연문화학회, 2008, 87~113쪽에서 논의되었다. 따라서 조선의 음복연은 고려의 팔관회와 연등회에서 행해지던 것이 계승된 것이므로 국가제전의 연속성이라는 측면에서 이에 대한 별도의 논의가 이루어져야겠다.

화도 천마산에서 수륙회를 거행하였다고 한다. 그리고 선종 연간(1084~
1094)에는 최사겸이 송(宋)에 가서 『수륙의문(水陸儀文)』을 구해왔다고
한다. 그 후 일연의 제자 혼구(混丘; 1251~1322)가 『신편수륙의문(新編
水陸儀文)』을 찬술하였다고 한다. 이처럼 고려 왕실에서 중국의 수륙재
를 도입하면서 참회나 치병을 목적으로 수륙재를 거행하였는데, 조선의
건국 초기에는 태조 이성계에 의해서 주기적으로 설행되는 국행 수륙재
로 발전되었다.

유학을 숭상하는 신흥 사대부의 지지를 받아 1392년에 조선을 건국한
태조이지만, 무학(無學) 자초(自超; 1327~1405)를 왕사로 삼고 스스로는
송헌거사(松軒居士)라 부르면서 숭불 정책을 펴고 국행 수륙재(1395)를
설행하였다. 그러나 태종은 왕사와 국사의 제도를 없애고 배불 정책을
실시하였으며, 세종(1419~1450)도 초기에는 배불 정책을 계승하여 유교
국가 체제를 확립하였다. 그러나 후기에는 숭불 정책을 실시하여 「석보
상절」(1449)과 「월인천강지곡」(1449)을 훈민정음으로 창작하였으며, 세
조도 조선 최고의 숭불 군주가 되어 『월인석보』(1459)와 『능엄경언해』
(1461) 및 『법화경언해』(1463)를 간행하고, 원각사를 중흥하였다(1464).
그러나 세조 이후에는 성종이 도첩(자격증) 제도를 폐지하고 연산군이
승과 제도를 폐지함으로써 숭유배불 정책이 고착화되었다.[157]

1395년의 국행 수륙재는 태조 이성계가 고려의 왕씨를 위하여 강화도
천마산의 관음굴(觀音窟), 거제도의 견암사(見巖寺), 강원도 삼척의 삼화
사(三和寺)에서 설행하였고, 매년 봄(2월 15일)과 가을(10월 15일)에 정
기적으로 거행하도록 하였다.[158] 이처럼 동해안, 서해안, 남해안에서 국

157 鎌田茂雄, 신현숙 역, 『한국불교사』, 민족사, 1991, 192~197쪽 참조.
158 『태조실록』 제7권, 태조 4(1395)년 2월 24일 무자(戊子)조.

행 수륙재를 성행한 직접적 동기는 태조 3(1394)년에 발생한 고려 세력의 모반 사건으로 보인다.

갑술(1394)년 봄에 감히 모반을 논의하는 자가 있으매, 뭇 신하들이 처벌하여 후환을 제거하기를 간청하므로 전하께서는 마지못하여 따르셨으나, 측은히 여기고 슬퍼하는 생각이 항상 마음에 간절하여 명자(冥資)를 펴내어 혼백을 위로하고자 이 해 가을에 금(金)물로『묘법연화경』3부를 써서 특별히 내전에 친히 납시어 전독(轉讀)하였습니다.
또『수륙의문(水陸儀文)』37본을 간행하고는 무차평등대회(無遮平等大會)를 세 곳에 베풀게 하고, 각각『연화경』1본,『의문(儀文)』7본씩을 비치하되, 영구히 그곳에 보관해 두고서 거행하게 하였다.[159]

위 기록에 의하면, 고려 왕조의 재건을 모의(謀議)한 사건이 1394년 봄에 발생하였고, 조선 건국을 주도한 세력이 고려의 잔존 세력을 발본색원하기 위하여 대대적인 숙청작업을 단행하였으며, 그때의 수많은 희생자들의 원혼을 위로하기 위해서 태조가『묘법연화경』을 전독(轉讀)하고 수륙재를 설행하였다. 태조가 원혼 문제의 해결에 불교적 대응을 함에 따라 불교의 수륙재를 국가적 행사로 거행한 것인데, 이는 원혼에 대한 공포심에 기인하고, 민심의 동요를 수습하려는 후속 조치였다. 종교적인 요인과 함께 정치사회적인 요인이 작용한 것이다. 조선 건국 세력과 고려 추종 세력과의 갈등 때문에 불가피하게 발생하는 원혼들을 진혼하고 고려 유민 의식을 지닌 사람들을 조선의 신민(臣民)으로 통합하기 위해서 태조가 불교의 수륙재를 활용한 것인데, 태조는 이에 그치지

---

159 『양촌집(陽村集)』제22권「수륙의문발(水陸儀文跋)」

않고 수륙재 본연의 정신을 살려 도성의 축성(築城) 공사의 역부(役夫)로 일하다가 죽은 자들의 혼령도 위로하기 위해서 성문 밖 세 곳에서도 수륙재를 설행하도록 하였다.[160] 그리고 1397년에는 진관사(津寬寺)에서 수륙재를 설행하여 선왕과 선후(先后)의 명복을 빌고, 나랏일로나 사적으로나 죽은 신민(臣民) 가운데 제사 맡을 사람이 없어 저승길에서 굶주리는 무주고혼(無主孤魂)이 된 원혼들을 위로하게 함으로써 사회적 통합도 시도하였다.[161] 이처럼 태조가 정치적·사회적 통합을 이룩하기 위해서 국행 수륙재를 거행하였지만, 후대 왕들의 억불숭유 정책에 의해서 중종 11(1516)년에 공식적으로 폐지되고, 왕실 수륙재나 민간 수륙재로만 전승의 맥을 이어갔다.

2) 수륙재의 변화

수륙재는 원래는 자비행을 실천하여 아귀를 구원하는 공덕을 쌓아 "원수와 친지가 모두 평등하고 범부와 성인이 원만하게 융화하는(寃親平等, 凡聖圓融)"[162] 대승(大乘)의 세계를 만들려는 불교의식이었으나 중국과 한국에서는 국가 차원의 현실적이고 실리적인 동기, 곧 전쟁과 국역(國役)에 동원되어 죽거나 국가의 형벌 제도에 의하여 처형되거나 왕조의 창업과 정권의 교체 과정에서 죽은 원귀들을 불교적인 방식으로 처리하여 국태민안을 이룩하려는 수륙재로 변용시켰다. 그러다가 조선 초기의 국행 수륙재가 중단되고 민간 사회와 사찰의 수륙재로 전환하여

---

160 『태조실록』 제9권, 태조 5(1396)년 2월 27일 을묘(乙卯)조.
161 『양촌집(陽村集)』 제12권, 「진관사수륙사조성기」
162 임종욱 역주, 『천지명양수륙재의찬요(天地冥陽水陸齋儀纂要)』, 동해시, 2007, 28쪽.

설행의 주체와 목적이 달라지면서 원귀의 범주에 국가와 직접적인 관련 없이 비명횡사한 원귀들도 포함하고, 하늘과 땅, 이승과 저승, 물과 뭍의 유주무주고혼(有主無主孤魂)을 모두 아우르면서 원귀와 아귀도에 대한 공포심만이 아니라 제행무상(諸行無常)의 진리에 대한 깨달음 차원에서 수륙재의 효용 가치를 인식하기에 이른다.

　오호라! 나그네 숙소 같은 천지, 아침녘 버섯 같이 덧없는 생이여! 아득히 시작된 시간 속 망망한 우주공간 아래, 위로는 제왕으로부터 아래로는 뭇 백성에 이르기까지 초연히 홀로 존재하며 죽지 아니한 자 아직껏 없도다. 살아서 비록 만백성의 주인이라 할지라도 죽어서 어느 한 사람도 따라 죽는 이 없다. 그러므로 귀천에 관계없이 모두가 고혼(孤魂)이라 할 것이며, 고혼의 고통을 제도하고자 한다면 수륙무차대재(水陸無遮大齋)만한 것이 없으리라.[163]

　불교의 제행무상 사상이 신분의 귀천을 가리지 않고 모든 인간이 죽음 앞에서는 평등하다는 생물학적 진리와 홀로 태어나서 홀로 존재하다가 홀로 죽는다는 존재론적 인식을 결합하여 '고혼(孤魂)'의 개념을 무주고혼에서 모든 인간의 영혼으로 확장하여 수륙재가 아귀·무주고혼·원혼을 극락으로 천도하는 자비행의 실천만이 아니라 조상의 영혼을 극락으로 천도하는 효행의 실천도 되게 하였다. 그리하여 수륙재의 신앙적 기반을 확장하고 전승력을 강화할 수 있었을 것이다.

　1457년에 공주 계룡산 갑사(甲寺)에서 판각된 『천지명양수륙재의찬요

---

163 법종(法宗; 1670~1733)이 찬(撰)한 『유점사본말사지(楡岾寺本末寺誌)』의 「유점사보광전기계개축낙성수륙권선문(楡岾寺普光殿基階改築落成水陸勸善文)」, 전경욱, 앞의 논문, 15쪽에서 번역문 인용.

(天地冥陽水陸齋儀纂要)』[164]에 세조 연간(1455~1468)의 수륙재의 절차와 내용이 기록되어 있다. 따라서 1395년에 태조의 명으로 설행된 국행수륙재 이후 60여 년이 지난 뒤의 수륙재를 이 의문(儀文)을 통하여 알 수 있다. 모두 54편으로 구성되어 있는데, 제1편은 기원에 관한 내용이고 제2편부터가 수륙재의 설행 내용이다. 이를 제의의 대단위로 구분하여 요약하여 정리하면 다음과 같다.

(1) 개단(開壇) 의식

① 제단을 설치하고 8방을 정화하고 향불을 공양한다.(제2~4편)

② 사자(使者)를 초청하여 삼보의 허락을 받고, 공양하여 봉송(奉送)한다. (제5~7편)

③ 오방의 신에게 빌어 오방의 길을 열고 오방신에게 공양한다.(제8·9편)

(2) 영신(迎神) 의식

④ 여래와 보살과 현인과 성인을 제단의 상위(上位)에 청하여 공양하고, 여래와 보살을 욕실로 인도하여 목욕시킨 뒤, 다시 인도하여 보좌에 좌정케 하고, 귀의하여 예(禮)를 올린다.(제10~15편)

⑤ 천신·선인(仙人)·천룡팔부·선신(善神)·염라마왕－천선(天仙)·지기(地祇)·명부(冥府)－를 제단의 중위(中位)에 청하여 욕실로 인도하여 목욕시킨 뒤 성중(聖衆)에게 참례하고 귀의하게 한 뒤 좌정시킨다. (제16~21편)

⑥ 지옥·아귀·축생과 아울러 제왕·재상·장수·승려·농민·천민의 혼령 및 비명횡사한 원귀들을 제단의 하위(下位)로 청하여 욕탕으로 인

---

164 삼척 삼화사에 소장되어 있었다.

도하여 목욕시키고 옷을 입힌 뒤 성인에게 참배하고 귀의하게 하고 잔칫상에 앉힌다.(제22~29편)

(3) 공양(供養) 의식

⑦ 상단(上壇)의 삼보에게 향(香)·등(燈)·물·다과·음식을 공양하고 절하고, 회향(廻向)하여 중생제도를 기원한다.(제30~32편)

⑧ 중단의 성중에게 공양하며 회향한다.(제33~35편)

⑨ 하단의 고혼들에게 공양하며, 법회에 참석한 대중들의 죄업과 악업을 없애고, 인연법을 말하고, 반야심경을 읽고, 수계를 청하고, 참회하고, 서원(誓願)을 하고, 삼보(불·법·승)에 귀의하고, 오계(五戒)-살생·절도·간음·망언·주육(酒肉)의 금지-를 받고, 10바라밀-보시·지계(持戒)·인욕·정진·선정(禪定)·지혜·방편·원(願)·역(力)·지(智)-의 수행을 권장 받고, 온갖 공양과 보시의 공덕을 회향하고, 재물의 무한한 증식을 기원한다.(제36~52편)

(4) 송신(送神) 의식

⑩ 법연(法筵)을 통하여 조복(調伏)된 고혼들을 삼보와 성중과 함께 봉송하고 회향한다.(제53·54편)

개단 의식은 도량을 정화하고, 사자를 삼보에게 파송하여 법연의 허락을 받고, 삼보와 성중과 고혼들이 도량으로 올 수 있도록 길을 연다. 영신 의식은 상단·중단·하단에 삼보와 성중과 고혼을 차례로 청하여 좌정시키고, 공양 의식에서 상단의 삼보와 중단의 성중과 하단의 고혼의 차례로 음식을 공양하며 공양한 공덕을 회향한다. 그리고 마지막으로 삼보와 성중을 본래의 곳으로 송신하고, 조복(調伏)된 고혼은 육도윤회

(六道輪廻)의 최상 세계인 천상계로 왕생시킨다.

그런데, 현재의 수륙재는 '시련(侍輦)－대령(對靈)－신중작법－조전점안(造錢點眼)－괘불이운(掛佛移運)－사자단－오로단－설법－상단－중단－방생－하단－봉송회향'의 재차(齋次)로 설행하거나,[165] '시련－대령－관욕－신중작법－괘불이운－영산작법－법문－수륙연기－사자단－오로단－상단－중단－하단－회향봉송'의 재차로 설행하거나,[166] '시련(侍輦)－대령(對靈)－관욕(灌浴)－신중작법(神衆作法)－상단권공(上壇勸供)－중단권공(中壇勸供)－시식(施食)－존시식(尊施食)－봉송의(奉送)'[167]로 인식한다. 현대의 수륙재와 15세기 수륙재를 비교하면, 개단 의식인 사자단과 오로단이 영신 의식인 '시련·대령·괘불이운'의 뒤로 이동하여 위치가 고착되었다. 영신 의식도 중단의 성중을 영신하는 의식인 시련 및 고혼을 영신하는 의식인 대령을 삼보를 영신하는 괘불이운보다 먼저 연행하여 위계에 따라 '상단－중단－하단'의 순서로 영신하는 구성원리가 깨졌다. 그러나 공양 의식은 '상단권공－중단권공－시식'의 순서로 연행하고, 회향봉송의 앞에 배치하는 법식은 견고하게 지켜지고 있다. 아무튼 수륙재는 초기에는 불교적 세계관과 위계질서에 근거하여 질서 정연하게 조직화되고 체계화되어 제의 형식의 정제성과 완결성을 지녔었는데, 재차를 변경하여 영가(靈駕) 중심의 수륙재로 변형시켰음을 알 수 있다. 이는 수륙재가 민간 사회의 요구에 부응해서 무주고혼의 천도재에서 유주고혼, 곧 조상 영혼의 천도재로 변한 데 따른 필연적인 귀결일 것이다. 그러나 달리 보면, 먼저 아귀에게 시식을 베풀고, 다음에 바

---

165 2010년 삼화사의 수륙재. 『한국의 수륙재』, 대한불교조계종총무원, 2010, 35~116쪽 참조.

166 2010년 진관사의 수륙재. 위의 책, 144~228쪽 참조.

167 임종욱 역주, 앞의 책, 14쪽 참조.

라문 선인에게 시식을 베풀고, 마지막으로 삼보에게 공양한 초기의 형태로 회귀한 것으로도 볼 수 있다. 다만 삼보와 성중의 순서는 기존의 것을 그대로 유지한 채 말이다.

4. 수륙재의 가치

수륙재는 국내에서 572년에 최초로 설행된 이래 1400년 이상 전승되어 온 대승 불교의 불교 의식이기 때문에 불교문화로서만이 아니라 민족문화로서도 가치를 지닌다. 더욱이 평신도가 팔계를 실천하는 팔관회에 아귀와 부처, 범부와 성인이 평등하다는 수륙재를 결합시켜 대승 불교의 정신을 구현하였다. 평등사상은 확장되어 불교의 신중에 토착적인 천신·산신·용신을 조복하여 수용하고, 무속의 해원굿도 수용하여 가상희와 같은 공연예술도 산출하였다. 그리고 시식과 공양에 의해 장수와 복덕을 기원하는 의례와 일맥상통하는 군신의 음복연을 결합하고 정재로 가무백희를 공연함으로써 신을 위한 공연예술의 시대에서 인간을 위한 공연예술의 시대로 전환시켰다.

그러나 유교 이념을 토대로 건국된 조선에서는 팔관회의 전통은 단절되었지만, 고려 세력의 원한 문제를 해결하고 민심을 수습하여 국가적 통합을 도모하려는 정치적 이유에서 1395년에 국행 수륙재가 설행됨에 따라 수륙재가 신라·고려의 팔관회와 연등회를 대신해서 국가 제전이 되었다. 그러나 억불 숭유 정책이 확립됨에 따라 국행 수륙재는 중단되고 수륙재는 민간 사회의 요구를 수용하면서 전승력을 유지하였다.

이러한 수륙재는 무형문화유산으로서의 가치를 인정받아 중요무형문화재로 지정되었기 때문에 불교문화의 측면만이 아니라 민족문화의 측면을 포함해서 다양한 시각과 관점에서 조명해야 할 필요가 있다. 이러한 문제의식을 가지고 현대적 관점에서 접근하면, 첫째는 수륙재의 평등사상은 인권과 관련된다. 이때 유념해야 할 사항은 수륙재는 '삼보—호법신—인간—악귀'의 관계가 수직적 관계이기 때문에 결과적인 평등이 아니라 만인은 불성을 지니고 있어서 성불할 수 있다는 기회의 평등이라는 사실이다. 둘째로 악에 대한 공포와 증오만으로는 악의 문제를 근본적으로 해결할 수 없고 자비와 관용으로서만 악을 교화할 수 있다는 수륙재의 정신은 분노와 복수심으로 자신도 고통 속에 살면서 타인에게도 고통을 안겨주는 사람한테는 자비행의 실천으로 인과의 굴레에서 벗어나 자신을 구원할 수 있게 해줄 수 있다. 수륙재의 치유적 기능이 주목되는 것이다. 셋째로 수륙재는 평등사상의 의례적 구현으로 추상적 관념의 감각적 형상화와 예술(미술·음악·무용)을 통한 심미적 쾌감을 체험할 수 있게 하는 점에서 공연문화적 가치를 지닌다.

제4부

고전문학과 축제

제1장 고전문학과 전통축제의 관계

문학에 대한 융·복합적 연구가 강조되는 것은 시대적 추세이기도 하지만,[1] 문학이 기원적으로든 현상적으로든 다른 예술 양식과 결합되어 있기 때문이기도 하다. 특히 구비문학의 경우 서사무가와 탈놀이는 굿과 결합되어 있을 뿐만 아니라 음악·무용·미술과도 결합되어 있기 때문에 융·복합적 연구가 필요하다. 신화는 제의의 구술(口述) 상관물이라는 제의학파의 명제도 신화의 연구에 있어서 제의에 대한 연구도 병행되어야 함을 의미한다.

문학과 공연이 전승되면서 시간과 공간을 달리하여 재연될 때 복제 차원의 반복이 이루어지기도 하지만, 창의적으로 변형되어 재연될 수 있음은 주지의 사실이다. 복제적(複製的) 반복과 창의적 변형은 전승자의 의식, 재연의 동기와 목적, 사회문화적 배경 등 여러 가지 요인이 작용하는데, 복제적 반복은 수렴적 사고와, 창의적 변형은 발산적 사고와 관련이 있다. 따라서 상황의 재연 과정에 나타나는 나선형적 진화 현상을 분석하여 변형 생성의 원리를 도출하면, 일차적으로는 창조적 문화 전승의 원리와 법칙을 찾음으로써 전통문화의 통시적 전개 과정을 이해하는

---

1 21세기에 들어서면서 전 학문의 영역에 걸쳐 '통섭', '융·복합', '경계 넘기'의 연구방법론이 회자되지만, 정작 고전문학에서의 연구 성과는 미진한 실정이다. 이러한 문제의식에서 『한국문학의 경계 넘어서기』(태학사, 2012)를 저술하였다.

데 기여할 것이고, 이차적으로는 학교 교육에서 창의 교육이 강조되는 현 시점에서 전통의 창조적 계승 방법에 관한 교육을 통하여 학생들의 문화 창조 능력을 신장시키는 데 활용될 수 있을 것이다.

1. 처용설화와 처용가무

『삼국유사』의 〈처용랑·망해사〉조에는 신라 헌강왕이 개운포(울산 처용암)에서 망해사를 짓기로 약속하여 동해 용왕을 조복(調伏)[2]하고, 용왕의 아들 처용을 서라벌(경주)로 데리고 와서 미녀와 결혼시키고 급간 벼슬을 주었는데, 역신(疫神)이 처용 아내의 미모를 탐하여 몰래 동침하므로 처용이 가무(歌舞)로 역신을 조복하였다고 한다. 처용가는 처용이 역신을 조복할 때 부른 노래로 "서라벌 밝은 달밤에/밤이 들도록 노닐다가/들어와 잠자리를 보니/가랑이가 넷이로구나./둘은 내 것인데/둘은 누구 것인고/본디 내 것이다마는/앗은 걸 어찌 할꼬."이다. 처용이 아내에 대한 자신의 기득권을 주장하면서 역신의 행위가 부당함을 지적하고, 역신이 항복하고 물러나게 함으로써 헌강왕이 부처의 힘을 빌려 동해 용왕을 조복하였듯이 처용이 주술적인 가무로 역신을 조복한 것이다. 불교의 인과연보(因果緣報) 사상에 의하여 헌강왕의 조복 행위가 원인이 되어 처용의 조복 행위라는 결과를 가져왔고, 용왕이 헌강왕의 인연에 의해서 호법신이 되었듯이 역신은 처용과 인연을 맺은 결과로 선신과

---

2 불교적 용어로 불교에 적대적인 악신을 항복시켜 불교신의 범주에 포용하는 것을 가리킨다. 불교설화에 의하면 부처가 독룡(毒龍)을 조복하여 호법룡(護法龍)으로 만들었다고 한다.

악신이 경계선을 구획하는 평화를 얻은 것이다.

그런데 고려 시대의 처용가는 신라의 처용가를 반복적으로 재생하지 않고, 신라 처용가의 일부를 열병신이 처용의 아내와 동침하는 상황을 설정하는 데에만 활용하여 인간이 처용을 찬미하며 열병신을 퇴치해 주길 발원하는 내용의 새로운 처용가를 창작하였다.

> 신라성대(新羅盛代) 소성대(昭聖代) 천하태평(天下大平)
> 나후덕(羅候德) 처용(處容) 아버지
> 이시인생(以是人生)에 상불어(相不語)하실 것 같으면
> 삼재팔난(三災八難)이 일시소멸(一時消滅)할 것이다.[3]

신라의 헌강왕 시대가 태평성대가 된 것은 처용이 아내를 빼앗은 역신을 참살하지 않고 자비와 관용을 베풀어 화해·상생하였기 때문이다. 지금도 나후덕(악신)[4]과 처용이 싸우지 않으면 삼재팔난이 일시에 소멸한다는 내용으로 처용가의 주제를 제시하였다.

> 어와 아버지 모습이여 처용(處容) 아버지의 모습이여
> 만두삽화(滿頭揷花) 못 이기어 기울어진 머리에

---

3 고려 처용가를 현대어로 번역하였다. 이하 동일.

4 "나후덕(羅候德)"을 양주동, 『여요전주(麗謠箋注)』, 을유문화사, 1957, 150~151쪽에서는 나후를 일식(日蝕)이나 인욕(忍辱)과 관련시켜 처용과 동일시하여 '신라가 태평성대인 것은 나후, 곧 처용의 덕택'의 뜻으로 해석하였으나, 윤광봉, 『한국의 연희』, 반도출판사, 1992, 149쪽에서는 처용과 역신의 관계를 불교경전에 나오는 나후왕(羅候王)과 법행룡(法行龍)의 관계로 보고 "나후덕(羅候德) 처용(處容) 아버지 이시인생(以是人生)에 상불어(相不語)하실 것 같으면"을 '나후왕과 처용이 불화하지 않고 침묵 상태를 유지하면'으로 해석하였다. 여기서는 후자를 따른다.

아으 수명장원(壽命長遠)하시어 넓은 이마에

…(중략)…

누가 만들어 세웠는가? 누가 만들어 세웠는가?

바늘도 실도 없이 바늘도 실도 없이

처용(處容) 아버지를 누가 만들어 세웠는가?

처용가면을 쓰고 처용무를 추는 처용의 외모를 묘사하며 덕을 찬미하고, 그런 처용을 형상화한 제작자, 곧 신앙 집단을 찬미한다.

열병신아!

빨리 나와서 내 신코를 매어라.

아니 매면 내리겠노라 저주의 말을!

동경(東京) 밝은 달밤에

밤새도록 노닐다가

들어와 내 잠자리를 보니

가랑이가 넷이로구나.

아으 둘은 내 것이거니와

둘은 누구 것이냐?

이런 적에 처용 아버지가 보면

열병신이야말로 횟감이다.

…(중략)…

열병신을 날 잡아 주소서.

인간이 열병신에게 신코를 매라고 명령하면서 항복을 종용한다. 그리고 만일 항복하지 않으면 신라 시대 서라벌에서 처용의 아내와 동침하다가 발각되어 영락없이 참살당할 뻔한 상황을 환기시킨다. 주술의 효력을 극대화하기 위하여 주술이 발생한 시원(始原)을 재연함으로써 현재의 상황과 근원적 상황을 중첩시키고 있는 것이다. 마침내 주술의 효력이 발생하여 열병신이 다음과 같은 발원을 하고 패퇴하기에 이른다.

산이여 들이여 천 리 밖에
처용 아버지를 피해서 가고 싶다.
아으 열병대신(熱病大神)의 발원(發願)이도다.

처용이 직접 역신을 상대로 주술적인 가무로써 항복시키고 조복하는 방식에서 인간이 처용을 찬미하여 '수호신-신자(信者)'의 관계를 형성한 다음 역신에게 항복을 명령하고, 거역하면 처용에게 잡아 달라고 청원함으로써 역신을 위협하여 역신이 물러나게 만드는 방식을 취한다. 역신을 위협하여 물러나게 하는 방식은 동일한데, 신라 처용가는 처용이 직접 역신을 위협하여 항복시키는 데 반해서 고려 처용가는 인간이 처용의 권능에 의지하여 역신을 위협하고 항복시킨다.

이상에서 살펴본 바와 같이 처용설화에서는 '헌강왕(발원자)-부처(조복자)-처용(피조복자)'의 관계가 '헌강왕(발원자)-처용(조복자)-아내(조복의 중재자)-역신(피조복자)'의 관계로 변형되었고, 처용가의 경우에는 신라 처용가의 '처용-아내-역신'의 관계가 고려 처용가에서는 '여기(발원자)-처용(조복자)-아내(조복의 중재자)-역신(피조복자)'의 관계로 변형되었다. 처용설화에서는 조복의 중재자(처용의 아내)가 첨가되고, 조복자와 피조복자에서 교체가 일어났다. 그리고 처용가의 공연에서는 처용의 탈을 쓴 춤꾼이 직접 가창하는 방식에서 여기(女妓)가 처용의 탈을 쓴 춤꾼을 향하여 가창하는 방식으로 공연 방식이 바뀜에 따라 여기가 발원자로 첨가되었다.

한편 신라의 처용가면가무(處容假面歌舞)가 광대(또는 헌강왕)가 처용의 탈을 쓰고 역신을 향하여 노래를 부르고 춤을 추는 형태였는지, 아니면 강릉단오굿의 관노탈놀이처럼 양반광대(대관령서낭신)가 소매각시(여서낭신)를 시시딱딱이(홍역의 신)에게 빼앗겼다가 되찾는 형태[5]와 유사하였는지는 불확실하고, 고려 말엽 이제현(李齊賢: 1287~1367)의 〈소악부(小樂府)〉나 이색(李穡: 1328~1396)의 〈구나행(驅儺行)〉에 의하면 처용무는 1인무였다. 이것이 조선 시대에 와서 오방처용무로 변형되어 〈학·연화대·처용무 합설〉로 재구성되었는데, 전도와 후도로 나뉘어 연행되었다. 먼저 전도는 다음과 같이 정리된다.[6]

① 오방처용이 먼저 등장하면, 여기(女妓)가 처용가를 부르며 등장한다.

② 다섯 처용이 일렬로 춤추다가 오방진으로 바꾼다.

③ 여기가 '봉황음'을 부르고 다섯 처용은 춤춘다.

④ 다섯 처용은 다시 일렬로 서고, 여기는 '삼진작(정과정)'을 부른다.

⑤ 여기는 '정읍사'를 부르고 다섯 처용은 변무를 춘다.

⑥ 여기가 '북전'을 부른다.

⑦ 다섯 처용이 퇴장한다.

다섯 처용은 일자진무(一字陣舞)와 오방진무(五方陣舞)를 춘다. 여기는 처용가는 등장할 때 부르고, 처용무를 추는 동안에는 봉황음(鳳凰

---

5 박진태, 『탈놀이의 기원과 구조』, 새문사, 1990, 264~265쪽에서 강릉단오굿의 양반탈놀이가 처용탈놀이의 후대적 변형체일 개연성을 지적한 바 있다.

6 이혜구 역주, 『신역악학궤범』, 국립국악원, 2001, 334~345쪽 참조.

吟)·정과정·정읍사·북전을 불렀다. 처용가는 처용을 찬양하고 열병 신의 퇴치를 기원하는 일종의 무가(巫歌)인지만, 봉황음은 왕의 덕화(德化)를 찬송하고 왕조의 번영을 축원한 송도가(頌禱歌)이고, 정과정·정읍사·북전은 세속적인 노래들이다. 처용가는 처용무를 악마 퇴치의 주술·종교적인 제의 무용으로 만들지만, 봉황음은 왕의 만수무강을 송축하는 정재무용으로 만들고, 정과정·정읍사·북전은 사람을 즐겁게 하는 예능 무용으로 만든다. 노래의 첨가에 의하여 처용무의 기능에 변화가 일어난 것이다.

후도는 다음과 같이 정리된다.[7]

① 오방처용이 등장한다.
② 여기가 영산회상 불보살을 부르며 등장하면, 처용이 춤춘다.
③ 청학과 백학이 연화를 쪼면 두 동녀가 나와 정재(呈才)한다.
④ 여기가 처용가를 부르고 처용은 춤춘다.
⑤ 여기가 미타찬·본사찬·관음찬을 부르고, 처용은 무동과 환무(歡舞)한다.

학춤과 연화대는 유기적으로 결합되어 정재무용으로 연행되고, 처용가는 오방처용무와 결합되어 처용무가 구나무용(驅儺舞踊) 내지 벽사의식무(辟邪儀式舞)로 기능하도록 하였다. 그리고 여기는 처용을 악룡(惡龍)에서 호법룡(護法龍)으로 조복한 불보살을 찬양함으로써 처용무가 불교 무용의 성격도 지니게 하였다. 이처럼 〈학·연화대·처용무 합설〉에서는 처용무의 본질인 벽사의 기능에 전도에서는 정재와 예능의 기능을,

---

7 위의 책, 345~349쪽 참조.

후도에서는 정재와 불교의 기능이 추가되는 변형이 일어났다. 요컨대 처용설화와 처용가의 가창에서는 인물의 첨가와 교체가 일어났다면, 처용무에서는 인물 및 무용과 가요가 첨가됨에 따라 처용무의 기능도 전환되면서 나선형으로 진화되었다.

처용설화에서 헌강왕이 개운포에서 망해사의 부처로 하여금 동해 용왕을 조복하게 한 사건과 헌강왕이 조복된 처용(동해 용왕의 아들)을 서라벌로 데려와 미녀와 결혼시키고 역신을 조복하게 한 사건 사이의 나선형적 진화 과정 및 처용가의 개작에서 헌강왕이 발원하여 처용이 아내와 동침한 역신을 퇴치하는 사건과 조선 시대 왕이 여기로 하여금 왕을 대신해서 처용이 아내와 동침한 열병신을 퇴치하게 발원하게 한 사건 사이의 나선형적 진화 과정을 그림으로 나타내면 다음과 같다.

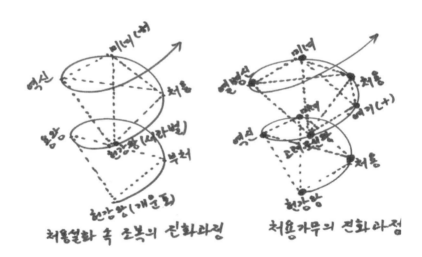

처용설화 속 조복의 진화과정   처용가무의 진화과정

2. 불교설화와 불교의식

1) 미륵사의 건립과 무왕설화

서동(薯童)의 정체에 대해서는 설화적 인물설과 역사적 인물설이 대립되고, 실존한 백제왕으로 보는 경우에도 무왕설, 동성왕설, 무령왕설이 엇갈렸다.[8] 그러나 2009년 1월 14일 미륵사석탑의 해체 작업 과정에서 심주석(心柱石) 상면 중앙의 사리공(舍利孔)에서 금제(金製) 사리호(舍利壺)와 함께 발굴된 금제 사리봉안기(舍利奉安記)에 의하면 미륵사가 639(기해)년에 조성되었는데, 『삼국유사』의 「기이(紀異)」편 〈무왕(武王)〉조에 무왕(600~641)이 미륵사를 창건하였다고 기록된 사실과 연관시키면, 서동은 무왕의 아명이 분명해진다. '서동=무왕'에 대한 회의론은 일연선사가 "고본(古本)에 무강(無康)으로 되어 있으나 그게 아니다. 백제에는 무강왕이 없다."라고 한 데서 빌미를 제공하였는데, 사리봉안기의 발굴로 일연선사의 비정(批正)이 정확하였음이 드러난 것이다. 이처럼 서동의 정체는 판명되었으나, 미륵사를 발원한 무왕의 왕비가 진평왕의 딸 선화공주가 아니라 사탁적덕(沙乇積德)의 딸이라는 사실이 확인됨으로써[9] 서동요를 매개로 한 서동과 선화공주의 결혼과 사탁적덕의 발원에 의한 미륵사 창건 사이에 심각한 모순이 발생하였다. 이러한 사실은 연원을 달리하는 서동요 배경설화와 미륵사 연기설화(彌勒寺緣起說話)가 결합되어 무왕설화가 형성되었을 개연성을 시사한다. 다시 말

---

8 최래옥, 「서동의 정체」(성산 장덕순 선생 정년퇴임기념논총간행회 편, 『한국문학사의 쟁점』, 집문당, 1986), 148~166쪽 참조.

9 『미륵사지석탑 사리장엄』, 문화재청·국립문화재연구소·전라북도, 2009, 12~13쪽 참조.

해서 서동과 선화공주의 결혼 이야기는 허구적인 이야기일 개연성이 크므로 서동요 배경설화는 설화의 역사화에 해당하고, 무왕의 미륵사 창건은 역사적 실제 사건이므로 미륵사 연기설화는 역사의 설화화로 추정되는데, 이에 대한 보다 심화된 논의를 위해서 무왕설화의 서사 단락을 구분하면 다음과 같다.

① 서동이 과부와 용 사이에서 태어났다.(출생)

② 도량과 재주가 헤아리기 어려웠고, 마를 캐어 팔았다.(성장)

③ 서동요로 선화공주의 출궁을 유도하여 아내로 삼았다.(비공식적 결혼)

④ 서동이 황금을 진평왕에게 보내어 인정을 받았다.(재력과 장인의 사위 추인)

⑤ 서동이 인심을 얻어 왕위에 올랐다.(즉위)

⑥ 산화공주의 발원으로 미륵 삼존이 나타난 못 위에 미륵사를 지었다.(사찰 창건)

⑦ 진평왕이 공인을 보내어 도왔다.(후원자)

무왕 설화는 무왕, 곧 서동이 지룡(池龍)(고귀한 혈통)과 과부의 아들로 태어나서(비정상적 출생) 가난하였지만(고난), 선화공주와 결혼하여 부자가 되어 진평왕의 사위로 인정받아(극복) 왕이 된(승리) 영웅 이야기와 미륵(彌勒) 삼존(三尊)이 나타난 못을 메우고 미륵사를 창건한 이야기로 양분할 수 있는데, 이는 못의 용에 대한 신앙적 태도의 차이 때문이다. 먼저 서동이 지룡의 아들이라는 것은 무왕의 혈통을 용신 계통으로 신성화한 것으로 벼농사 문화와 관련된 용신 신앙을 토대로 한다. 이에 대해서 다음과 같이 언급한 바 있다.

서동설화의 형성은 백제의 시조 온조가 천부신(해모수)과 수모신(유화)의 신성 결혼에 의하여 출생한 시조왕(주몽)의 아들이라는 '천부-수모'형 신화와는 계통을 달리하는 '수부(水父)-지모(地母)'설화가 새로운 주류 문화가 되었음을 의미한다. 그리고 이러한 변화는 백제가 금강(錦江) 이남, 노령산맥 이북을 차지하고 남진경략(南進經略)을 추진할 때 황등제, 벽골제, 고부눌제를 축조하여 식량 자원 지대로 개발함에 따라 부여계 백제의 지배 세력과 마한계 토착 세력을 융합해야 하는 정치적 필요성에 기인했을 것이다.[10]

이처럼 벼농사와 밀접한 수신 신앙, 곧 용신 신앙이 백제의 지배 세력에 의하여 수용되어 무왕의 탄생 모티프가 되었다. 그러나 미륵사 창건 이야기는 못을 메우고 미륵사를 지었다고 하여 미륵부처에 조복된 용으로 표현되는 점에서 용신의 성격과 기능에서 차이를 보인다. 곧 서동 탄생에 관련된 용신은 토착적인 용신이고, 미륵사 창건과 관련된 용신은 호법룡으로 불교신의 범주에 수용된 용신인데, 이러한 변화에 대해서도 다음과 같은 논의가 이루어진 바 있다.

백제의 지배 세력은 용신을 숭배하는 마한 지역의 수도(水稻) 경작민을 제압하는 방편으로 불교를 이용하기도 하였으니, …(중략)… 미륵이 성불하여 용화수 아래에서 3회 설법한다는 미륵경전의 내용을 구상화하여 용화산 아래에 삼원병립식(三院竝立式)으로 가람을 배치하고 무왕 스스로는 전륜성왕이 되려하였다는 해석이 있지만, 무왕이 왕권을 강화하기 위해 미륵하생 신앙만 수용한 사실만이 아니라 미륵삼존불로 못의 용신을 조복한 사실도 주목할 필

---

10 박진태, 「김제의 벼농사문화와 쌍룡놀이」, 『전통공연문화의 이해』, 태학사, 2012, 481쪽.

요가 있다.[11]

무왕이 『미륵경전』에 근거하여 미륵사를 조성할 때 못을 매립하는 상
징적 행동을 통하여 용신을 조복하여 호법신으로 만듦으로써 못의 물로
벼농사를 지으며 용신을 숭배하던 익산 지역민에 대한 지배력을 강화한
것이니, 이러한 정치적·불교적 배경에서 미륵사가 창건되었고, 무왕설
화가 형성되었을 것이다. 연꽃은 더러운 진흙에 뿌리를 박고 있지만, 진
흙과 진흙으로 더럽혀진 물을 떠나 청정하고 지고지미(至高至美)한 연
꽃을 피우듯이 용신을 숭배하던 마한 지역민이 고유한 용신 신앙을 버
리고 용신 신앙과 융합된 미륵 불교에 귀의하도록 이끌었으니, 종교사적
전환이 이루어졌던 것이다. 이러한 관점에서 '무왕-사탁적덕의 딸-미
륵사'의 실화(實話)가 '무왕-선화공주-미륵사'의 설화(說話)로 변형된
것으로 보면, 전승 집단이 무왕을 고난과 역경을 극복하고 신라와의 경
쟁에서 우위를 차지하고 용신 신앙과 융합된 미륵 신앙을 통치 이념으
로 삼은 영웅적인 성군 내지 불교적 전륜성왕으로 재창조하였다는 해석
이 가능해진다. 요컨대 역사가 설화화하고, 그 설화가 다시 역사화하는
과정에서 주인공(무왕)의 조력자와 중재자 역할을 하는 인물(왕비)이 백
제 사탁적덕의 딸에서 신라의 선화공주로 교체되었으며, 그로 말미암아
주인공이 활동한 공간이 백제에서 국제 무대로 확장되고, 주인공은 백제
사(百濟史)만이 아니라 한국사를 주도한 영웅으로 부각되었다.

---

11 위의 논문, 481~482쪽.

2) 진표설화와 전간의식(傳簡儀式)

『삼국유사』의 「의해(義解)」편의 〈진표전간(眞表傳簡)〉과 〈관동풍악발연수석기(關東楓岳鉢淵藪石記)〉는 진표율사(眞表律師)가 미륵보살로부터 불골간자(佛骨簡子)를 증여받은 이야기가 서사의 핵심이고, 〈심지계조(心地繼祖)〉는 진표의 불골간자를 심지(心地)가 승계하는 이야기다. 먼저 〈진표전간〉에서 진표율사가 득도하여 금산사에 주석(駐錫)하기까지의 서사 단락을 정리하면 다음과 같다.

① 진표가 출가하여 금산사 숭제법사(崇濟法師)의 제자가 되었다.(출가)
② 선계산 부사의암(不思議庵)에서 삼업(三業)을 닦고 망신참법(亡身懺法)으로 수행하였다.(수행)
③ 미륵보살이 진표에게 『점찰경(占察經)』과 189개 간자(簡子)를 주었다.(증여)
④ 금산사에 머물며 해마다 야단법석(野壇法席)을 열었다.(포교)

그런데, 〈관동풍악발연수석기〉에서는 〈진표전간〉과는 다른 각편(各篇)을 보여준다. 서사 단락을 정리하면 다음과 같다.

① 진표가 출가하여 금산수(金山藪)의 순제법사(順濟法師)의 제자가 되었다.(출가)
② 순제법사가 『사미계법(沙彌戒法)』·『전교공양차제비법(傳敎供養次第秘法)』·『점찰선악업보경(占察善惡業報經)』을 주면서 수행하여 지장과 미륵에게서 직접 계법(戒法)을 받으라고 시켰다.(사제 관계)
③ 변산의 부사의방에서 망신참법으로 수행하였다.(수행)

④ 지장보살은 계본(戒本)을, 미륵보살은 제8·9간자(簡子)와 수기(授記)를 주었다.(증여)

⑤ 대연진(大淵津)에 이르니 용왕이 옥가사(玉袈裟)를 바치고 영접하였다. (호법신)

⑥ 금산사를 짓고 미륵장륙상(彌勒丈六像)을 만들어 금당에 봉안하였다. (포교)

〈관동풍악발연수석기(關東楓岳鉢淵藪石記)〉에서는 진표가 미륵 신앙만이 아니라 지장 신앙도 터득하고, 또 용왕이 자발적으로 조복되어 수호신이 된 것으로 변이를 일으켰다. 곧 '진표(사제)-미륵보살(신)'의 신앙 구조가 '진표(사제)-지장보살(불교신)-미륵보살(불교신)-용왕(호법신)'의 보다 복잡한 신앙 구조로 나선형적으로 진화하였다. 김제 평야지대에서 농사를 짓는 집단을 사회적 기반으로 하여 진표율사가 금산사에서 미륵 신앙과 용신 신앙을 융합시킨 것이다.[12]

한편 〈심지계조(心地繼祖)〉에서는 이와 다른 양상을 보이는 바, 서사단락을 정리하면 다음과 같다.

① 심지가 출가하여 중악(팔공산)에 살았다.(출가)

② 속리산 길상사에 가서 영심(永深)의 법회에 참석하였다.(수행1)

③ 망신참법으로 예배하였다.(수행2)

④ 지장보살이 위로하였다.(득도)

⑤ 영심이 심지에게 간자를 주었다.(증여)

⑥ 심지가 돌아오니 중악의 산신이 산정에 올라가 수계(受戒)하였다.(호법신)

---

12 위의 논문, 481~483쪽 참조.

⑦ 심지와 산신이 던진 간자가 떨어진 우물 옆에 첨당을 지었다.(포교)

심지가 진표율사의 법통(法統)을 승계한 속리산 길상사(吉祥寺)의 영심에게서 간자를 증여받아 옴으로써 제2대 계승자가 됨과 동시에 미륵신앙의 성지를 속리산 길상사에서 팔공산 동화사로 바꾸었는데, 심지가 속리산에서 간자를 영심으로부터 증여받는 과정이 진표가 부사의방에서 미륵보살로부터 증여받는 과정과 흡사하다. 다만 진표는 용왕을 호법신으로 조복한 데 반해서 심지는 산신을 조복한 점이 다르다. 이는 미륵신앙이 토착적인 용신 신앙과 결합되었다가 나중에는 산신 신앙과 결합된 것을 의미한다.[13]

진표율사가 순제법사한테서 『사미계법(沙彌戒法)』·『전교공양차제비법(傳敎供養次第秘法)』·『점찰선악업보경(占察善惡業報經)』과 같은 경전을 전수받고 수행하여 불법(佛法)을 터득한 사실을 진표가 직접 지장보살과 미륵보살로부터 수계하고 간자를 증여받는 신비체험담으로 신화화한 것이 〈진표전간(眞表傳簡)〉과 〈관동풍악발연수석기(關東楓岳鉢淵藪石記)〉에 기록되어 있는 진표의 전기(傳記)이다. 그리고 진표가 영심에게 전해준 간자가 심지에 의해 속리산 길상사에서 팔공산 동화사로 이동한 사실은 심지가 돌아오는데 간자가 두 차례나 심지의 옷깃 속에 숨어 따라왔다는 이적담(異蹟譚)으로 변형시켰다. 이처럼 문학적 변형과정에서 실화가 신화적인 불교 이적담으로 변형이 이루어졌다. 한편 공연적 측면에서 보면, 진표가 금산사에서 순제법사한테서 경전과 간자

---

13 석충(釋忠)이 동화사의 간자를 견훤이 아니라 왕건에게 바치는 것을 견훤은 탄생설화가 용신 계통 야래자설화이지만, 왕건은 고려 건국신화에 의하면 산신과 결혼한 호경장군의 후예인 사실과 관련이 있다고 볼 수도 있겠다.

를 전수받고, 부사의방에 가서 득도하여 금산사에 돌아올 때 용신을 조복하고 미륵장륙존상을 조성하여 법당에 봉안하는 과정에서 일련의 불교 의식이 행해졌던 것처럼 심지가 속리산에서 영심에게서 간자를 전수받아 팔공산으로 운반할 때도 일련의 불교 의식이 연행되었을 것이다. 심지가 속리산 길상사에서 진표처럼 망신참법으로 수행한 뒤 간자를 전수받는 의식을 연행한 뒤 간자를 봉안하여 오고, 팔공산 산신이 선자(仙子) 둘을 데리고 산마루에서 맞이하여 바위 위에 앉히고 바위 밑에 엎드려 계를 받고, 이어서 심지와 산신이 함께 산마루에 올라가서 서쪽을 향하여 간자를 던지고, 간자는 바람에 날려 동화사의 우물에 내려앉고, 그 옆에 첨당(籤堂)을 짓고 봉안하는 절차로 진행되는 불교 의식이 속리산 길상사와 팔공산의 산마루 및 동화사의 우물에서 실제로 연행되었을 개연성을 시사한다. 그때 간자를 바람에 날려 길지(吉地)를 점치면서 산신이 불렀다는 노래, "막힌 바위 멀리 물러나니 평평하고, 낙엽이 바람에 흩어지니 길이 훤하네. 불골간자(佛骨簡子)를 찾아 얻었으니, 정성을 다하여 정처(淨處)로 던지네."[14]는 산마루의 평평한 바위 위에서 낙엽 지는 가을에 산신의 수계(受戒) 및 간자를 던지는 점복(占卜) 의식이 연행되었음을 생생하게 전해준다.[15] 하여튼 경덕왕(742~765) 시대에 진표에 의해 용신굿과 결합되었던 불교 의식이 헌덕왕(809~826) 시대에는 산신굿과 결합되어 연행됨으로써 '진표-미륵보살-용신'의 관계에서 '심지-미륵보살-산신'의 관계로 호법신이 교체되면서 나선형적인 변형이 일어났는데, 이는 용신을 숭배하는 김제 지역 백제 유민의 지지를 받던 미

---

14 "礙嵒遠退砥平兮. 落葉飛散生明兮. 覓得佛骨簡子兮. 邀於淨處投誠兮."

15 신라의 산신굿에서 불린 산신가가 헌강왕이 경주 남산의 포석정에 갔을 때 남산의 산신이 불렀다는 〈지리다도파곡(智理多都破曲)〉 이외에 팔공산 산신의 노래가 하나 더 확인되는 것이다.

륵 신앙을 산신을 숭배하는 대구 지역 신라인의 미륵 신앙으로 변형시
킨 사실을 의미한다.[16]

팔공산의 산신이 선자(仙子) 2명과 함께 미륵 신앙을 상징하는 신기대
보(神器大寶)인 불골간자를 맞이하였다는 것은 신라의 미륵 신앙이 토
착적인 산신 신앙 및 신선 신앙과 융합된 사실을 의미하는데, 『삼국유
사』, 「탑상」편의 〈미륵선화미시랑·진자사〉조에 의하면, 진지왕(576~
579) 때 흥륜사의 승려 진자사(眞慈師)가 산신의 도움을 받아 미륵의 화
신, 곧 미륵화선(彌勒花仙)인 미시랑(未尸郎)을 찾아서 국선(國仙)으로
삼아 화랑도를 이끌게 하였다고 하여 신라에서 미륵 신앙과 화랑도(花
郎道)와 신선 신앙과 산신 신앙이 융합된 사실을 극명하게 보여준다.

3) 영산재의 기원설화와 영산재

영산재는 법화 사상을 현실에서 구현하기 위하여 영산회상을 의식으
로 재현한 야단법석(野壇法席)이라는 다음과 같은 진술은 일종의 영산
재 기원설화의 성격을 지닌다.[17]

---

16 백제의 미륵신앙은 〈미륵불광사사적기〉에 의하면, 성왕(聖王) 4(526)년에 겸익(謙
益)을 인도에 파견하여 율문을 공부하고 율장(律藏)을 가지고 와서 번역하였다고 하는
바, 백제의 미륵신앙은 계율(戒律)을 중시하였다. 그리고 무왕(600~641) 때 건립된 익산
의 미륵사가 미륵삼존불이 솟아나온 못을 메우고 지은 것이라는 연기설화는 백제지역에
서 미륵신앙이 용신신앙과 융합되어 정착된 사실을 알려준다. 진표율사가 금산사에서 일
으킨 미륵신앙이 속리산과 강릉·고성을 거쳐 금강산 발연사(鉢淵寺)로 확장되어 나감으
로써 미륵신앙이 백제와 고구려 고토(故土) 전역으로 확산되면서 경주 중심의 신라지역
을 포위한 형국을 보였다. 따라서 경덕왕은 진표율사를 궁중으로 맞이하여 보살계(菩薩
戒)를 받고 선물을 줌으로써 통치 차원에서 백제지역 미륵신앙을 포용하여 통합과 안정
을 추구하였으며, 헌덕왕 때는 심지를 내세워 진표율사의 미륵신앙의 성지를 속리산 길
상사에서 팔공산 동화사로 바꾸고 신라왕실에서 관리하려고 하였다. 백제와 신라의 미륵
신앙에 대해서는 장지훈, 『한국고대미륵신앙연구』, 집문당, 1997, 69~77쪽 참조.

영산회상에서 열리는 석가의 법회에 동참한 모든 청문중(聽聞衆)·외호중(外護衆)은 환희심을 일으키고, 천지는 천종(天種)으로 진동하고, 시방의 제석천왕과 수많은 보살·신중 등이 운집하여 부처님의 설법을 듣고 환희했으며, 하늘에는 만다라 꽃이 날리고 묘음보살(妙音菩薩) 및 천동천녀(天童天女)가 내려와 꽃과 향, 기악과 가무로써 공양하였던 당시의 광경을 상징화한 의식이 바로 영산재이다.[18]

영산재를 석가모니가 중인도 마갈타국 왕사성 동북방에 있는 영취산(靈鷲山)에서 『법화경(法華經)』을 설법한 영산회상(靈山會上)을 재현한 불교 의식으로 인식하고 있는데, 『법화경(法華經)』은 『정법화경(正法華經)』이나 『묘법연화경(妙法蓮華經)』의 약칭으로 범어 saddharma-pundarīka-sūtram(薩達磨芬陀利迦經)을 직역하면 '무엇보다도 바른, 백련(白蓮)과 같은 가르침'인 데 근거한다.[19] 『법화경』은 인도에서 대승 불교 운동이 시작된, 기원 전 1세기에서 기원 후 3세기 중엽 이전에 집대성된 경전으로[20] 법신불(法身佛)이 중생을 구제하기 위하여 응신불(應身佛)인 석가모니로 이 세상에 출현하여 불법을 설하였다는 사상을 담고 있다.

그러나 영산재는 '시련(侍輦)—대령(對靈)—관욕(灌浴)—조전점안(造錢點眼)—신중작법(神衆作法)—괘불이운(掛佛移運)—상단권공(上壇勸供)—식당작법—운수상단(雲水上壇)—중단권공—관음시식(觀音施食)—봉

17 법현, 『한국의 불교음악』, 운주사, 2012, 45쪽 참조.

18 『영산재』, 중요무형문화재 제50호, 문화재관리국, 1988, 9쪽. 법현, 앞의 책, 27쪽에서 재인용.

19 이운허 옮김, 『묘법연화경』, 동국역경원, 2010의 「해제」, 1쪽 참조.

20 위의 책, 「해제」의 4쪽 참조.

송과 소대의식(燒臺儀式)'의 절차로 진행되어 영혼을 맞이하여 대접하고 정화시키면, 여러 신중이 수호하는 도량에 불보살이 강림하여 영혼과 산 사람을 제도한 뒤 되돌아가는 절차로 진행되는 점에서 영산회상과 다른 양상을 보인다. 우선 석가모니가 영취산에서 설법할 당시에는 보살이나 호법신들이 불교신의 카테고리에 들어와 있지 않았다. 인도의 굽타 왕조 시기(320년~500년 경)는 "바라문을 중심으로 하는 문화가 중시되고, 힌두교가 새로운 옷으로 바꾸어 입고 발전하는 시대"[21]이었기 때문에 불교가 힌두 문화의 영향을 받아 힌두의 신들을 수용하고, 주술 의례를 도입하였다. 다시 말해서 대승 불교에서 아미타불, 문수, 미륵, 대세지, 보현 등의 불보살은 이미 성립되어 있었지만, 사천왕과 제천(지천, 수천, 화천, 월천, 일천, 풍천, 제석천) 및 오대 명왕(明王) 등은 원래는 힌두교의 신들이었다가 불교의 수호신이 되었으며,[22] 힌두교 의식을 수용하여 불상(佛像)을 성 안으로 맞이하여 등과 향과 꽃을 공양하고, 기악을 봉헌하는 행상(行像)놀이가 연행되었다.[23] 이처럼 영산재는 석가모니 당시의 영산회상을 재연하는 것이 아니라 굽타 왕조기에 힌두 문화를 수용한 불교의 신격 체계와 의례를 반영하여 영산작법을 구성한 것이다. 그리고 영산재의 기원설화는 부처와 중생만으로 이루어진 영산회상을 제석천왕과 호법신들도 설법을 듣고 묘음보살(妙音菩薩)과 천동천녀(天童天女)가 가무를 공양하였다고 하여 신화적으로 윤색하였다. 실제적인 영산회상이 문학적인 재현 과정에서 인물의 첨가 현상이 일어났고, 영산재로 공연화하는 과정에서는 영가(靈駕)와 죽은 중생도 첨가된다.

---

21 나라야스아키, 정호영 옮김, 『인도불교』, 민족사, 1990, 285쪽.
22 위의 책, 298~299쪽 참조.
23 위의 책, 302~303쪽.

이처럼 영산회상이 문학적·공연적 재현 과정에서 인물의 첨가의 법칙이 발견된다. 그런가 하면 영산재에서는 묘음보살(妙音菩薩)과 천동천녀(天童天女)의 가무 대신 승려들의 범패(梵唄) 가창과 함께 해탈을 상징하는 나비춤, 불법 수호와 홍포(弘布)의 서원을 담은 바라춤, 중생을 제도하는 법고춤, 수행의 차제(次第)와 공(空)의 이념을 표현한 타주춤을[24] 공양하는 점에서 교체 현상이 일어났다. 요컨대 영산회상이 영산재로 재구성되고, 영산재의 기원설화를 생성시키면서 인물의 첨가 법칙에 의하여 '석가모니(불교의 교조)-제자(수행자)-중생(교화의 대상)'의 단순한 관계가 '부처(신)-보살(상위 수호신)-호법신(하위 수호신)-승려(사제)-산 중생(이승의 신도)-죽은 중생(저승의 신도)'의 복잡한 관계로 확대·변형되고, 천상적·신적 존재가 지상적·인간적 존재로 교체됨으로써 석가모니의 법화 사상 설법과 그에 대한 우주적 동참과 교화라는 의미와 기능은 유지된 채 표현 방식만 다양하게 변형된 점에서 나선형적인 진화라 말할 수 있다.

모름지기 종교는 교리를 사제가 의식을 통하여 신도에게 전달함으로써 포교가 이루어진다고 보면, 영산재는 대승 불교의 지상지고의 경전인 『법화경』의 사상을 범패와 작법무와 장엄을 동원하여 의식화한 예술 의식이고, 중생의 현세이익적인 기원 의례를 수용하고, 또 부처의 가르침을 받아 깨달음을 얻어 성불하려는 욕구만이 아니라 오락에 대한 욕구도 충족시켜주는 불교 축제이다. 그와 동시에 영산회상에서 석가모니가 모든 중생은 평등하게 불성(佛性)을 지니고 있어서 만물의 실상을 깨달으면 성불(成佛)할 수 있다고 가르친 것을 불제자들이 수행하고 실천하는 것을 음악과 무용으로 형상화하여 공양하는 불교 의식이다. 그리하

---

24 능화, 『한국의 불교무용』, 푸른세상, 2006, 205쪽 참조.

여 영산재를 통하여 시간적으로는 과거와 현재가 통합되고, 공간적으로는 인도의 영취산과 한국 도량이 통합된다. 또 정신적으로는 법화 사상과 신앙 집단의 종교적 심성[25]이 통합되고, 수행 방법으로는 경전과 예술이 통합되고, 불교 의식의 측면에서는 사찰 내부의 법당 의식과 사찰 외부의 야단법석이 통합된다.

3. 탈놀이의 설화와 공연

1) 하회별신굿탈놀이의 유래설화와 서낭굿 및 탈놀이

하회탈의 제작에 관한 설화는 몇 개의 각편이 있는데, 그 가운데 하회별신굿탈놀이의 발생설화에 해당하는 각편은 다음과 같다.

① 허도령이 입신의 경지에서 탈을 만들었다.(결핍의 해소)
② 목욕재계하고 금줄을 쳤다.(금지)
③ 허도령을 연모하던 처녀가 허도령을 몰래 엿보았다.(위반)
④ 허도령은 즉사하고 처녀도 번민하다가 죽었으며, 이매의 탈은 턱이 없게 되었다.(결과)
⑤ 처녀가 죽은 뒤 당방울이 날아와 떨어진 곳에 서낭당을 짓고 해마다 제사를 지내고, 10년마다 별신굿을 하고 초례와 신방을 연행하여 허도령과 결혼시킨다.(결과로부터 탈출)[26]

---

25 영산재를 사회적 수요에 대한 종교적 대응이라고 보면, 영산재를 출현시킨 신앙 집단은 현세이익적인 사고를 지녔다고 말할 수 있다.

위 설화는 '탈의 부재(결핍)−탈 제작(결핍의 해소)−금기 사항(금지)−금기 파괴(위반)−허도령과 처녀의 원혼 발생(결과)−당제 및 별신굿과 신성 결혼(결과로부터의 탈출)'의 서사 구조로 되어 있는데, 이러한 설화의 제의적 공연이 상당(서낭당)과 하당(도령당)의 당제(堂祭)이고, 연극적 공연이 각시광대와 선비광대의 혼례식인 사실을 서술하고 있다. 그런데 서낭신의 혼례는 각시신과 도령신의 성적 결합에 의해서 해원(解冤)함과 동시에 풍요 다산을 기원하는 의식이어서 홀기를 부는 양반광대만 동참하는 비밀 의식으로 연행되었다.[27]

그런데 1940년 임시 공연에서는 각시가 등장하여 춤을 추면, 중이 등장하여 뒤에서 접근하고, 이어서 각시와 등을 마주대고 춤을 추다가 마침내 각시를 업고 퇴장하는 내용으로 공연하였다.[28] '각시−선비(신랑 역할)'의 관계가 '각시−중'의 관계로 변하였는데, 중은 1928년에는 부네가 방뇨(放尿)하는 것을 보고 욕정을 느껴 뒤따라가며 안을 듯 말 듯하다가 초랭이한테 들키자 부네를 허리에 끼고서 달아났다. 곧 1928년에는 각시광대와 선비광대의 제의적 혼례를 통해서 해원과 풍요 다산을 기원하고, 중과 부네가 결합하는 연극을 통해서는 표면적으로는 파계승을 풍자하고 심층적으로는 풍요 다산을 기원한 데 반해서 1940년에는 임시 공연이므로 서낭각시의 신성 결혼식을 연행할 수 없었기 때문에 각시와 중이 결합하는 연극을 통하여 파계승 풍자와 원혼의 해원 및 풍요다산 기원의 삼중적 기능을 수행하도록 연출하였다. 각시의 배우자를 선비에서

26 박진태, 『탈놀이의 기원과 구조』, 새문사, 1990, 129쪽. 1928년 마지막 별신굿 때 각시광대를 맡았던 이창희(1913~?) 어르신이 제보하였다.

27 위의 책, 137~147쪽과 박진태, 『하회별신굿탈놀이』, 피아, 2006, 120~131쪽 참조.

28 국립민속박물관 편, 『석남 송석하 영상민속의 세계−연희편』, 2004, 65~67쪽에 수록되어 있는 네 장의 사진이 1940년 12월 14일 임시공연 때의 중·각시마당의 순차적 진행 과정을 보여준다.

중으로 교체함에 따라 각시의 신성성이 약화되고 인간화가 촉진되었으며, 주술·종교적인 제의적 공연에서 오락적 욕구를 충족시키는 연극적 공연으로 전환이 이루어졌다. 요컨대 '서낭당제-도령당제'의 제의적 공연이 '각시-선비'의 혼례식 형태의 제의적인 연극으로 공연화되었고, 이것이 '각시-중'의 연극으로 오락화·세속화되면서 제의적 기능에 사회 비판적 기능이 복합되는 변화가 일어났다.

2) 자인단오굿과 유래설화

자인단오굿에서 여원무(女圓舞)를 추고 팔광대놀이를 연행하는 바, 이의 유래를 설명하는 설화는 다음과 같다.[29]

① 왜구가 도천산에 머물렀다.

② 한장군 남매가 여원무를 추고, 배우의 잡희를 놀았다.

③ 구경하는 왜구를 참살하였다.

④ 해마다 이날이 되면 버들못의 물빛이 붉어졌다.

⑤ 신당을 짓고 여원무와 잡희를 놀았다.

여원무는 중앙에서 여장(女裝)한 동남(童男)이 화관을 들고 춤을 추고 춤꾼들이 원을 만들어 에워싸고서 춤을 추는 원무(圓舞)로 한(韓)장군 남매신이 "나선형(螺旋形)의 춤을 추고 사행선(蛇行線)으로 이동하여 외부의 적과 재난에 대항하여 물리칠 외향성과 원심력을 생성시킨다."[30]

---

29 『영남읍지』, 「자인현」(1871)의 〈풍속〉조의 원문을 번역하여 요약하였음. 원문은 이 책의 142쪽 참조.

그런데 이러한 여원무가 왜구를 유인하기 위해서 공연되었고, 또 왜구의 원귀를 진혼(鎭魂)하기 위해서 공연된다고 하는 점에서 여원무가 산 사람을 대상으로 할 때에는 오락적인 예능 무용이지만, 원귀를 대상으로 할 때에는 구나(驅儺)의 춤으로 기능할 개연성을 시사한다. 이 여원무와 비슷한 사례로 황창무(黃昌舞)를 들 수 있는 바, 『동경잡기(東京雜記)』에 의하면 황창무는 황창이 검무로 백제의 왕을 현혹하여 암살하고 피살되자 신라 사람들이 황창의 탈을 만들어 쓰고 춤을 추었다고 한다. 황창가면검무를 통하여 황창의 원혼을 해원하여 호국 영령으로 승화시키는 점에서 군사 무용인 검무가 관람용 예능 무용이 될 뿐만 아니라 해원 기능을 지닌 제의 무용으로도 전용될 수 있음을 시사하는 것이다.[31] 무용의 공연 형태는 동일하지만, 관람자가 교체되면, 기능의 전환이 일어남을 알려주는 사례들이다.

4. 문학과 공연문화의 변형의 원리

나선형적 진화는 문학과 공연문화에 걸쳐 광범하게 확인되는 바, 먼저 처용 전승의 경우 처용설화의 순차 구조와 처용가의 통시적 개작 과정에서 발견된다. 처용설화에서는 헌강왕이 개운포에서 용왕을 부처에 귀의하게 하여 조복한 사건이 처용이 서라벌에서 헌강왕의 왕정을 보좌하기 위해서 아내를 범한 역신을 조복한 사건으로 연결되면서 '발원자(헌강왕) - 조복자(부처) - 피조복자(용왕과 처용)'의 삼각관계가 '발원자

---

30 이 책의 185쪽.

31 박진태, 『한국고전극사』, 민속원, 2009, 61~63쪽 참조.

(헌강왕)－조복자(처용)－조복의 중재자(아내)－피조복자(역신)'의 사각
관계로 변형되었는데, 처용이 피조복자에서 조복자로 기능의 변화를 일
으키고, 조복의 중재자로 아내가 첨가되었다. 요컨대 개운포 처용암에서
의 처용굿과 서라벌에서의 처용굿 사이에서 인물의 첨가와 기능의 전환
이 일어나면서 보다 복잡한 형태로 진화되었다. 처용가의 공연 형태도
처용이 아내와 동침하고 있는 역신을 주술적인 가무로 퇴치하는 방식에
서 여기가 춤추는 처용을 대상으로 간통의 원죄가 있는 열병신을 퇴치
해 달라고 기원하는 방식으로 변형됨으로써 공연 무대에 등장하는 인물
이 '조복자(처용)－중재자(아내)－피조복자(역신)'의 삼각관계에서 '발원
자(여기)－조복자(처용)－중재자(아내)－피조복자(열병신)'의 사각관계
로 복잡화되었다. 이러한 차이는 신라 처용가는 발원자(헌강왕)가 공연
자로 직접 출연하지 않았으나, 고려 처용가는 본래의 발원자인 왕을 대
신해서 여기가 공연자로 출연하여 발원자의 역할을 수행하는 형태로 구
조화되었음을 의미한다. 다시 말해서 신라 처용가의 공연 형태는 발원
자가 구조화되지 않았는데, 고려 처용가는 발원자가 구조화됨으로써 왕
의 위치가 직접적인 발원자에서 간접적인 발원자로 바뀌고, 이에 따라
조복자에게 주술·종교적 효험을 기대하던 발원자에서 심미적 거리감을
유지한 채 조복자를 바라보는 관람자로의 변신이 가능해졌다. 요컨대
구나적(驅儺的) 기능이 강한 신라의 처용가무에서 정재적(呈才的) 기능
이 강한 고려·조선의 처용가무로 변형되면서 간접적 발원자를 설정하
는 인물의 첨가와 함께 조복자의 타자화(他者化)와 구나무용의 정재화
와 같은 기능의 전환에 의해 나선형적 진화가 이루어졌다.

　나선형적 진화는 인물의 첨가와 기능의 전환 이외에 인물의 교체에
의해서도 가능한 바, 미륵사의 건립과 이를 설화화한 서동설화 사이에서
무왕의 왕비가 사탁적덕의 딸에서 신라 진평왕의 딸 선화공주로 교체되

었다. 이러한 인물의 교체에 의하여 무왕을 미륵 신앙과 용신 신앙을 융합하여 백제를 중흥시킨 왕에서 신라에 도전하여 백제의 국제적 위상을 향상시킨 영웅으로 변용시켰다. 인물의 교체는 진표가 미륵보살에게서 증여받은 불골간자라는 신기대보가 속리산 길상사의 영심을 거쳐 팔공산 동화사의 심지에게로 전승되는 과정에서도 확인되는 바, '미륵보살(증여자)─불골간자(증여물)─진표와 용신(수령자)'의 관계가 '영심(증여자)─불골간자(증여물)─심지와 산신(수령자)'의 관계로 전환되면서 증여자와 수령자에서 인물의 교체 현상이 일어났다. 그리고 이러한 인물의 교체 현상은 영산재와 하회별신굿탈놀이에서도 확인되었다.

이처럼 문학과 공연문화에서 인물의 첨가, 인물의 교체, 기능의 전환 등에 의해서 나선형적 진화가 이루어졌는데, 인물의 첨가가 문학과 공연의 인물 관계를 다양화·다극화하고 공연의 규모를 확대하여 외형적 확장에 기여한다면, 인물의 교체와 기능의 전환은 기왕의 인물구성법과 공연 형태를 유지한 채 새로운 의미의 생성 내지는 질적 변화를 담보한다고 말할 수 있다. 다시 말해서 기왕의 의미와 기능을 유지한 채 형태의 변화를 추구하는 방식이 인물의 첨가이고, 형태적 지속성을 유지하면서 의미와 기능의 변화를 추구하는 방식이 인물의 교체와 기능의 전환인 것이다. 따라서 전통적인 문학과 공연문화의 복제적 재연을 지양하고 창조적으로 계승할 때, 또는 전통문화의 교육을 통하여 발산적 사고 능력을 계발할 때 나선형적 진화 법칙을 적절하게 활용할 수 있겠다. 인물의 첨가에 의해서 형태적 변화만 시도할 것인가? 아니면 인물의 교체나 기능의 전환에 의해서 의미와 기능의 변화를 시도할 것인가? 여러 가지 방안이 구안되어 실천될 수 있을 것이다.

제2장 고전문학의 축제콘텐츠화(1) : 정읍사축제

21세기는 흔히 세계화·정보화·지역화의 시대라고 한다. 20세기 말엽부터 다국적 기업과 WTO체제, 컴퓨터와 인터넷 기술의 발달, 복제 기술의 아날로그 방식에서 디지털 방식으로의 전환 등에 의해 세계화와 정보화라는 문명사적 전환이 급속도로 진행되는 과정에서 지방자치제 실시 및 세계화에 대한 대응 논리로서의 지역화 논리에 의해 지역 축제가 경쟁적으로 개발되고, 지역문화를 통해서 민족문화의 정체성을 찾으려는 작업이 활발하게 시도되었다.

일례로 고전 가요의 대표적인 작품인 〈정읍사(井邑詞)〉가 정읍사 문화제의 생성 기반이 되고, 문화 운동의 추동력으로 작용하였다. 판소리 〈춘향가〉가 남원 지역의 향토 문학으로 출발하여 민족 문학으로 승화되었다가 춘향제를 중심으로 지역 문화의 표상으로 재정립되었듯이 〈정읍사〉도 정읍 지역의 민요가 고려와 조선 시대에는 궁중 음악으로 수용되었고, 20세기에는 우리 민족의 대표적인 서정시로 인식되기에 이르렀다가 다시 정읍 지역으로 회귀하여 정읍 지역 문화의 표상이 된 것이다. 따라서 〈정읍사〉에 대한 연구도 한국문학사의 차원에서, 고전시가의 차원에서 문학 유산으로서만 연구되어서는 아니 되고, 현대 사회에서 생성 지역으로 원점 회귀하여 지역 축제로 부활하는 현상에 대해서도 학문적인 관심을 기울여야 한다고 본다. 왜냐하면 진정한 문학 유산과 문화 전통이란 화석화되고 박제화되어 과거적인 의미만 지니는 것이 아니라 정신적·문화적인 유전 인자로서 현대적으로 재창조되고 변용되어 현대인의 의식 속에서 작용해야 하기 때문이다. 요컨대 지방화 시대와 실용주의 사조를 결코 외면할 수 없다고 본다면, 〈정읍사〉에 대한 연구도 이러한 시대적 요구에 부응해서 과거학적이거나 순수 학문적인 연구를 지양하고, 현재학적이거나 실용 학문적인 연구를 실시하여, 민족문학적인 측면만이 아니라 지역문학적인 측면에 대해서도 조명하고, 더 나아가서는 세계문학적인 보편성까지도 구명할 필요가 있다. 그러나 〈정읍사〉에 대한 기왕의 연구는 주로 백제 가요의 여부,[32] 작품에 대한 해석, 전승 과정, 설화와의 관계 등에 걸쳐 이루어졌다.

1. 망부가와 망부설화

아내가 집을 떠난 남편을 기다리며, 곧 남편의 귀가를 염원하여 부른 노래를 '망부가'라고 하고, 망부가와 관련된 설화를 망부 설화라고 하면, 〈정읍사〉는 망부가요, 정읍사 전설은 망부 설화가 된다. 그리고 이러한 망부가로 〈정읍사〉 이외에도 백제 가요 선운산(禪雲山)과 방등산(方等山)이 있고, 신라 가요 치술령(鵄述嶺)도 이 유형에 포함시킬 수 있다.

---

32 양주동, 『여요전주』(증보판), 을유문화사, 39쪽에서 완산주가 경덕왕 때 전주로 개명된 사실에 근거하여 〈정읍사〉가 백제 가요가 아니라 '신라 경덕왕 이후 구백제 지방의 유행요'로 보았으나, 대부분의 국문학자들은 백제 가요로 본다. '전(全)'의 문제는 고려 〈처용가〉에서 신라의 서라벌을 고려 때의 명칭인 '동경(東京)'으로 부른 것과 마찬가지로 지명(地名)은 기록될 당시의 이름으로 표기되는 사실을 유념할 필요가 있다. 한편 조동일, 『한국문학통사(1)』(3판), 지식산업사, 1994, 137쪽에서는 '全져제'를 '온 저자'로 보고 '全'을 지명으로 보지 않았다. 그러나 '온'이란 말이 있는데도 굳이 '全'이라는 한자를 사용했을까 하는 의혹을 지울 수 없다.

따라서 〈정읍사〉의 망부가적 성격을 부각시키기 위하여 이들 세 작품들과 함께 유형론적으로 접근하기로 한다. 먼저 옛 문헌 기록을 차례로 검토해 보기로 한다.

(가) 정읍은 전주의 속현이다. 현에 사는 한 사람이 행상을 나가 오래도록 돌아오지 않으므로 그 아내가 산위의 바위에 올라가 기다리며 남편이 밤길에 해를 입을까 두려워하여 흙탕물에 더렵혀지는 것에 가탁해서 노래를 불렀다. 세상에 전하길 고개에 올라 남편을 기다리던 바위가 있다고 한다.(井邑全州 屬縣 縣人爲行商 久不至 其妻登山石 以望之 恐其夫夜行犯害 托泥水之汚 以 歌之 世傳有登岾望夫石云.)[33]

(나) 장사사람이 군역(軍役)을 나가서 기한이 지나도 돌아오지 않으므로 그의 아내가 선운산에 올라가 기다리며 노래를 불렀다.(長沙人征役 過期不至 其妻思之 登禪雲山 望而歌之.)[34]

(다) 방등산은 나주에 있다. 속현 장성의 변경으로 신라 말기에 도적이 크게 일어나 이 산을 근거지로 삼아 양가집 자녀를 많이 노략질해갔는데, 장일현의 여자도 그 속에 들어 있어서 이 노래를 지어 남편이 당장 와서 구출해 주지 않음을 풍자하였다.(方等山在羅州 屬縣長城之境 新羅末盗賊大起 據此山 良家子女多被擄掠 長日縣之女 在其中 作此歌 以諷其夫不卽來救也.)[35]

(라) 박제상이 고구려에서 돌아와 처자를 보지 않은 채 왜국을 향해 가므로 그 아내가 뒤쫓아 율포에 이르렀으나 남편은 이미 배를 타고 출발한 뒤였다. 부르며 큰소리로 울었으나 박제상은 다만 손을 흔들고 떠나갔다. 박제상

---

33 차주환 역, 『고려사악지』, 을유문화사, 1982, 297쪽(영인본)에서 원문을 인용하고 번역.
34 앞의 책, 같은 곳의 원문을 인용하고 번역.
35 앞의 책, 같은 곳의 원문을 인용하고 번역.

이 죽은 이후에 그의 아내가 그리움을 이기지 못하여 세 딸을 데리고 치술령에 올라가 왜국을 바라보며 통곡하다 죽었다. 그로 인하여 치술령의 신모가 되었다.(朴堤上自高句麗還 不見妻子而往向倭國 其妻追至栗浦 見其夫已在船上 呼之大哭 堤上但搖手而去 堤上死後其妻不勝其慕 率其三娘子 上鵄述嶺 望倭國慟哭而死 因爲鵄述嶺神母焉.)[36]

네 설화에서 아내가 남편과 이별하게 된 이유를 보면, 정읍사는 남편의 행상(行商)이다. 곧 개인적 차원의 경제적인 동기인데, 남편이 생업에 종사하기 위해서 아내와 불가피하게 이별할 수밖에 없는 상황이다. 게다가 '오래도록 돌아오지 않았다'고 하여 그리운 마음에 보태어 남편의 안전을 걱정하는 마음 때문에 노래를 불렀다. 선운산은 국가적 차원의 강제성을 띤 군역(軍役) 때문에 이별 상황이 왔는데, '복무 기한이 지났는데도 돌아오지 않았기' 때문에 그리움에 보태어 남편의 생사 여부를 걱정하며 노래를 불렀을 것이다. 방등산은 국가 권력의 무능으로 인하여 도적 떼가 창궐하는 사회적 혼란 속에서 남편의 무능을 풍자한 노래인데, 남편이 '집'에 있고, 집에 있어야 할 아내가 '바깥'에 나와 있는 모순 때문에 아내가 남편을 기다리는 노래가 풍자적인 기법을 띠게 되었을 것이다. 치술령은 박제상의 아내가 부른 노래인데, 박제상이 고구려에 인질로 잡혀간 내물왕의 동생 보해를 구출해 오고, 이어서 일본에 가서 인질로 잡혀있던 보해의 동생 미해를 탈출시키고 자신은 살해당했다. 『삼국유사』의 「기이(紀異)」편의 '내물왕 김제상(奈勿王 金堤上)' 조에서[37] 이러한 박제상의 행적에 덧붙여 박제상의 아내에 관한 이야기를 통

36 김종직, 『점필재집』의 「東都樂府」; 『한문악부·사 자료집(1)』, 계명문화사, 1988, 63쪽.
37 강인구 외, 『역주 삼국유사(1)』, 이회문화사, 2002, 283~284쪽 참조.

해 '치술령'을 시사한 것과는 대조적으로『삼국사기(三國史記)』,「열전(列傳)」의 '박제상' 조에서는 내물왕이 두 아우의 귀환을 축하하며 〈우식곡(憂息曲)〉이란 가무를 창작하여 연행하였다고 기록하였다.[38] 이처럼 박제상의 죽음이 일으킨 파장으로 왕은 〈우식곡〉을 짓고, 박제상의 아내는 치술령을 불렀으니, 전자는 박제상의 죽음의 혜택을 톡톡히 누린 왕(지배자)이고, 후자는 죽음의 피해를 고스란히 떠안아야 했던 신하(피지배자)이기 때문에 전자는 유교적 사관의『삼국사기』에, 후자는 민중 사관에 의한『삼국유사』에 기록되었을 것이다. 요컨대 박제상이 왕에 대한 충성심 때문에 가족을 희생시킨 것이니, 〈치술령〉은 국가 권력에 의하여 개인의 행복 추구권이 박탈당한 상황에서 창작된 노래인 것이다.

그런데 치술령과 선운산이 남편이 국가에 대해 충성을 바쳤거나 국가가 남편에게 충성을 강요한 사실이 아내가 노래를 창작한 동기가 되었다면, 정읍사와 방등산은 남편의 생업 활동이나 생업의 터전을 잃어버린 도적 때문에 노래가 창작되었다. 다시 말해서 치술령과 선운산은 국가 권력 때문에 피해자가 된 아내(여성)들의 작품이고, 정읍사와 방등산은 민생 문제로 피해자가 된 아내(여성)들의 작품인 것이다. 한편 치술령과 선운산은 국가 권력형이면서도 남편의 국가에 대한 태도 면에서는 차이가 지적될 수 있다. 〈치술령〉의 박제상은 자발적으로 국가에 충성을 바쳤다면, 〈선운산〉의 남편은 강제적으로 징용되었다고 볼 수 있는 것이다. 그리고 정읍사와 방등산도 민생형이지만 아내의 태도 면에서 차이가 있으니, 정읍사는 아내가 남편의 안전을 염려하여 위험한 밤길을 걸어 집으로 오지 말라고 당부하는데, 방등산은 남편이 위험을 무릅쓰고라도 자신을 구출하러 오지 않음을 원망하고 남편의 무정함과 무능함을

---

38 이병도 역주,『국역 삼국사기』, 을유문화사, 1980, 668쪽 참조.

풍자한 것이다.

　그런데 『삼국유사』의 박제상 전설에는 박제상의 아내가 일본으로 가는 남편을 뒤쫓아 가서 절규하던 모래사장을 장사(長沙)라 부르고, 친척 두 사람이 부인의 겨드랑이를 부축하여 돌아오려 하였을 때 부인이 다리를 뻗고 앉아 일어나지 않아서 그곳을 벌지지(伐知旨)라고 불렀다는 이야기나 판소리 〈춘향가〉에서 춘향이가 이몽룡과 오리정에서 이별하는 대목은 여자가 남자를 배웅할 때 관습적으로 허용되던 지점이 있었음을 시사하는데, 여자는 더 이상 따라가지 못하고 어쩔 수 없이 남자가 되돌아오기만을 기다려야 했던 것이다. 여기서 전통 사회의 남녀 관계 및 남성 문화와 여성 문화의 차이를 파악하게 된다. 남성은 대외적으로 활동하고 여성은 집안 살림을 맡아야 했으니, 성격도 남성은 능동적이고 과감하고 진취적이고 사회 지향적인 반면에 여성은 수동적이고 소심하고 보수적이고 가정적인 방향으로 형성되었다. 이처럼 정치경제적으로, 사회문화적으로 남성은 집 밖에서 활동하고 여성은 집 안에서 생활하도록 규범화되고 제도화되었으니, 여성은 숙명적으로 출타한 남성을 집에서 기다려야 하는 신세가 되었다. 그리고 이러한 시대적 환경 속에서 정읍사를 비롯한 망부가(望夫歌) 유형이 성립되었던 것이다. 결국 망부가는 여성(아내)이 정치 군사 활동과 경제 활동에서 소외되고 남성(남편)에게 의존해야만 했던 사회적 · 가정적 질서 속에서 자신의 생존과 행복을 위하여 남편의 부재로 파괴된 '집'을 복구하려는 염원을 표현한 일련의 시가 작품들이라 할 수 있다. 이런 연유로 우리는 망부가를 통하여 여성 수난사의 한 단면을 보게 되는 것이다.

2. 〈정읍사〉의 구조

『악학궤범(樂學軌範)』제5권의 「성종조 향악 정재 도의(成宗朝鄕樂呈才圖儀)」에 의하면, 다음과 같은 〈정읍사〉가 〈무고(舞鼓)〉에서 창사로 사용되었다.

    둘하 노피곰 도드샤
    어긔야 머리곰 비취오시라
    어긔야 어강됴리
    아으 다롱디리
    全져재 녀러신고요
    어긔야 즌디롤 드디욜셰라
    어긔야 어강됴리
    어느이 다 노코시라
    어긔야 내 가논 디 졈그롤셰라
    어긔야 어강됴리
    아으 다롱디리

이 〈정읍사〉는 정읍 지방에서 전승되던 민요가 고려의 궁중 음악에 수용되어 정재(呈才)로 개작된 것일 텐데, 〈정읍사〉의 의미 구조와 논리 구조를 분석하기 위하여 감탄사와 후렴구를 제외한 가사만을 다시 정리하면 다음과 같이 된다.

    ① 둘하 노피곰 도드샤(달아 높이 돋아)
    ② 머리곰 비취오시라(멀리 비취소서)

③ 숯쳐재 녀러신고요(전주시장에 가셨는지요?)

④ 즌더를 드디욜셰라(진 곳을 디딜까 두렵습니다)

⑤ 어느이 다 노코시라(어디에 다 놓으십시오)

⑥ 내 가논 더 졈그를셰라(내가 가는 곳이 저물까 두렵습니다)

정읍사에는 동사가 7개가 사용되고 있는데, 동사의 주어, 곧 행동의 주체에 따라 분류를 하면, "도ᄃᆞ샤·비취오시라·졈그를셰라"는 '달'이고, "녀러신고요·드디욜셰라·노코시라"는 '남편'이고, "가논"은 작중 화자인 '나', 즉 '아내'다. 그런데 "내 가논 더"는 "(달이) 졈그를셰라"에 대해 종속적인 관계이므로 〈정읍사〉는 행동의 주체, 곧 주어와 서술어(동사)의 관계라는 측면에서 보면, '나(아내)'가 달을 대상으로 발화하는 부분(①, ②, ⑥) 속에 '나'가 남편을 대상으로 발화하는 부분(③, ④, ⑤)이 삽입되어 있는 형태다.

그리고 화자(나=아내)의 청자(달, 남편)에 대한 태도를 나타내는 어법을 보면, 높임 명령형 "~고시라"(②, ⑤)와 의구심을 나타내는 서술형 종결어미 "~ㄹ셰라"(④, ⑥)가 각각 2번씩 사용된 것이 특징이다. 명령의 대상은 '달'과 '남편'이고, 의구심의 주인공은 작중화자 '나(작자)'다. 그리하여 '진 곳을 디딜까 두려우니(④), 어디에 (짐을 또는 몸을) 놓으십시오(⑤)'와 '내가 가는 곳이 저물까 두려우니(⑥), 달아 높이 돋아 멀리 비취소서(①, ②)'라는 두 개의 글로 논리적인 인과 관계를 정리할 수 있다. 그리고 ③과 ④는 '전주 시장에 갔기 때문에 진 곳을 디딜 위험이 있다'는 뜻이므로 남편이 위험에 빠질 가능성이 있는 '문제적 상황'을 설정하고,[39] ⑤에서 그 해결 방법을 제시한다고 말할 수 있다. 같은 논리로 ⑥

---

39 지헌영, 「정읍사연구」, 국어국문학회 편, 『고려가요연구』, 정음사, 1979, 337쪽과

은 내가 불행해질 가능성이 있는 '문제적 상황'을 설정하고, 그 해결 방법으로 ①, ②를 제시한다고 볼 수 있다.

그리하여 정읍사는 '(가) 해결 방법(①, ②)−(나) 문제적 상황(③, ④)−(다) 해결 방법(⑤)−(라) 문제적 상황(⑥)'의 논리 구조를 보이는데, '전주 시장에 간 남편이 진 곳을 디딜까 두려우니(③④), 달아 높이 돋아 멀리 비춰소서(①②)'라는 풀이도 가능하므로, (가)는 (나)의 해결 방법이 될 수도 있고, '내가 가는 곳이 저물까 두려우니(⑥), 어디에 다 놓으십시오(⑤)'라고 풀이할 수도 있으니, (다)가 (라)의 해결 방법이라 볼 수도 있다. 그렇지만 ①, ②, ⑥은 달을 초인간적 존재로 보고 달을 향하여 지상을 밝혀 달라고 기원하고, ③, ④, ⑤는 남편을 향하여 위험이 예상되니 밤길을 오지 말고 어딘가에 투숙하라고 충고하는 점에서 (나)와 (다)가 의미론적으로 보다 긴밀한 관계이고, (가)와 (라)도 마찬가지다. 그리하여 〈정읍사〉는 의미 구조와 논리 구조 면에서 볼 때 순환적 구조를 보인다.[40] 그런데 〈정읍사〉의 순환 구조는 공간 구조 면에서도 나타나는 바, '전주 저자(이익 공간)−진 데(위험 공간)−어디(안전 공간)−내가는 데(절망 공간)'로 긍정적 공간과 부정적 공간이 교체된다.

340쪽에서 '井邑'이란 지명이 여근을 상징한다고 보고, 같은 맥락에서 '즌 ᄃᆡ(진 데)'와 '내가논 ᄃᆡ'는 여근을, '드ᄃᆡ욜셰라'와 '졈그룰셰라(沈溺)'는 성행위를 의미한다고 해석하여 〈정읍사〉를 음사(淫辭)로 보았다. 그러나 장덕순, 『한국문학사』, 동화문화사, 1980, 123쪽과 윤영옥, 『한국고시가의 연구』, 형설출판사, 1995, 219쪽 및 조동일, 『한국문학통사(1)』(3판), 지식산업사, 1994, 137쪽에서 음사설을 부정하고, '즌 ᄃᆡ'를 '신변의 위험'을 상징한다고 보는 입장을 취했다. "어느이 다 노코시라"라고 밤길을 오지 말라고 말하는 것은 님에 대한 사랑과 믿음 없이는 불가능하므로 "즌ᄃᆡᄅᆞᆯ 드ᄃᆡ욜셰라"를 남편의 외도에 대한 의구심을 표현한 것이라는 주장은 수긍하기 어렵다.

40 이사라, 「정읍사의 정서 구조」, 김대행 편, 『고려시가의 정서』, 개문사, 1985, 93∼104쪽에서는 ①, ②와 ③, ④, ⑤, ⑥이 이미지 면에서는 '상승·확대/하강·축소'로 대립되고, 의미론적으로는 '밝음/어둠'으로 대립되고, 정서적으로는 '이완/긴장'으로 대립되며, 동시에 순환 구조를 보인다고 보았다.

한편 정읍사에 달을 향한 나(아내)의 원망(願望)에 나타나는 애니미즘적 사고와 남편을 향한 나(아내)의 원망(願望)에 나타나는 인본주의적 사고가 대립된다. 그뿐만 아니라 높이 돋아 멀리 비춰는 달은 광명의 근원으로서 신숭심(信崇心)(도드샤 비춰오시라)의 대상이 되고, 저무는 달은 재생을 위한 죽음의 상징으로서 의구심(疑懼心)(졈그롤셰라)의 원인이 되는 점에서 대립되고, 남편에게 위험이 닥치거나 자신에게 불행한 상황이 일어날까 두려워하는 아내의 불안 심리(드더욜셰라)와 남편에게 야행(夜行)을 중단하라고 하면서 남편의 조속한 귀가를 갈망하는 욕구를 억제하는 부덕(婦德)(노코시라)이 대조적이다. 그리고 이러한 상반된 감정과 태도가 각각 의구형 서술 종지법과 명령법으로 표출되었다. 그런데 달에 대한 상반된 태도는 하루를 주기로 돋고(뜨고) 저무는(지는) 달의 운행과 한 달을 주기로 차고(탄생) 기우는(죽음) 달의 운행에 기인하며, 아내의 심중에서 일어나는 상반된 태도는 이성적·합리적 사고에 철저하지 못하고 감성적·정서적 반응을 일으킨 데 연유할 것이다.

3. 〈정읍사〉의 정재화

『고려사(高麗史)』, 「악지(樂志)」에 의하면, 궁중 정재로서 정읍사는 〈무고(舞鼓)〉의 창사로 불려졌다.

춤의 대외검은 옷을 입는대는 악관과 기녀[악관은 주황색 옷을 입고 기녀는 단장(丹粧)한대들을 거느리고 남쪽에 서고 악관들은 두 줄로 앉는다. 악관 2명이 북과 북받침을 가져다가 궁전 중앙에 놓으면, 여러 기녀들이 〈정읍사〉를 노래하고 향악(鄕樂)으로 그 곡조를 주악하여 맞추어 준다. 기녀 2명이 먼저 나와 좌우로 갈라 북[鼓] 남쪽에 서서 북편(北便)을 향하여 절하고 꿇어 앉아 손을 여미며 일어서서 춤을 춘다. 주악이 2회 끝날 때를 기다려 두 기녀 가 북채를 잡고 일어나서 춤을 추면서 좌우편으로 갈라지며 북을 끼고 나갔 다가 물러났다 하면서 춤을 춘다. 그것이 끝나면 북을 싸고돌면서 둘이 마주 서기도 하고 혹은 등지기도 하면서 돌며 춤을 춘다. 그러다가 북채로 북을 치 곤하는데, 악의 장단에 따라 장고(杖鼓)와 서로 가락을 맞추다가 주악이 끝나 면 멎는다. 악을 거두면 두 기녀는 처음과 같이 엎드렸다가 일어나서 물러간 다.

〈무고(舞鼓)〉는 시중 이혼(李混)이 영해(寧海)에 적환(謫宦 - 죄과를 범하 고 원방에 강직된 것)할 시기에 어느 날 바다에 떠도는 나무토막을 얻어 가지 고 무고를 만들었는데, 그 소리가 굉장하고 춤의 변화도 많아서 한 쌍의 나비 가 꽃을 싸고돌며 훨훨 춤추는 듯, 두 용이 여의주를 다투며 솟구치는 듯하 다. 악부(樂部)에서 가장 기묘한 춤이다.[41]

이혼(1252~1312)은 예안 이씨의 시조인데, 1299년에 파직되었다가 1303년에 재기용되기 전에[42] 영해에서 유배 생활을 하였다고 보면, 궁중 정재 〈무고〉의 제작 시기를 짐작할 수 있다. 여러 기녀가 향악에 맞추어 정읍사를 부르고, 두 기녀가 한 개의 북을 치는데, 〈무고〉와 정읍사가 결합된 이유에 대해 추정해 보기로 한다. 두 기녀가 북을 치는 무태(舞 態)가 한 쌍의 나비가 춤을 추는 듯하기도 하고, 두 마리 용이 여의주를 다투는 듯하기도 하였다는 말은 강약과 고저 면에서 우아한 몸짓으로 북을 약하게 쳐서 낮은 소리를 내다가 점차적으로 동작을 격렬하게 하

---

41 북한 사회과학원 고전연구소 편찬, 『고려사(6)』, 여강출판사, 1991, 520~521쪽.
42 한국정신문화원, 『한국인물대사전』, 1999, 1838쪽 참조.

며 북을 힘차게 쳐서 우렁찬 소리를 내는 식으로 무태와 북소리의 변화를 일으킨 사실을 비유적으로 표현한 말일 것이다. 다시 말해서 화락(和樂)한 분위기에서 경쟁적이고 전투적인 분위기로 변환시킨 것이니, 정읍사의 작중 공간 및 작중 화자의 심리 세계가 어둠(위험, 악)에서 빛(안전, 선)으로 변하였다가 다시 어둠으로 변하는 사실과 대응된다. 다시 말해서 〈무고〉가 '북'을 통하여 침잠되고 어두운 심적 상태에서 점점 흥을 고조시켜 번뇌와 원한과 절망을 말끔히 해소한 신명풀이의 정점을 지향한다면, 정읍사는 '달'을 통하여 불안과 의심으로 가득 찬 어두운 마음을 떨쳐버리고 사랑과 환희가 넘치는 밝은 마음 상태가 되길 기원하는 것이다. 요컨대 '어둠에서 빛으로 바뀌는 반전의 미학'이라는 접점 때문에 〈무고〉(악무)와 정읍사(노래)가 결합되었다고 해석할 수 있겠다.

그리고 〈정읍사〉가 〈무고〉와 결합하는 전통은 조선 초기에도 지속되어 『악학궤범』에도 기록되었는데, 다만 북을 동서남북 네 개로, 기녀를 4명이나 8명으로 증가시켜 규모를 확대시키는 방향으로 발전하였다. 그러나 정읍사는 〈학·연화대·처용무 합설〉에서도 〈정과정〉과 함께 불리었으며, 중종 때에는 〈무고〉의 정재로 정읍사 대신 오관산(五冠山)이 불렸고,[43] 고종 때에는 〈무고〉에서 한문 창사를 불렀듯이[44] 〈무고〉의 창사도 변화를 거듭하였다. 그런데 허균의 『성소부부고(惺所覆瓿藁)』에 선조 39(1605)년에 부벽루에서 중국 사신을 영접하는 잔치에서 정읍사를 불렀다고 하고,[45] 『투호아가보(投壺雅歌譜)』에는 정읍사를 달리 〈아롱곡(阿

---

43 「중종실록」 권32 중종13년 4월조. "大提學南袞啓曰 前者 命臣改制樂章中 語涉淫詞釋教者―舞鼓呈才井邑詞 代用五冠山 亦以音律相叶也." 최정여, 『한국고시가연구』, 계명대학출판부, 1989, 233쪽에서 재인용.

44 김천홍, 『정재무도홀기 창사보』, 민속원, 2002, 151~152쪽 참조.

45 허균, 『성소부부고(惺所覆瓿藁)』18권 문부(文部)15 병오(丙午)기행에 그 해 3월 29일 부벽루의 중국 사신 영접 연회를 보고 "昇來腰鼓置中筵, 輪得紅桃彩袖翩, 催拍急簫謳

弄曲))이라고 불렸으며 기녀들이 노래를 부르면 다른 기녀들이 춤을 추었다고[46] 하여 궁중에서 밀려난 정읍사가 지방이나 교방(敎坊)에서는 여전히 불리었음을 전한다.

4. 〈정읍사〉의 축제화

1990년대는 지방 자치 실시에 따라 지역 문화 축제의 수가 약 2배로 증가하는 현상을 보였는데,[47] 이러한 추세 속에서 정읍시도 1986년 12월에 '허리 아래까지 내려오는 긴 저고리를 입고, 머리는 양쪽으로 쪽을 지고서 두 손을 마주잡고 서 있는' 모습의 망부상(望夫像)을 화강암으로 조각하여 세우고, 1994년 7월에는 11.5평(정면 3칸, 측면 3칸) 규모의 사우(祠宇)를 짓고 정읍사의 주인공 여인에게 제례(祭禮)를 거행하고, 1996년 12월에는 정읍사의 노래비를 건립하였다. 그리고 정읍사를 김강섭(KBS 관현악단 단장)이 현대 감각에 맞게 개사하고 작곡하였으며, 가무악극을 창작하여 공연하였다. 뿐만 아니라 공원에 정읍사 예술회관과 정읍사 국악원을 설립하였다. 이처럼 정읍시에서 정읍사를 부활시켜 지역 문화의 표상으로 만들고, 정읍사 문화 축제를 개최하여 정읍사의 작자와 그

井邑, 八盤初轉響塼然"라고 관극시를 지었다.

46 『투호아가보(投壺雅歌譜)』의 기록은 다음과 같다.

"勝耦群妓, 唱阿弄曲, 不勝耦群妓, 畵圈眉間, 連袂舞以節之.

阿弄曲: 月阿高高上來些, 遠遠的照着時阿. 漁磯魚堆釣哩, 阿弄多弄日日尼.

달아 노피곰 도드샤 멀니 비취곰시라 어긔 어감조리 아롱다롱일일니."

양주동, 『여요전주』, 을유문화사, 38~39쪽에서 재인용.

47 정종수, 「지역문화축제의 현황과 문제점」(박진태 외, 『세계의 축제와 공연문화』, 대구대학교출판부, 2004), 108쪽의 도표 참조.

의 남편 사이의 부부애를 귀감으로 삼으려 한다. 특히 정읍사 전설을 '한 여인이 사랑하는 님을 기다리다 망부석이 되었다는 슬픈 사랑 이야기'로 인식하고, 월아와 그녀의 남편 이외에 제3의 남자 해장을 추가로 설정하여 가무악극을 창작하여 공연하는데, 가무악극 정읍사의 주제와 창작 의도를 다음과 같이 밝힌다.

> 월아는 숭고한 정절과 아름다운 부도, 우리 모두가 위기에 처했을 때 자신을 희생할 줄 아는 도림의 의로움과 해장의 순수하고 진실한 인간미의 메시지를 통해 오늘날을 사는 우리에게 아름다운 삶의 교훈을 주고, 문학사적으로 높은 가치를 지니고 있는 정읍사를 널리 알려 지역 문화의 무한한 잠재력과 역량을 발휘하고 독창성을 뿌리내리려는 작품이다.[48]

정절과 부도(婦道), 희생정신, 순수한 사랑을 담은 이야기를 만들어 현대인에게 교훈을 주려고 한다. 그리고 정읍사를 널리 홍보하고, 노래와 전설을 연극으로 재창조하여 지역 문화의 잠재적인 가능성을 확인하고 지역민의 창의력을 발휘하려고 한다. 그런데 정읍사 문학의 현대화 과정에서 중대한 변화가 일어났으니, 그것은 정읍사 전설의 주인공이 남편을 기다리다가 그 자리에서 죽어 돌로 변하였다는 식으로 '망부석 전설'을 새롭게 해석한 점이다. 『고려사』의 「악지」와 『신증동국여지승람』(제34권) '정읍현' 조의 기록[49]은 '아내가 산위의 바위 위에 올라가 남편을 기다렸다'고 말하며, 특히 『신증동국여지승람』에는 '세상에 전하기를 "산에 오르면 망부석에 발자취가 아직도 있다."고 한다.' 하여 망부석이 여

---

48 http://culture.jeongeup.go.kr/culture/
49 『국역 신증동국여지승람(IV)』, 고전국역총서 43, 민족문화추진회, 1985, 469쪽.

인이 화석화한 석상(石像)이 아니라 여인이 그 위에 올라가 남편을 기다렸던 바위임이 분명하다.[50] 그런데 20세기 정읍 시민들이 망부석 전설을 행복한 결말로 끝날 개연성이 열려 있는 전설이 아니라 '불행한 결말로 끝나는 원혼 전설'로 인식한 것은 오해로 인한 왜곡 현상인가? 아니면 의도적인 개변인가? 이에 대한 논의가 필요하다.

그렇지만 그러한 변개를 일단 기정사실화하고 가무악극 정읍사를 분석할 필요는 있다고 보는데, 먼저 줄거리를 소개하면 다음과 같다.

[서장]

흥겨운 음악으로 막이 오르면 정촌골 샘마을에 봄맞이 마을잔치가 벌어지고 마을 처녀들의 춤과 노래가 이어진다.

[제1막]

제1장 : 정촌골 잔치에 여주인공 월아와 남주인공 도림, 그리고 해장의 만남이 이루어져 잔치 흥이 고조를 이루나 산적들이 나타나 월아를 납치한다.

제2장 : 도적들에게 잡혀 간 월아를 구출하려고 도림과 친구들이 내장산에 들어가기로 결정된다.

제3장 : 내장산중에 도림과 친구들이 도적들을 찾아 압박해 가다가 결국 도적들을 제압하고 월아를 구출하는 데 성공한다. 월아와 도림은 재회하여 옛 인연을 상기하고, 서로 사랑의 감정이 교차한다.

제4장 : 월아를 구출하는 데 성공한 친구들에게 월아 부친은 장사 밑천으로 돈을 주지만, 도림은 그 돈을 월아 부친에게 되돌려준다.

제5장 : 월아는 몸종 총명으로부터 도림이 자신을 구해준 것이 돈(포상금)

---

50 이하석, 『삼국유사의 현장기행』, 문예산책, 1995, 162쪽에 의하면, 박제상의 아내가 세 딸을 데리고 그 위에 올라가 일본을 바라보며 통곡하다가 죽었다는 망부석도 치술령 산 위의 있는 거대한 화강암으로 그 상부가 평평하여 사람이 앉기에 편하게 되어 있다.

때문이라는 오해의 말을 전해 듣고, 자신의 목숨이 돈에 팔려 구해진 것을 안타까워한다.

제6장 : 마을 언덕에서 행상을 떠나기 전에 월아를 애타게 기다리는 도림을 먼발치에서만 바라보는 월아는 도림의 진심을 오해하고 떠나보낸다.

제7장 : 서로 오해를 안고 도림이 행상을 떠난 후 월아는 해장으로부터 도림의 진심을 듣고 도림의 뒤를 쫓아가지만 뱃전에서 이미 배를 타고 떠난 뒤라 기약 없는 안타까운 이별을 한다.

[제2막]

제1장 : 바다와 인접한 산둥반도의 끝자락에서 도림과 그 일행들이 열심히 행상을 한다.

제2장 : 월아는 달님에게 도림을 향한 자신의 마음을 전해 달라 애원한다. 월아의 간절한 마음이 위나라에서 장사로 성공한 도림에게 꿈과 같이 전해져 도림은 어느 무엇도 두 사람의 인연을 막을 수 없음을 깨닫고 월아에게 돌아갈 것을 맹세한다.

제3장 : 장사로 큰 성공을 한 도림은 마을로 돌아와 월아와 애틋한 사랑을 확인하고 결혼을 한다.

제4장 : 3년간의 가뭄 흉년으로 백성들이 굶주림과 질병에 시달리게 되자 의로운 도림은 신혼임에도 식량과 약재를 구하기 위해 먼 길을 떠난다.

제5장 : 길을 떠난 도림은 식량과 약재만 보내고 돌아오지 않자 월아는 수소문하며 애타게 기다린다.

제6장 : 돌아오지 않는 도림은 해적에게 잡혀갔다는 등 또는 폭풍우에 물귀신이 되었다는 등 소문만 무성하다.

제7장 : 어느덧 도림이 돌아오지 않은 지 수삼 년이 지났지만 월아는 끊임없이 기다린다. 기다림에 지쳐 있는 월아를 후원하고 사모해 온 해장은 월아

에게 고백하지만 지아비 도림을 향한 마음 변치 않음을 맹세한다.

제8장 : 도림의 생사에 대하여 숱한 소문이 나돌지만 월아는 남편을 끝까지 기다리며 달님에게 애원한다. 결국 월아는 심신이 쇠약해져 죽어 가는데, 님을 향한 일편단심 기다림이 변치 않고 도림의 무사귀환을 기원하는 정읍사를 읊조리며 망부석이 된다.[51]

서막에서 정촌골이라는 마을 공동체의 축제를 보여 준 다음, 제1막은 월아가 산적에게 납치되었다가 도림에 의해 구출되는 이야기와 도림이 월아의 오해 속에 해외로 행상을 떠나는 이야기가 중심을 이루어 도림과 월아의 사랑과 갈등을 말한다. 제2막은 도림이 이국에서 월아의 진심을 전해 들음으로써 둘 사이의 오해와 갈등이 완전히 해소되고 도림이 장사에 성공하여 귀향하여 월아와 결혼하는 이야기에서 흉년으로 백성이 도탄에 빠지자 도림이 식량과 약재를 구하러 갔다가 영영 돌아오지 않자 월아가 해장의 청혼을 거절한 채 정읍사를 읊조리며 망부석이 되는 이야기로 반전된다. 곧 월아와 도림의 사랑과 결혼이 이별과 파탄으로 종결되는 비극인데, 이러한 비극적 지향성은 선운산의 여주인공이 죽어서 동백꽃이 되었다는 전설과[52] 〈치술령〉의 박제상 부인이 죽어서 치술령 산신이 되었다는 전설만이 아니라 박제상 부인이 새가 되어 은을(隱乙)바위 속으로 날아들어 갔다는 전설[53]에서도 확인된다.

정읍사의 여주인공이 남편을 기다리다 죽었다는 구비전설이 확인되지 않은 상태에서 섣부른 단정을 짓기 어렵지만, 남편이 야행(夜行)을

---

51 http://culture.jeongeup.go.kr/culture/

52 장덕순, 『한국문학의 연원과 현장』, 집문당, 1986, 551쪽 참조.

53 이하석, 앞의 책, 162쪽 참조.

강행하다 해를 당했는지, 아니면 아내의 진심과 정성이 달을 감응시켜 남편이 무사히 귀가하였는지는 전승 집단의 상상력과 시대적 분위기에 좌우될 것 같다.

하여튼 정읍사 문화제는 ① 정읍사 여주인공의 사우 건립과 제례에 의한 신격화, ② 정읍사의 현대적 창곡화와 그 전설의 가무악극화, ③ 동상과 노래비의 건립과 같은 기념물 제작, ④ 정읍사 예술회관과 정읍사 국악원 건립을 통한 정읍사의 브랜드화, ⑤ 지역의 전통적·현대적 놀이 문화의 공연과 문화 행사의 개최[54] 등과 직접·간접으로 관련을 맺으며 정읍사를 정읍 지역 문화의 표상으로 만들고 있다. 이렇듯 백제 가요 정읍사가 고려와 조선 시대를 거치며 궁중 정재에 통합되어 탈지역화의 길을 걸어오다가 1990년대에 다시 노래와 전설의 현장으로 회귀하여 지역민의 문화 의식과 정체성을 제고하는 구실을 하고 지역 문화 축제로 화려하게 부활하였다.

5. 〈정읍사〉의 생산과 수용

〈정읍사〉가 정읍의 고개 위 망부석에서 한 여인이 달을 향해 행상 나간 남편의 안전을 지켜달라고 기원한 노래라 할지라도 정읍 지역의 민중 사이에서 기존의 민요의 형식에 담겨져 구연되고 인근 지역으로 전파되어 나갔을 것이다. 이 단계의 〈정읍사〉는 남편의 안전을 조속한 귀

---

54 정읍사 문화제에서 달맞이 걷기, 불꽃놀이, 망부사 제례, 기념행사, 학생사생대회, 학생국악경연대회, 시립합창단연주, 민속경연대회, 전국농악경연대회, 주부가요열창 등과 같은 행사들이 행해진다.

가보다 우선시하는 아내의 모성애적인 사랑을 담은 노래로 전승 집단에 의해 인식되었을 것이다. 그리고 신화적 측면에서 '해-하늘-남성-불'에 대립되는 '달-땅-여성-물'의 연결고리가 성립함을 떠올리면, 제천의식(祭天儀式)이 아니라 마한 지역의 정월 대보름에 풍요 다산을 기원하던 지신굿이나 달맞이 축제와 관련지어 이해할 수 있을 것 같다. 해가 남성적인 힘과 풍요의 원리와 양(陽)의 원리를 상징한다면, 달은 여성적인 힘과 풍요의 원리와 음(陰)의 원리를 상징하는데,[55] 정읍사는 원래는 달과 관련된 제의의 맥락에서 불리던 노래의 형식에 밤길의 안전을 기원하는 특정한 사연을 결합해서 제작한 노래일 개연성이 크다. 다시 말해서 달의 신화적·제의적인 근원적 의미에 달이 외적과 짐승과 도적의 침해로부터 인간을 보호해 주는 현실적 기능을 덧붙인 노래로 볼 수 있는 것이다. 다시 말해서 달맞이를 하며 달집태우기를 하여 재액을 예방하고 소원을 빌 때나 달의 운행을 지상에서 모방하며 풍요와 안녕을 기원하는 강강술래 같은 제의적 가무희에서 불리던 의식요(儀式謠)로 시작해서 점차 오락요로 전환하지 않았을까 추정해 본다.[56]

이러한 개연성을 인정하면, 〈정읍사〉는 3음보 2행에 후렴구를 붙여 부르는 선후창 형식의 민요였는데, 3개의 연을 합성하여 단일 가요로 만들었을 개연성까지 상정할 수 있겠다. 그리고 민요 상태에서는 '느슨한

---

55 진 쿠퍼 저, 이윤기 역, 『그림으로 보는 세계문화상징사전』, 까치, 1994, 215~220쪽과 385~390쪽 참조.

56 임동권, 『한국민요사』, 문창사, 1964, 29쪽에서 〈정읍사〉가 민요적 후렴구가 있고, 기녀의 오락 행위로 불려졌고, 가창자(정읍녀)가 민중 부녀자였다는 사실 때문에 민요권 속에 포함시킬 수 있다고 말하였고, 조동일, 『한국문학통사(1)』(3판), 지식산업사, 1994, 136쪽에서 "이 노래가 원래 백제 시대의 것이고, 처음에는 민요였다는 사실은 부인할 수 없다."고 말하고, 137쪽에서는 "달밤에 강강수월래를 부르고 춤을 추면서 풍년을 기원하고 소원성취를 바라는 풍속과 연결시켜 이해할 수 있다."라고 말하였다.

구성'의 3장 형식이었던 것이 궁중 정재로 수용될 때 고려속요 〈서경별곡〉처럼 '견고한 구성'의 3장 형식으로 고착화되었을 텐데, 변이는 기능면에서도 발생하였을 것이다. 곧 변방의 백성이 왕화(王化)에 힘입어 윤리 도덕을 지킬 줄 알게 되었으니 군왕의 치세(治世)를 칭송하고 만수무강을 축원하려는 의도에서 정읍사의 정재화가 이루어졌을 것이다. 조선시대에 〈학·연화대·처용무 합설〉에서 〈정읍사〉가 충신연군지사(忠臣戀君之詞)인 〈정과정곡〉과 함께 가창된 사실도 이러한 해석을 뒷받침한다. 그러나 뒤에 가서는 고려 속악가사를 남녀상열지사(男女相悅之詞)라규정하고 배척하였던 유학자들이 부부애(夫婦愛)를 다룬 〈정읍사〉마저도 음사(淫辭)로 규정하고 정재에서 제외시켰다.

그러나 〈정읍사〉는 현전하는 유일한 백제 가요라는 측면만이 아니라한글로 표기된 최고(最古)의 노래라는 점에서도 문학사적인 가치를 인정해야겠다. 그리고 단순한 '망부(望夫)의 노래'가 아니라 '무제한의 무게있는 사랑이 함축되어 있는' 불멸의 애정시가로 보아야 한다는 주장이있는가 하면,[57] "백제의 노래는 〈정읍사〉 일편이 남아 있지만, 조선 시대에도 전라도 출신 문인에 의한 가사문학의 발전, 광대에 의한 판소리의창조 등을 생각해 볼 때 이 지역에 흐르고 있는 잠재적 전통의 늠름함을느낄 수 있다."[58]라고 지역 문화의 차원에서 〈정읍사〉를 이해해야 한다는 견해도 제시되었듯이 학계에서 민족문학으로서의 가치와 함께 지역문학으로서의 가치가 있는 것으로 평가되었다.

지금 정읍 지역민들은 〈정읍사〉의 여주인공을 정절과 부도(婦道)의귀감으로 인식하고, 이러한 〈정읍사〉가 정읍에서 발원하여 고려와 조선

---

57 장덕순, 『한국문학사』, 동화문화사, 1980, 124쪽.
58 김동욱, 『국문학사』, 일신사, 1984, 37쪽.

시대를 거쳐 현대에까지 그 가사가 전해져 내려온 사실에서 문화적 우월감과 자긍심을 느끼는 것 같다. 그리하여 〈정읍사〉를 지역 문화의 표상으로 삼고, 남편을 염려하던 〈정읍사〉의 여인의 애틋한 마음을 나라와 백성을 염려하여 동학 혁명을 일으킨 전봉준의 충정(忠情)과 연결시키려 하는 것 같다. 그리고 금년부터는 행사 명칭을 '정읍사 문화제'에서 '정읍사 부부 사랑 축제'로 바꾼 바, 이러한 변화는 〈정읍사〉의 여주인공만 추모하는 축제가 아니라 행상을 하여 가계를 꾸려나가던 남편의 존재도 부각시킴으로써 한편으로는 해체 현상을 보이고 있는 현대 사회의 가족 문제를 해결하는 지혜를 각성시키고, 다른 한편으로는 부부가 함께 참여하는 축제로 특성화하려는 전략에 기인한 것으로 보인다. 구체적으로 2004년과 2005년의 행사 종목을 보면, 크게 가족 관련 행사(정읍사 여인 제례, 달맞이 가족사랑 걷기 대회, 정읍사 여인 대상 시상, 전국 부부 사랑 가요제, 장수·해로·다복상 시상, 가족 사생 대회 등)와 전통 문화 관련 행사(채수 의례, 전통 혼례, 전통 민속 경연 대회, 전국 남녀 시조 경창 대회, 전국 국악 경연 대회, 사물놀이, 전국 한시 공모전 등)로 양분된다.

6. 정읍사 축제의 전망

달이 하루를 주기로 뜨고 지고를 반복하고 한 달을 주기로 차고 기울기를 반복하는 순환 질서를 보이듯이 행상인 남편을 전주 시장으로 떠나보낸 여인의 마음도 남편의 밤길을 밝혀 줄 달에 대해서 신숭심(信崇心)과 의구심(疑懼心)을 번갈아 가며 품고, 남편에 대해서도 조속한 귀가를 바라다가도 신변의 안전을 위해 이동을 중단하라고 요청하는 식으로 순환 구조를 보인다. 그리고 〈정읍사〉도 지역 문화로 출발하여 공간 적인 확산에 의해 탈지역화 하였다가 다시 지역 문화로 원점 회귀하는 현상을 보면, 자연과 인간과 역사가 모두 순환적인 질서 운동을 하는 것 같다. 이러한 순환질서 속에서 정읍사 문화제 내지 정읍사 부부 사랑 축 제가 '부부애' 내지 '가족사랑'을 주요 개념으로 하여 다른 지역 축제와 차별화하고 특성화함으로써 지역 문화 축제의 정체성을 찾고 관광객 유 치를 놓고 다른 지역 축제와 경쟁하려 하는 시점에 정읍사 축제의 문제 점을 짚어 보고, 발전 방안을 모색하기로 한다. 그런데 이러한 작업은 학문의 역사에서 '성리학(고담준론)—실학(실사구시와 이용후생)—순수 학문(산업화 시대에 대한 반작용)—실용주의 학문(정보화 시대로 인한 엘리트의 특권 상실)'으로 전개되는 순환 현상에 부합된다.

첫째로 지역 축제이지만 세계 축제로 도약하기 위해서는 '부부'나 '가 족'의 문제를 인류 보편적인 문제로 확대시켜 보는 안목이 요망된다. 이 를테면 '남편을 기다리는 아내'는 국내의 망부 전설만이 아니라 세계적 보편성을 띠는 바, 일례로 그리스의 서사시 오디세이아에서 오디세우스 가 트로이 전쟁이 끝나고 자신의 왕국 이타카로 귀환하여 구혼자들을 물리치고 아내 페넬로페와 재회하고 아들 텔레마코스를 만나는 이야기 는 '부부 또는 가족 관계의 회복'이라는 원형적 주제를 보이는 것이다. 따라서 이러한 주제의 국제 학술 대회를 개최하여 정읍사 문학의 세계 성과 인류 보편성을 조명할 필요가 있다.

둘째로 가무악극을 그리스의 오디세이아처럼 행복한 결말로 끝나는 내용으로 다시 창작할 필요가 있다. 남원 춘향제의 경우 춘향 전설은 춘 향이가 한결같이 원사(寃死)하는 원혼 설화이지만, 판소리 〈춘향가〉와 이를 창극화한 가무악극이 모두 행복한 결말로 끝나며,[59] 판소리 〈심청 가〉나 〈흥부가〉를 보더라도 이 같은 결말 처리가 한국인의 정서에 부합되기 때문이다.

셋째로 정읍사 축제를 관광 상품화할 때 내장산의 단풍제와만 연계할 것이 아니라 군내의 문화재(칠보의 무성서원과 정극인 묘소, 백암 마을의 돌장승과 남근석, 태인의 연지와 피향정, 태인의 동헌과 산외의 김동수 가옥, 황토현 전적지와 전봉준 장군 고택 등)도 구경하도록 홍보할 필요가 있다.

넷째로 여성 문학이나 달[月]문화 또는 보부상(褓負商) 같은 행상인의 문화와 관련된 행사를 개발하거나 그러한 자료를 전시하는 박물관을 건립할 필요도 있다.

다섯째로 세계 각 민족의 다양한 혼례복을 입고 시가행진을 벌이어 볼거리를 제공할 수도 있겠다. 그리하면 디지털 카메라와 카폰을 들고 사람들이 사진 찍는 즐거움을 누리기 위하여 국내만이 아니라 국외에서도 구름처럼 몰려올 것이다.

마지막으로 〈정읍사〉는 백제 멸망 후 전북 지역의 행정적 군사적 중심지가 고부에서 완산(전주)으로 이동하고, 서부의 평야 지대(익산-김제-고부)와 동부의 산간 지대(남원-임실-진안-장수)가 하나의 행정 구역으로 통합되던 시기에 정읍이 고부를 대신해서 서남 지역의 새로운 중심지로 성장하면서 완산(전주)과 경제적 교류 관계를 형성하는 과정에서 창작·전승된 노래로 보이는 바, 이러한 지역적 위상과 역할을 부활시키는 비전과 전략을 개발할 필요가 있다.

---

59 박진태, 『탈놀이의 기원과 구조』, 새문사, 2000, 121~126쪽 참조.

제3장 고전문학의 축제콘텐츠화(2) : 상춘곡축제

지역문학은 지방문학이나 향토문학과 유사한 개념이다. 그러나 지방문학이 중앙문학과, 향토문학이 도시문학과 대립적인 의미로 사용된다면 지역문학은 민족문학이나 세계문학과 구별해서 사용하는 개념이라할 수 있다. 다시 말해서 세계화의 반동으로 지역화를 추구하거나, 이와는 반대로 민족 문학의 테두리를 넘어 세계문학을 지향하면서 공간 단위에서 문학의 층위를 삼등분하여 사용하는 추세다. 지역문학의 개념은 ①지역에서 구비 전승되는 문학, ②지역 작가가 창작한 문학, ③지역을 소재로 한 문학을 포괄하는 것으로 정의할 수 있는데, 지방문학이나 향토문학이 지역에서 출생하여 지역에서 활동하고 있는 작가의 지방색과 향토색이 짙은 문학을 가리키는 것보다 더 넓은 개념이다.

20세기 말엽부터 지방문학과 향토문학을 내포하는 '지역문학'이라는 용어를 사용하게 된 동기는 고전문학의 위기의식에서 찾을 수 있다. 20세기 산업화 시대만 하더라도 전통적인 농경 사회의 문학이 전대(前代)의 문학으로서 일정한 존재 이유를 인정받았는데, 20세기 후반에 아날로그 방식에서 디지털 방식으로 기술 혁명이 일어난 정보화 시대로 이행하면서 농경 시대의 고전문학은 위기에 빠지게 되었고, 이러한 위기를 기회로 만들기 위하여 고전문학을 지역문학으로 새롭게 인식하려는 경향이 생겼다. 그리하여 고전문학 중에서 지역문화, 지역문학으로 범주화할 수 있는 작품들이 문화 콘텐츠나 관광 콘텐츠의 개발 품목으로 주목을 받게 되고, 이러한 현상이 학문적 논의를 촉발시키고 있다. 뿐만 아니라 국문학(지역문학)과 역사학·민속학·관광학·영상학·컴퓨터공학의 대화를 촉진시키고 있다. 그리하여 국문학 연구에서 '통합과 확산'이 담론화되고, 방법론에 대한 관심이 고조되고 있는 실정이다. 아무튼 확산적 사고와 통합적 사고가 요구되는 시대이므로 국문학 연구도 텍스트 중심주의를 탈피하여 사회 문화적 환경 변화에 적응하지 않으면 안 될 상황에 처한 것은 분명하다.

1. 지역문학의 현대적 수용

현대인이 지역문학을 수용하는 방식은 기록, 연구, 전시, 공연으로 구분할 수 있다. 기록은 자료를 수집하여 보존하는 단계이며 사실 여부의 확인이 중요하다. 연구는 자료를 분석하고 해석하는 고차적인 사고의 단계다. 전시는 정태적이고 시각적인 형태로 보여 주는 것이고, 공연은 동태적이고 시청각적인 형태로 보여 주는 것이다. 기록은 연구의 토대이고, 전시와 공연도 연구의 대상이 된다. 이러한 네 가지 수용 방식에 대해 대표적인 사례 중심으로 살펴본다.

1) 기록

기록은 일반적으로 말로 된 구비문학을 글로 전환하는 작업이지만, 기록화(記錄畵)나 영상 기록도 포함시킬 수 있다. 거기에 개별적인 기록 문학 작품을 수집하여 집대성하는 경우와 한문학 작품을 국문으로 번역하는 작업도 광의의 기록 행위에 포함시킬 수 있겠다.

구비문학을 기록한 대표적인 사례를 보면, 먼저 정신문화연구원(현 한국학중앙연구원)에서 발간한『한국구비문학대계』가 군 단위로 각 지역의 구비문학—주로 설화—을 수집하여 기록한 것이고, 이두현의『한국가면극선』(1997)은 각 지역의 가면극 대본을 채록하고 주석을 단 것이다. 무가의 경우에는 현용준이『제주도무속자료사전』(1980)에서, 박경신이『울산지방무가자료집』(1~5권, 1993)과『한국의 별신굿 무가』(1~12권, 1999)에서 각각 제주무가와 영남 무가를 채록하여 주석을 달았고, 황해도에서 월남한 김금화는『김금화의 무가집』(1995)에서 자신의 무가를 채록하였다. 판소리의 경우에는 일찍이 고창의 신재효가 판소리 여섯 바탕을 개작하여 기록한 것을 강한영이 주석한『신재효 판소리 사설집』(1971)이 나왔는데, 이것은 구비문학과 기록문학의 중간적 위치에 놓인다.

지역문학의 성격을 지니는 기록문학 작품집으로는 권영철이 영남 지방의 규방가사를 수집하여『규방가사』(1979)를 냈고, 한문학 작품을 번역한 경우는 황위주가 최근에『재영남일기(在嶺南日記)』(2006)를 번역하였는데, 이러한 기록물들은 모두 지역 문학의 관점에서 연구할 수 있는 토대를 마련했다는 점에서 그 의의가 크다.

지역문학의 영상화 작업은 판소리와 탈놀이에서 그 성과물이 나왔는데, 탈놀이의 경우 〈수영야류〉, 〈동래야류〉, 〈통영오광대〉, 〈고성오광대〉, 〈가산오광대〉, 〈봉산탈춤〉, 〈은율탈춤〉, 〈양주별산대놀이〉, 〈송파산대놀이〉, 〈하회별신굿탈놀이〉가 이미 기록영화로 제작되었다.

2) 연구

연구는 체계적인 이론화 작업을 말하는데, 기존의 연구에서 지역문학 연구라고 굳이 연구의 관점과 방법론을 표방하지 않았다 하더라도 현재의 기준에서 볼 때 지역 문학 연구에 해당한다고 분류할 수 있는 대표적인 사례를 검토해 보면서 그 성과와 한계를 점검하고, 새로운 방법론과 방향을 모색해 보기로 한다.

조동일은 『서가민요연구』(1970)와 『인물전설의 의미와 기능』(1979)에서 경상북도 영양과 영해 지방의 민요와 전설을 연구하였다. 정상박은 『오광대와 들놀음 연구』(1986)에서 경남 지역의 가면극을 연구하였고, 이균옥은 『동해안지역 무극연구』(1998)에서 영남 지역의 무극을 연구하였다. 박진태의 『하회별신굿탈놀이의 형성과 구조 연구』(1988)와 권오경의 『어사용의 유형과 사설구조 연구』(1997)는 각각 경북 지역의 탈놀이와 민요를 연구한 것이다.

강원도의 구비문학 연구는 정선아라리에 집중되어 강등학의 『정선아라리의 연구』(1988), 이현수의 『정선아라리의 전승현장과 변이양상 연구』(2005), 유명희의 『아라리연구』(2005)가 있고, 호남 지역은 나승만의 『전남지역의 들노래 연구』(1990)와 표인주의 『공동체신앙과 당신화 연구』(1996)가 각각 전남 지역의 민요와 설화를 연구하였고, 서종문의 『신재효판소리사설연구』(1984)와 정병헌의 『신재효판소리사설의 연구』(1986)에서는 전북 지역의 판소리에 대한 연구를 하였다.

이러한 연구들이 모두 엄밀한 의미에서 지역 문학적 연구인가는 면밀한 검토가 필요하지만, 일단 지역 문학의 성격을 지닌 구비문학이나 기록문학에 대한 연구라는 점은 인정할 수 있다.

3) 전시

고전문학 자료를 전시하여 관람을 통해 고전문학을 수용하게 한 기관으로는 해남의 고산 유물관, 담양의 가사 문학관, 고창의 판소리 박물관이 대표적이다. 고산 유적지 유물관에는 『고산유고집(孤山遺稿集)』과 '고산 유고 목판'이 해남 윤씨 집안의 다른 유물들과 함께 전시되어 있다. 가사 문학관은 담양이 이서의 〈낙지가〉, 송순의 〈면앙정가〉, 정철의 〈성산별곡〉·〈관동별곡〉·〈사미인곡〉·〈속미인곡〉, 정식의 〈축산별곡〉, 남극엽의 〈향음주례가〉·〈충효가〉, 유도관의 〈경술가〉·〈사미인곡〉, 남석하의 〈백발가〉·〈초당춘수곡〉·〈사친곡〉·〈원유가〉, 정해정의 〈석촌별곡〉·〈민농가〉 및 작자 미상의 효자가 등 18편에 이르는 가사 문학의 산실인 까닭에 2000년에 이러한 가사 문학 관련 문화 유산의 전승·보전과 현대적 계승·발전을 위해서 건립되었으며, 전시품으로는 가사 문학 자료를 비롯하여 송순의 『면앙집(俛仰集)』과 정철의 『송강집(松江集)』 등이 있다.[60] 판소리 박물관은 2001년에 판소리의 이론가이자 개작자요 후원자였던 동리 신재효와 진채선, 김소희 등 다수의 명창을 기념하고 판소리 전통을 계승 발전시키기 위하여 동리의 고택 자리에 설립되었는데, 판소리의 유형·무형의 자료를 수집·보존·조사·연구·전시·해석함으로써 일반 대중에게 수준 높은 판소리 예술의 교육과 감상의 기회를 제공하고 판소리의 성지화(聖地化)를 꾀하기 위해서 설립되었다.'[61]

4) 축제

고전문학을 원천으로 하여 성립된 축제는 전통 축제와 현대 축제로 구분하여 이해할 필요가 있다. 왜냐하면 성립 시기만 과거와 현재로 구분되는 것이 아니라 축제의 구조와 기능이 다르기 때문이다. 전통 축제

---

61 담양군청 홈페이지 참조. http://www.damyang.go.kr/new/index.htm

61 고창군청 홈페이지 참조. http://www.gochang.go.kr/sori/index.jsp

로는 하회별신굿, 강릉단오굿, 영산문호장굿이 대표적이다. 이들은 대체로 지역수호신의 내력이나 굿의 기원을 설명하는 신화가 전승되고, 굿은 '신의 맞이 → 신유(神遊) → 싸움굿 → 화해굿(신의 결혼 포함) → 송신'의 구조로 되어 있다. 현대 축제는 지역 수호신에 대한 신앙을 토대로 하지 않는다. 제의적인 배경도 없다. 역사적·전설적인 인물을 추모하여 제사를 지내는 경우도 있지만 전통적인 지역 수호신의 개념과는 다르다. 현대 축제로는 하회 탈춤 페스티벌과 진주 탈춤 한마당이 전통적인 탈춤을 현대 축제로 조직한 것이고, 정읍사 문화제, 김제 지평선 축제, 진도의 '신비의 바닷길 축제', 제천의 온달 축제 등이 고전문학과 관련된 현대 축제들이다. 김제의 지평선 축제와 정읍사 문화제 및 온달 축제는 현대에 와서 만들어진 축제이고, 역사적·전설적인 인물을 추모하는 제사를 지내는 경우에 해당하며, 진도의 '신비의 바닷길 축제'는 전통 축제에서 현대 축제로 변모한 경우다.

2. 상춘곡축제의 창조

〈상춘곡〉은 정극인(1401~1481)이 태인(현재의 전북 정읍시 칠보)에 우거(寓居)하면서 지은 작품이기 때문에 정읍이나 칠보에서 지역 축제로 재창조할 수 있을 것이다. 따라서 먼저 정극인의 〈상춘곡〉을 분석하고, 이를 바탕으로 축제화 방안을 모색한다.

정극인은 원래는 경기도 광주(廣州) 출신이었지만, 1437년 세종이 흥천사(興天寺)를 중건하기 위해 대토목공사를 일으키자 이를 반대하다가 유배되었다가 풀려난 뒤 처가가 있던 태인에 낙향하여 불우헌(不憂軒)이란 초사(草舍)를 짓고 그 앞의 비수천(泌水川) 주변에 송죽을 심고 밭을 갈아 경작하면서 향리 자제를 모아 가르치고 향약계축(鄕約契軸)을 만들어 풍교에 힘썼다. 그러나 1451(문종 1)년부터 다시 관직 생활을 하다가 1455년 단종의 양위를 계기로 잠시 태인에 낙향하였고, 그해 12월 다시 환로에 복귀해서 1470(성종 1)년에 치사(致仕)하였다. 그리고 1472년에 향리 자제를 교육한 공로를 인정받아 삼품산관(三品散官)의 은영(恩榮)이 내려지자 단가 〈불우헌가〉와 경기체가 〈불우헌곡〉을 창작하였다. 그렇지만 상춘곡의 창작 시기는 불분명하다. 이처럼 정극인은 환로의 영달을 추구하기보다는 선비로서의 지기(志氣)와 풍도(風度)를 고수하면서 안빈낙도(安貧樂道)하다가 81세에 생을 마쳤으며, 사후에 칠보의 무성서원(武城書院)에 배향되었다.[62]

정극인의 행적을 통하여 고려의 불교 문화에서 조선의 유교 문화로 전환하는 시기에 유교 사상을 내면화하여 실천적으로 유교 사회를 건설하려 한 사실, 정치 현실이 자신이 신봉하는 유교적 이념과 괴리될 때에는 도연명식 자기 소외와 안빈낙도의 길을 선택한 사실, 그리고 시재(詩才)가 탁월하여 다양한 장르로 작시하였으며, 특히 양반 가사(유교 가사)의 효시작인 상춘곡을 창작한 사실들을 알 수 있다. 따라서 상춘곡의 작품 해석도 이러한 맥락에서 하는 것이 타당할 것이다.

> 紅塵(홍진)에 뭇친 분네
> 이 내 生涯(생애) 엇더흔고
> 녯 사롬 風流(풍류)롤
> 미츨가 못 미츨가

---

62 한국정신문화연구원, 『한국인물대사전』, 중앙일보·중앙M&B, 1999, 1977쪽 요약 정리.

환로(宦路)의 유생과 강호의 작가를 대립시키고 옛 성현의 풍류와 자신의 풍류를 비교하여 공간적으로는 중앙 조정과 향촌의 소통을 꾀하고, 시간적으로는 현재와 과거를 통합하려 한다.

天地間(천지간) 男子(남자) 몸이

날만흔 이 하건마는

山林(산림)에 뭇처 이셔

至樂(지락)을 ᄆ롤 것가

數間茅屋(수간모옥)을

碧溪水(벽계수) 앏픠 두고

松竹(송죽) 鬱鬱裏(울울리)예

풍월주인(風月主人) 되여셔라

엊그제 겨울 지나

새 봄이 도라오니

桃花杏花(도화행화)는

夕陽裏(석양리)예 퓌여 잇고

綠楊芳草(녹양방초)는

細雨中(세우중)에 프르도다

칼로 몰아 낸가

붓으로 그려 낸가

造化神功(조화신공)이

物物(물물)마다 헌ᄉ롭다

수풀에 우는 새는

春氣(춘기)롤 못내 계워

소릭마다 嬌態(교태)로다

物我一體(물아일체)어니

興(흥)이이 다롤소냐

　산림과 풍월주인, 곧 자연과 인간이 조화를 이룬 사실을 서술하고, 다시 봄철을 맞이하여 물아일체(物我一體)의 세계에서 새가 춘기(春氣)가 충만하고 흥에 겨워서 운다고 서술하였다. 물아일체의 경지를 인간과 새의 경우로 나누어 서술한 것이다.

柴扉(시비)예 거러 보고

亭子(정자)애 안자 보니

逍遙吟詠(소요음영)ㅎ야

山日(산일)이 寂寂(적적)흔디

閒中眞味(한중진미)룰

알 니 업시 호재로다

이바 니웃드라

山水(산수) 구경 가쟈스라

踏靑(답청)으란 오늘 ㅎ고

浴沂(욕기)란 來日(내일)ㅎ새

아춤에 採山(채산)ㅎ고

나조히 釣水(조수)ㅎ새

　작가 혼자서 즐기는 풍류를 서술한 데 이어서 이웃에게 풍류를 함께 즐기자고 청유하여 귀향(歸鄕)이 작가가 세상과 완전히 절연한 것이 아니고, 작가의 마음이 항상 사회 현실에 대해 열려 있음을 알 수 있다. 자연에 절대적으로 귀의하는 강호가도(江湖歌道)가 아니고, 정치 현실의 상항 변화에 따라 현실 복귀가 가능하였던 것이다.

> ᄀ 괴여 닉은 술을
> 葛巾(갈건)으로 밧타 노코
> 곳 나모 가지 것거
> 수 노코 먹으리라
> 和風(화풍)이 건듯 부러
> 綠水(녹수)를 건너오니
> 淸香(청향)은 잔에 지고
> 落紅(낙홍)은 옷새 진다
> 樽中(준중)이 뷔엿거든
> 날드려 알외여라
>
> 小童(소동) 아히드려
> 酒家(주가)에 술을 믈어
> 얼운은 막대 집고
> 아히는 술을 메고
> 微吟緩步(미음완보)ᄒ야
> 시냇 ᄀ의 호자 안자
> 明沙(명사) 조흔 믈에
> 잔 시어 부어 들고
> 淸流(청류)를 굽어보니
> 쩌오느니 桃花(도화)ㅣ로다

武陵(무릉)이 갓갑도다

져 미이 긘 거인고

　

이 부분은 술 문화를 표현하고 있다. 그런데 앞부분은 집에서 만든 술이고, 뒷부분은 주가(酒家)에서 만든 술이다. 앞의 것이 개인적 술에 의해 물아일체 경지에의 몰입이라면, 뒤의 것은 사회적인 술에 의한 물아일체 경지에의 몰입이다.

작가는 춘기가 충만한 자연 속에서 혼자서 풍류를 즐기다가 이웃과 같이 즐기자고 하듯이 술에 의한 흥취도 집안의 술이 떨어지면 주가의 술로 충당하려고 하는 점에서 고립적이지 않고 사회지향적이다.

松間(송간) 細路(세로)에

杜鵑花(두견화)롤 부치들고

峰頭(봉두)에 급피 올나

구름 소긔 안자 보니

千村萬落(천촌만락)이

곳곳이 버러 잇너

煙霞日輝(연하일휘)는

錦繡(금수)롤 재폇는 닷

엊그제 검은 들이

봄빗도 有餘(유여)홀샤

　

작가는 무릉도원을 찾아 산봉우리에 올라 고원(高遠)하고 초연(超然)한 세계인 구름 속에 앉지만 마을과 춘광(春光) 또는 춘색(春色)이 충만한 들판을 바라보고 역설적으로 유토피아와 현실을 통합적으로 인식한다. 현실을 부정하는 유토피아 사상이 아니라 현실에서 유토피아를 건설하려는 실천 사상인 것이다.

功名(공명)도 날 씌우고
富貴(부귀)도 날 씌우니
淸風明月(청풍명월) 外(외)에
엇던 벗이 잇스올고
簞瓢陋巷(단표누항)에
훗튼 혜음 아니ᄒ닉

아모타 百年行樂(백년행락)이
이만ᄒ둘 엇지ᄒ리[63]

부귀공명을 멀리하고 단표누항에서 청풍명월을 벗을 삼는 현재를 지속시켜 평생토록 안빈낙도의 생활을 하겠다는 의지의 표명이므로 현재와 미래의 통합이다. 이같이 상춘곡은 현재와 과거의 통합으로 시작해서 현재와 미래의 통합으로 끝맺는데, 작가의 현재는 춘기가 충만한 자연 속에서 물아일체의 경지에 몰입하여 춘흥에 겨워 풍류를 즐기고, 술에 의해 도도해진 취흥 때문에 유토피아를 찾아 나서는 단표누항, 곧 안빈낙도의 전원생활이다.

결국 상춘곡에서 도출할 수 있는 정극인의 사상은 자연 친화 사상, 이상적인 지역 공동체 건설에의 참여, 마음의 평화를 추구하는 비움의 철학으로 집약되는데, 지역 축제로 '상춘곡 축제'를 개발한다면, 봄철에 자

---

63 이상보, 『한국가사선집』, 집문당, 1979, 52~54쪽.

연에 충만한 춘기를 흡수하여 춘흥을 만끽한다는 점에서는 우선 축제의 시기는 '봄 축제'로 해야 하고, 다음으로 산세가 수려하고 강물이 청정한 자연 환경을 활용해야겠다. 둘째로 지역 공동체 의식과 관련해서는 정극인이 제정한 우리나라 최초의 '향약'을 부각시켜 동양 최대의 '향약 자료관'을 건립하거나,[64] 축제와 연계시켜 '무성서원'[65]의 제사를 지내는 방안도 강구할 필요가 있다. 셋째로 비움의 철학과 관련해서는 정극인의 사상과 문학을 이해시키기 위해서 '정극인 문학관'을 건립하고, 봄을 소재로 한 백일장이나 문학 작품 공모전—사진전, 무용 대회, 음악제, 꽃 전시회 등 포함—도 개최할 수 있겠다. 그리고 〈상춘곡〉에서 술이 주요한 소재로 사용되었으므로 술 축제도 겸하면 좋겠으나, 토속주가 없으므로 '유상곡수(流觴曲水)'의 유적지를 발굴 복원하는 것이 더 효과적일 것 같다. 유상곡수를 중점적으로 부각시켜 축제의 명칭을 아예 '유상곡수 축제'라 하는 방안도 고려해 볼 만하다.

유상곡수는 중국에서 전래한 풍속으로 경주의 포석정이 대표적인 사례로 알려져 왔으나, 최근에 칠보에서 그 유적지가 발견되었다고 한다. 한족(漢族)의 전통적인 절일(節日)의 하나인 상사절(上巳節)은 삼월의 첫 번째 뱀날을 상사일(上巳日)이라 하는데, 그 기원설은 두 가지다. 하나는 주공이 낙읍(洛邑)에 도읍을 정하고 흐르는 물에 술잔을 띄우고 잔치를 연 데서 유래한다는 설이고, 또 하나는 주나라 때 무녀가 설날에

---

64 지금은 고현향약과 무성서원의 자료를 관람할 수 있는 '태산선비문화사료관'이 건립되어 있다.

65 고운 최치원이 신라 정강왕(定康王) 1년에 태산군수로 부임했다가 합천군수로 떠나자 월연대(月延臺; 현재의 칠보면 무성리)에 생사당을 짓고 태산사(泰山祠)라 불렀는데, 조선 중종 39(1544)년에 태인현감으로 부임하여 7년간 선정을 베푼 신잠을 위해 세운 생사당과 합쳐 숙종 22(1696)년에 무성서원이라 하였으며, 최치원과 신잠 이외에도 정극인, 송세림, 정언충, 김약묵, 김관 등이 배향되어 있다.

향초로 목욕을 하여 액땜한 데서 유래한다는 설이다. 후자의 경우 춘추시대 정(鄭)나라에서는 두 개의 물줄기가 만나는 지점에서 혼백을 부르고 난초(蘭草)를 쥐고서 불상(不祥)을 없앴다고 한다. 상사일이 절일로 확정된 것은 한나라 때이며, 동쪽으로 흐르는 물에 몸을 씻어 재액을 없애고 병을 예방하였는데, 뒤에는 물가의 잔치와 아들 낳기를 비는 풍속이 보태졌다. 위진(魏晋) 시대에는 상사일에서 3월 3일로 바뀌었으며, 진나라 왕희지(王羲之)는 난정(蘭亭)의 불계(祓禊) 행사에서 시를 읊고 술을 마시며 유상곡수를 즐겼다고 한다. 또 남조에서는 3월 3일에 귀족이나 서민이나 모두 강이나 연못의 물가에 가서 곡수(曲水)에 술잔을 띄워 술을 마셨다. 당나라 때는 곡강(曲江)에서 잔치를 열고, 술을 마셔 액땜을 하고, 또 답청(踏靑)을 하였다. 송나라 때는 아들 낳기를 비는 풍속이 있었다. 원나라 때에도 물 위에서 길상을 맞는 오락이 있었으나, 명·청나라 이후로는 불계(祓禊)의 의미는 감소하고 술잔 띄우기, 계란 띄우기, 봄 구경, 답청, 노래판 같은 오락 활동을 하는 춘유절(春游節)로 변하였다.[66]

이처럼 중국의 유상곡수는 일찍이 주나라 때부터 푸닥거리와 잔치의 두 가지 기능을 지녔는데, 왕희지는 자연의 곡수가 아니라 인공의 곡수를 조성하여 유상곡수를 즐겼으며, 그것이 신라에 전해져 경주 남산 밑의 포석정이 만들어졌던 것이다. 한국도 삼월 상사일에 계욕(禊浴)하는 풍속이 일찍부터 전승된 사실은 『삼국유사(三國遺事)』의 '가락국기(駕洛國記)' 조를 통해 확인된다. 곧 금관가야국에서 가락국인들이 구지봉에서 김수로 신군을 맞이한 날이 계욕일이었다.

칠보 지방의 유상곡수가 계욕과 관련된 것인지, 아니면 봄철 오락으

---

66 『중국풍속사전』, 상해사서출판사, 1991, 10~11쪽의 내용을 간추려 번역함.

로 행해진 것인지 정밀한 현지 조사와 유적지 발굴을 실시해 봐야 그 내용과 성격이 밝혀지겠지만, 아무튼 상춘곡에 "踏靑(답청)이란 오늘 ᄒᆞ고 浴沂(욕기)란 來日(내일)ᄒᆞ새"란 말이 들어 있기 때문에 유상곡수와 상춘곡의 관련성이 확인된다. 따라서 '상춘곡 축제'에서 유상곡수 놀이가 중심적인 위치를 차지해도 무방할 것 같다. 다시 말해서 '상춘곡 축제'를 '유상곡수 축제'로 특성화해서 경쟁력 있는 축제로 성공시키는 전략도 고려할 필요가 있다.

이러한 상춘곡의 축제화 문제는 그 타당성과 효율성 면에서 다음과 같은 몇 가지 사실들이 지적될 수 있다. 먼저 상춘곡이 중등학교 국어 교과서나 문학 교과서에 수록되어 있어 축제의 인지도를 높이는 데 있어서 전략적으로 유리하다. 둘째로 자연이 정복의 대상이 아니고 보존의 대상이 되어야 한다는 생태학적 사고가 확산되는 시점에서 상춘곡의 무대가 되는 칠보 지방의 자연 환경이 세인의 궁금증과 호기심을 끌도록 유도하기가 용이하다. 셋째로 상춘곡에 들어 있는 정극인의 사상, 곧 자연 친화 사상, 이상적인 지역 공동체 건설에의 참여, 마음의 평화를 추구하는 비움의 철학은 현대인에게도 유익하고 필요하기 때문에 공감대 형성이 용이하다고 본다. 넷째로 '상춘곡 축제'를 고전시가 상춘곡의 교육에 활용할 수 있으며, 또 문학 기행의 대상지로 개발하면 국어 교육 내지 문학 교육에 있어서 상승효과를 낼 수 있을 것이다. 다섯째로 날로 피폐해져 가는 농촌 지역을 문화 공간으로 부활시켜 인간과 자연과 문화가 조화를 이루는 유토피아로 도시인이 삶의 의미를 되새기고 활력을 재충전할 수 있는 휴양지와 관광지 구실을 하게 만들 수 있다. 여섯째로 지역에 뿌리를 둔 지역 문화와 지역 문학을 창조하는 계기를 만들 수 있다. 마지막으로 중앙집권적 정치행정 체제에서 지방분권적 사회로 전환시켜 지역별로 특장을 살리고 전국이 균형적 성장을 이룩하도록 함에 있어서 〈상춘곡〉과 같은 지역적인 고전문학의 재창조가 기여할 수 있다고 판단된다.

정극인은 정치 현실의 한계에 부딪혔을 때 고향과 자연을 '고립과 실의'의 공간으로 인식하지 않고, '가능과 창조'의 공간으로 인식하는 지혜를 발휘하였다. 미국의 예를 들면, 〈늑대와 함께 춤을〉이나 〈가을의 전설〉과 같은 영화에서 인디안 문화와 백인 문화를 '미개/문명'으로 보지 않고 '지혜와 생명력의 원천/위선과 불모성'으로 바라보는 시각과 인식의 전환을 보였다. 고전문학의 현대적 계승이 중앙이 아닌 지방에서 이루어지는 것이 '문화의 지방화'다. 지방은 더 이상 낙후와 미개의 표상이 될 수 없다. 판소리에서 볼 수 있듯이 개화기 이전에는 지방 문화, 지방 문학이 중앙 문화, 중앙 문학의 원천이 되고, 진원지가 되었다. 이것이 지역문학에서 영감을 얻어 지역 사회와 지역 문화를 발전시켜야 할 이유이다.

【부 록】

【부록 1】 『이두현, 민속축제와 만나다』(이두현, 민속원, 2012) 의 서평

민속축제란 무엇인가? 민속으로서 전승되어온 축제라는 뜻으로 보면, 현대사회에서 인위적으로 만들어진 현대축제와 구별되는 전통축제라는 개념이 되고, 민간사회의 축제로 보면 지배층이나 엘리트집단의 축제와 대립되는 민중축제가 된다. 여기서는 전자의 뜻으로 사용한다. 축제는 무엇인가? 서구학자들은 '신성성이 부여되는 시간', '사회적 통합을 위해 기능하는 일종의 종교 형태', '일상적 질서의 전도와 난장트기', '인간의 유희본능의 문화적 표현', '일상으로부터 탈출하여 특별한 사건이나 존재를 경축하거나 기념하는 시간 갖기', '일상적인 시간과 공간을 탈출하여 특정한 시간과 공간에서 비일상적인 삶을 체험하여 인간을 갱신시키고 일상적인 삶을 고양시키는 각본화된 사건' 등 다양하게 정의하는데, 크게 두 가지 입장으로 갈린다. 하나는 신성과 세속의 이분법에 근거한 종교적 행사로 보는 관점이고, 다른 하나는 일상적이고 노동하는 현실을 탈출하여 유희본능을 충족시키는 비일상적이고 비생산적인 표현문화로 보는 관점이다.

한국학자들은 일반적으로 종교적인 제의(Ritual)와 유희적인 축제(Festival)로 구분한다. 고유한 우리말로는 굿, 잔치, 놀이, 마당이 있는데, 굿은 제의에, 나머지는 축제에 해당한다. 그러나 신라·고려 시대의 연등회가 부처에게 연등공양을 하는 왕이 연회를 베풀어 군신동락(君臣同樂)을 꾀했듯이 제의 속에서 유희적 욕구를 충족시켰고, 지금 전승되는 별신굿을 보아도 오신(娛神) 행위로 가·무·악·희·극(歌舞樂戲劇)을 연행하기 때문에 제의와 축제를 엄밀하게 구분하기 어렵다. 따라서 제의가 주술종교성이 축소되고 오락유희성이 증대되면서 축제로 변하고, 축제 속에 제의적 요소가 잔존한다고 보는 관점을 취하는 것이 타당하며, 따라서 축제가 제의를 포괄하는 보다 광의적 개념이라 할 수 있다.

과거의 축제가 현재에도 전승되고, 현대적인 축제가 새롭게 만들어지는 이유는 축제의 기능 때문인데, 축제의 기능은 네 가지로 집약된다. 첫째가 주술이나 귀신에 의해 풍요다산을 이룩하고 악귀와 질병을 퇴치하고, 인간의 공포심과 불안감을 해소하려는 신앙적·종교적 기능이고, 둘째가 공동체의 구성원이 역할을 분담하도록 조직하고, 유대감과 협동 단결심을 강화하는 사회적·정치적 기능이고, 셋째가 생산 활동을 중단하고 표현 욕구를 충족시키며 금기와 규범을 벗어나 자유와 일탈의 세계를 체험하게 하는 오락적·예술적 기능이고, 넷째가 풍농과 풍어를 기원하고, 관광수입과 토산물 판매량을 증대시키는 경제적 기능이다.

이러한 축제의 기능을 축제 역사의 관점에서 보면, 동서양을 막론하고 종교적·사회적 기능을 보다 중시하다가 오락적·경제적 기능이 확대되는 방향으로 변해왔는데, 우리나라의 경우에는 1990년대에 지방자치 제도가 실시됨에 따라 지역문화의 정체성 찾기와 지역민의 단합 도모 및 지역 토산품이나 특산품의 판촉을 목적으로 지방자치 단체마다 축제를 경쟁적으로 개발하여 지역문화축제의 전성시대를 열었다. 그리하여 전통적인 제의적·민속적 축제와 현대적인 이벤트성·비즈니스성 축제가 공존하게 되었다. 그런 가운데 전통축제의 구조와 원리에 근거해 복제품이 만들어지기도 하고, 전통축제도 현대화하여 지역민을 위한 축제에서 관광객을 위한 축제로 변신하였다. 그리고 한국 축제의 세계화도 추진되었다.

이러한 축제의 변화에 상응하여 학문적 연구도 활발하게 이루어졌는데, 연구사를 연구방법 중심으로 정리하면 다음과 같다. 첫째가 축제의 역사적·문화적 연구로 대표적 업적으로『향토축제의 현대적 의의』(장주근, 1982),『축제와 문화』(이승종 외, 2003) 등이 있고, 둘째는 축제의 민속학적·인류학적 연구로『축제인류학』(류정아, 2003),『축제민속학』(표인주, 2007) 등이 있고, 셋째는 축제의 연희·예술성 연구로『놀이문화와 축제』(이상일, 1988),『세계의 축제와 공연문화』(박진태 외, 2004) 등이 있는데, 이들 세 경우는 모두 전통축제에 대한 연구들이다. 그리고 현대축제에 대한 연구로는 먼저 축제창조론으로『새로운 축제의 창조와 전통축제의 변용』(이승수, 2003),『지역문화와 축제－기획과 연출』(박진규 외, 2005) 등이 있고, 다음으로 축제의 관광·경영론으로『관광과 축제이벤트론』(김동혁, 2000),『세계축제경영』(김춘식 외, 2002),『민속과 축제의 관광적 해석』(이광진, 2004) 등이 있고, 셋째로 축제정책에 관한 저서로『한국의 지역축제』(문화체육부, 1996),『문화관광축제』(문화관광부, 2003),『축제정책과 지역현황－문화권력』(진인혜, 2006) 등이 있다. 끝으로 외국의 축제를 소개한 책으로『아시아인의 축제와 삶』(김선풍, 2001),『유럽의 축제문화』(류정아 외, 2003) 등이 있다.

최근에 발간된『이두현, 민속축제와 만나다』(민속원, 2012.1)는 "세계 민속축제의 기행"(13편)과 "한국 민속축제의 향기"(7편)로 분류가 되어 있다. 그러나 한국과 외국의 축제현장을 참여관찰하고 기록한 본격적인 조사보고서나 축제민속지가 아니고, 축제기행문의 성격을 띤다. 더군다나 축제에 관련된 내용만이 아니라 야외민속박물관 답사기도 포함되어 있다. 한국탈춤 공연단을 인솔하여 국제민속축제에 참가하거나 해외초청공연을 하면서 겪은 체험담이 주를 이룬다. 그리고 국내 민속축제도 민속가면극과 관련된 것들에 제한되어 있다. 이러한 특징은 저자가 한국의 연극사를 연구하면서 민속학으로 영역을 확장하여 『한국신극사연구』(1966)와 『한국가면극』(1969) 및 『한국연극사』(1981)에 이어서 『한국민속학논고』(1984)와 『한국무속과 연희』(1996)를 저술한 데서 이해의 실마리를 찾을 수 있다.

저자는 근대극을 연구한 다음에 고전극을 연구함에 있어서 문헌학적 연구의 한계를 보완하기 위하여 민속학적 연구방법도 병행시켰으며, 민속극의 배경을 구명하기 위해서 민속신앙과 민속의례 및 민속연희와 세시풍속을 현지조사하고 연구하였던 것이다. 그리하여 민속극을 굿과 놀이라는 개념으로 접근하였으며, 축제라는 개념으로 접근하지는 않았다. 그러나 「한국축제의 향방」(1988)이라는 논문에서 우리나라의 전통축제의 역사를 나라굿(국가행사)과 마을굿의 이원구조로 파악함으로써 비로소 민속가면극을 축제로 인식하기에 이르렀다. 그리고 88올림픽을 세계적인 축제문화로 치룰 기대감을 표시하면서도 디즈니랜드와 같은 하이퍼 컬처(hyper-culture)에 대해서는 비판적인 시각을 보였다. 당연히 예상되는 한국 축제의 향방을 우려하였는데, 저자의 기우가 현실화되어 1990년대 후반부터 보여주기 위한, 관광상품화된 축제의 시대가 시작되었다.

"세계 도처에서 급속히 산업화와 공업화, 그리고 도시화가 촉진되고 있는 현 시점에서 각 민족의 전통문화는 인멸의 위기에 직면하고 있으므로 모든 기록보존의 방법과 수단을 동원하여 각 민족의 민족지(民族誌)를 기록하여 후세에 넘겨주어야 하는 것"(15쪽)이 인류학자의 학문적 임무이고 시대적 사명이라고 생각한 저자인지라 일본의 농촌 마츠리에 대해서는 향수와 애착을 느끼고 관광화된 도시 마츠리에 대해서는 거부감을 느꼈다(147~148쪽). 그러나 스위스 바젤의 파스트나하트(Fastnacht)—고적대와 브라스밴드의 행진곡에 맞춘 가장행렬의 경연대회—를 보고서는 "각 크리크(조)별로 가면을 쓰고 의상을 갖추었으나 그 내용은 전통적인 것과 함께 시사적인 것으로 정치풍자와 더불어 공해추방에 이르기까지 다양하였다. 가면이 새로운 것이 주류를 이루어 다소 실망하였으나, 이것은 공업도시이며, 프로테스탄트 지방인 바젤의 특수성에서 오는 것으로 도시형 카니발의 한 양상이며, 시사적인 것을 반영한 새 가면들을 만들어 쓴다. 그럼으로 해서 오늘의 생활 속에서도 이렇게 성대하게 그 생명력을 유지하는 것이 아닐까 생각되었다"(41쪽)라고 말하여 전통축제의 현대적 변용을 긍정적으로 수용하기도 하였다.

요컨대 이 책은 저자가 현지조사를 주요 연구방법으로 한 한국민속가면극의 연구자로 머물지 않고 문화운동가로서 탈춤 공연단을 인솔하여 유럽과 일본 및 동남아시아의 국제민속축제 페스티벌에 참가한 체험담을 기록한 축제기행문이지만—물론 외국 야외민속박물관 답사기나 문화기행문도 일부 포함되어 있다—, 제의적 맥락의 전통축제와 민속예술을 재구성하여 무대화한 축제 및 현대적 관점에서 창조된 축제 등 세 가지 종류의 축제에 관한 문제의식을 다시금 상기시켜준다. 따라서 저자의 민속학 연구사와 축제에 대한 인식의 변화 과정을 보여줄 뿐만 아니라 국내외의 축제의 역사를 조망하고 연구의 관점을 수립하게 해주는 점에서 학술적 의의를 지닌다. 그리고 풍부한 사진자료도 자료적 가치가 커서 세계축제의 연구에 활용할 수 있겠다.

이 책의 독법(讀法)으로는 글과 사진을 대조하면서 저자의 여행을 추체험하는 일반적인 기행문읽기를 먼저 고려할 수 있겠지만, 민속학이 과거과학이 아니라 현재과학이 되어야 한다는 인식 아래 민속조사와 민속기행을 하면서 민속문화의 보존과 함께 현대적 계승을 모색하는 저자의 실천가적 면모를 추적하는 독법도 가능하다. 그리고 한국민속가면극에 대한 학문적 연구 성과를 바탕으로 일찍이 1970년대에 미국과 유럽에 작품을 소개한 선구자적 업적을 회고하면서 한국학의 세계화 전략의 모형을 설계하는 독법도 권하고 싶다.

(「대한민국학술원통신」 제226호, 2012.5.1)

【부록 2】 장승축제의 창조 : "나무야! 놀자"

배경 : 대구대학교 개교50주년 및 현대목칠공예전시관 개관기념이벤트
일시 : 2006. 5. 12(금) 오후 1시~3시
장소 : 중앙박물관 야외전시장 및 성산홀 1층 로비

장승 제작 : '갈촌장승박물관'의 이도열(관장) · 이재명 팀
풍물 : 대구대학교 동아리 '우리마당'
민요 : 이현수(아시아대학교 교수, 정선아라리 이수자)

□ 전통적인 장승에 대한 토막상식 알기

장승은 전통적인 목공예로 지역수호신의 신상(神像)이나 경계표지나
이정표의 구실을 하였다.
재료는 나무나 돌을 주로 사용하였다.
조형적인 특징은 벙거지를 쓴 형상, 관모(冠帽)를 쓴 형상, 뿌리 달린
나무를 거꾸로 세운 형상 등 몇 가지 유형이 있으나, 모두 '강력한 힘'을
상징하고, 공포와 포용이 혼합된 표정이다.
'천하대장군', '지하여장군'으로 음양 구조로 되어 있는 경우가 대부분
이지만, '중앙황제장군', '동방청제장군', '서방백제장군', '남방적제장군',
'북방흑제장군'으로 오방신장인 경우도 있다.

장승을 세울 때에는 장승고사를 지낸다.

□ 이번 장승축제는 새로운 개념의 장승이다.

이번 장승축제의 장승은 '웰컴 투 대구대학교', '웰컴 투 중앙박물관'이라는 글을 써서 성산홀 1층 로비에 세운다.

성산홀에 들어오는 손님을 맞이하는 구실을 하는 것이다.

표정도 무서운 장승이 아니라 웃는 장승, 친근감을 주는 장승, 포용하는 장승이다.

피부색, 언어, 관습, 종교, 국가가 달라도 소통과 이해와 사랑이 가능하다는 믿음의 표상이다.

예전에도 사찰의 입구에는 경계표지로 장승을 세웠는데, 이에서 영감을 얻었다.

□ 21세기형 장승축제는 어떻게 하는가?

1. 장승 제작 시연 : 중앙박물관의 야외전시장에서 장승 제작을 시연한다.

도끼로 소나무를 찍어내고 깎아내고 다듬어 장승의 이목구비를 만든다.

2. 길놀이 : 완성된 장승을 메고 풍물을 치며 캠퍼스를 일주하며 캠퍼스 안에 있는 사기(邪氣)와 악귀를 몰아내어 정화시키고, 대구대학의 안전과 평화를 기원해야 하는데, 이번 장승은 새로운 개념의 장승이므로 장승을 설치 장소로 운반하는 행렬이 되며, 장승을 매개로 하여 공동체의식을 불러일으키는 구실을 한다.

3. 장승 고사 : 장승은 대구대학을 찾아오는 손님을 환영하여 아름다

운 만남을 이루고, 지역대학 50년을 발판으로 삼아 세계대학으로 웅비하려는 대구대인의 염원과 의지를 상징한다. 따라서 돼지머리 없이 떡시루만 차려놓고, 고사덕담 대신 아리랑을 불러도 흥겨운 장승잔치가 된다. 참여자 전원이 한데 어울려 흥과 신명을 풀며 한마음 한뜻이 되어 대구대학의 발전을 위하여 단결하고 협동할 것을 다짐한다.

□ 박물관에서 장승축제를 하는 이유는 무엇인가?

중앙박물관은 '과거와 현재에서 영감(靈感)과 꿈을 찾는다'는 비전을 제시하고, 이를 실현시키기 위하여 '함께 하는 박물관', '움직이는 박물관', '살아있는 박물관'이라는 전략을 세웠다. '함께 하는 박물관'이란 전문가의 연구를 위하기보다는 교육적 기능을 강화한다는 뜻이고, '움직이는 박물관'이란 소외지대와 낙후지역을 찾아간다는 뜻이고, '살아있는 박물관'이란 공연과 휴식이 있는 공간으로 만든다는 뜻이다.

완성품 장승을 전시하는 박물관에서 장승을 만들고 길놀이를 하고, 고사를 지내는 일련의 과정을 연행함으로써 '퍼포먼스가 있는 박물관'을 새롭게 선보인다.

□ 영화이야기로 장승축제의 즐거움을 배가시키기

'공공의 적'이란 영화가 있다. 1편에서는 부모를 살해한 흉악범이 '공공(公共)의 적'이고, 2편에서는 비리사학이 '공공의 적'이다. 사회의 질서를 파괴하고 비도덕인 이기주의자가 공공의 적으로서 응징의 대상이 된다.

장승전설을 보면, 장승이 마을 공동체를 공공의 적으로부터 보호하는 구실을 하게 된 내력을 밝힌다. 장정승이 딸과 근친결혼을 하였기 때문에 처형되어 장승이 되었다는 것이다. 장정승은 공동체의 질서를 파괴하였기 때문에 응징되었는데, 죽어서는 도리어 공동체를 수호하는 신이 되었다는 역설(逆說)－파괴자가 수호자가 된다는 역설－은 사형수를 전쟁영웅으로 만들어 면죄부를 주는 실화에서 입증된다.

창조의 신이 동시에 파괴의 신이 되기도 하는 이 기막힌 역설! 극(極)과 극은 통한다고 했던가? 장승의 '역설의 미학'은 뿌리가 달린 나무를 거꾸로 세운 장승의 카리스마가 보다 더 강력하다는 믿음에서 다시 한 번 구체화된다.

□ 빡빡이가족의 장승퀴즈

질문 : "'장정승'에서 가운데의 '정'자를 빼면 ('장승'이다.)"
대답 : "정(情)이 없어졌어요."

질문 : "성산홀 1층 로비에서 2층으로 올라가는 곳의 경계~표지는?"
대답 : "계단"

질문 : "장승을 나무로 만들면 '목장승'이고, 돌로 만들면 무슨 장승?"
대답 : "머리장승"

【부록 3】 동북아시아의 가면극과 가면

동아시아에서 현재도 전승되고 있는 가면극은 한국의 무당탈굿과 광대탈놀이, 중국의 나희(儺戲), 일본의 가구라[신악(神樂)]와 노오능(能)가 있다. 이 가운데 중국의 나희는 전국적으로 분포되어 지역적 차이를 보이는데, 귀주성의 이족의 초텐지[변인희(變人戲)]와 토가족의 나당희(儺堂戲) 및 한족의 지희(地戲)가 대표적이다. 그리고 티베트에는 참법무(法舞)]과 라모[장희(藏戲)]가 있다. 티베트와 장족은 중국령과 인도령으로 갈라져 있지만, 역사적·종교적·사회문화적 배경이 다르므로 티베트의 가면극을 중국의 가면극과 분리하여 다룬다. 그리하여 한·중·일·티베트의 가면극과 가면을 비교해본다.

1. 동북아시아의 가면극과 제의의 관계

1) 한국의 가면극

(1) 무당탈굿

무당탈굿은 무당이 탈을 얼굴이나 이마에 착용하고 연행한다. 영산할멈할아범거리는 어로신 부부가 그물로 고기를 잡아주고, 영감놀이는 영감이 해녀에게 빙의된 동생도깨비를 데려가고, 할미광대놀이는 무조신(巫祖神)인 할미가 굿을 하고 되돌아가고, 중광대놀이는 제석신인 중이 마을에 내려와 여자를 찾는 식으로 신이 현신하여 직능을 수행한다. 그리고 탈놀음굿은 영감이 첩살림을 하다가 할미와 아들한테 들키고 불화가 생겨 죽으나 소생하고, 전상놀이는 장님부부가 추방한 딸을 만나 눈을 뜨는 식으로 신이 된 내력을 재현한다. 그러나 범탈굿은 포수가 범을 사살함으로써 호환을 예방하려는 주술행위에 다름 아니다.

이러한 탈굿은 독립적인 굿거리로 성립되어 있지만, 굿거리의 연합체인 큰굿의 한 거리로 연행된다. 굿거리는 무당이 무가나 춤에 의하여 신을 강신시켜 신격으로 전환하고, 무당굿놀이는 분장이나 말에 의하여 극중 인물이 되지만, 탈굿은 탈을 착용하여 변신한다. 강신무는 빙의(憑依) 원리에 의해서, 세습무는 모방원리에 의해서 신의 역할을 하지만, 탈굿은 가면의 동일화 원리에 의해서 인격전환을 하는 것이다.

(2) 광대탈놀이

광대탈놀이는 무당이 아니라 민간인이 탈을 착용하고 연행하는데, 제의적 탈놀이(하회별신굿탈놀이, 강릉단오굿탈놀이, 자인팔광대놀이, 수영들놀음, 가산오광대, 북청사자놀음)와 오락적 탈놀이(봉산탈춤, 강령탈춤, 은율탈춤, 양주별산대놀이, 송파산대놀이, 통영오광대, 고성오광대, 동래들놀음, 남사당패 덧뵈기)로 양분된다. 전자는 서낭굿(하회, 강릉, 자인), 산신제(동래), 당산제(가산) 등과 같은 지역수호신을 위한 공동체 제의의 맥락에서 연행되고, 후자는 제의와의 관련성 없이 독립적으로 연행된다. 그리고 전자는 '팻대춤-탈놀이'(강릉), '무동춤-탈놀이'(하회), '여원무-탈놀이'(자인)와 같이 신무(神舞)를 추고 탈놀이를 하는 경우와 '덧베기춤놀이-탈놀이'(수영), '탈놀이-파제(罷祭)굿'(가산)처럼 집단적으로 신명풀이를 하는 대동춤과 구조화된 판놀음으로 구성된 경우로 양분되어 춤과 연극의 양식적 분화를 보인다. 그리고 후자는 다시 지역공동체를 전승기반으로 하는 경우와 유랑집단에 의해서 탈지역화를 일으킨 경우(덧뵈기)로 양분된다.

하회별신굿탈놀이는 제관이-예전에는 무당이-서낭당에서 서낭신을 서낭대에 강신시켜 도령당과 삼신당을 거쳐 임시신당에 좌정시키고, 무당이 집집마다 돌아다니면서 지신밟기를 하여 악귀를 내쫓고 명복을 빈 다음 송신시키는 서낭굿과 각시광대가 서낭신의 가면을 쓰고 무동춤을 추고 걸립을 한 뒤 도령신과 결혼하는 각시광대놀이가 병행된다. 서낭신에게 봉헌되는 탈놀이는 주지마당, 백정마당, 할미마당, 중마당, 양반선비마당인데, 암수 주지가 춤을 추고 싸움을 하여 탈판을 정화시키고, 백정이 황소를 도살하여 제물을 바치고, 할미를 속죄양으로 삼아 겨울과 죽음을 추방하고, 중과 부네의 성적 결합을 통하여 여름과의 통합을 꾀하고, 양반과 선비와 부네의 삼각관계를 통하여 여름과의 통합을 촉진시킨다. 하회별신굿탈놀이는 섣달 그믐날 신을 맞이하여 정월 보름날 송신시키는 송구영신의 신년의례를 극화한 탈놀이로 마을의 무사태평과 풍요다산을 기원한다. 이처럼 하회별신굿탈놀이는 무당이 거행하는 서낭굿 속에서 민간인 광대들이 탈놀이를 하였다.

2) 중국의 가면극

(1) 나당희

나당희는 무교와 도교가 융합된 모산교(茅山敎)와 사낭교(師娘敎)의 제사의식과 종교예술로 투쟈족(土家族)의 세습무인 토로사(土老師)나 단공(端公)이 나단(儺壇)을 조직하여 충나환원(冲儺還願)¹을 위해 연행하기 때문에 나단희(儺壇戲)나 나원희(儺願戲)라고도 한다. 나당희는 내단과 외단, 곧 나의(儺儀)와 나희(儺戲)의 이중구조로 되어 있는 바, 신령들을 영신하여(개단, 발문경조, 탑교, 입루), 희생을 바치고(판생, 당백, 상숙), 신령들을 화해시키고(화희교표), 역신과 악귀를 퇴치하고(차발오창, 포라살망, 조선창화), 신령들을 되돌려 보내는(대유나) 나의 속에서 도원동의 24명 희신(戲神)을 맞이하여(개동), 희생을 바치고(영생), 악귀를 퇴치하고(개로, 개산, 토지, 대왕창선봉, 관공참채양), 다시 도원동으로 회송시키는(구부판관) 나희를 연행한다. 곧 '영신제의 → 축귀제의 → 희생제의 →[영신제의극 → 희생제의극 → 축귀제의극 → 송신제의극] → 송신제의'의 이중구조로 되어 있는 것이다.

나희의 내용은 지반이나 첨삭장군은 당씨태파에게 도원동의 문을 열어달라고 청하고, 감생은 진동을 데리고 희생동물(돼지, 양, 닭)을 구입해오고, 개로장군은 나당의 오방사귀를 소제(掃除)하고, 토지할아버지와 토지할머니는 오방의 신병을 인도하고, 개산장군은 마귀를 도끼로 찍어 죽이고, 선봉이 산대왕을 토벌하는 과정에서 남매관계임이 밝혀지고, 관운장은 유비를 찾아 가면서 주창을 만나고 길을 가로막는 채양을 참수하고, 구부판관이 희신들을 재판하여 갈등과 불화를 해결하고 도원동으로 회송시킨다.²

---

1 재앙을 물리치기 위해서 신에게 기도하고, 그 기도가 이루어지면 신에게 감사하는 뜻으로 굿을 한다. 굿을 해서 신에게 재앙을 물리쳐 달라고 기원하는 우리 방식과는 다르다. 중국인의 실리적인 사고방식을 반영한다고 볼 수 있다.

2 나당희의 제의적 구조와 가면에 대해서는 박진태,『동아시아샤머니즘연극과 탈』, 박이정, 1999, 163~211쪽에서 상론되었고, 현지조사보고서는 301~329쪽에 수록되어 있다.

(2) 초텐지

초텐지(撮泰吉)는 이족(彝族)의 거주 지역에서 전승되고 있으며, 변인희(變人戲)라고도 부른다. 르가아부, 초텐아부－아부무와 아다무, 마홍무, 히부－, 소, 사자가 등장하는데, 르가아부는 문가(文家)[3]의 세습무 비마가 가면을 쓰지 않고 계란껍질로 만든 안경만을 쓰고서 산신노인의 역할을 하고, 조상신인 초텐아부와 동물신 소와 사자는 마을사람들이 가면을 쓰고 분장한다. 초텐아부 중에서 아부무와 아다무 부부는 이족이고, 마홍무는 미아오족(苗族)이고, 히부는 한족(漢族)이어서 세 민족이 동일 지역에 혼거한 사실이 반영되어 있다.

초텐지는 '조상신의 출현－자연신에의 제사와 조상신의 무용 영당무－모의적 경작놀이－악귀를 쫓는 소화성(掃火星)－조상신의 떠남'의 순서로 진행되는데, 이 가운데 핵심은 르가아부와 초텐아부가 대화를 주고받으면서 초텐아부가 소를 사서 농사를 짓는 과정을 모의적으로 연출하는 경작놀이다. 이 경작놀이는 풍요다산을 기원하는 제의극이므로 초텐아부는 농경신인데, 경작놀이에 이어서 등장하는 사자도 벽사신이 아니라 농경신인 점이 특이하다. 이처럼 초텐지는 제조의식(祭祖儀式)과 농경의식을 극화한 것으로 무당과 민간인이 공동으로 연출하는 것이다.[4]

(3) 지희

지희는 한족(漢族)에 의해서 전승되는 가면극으로 명나라 주원장이

---

3 초텐지를 문가의 세습무가 주도하기 때문에 문가희(文家戲)라고 하는데, 문가 일족이 초텐지를 통하여 마을의 지배권을 행사한 것으로 보인다.

4 초텐지의 제의극적 구조와 의미에 대해서는 위의 책, 211~244쪽에서 상론한 바 있고, 조사보고서는 329~354쪽에 수록되어 있다.

1382(홍무 15)년에 운남성과 귀주성의 원군(元軍)을 토벌하고 둔군(屯軍)을 주둔시킨 시기에 군나(軍儺)로 출발하였지만, 현재는 농민에 의해서 전승되고 있다. 그리고 방상시나 신수(神獸)가 악귀를 퇴치하는 내용을 나신으로 신격화된 한족의 장수(유비, 관우, 장비, 설인귀, 설정산 등)가 이민족의 장수를 항복시키는 내용으로 교체하였다.[5]

지희는 연희자들이 가면을 보관하는 상자를 공연 장소에 운반하고 제사를 지낸 후 가면을 꺼낸 다음, 소군(小軍), 소동(小童)을 앞세우고 신을 모신 묘우(廟宇)에 가서 참배하고, 공연장에 와서 탈을 쓴 소동이 춤추며 소개장의 시문을 창하고, 쌍방의 장수 2명씩이 등장하여 교전하는 춤을 춘다. 이처럼 '개상(開箱) 또는 청검자(請臉子)－참묘(參廟)－소개로(掃開路)'를 하고, 본격적인 공연인 도신(跳神)으로 들어간다.

도신은 짧게는 3~5일에서 길게는 반달에 걸쳐 연행하는데, 영방(營房)의 위치에 교전하는 쌍방의 군주나 원수(元帥)가 앉고, 나머지 연희자들은 놀이판의 주변에 선다. 군왕이 좌정하면, 문신 무장이 행렬을 지어 나와 읍하고, 양쪽에 선다. 그리고 변방의 사자가 도전적인 글을 바치면, 군왕이 대노하여 사자를 참수하거나 두 귀를 잘라 보내고, 원수나 선봉에게 변방을 토벌하도록 명령한다. 한편 도신에서 〈설정산정서(薛丁山征西)〉를 연행할 때는 정파의 주장 설인귀가 나와 설창을 하면 이어서 부장 진회옥이 나와 설창하고, 반대파의 주장 소보동이 나와 설창하면 이어서 부장 흑연도가 나와 설창한 뒤 양파가 격렬한 전투를 벌인다.[6]

도신 기간 공연단이 집을 방문하여 축귀초복을 하는 개재문(開財門)

5 장려평, 「한국 오광대와 중국 지희의 비교연구」, 대구대 석사학위논문, 2010, 7~11쪽 참조.
6 윤광봉, 『일본 신도(神道)와 가구라(神樂)』, 태학사, 2009, 125~126쪽 참조.

이나 목계영이 아들을 낳는 장면을 연출하여 득남을 빌어주는 송태자(送太子)를 하기도 한다. 그리고 도신을 마치면, 가면을 벗어 고사를 지내고 상자 안에 넣는 소수장(掃收場)을 행한다.[7]

3) 티베트의 가면극

(1) 참

참은 티손데첸(赤松德贊; 742~797)이 삼예스(桑耶寺; Samyas)사원을 건립할 때 인도에서 초청한 밀종불교의 파드마삼바바(Padmasambhava; 蓮花生)가 금강무(金剛舞)를 추어 원시신앙과 샤머니즘이 혼합된 본교(Bonpo)의 신을 항복시킨 데서 연유한다. 그렇지만 참은 밀교적인 금강무를 기초로 하면서도 본교의식과 민간사회의 예술요소를 흡수하여 티베트 라마교의 축귀항마의식무로 발전하였다.[8] 참은 원래는 라마교 승려들이 사원 안에서 비밀의식으로 연행하였지만, 지금은 사원 밖에서 연행하여 민간인에게 공개하고, 연희자도 천장사(天葬師)와 관청의 하인으로 교체되기도 하였다.

참은 광의적으로는 호법신과 신령들을 청한 다음 연희자들이 가면과 복색을 갖추어 축귀항마의 신무를 추고, 마지막으로 종교의식과 춤판으로 석가모니의 무량공덕을 찬미하는 과정 전체를 가리키지만, 협의적으로는 마당놀이로 구조화된 가면무용극을 가리킨다. 그렇지만 협의의 참

---

7 顧朴光,「安順縣の地戲」(後藤淑·廣田律子編,『中國少數民族の假面劇』, 木耳社, 1991), 84~89쪽 참조.

8 박진태, 앞의 책, 244~245쪽 참조.

도 광의의 참의 구조로 되어 있다. 일례로 서티베트의 스비뚝사원의 참을 보면, 중국의 두 왕자가 석가모니를 인도한 다음에 키타팔라, 해골가면, 사슴가면과 황소가면, 천장사가 차례로 등장하여 춤을 추고, 마지막으로 흑모승(黑帽僧)이 집단무용을 하고 차(茶)를 공양하는 점에서 '청신(請神)―호법신의 축귀항마의 무용―춤과 차의 공양과 찬불(讚佛)'로 되어 있다.[9]

참은 무용을 기본으로 하여 법무(法舞)라고도 부르지만, 설창극(說唱劇) 형식으로 연극화되어 양식적 변화까지 일어났다. 일례로 깐수성(甘肅省) 나부렝스(拉卜楞寺)의 미라네파권법회(勸法會)에서 미라네파(Milaraspa: 米拉日巴; 1040~1123)가 사냥꾼을 교화시킨 고사를 극화하여 연행한다. 곧 미네르바의 진신과 화신인 두 명의 라마승이 석장을 짚고 불경을 짊어지고서 마당을 돈 다음 의자에 앉은 뒤 동자(2명)와 사냥꾼을 교화하여 불문에 귀의하도록 만든다.[10]

(2) 라모

라모는 장희(藏戱)라고도 부르는데, 14세기 승려 출신 당똥겔뽀(唐東甲波)가 교량 공사에 필요한 비용을 마련하기 위해서 참과 민간가무와 설창예술을 결합하여 만든 설창극이다. 이처럼 라모는 민간오락극으로 출발하여 불교포교극으로 변하였다. 당똥겔뽀는 자신의 얼굴을 모방해서 하얀 산양가죽으로 하얀 머리와 수염의 노인가면을 만들어 백색가면의 동까르빠를 만들었으나, 나중에는 예술성을 심화시켜 청색가면의 동

---

9 위의 책, 275~277쪽 참조.
10 위의 책, 271~273쪽 참조.

왼빠로 개편하고 '왼빠된(사냥꾼의 춤)−슘(연극)−따시(뒤풀이)'의 삼단 구성을 정착시켰다.

라모는 참이 무용에서 설창극으로 변모한 데서 영향을 받아 무용 형태의 참을 설창극 형태로 발전시킨 것으로 기악(器樂)과 가무 및 해학적인 연희로 관중을 불러 모으는 서막, 2~3일 동안 연속적으로 공연이 가능한 정희(正戲), 축복과 길상(吉祥)을 비는 의식과 관중의 기부금 모금의 순서로 진행되는 구성법도 참의 3단계 구성과 유사하다. 그러나 참은 가면의 착용에 의해 인격전환을 하지만, 라모는 가면만이 아니라 도면(塗面)에 의해서도 분장하는 점이 다르다. 그리고 연희자도 참은 라마승에서 민간인으로 교체되는데, 라모는 초창기에는 배우가 민간여성이었으나 민간남자로 교체되었고, 뒤에는 다시 라마교 승려로 바뀌는 점에서 상반된 방향의 변모 과정을 보인다. 라모의 작품 수는 100편이 되는데, 내용은 티베트의 역사와 전설, 인도의 자타카경전과 라마야나서사시 등에서 취하였다.[11]

4) 일본의 가면극

(1) 가구라

가구라(神樂)는 일본의 토착종교 신도(神道)를 배경으로 신도의 사원 신사(神社)나 마을에서 전승되는 제의적인 가무극이다. 신도는 자연숭배 신앙과 조령신앙을 기반으로 하며, 세계를 현세, 타계, 사후로 구분한다.

---

11 위의 책, 285~286쪽과 박성혜, 『티베트연극, 라모』, 차이나하우스, 2009, 31~46쪽 참조.

타계는 산중, 지중, 해상으로 나뉘고, 사후 세계에 대해서는 인간이 죽은 사령(死靈)이 정화되어 조령이 되고, 조령이 승화되면 조상신, 곧 씨신(氏神)이 된다고 믿는다. 신사는 원래는 산 위나 진주(鎭守)의 야시로(社) 등이 그대로 신당이다가 뒤에 신전이 건립되었는데, 신전은 신령을 모시는 혼덴(本殿), 헤이하꾸(幣帛)를 바치는 헤이덴(幣殿), 축사를 아뢰는 노리토덴(祝詞殿), 참배자가 배례하는 하이덴(拜殿), 가구라를 연행하는 가구라덴(神樂殿) 등으로 구성된다. 신목(神木) 주위에 상록수들을 심어 보호하고, 혼덴 안에는 신체(神體)로 거울, 칼, 곡옥(曲玉), 폐백 중에서 하나를 보관한다. 신도는 불교와 습합되어 본지수적(本地垂迹)사상으로 발전하여 신도의 신을 부처와 불교신의 화신으로 간주하고 곤겐(權現)이라고 부르고, 신사 안에 사찰을 짓거나 사찰 안에 신사를 짓거나 한다. 그리고 산악숭배와 불교가 융합된 슈겐도(修驗道)와도 결합되었다.[12]

가구라는 무당 미꼬가 중심이 되는 미꼬가구라(神子神樂), 활과 멘봉 같은 신성한 물건을 손에 들고 춤추는 토리모노가구라(採物神樂), 가마의 물을 끓여 축복하는 유다테가구라(湯立神樂), 사자신(獅子神)을 모시는 시시가구라(獅子神樂) 등으로 분류되는데,[13] 먼저 토리모노가구라에 속하는 미야자키현(宮崎縣)의 후루에다오(古枝尾)의 시모쯔키 가구라(霜月神樂)를 보면, 우찌꼬(氏子)라고 불리는 토착주민들이 제단을 조성하고 제물을 진설한 뒤 부정을 물리고 사카키나무에 신을 강신시키고 기원하는 제사의식에 이어서 신물을 들고 춤을 추거나 민간신앙의 신(疫

---

12 윤광봉, 『일본 신도와 가구라』, 태학사, 15~36쪽 참조.

13 황루시, 「일본 후루에다오의 시모쯔키 가구라와 쿠로모리신사의 가구라」(박진태 편, 『동양고전극의 재발견』, 박이정, 2000), 447~448쪽 참조.

神, 火神)이나 일본신화의 신(태양신, 手力神)을 모시는 춤을 추지만, 신(사냥신, 산신)의 가면을 쓰고 춤을 추기도 하는 점에서[14] 민간인에 의한 신도의 제사의식에서 제의적인 가무가 연행되고, 제의적인 가면무용이 발생한 사실을 알 수 있다.

다음으로 역시 토리모노가구라에 속하는 미야자키현의 히토쯔세천(一瀨川) 상류의 시로미신사대제(銀鏡神社大祭)의 시로미가구라를 보면, 대제는 신사의 신직(神職)이 담당하고, 가구라는 마을 열두 가문의 장남이 세습적으로 호우리(祝人)가 되어 가구라를 연행한다. 대제는 양력 12월 12일(예전에는 음력 11월 12일)부터 5일간 거행되는데, 가구라는 15일 본전제(本殿祭)의 전야제로 14일 밤에 시로미신사와 유대관계가 있는 인근의 신사에서 신들의 가면을 맞이하는 행렬놀이에 이어서 정화, 헌찬(獻饌), 축문의 순서로 신도식(神道式)을 거행한 뒤 식33번의 가구라를 연행한다. 호우리가 가면을 쓰지 않고 신물을 들고 춤을 추어 제장을 정화시키면 신직이 각 신사의 신의 가면을 쓰고 춤을 춘다. 신사의 신들의 강신을 빙의원리에 의하지 않고 탈의 동일화원리에 의해 시각화·연극화하는 것이다. 그리고 제신(諸神)이 아마테라스 오미카미(天照大神)를 동굴에서 나오게 하였다는 신화를 재현하는 가면극을 연행하여 태양신을 재생시키고, 여신과 여덟 남신, 사자와 여섯 귀신과 산신, 바람과 비의 신, 수렵신이 등장하는 가면극을 연행하여 무사태평과 풍요다산(출산, 벼농사, 사냥)을 기원한다.[15]

---

14 위의 논문, 451~460쪽 참조.

15 박원모, 「일본 시로미신사(銀鏡神社)의 가구라」, 박진태 편, 앞의 책, 487~512쪽 참조.

(2) 노와 교겐

교겐(狂言)은 노(能)의 막간극으로 연행되어 노의 엄숙한 분위기를 해학적인 웃음으로 완화시키므로 이 둘을 합하여 노가쿠(能樂)라고 부른다. 노와 교겐은 나라시대(710~784)에 대륙에서 전래된 가무백희(歌舞百戱), 곧 곡예, 환술, 가무가 혼합된 사루가쿠(散樂, 申樂, 猿樂)에서 분화되었기 때문에 기원적으로도 하나이면서 둘이고, 둘이면서 하나이다. 사루가쿠가 전래된 초기에는 국가에서 악호(樂戶)를 교습하였으나 비속한 대중성 때문에 교토(京都)로 천도하기 직전 782년에 악호를 폐지함에 따라 사루가쿠가 민간사회에 유포되는 계기가 되었다.[16]

헤이안 시대(794~1192)에 사루가쿠의 놀이꾼들은 자(座)를 조직하여 익살스런 흉내 내기를 중심으로 민중예능으로 성장시키면서 농경의례의 뎅가쿠(田樂)와도 결합시키고, 신사의 제례와 사원의 법회에도 참여해서는 신관(神官)과 무녀와 승려의 빙의(憑依) 상태를 신불(神佛)의 가면으로 표현함으로써 종교적인 가무예능, 곧 장중하고 엄숙한 사루가쿠노(散樂能)가 성립되었고, 본래의 골계적인 흉내 내기는 세속적이고 골계적인 대화극으로 발전하였다.[17] 무로마치(室町) 시대(1392~1573)에 신사와 사찰을 배경으로 활동하던 간나미(觀阿彌; 1333~1384)와 그의 아들 제아미(世阿彌; 1363~1443)가 아시카가막부(足利幕府)의 후원을 받게 되면서 노는 무사귀족계급의 취향에 맞는 유현(幽玄)하고 우아한 무대극으로 정립되었는데,[18] 이때 교겐이 노에 흡수되어 막간극으로 종속되

---

16 油谷光雄 편, 『狂言ハンドブック』(개정판), 三省堂, 2000, 7쪽 참조.

17 김학현 편, 『狂言』, 열화당, 1991, 10~11쪽 참조.

18 김학현 편, 『能』, 열화당, 1991, 20쪽 참조.

었다.[19]

노는 가면가무이고, 교겐은 가면을 착용하지 않는 것이 원칙이지만, 노의 경우 등장인물 시테는 가면을 쓰지만, 대신(大臣), 신관, 승려, 수험자(修驗者)의 역할을 하여 시테를 무대에 불러내는 와키는 가면을 쓰지 않고, 교겐의 경우 인간은 히타멘(直面)이지만, 비인간(동물, 귀신, 정령, 신불)은 가면을 쓴다.[20] 곧 노오와 교겐은 민간사회의 전문예능집단이 가면의 동일화 원리와 가장의 모방 원리에 의하여 극중 인물로 인격 전환을 하는 점에서 일치하지만, 노는 가면의 동일화 원리를 중심으로 하고, 교겐은 가장의 모방 원리를 중심으로 하는 점에서 다르다. 그리고 미학적으로는 노는 진지성과 우아미로 관객을 심리적·정서적으로 긴장시키지만, 교겐은 파격적인 유희정신으로 골계미를 지향함으로써 관객의 긴장을 이완시키는 점에서 서로 대립적이면서 또한 상호보완적인 관계를 이룬다. 또한 노가 전설과 역사 속의 인물을 등장시켜 대신, 신관, 승려, 수험자가 지배하는 중세적 질서를 구현하는 데 반해서 교겐은 노처럼 축복해주는 신이나 귀신이 등장하기도 하지만, 어리석은 상전 다이묘(大名), 경망스런 하인 타로가자(太郎冠者), 세상물정 모르는 데릴사위, 성격이 드센 여인, 심약한 염라대왕, 엉터리 수험자, 놀림당하는 맹인 등이 해학과 풍자의 대상이 되는 점에서 종교적·신분적·가정적 권위를 부정하는 민중적이고 사실적인 희극의 세계를 보인다.[21]

19 김학현 편, 『狂言』, 12쪽 참조.
20 위의 책, 156쪽과 김학현 편, 『能』, 24쪽 참조.
21 김학현 편, 『狂言』, 30~37쪽 참조.

5) 비교

 가면극은 제의를 모태로 발생하여 제의적 맥락에서 분리하면서 독립적인 예술극으로 오락화·세속화되었다고 볼 때 한국 무당탈굿은 굿 속의 한 굿거리로 형성되어 가장 종속적인 관계를 지닌다. 중국의 나당희와 일본의 가구라도 제사의식의 일부로 가면극을 연행하는 점에서 한국의 무당탈굿과 동일하게 제의 속의 가면극이다. 다만 일본의 가구라는 신도의 제사의식 속에서 아마테라스 오미카미의 재생의례를 극화한 일련의 가면극을 연행하고, 중국의 나당희는 도교·유교·불교가 무교와 융합된 나의(儺儀) 속에서 나의와 대응되는 나희(儺戱)를 연행하는 점에서 현저한 차이를 보인다. 무당탈굿-가구라-나당희의 순서로 제의적 가면극이 체계적이고 조직적인 연합체의 양상을 보인다. 그리고 가면극이 제의보다 상대적으로 비중을 차지하는 단계가 중국의 초텐지와 지희, 한국의 제의적 광대탈놀이(하회별신굿탈놀이, 수영들놀음, 북청사자놀이)이고, 가면극이 제의로부터 완전히 독립하여 오락화·세속화된 것이 일본의 노와 교겐, 티베트의 라모, 한국의 오락적 광대탈놀이(봉산탈춤 등)라 할 수 있다.

 그리고 이러한 변화과정 속에서 가면극의 연희자도 무당과 승려에서 민간인으로 교체되었다. 그리하여 중국의 지희와 한국의 수영들놀음은 가면극공연단이 공동체의 제의와 가면극을 모두 담당한다. 일본의 노와 교겐, 그리고 한국의 오락적 탈놀이에서는 가면극공연단이 공동체의 제사와 무관하다.

 제의와 가면극의 대응관계가 전폭적으로 나타나는 것이 중국 나당희와 하회별신굿탈놀이다. 나당희는 '영신제의-축귀제의-희생제의-송신제의'로 진행되는 제사의식 나의와 병행해서 '영신제의극-희생제의극

－축귀제의극－송신제의극'으로 진행되는 가면극 나희를 성립시켰다. 하회별신굿탈놀이도 '강신－신당 순방(화해굿)－지신밟기(신유의식)－송신'으로 진행되는 서낭굿에 병행해서 '각시광대의 무동춤과 걸립 및 다섯 마당 탈놀이(신유의식)－혼례식(화해굿)'으로 진행되는 각시광대탈놀이를 형성시켰다.

2. 동북아시아 가면의 조형적 특질

1) 한국 가면의 조형적 특질

(1) 무당탈굿의 탈

제주도의 전상놀이와 영감놀이는 흰 한지로 탈을 만드는데, 눈과 입의 구멍을 뚫어서 얼굴을 덮는 기능만하고 표정을 표현하지 않는다. 그러나 동해안과 남해안의 별신굿에서는 두꺼운 종이에 물감을 사용하여 성별과 연령과 성격을 표현한다. 이러한 종이탈은 홑종이를 사용하기 때문에 평면적이고 이목구비의 입체감 표현에 한계가 불가피하지만, 비록 걸이용 탈이지만 덕물산 장군당의 광대씨탈과 청계씨탈 및 영천 무당의 장군탈은 나무탈로 표정이 입체적으로 조형화되었다. 광대씨탈과 청계씨탈은 모두 무서운 표정인데, 광대씨탈은 입을 굳게 다물고, 미간을 잔뜩 찡그려서 눈꼬리와 입가의 근육이 아래쪽을 향해 수축되어 있지만, 청계씨탈은 이빨을 드러내고 눈을 부릅떠서 눈초리와 입가가 위쪽을 향하고 있어서 광대씨탈은 다문 입을 통해 억압적인 울증(鬱症) 심리 상태를, 청계씨는 벌린 입을 통해 팽창적인 조증(躁症) 심리 상태를 나

타내었다.[22]

　(2) 광대탈놀이의 탈

　광대탈놀이의 탈도 바가지탈이나 종이탈—홑종이와 종이풀 사용—보
다 나무탈이 입체적이고 섬세한 표정의 표현에 유리하다. 대표적인 나
무탈인 하회탈은 웃는 표정과 성난 표정을 실눈과 고리눈으로 구분하고,
고정적인 표정과 가변적인 표정을 절악(切顎)의 유무로 구분하였다. 안
색은 남자는 실눈의 양반과 이매는 주황색이고, 고리눈의 선비와 초랭이
는 적갈색이어서 밝은 색은 유약한 성격을, 어두운 색은 강인한 성격을
나타내는데, 바가지탈인 봉산탈에서도 양반의 흰색과 말뚝이의 검정색
으로 상징화된다. 여자탈의 경우에도 하회탈의 각시는 하얗고 할미는
검붉은데, 봉산탈에서는 덜머리집은 흰색이고 미얄은 검정색 계통이다.
양주탈과 봉산탈의 노장과 취발이 사이에서는 늙음과 젊음이 흑색과 적
색으로 상징화된다. 산악 지대의 봉산탈과 평야 지대의 강령탈에서 귀
면탈과 인물탈의 대립이 나타난다. 그리고 제의성이 강한 수영과 통영
의 말뚝이탈은 양식적, 상징적인데, 오락성이 강한 동래와 고성의 말뚝
이탈은 사실적인 기법으로 제작된다. 하회와 강릉의 양반탈은 정상적
모습이어서 양반의 권위를 보여주지만, 여타의 지역에서는 양반탈을 민
중의 반감과 적대감을 투사하여 비정상적 모습으로 조형화하였다.

---

22 박진태, 앞의 책, 113~114쪽 참조.

2) 중국 가면의 조형적 특질

(1) 초텐지의 탈

초텐지의 탈은 나무탈로 튀어나온 이마, 기다란 코, 위로 찢어진 눈, 검은 안색에 흰 주름살이 특징이다. 신화에 의하면, 천신과 지신이 원숭이를 세로눈 사람으로 만들었는데, 성질이 포악하고 서로를 잡아먹으므로 홍수로 멸족시키고, 온순하고 채식을 하는 가로눈 사람을 만들었다고 한다. 초텐지의 탈은 세로눈을 하고 있어서 조상신을 나타낸다. 그리고 흑색 바탕에 흰 줄무늬가 그려져 있는데, 이는 이족이 흑색을 숭상하여 흑색은 역량을, 백색은 광명을 상징한 데 연유하며, 상투도 상무적(尚武的)인 이족이 동물의 뿔을 숭상하여 머리를 하나로 묶어 뿔이 하나인 동물을 흉내 낸 것이다.[23] 그리고 이족과 미아오족(苗族)의 탈은 정상적인 데 반해서 한족(漢族)의 탈은 언청이로 비정상적인 것은 이족과 한족 사이의 민족갈등이 반영된 것이다.

(2) 나당희의 탈

나당희의 탈은 정신(正神)의 탈과 흉신(凶神)의 탈이 웃는 표정과 무서운 표정으로 대립된다. 정신(당씨태파, 토지, 화상, 선봉소저, 감생)의 탈은 대체로 자애로운 눈썹과 큰 눈, 넓은 뺨과 긴 귀에 미소를 띤 형상이어서 친밀감을 느끼게 한다. 반면에 흉신(개산, 개로, 영관)의 탈은 대체로 머리 위에 뿔이 나고, 눈썹은 치켜세우고, 눈알은 튀어나오고, 사나

---

23 위의 책, 220쪽 참조.

운 송곳니가 입 밖으로 삐져나온 모습으로 과장하여 거칠고 사납고 강인한 정신과 기질이 부각되고 음산한 귀기를 지녔다. 그런가 하면 진동과 같은 어릿광대는 입과 코가 비뚤어지고, 눈은 짝눈이고, 눈썹은 가늘고, 아래턱이 없기도 하여 바보스럽고 병신성스럽고 우스꽝스런 얼굴이다.[24] 이처럼 나당희의 탈은 정신은 숭고미와 우아미를, 흉신은 괴기미를, 어릿광대는 골계미를 보여준다.

(3) 지희의 탈

지희의 탈은 안색과 투구와 귓바퀴의 도안(圖案)에 일정한 규칙과 함의가 있다. 이를테면, 악비(岳飛) 투구의 대붕금시조(大鵬金翅鳥)와 번리화 투구의 옥녀는 탄생전설과 관련된다. 눈썹의 화법(畫法)도 소장(少將)은 화살처럼, 여장은 실오리처럼, 무장은 활활 타오르는 불꽃처럼 그리고, 입은 윗니로 아랫입술을 깨물거나 아랫입술이 윗입술을 향하여 깨물기도 한다.

탈의 종류는 무장, 도인, 어릿광대, 동물로 구분된다. 무장은 다시 문장(文將), 무장, 노장, 소장, 여장으로 구분되거나, 선한 장수와 악한 장수로 양분되기도 하는데, 하나같이 투구와 귓바퀴의 제작이 중시된다. 투구는 길상의 상징으로 남자는 용(龍)을, 여자는 봉황새를 조각하고, 그밖에 대붕, 백호, 귀신, 박쥐, 연꽃을 장식한다. 귓바퀴도 용봉(龍鳳)과 길상의 화초로 장식한다. 투구와 귓바퀴 모두 부조법과 투각법을 결합시켜 정교하면서도 조잡하지 않게 조각하고, 금색이나 은색과 같은 밝은 색을 위주로 홍색, 남색, 백색, 녹색을 더하여 휘황찬란하고 현란하다.

---

24 위의 책, 208~209쪽 참조.

안면을 조각하는 도법(刀法)은 간결하고 명쾌하고, 얼굴의 윤곽은 분명하게 하여 각이 져야 한다. 사실적인 조형에 치중하면서도 과장을 하여 무장의 종류에 따라 표정이 구별되게 하고, 특히 눈동자에서 표정과 태도가 나타나야 한다. 예를 들면 여장의 단아함은 지그시 감은 봉안으로, 소장의 영웅적 대범성은 둥근 표범의 눈으로 표현한다. 악한 장수는 흉악하고 성난 눈으로 쏘아보는데, 안색은 강렬한 원색을 기저로 하고 문양을 그린다. 그렇지만 선한 인물이건 악한 인물이건 안면의 고정된 모형은 없고, 홍색, 황색, 남색, 흑색, 암갈색, 녹색, 백색 중의 하나를 선택하여 안색을 칠한다.

도인은 도관(道冠)이 동물(닭, 물고기, 원숭이)의 입과 꼬리의 모습이고, 어릿광대는 나당희의 진동처럼 입비뚤이에 짝눈이고 상투도 비뚤어졌다. 동물은 사자, 호랑이, 용, 소, 말, 돼지, 원숭이 등이고, 사실적이거나 변형되는데, 호랑이는 위맹(威猛), 말은 온순함, 원숭이는 장난기, 돼지는 정직하고 무던함과 같은 동물의 특징을 드러낸다.[25]

3) 일본 가면의 조형적 특질

(1) 가구라의 탈

가구라의 탈은 여신탈, 남신탈, 귀신탈, 동물탈로 분류된다. 여신탈은 아마테라스 오미카미(天照大神)의 단정하고 청순한 소녀상, 미꼬(巫女)의 기품 있고 우아한 중년 여성상, 그리고 익살스럽고 자애로운 노파상

---

25 顧朴光·潘朝霖·庹修明·孔燕君 집필, 『나희면구예술』, 귀주민족출판사·대만숙형출판사, 1993, 118~119쪽 참조.

으로 삼분된다. 남신탈은 실눈을 하고서 눈가를 좌우로 당기고, 입을 약간 벌려 입가를 좌우로 당겨서 이마와 볼에 굵은 주름살을 만들며 웃은 오키나신(翁神) 계통의 온화하고 인자한 노인상, 뱀을 퇴치한 스사노오노미고도(素戔嗚尊)처럼 눈가는 위로 치켜뜨고 입가는 아래로 당겨 코끝을 최대한 앞으로 내밀어 위엄 있고 용맹하게 보이는 젊은 무사상으로 구분된다. 귀신탈은 뿔이 나고, 눈을 부릅뜨고, 입을 벌려 송곳니를 드러내어 잔인하고 포악한 모습의 관념적인 귀신과 입비뚤이, 들창코, 볼멘 얼굴과 같은 인귀(人鬼)로 나뉜다. 그리고 동물탈은 사자, 사슴, 여우, 말 등이 있다. 이밖에 신의 사자 텐구(天狗)가 있는데, 천황이 파견한 인간 사자로 교체되기도 한다.[26] 표정의 대립은 연령층(초·중년/노년)과 선악(선신/악귀)만이 아니라 수렵신(무서운 탈)과 농신·수신(웃는 탈)[27] 사이에서도 나타난다.

(2) 노의 탈

노의 탈은 오키나멘(翁面), 죠멘(尉面), 오니멘(鬼面), 온나멘(女面), 오토코멘(男面) 등으로 분류한다. 이 가운데 예능신의 가면인 오키나멘과 도깨비의 가면인 오니멘은 기능 면에서 신앙가면에 해당하는데, 곤파루 젠치쿠(金春禪竹; 1405～1470?)는 온화한 표정의 오키나멘과 분노의 표정인 오니멘이 동체(同體)라고 주장하였다.[28] 이것은 십일면관음보살의 자애로운 형상은 선한 중생을 보고 자애심을 느끼고 찬양함을 나타낸

---

26 福井武郎, 『伊勢大神樂』(동방출판, 1999)과 芳賀日出男, 『日本の民俗－祭りと藝能』(상)(クレオ, 平成9년) 및 味岡伸太郎, 『神々の 里の形』(グラフィック社, 2000) 참조.

27 황루시, 앞의 논문, 478～479쪽 참조.

28 김현욱, 『노의 세계』, 인문사, 2012, 41쪽 참조.

것이고, 분노의 형상은 악한 중생을 보고 비애감을 느끼고 고통에서 구하려 함을 나타낸다는 십일면관음신주심경(十一面觀音神呪心經)의 말과 같은 불교사상에 근거하고 있다.[29]

그런데 온화하고 자애로운 표정과 분노와 공포의 표정의 대립은 오키나멘과 오니멘에서만 보이는 것이 아니고, 신성한 노인가면에서도 나타나는 바 아쿠죠멘은 사납고 무서운 노인의 모습이다.[30] 그리고 오니멘의 도비데(飛出)는 눈이 튀어나오고 입을 크게 벌리고 있고, 베시미는 위아래 입술을 악물고 입을 굳게 다물고 있는 것도 기가쿠(伎樂)에 등장하는 금강이 벌린 입이고 역사가 다문 입인 사실과 관련지어 볼 수 있다. 우리나라 하회의 주지탈이 암주지가 벌린 입이고 숫주지가 다문 입인 것과도 같은 현상으로 처음이면서 끝이고 둘이면서 하나라는 불교사상에 근거한다고 말할 수 있다. 오니멘을 사찰의 추나의식(追儺儀式)에서 악귀를 퇴치하던 불교 계통의 용신이나 비사문천왕이 일본 토착적인 신으로 교체된 것으로 보기 때문이다.[31]

온나멘에는 귀여운 여인의 얼굴 고모테(小面), 젊은 여인의 얼굴 와카온나(若女), 기품 있는 조온나(增女), 인생 경험이 풍부한 중년의 후카이(深井), 자애로운 어머니 샤쿠미(曲見) 등은 표정이 애매모호한 이른바 무표정, 또는 중간표정인데, 이와는 대조적으로 마스가미(增髮)는 광란을, 데이강(泥眼)은 질투를, 한냐(般若)와 하시히메(橋姬)는 분노와 슬픔을 선명하게 나타내는 표정이다. 온나멘의 무표정은 제아미(世阿彌; 1363~1443)가 후쿠시키무겐노(複式夢幻能)[32]를 창안하게 됨에 따라 노

---

29 한국불교연구원, 『석굴암』, 일지사, 1989, 45쪽 참조.

30 하나코부아쿠죠(鼻瘤惡尉)의 가면은 양미간을 찡그린 분노상이다. 金春信高 · 增田正造 · 北澤三次朗, 『能面入門』, 평범사, 1992, 44쪽의 사진 참조.

31 김현욱, 앞의 책, 40쪽 참조.

가 인간의 내면을 묘사하는 예능으로 발전하면서 노의 가면도 세분화·다양화되었는데,[33] 그러나 가면 표정의 고정성 때문에 오키나멘은 기리아고(切顎)의 제작 기법이 사용되고, 온나멘은 집약화·단순화의 길을 택하여 무표정의 가면을 제작한 것으로 보인다.

온나멘의 무표정은 하나의 가면으로 두 개 이상의 표정을 표현하는 기법으로 감정이 분화되기 이전의 원초적 상태에서 출발하여, 고개를 쳐든 상태에서 활짝 편 부채를 가슴 앞에서 부치는 동작으로 환희(歡喜)용약(勇躍)의 감정을 표현하는 '유우켄'과 고개를 약간 숙이고 손을 슬며시 들어 눈시울을 누르는 시늉을 하여 우는 동작을 하는 '시오리'[34]처럼 배우의 연기술에 의하여 관중으로 하여금 집중력과 상상력으로 가면의 감정변화를 감상하도록 유도한다. 이처럼 가면 뒤의 어둠 속에서 표정이 서서히 떠오르게 하여 노의 연극미학인 유현미를 구현시킨다. 배우와 관객의 교감이 가면의 조형과 연기술의 절묘한 조합에 의해 이루어지는 것이다. 그러나 관점을 달리해서 사찰의 추나의식에서 오니를 퇴치하듯이 내면의 오니라 할 수 있는 질투, 원한, 슬픔 등의 부정적 정서로부터 여성을 해방시키려는 불교사상과도 관련지어 볼 수 있다. 그뿐만 아니라 온나멘의 아득하고 무심한 무표정을 통해서 여성의 우아미를 추구한 남성관객의 취향 내지는 감정의 절제를 미덕으로 삼은 무사도(武士道)도 엿볼 수 있다.

---

32 노를 마에바(前場)과 노치바(後場)로 나누어 마에바에서는 주인공의 정령이 타인에게 빙의되어 출현하고, 노치바에서는 본연의 모습으로 등장하는 연출 형식.

33 위의 책, 47~49쪽 참조.

34 김학현, 『狂言』, 열화당, 1991, 39쪽 참조.

4) 티베트 가면의 조형적 특질

(1) 참의 탈

티베트의 라마교는 자연신앙과 샤머니즘에 기반을 둔 토착종교 본교와의 투쟁과정을 거치면서 형성된 불교이기 때문에 불상과 탱화 및 가면의 형상이 분노상이 주류를 이루었다. 분노상은 악에 대한 증오심만을 의미하지 않고 비심(悲心)을 일으켜 고통에서 구하려 함을 나타낸다. 그리하여 본교의 신이나 원혼이 조복되어 불교신의 범주 속으로 포용된다.

참의 가면은 출세간의 불보살과 호법신의 가면, 불교에 조복된 본교와 민간신앙의 신의 가면(동물가면 포함), 불교에 조복된 원혼이나 유령의 가면, 중국에서 수용된 신의 가면 등이 있는데, 표정은 자애로운 진실면, 공포의 분노면, 친밀감을 주는 소면(笑面)으로 구분된다.

호법신의 분노상은 오불관(五佛冠)[35] 대신 오골관(五骨冠)을 쓰고, 붉고 둥근 세 개의 눈을 부릅뜨고 노려보고, 양미간은 찡그리고, 머리털과 눈썹과 수염은 적황색(赤黃色)이고, 또 불길이 활활 타오르는 화염상이다. 입은 크게 벌려 날카로운 송곳니를 드러내고 입맛을 다시며 혀를 오므려서 위엄, 격앙, 흉맹, 추악을 최대한 부각시켜 분노와 공포의 화신으로 조형화한다. 이러한 기괴미는 해골가면과 동물가면(사슴, 야크, 새)에서도 구현된다. 인신 계통 호법신은 신성에 인성이 혼합되어 사의적(寫

---

35 오불은 대일, 아축, 보생, 미타, 불공 다섯 부처의 법계체성지(法界體性智), 대원경지(大圓鏡智), 평등성지(平等性智), 묘관찰지(妙觀察智), 성취소지(成就所智) 다섯 지혜를 나타낸다. 이기성·고수강 편저, 『서장불교밀종예술』, 상무인서관향향분관, 1984, 32쪽 참조.

意的)인 호법신 가면과 달리 사실적(寫實的)인 특성을 보이지만, 여전히 양미간을 찡그리고, 둥근 눈은 앞을 직시하고, 윗니로 아랫입술을 바짝 물어 당겨서 무서운 표정을 짓는다. 그러나 선행을 즐기는 화상이나 떠돌이승려 및 중국의 수성노인의 가면은 웃는 표정이다.[36] 이러한 변화는 참이 사원에서 비밀의식으로 거행되던 항마의식에서 사원 밖에서 민간인에게 공개되는 포교극으로 전환됨에 따라 일어난 것으로 보인다.

(2) 라모의 탈

라모의 탈은 조형적으로 입체가면과 평면가면으로 양분된다. 입체가면은 종이풀, 칠포(漆布), 흙으로 만든 동물, 호법신 등이고, 평면가면은 천, 지판(紙板), 산양가죽으로 만든 노파, 영감, 국왕, 대신, 왕비, 라마승, 무녀 등 현실세계의 세속적 인물들이다. 호법신과 귀신의 입체가면은 조형과 색채 면에서 참가면의 영향을 받아 낭만적이고 과장되지만, 보다 정서적이고 개성적인 모습으로 인간세계의 미추(美醜)와 호오(好惡)를 드러낸다.[37] 평면가면은 평면적인 얼굴에 눈과 입은 구멍을 내고 코를 수직으로 세우는데, 표정은 눈과 입의 형태로 표현하고, 성격은 색채상징으로 표현한다. 곧 홍색은 흥왕과 권력을 상징하여 위엄 있는 왕을 나타내고, 초록색은 생명을 상징하여 온화하고 자애로운 왕비를 나타내고, 황색은 지식과 부를 상징하여 고결한 은자나 도사를 나타내고, 흑색은 암흑을 상징하여 사악하고 음흉한 간신을 나타내고, 흑백은 무녀의 이중

---

36 葉星生 편, 『서장면구예술』(중경출판사, 1990)의 사진과 해설 참조.
37 위의 책에 수록되어 있는 「서장면구예술개술」의 "장희면구의 성격특징"과 박진태, 『한국고전희곡의 역사』(II), 대구대학교출판부, 2002, 175쪽 참조.

인격성을 상징한다.[38]

5) 비교

탈의 조형적 특질은 먼저 양식적 기법과 사실적 기법의 대립에서 나타난다. 티베트의 참과 라모의 가면, 중국 나당희의 흉신과 지회의 악인, 일본의 노의 악귀와 가구라의 사자, 한국 하회의 주지와 수영의 말뚝이 등에서 양식적 기법이 사용되었다. 양식적 가면은 추상적인 관념에 근거한 조형화로 티베트의 라모 탈처럼 표정이 단순화된 경우에는 색채상징으로 인물의 성격을 표현한다. 색채상징은 한국의 일부 탈에도 나타난다.

탈의 표정 면에서는 분노와 공포의 탈과 웃는 골계탈의 대립이 나타난다. 티베트 참의 호법신 탈과 중국 나당희의 흉신 탈에서 분노탈의 극치를 보여준다. 일본 노의 분노탈은 한냐(般若) 탈에서 전형을 보인다. 한국은 하회탈에서 웃는 탈과 성난 탈이 실눈과 고리눈을 통하여 표현된다. 일본 노에서는 분노탈이 악을 표상하지만, 중국과 티베트에서는 이흉제흉(以凶制凶)의 원리에 의해 흉악하고 분노에 찬 표정의 가면이 악귀를 퇴치한다. 한국의 하회탈에서는 웃는 탈과 성난 탈이 선과 악의 대립이 아니라 강자(양반, 부네, 각시, 백정, 중, 이매)와 약자(선비, 초랭이, 할미)의 대립을 나타낸다.

정상과 비정상, 좌우대칭과 좌우비대칭의 대립도 나타나는 바, 중국 나당희와 한국 광대탈놀이에서 뚜렷하다. 하회의 '양반·정상·좌우대

---

38 박성혜, 앞의 책, 175~177쪽과 박진태, 『한국고전희곡의 확장』, 태학사, 2006, 221쪽 참조.

칭/초랭이탈·비정상·좌우비대칭'과 봉산탈춤의 '양반·비정상/말뚝이·정상', 양주의 '샌님·비정상·좌우비대칭/포도부장·정상·좌우대칭'이 대표적이다. 중국 나당희에서는 '감생·정상·좌우대칭/진동·비정상·좌우비대칭'이 대표적인데, 양반과 하인이 정상과 비정상인 점에서 한국 봉산탈이 아니라 하회탈과 동일하다. 이처럼 민중적 인물이 비정상이고 지배층의 인물이 정상이냐, 아니면 그 반대이냐는 가면극 전승집단의 민중의식의 성장 단계와 관련된다. 민중적 인물이 해학적 인물에서 풍자의 주체로 발전한 것이다.

표정의 가변성을 위한 의장(意匠)으로 아래턱과 위턱을 끈으로 연결한 이른바 절악(切顎)의 제작 기법이 일본 노의 오키나의 가면과 하회의 양반·선비·중·백정의 탈에서 사용되었다. 고개를 들고 있으면 웃는 표정이 되고, 숙이면 성난 표정이 된다. 일본 노는 특히 젊은 여자의 가면에서 희로애락이 분화되기 이전의 표정으로 중간표정을 개발하였다. 이와는 달리 두 개의 표정을 한 개의 탈에 동시에 표현하는 이중표정이 있다. 하회탈에서는 눈의 시선을 다르게 표현한 바, 각시는 오른쪽 눈은 내리감고 왼쪽 눈은 가볍게 치떠서 성적 호기심의 억압과 표출을 나타내었고, 초랭이와 할미는 오른쪽 눈은 옆을 보고, 왼쪽 눈은 정면을 응시하게 조각하여 순종적인 태도와 반항적인 태도를 조형화하였다. 그리고 가면의 색채로 이중적 성격을 표현하는 방법은 티베트의 무녀 탈이 좌우를 흑백으로 양분하는데, 한국은 통영·고성오광대의 홍백(紅白)탈이 혈통의 이중성을 풍자하는 방법으로 사용되었다.

【부록 4】 가상강좌 「세계의 축제와 공연문화」의 강의안

제1강 축제에 대한 기본적 이해

1. 축제(祝祭; festival)의 개념 : 축제란 무엇인가?

① 축제는 특정 지역의 특정 집단이 주기적으로 행하는 오락적인 행사이다 → 집단성(인간), 지역성(공간), 주기성(시간)

② 축제는 제의(祭儀 ritual)보다 포괄적인 개념으로 '굿'이고 '놀이'이다.

③ 놀이의 분류

㉮ 흉내 내기(모의; Mimicry) : 거북놀이, 전쟁놀이, 연극

㉯ 싸움(쟁투; Agôn) : 줄다리기, 동채싸움, 씨름, 축구, 스포츠

㉰ 요행(Alea) : 제비뽑기, 퀴즈, 도박

㉱ 현기증(Ilinz) : 회전목마, 그네, 번지점프

④ 축제는 굿의 주술성과 종교성보다는 놀이의 오락성과 예술성이 확대된 공연문화이다.

2. 축제의 기능 : 사람들은 왜 축제를 할까?

① 신앙적·종교적 기능 : 초자연적·초인간적 존재의 힘에 의지해서 풍요 다산을 기원하고, 악귀와 질병을 퇴치하고, 인간의 공포심과 불안감을 해소하기 위하여 축제를 한다.

② 정치적·사회적 기능 : 축제를 하기 위해서 역할을 분담하여 집단

을 재조직하고, 축제를 통하여 공동체 의식과 유대감을 강화하고 협동심과 단결심을 고취한다.

③ 오락적·예술적 기능 : 생산 활동을 중단하고 예술적·오락적인 표현 욕구를 충족시키며, 금기와 억압과 법규를 벗어나 자유와 해방과 일탈의 세계로 들어간다.

④ 경제적 기능 : 풍농과 풍어를 기원하기 위하여 축제를 벌이고, 축제를 통하여 관광 수입을 올리고 토산품과 특산품의 판매량을 증대시킨다.

3. 한국 축제의 역사

① 고대 사회의 제천 의식

㉮ 부여의 영고, 고구려의 동맹, 동예의 무천에서 날마다 밤낮으로 술을 마시고 춤추며 노래하였다 → 가무와 음주에 의한 신들림 또는 신명풀이

㉯ 삼한에서는 5월에 파종하고 귀신에 제사지내며 음주 가무할 때 수십 명의 춤꾼들이 땅을 밟으며 몸을 굽혔다 일으키면 손과 발이 서호 호응하여 장단에 맞았다. 10월에 추수할 때도 똑같이 하였다 → 오늘날의 지신밟기, 탈춤의 원형

㉰ 고구려에서는 나라 동쪽의 큰 동굴에서 신을 맞이하여 동쪽의 물가에 되돌아와 신대[神竿]를 모시고 제사를 지냈다 → 맞이굿 -신의 좌정-(싸움굿-화해굿-전송굿)

㉱ 금관가야에서는 가락국사람들이 구지봉 위에서 흙을 파서 제단을 만들고 "거북아! 거북아! 머리를 내어라. 아니 내면은 불에 구워 먹겠다."는 노래를 부르고 춤을 추니, 하늘에서 김수로왕이 내려왔다 → 신맞이굿에서 신을 맞이하는 노래와 춤 → 후대의 김해가락오광대의 덧배기춤(어름새-배김새-풀음새) → 악귀를 어

르고, 위협하여 누르고, 풀어서 화해하고 포용한다.

② 신라·고려의 팔관회와 연등회

㉮ 신라 진흥왕 33(572)년에 전사한 병졸을 위한 위령제로 시작하여 고려 공양왕 3(1391)년까지 계속되었다.

㉯ 불교와 토속신앙이 습합된 종교행사이다.

㉰ 팔관회는 불교에서 출가하지 않은 평신도들이 부처님의 가르침에 따라 여덟 가지 계율을 지키는 금욕적인 법회이다.

㉱ 팔계는 ㉠오늘부터는 살생하지 말고, ㉡도적질하지 말고, ㉢음행을 하지 말고, ㉣망언을 하지 말고, ㉤음주를 하지 말라. 그리고 ㉥오늘 하루 낮 하루 밤은 높고 넓은 자리를 독차지하지 말고, ㉦가무와 희락(戲樂)을 하지 말고 중단하라. 또 ㉧몸에 물감과 향료를 바르지 말라.

㉲ 고려 태조(왕건)가 평양에서 팔관회를 베풀 때 팔공산 전투 때 전사한 신숭겸과 김락 장군이 자리에 없는 것을 한탄하여 허수아비를 만들어 조복을 입히고 자리에 앉힌 뒤 술과 음식을 하사하니, 술이 갑자기 없어지고 허수아비가 자리에서 일어나 흡사 산사람처럼 춤을 추었다→무속적인 위령제→제의적인 인형극

㉳ 연등회는 신라 경문왕 6(866)년에 처음 실시하였다.

㉴ 고려 태조 왕건의 훈요십조 제6조→짐이 원하는 바는 연등과 팔관에 있었는데, 연등은 부처를 섬기는 까닭이고, 팔관은 천령(天靈)과 오악(五嶽), 명산대천, 용신을 섬기는 까닭이었다. 후세에 간신들이 가감할 것을 건의해도 이를 막아야 한다.

㉵ 연등회 때 궁중에서 가무백희를 공연하였는데, 문종 31(1077)년에는 무희 55명이 춤을 추어 "군왕만세(君王萬歲)"나 "천하태평(天下泰平)"의 네 글자를 만들었다.

③ 조선 시대에는 국가적인 축제의 전통은 단절되고, 지방축제가 명맥을 이었다.

④ 근대화와 산업화 시대의 축제→관 주도의 문화제

⑤ 지방자치와 지방화 시대의 축제→민간 주도의 지역문화축제

4. 축제의 연구 : 민속학, 역사학, 연극학, 인류학→행정학, 사회학, 공연학, 관광학

제2강 : 굿의 종류와 구조

1. 학습목표

① 굿과 예술의 발생론적 관계를 이해한다.

② 굿의 종류와 구조를 이해한다.

③ 사제자의 종류에 따라 굿을 분류할 수 있다.

④ 굿을 문화적으로 접근하는 태도를 지닌다.

2. 굿과 예술의 관계

① 굿은 예술의 모태이며 원천이다.

② 굿은 문학과 음악과 무용과 연극과 연희의 종합 형태이다.

③ 예술은 굿에서 미분화 형태로 발생하여 분화되었다.

3. 굿의 종류

① 제신(祭神)에 따라 천신굿, 시조굿, 산신굿, 용신굿, 지신굿, 성황굿(서낭굿), 당산굿, 도당굿으로 분류

② 공동체에 따라 나라굿, 고을굿, 마을굿으로 분류

③ 사제자에 따라 무당굿, 농악대굿, 광대탈놀이굿으로 분류

4. 굿의 구조

① 굿은 인간이 신을 맞이하여 즐겁게 한 뒤에 되돌려 보내는 행위이다.

② 굿은 신이 인간 세상에 현신하였다가 신의 세계로 되돌아가는 과정이다.

③ 굿은 5단계 구조로 되어 있다.

㉮ 신맞이(신내림) : 노래·음악·춤으로 신을 맞이한다.

㉯ 신유(神遊) : 신이 춤추고 노래하며 놀면서 인간으로부터 제물을 받고 명복(命福)을 준다.

㉰ 싸움굿 : 신들 사이의 갈등이 표출되어 싸움을 벌인다.

㉱ 화해굿 : 신들 사이의 갈등이 해소되고 화해가 이루어진다. 남녀신은 결혼한다.

㉲ 송신 : 신의 세계로 되돌려 보낸다.

5. 굿의 역사

① 전문적이고 직업적인 무당이 사제하는 굿에서 비전문적이고 비직업적인 민간인이 사제자 역할을 하는 굿으로 전환

② 폐쇄적인 무당 집단에 의한 전문 문화인 샤머니즘이 민중의 생활 영역 속에서 민속 문화가 된다.

③ 무당굿에서 농악대굿과 탈광대굿이 분화되었다.

6. 영산의 단오굿

① 경상남도 창녕군 영산에서 향리층이 무당을 불러 거행하던 고을굿

이다.

② 무당이 사제자가 되는 서낭굿이다.

③ 서낭신은 역사적 인물이 전설화된 문호장이다. 문호장굿이라 한다.

④ 굿의 5단계 구조

㉮ 신내림 : 음력 5월 1일에 호장·수노(首奴)·무녀가 영취산의 서낭당에서 서낭대에 서낭신을 강신시킨다.

㉯ 신맞이 행렬과 신유 : 서낭신(문호장신)의 유적지·딸의 신당·현청을 순방하고 신청에 좌정시킨다. 원님과 육방 관속의 집을 순방하며 축원한다.

㉰ 화해굿 : 5월 3일에 서낭신이 신마를 타고 애첩의 신당을 방문한 후 부인(본처)의 신당을 방문한다. 신의 성적 결합, 곧 신성 결혼이다.

㉱ 싸움굿 : 무녀 집단이 첩 편과 본처 편으로 갈라져 싸우는데, 관중까지 합세하여 본처의 승리로 끝맺는다.

㉲ 송신 : 5월 6일에 서낭신을 영취산의 서낭당으로 배송한다.

7. 주곡동의 서낭굿

① 경상북도 영양군 일월면 주곡동(한양 조씨의 집성촌)에서 농악대가 거행하던 서낭굿이다.

② 서낭당은 느티나무이고, 서낭신은 여신이다.

③ 이웃마을 도곡동(야성 정씨의 집성촌)의 남서낭신과 부부 관계이다.

④ 굿의 5단계 구조

㉮ 신내림 : 음력 12월 그믐날에 풍물패가 서낭대를 조립하여 여서낭당(당나무)에 가서 신을 내린다.

㉯ 신유 : 정월 3~5일까지 서낭대를 앞세우고 집집마다 돌면서

지신밟기를 했다. 탈꾼들도 따라다녔다. 보름날 밤에는 제관의 집에서 풍물을 치며 탈놀이를 놀았다.

㉣ 싸움굿 : 10일 무렵에 서북방에 위치한 가곡동의 풍물패가 남서낭신의 신대를 앞세우고 내방하면, 풍물을 연주하여 경연을 벌인다. 이기는 마을에 풍년이 든다고 믿었다

㉤ 화해굿(신의 결혼식) : 두 마을의 남녀 서낭신의 서낭대를 당나무에 기대어 나란히 세워 놓고, 풍물을 연주하는데, 두 서낭신의 치마-여서낭신의 붉은 치마와 남서낭신의 검은 치마-가 바람에 펄럭이어 휘감기면 부부신이 교구(交媾)한 것으로 간주하고, 두 마을의 풍작을 예측했다.

㉥ 송신 : 자정이 되면 서낭당에 가서 제사를 지내고, 서낭대는 해체하여 월록서당의 처마 밑에 보관하였다.

8. 수영의 들놀음

① 부산의 수영에서 전승되던 탈놀이다.

② 탈광대들이 마을의 무사태평과 풍요다산을 기원하는 뜻에서 탈놀이를 하였다.

③ 제의적 구조

㉠ 신유-음력 정월 초순에 야유계가 주동이 되어 지신밟기를 하여 걸립한 전곡으로 경비를 조달하였다.

㉡ 신내림-탈을 만들어 탈제사를 지냈다.

㉢ 신내림-보름날 낮에 광대패가 산신제·우물고사·최영장군 묘제를 지냈다.

㉣ 신맞이 행렬-달이 뜰 무렵에 강변이나 먼물샘에서 출발한 광대패의 행렬이 시장의 공연 장소로 이동했다.

ⓜ 신유-집단난무에 이어서 탈놀이를 놀았다. 탈놀이는 신분적 특권을 누리는 양반과 가부장적인 남성을 비판하는 놀이마당을 연행한 뒤 사자가 담비를 잡아먹는 사자춤으로 끝맺었다→사자는 백산의 산신인데, 담비는 제물이라고도 하고 왜적을 상징한다고도 한다.

ⓑ 송신-탈들을 모두 불태우며 액을 물리고 만사형통하기를 축원하였다.

9. 학습정리

① 굿의 구조는 '신맞이-신유-화해굿-싸움굿-송신'의 5단계로 되어 있다.

② 굿의 사제자는 무당, 농악대, 탈광대로 삼분된다.

③ 무당굿에서 농악대굿과 탈놀이가 분화되었다.

④ 굿에서 문학·음악·무용·연극·연희가 발생하였다.

10. 퀴즈

① 남신과 여신의 결혼은 굿의 어느 단계에서 행해지는가?

㉮ 신유의식 ㉯ 싸움굿 ㉰ 화해굿 ㉱ 송신굿

② 굿과 관련이 없는 것은?

㉮ 종합예술체 ㉯ 제사의식 ㉰ 연극의 모태 ㉱ 모방본능설

제3강 : 하회별신굿탈놀이

1. 학습목표

① 하회별신굿탈놀이의 축제적 측면을 이해한다.

② 하회별신굿탈놀이의 연극적 측면을 이해한다.

③ 하회별신굿탈놀이의 현대적 변화를 이해한다.

④ 하회별신굿탈놀이의 현장을 답사한다.

⑤ 전통축제의 세계화 전략을 모색한다.

2. 하회마을의 지형과 주민

① 하회마을은 강원도 황지에서 비롯되는 낙동강의 물줄기가 화산(花山; 해발 271m)의 산줄기와 병산(屛山)·부용대(芙蓉臺)의 산줄기가 협곡을 이룬 사이로 태극형으로 용트림하는 지점에 위치 → 배산임수(背山臨水) 및 산태극(山太極)과 수태극(水太極)의 지형 → 음양이 조화를 이루어 생명과 문화가 창조되는 길지(吉地)

② 하회마을은 동쪽은 화산이 가로막고, 남·서·북은 화천(花川)이 흘러 외부와 고립 → 고갯길과 강나루를 통해 외부와 소통

③ 겸암 류운용(1539~1601)이 솔숲을 조성하여 화천의 음기를 막으려 하였다 → 만송정(萬松亭)은 하회마을의 우실[村垣] → 강물 범람 방지, 방풍림, 마을의 경관, 은촌(隱村)의 기능

④ "허씨 터전에, 안씨 문전에, 류씨 배반에"라는 말이 전한다 → 고려 중엽에는 허씨, 고려 말엽과 조선 초기에는 안씨, 조선 중엽부터는 류씨로 하회마을의 지배세력이 교체 → 선주민과 각성받이는 민중사회 형성

3. 하회마을의 수호신

① 하회마을사람으로 하여금 공동체의식을 지니게 하는 원리는 지연(地緣)원리로 혈연원리와 상호 보완 작용을 하며 사회적 통합에 기여한다.

② 하회마을의 수호신은 셋이다 → 상당(당집)의 서낭신, 하당(당집)의 도령신, 삼신당(느티나무)의 여신

③ 허도령이 신의 계시를 받고 목욕재계하고 금줄을 치고서 탈을 만드는데, 처녀가 연모의 정을 참지 못하고 탈을 만드는 허도령을 몰래 들여다보았기 때문에 허도령이 신벌을 받아 피를 토하고 즉사하고 처녀도 번민하다 죽었다. 이 처녀의 원혼을 서낭신으로, 허도령의 원혼을 도령신으로 모시고 제사를 지내고 별신굿을 하였다.

④ 음력 정월 대보름과 사월 초파일에 동제(洞祭) → 10년마다 하는 별신굿에서는 무당은 지신밟기를 하고 광대패는 탈놀이를 한다.

4. 하회별신굿탈놀이의 제의적 구조

① 음력 12월 그믐날에 산주(종신제 상임제관)·광대패·동민이 화산의 서낭당(상당)에 올라가 서낭대에 여서낭신을 강신시킨다.(신내림)

② 서낭대를 앞세우고 도령당(하당)과 삼신당(느티나무)을 순방한 뒤 동사(임시신당, 산주와 광대패의 합숙소)에 와서 좌정시킨다.(신맞이 행렬과 화해굿)

③ 동사의 앞마당에서 탈놀이를 노는데, 각시광대가 무동춤을 추고 걸립(乞粒)을 하고 나면, 주지마당·백정마당·할미마당·중마당·양반선비마당을 연희한다.(신유와 오신)

④ 무녀와 광대들이 동민의 집을 돌면서 벽사(辟邪) 진경(進慶)의 지신밟기를 하는데, 사대부의 집에서는 무녀는 지신밟기를 하고, 광대들은 양반을 위해서 탈놀이를 논다.(신유와 오인)

⑤ 정월 보름날에 서낭당에 올라가 산주는 서낭당 안에서 제사를 지낸다.(당제)

⑥ 광대들은 서낭당의 앞에서 탈놀이를 논다.(신유)

⑦ 해질 무렵에 서낭대를 서낭당 처마에 걸쳐놓고, 하산한다.(송신)

⑧ 마을 어귀에 있는 밭에서 여서낭신과 도령신의 혼례식을 비밀의식으로 거행한다.(화해굿)

⑨ 광대들은 탈을 동사에 보관하고, 무격은 잡귀 잡신을 퇴송하는 허천거리굿을 한다.(송신)

5. 하회별신굿의 이중구조

① 산주가 광대패를 데리고 서낭당에 가서 서낭대에 서낭신을 강신시켜 마을로 오면, 무당들이 서낭대를 앞세우고 집집마다 돌면서 지신밟기를 하였다.

② 광대패는 각시탈을 쓰고 서낭놀이를 하고, 탈놀이 다섯 마당도 놀았다.

③ 서낭신의 신체(神體)가 서낭대와 각시탈 2개이므로 서낭대굿과 각시탈놀이의 이중 구조가 가능하였다.

④ 굿에서 연극이 발생하였다.

6. 서낭각시탈놀이

① 17살 총각이 각시광대가 되어 각시탈을 쓰고 무동춤을 추고 걸립을 한다→서낭신이 하강하여 신명풀이의 춤을 추고, 마을사람으로부터 공물(供物)을 받고 그 대가로 명복(命福)을 준다.

② 별신굿 마지막 날 저녁에 서낭신의 혼례식을 거행→초례에 이어 신방을 연출하여 첫날밤의 성행위를 모의적으로 연출한다→서낭신의 원혼을 위로하고 마을의 풍요다산을 기원→자식 없는 동민의 득남 기원 행위로 변질

7. 서낭신에게 바쳐지는 탈놀이

① 주지마당·백정마당·할미마당·중마당·양반선비마당은 서낭각시신을 즐겁게 하기 위해서 바쳐지는 탈놀이이다.

② 주지마당은 암수 주지 2마리가 등장하여 춤추고 싸우고 모의적인 성행위를 연출할 때 초란이가 나타나 내쫓는다 → 탈놀이마당의 정화

③ 백정마당은 백정이 황소를 죽이고 우랑과 염통을 구경나온 양반에게 판다 → 희생의식의 극화 → 천민의 한풀이

④ 할미마당은 할미가 베틀가를 부르며 베를 짜다가 영감과 청어 문제로 다투고 쫓겨나 구걸한다 → 겨울과 죽음의 추방의식 → 생산계층인 민중의 궁핍상과 여성의 반란

⑤ 중마당은 중이 부네가 소변보는 장면을 목격하고 욕정을 느껴 부네를 업어간다 → 여름과의 통합의례 또는 천부신과 지모신의 신성결혼 → 파계승 풍자

⑥ 양반선비마당은 양반과 선비가 지체와 학식을 다투고, 부네를 서로 차지하려고 싸우다가 화해하고 대동춤을 춘다 → 여름과의 통합을 위한 늙은 왕과 젊은 왕의 싸움 → 양반 계층의 분열과 위선 풍자

8. 하회별신굿탈놀이의 현대적 계승

① 하회탈은 1964년에 국보 제121호로, 하회별신굿탈놀이는 1980년에 중요무형문화재 제69호로 지정 → 지역문화에서 민족문화로 승격

② 하회별신굿탈놀이보존회에서 전승 담당 → 하회사람에서 안동사람으로 확대

③ 안동국제탈춤페스티벌 → 하회탈놀이의 세계화

④ 영국 엘리자베스여왕 방문 기념일에 물도리동축제 개최 → 전통적인 마을굿이 현대적인 마을축제로 부활

9. 학습정리

① 하회별신굿탈놀이는 풍산 유씨가 집성촌인 하회마을의 민중(각성받이)이 전승시킨 마을굿이고 전통축제이다.

② 서낭대를 신체로 하는 서낭굿에서 서낭각시의 탈을 쓰고 서낭신의 행세를 하는 탈놀이가 발생하였다.

③ 서낭각시탈놀이는 아직도 제의적인 연극이고, 서낭신에게 바쳐지는 탈놀이는 오락화되었다.

④ 하회탈놀이를 핵심종목으로 하는 안동국제탈춤페스티벌은 지역의 전통축제의 세계화에 성공한 사례

⑤ 하회별신굿탈놀이의 문화재적 가치가 인정되어 국가적 차원에서 원형 보존에 힘쓴다.

10. 퀴즈

① 하회별신굿탈놀이에 등장하는 탈이 아닌 것은?

    ㉮ 각시탈   ㉯ 부네탈   ㉰ 할미탈   ㉱ 왜장녀탈

② 하회별신굿탈놀이와 관련이 없는 것은?

    ㉮ 놋다리밟기   ㉯ 백정마당   ㉰ 물도리동축제   ㉱ 안동국제탈춤페스티벌

제4강 : 강릉단오제

1. 학습목표

① 강릉단오굿의 변천과정을 이해한다.

② 강릉단오굿의 제신(祭神)에 관한 신화를 이해한다.

③ 강릉단오굿의 제의적 구조를 이해한다.

④ 강릉단오굿탈놀이의 제의성을 이해한다.

⑤ 강릉단오굿의 축제화를 이해한다.

⑥ 강릉단오굿의 현장을 답사한다.

⑦ 강릉단오굿의 세계화 전략을 모색한다.

2. **강릉단오굿의 역사**

① 1603년 허균이 강릉에서 본 단오굿은 산신굿

② 대관령산신은 신라의 김유신 장군

③ 신대는 번개(괫대)이고, 번개를 세워 농사의 풍흉을 점쳤다.

④ 강릉 향토지 『임영지』 → 18세기 영조 때 산신에서 국사성황신으로 교체

⑤ 음력 4월 15일에 향리의 우두머리 호장이 무당을 거느리고 대관령에 가서 나무에 국사성황신을 강신시켜 강릉의 성황사에 안치

⑥ 5월 1일부터 무당들이 풍악을 울리고 창우(남자 세습무)들이 잡희를 하였다.

3. **강릉단오굿의 제신**

① 대관령 국사성황신

㉮ 신라의 범일국사가 전설의 주인공으로

㉯ 처녀가 해가 뜬 물을 마시고 임신해서

㉰ 아이를 학바위 밑에 버렸다.

㉱ 학이 날아와 붉은 구슬을 먹여 살렸다.

㉲ 아이가 자라 범일국사가 되었다.

㉳ 범일국사를 천신의 혈통인 영웅으로 변용시킨 설화

② 대관령 여국사성황신

    ㉠ 강릉 정현덕의 무남독녀를

    ㉡ 국사성황신이 아내로 요구하였는데

    ㉢ 정현덕이 거절하였다.

    ㉣ 국사성황신이 호랑이를 시켜 데려갔다.

    ㉤ 정씨녀를 여국사성황신으로 모셨다.

    ㉥ 호식(虎食)설화로 원혼을 수호신으로 신격화

③ 대관령산신

    ㉠ 대관령산신이 김유신에게 검술을 가르쳤다.

    ㉡ 김유신을 대관령산신으로 모셨다.

    ㉢ 산신이 자연신에서 인신으로 교체

4. 강릉단오굿의 제의적 구조

① 음력 4월 15일에 대관령의 국사성황사에 가서 국사성황신이 빙의(憑依)된 단풍나무를 톱으로 잘라 받들고 내려온다.(신내림과 신맞이행렬)

② 예전에는 성황신을 환영하던 고을사람들이 군수(중앙조정에서 파견된 양반)와 좌수(지방의 토착 양반)의 편으로 갈라져 횃불싸움[炬火戰]을 벌이었다.(싸움굿)

③ 성황신을 여국사성황신사에 화해·동침시킨다.(신성결혼; 화해굿)

④ 예전에는 남녀성황신을 대성황사에 좌정시키고 그 앞마당에서 무굿과 탈놀이를 하였으나, 현재는 남대천 강변의 굿당[신청(神廳)]에 좌정시키고 한다.(신유; 오신(娛神)행위)

⑤ 예전에는 괫대[화개(花蓋)]를 앞세우고 약국성황과 대창성황[육(肉)성황과 소(素)성황] 및 시장과 관아를 순방했는데, 그때 화개무(花蓋舞)

를 추고 탈놀이를 했다.(신유)

⑥ 대성황사의 뒤뜰(현재는 남대천변의 굿당)에서 신대와 화개를 불태웠다.(송신)

5. 강릉단오굿탈놀이

① 관노가 연희

② 첫째마당 : 장자마리(토지신과 동해신의 복합신격) 2명이 골계적인 놀이를 하고, 장내의 질서를 정돈→놀이판을 정화시키는 개장 의식

③ 둘째마당 : 왕광대(국사성황신)와 소매각시(여국사성황신)가 대무(對舞)를 할 때 홍역을 신격화한 시시딱딱이 2명이 등장하여 소매각시를 희롱하면, 왕광대가 격분하여 시시딱딱이를 물리치고 소매각시를 되찾는다→남녀신의 성적 결합에 의해 풍요 다산을 기원, 남녀간의 삼각관계에 의해서는 홍역을 예방→유감주술의 원리에 의한 제의적 연극

6. 강릉단오굿의 현대적 수용

① 1967년 중요 무형 문화재 제 13호로 지정→제례, 관노가면극, 무당굿→지역문화가 민족문화로 승격

② 1979년부터 지정 문화재 행사에 민속 행사와 경축 행사를 추가→제의의 축제화와 현대화

㉮ 민속 행사 : 민요 경창 대회, 농악 경연, 궁도 대회, 씨름 대회, 그네 대회, 시조 경창 대회

㉯ 경축 행사 : 축구 대회, 테니스 대회, 가요 잔치, 강릉 단오 사진전

③ 1993년부터 관광상품화→외부 민속 연희를 초청 공연→참여하는 축제에서 관람하는 축제로 전환

④ 21세기에 세계화 추진 → 국제 관광 민속제 개최, 유네스코 세계 문화유산 등재

7. 학습정리

① 강릉단오굿은 산신굿에서 서낭굿으로 변하였다.

② 강릉 지역 출신이나 지역적인 연고가 있는 인물을 신격화하여 지역 수호신으로 숭배

③ 강릉단오굿탈놀이는 신들의 탈을 쓰고 노는 제의적인 연극이다.

④ 단오절은 시기적으로 모내기를 마친 때이므로 단오굿에서 풍농을 기원하여 왕광대와 소매각시가 사랑춤을 추고, 홍역이 유행하는 때이므로 시시딱딱이를 퇴치하는 탈놀이를 하였다.

⑤ 강릉단오굿은 지역문화에서 민족문화를 거쳐 세계문화로 인식되기에 이르렀다.

⑥ 강릉단오굿은 제의성보다 오락성을 추구하게 되었다.

⑦ 강릉단오굿은 지역민의 축제에서 관광객을 위한 축제로 전환되었다.

8. 퀴즈

① 대관령의 국사성황신은 누구를 신격화한 것인가?

㉮ 의상대사　㉯ 원효대사　㉰ 범일국사　㉱ 진표국사

② 강릉단오굿탈놀이를 연희한 놀이꾼의 신분은?

㉮ 향리　㉯ 관노　㉰ 농민　㉱ 어민

제5강 : 통영오광대

1. 학습목표
① 통영오광대의 형성 배경과 전승 과정을 이해한다.
② 통영오광대의 연극적인 내용을 이해한다.
③ 통영오광대의 전승 현장을 답사한다.

2. 통영오광대의 형성 배경
① 통영의 지리적 위치
　　㉮ 부산과 여수를 연결하는 남해안의 주요 항로에 위치
　　㉯ 한국의 나폴리라 불리는 항구도시
② 통영의 역사
　　㉮ 소가야의 터전인 고성군에 속한 어촌 두룡포
　　㉯ 1604년 삼도수군통제영 건설－군사도시
③ 문화적 배경
　　㉮ 통제영에서 뚝신[纛神]에게 제사
　　㉯ 통제영에서 섣달 그믐날 매구를 치고 탈놀이
　　㉰ 벽사(辟邪)탈 : 양반탈, 할미탈, 작은어미탈, 까마귀탈, 비비
탈, 중광대탈
　　㉱ 민간사회의 매구→통영오광대 성립

(통영의 매구장면 사진)

3. 통영오광대의 형성과 전승
① 정월 2~14일까지 매구굿을 치고 14일 밤 오광대놀이

② 합천 초계의 밤마리오광대 → 마산오광대 → 통영오광대로 전파
③ 전승집단 : 의흥계 → 난사계 → 춘흥계 → 통영오광대보존회

(통영의 매구장면의 동영상)

4. 통영오광대의 역사
① 정월 매구굿에 이은 오광대놀이
② 사월 초파일에는 사또놀이(가장행렬과 재판놀이) → 오광대놀이
③ 1964년 중요무형문화재로 지정
④ 1962년부터 한산대첩기념제(8월)에서 승전무와 함께 공연

5. 통영오광대의 연극적 특징
① 다섯 마당 — 문둥탈마당, 풍자탈마당, 영노탈마당, 농창탈마당, 포수탈마당
② 탈은 사실적이고 양반탈의 왜곡이 심하다.
③ 덧베기춤 : 어름새 → 베김새 → 풀음새

(통영오광대의 사진)

6. 문둥춤마당
① 문둥이가 양반 조상의 죄업으로 문둥병에 걸려 신세타령을 하다가 소고춤을 춘다.
② 천형을 받은 원한과 절망감을 흥과 신명의 춤으로 풀어낸다.
③ 느린 춤사위로 시작해서 빠른 춤사위로 바꾸어 춤을 춘다.

(문둥춤마당의 동영상)

7. 풍자탈마당

① 말뚝이가 일곱 명의 양반들에게 대거리한다.

② 원양반, 다음양반, 홍백, 먹탈, 손님, 비뚜르미, 조리중이 말뚝이한 테서 봉변을 당한다.

③ 말뚝이가 양반들의 근본을 정탐하여 폭로하고, 자신은 쟁쟁한 명 문대가라고 주장하여 역전시킨다.

④ 탈을 쓰고 덧베기춤을 추며 해학과 풍자의 언어로 양반이라는 사 회적 탈을 없애는 역설의 미학

(풍자탈마당의 동영상)

8. 영노탈마당

① 하늘을 상징하는 영노새가 지상의 악을 대변하는 양반을 잡아먹 는다.

② 영노와 양반 사이의 머리싸움이 수수께끼형식을 띠고서 전개된다.

(영노탈마당의 동영상)

9. 농창탈마당

① 영감과 처첩 사이의 삼각관계를 다룬다.

② 젊고 예쁘고 아들을 낳는 제자각시는 여름과 풍요다산을 상징한다.

③ 할미는 겨울과 죽음을 상징하므로 살해되어 추방된다.

④ 할미를 속죄양으로 만드는 가부장제 사회를 '눈물 섞인 웃음'의 효

과를 내는 해학극

⑤ 정월에 묵은해를 보내고 새해를 맞이하는 송구영신(送舊迎新)의 뜻도 있다.

(농창탈마당의 동영상)

10. 포수탈마당

① 담보를 잡아먹는 사자를 포수가 사살한다.

② 재난을 막고 악귀를 물리는 벽사의식무가 약육강식의 위계질서와 겹친다.

③ 악을 미워하고 선을 위해 싸우는 포수가 왜적을 물리친 충무공을 떠올린다.

(포수탈마당의 동영상)

11. 학습정리

① 통영오광대는 통영의 지리적·역사적·문화적 맥락에서 형성되었다.

② 통영오광대는 통영의 민속놀이와 관련이 깊다.

③ 통영오광대는 양반 풍자가 특히 심하다.

④ 통영오광대는 통영의 전통문화로서 가치가 있으며, 현대축제(한산대첩기념제)에 통합되어 연희된다.

12. 퀴즈

① 통영오광대의 춤사위는?

㉮ 깨끼춤   ㉯ 덧베기춤   ㉰ 살풀이춤   ㉱ 사랑방춤

② 통영오광대에 등장하는 동물탈이 아닌 것은?

　　㉮ 담보탈　㉯ 영노탈　㉰ 사자탈　㉱ 까마귀탈

제6강 : 영산재

1. 학습목표
① 불교의식으로서 영산재를 이해한다.
② 불교예술을 이해한다.
③ 영산재와 불교예술을 문화재로 접근하는 태도를 가진다.

2. 영산재의 유래
① 석가모니가 인도의 영취산에서 법화경을 설법한 사실을 재현하는 의식
② 우리나라에서 범패와 작법을 중심으로 구성된 불교의식
③ 신라 진감국사(774~850) 이전에 범패 시작

3. 범패
① 범패－석가모니의 공덕을 찬미하는 노래
② 범패의 종류
　　㉮ 안채비 소리－4성(聲)(유치성, 착어성, 편게성, 게탁성)
　　㉯ 바깥채비 소리－홑소리와 짓(겹)소리로 구분, 작법과 조화
③ 화청(和請) : 회심곡(불교음악→민속음악)

(범패의 동영상)

4. 작법무

① 바라무 : 서역 악기인 바라(동발; 銅鈸)를 들고 추는 춤. 남성적인 춤

② 착복무 : 고깔을 쓰고 추는 춤. 여성적인 춤. 일명 나비춤

③ 타주무 : 타주채를 들고 팔정도주(八正道柱)를 치는 춤

④ 법고무 : 북춤

(작법무의 동영상)

5. 영산재의 진행 과정

① 시련(侍輦) : 호법신(대범천, 제석천, 사천왕, 팔부신중)을 맞이하는 절차

② 대령(對靈) : 영가(靈駕), 곧 영혼을 모시는 절차

③ 관욕(灌浴) : 목욕의식

④ 조전점안(造錢點眼) : 저승(冥府)에서 사용될 돈을 마련

⑤ 신중작법(神衆作法) : 호법신을 위한 절차

(시련과 대령의 동영상)

⑥ 괘불이운(掛佛移運) : 괘불탱화를 법회 장소로 운반. 부처를 도량에 모시는 의식

⑦ 영산작법(=상단권공;上壇勸供) : 야단법석(野壇法席). 석가모니 및 문수보살과 보현보살을 모시고 설법을 듣는 의식

⑧ 식당작법 : 승려를 대상으로 한 공양의식

⑨ 중단권공 : 호법신을 위한 의식

⑩ 관음시식(觀音施食) : 관음보살에게 영혼을 귀의하게 하여 극락 천

도하는 절차

(영산작법의 동영상)

⑪ 봉송(奉送) - 전송의식. 회향(回向)의식. 부처와 보살, 호법신, 영혼을 전송하는 절차.

(전송의 동영상)

8. 학습정리

① 불교음악과 무용이 공연되는 영산재는 한국에서 구성된 불교의식이고 불교축제이다.

② 영산재는 석가모니가 영취산에서 설법한 사실을 재현하는 의식이다.

③ 영산재는 부처와 보살 및 호법신을 맞이하였다가 되돌려 보내는 점에서 '영신 - 오신 - 송신'의 절차로 진행되는 굿의 절차와 일치한다.

④ 영산재는 영혼을 맞이하여 부처님의 가르침을 깨닫게 한 뒤 극락으로 천도하는 의식도 결합되어 있어서 무속의 넋굿과 관련이 있다.

9. 퀴즈

① 영산재의 불교무용이 아닌 것은?

㉮ 바라춤 ㉯ 나비춤 ㉰ 타주춤 ㉱ 처용춤

② 야단법석이라고 하는 영산재의 핵심 의식은?

㉮ 시련 ㉯ 영산작법 ㉰ 괘불이운 ㉱ 식당작법

③ 회심곡이 속하는 범패는?

㉮ 안채비 소리 ㉯ 바깥채비 소리 ㉰ 축원 ㉱ 화청

제7강 : 일본에 건너간 백제의 기악(伎樂)

1. 학습 목표
① 기악의 전래 과정을 이해한다.
② 기악의 내용을 이해한다.
③ 기악과 불교의 관계를 이해한다.
④ 복원된 기악을 감상한다.

2. 기악의 전래와 전승
① 기악은 불교의 호법신의 탈을 쓰고 추는 춤이고, 연극이다.
② 일본 『서기』(720년)에 기록

　　㉮ 기악은 인도에서 부처님에게 바치는 음악과 무용

　　㉯ 동아시아의 기악은 중국 오(吳)나라에서 발생

　　㉰ 백제인 미마지가 612년에 일본에 귀화하면서 전래

　　㉱ 기악의 내용은 〈교훈초〉(1233년)에 기록

　　㉲ 기악의 전승은 단절, 가면만 200개 정도 현존

(사진 자료)

3. 기악의 내용
① 사자(獅子)춤
② 오공(吳公)의 피리불기
③ 가루라의 춤 : 가루라는 팔부신중(八部神衆)의 하나
④ 금강(金剛)춤
⑤ 바라문(婆羅門)춤(일명 기저귀 빨래)

⑥ 곤륜(崑崙)이 오녀(吳女)를 유혹하는 마라춤

⑦ 역사(力士)가 곤륜의 남근에 법승(法繩)을 묶어 항복시키는 춤

⑧ 대고(大孤)가 두 아들을 데리고 예불(禮佛)하기

⑨ 취호왕(醉胡王)의 취태(醉態) 부리기

⑩ 무덕악(武德樂)

(기악의 동영상)

4. 기악의 복원

① 일본에서 기악 복원

② 기악 전래의 루트를 역으로 답사하며 문화 교류 강조

③ 한국은 부여의 구드래 나루터와 서울의 국립민속박물관에서 공연

5. 학습 정리

① 일본의 기악은 중국에서 백제를 거쳐 전래한 것이다.

② 기악은 호법신의 탈을 쓰고 악귀를 물리고, 악인을 징계하고, 불교에의 귀의를 권장한다.

③ 일본에서 기악을 복원하여 기악의 아시아성을 강조하고 있으므로 우리도 문화적으로 국제무대에 진출해야 한다.

6. 퀴즈

① 기악을 일본에 전해준 백제인은?

　　㉮ 왕인　㉯ 담징　㉰ 박제상　㉱ 미마지

② 기악에 등장하는 인물이 아닌 것은?

　　㉮ 서왕모　㉯ 금강　㉰ 곤륜　㉱ 취호왕

제8강 : 티베트의 불교축제

1. 학습 목표

① 티베트 불교축제의 형성과 역사를 이해한다.

② 티베트 불교축제가 가면무용극임을 이해한다.

③ 티베트의 불교문화와 예술에 대해 관심을 가진다.

2. 티베트의 라마교와 축제

① 8세기에 티베트에 중국불교 전래

② 왕실의 불교와 귀족의 무교가 갈등 관계

③ 삼예스사원 건립 때 인도의 파드마삼바바대사가 금강무(金剛舞)를 추었다.

④ 금강무와 토착종교의 의식과 민간사회의 춤을 결합하여 '참'(법무; 法舞) 창조

⑤ 불교에 적대적인 악마를 항복시키는 가면무용극이고 불교의식이다.

⑥ 사원 안의 비밀의식이 사원 밖의 축제로 변함

⑦ 장희(藏戱)라는 민간의 연극을 형성시킴

(티베트의 사진 자료)

3. 불교축제의 세속화

① 라마교 승려에서 백정(천장사)으로 연희자 교체

② 세속적인 연극(골계희)과 놀이(씨름, 격투)의 삽입

③ 무서운 가면에서 웃는 가면으로

4. 불교축제의 구성

① 길놀이와 마당닦이

② 귀신들이 종류별로 등장하여 춤을 추거나 직능을 수행하는 춤마당들

③ 여러 종류의 귀신들이 시주 일행 및 의장대와 등장하여 종합가무극을 연출하는 대합무(大合舞), 악귀를 추방하거나 참살하는 축귀(逐鬼)의식

(불교축제의 사진)

5. 스비뚝사원(인도령 서티베트)의 불교축제

① 1992년 서울 올림픽체육관, 대구 시민회관, 서울 봉은사에서 공연

② 부처님을 모시고 호법신들이 차례로 등장하여 춤을 공양한 후 종합가면무용으로 끝마친다.

　　㉮ 중국 왕자 하샨과 하툭이 석가모니 모시고 등장

　　㉯ 키타필라(청색가면)와 키타필라의 부인(홍색가면)이 등장

　　㉰ 해골가면 2명이 아이인형을 줄에 묶어 부정하게 태어난 아이의 업보를 표현

　　㉱ 사슴가면과 황소가면이 등장

　　㉲ 티베트의 장의사(葬儀師)인 천장사 2명이 등장

　　㉳ 사슴가면이 악귀를 참살

　　㉴ 마스크를 한 흑모승(黑帽僧) 6명의 춤

(동영상)

6. 학습 정리

① 티베트 라마교사원에서는 승려가 호법신의 가면을 쓰고 무용극을 연출한다.

② 불교무용극은 불교문화, 무교문화, 민간문화가 융합되어 형성시켰다.

③ 엄숙한 불교의식이 오락적인 요소를 수용하면서 불교축제로 변하였다.

7. 퀴즈

① 티베트의 불교는?

㉠ 현종(顯宗)불교　㉡ 소승불교　㉢ 라마교　㉣ 원불교

② 티베트의 가면무용극에 등장하는 가면이 아닌 것은?

㉠ 동물가면　㉡ 호법신가면　㉢ 신선(神仙)가면　㉣ 해골가면

제9강 : 줄다리기

1. 학습 목표

① 줄다리기의 기원과 역사를 이해한다.

② 줄다리기의 기능과 효용성을 이해한다.

③ 줄다리기가 전승되는 축제의 현장을 답사한다.

④ 현대사회에서 줄다리기를 활용하는 방안을 모색한다.

2. 줄다리기의 종류

① 재료

㉠ 볏짚

       ⒩ 칡덩굴

       ⒟ 삼줄〔대마; 大麻〕

  ② 형태

       ㉮ 외줄－대사(大蛇) 상징

       ⒩ 쌍줄－대사 상징+암수 성기 상징

  ③ 지역

       ㉮ 기지시줄다리기(충남)

       ⒩ 영산줄다리기(경남)

3. 줄다리기의 기능

① 암수의 교구(交媾)와 당나무나 입석에 줄을 감아 풍요다산 기원

② 승패로 풍흉 점치기

③ 악귀의 퇴치나 흉포(凶暴)한 지기(地氣) 제압

④ 기우제(祈雨祭)

4. 줄다리기의 분포

① 벼농사문화권－동남아, 일본 오키나와, 한국의 남부, 중국의 남부

② 뱀신숭배－제주도의 당신(堂神)은 뱀신이다.

③ 고구려 고분벽화의 사신수도(四神獸圖) : 현무(玄武)는 거북이(암)와 뱀(수)의 싸움과 교구(交媾)의 모습

5. 줄다리기의 역사

① 대사(大蛇)를 차지하기 위한 신들의 싸움 : 앙코르 와트의 조각(거북이의 등을 탄 비쉬누신이 신들과 아수라(阿修羅)들이 대사를 잡아당기는 줄다리기의 중심에 있다)

② 풍년 점치기 : 이기는 마을은 풍년, 지는 마을은 흉년이 드는데, 암줄(여자, 서부, 하촌)이 이겨야 풍년 든다. ㉮ 수 〈 암 ㉯ 상촌 〈 하촌 ㉰ 동부 〈 서부 ㉱ 남 〈 여

③ 힘겨루기

6. 줄다리기와 마을굿의 관계

① 당산굿만 하는 경우 : 당산제(당산굿)－우물고사(우물굿)－지신밟기

② 당산굿과 줄다리기가 결합된 경우－야래자(夜來者)설화(지모신과 수부신의 결혼에 의한 아들 생산)와 관련이 있다.

③ 줄다리기만 하는 경우

7. 줄다리기의 효용적 가치

① 당기는 힘이 일직선으로 통합되고 힘의 균형을 이룰 때 무중력 상태 체험

② 힘의 조화·통일·균형이 깨질 때 힘의 우열이 판가름

③ 당기는 힘의 배양과 행동 통일 필요－체력 단련과 협동 단결 정신의 고취 효과

8. 줄다리기의 절차

① 경북 청도군 화양읍의 줄다리기

② 화양읍을 동부와 서부로 나누어

③ 형장(刑場)터의 원귀(寃鬼) 퇴치하기 위하여

④ 활터 만들었으나 효과 없어서 줄다리기 시작

⑤ 놀이의 절차

　　㉮ 장수 선임(줄패장, 중장, 소장, 애기장군)

    ㉯ 줄 만들기(줄목→원줄→새끼줄→꼬리줄)

    ㉰ 정월 대보름날 밤에 줄바탕(경연장)의 고사→줄목에 고유제(告由祭)

    ㉱ 보름날 낮에 줄바탕으로 이동

    ㉲ 줄목에 목나무(비녀, 고)를 끼우기

    ㉳ 줄다리기

    ㉴ 이긴 편이 가무하며 줄패장 집으로 가서 잔치

    ㉵ 장송행렬을 만들어 진 마을로 가서 위로한다.

    ㉶ 진 마을에서는 마을 입구에서 막는다.

9. 줄다리기의 변형

① 고싸움(전남 광산 칠석)

    ㉮ 당기기에서 누르기로

    ㉯ 줄다리기의 비녀 끼우기(남녀의 성행위)의 신경전이 확대

② 용호놀이(경남 밀양 무안)

    ㉮ 동부는 용의 목우(木偶)를, 서부는 호랑이의 목우를

    ㉯ 줄 위에 올리고,

    ㉰ 금양(金羊)가면(동부)과 여의주가면(서부)을 쓴 장수들이

    ㉱ 상대방의 깃발을 빼앗는다.

    ㉲ 줄다리기가 용호놀이로 변하였다.

10. 학습 정리

① 줄다리기는 벼농사 지역에서 전승되는 집단놀이이다.

② 종교적·주술적인 놀이에서 스포츠 행사로 변하였다.

③ 줄다리기는 힘의 조화와 균형 상태에서 무중력을 체험하는 묘미가

있다.

11. 퀴즈

① 줄다리기와 관련이 없는 것은?

㉮ 벼농사 ㉯ 용사(龍蛇) ㉰ 거석(巨石)문화 ㉱ 불 숭배

② 줄다리기의 변형은?

㉮ 동채싸움 ㉯ 고싸움 ㉰ 가마싸움 ㉱ 지게싸움

제10강 : 위도띠뱃굿

1. 학습 목표

① 위도 띠뱃굿의 형성 배경을 이해한다.

② 위도 띠뱃굿의 제의성과 축제성을 이해한다.

③ 위도 띠뱃굿의 지역적 특징을 이해한다.

④ 위도 띠뱃굿의 현장을 답사한다.

⑤ 우리나라의 해양문화에 관심을 가진다.

2. 위도 부근의 수성당제

① 전북 부안 변산반도는 백제 때부터 '일본 → 대마도 → 변산반도 → 충남 당항포 → 중국 산동반도의 등주'로 이어지는 해로(海路)에서 요충지

② 서해안의 주요 어장

③ 변산반도 죽막동의 수성당(水城堂)의 해신제(海神祭) ─ 풍어(豊漁)와 안전 기원

④ 해신은 개양할미 ─ 굴에서 나와 여덟 딸을 낳아 일곱은 시집보내고

막내와 사는데, 나막신을 신고 바다를 걸어 다니며 깊은 곳은 메우고 물결이 센 곳은 잠재운다.

(수성당 관련 사진)

3. 위도 띠뱃굿의 특징
① 전북 부안군 위도의 마을굿
② 제관과 무당(세습무)과 풍물패가 사제(司祭) 역할
③ 산신굿, 당산굿, 용왕굿이 결합

(위도 띠뱃굿 관련 사진)

4. 위도 띠뱃굿의 절차
① 원당굿 → (동편 용왕제와 당산굿) → 주산돌기 → (서편 당산굿과 용왕제) → 용왕굿 → 띠배 보내기
② 원당은 산신당 — 산신도와 여러 무신도(巫神圖)
③ 죽막동의 수성당에도 해신(개양할미)을 그린 무신도와 산신도(관운장)
④ 산신과 해신의 결합

(위도 띠뱃굿의 동영상)

5. 위도 띠뱃굿의 축제성
① 배치기소리, 가래질소리, 술배소리 같은 어로(漁撈)노동요가 의식요와 유희요로 기능 변화

② 당산굿은 제관과 풍물패가, 원당굿과 용왕굿은 무녀와 제관이 주도하지만, 익사자를 위로하는 줄밥뿌리기는 무녀와 여자들이 주도한다 →남성과 여성의 역할 분담, 여성의 신앙 활동과 오락 활동

③ 원당(산신당)에서 신을 맞이하지 않아, 당에서 신을 내려 마당밟이를 하는 동해안별신굿, 경기도 도당굿, 황해도의 대동굿과 다르다.

④ 띠배에 익사자(선원)의 허수아비를 태워 떠나보내는 송신(送神)의식의 확대

6. 학습 정리

① 위도 띠뱃굿은 산신과 해신(용신)을 위하는 점에서 해신과 산신을 위한 죽막동의 수성당제와 관련이 있다.

② 위도 띠뱃굿은 제관, 풍물패, 무녀가 사제가 되고, 산신굿과 당산굿과 용왕굿이 결합된 복합적인 마을굿이다.

③ 위도 띠뱃굿은 여성의 참여, 노동요의 수용, 송신의례의 확대 등으로 축제화가 촉진되었다.

7. 퀴즈

① 위도 띠뱃굿과 관련이 없는 굿은?

㉮ 서낭굿 ㉯ 산신굿 ㉰ 당산굿 ㉱ 용왕굿

② 띠배놀이는 굿의 어느 단계에 속하는가?

㉮ 맞이굿 ㉯ 화해굿 ㉰ 싸움굿 ㉱ 송신굿

제11강 : 중국 축제의 종류

1. 학습목표
① 중국 축제의 종류를 이해한다.
② 중국 축제 속에서 무용과 가면극이 발생한 사실을 이해한다.
③ 중국 축제와 한국 축제의 유사점과 차이점을 비교한다.

2. 세시 명절형 축제 : 전국 분포
① 춘절(설날)
② 원소절(대보름)
> ㉮ 한 무제 때 등(燈)걸기→불교 전래 후 연등(燃燈)
> ㉯ 용춤, 사자춤, 뱃놀이, 장대타기, 연극
③ 단오절
> ㉮ 남방 초, 오, 월 지역에서 시작되어 전역으로 확산
> ㉯ 전국 시대의 초나라 시인 굴원을 기념
> ㉰ 종자(粽子)(떡의 일종)를 강에 던지고, 용선 경기를 하여 굴원의 원혼을 위로
④ 중추절, 중양절(9.9), 동지, 납일(섣달그믐)

3. 사화(社火)형 축제 : 지연(地緣) 공동체의 축제
① 농경문화→토지신(社神)에게 제사하는 사제(社祭) 발달
② 봄에 풍년 기원, 가을에 추수 감사
③ 사단(社壇)의 제사, 사수(社樹) 아래의 농악과 백희, 가설무대의 연극

4. 묘회(廟會)형 축제 : 종교 공동체의 축제

① 향촌의 사(社)에서 도교의 도관과 불교의 사찰로 이동

② 행상(行像)

 ㉮ 종교의식에 오락을 첨가

 ㉯ 신상(神像)을 모시고 성내와 마을을 돈다.

③ 불교와 도교의 축제는 행상에서 묘회로 전환

 ㉮ 묘 옆에 무대 설치하여 연극 공연

 ㉯ 신에게 바치는 봉헌물→인간을 위한 오락화와 상업화

④ 민간신앙은 행상의식(신유의식) 위주로

5. 귀주성의 나당희(儺堂戱)

① 무당

 ㉮ 토가족의 학습무 토로사

 ㉯ 장단사 중심으로 나단 구성

② 나의(儺儀)

 (1) 나공과 나모를 모신 제단을 만든다.

 (2) 온갖 신령들과 희신(戱神)(가면의 신)들을 청한다.

 (3) 옥황상제에게 문서를 보내고, 조왕신에게 제물을 바친다.

 (4) 다리 놓기

 (5) 신령들과 병졸들이 거주할 누관(樓館) 건립

 (6) 희생동물(돼지, 양, 닭)을 바치기

 (7) 불로 사귀를 쫓기

 (8) 송신(送神)

〈사진 자료〉

③ 나무(儺舞) : 오창(五猖)신이 그물로 사귀를 잡는 춤

〈사진 자료〉

④ 나희(儺戲)

    ㉮ 토지신 부부놀이

    ㉯ 관운장이 채양을 참살하다

    ㉰ 개산장군놀이

〈사진 자료〉

〈동영상〉

6. 학습 정리

① 중국 축제는 명절 축제, 지역 축제, 종교 축제로 삼분된다.

② 나의에서 나무와 나희가 생성되었다.

③ 제의(축제)를 모태로 하여 무용과 연극이 발생하였다.

7. 퀴즈

① 우리나라의 설날에 해당하는 중국의 명절은?

    ㉮ 춘절 ㉯ 납일 ㉰ 중양절 ㉱ 원소절

② 제의적인 가면극은?

    ㉮ 나의 ㉯ 나무 ㉰ 나희 ㉱ 경극

제12강 : 스리랑카의 불교축제

1. 학습목표
① 스리랑카의 불교문화를 이해한다.
② 페라헤라축제의 의미와 기능을 이해한다.
③ 스리랑카의 공연예술을 이해한다.
④ 스리랑카와 한국의 불교축제를 비교한다.

2. 지리와 기후
① 인도의 동남쪽 30Km 거리, 면적은 7만 평방킬로미터
② 중앙은 산악과 구릉지대로 서늘하고 건조
③ 해안지대는 평평하고 다습
④ 열대 기후, 2번의 우기(雨期)

3. 인종과 종교
① 1700만 명
② 싱하리족 70%, 타밀족 12%, 아랍인 8%
③ 대부분 소승불교 신도, 타밀족은 힌두교도, 소수민족(혼혈인)은 기독교도와 회교도

4. 언어와 산업
① 싱할리어가 공용어, 북동부는 타밀어, 영어는 공통
② 주요농산물 : 쌀, 차, 고무
③ 주요 수출품 : 향료, 차, 보석
④ 영국인이 인도의 타밀인을 강제로 이주시켜 개간한 차밭에서 실론

티(홍차) 생산

5. 역사
① 기원전 483년에 인도 벵갈족의 비자야왕자가 원주민을 정복하고 신할라 왕조 건립
② 기원전 3세기 인도의 아쇼카왕이 불교 전파
③ 수도 : 아누라다푸라 → 일차시기리아 → 폴론나루와 → 15세기에 캔디로 천도
④ 1505~1656(150년) 포르투갈의 지배, 향료 무역 이권으로 갈등
⑤ 1658~1790(131년) 네덜란드의 지배
⑥ 1815~1948(133년) 영국의 지배
⑦ 1948년 국호를 세일론에서 스리랑카(Sri Lanka)(빛나는 아름다운 섬)로

6. 캔디(Kandy)의 페라헤라축제
① 1474~1815년까지 신할라 왕조의 수도, 해발 580m의 고원지대
② 왕궁, 사원, 민족무용(캔디안 댄스; 우다 라타 나투마; 고지의 춤)의 보존
③ 캔디안 댄스는 코혼바 캉카리야(종교의례)에서 유래하는 악마 쫓는 춤
④ 달리마 말리가와 사원(불치사;佛齒寺)에 인도의 왕녀가 머리 속에 보존했다는 부처의 치사리(齒舍利)(왼쪽 송곳니)를 보관
⑤ 매년 7~8월에 10일 동안 치사리를 코끼리 등에 모시고 시가행진하는 페라헤라 축제 개최
⑥ 도시는 정화되고 재생하여 새로운 한 해를 맞이

⑦ 1775년 이전에는 4대 국가수호신(나타·비슈누·파티니·카타라가마) 중심의 제사였다.

7. 학습정리
① 스리랑카는 소승불교 국가이다.
② 캔디의 페라헤라축제는 샤머니즘(악령퇴치)적인 요소가 혼합된 불교축제이다.
③ 페라헤라축제에 캔디안 댄스가 수용되어 있다.

8. 퀴즈
① 페라헤라축제와 직접적인 관련이 없는 것은?
　　㉮ 캔디안 댄스　㉯ 불치사　㉰ 행상놀이　㉱ 코끼리 행렬
② 스리랑카와 직접적인 관련이 없는 것은?
　　㉮ 실론티　㉯ 대승불교　㉰ 보리수사원　㉱ 아쇼카왕

제13강 : 일본의 축제

1. 학습목표
① 일본 축제인 마츠리의 구조와 기능을 이해한다.
② 일본 마츠리와 한국의 마을굿을 비교한다.

2. 마츠리는 무엇인가?
① 신사(神社)를 중심으로 신을 모시고 제사지내는 행위
② 지역수호신(우지가미)을 대상으로 지역민(우지코)이 행하는 종교

적 축제

　③ 지역공동체 구성원의 유대감 강화와 정체성 확인

3. 마츠리의 과정

① 신맞이 하기→신과 인간의 교류(또는 향연)→신 보내기

② 신맞이

　　㋐ 신이 하늘이나 바다에서 출현

　　㋑ 신체(神體;요리시로)－나무, 돌, 고헤이(御幣;신장대)

　　㋓ 신체의 이동 수단－미코시(가마), 다시(山車)

③ 신과 인간의 교류

　　㋐ 음식과 술(미키;神酒)을 신에게 봉헌

　　㋑ 음식과 술을 신과 인간이 나누어 먹기(나오라이; 直會)

　　㋓ 예능이나 경기(어린이가부키, 씨름, 줄다리기, 노젓기시합,

연날리기, 경마 등)로 신을 위무

　　　㋒ 농사의 풍흉 점치기

　　　㋔ 신의 순행(巡行)

④ 신 보내기

　　㋐ 신사의 문 닫기

　　㋑ 송별의 노래 가창

　　㋓ 떠나지 않는 신을 위해 신보내기를 2회 반복하기도

⑤ 현재의 마츠리에서는 '신과 인간의 교류'만 확대

3. 마츠리의 기능

① 공동체의 통합과 통제

　　㋐ 전통적인 지역민(우지코;氏子)만이 마츠리 참여

㉯ 종교적 조합(미야자;宮座)에 소속된 사람만이 마츠리 참가

㉰ 가부자(株座)-독접적 제사권/무라자(村座)-개방적 제사권

㉱ 미야자(제사조직)의 형성원리-연령, 가계

㉲ 미야자의 토우야(當屋;제관)-제사 담당/칸누시(神主;신관)-
신령의 구현

㉳ 자리의 순서-좌우좌(左右座), 동서좌(東西座)

② 정상적·세속적 질서→비일상적·성스런 질서→원상태로 복귀

③ 현실적 질서→질서의 파괴→질서의 회복

④ 반란, 뒤집기, 난장, 광란, 신벌(神罰)→신의 활동력 증가→풍요
다산 실현

4. 히무로(氷室)신사의 가을마츠리

① 신식 마츠리-구성원이 제물을 순서대로 신정에 봉헌

② 구식 마츠리

㉮ 공물의 음복(飮福)

㉯ 가마 순행-신이 개인집을 방문하여 축복하고 사례금과 술
을 대접받는다.

㉰ 토우야 점복-신구 토우야에 대한 신의(神意)를 점친다. 짝
수-길(吉), 홀수-불길

㉱ 씨름-3판을 벌여 1승1패와 무승부로 끝낸다.

㉲ 토우야의 양도 : 구 토우야→칸누시→신 토우야의 순서로
제주(祭酒)의 술잔을 넘긴다.

㉳ 묘가시라(名頭; 지주)가 토우야가 되어 요리코(寄子; 소작인)
를 데리고 마츠리→사회경제적 지배자가 사제권 행사→제정일
치(祭政一致)의 통치형태

㉙ 신전(神田)에서 토우야가 고센마이(御洗米) 생산하여 쌀점치기 : 신의 심판

㉚ 고센마이를 소작인의 쌀밥짓기와 못자리 파종에 사용-풍농을 기원하는 예축(豫祝)의례

〈동영상〉

5. 학습정리
① 일본 마츠리는 〈영신-오신-송신〉의 구조로 되어 있다.
② 마츠리는 종교적 기능(신성 체험), 사회적 기능(통합과 통제), 경제적 기능(생산성 향상)을 수행한다.
③ 일본 마츠리는 지배층이 주재하여 '질서의 회복'을, 한국의 마을굿은 피지배층이 주재하여 '질서의 파괴'가 확대되었다.

제14강 : 한국 축제의 현황과 전망

1. 학습목표
① 축제문화와 문화정책의 관계를 이해한다.
② 축제문화의 실태를 정확하게 파악한다.
③ 지역축제의 육성방안을 모색한다.
④ 자신의 전공분야와 축제를 관련시켜 본다.

2. 축제의 진흥을 위한 문화정책
① 1958년 전국민속경연대회 개최 시작→2004년 45회

② 1965년 지방문화사업조성법 공포→전통문화재 발굴 촉진

③ 1972년 문화예술진흥법 제정→한국문화예술진흥원 설립→문화의 달(10월) 제정→문화의 날(10월 21일) 제정→지역문화축제가 10월에 편중된 부작용 초래

④ 1973년 전통문화의 창조적 개발을 문화정책으로 표방→1970~80년대 지역축제의 활성화 계기

⑤ 1990년대 지방자치제 실시→지역축제의 폭발적 증가→학문적 논의 활발

3. 지역문화축제의 실태와 현황

① 지역축제의 양적 증가

　　㉮ 1970년대 80여 개

　　㉯ 1980년대 120여 개

　　㉰ 1990년대 300여 개

　　㉱ 1996년 412개

② 지역축제 개최 시기의 편중

　　㉮ 전통사회에서는 70~80% 이상이 정월에 집중

　　㉯ 현대사회에서는 4~5월에 105개(25.5%), 9~10월에 224개(53%) 개최

③ 신생축제의 특징

　　㉮ 관이 만들고, 관이 주도하는 축제

　　㉯ 주민 화합과 관광 수입 증대를 목표로

　　㉰ 내용면에서 문어발식 종합축제

④ 지역축제의 예산

　　㉮ 68%가 1억 미만→정부 지원도 미약

㉯ 1996년 지원 축제 : 금산 인삼축제, 이천 도자기축제, 부산 자갈치문화관광축제, 광주 김치축제, 수원 축성2백주년행사, 춘천 인형축제, 장보고축제

㉰ 1997년 지원 축제 : 대구 약령시개장행사, 광주 김치대축제, 고창 모양성제, 부산 바다축제, 수원 화홍문화제, 영암 왕인문화축제, 만세보령문화제, 평창 '97 강원감자큰축제

㉱ 우수 문화관광축제 선정(1997) : 안동 국제탈춤페스티벌, 강진 청자문화축제, 금산 인삼축제, 부산 자갈치문화관광축제, 남원 춘향제, 강릉 단오제, 진도 영등제, 이천 도자기축제, 부여 백제문화제, 순천 남도음식대축제

4. 지역문화축제의 전망

① 전통축제(제의성, 향토성, 역사성)의 고정관념에서 탈피 → 비즈니스성 축제, 이벤트성 축제 개발 필요

② 대표적 성공 사례 : 부산 국제영화제, 광주 비엔날레, 부천 판타스틱영화제, 춘천 국제인형극제, 안동 국제탈춤페스티벌, 이천 도자기축제, 진도 모세축제

③ 지역문화축제의 육성책

㉮ 축제의 차별화 전략

㉯ 축제 시기의 분산과 기간 조정

㉰ 행사 주체의 이원화 → 관 주도형과 민간 주도형 절충

㉱ 축제전문가 양성 → 대학에 축제관련 강좌 개설 → 축제관련 학과 창설 → 국립축제연구소 건립

㉲ 조직적인 홍보

㉳ 축제를 문화상품, 관광상품으로 개발

⑷ 인터넷의 홈페이지 활용

⑻ 영상물 제작

5. 학습정리

① 축제를 활성화하기 위한 문화정책이 지속적으로 시행되어 왔다.

② 전통축제에서 현대축제로 전환하는 과정에서 드러난 문제점을 진단하고 처방책을 모색해왔다.

③ 지역축제를 육성하기 위해서 다각적인 노력이 경주되어야겠다.

6. 퀴즈

① 전통축제와 구별되는 현대축제의 특징이 아닌 것은?

㉮ 비즈니스성 ㉯ 이벤트성 ㉰ 관광상품 ㉱ 제의성

② 현대축제의 심각한 문제점이 아닌 것은?

㉮ 지역성의 결여 ㉯ 시기의 편중 ㉰ 문어발식 확장 ㉱ 예산의 영세성